KUWEI
酷威文化
图书 影视

最初的相遇，最后的别离

（上）

舒仪 著

天津出版传媒集团
百花文艺出版社

图书在版编目（CIP）数据

最初的相遇，最后的别离 / 舒仪著 . -- 天津 : 百花文艺出版社 , 2020.1
ISBN 978-7-5306-7772-8

Ⅰ . ①最… Ⅱ . ①舒… Ⅲ . ①言情小说–中国–当代 Ⅳ . ① I247.5

中国版本图书馆 CIP 数据核字 (2019) 第 216433 号

最初的相遇，最后的别离
ZUICHU DE XIANGYU ZUIHOU DE BIELI
舒仪 著

选题策划：胡晓童　**封面设计：**安柒然
责任编辑：胡晓童
特约编辑：薛天舒　苗玉佳
特约策划：刘运东　杨　洁
出版发行：百花文艺出版社
地址：天津市和平区西康路35号　**邮编：**300051
电话传真：+86-22-23332651（发行部）
+86-22-23332656（总编室）
+86-22-23332478（邮购部）
主页：http://www.baihuawenyi.com
印刷：北京永顺兴望印刷厂
开本：680mm × 970mm　1/16
印张：31
字数：500千字
版次：2020年1月第1版
印次：2020年1月第1次印刷
定价：59.80元（全二册）

目 录
CONTENTS

第一章

严谨其人其事

严谨平生顶恨的是他妈生他时挑选的日子。

小时候不觉得有什么不妥，一个普普通通的日子。等到上世纪 80 年代国门洞开，洋节日逐渐在中国登陆，他的出生日期就猛地变得尴尬起来，最近几年更是变本加厉地让他郁闷。他喜欢热闹，可是他生日那天，却往往落得孤家寡人冷清度过。

朋友们其实也很无奈，因为那个日子太过敏感，家有妻小的，如果那晚在外流连不归，会有极大的可能引发家庭地震；依旧逍遥单身的，那天则恨不得像孙猴子一样能分身百八十个，好去应付不同的红颜知己，至于朋友的需要，鉴于重色轻友一向是男人的天性，即使兄弟如手足，也只能往后排了。

因为那天就是著名的圣瓦伦廷节——情人节，二月十四日，一个充满玫瑰、巧克力和甜蜜浪漫的日子。

中国老话说：人生七十古来稀。古人总爱强调三十而立，好像跨过三十岁，这辈子就走完了一半。一向无忧无虑的严谨，自过完三十岁生日，每年在这个坎上难免会有一点小小的伤感，对着夕阳以四十五度的角度，感慨几声人生如梦啊时光如电。

他难得思考一下人生，远在欧洲的发小程睿敏，便隔着千万里遥远的路程在电话里替他续下去：“对，人生如白驹过隙，倘不及时行乐，则老大徒伤悲也。”

严谨一直无法适应发小儿这种文绉绉、酸溜溜的表达方式，但对这句话，却凭着本能立刻引为真理，果真撂下电话出门及时行乐也。

不过今年的生日，朋友们都比较给面子，有人拍着胸脯主动要求给他贺寿。严谨记得很清楚，二月十四日那天天气晴朗，阳光透亮，头顶的天空更是近年少有的蔚蓝，路旁的老槐树落尽了叶子，光秃秃的枝丫勾画出冬天特有的写意。鸽群拖着清亮的鸽哨尾音，从青瓦白墙上空掠过，令人仿佛回到少年时的 A 城。

他开着车在二环内狭窄的街道边慢慢溜着，脸上的表情有点儿不自觉的惆怅。

街道上不时有少男少女捧着玫瑰花匆匆路过，空气中洋溢的甜蜜和满足，是专属青春期的单纯快乐。而他的情人节礼物早在昨天已经派送完毕，有名表，有珠宝，有名牌手包，就是没有玫瑰。他并不是一个合格的浪漫情人，因为他认为在情人节送出的玫瑰和巧克力，就像在情人节谈起的感情，都和浪漫无关，只是肤浅无聊的跟风而已。

话说回来，一束玫瑰就能打发掉的女人，这个城市还有吗？也许还有，不过这些年他从来没有遇到过。

晚上九点，严谨在家陪着父母吃完长寿面，便驱车赶往本市的一所著名会所。等他赶到会所时，平日常见的狐朋狗友已经来得十分齐全，满桌就差他一个寿星了。

严谨并不怎么喜欢这家会所，总觉得装饰过于奢靡矫情，尤其是吧台上方那些号称充满东方神秘情调的吊灯，简直就是用来蒙事儿的。但是这回主动张罗着给他庆生的朋友许志群，却十分喜欢这个明星频繁出没的地方。

许志群，严谨小时候的邻居和高中同学，因为从小到大体重一直超标，所以人送外号“胖子”，从幼儿园一直被叫到现在。严谨与他认识将近二十年，冲着他这份情意，再挑剔地方就实在过分了。

但那天晚上的气氛着实有些古怪，每个人的笑容都带着点诡异和兴奋，像在期待着什么事情发生。严谨察觉出几分不妥，但是几杯酒下肚，他就放松了警惕，加上哥们儿带来的几个姑娘既漂亮又懂事，嘴也挺甜，左一声“严哥”，右一声“谨哥”，自古英雄难过美人关，他那点不安完全被抛到九霄云外，放杯纵饮，最后众望所归地醉至不省人事。

等他从一片混沌的记忆碎片中睁开眼睛，眼前黑漆漆的没有一丝光亮，耳边有流水的声音哗啦啦响个不停。嘴里像塞着块没有知觉的木头，焦渴难耐。他在黑暗里睁大眼睛，过了很久才渐渐适应，眼前出现模模糊糊的轮廓。

这是一个不大的房间，靠近窗户处放着张书桌，再往里是柜子，上面摆着个四四方方的东西像是台电视机。摸摸身下，轻软的枕头和床单，一张大得似乎无边无涯的大床，摸摸自己，光溜溜地未着寸缕……

严谨霍地坐起身，像被搅拌机摧残过的大脑回路忽然恢复正常。刚才不是还在会所吃饭吗？怎么转眼就睡在酒店的床上？

口渴得厉害，这严重妨碍到他的思索，摸索着打开床头灯，眼前的一切现了原形，典型的酒店标准间。地毯上扔着一件酒店提供的浴衣，胸口处绣着酒店的标志和店名。

这里是一家五星级饭店，而那哗哗的流水声，则是从卫生间传出来的，像有人在里面洗澡。

床头柜上放着瓶拧开盖的矿泉水，也放着他的烟盒、打火机、手机和钱包。

桌上还有一个电子钟，显示的时间是上午九点二十。他竟在这里整整睡了一夜！

严谨还发现，身旁的床垫凹下去一块，毯子卷在一边，分明是另一个人睡过的痕迹。这是什么情况？

喝几口水，再点根烟叼在嘴上，严谨已经把自己的现状基本理出了头绪。看来是他在饭桌上喝高了，哥儿几个为他开了房间，也就手留下个姑娘，而他或许趁着酒意就把人家姑娘……

这事儿可能有点麻烦，可也不算特别棘手。严谨抓抓头发。待会儿带女孩去吃顿早餐，或者买个礼物哄一哄，这一页就算揭过去了，谁也不会当作了不得的大事。因为肯跟着他们这帮人混的女孩子，绝不会有三贞九烈的死心眼儿。

严谨顿时放松下来，拥着被子靠在床头，好整以暇地吐了几个烟圈，等着卫生间里的人现身。同时在心里猜测着，到底是昨晚哪一个女孩？是那个麻辣火爆的东北姑娘？还是那个白净甜美的所谓女大学生？

他觉得这个游戏挺好玩的，于是咧开嘴，怀着期待福利彩票开奖时的那种热情，美滋滋地等待卫生间里的谜底揭晓。

五分钟后水声停了，然后门开了，一个人裹着浴袍伴着蒸汽走出卫生间。

严谨手里的半截烟掉了。

同时落地的，还有他的下巴。

那人站在床前说了句：“哥，您醒了？”

严谨目瞪口呆地愣了半分钟，突然从床上跳起来，直扑到窗前的沙发上，动作迅捷伶俐，令人不自觉联想到非洲草原上的猎豹。

沙发上摊着他的内衣和外套，已经洗熨得整整齐齐，挂着酒店的洗衣服务单。

严谨几乎是气急败坏地扯开那些塑料袋和单据，先手忙脚乱套上裤子，慌乱间差点双脚踩进一条裤腿栽个跟头。

那人想走过来帮忙，被严谨一声断喝：“停！你给我站那儿，别动！”

那人就听话地站住，垂下手臂贴在身侧，真的一动不敢动。

提上裤子，严谨的心跳安稳了一些，一边往身上套衬衣，一边点着昨晚做东人的名字大骂：“许志群、许胖子，我 × 你大爷…… 我……我 × 你八辈儿祖宗！”

他抓过大衣和围巾，将床头柜上的手机等物胡乱扫进大衣口袋，拉开房门冲了出去。

门外正站着一个白衣黑裤的服务生，手里端着盛满食物的托盘，差点和他撞个满怀。

严谨在这家酒店出入的次数比较多，很多服务生都认得他。那年轻男孩被他吓了一跳，吃惊地退后一步，恭恭敬敬叫了一声“严先生”，然后问他：“您不吃早餐了吗？”

严谨头也不回地朝着电梯走过去，甩下恶狠狠的一句：“吃个屁！”

服务生眨巴眨巴大眼睛，疑惑地望着他的背影，又伸头看看大门敞开的客房，只看到一室凌乱，并没有看到人，便在门上敲了敲，抑扬顿挫地发问：“Room service（客房服务），您的早餐，请问……”

房间内传出一个男人的声音：“你放在门外吧。”

服务生便依言将托盘放在门外的地毯上，再轻轻替客人关上房门。转过脸来他悄悄地吐了吐舌头，又皱起眉头笑了笑，忍不住朝客梯方向瞭望一下。

严谨滞留在电梯厅处，一边扣着衬衣纽扣，一边焦躁地不停按着电梯下行钮。此刻正是酒店内的客流高峰期，下行的电梯迟迟不至，慢得简直让他绝望。

终于听到“叮咚”一响，左边的电梯门缓缓滑开，他像逃离绝境一样，一头撞进去。电梯里已有乘客，严谨还没有来得及看清楚对方，就听电梯外有人气喘吁吁追上来，伸手挡住正在合起的电梯门：“哥，哥，您等等……”

严谨忽然反应过来，他忘了一件很重要的事。虽然整件事让他糟心，恨不得一脚踢死始作俑者。可是一码归一码，道上的规矩他不能破坏。

严谨挡在电梯口，以宽阔的肩膀和后背遮挡着身后的视线，从钱包里抽出一沓现金，数也没数就拍在那人手里：“拿好了，闭紧嘴，以后别再让我看见你！”

“不是，您的皮带……”那人怯生生递上一条皮带。

严谨什么也没说，一把抽过来，迫不及待按下关门键。

“哥……还有……”

“滚！”严谨相当不耐烦，这个“滚”字中气十足，简直是声咆哮。

那人神色愕然地收回手臂，电梯门无声无息徐徐合上，把一张年轻而秀气的面孔迅速挡在关闭的电梯门后。

严谨如释重负般长出一口气，这才留意到电梯里的其他乘客。两个二十多岁的女孩正挤在电梯的角落里，战战兢兢地看着他，显然被他刚才那声大吼吓着了。

俩女孩一高一矮，穿着很时尚，但眉眼中都带着良家妇女的端庄范儿。此刻她们的眼神很奇怪，那是充满猎奇的目光，像在看动物园里的大猩猩，不过因为彼此之间并没有隔着笼子，所以难免又带着惊吓。

一旦见到顺眼的异性，严谨的男性意识便从方才遭遇的打击中迅速苏醒了。为弥补失态，他捋捋头发、整整衣领，朝两个女孩笑了笑，很绅士地道歉：“对不起啊，吓着你们了吧？”

两个女孩中较矮的那个，明显愣了一下，仿佛不知道该如何应付这个前一刻还面目狰狞的男人，于是把求援的目光投向身边的高个女伴。那高个女孩镇静得多，偷偷握紧女伴的手，咧咧嘴回应一句：“我们也是被吓大的，您接着来，没关系。”

严谨觉得这女孩挺有意思，虽然自己此刻衣衫不整，万般狼狈，还是不忘上下打量她几眼，眼神霎时就亮了亮。

他咳嗽一声站直身体，根据两个人肩膀的上下差距，很快估计出女孩的身高。

严谨平日总说，最理想的女伴身高，就是她的头顶能位于自己的鼻子附近，也就是两人相差十二厘米左右，那样的海拔差距，令拥抱、接吻都十分舒服和方便。他自己有一米八九，目测眼前这姑娘的高度，恰好在一米七四至一米七六之间，而且她没有北方女孩人高马大的地域特征，骨肉停匀，正是他喜欢的类型。可惜还没有顾上研究一下对方的长相，电梯就到了一楼大堂。严谨只好侧过身，让两位女士先行，于是他只剩下目送人家背影的机会。

女孩的背影也很好看，双肩薄而平直，臀部挺翘结实，一件U形领的羊毛连身短裙，上面露着一大片肌理细腻的后背，下面露出两条修长的美腿。一头栗色的长发纷披在肩头，灯光下显得异常丰厚润泽。

严谨忍不住在心里赞叹一声：美!

那女孩正和女伴头碰头低声说笑，冷不防回过头，冲他笑了笑。严谨心里一咯噔，方才的热情顷刻熄灭一半。女孩五官长得不错，瓜子脸，大眼睛，高鼻梁，肤色十分白净，可是那张嘴，不笑的时候还好，笑起来宽度实在忒过了点。

他也礼貌地笑笑，然后不无遗憾地收回目光，心思立刻回到现实世界。想起昨晚饭局上众人不怀好意的笑容，他这会儿才明白，自己这是让人给合伙算计了。

严谨曾经打遍西城无敌手，如今虽已不做大哥很多年，但余威尚在，如今居然让个男人……还是个两眼水汪汪一脸祸水样的小白脸。这叫什么破事儿，传出去他的脸该往哪儿搁?

严谨咬牙切齿地取出手机，打算先问问自己的车停在哪里，再去找许志群算账。哪料通话还未接通，他自己的手机铃声就先响起来，传来一个阴阳怪气的男声：“启奏皇上，有一刁民求见，是接听还是斩了，您说了算……”

大堂的沙发上站起一个人，拼命冲他招手：“严子，这边，看这边嘿……”

放眼望过去，昨晚上几个闹得最凶的人，此刻一个不缺，都歪歪斜斜地靠在沙发上，正集体笑嘻嘻地望着他。

严谨立刻感觉血往脑门上冲，啪地扣上手机就要过去，忽然听到有人在身后叫了一声："先生……"

严谨一回头，就见那身材诱人的大嘴女孩离开女伴，朝着他笔直地走了过来。

他一向奉行女士优先的原则，尤其是漂亮的女士，马上停下脚步，朝她笑了笑。女孩走近，虽目光闪烁，却不肯看他，眼睛望着旁边的柱子，用很低很低的声音说："门开了。"

"门？嗯？"严谨闻到一阵沁人心脾的香味儿从对方身上飘过来，难免心猿意马，回答得心不在焉："这儿没门。"

女孩翻翻眼睛，嘴唇闭紧绷直了，脸上浮上一点烦恼的神情，仿佛不知如何是好。

严谨瞟着她波涛起伏的胸口，暗自叹息：唉，这哪哪都好，可惜，就是嘴太大了，嘴太大了呀！

那女孩回头瞅瞅同伴，黑眼珠子骨碌碌转了几圈，便凑近一点用更低的声音道："那个……A 城区号您明白吗？"

"我拨市话，不打长途……你……你要用电话吗？"严谨被彻底搞糊涂了，索性把手机递过去。

女孩皱起眉头似乎想瞪他一眼，却是一脸憋不住的笑意，最后一跺脚，转身跑了。

望着她的背影，严谨摇摇头，心想这丫头该不是磕了迷幻药，以为在表演地下党接头呢吧？还 A 城区号？不就是个"010"吗？

等等，"010"？"010"？严谨突然明白过来，下意识地用大衣挡在身前。不管他的脸皮平时有多厚，这会儿也有了热辣辣的感觉。

女孩明明是在委婉地提醒他，前门的拉链没有拉上！

除了高中时在心仪的女生面前把篮球投进自家篮筐这档不便对人言的郁闷往事，多少年了，他就没有在异性面前这么丢人过。

尤其还是一个挺讨人喜欢的异性。

严谨很生气。非常生气。

他一生气后果就会非常严重。昨晚参与恶作剧的人，无一例外被他暴捶了一顿，并被逼着发下毒誓：此事绝不外传，谁敢外泄一个字，谁就得靠伟哥度过后半生。

主使者许志群更是被他揍得抱头鼠窜，嘴里却还在嚷嚷：“严子，你小子甭没良心，KK 在这行里算得上顶尖儿的，多少人眼巴巴瞅着就是上不了手，我可是专门找给你尝鲜的……”

严谨专业级别的敏捷身手，胖胖的许志群哪里是他的对手，很快就被摁住了狠踹几脚：“× 你大爷！谁告诉你老子是只兔子？”

严谨猜得没错，晚上和他同睡一张床的，果然是某家酒吧的男公关，花名 KK。一想起那小子水汪汪的一双桃花眼，他就觉得浑身难受，黏糊糊的像糊满了鼻涕一样恶心。

许志群挣扎着从沙发一直滚到地毯上，他人本来就胖，此刻捧着胖肚子笑得几乎喘不上气：“如今就流行这个，谁管你兔子不兔子的？再说了，是不是……兔……兔子，你说了不算，出去打听打听，方圆几十里谁不知道你好…… 哈……哈哈……好这口……”

严谨一把将他拎了起来，手势纯熟地锁住他的咽喉：“说什么呢？再说一遍，老子立马废了你！”

许志群立时呼吸困难，脸憋得通红，开始拼命咳嗽。

眼看闹得过了，一个朋友赶紧上前抱住严谨：“严子，手下留情啊！你这前特种兵的身手，胖子哪儿是你的个儿呀？大家伙儿只是跟你开玩笑，昨晚也没发生什么事是不是？”

“你滚开！”严谨利索地拿肘拳撞开他，依旧捏着许志群的脖子。其实他手下一直悠着劲，因为许志群还能一边咳嗽一边故意刺激他：“你怎么不回家去说服你们老太太？她不也相信这个？天天愁得什么似的……”

一句话点到严谨的痛处，他扔下许志群，难得叹口气。

关于严谨的婚恋问题，坊间谣言四起，他早已百口莫辩。谣言到底起于何时，他已经不记得了，但是起源却很清楚。

一切都因为他名下的一家餐馆。

那是一家专卖海鲜的餐馆，有个奇怪的名字，叫作“三分之一”，位于 B 城临海区岸边一艘报废的邮轮上，外表看上去并不起眼，里面却装修得精美而时尚。对外号称每一盘上桌的海鲜，皆不会离水超过四个小时，靠这个口碑口口相传，生意居然好得出奇。

每年的鱼汛期，不少 A 城人专门驱车一百多公里赶到这里捧场，一是为了品尝当季新鲜的海鲜，二则纯粹是为了猎奇。因为“三分之一”里面，从厨师到服务生，清一色都是男性。尤其是店面上走动的服务生，都是干净养眼的年轻男孩。对男客来说，他们是一道奇异的风景，对女客，他们就变成一杯开胃的餐前酒。

这本来是个开店的噱头，只是为了吸引客人，照严谨的说法：“土包子才靠女人露大腿吸引顾客呢！你瞧见哪家高级会所里有女招待？”可是这点噱头被人添油加醋地八卦来八卦去，再加上严谨对女色向来坚持宁缺毋滥的原则，又至今未婚，难怪关于他的某些猜测，会越传越离谱。

严谨本人倒是压根儿不在乎。因他自小就明白一件事，人这辈子是活给自个儿的，自个儿感觉好就齐活儿，至于别人说什么，全当作放屁。但是谣言过于汹涌之后，总会有那么一两个无聊的人，将几句闲话漏到严谨母亲的耳朵里，老太太登时就犯了高血压。严家三代单传这一点暂且不谈，老太太尤其想不通的是，她把严谨从半米多长的小东西养成今天膀阔腰圆的壮汉，是多么不容易的一件事，他怎么能如此让她失望？

当年严谨是龙凤胎中较弱的一个，又因为早产，生下来就发育不良，三岁之前病不离身。严谨父亲那时还驻扎在外地，她三更半夜一个人抱着严谨不知道跑了多少回医院。好容易养得壮实了，个子也比同龄孩子蹿高了一大截，大概是为了弥补幼时体弱寂寞的亏空，严谨开始淘气得离谱，成了附近的孩子头儿。严谨妈的记忆里，都数不清有多少回带着闯了祸的严谨，亲自登门去给其他孩子的家长道歉。

到了高中，就更不让人省心。不服老师管教、逃学、打架，屡次被学校传唤家长，最后发展成聚众斗殴，逼得一向标榜清廉端方的严老爷子，不得不动用权力为儿子开了一回后门，高中一毕业就把他送到部队大熔炉里去接受改造。

五年后转业回来，以为他能修身养性老实几年，可严谨又弄了个什么商贸公司，和周边国家做边贸生意，唬得老太太天天吊着一口气堵在心口。严谨折腾几年，左手进右手出，钱没落下多少，只见严谨妈的血压噌噌往上升。这两年眼看着年纪大了，多少懂点事了，又因为边贸生意逐渐式微，严谨关了他的边贸公司，正经盘下几家餐厅经营。严谨妈才刚说松口气，没想到他又闹出这么一件对不起祖宗的幺蛾子事，她这回是彻底伤心了。

老太太一伤心血压就升高，血压一升高就住了院。

五岁的外甥乐乐打电话给严谨，奶声奶气地抱怨：“舅舅，你把姥姥气病了，乐乐没人陪着玩了。”

乐乐的妈妈，就是严谨的双胞胎妹妹严慎，也在电话里幸灾乐祸：“哥，你回来可要当心啊，当心咱家老头儿拿鸡毛掸子抽你。”

即使有家暴的威胁，严谨还是赶紧飞车回去尽孝。看他妈病恹恹的样子，心里好不落忍。可是跟她解释吧，老太太还挺固执，说什么都不肯相信，就坚持一条：“你要是真的没病，就把饭店里那帮男孩子都给换了，都换成漂漂亮亮的小姑娘，再娶个媳妇给我生一胖孙子，我就什么病都没了。”

严谨没辙了。他既不能跟自己的生意过不去，也不能眼看着他妈生气。只好采取鸵鸟政策，动辄派人给二老送回去一堆高级进口补品，却不肯再轻易回家。

钱，他有的是，谁让他高兴他就花在谁身上，出名的豪爽大方。可是婚姻这回事，他不想因为要给别人交代就把自己委屈了，父母也不行。对女人的态度，严谨一向深具平常心，合则聚不合则分，没有责任，没有负担，没有期望，更没有失望。这样的状态，他觉得，挺好！

不过回忆起这些事，就算严谨不在乎，它毕竟不是什么愉快的经历，所以生日晚上的这个玩笑，特别地让他不痛快。最不痛快的，是让他在那个漂亮的大嘴女孩跟前出了那么大一个丑。

严谨不痛快了，就会有人更不痛快。

许志群发现自己犯了一个严重错误，招惹到一个不该招惹的人。幸亏那个晚上严谨喝得烂醉，除了在酒店吐得一塌糊涂，糟蹋掉酒店几张雪白的床单，并没剩下做其他事的力气，严谨这才能勉强放过他。作为严谨心灵伤害的补偿，许志群不得不屈服在暴力威胁的淫威之下，勉强接受一项任务，替严谨去打听大嘴女孩的底细。

严谨向来喜欢高挑的长腿女孩，早就不是什么秘密。那女孩的两条长腿和一双黑白分明的大眼睛，给他留下深刻的印象。就算嘴大了点，他也不打算计较了。

而他对长腿这种执着的审美观，来自实践中的惨痛教训。那还是他在部队的时候，偷偷喜欢上团卫生队的一个小护士。

那护士只有一米五高，却生得恬静秀美，不知道是多少人觊觎的对象。

严谨那年还不满二十，已经长足了个头。和今天相比身板还略显单薄，但那宽肩长腿，仿佛就是为军装制服而生的。虽然皮肤黑了点，可是胜在浓眉大眼，五官端正。脱下脏兮兮的训练服，换上枕头下压得平平整整的常服，看上去一表人才。

由于两人的身高太过悬殊，班里的战友给护士起了个外号，叫“热水瓶”，意即两人走在一起，那情景真好比严谨随身拎着个热水瓶。

每回他找个理由往卫生队跑，战友们都会打趣：“又要打热水去啦？”

这么变着法儿进出几趟卫生队，眉来眼去了几回，不知怎么一回事，那小护士竟真的和他对上了眼，于是两人约好了同时请假外出约会。严谨吃完中饭出门，傍晚时垂头丧气地回来销假。战友们纷纷围过来打探他的战果。

才十九岁的严谨拄着腰，愁眉不展地回答：“累，累得腰疼。”一帮战友惊得大眼瞪小眼，几乎要把他立刻奉为偶像。要知道，他不过出去几个小时，就能彻底搞定团里最美最骄傲的女兵，而且居然搞到“腰疼”！这是什么样的速度和能耐？

幸亏严谨接着说下去：“每次老子想亲她，都得先把她抱起来，累死我了！”

后来这事不幸传到指导员的耳朵里，于是严谨刚刚萌动的第一次正经八百的恋爱，便以绕操场跑三十圈以及两百个俯卧撑的代价，悲惨地宣告结束。

实践证明，娇小玲珑、善解人意的南方姑娘，的确都是很好很好的，可是并不适合他。

许志群没听说过这段青春往事，可是对严谨的喜好却清清楚楚，而且知道严谨女朋友虽换得像走马灯一样，却从不脚踩几只船。按严谨的话说，时刻保持一对一的纯洁性，这叫节操。此刻他刚和上个女友分手，正处于空窗期，大嘴姑娘出现得恰是时候。

许志群在校修的是情报学，严谨这任务倒正和他专业对口。谁也不知道他到底用了什么办法，反正三天后，关于女孩的信息便从严谨办公室的传真机里冒出来。

那张 A4 的传真纸上写着：

姓名：季晓鸥

年龄：二十七岁

职业：美容店店主

店名：似水流年

地址：朝阳区 ×× 大街 ×× 号

严谨有点意外，他还以为那女孩是个模特呢，没想到年纪轻轻的，竟是开美容店的老板娘。他拿着那张纸，想啊想啊，想起那姑娘两条长长的美腿与光光的后背，顿时就走神了。

许志群坐在办公桌上，晃着两条腿不耐烦地问："我的任务完成了吧？"

"行啊，胖子，够意思！"严谨站起来，在他颈后拱起的肉沟上猛拍一掌作为感谢，"你小子就是 FBI（美国联邦调查局）啊！"

"对不住，得给您老人家扫扫盲。"许志群用力拨拉开他的手，没好气地纠正，"FBI 是联邦调查局，像咱这样专业搞情报的，那叫 C——I——A（中央情报局）。"

第二章

老板娘季晓鸥

被严谨惦记着的女孩季晓鸥，正站在路边，手提满满两袋美容产品，望着车流稠密的复兴路，满脸愁容。

虽然冬季天短，暮色西沉，她高挑的身材和白色羽绒服，在晦暗的天光里依然十分抢眼。一辆出租车试探着停在她身边，她却冲司机抱歉地摇摇头，转身走进不远处的地铁站。

季晓鸥没有其他工作，赖以为生的，只有位于四环附近一家不大的美容店。店名很特别，叫作“似水流年”，取一个“纵如花美眷，终敌不过似水流年”的意思。

“似水流年”开业两年，起初因为缺乏经验，生意一直不见起色。直到去年十月才开始盈亏持平，账面上逐渐有了利润。如今正处在客源增多、生意渐旺，设备急需升级的时候，处处都需要用钱，尽管美容店收入还不错，季晓鸥却不得不学习勤俭节约的精神，一分钱恨不能掰成两半花。平常店里所需的美容产品，好点的自会有专门的供货商上门送货，一般的产品，只能靠季晓鸥自己跑化妆品批发市场。这会儿她就是从批发市场满载而归。虽然很累，但既然有地铁，她就舍不得再花几十元钱打出租车了。

正值下班高峰，地铁里人山人海。从高处看下去，根本见不到地面，只能看到站台上黑压压一片人头。

季晓鸥随着人流慢慢蹭下楼梯，勉强在人堆里站定。车过了一趟又一趟，每趟车都挤得满满的，车上人头攒动像沙丁鱼罐头，车下的人群却总不见减少。

幸好下一趟地铁到达。季晓鸥被身后的人群用力推搡着，居然挤上了车。人太多，只能紧贴在靠门的栏杆上，但她运气不错，有人在下一站下车，空出一个座位，总算可以坐下。她把两只鼓鼓囊囊的塑料袋小心地护在两条长腿中间，再不用担心被人一脚踢碎。

季晓鸥长出一口气，心情一放松，就有百无聊赖的感觉，她开始四处张望。

车厢中大部分的乘客，都是朝九晚五的上班族。一天八小时下来，几乎个个脸色铁青、面目憔悴，不少人拉着吊环昏昏欲睡。季晓鸥下意识摸摸自己的脸，不知道自己是否也是一副苦大仇深的样子。无聊之余她的职业病即时发作，目光从这些疲惫的面孔上挨个儿滑过去，默默评点一下他或她面部皮肤护理上的疏漏。

这时，一个闭着眼睛靠在车门边的大男孩吸引了她的注意。从季晓鸥的方向看过去，只能看到男孩的侧面。那侧面线条流畅，眉睫乌浓，竟是少见的清秀标致，在地铁污浊的空气中，如一股清泉般熨帖人心。

她的目光不由得多凝注了片刻。男孩看上去只有二十一二岁，蓝色棉服里露出格子衬衣的翻领，牛仔裤、板鞋，背着一只黑色的双肩包，清爽却不怎么起眼，是标准的学生装扮。

他似乎感觉到被人注视的压迫感，撩起眼皮瞟了季晓鸥一眼，又重新闭上眼睛。就这一眼，虽然他的眼睛微微眯着，被长长睫毛过滤过的眼神，也看不出是喜是怒，已经让季晓鸥倒抽一口冷气，赶紧收回放肆的目光，低下头眼观鼻鼻观心，做出贤良淑女的模样。够了，她对自己说，这么色眯眯盯着一个陌生男孩哗哗流口水的形象，实在太女流氓了。

可是对美的向往毕竟是人的天性，没过一会儿，她忍不住又转过眼珠。

男孩依旧维持着同样的姿势，一侧身体完全倚靠在门上，双眼紧闭，漆黑的眉峰纠结在一起，脸色极其难看。

季晓鸥怔了怔。因为他的神情很耐人寻味，仿佛是不耐烦，也好像是在……忍受某种痛苦。仔细观察一下，又发现他嘴唇上牙齿咬过的痕迹，急促起伏的胸口，还有额头上一层薄薄的虚汗。

好像情况不太对劲，再顾不上避嫌，季晓鸥赶紧拿手指捅捅他："喂，同学……"

男孩没动也没睁眼，只有睫毛微颤一下。

季晓鸥只好提高一点声音再接再厉："你要不要坐一下？"这回男孩缓

缓睁开眼睛，嘴唇动了动。季晓鸥以为他要开口说话，却见他身体忽然向前栽了过去，她还没有反应过来，一股气味难闻的液体已从头顶飞越而过，喷溅在她脚前的地板上。

车厢一角瞬间爆发“啊——”一片惊叫，周围的乘客条件反射一般匆忙避开。

季晓鸥傻眼，呆呆看着塑料袋和靴子上沾染的污物，一时间欲哭无泪。

原来没有立锥之地的车厢，奇迹般空出一块半圆形的空地，空地的中心一地狼藉，还有一个苦着脸的季晓鸥。

这起突发事件，直接受害者除了季晓鸥，还有一个站在旁边的中年妇女。

那衣着时髦的中年妇女拎着大衣下摆尖叫，声音像锅铲划过铁锅底：“真恶心，你这人有毛病啊？有没有点公德啊？”

其他乘客从震惊中回过神来，纷纷开始检查自己的损失，也有好心的乘客递给坐在地板上的男孩一瓶矿泉水。

那中年妇女愤怒之下脸涨得通红，厉声训斥男孩：“你过来，给我擦干净！”

季晓鸥也很恼火，很想骂人，觉得自个儿今天出门没招谁没惹谁啊，怎么就这么倒霉呢？但是，私底下的小心思是，她深深觉得面对那么标致的一张脸，实在说不出难听话。

她自认倒霉地取出面巾纸，忍着恶心擦拭裤脚、靴底的污渍。

耳边锅铲刮擦的声音再次炸响：“让你擦干净，听见没有？装什么孙子，你有病啊你？”

男孩本来低着头，闻声抬起头瞪她一眼，可惜脸色白得像刷了一层石灰水，那一眼的威慑力就减了大半。

“对——”他慢吞吞地回答，尾音拖得老长，“我有病你有药啊？”

旁边有人窃笑起来。中年妇女没有吸取教训，无厘头地又回一句：“你神经病啊你？”

男孩冷冷地问：“那你能治啊？”

全车人顿时爆笑，中年妇女喉咙里像哽进一根鱼刺，被噎得失了音，再也吐不出一个字。

“得了，大姐。”季晓鸥看不下去，起身将剩下的半包面巾纸都递给她，“他又不是成心的，谁出门在外能保证一辈子没病没灾的？”

中年妇女不客气地接过纸巾，恨恨地抹净大衣上的污渍，嘴里依旧不依不饶：“倒霉的不是你，装什么好人呀？我这大衣怎么也值个三五千的，你赔我？”

季晓鸥转开脸偷偷撇嘴，在心里回了一句：“赔你大爷的。”

说话间到了换乘站，不少乘客大概受不了车厢内的味道，纷纷下车换了车厢，站台上的乘客蜂拥而入，略看一眼便夺路而逃，这节车厢顷刻空了一半。上下班高峰时间，疲倦加上饥饿，人人归心似箭，并没人过问靠门坐着的男孩。

季晓鸥也想离开，可她拎着东西犹豫片刻，还是留了下来。尽力压抑着胃里不舒服的感觉，在男孩面前蹲下。

“你是不是病了？”她放柔了声音。

男孩扬起睫毛看看她，又迅速垂了下去。

季晓鸥有瞬间魂飞魄散的感觉。因为离近了看，那双眼睛真是相当相当漂亮，瞳仁乌黑，眼白清澈，长长的睫毛扇子似的扑散开来。他比她认识的所有男人都漂亮，而且如此年轻；但他此刻的眼神却疲惫而又漠然，神色游离，好一会儿，低垂的脑袋才缓缓点了两下。

旁边热心的中年男人已经掏出手机，对季晓鸥说：“叫 120 吧。”

季晓鸥刚要搭话，男孩突然伸手一把握住她的手腕，握得很紧。车厢里暖气充足，他却手指冰凉，手心里全是冷汗。

季晓鸥被惊得一跳，差点一屁股坐在地上。

尽管他长得很好看，年纪也和堂弟差不多大，但他毕竟是个陌生的成年男人。

从小跟着信奉基督教的奶奶出入教堂，虽然季晓鸥的言谈举止充满 A 城女孩浑不吝的做派，但骨子里依然是保守的，对异性的身体接触有着天生的警惕。

她用力想抽回自己的手臂，却没有如愿，因为男孩攥得太紧。

“你要干什么？”

男孩开口了，声音非常微弱：“我不去医院。”

“啊？”季晓鸥没听清楚。

声音略大了一点，还是有气无力：“我不去医院。”

“那……”季晓鸥踌躇，“下车去休息会儿成吗？”

男孩毫不迟疑地摇头，抓住她胳膊的手攥得更紧了，然后说：“我要回家。”

季晓鸥有些头昏，仿佛被催眠一般，一种酸溜溜的酥软从喉咙蔓延到胸口。

一个男性，尤其是一个眼神如此清澈动人的年轻男孩，在你面前不自觉流露出无助和依恋的神情，只要不是无可救药的铁石心肠，相信任何女人都不忍心拒绝。

“好好好，我送你回家。”声音软得自己都觉得怪肉麻的。平常和二十岁的堂弟相处，季晓鸥自忖没有过类似的耐心。

原来无论男女，长得好都是一种应该感谢父母、感谢上天的优势资源。

季晓鸥没想到男孩要去的地方和她的目的地同在一站，更没想到他一下车便不行了。

从左肩的分量蓦然变得沉重，季晓鸥便知道不好，眼疾手快地扔掉塑料袋，腾出两只手去搀扶他。

但是男孩已经失去意识，体重完全压在她身上。到底是男人的分量，季晓鸥抱不住，眼睁睁看着他一点点滑了下去。

她是第一次经历如此戏剧化的场面，尽管竭力让自己镇静，还是难免手足无措。幸亏地铁的几个工作人员跑过来帮忙，先帮着把人抬进值班室，又叫来“120”急救车。

因为围观的人不少，地铁站里也随之经历一场混乱，直到急救人员远离，才逐渐恢复正常秩序。

季晓鸥跟车去了医院。跑上跑下出了一身热汗，总算搞定住院押金和医药费，取回药看着护士挂上点滴，她才感觉到饥肠辘辘，想起从上午十点一直到晚上九点，自己粒米未进。

等她从医院外的粥铺带回两盒热粥，男孩已经醒了，虽然脸色还是不太好，但精神不错，双颊和嘴唇也显出一点血色。

季晓鸥这才松口气，凑过去对他笑了笑：“湛羽同学，不带你这么吓唬人玩的，我郑重地告诉你，这不好玩，一点都不好玩。”

方才为了寻找男孩的家庭联系方式，季晓鸥不得已把他的书包翻了个底儿掉。既看到书包背面熟悉的L大校徽，也看到了他的课本和学生证。

男孩有一个百家姓里排名极其靠后的稀少姓氏。

他叫湛羽。是 L 大软件工程专业三年级的学生。

迎着湛羽疑惑的目光，季晓鸥伸出手："握个手吧小师弟，我叫季晓鸥，化工系九九级的，跟你同校不同系，是你师姐。"

湛羽眨眨眼睛，看着她没有说话。

回想起四年寒窗时的往事，季晓鸥不由得微笑起来："你们男生，周末还去 R 大蹭人家的舞会吗？四食堂的春卷和桃酥，唉，毕业这么多年，想起来还是直流口水。"

湛羽戒备的神色渐渐消融，脸上现出些笑意，握住季晓鸥的指尖，叫了一声："师姐。"

校友的身份迅速拉近了两人的距离，湛羽的表情明显活泼起来，上下打量着季晓鸥，他歪歪脑袋："不是说只抢 L 大的馒头，不碰 L 大的女生吗？师姐这样的，应该是国宝级别的珍品吧？"

"那是。"季晓鸥毫不谦虚地承认，"当年我们班男女比例九比一，咱那可是众星捧月、人见人爱，魅力不可阻挡啊！"

"哎哟，你们班男生的资源真够缺乏的。"湛羽终于笑出声，露出一点白白的齿尖，倒是一口雪白的好牙。

季晓鸥望着他，心里不由得一动，眉尖也跟着动了动。

湛羽今年二十二，和季晓鸥二叔的儿子季晓鹏一般大，看上去却缺少那个年纪男生应有的朝气，神情间总像藏着什么心事。之前他仿佛难得发自内心地笑一次，如今真正笑起来，才现出天真的孩子相，年纪一下小了好几岁。

"我问你，"季晓鸥随意拍拍他的手背，完全把他当成了自己的小弟弟，"刚才的化验结果，是细菌性食物中毒，你今儿都吃了些什么东西？L 大的食堂还不至于这么糟吧？"

湛羽皱起眉头想了想："生鱼片。"

"难怪。"季晓鸥恍然大悟，"医生还纳闷呢，说大冬天细菌中毒，真是少见。"

湛羽脸上现出点羞涩的神色，没有说话。

季晓鸥又啧啧两声："生鱼片！现在的学生，日子都过得这么滋润吗？我们那时候，一碗牛肉面就算改善生活了。"

湛羽翘翘嘴角："别人请客。"

"哦，别人请客你就甩开了腮帮子吃？你傻啊你？"季晓鸥毫不客气地数落，"身体不是你自个儿的？昏过去那会儿你知道有多吓人吗？小脸儿白得跟纸一样，一点知觉都没有，我那会儿吓得心跳过速，至少一百八。"

湛羽小声哼哼："也没吃多少。"

"得，打住吧。"季晓鸥说，"我可不信你。"

见湛羽状况稳定，季晓鸥这才放心。她还惦记着店里的事，便将医嘱交代清楚，收拾东西准备离开。

不过她最终没能联系上湛羽的家人。不知为什么，提起父母湛羽就目光闪烁，说晚上没人在家。季晓鸥以为他是有什么忌讳，比如不想让外人获得家庭信息，心里多少有些不高兴，但也没有生气。毕竟彼此萍水相逢，说起来湛羽还是个大孩子，自我保护的心思重一点，并不算过分。

但那份医药费清单，却让湛羽十分尴尬。医药费加上急救车与担架的费用，还有住院押金，季晓鸥一共垫付了两千八百块钱。可他翻遍全身上下的所有衣兜，一共才找出两百多现金。

"姐……"捏着薄薄几张钞票，他可怜巴巴地望着季晓鸥。

"算了算了……"湛羽的眼神实在深具杀伤力，竟然令季晓鸥感觉抱歉，像是欠了他什么，"明儿联系上你父母再说吧，我先走了，明天有时间就来看你。你要听医生的话，按时吃药按时休息啊。"

"嗯。"湛羽乖乖地点头，睫毛密密垂下来，挡住了乌黑的双眸，也遮住了他心事重重的眼神。

二月的 A 城，尽管节气已经过了雨水，夜晚的寒风依然冰冷而尖锐。等季晓鸥拖着疲惫的脚步赶回家，时针已经指向十一点。

向来早睡的季家二老，居然还坐在客厅看电视，明显是在等她。见她进门，季妈松口气，却稳稳地坐着，只当作没有看见她。季爸心疼女儿，无视老伴不快的眼神，到厨房把晚饭热了端出来。

"快来快来，趁热吃！"他招呼季晓鸥，"有你爱吃的锅包肉。"

一听到"锅包肉"三个字，季晓鸥立刻扔下大衣，几乎一头扑在桌子上。

这是她今天的第二顿饭，饥肠辘辘之下，季晓鸥筷子下得飞快，那副明显饿急了的吃相，不由自主勾起季妈的心病，假装的淡定不翼而飞。

“你看看你！”季妈说话向来是哪壶不开提哪壶，“哪家的姑娘像你一样，天天三更半夜才进家门？没有周末，也没有节假日，钱又不见挣多少，当年你要是听话上了医学院，哪会有今天？医学院招生的负责人我都替你打点到了，你倒好，自作主张！你说说，哪回不听父母话，你有好结果的？”

季晓鸥的父母是一对医生。母亲赵亚敏，中医科副主任医师，父亲季兆林，眼外科主任。或许相比内科外科等，中医科和眼外科的压力都不是最大，所以季爸从小就希望季晓鸥能女承父业，以后接着做受人尊敬的白衣天使。

然而正值青春叛逆期的季晓鸥，不但无法理解父母的苦心，反而特别喜欢和父母拧着做事。初中时不爱和同龄同学打交道，反而愿意和社会上的男孩女孩交往，所谓近墨者黑，从衣着、发型到谈吐都让赵亚敏深恶痛绝，痛斥其为“女流氓”。高一又开始早恋，小男朋友是一个出了名调皮的男生。学校通知家长严加管教，被赵亚敏扇了几个耳光之后季晓鸥便离家出走，居然乘火车一路逃票逃到了Z城。幸好碰到一个好心的乘警，从Z城把她“押”回A城交到父母手里。到了高二下学期迷途知返，突然开始用功，高考时总分居然勉强能够着一本录取线。

父母高兴之余，并未想到季晓鸥努力学习的动力，竟然还是为了高一时的早恋对象。两个小恋人相约一起进L大，于是季晓鸥瞒着父母将第一志愿从医科大学改成L大信息工程系；但她的分数不是特别高，没有被名额紧俏、竞争激烈的信息工程系录取，倒是志愿表上“服从专业调剂”几个字，将她送进了L大化学工程系。

至于那场恋情，和大多数少年时期的爱情一样，因为各种原因无疾而终，化作一缕云烟随风飘散，留给她的后遗症是毕业后找工作成了大难题。学化工的女生虽然很少，但大多数企业都不太愿意招聘女生，季晓鸥在短短三年的职业生涯里，卖过化妆品，做过前台，也做过总经理秘书，反正是和“化工”两个字做了个彻底了断。

而女儿没有进入医学院这件事，在季晓鸥二十五岁之前一直是季妈最大的遗憾，二十五岁之后，则变成了女儿可能老死家中的恐慌。

等季晓鸥好容易从咀嚼的空隙腾出舌头和嘴巴，回嘴说化工专业知识对美容店生意有帮助，季妈又想起了另一件恨事。

“甭跟我提你那个店。”她放弃看到一半的电视剧，坐在季晓鸥对面开始唠叨，“挣不挣钱不说，咱家也不指着你养家，可你瞅瞅，你每天接触的都是些什么人啊？”

“您说都什么人啊？”季晓鸥撂下筷子，心里的小火苗开始嗖嗖冒蓝烟。

季妈掰着指头开始数：“不事生产的家庭妇女、包工头的二奶，哦，还有三陪小姐，这你还嫌不够啊？”

“那又怎么啦？开门做生意，我管人干什么呢，人家不欠我钱就行！”

“丢人！知道不？”季妈是个霹雳火暴的性子，一辈子容不得别人唱反调，音调立刻高了一个八度，“条件稍好点的男的，一打听你做这个，谁还敢找你？你想做老姑娘一辈子赖在家里吗？”

“我做什么啦？我做什么啦？”季晓鸥不甘示弱，也提高了嗓门，“有你这样的妈吗？有你这样的妈吗？以糟践自己闺女为乐，是不是每次糟践完我你就特有成就感？”说到这儿季晓鸥的声音都哽咽了，“谁爱赖你家啊？您别忘了我有自己的房子，明儿我就搬出去！”

眼看再不出面调停，母女间的战火就要升级，季爸赶快站起身，扶住老伴的肩膀，试图转移她的注意力：“来来来，电视剧又开始了……”

季妈被他按在沙发上，语气悻悻：“我跟她说什么她都当耳旁风，包括那个林海鹏，当年我说什么来着？油头粉面，一看就不是什么好玩意儿，她不听，结果怎么样？不听老人言，吃亏在眼前……”

话未说完，“咣当”一声巨响，季晓鸥重重摔上自己房间的屋门，接着“咔啦啦”落了锁。

季妈气得追在后面嚷嚷：“你甭使那么大劲儿，坏了还得我花钱修，合着这不是你自个儿的家对吧？”

季晓鸥捂着耳朵趴到床上，赵亚敏的声音依旧穿透屋门，不依不饶地传进耳朵里。不过发泄的对象换了季晓鸥爸爸，她用食指点着季兆林的额头说：“你除了和稀泥还能干什么？我这辈子最后悔的一件事，就是跟你去西藏，把晓鸥扔给你妈！晓鸥天天跟一帮老太太又能混出什么好来？好嘛，人家姑娘屁股后面的男朋友能有一个连，咱们家这个倒贴了还被人骗得团团转。别人问起来我都不敢接话，生怕这张老脸没地儿放！”

季兆林出声抗辩，声音却一点底气也无：“那个……我觉得咱闺女还是挺好的。”

季兆林本来就脾气懦弱，气势上一直矮着赵亚敏三分，年轻时为了事业抛家舍口奔赴西藏，把年幼的女儿留给奶奶抚养，结果造成女儿和父母之间的感情淡漠，也耽误了赵亚敏一次重要的进修机会，直到今日还是副主任医师。这件事是他在妻子面前被拿捏了二十年的短处。他也自知理亏，一旦妻子旧事重提，就唯唯诺诺，或以沉默应对。

季晓鸥则跳起来，抓起一本书扔到门上。赵亚敏的声音只停顿片刻，又开始循环往复。季晓鸥在屋内暴躁地绕了几圈，最后跪在窗前一张中式雕花小书桌前，合起双掌小声祈祷："神啊，愿所有的荣耀、权柄和国度都归于你，请赐我平静的力量对付所有的伤害与不如意吧，感谢你的博爱、宽恕和帮助，感恩！"

窗前这张旧书桌，因年代久远漆面早已泛白。上面摆着一座镀银的十字架和一本旧《圣经》，和屋内温馨的韩式风格格不入，但它却是季晓鸥奶奶留下的唯一遗物。父母援藏的五年，季晓鸥一直跟着奶奶生活，直到小学二年级父母回家，她才离开奶奶回自己家。书桌腿上用小刀刻出的伤痕，桌面上被茶杯烫出的白色印子，《圣经》里圆珠笔胡乱画过的痕迹，都保留着她关于童年生活的无数记忆。

午夜梦回，季晓鸥有时候恍惚能听到书页翻动和奶奶咳嗽的声音。这声音令她感觉温暖而窝心，所以奶奶过世已经四年了，她还是舍不得处理这件旧家具——她害怕有一天再也寻不到奶奶曾经的影子。

因为睡前的精神刺激，那天晚上季晓鸥做了一个梦，一个极其不愉快的梦。

梦中她又回到三年前的那一天。结束高级美容师的培训和考试，她兴冲冲地从广州提前返回 A 城，听到的却是男友决绝分手的决定。

二十三岁刚大学毕业的时候，季晓鸥曾有过一个正式的男朋友，叫林海鹏，比她大四岁。两人是在太平洋百货的自动扶梯上认识的。那时的林海鹏穿着气质都还像一个淳朴的学生，脸红红地对季晓鸥说已经跟着她走了很久，他喜欢她不施脂粉的干净与清爽，问季晓鸥能不能做个朋友。季晓鸥喜欢这样的开始，觉得特别不落俗套，特别浪漫，立刻就答应林海鹏去麦当劳小坐的要求。林是南方人，南方男人的细腻贴心恰到好处地填补了季晓鸥彼时的心灵创伤。那时的季晓鸥年轻气盛，恰好季妈赵亚敏也处于更年期的末梢，两人的斗气争吵几乎是季家每晚的家常便饭。屡屡恨得季晓鸥银牙咬碎，发誓只要有人肯娶，她立刻就嫁，省得与赵亚敏天天低头不见抬头见。就算赵亚敏频频泼冷水说林海鹏一个外地人在A城无依无靠、无房无车，季晓鸥还是认真想过嫁他的。没想到相处大半年之后，林海鹏却提出了分手。

至于分手的原因，毕业后考进某部委任职的林海鹏，曾口口声声说喜欢北方姑娘的豪爽大气，一旦荣升，忽然间就开始嫌弃季晓鸥家庭背景不够雄厚，不能为他的仕途助一臂之力；恰好有位官太太相中他，要将大他两岁的女儿下嫁，他便果断要求与季晓鸥分手。当然这些情况都是季晓鸥私下弄明白的，实际上当年他的分手辞极其委婉凄凉。他说你条件那么优秀，家庭条件好，自己有房子，能工作能挣钱，身材相貌都不错，我配不上你，不能耽误你。

狂怒中的季晓鸥一脚踢翻身前的茶几，指着林海鹏的鼻子说："你还是男人吗？话说得直白点会死吗？你不就升了职，于是觉得自己成一人物了，不用再跟我屈就了！配不上我？ 早几个月你干什么去了？那时候你就配得上我了？"

踩着一地玻璃杯的碎渣，她冲出了男友的宿舍。

"晓鸥，晓鸥，你听我说……"曾经的男友追在她身后。

季晓鸥早已忘掉他都解释了些什么，只是在今天的梦里，她痛痛快快做了一件当初想做却没做成的事：抡圆手臂狠狠扇了对方一巴掌。真切而清晰的一声脆响，解恨，却让她一个激灵，从梦中回到现实。

回想起梦境的碎片，季晓鸥枕着手臂发了半天呆。三年来她从未拿这件事难为过自己，只当自己一时糊涂看错了人。谁一生没爱过一两个人渣？谁一辈子没有被别人伤害过？谁又一辈子没有伤害过别人？分手了就是分手了，不过是一段感情的结束而已，她才不会在午夜时分边流泪边苦苦追问自己"这是为什么"。也幸好那时年轻，新陈代谢旺盛，伤口在不知不觉中愈合，没有留下任何创痛的痕迹；但她没想到三年过去，她依然会清楚地记得林海鹏的样子。

窗外天亮了，也起风了。A城春天多的是风，来自塞外的北风裹挟着细沙，打得窗玻璃沙沙作响。

"晓鸥，"季兆林敲着她的房门，"豆浆油条都在厨房，你起来自己热热，别又不吃早饭。"

季晓鸥含糊应了一声，决定放任自己一个早上，翻个身又沉沉睡过去。再次醒来时，父母都已经去上班了，家里静悄悄的异常安静。她在床上赖了很久，直到想起中午还有两个预约的客人，才不情不愿地爬起来洗漱。

季晓鸥的美容店，就开在一个人丁兴旺的小区旁边。店面不是很大，原是底层临街一套老式的小三居，大概八十平方米的面积。季晓鸥的奶奶在世时，就一个人住在这里。

奶奶去世前，专门留下遗嘱，将房子留给孙女季晓鸥全权处理。因为这件事，季晓鸥的二婶大为不满，不传男孙传女孙，她认为奶奶立遗嘱时已经神志不清，叔伯两家就此吵翻了脸，几乎一年没有往来，差点闹上法庭打遗产官司。而季晓鸥平白得到一笔价值几十万的不动产，再加上二婶的冷言冷语，惶恐中悲痛都减弱了几分。事后和父母几经商量，取得他们的同意，她便辞去原来那份半死不活的工作，将房间改造装修，变成一处敞亮的店面，圆了一直以来自己开家美容店的梦想。

“似水流年”开业三年，眼看周围相似的美容店几经易主，这家店却能从生意惨淡的时候一直坚持到今天，除了季晓鸥的用心经营，另一个重要原因便是没有房租的压力，主要支出除了添置必需的美容品和美容仪器，就是水电气暖和三个美容师的薪水。即使如此，季晓鸥也深觉小本生意的周转艰难，开店至今，那些酸甜苦辣无须赘言，如果不是真的热爱自己这家小店，真的喜欢美容这个行业，她很可能早就撑不下去了。

送走上午最后一个客人，揉着酸痛的手腕，季晓鸥忽然想起昨天对湛羽的承诺，安排好店里的生意，她去超市买了水果和藕粉，赶到医院。

然而面对她的，却是一张干干净净的空床。那个清秀可人的小师弟湛羽，已经消失了。

就在季晓鸥头天晚上替他垫付了所有医药费之后，他却一大早办了出院手续，不声不响地离开了。随着他一起消失的，还有剩余的押金。人去床空，没有给她留下任何口信。

站在病房门口，季晓鸥裹紧羽绒服，异常沮丧，只觉今天的穿堂风格外阴冷。如果母亲知道了这件事，肯定会说她坏了脑子，又做了一次滥好人，被人用最原始的姿色和手段骗得找不着北。

护士怪同情地看着季晓鸥：“那小孩一双眼睛抖着机灵，瞅着就不是一般人儿。您当破财免灾得了！”

可是季晓鸥根本不愿相信，不相信这个长着一双明澈眼睛的大男孩，会贪图几千块钱的押金。

一连几天，季晓鸥都为此事闷闷不乐。直到一天上午，有人匿名送来两个漂亮的花篮，才让她转移了注意力。

花篮装饰得很美，看得出动过一番心思。上百朵粉白色的玫瑰错落有致，花瓣晶莹润泽，放在店里满室幽香。进门的顾客啧啧称奇，有人惊叹说这是真正的保加利亚进口玫瑰啊，并非市面上滥竽充数的白色月季，两个花篮的造价，怎么着也得上千元。

熟悉的客人便和季晓鸥开玩笑："季老板，你的春天来了！"季晓鸥回答："只怕是有人叫春吧？"

她拦住送花篮来的快递小伙儿盘问半晌，却什么信息也没有得到。想了好久，也想不出自己认识的男人里，有谁做事能如此不计成本？

第二天又有两个花篮送到，花篮比昨天大了三分之一，上面换成了颜色略深的香槟玫瑰，朵朵光洁丰润，娇艳粉嫩得似豆蔻梢头的二八少女。

送花人还是没有现身。

季晓鸥傻站在店中央，被一室馥郁清甜的香气冲得有些头昏，实在想不明白这是怎么回事，该不是哪个冤大头写错地址送错地方了吧？

随后七天，每天上午十点，两个花篮准时送到店里，玫瑰花瓣的颜色一天比一天浓重，从最初的白色、香槟色、淡绿色、黄色、浅粉色……直至第九天的橘红色。

到了第十天，上午十点，店门一开，两个一人多高的花篮被搬进店内。玫瑰当然还是玫瑰，却是最隆重的红玫瑰，将近千朵，深红色的花瓣丰盈明艳，颜色浓烈得如同最醇厚的红酒，泛着丝绒一般的光泽。

这回还有点不一样的东西，花瓣中间插着一张名片。淡黄色的无光铜版纸，纸质厚实坚韧，手感极好。名片的格式很奇怪，除了一个人名和一个手机号，正面背面都光秃秃的，再无其他信息。

季晓鸥翻过来掉过去打量很久，轻声念出名片上的名字："严谨。"

严谨？她仰起脸想了又想，脑子里却没有任何关于这个名字的印象。

店里的几个美容师，都笑嘻嘻地瞧着季晓鸥，叽叽喳喳猜测着神秘送花人的真实身份。

季晓鸥却出人意料地扬起手，那张名片便划出一道抛物线，一头扎进门口的垃圾筒。

“哎呀，你怎么给扔了？”姑娘们惋惜得直跺脚。

季晓鸥不得不板起脸，做出一副老板娘的样子，凶巴巴地叫：“都给我干活去！”

季晓鸥此时二十七八正当年，长得不错，身材也好，这几年又开店做生意，天天抛头露面，所以追求者众多，什么样的无聊男人、什么样的搭讪方式都见识过。对这种到处发情、四面撒网的男人，她有种本能的排斥和厌恶。这些男人送花的含义，无外乎是想说：收了我的花，到我怀里来。

季晓鸥在心里轻轻“呸”了一声，就像那张被扔进垃圾筒的名片一样，这个叫“严谨”的人也同样被她抛之脑后。

而那数个曾经花团锦簇的花篮，则被送到隔壁的洗脚城，变成了洗脚桶里漂浮着的玫瑰花瓣。洗脚城的按摩师十分郑重地跟客人介绍：“先生，这可是正宗的保加利亚玫瑰，很贵的哦！”

第三章

严谨和他的“三分之一”

严谨大概做梦也不会想到，他为之骄傲充满个性的名片竟然遭受如此待遇。而那些无辜的玫瑰，境遇更是凄惨。不过此时他已经顾不上理会这等小事，严老板另有痛苦和烦闷，而且他的痛苦具体而直接。

先是他从不离身的一个“都彭”打火机，自从那个倒霉的生日夜晚之后，就不见了。他记得清清楚楚，那天早晨离开酒店房间时，明明把火机塞进大衣口袋，可是后来就是找不到了。致电酒店，酒店客房部也帮他找了很久，却没有任何结果。

东西虽小，却足以让他烦躁。

许志群则非常不以为然：“那个破火机，你用多少年了？颜色都黑了还当个宝贝蛋儿，丢了好，回头哥哥我送你一新的。”

烦躁不安的严谨差点把他踢出门去。

唯有自小一块儿长大的程睿敏，了解严谨的心思，少不得在电话里相劝：“你和它缘分已尽就别多想了。嘉遇当年对身外之物一向看轻，他也不会怪你。”

这个机身上镌刻着橄榄枝和“都彭”标志的黄铜镀银火机，原来是件遗物。曾经的主人，是两人的高中同学，几年前已经离世。

程睿敏的苦劝，并没有让严谨好受多少，他叹口气说：“算了吧小幺，你就别假惺惺的了。我知道你成心的，成心想恶心我，你一直恨我那时候不肯去见老二最后一面。”

程睿敏那边沉默好久。严谨以为他会发脾气，可他连声音都没有提高，依旧平心静气地回答：“我没怪过你，你有你的道理。”

严谨握着电话也不说话了。他从来就不怕程睿敏发脾气，唯独怕他这种不咸不淡的口气，这证明程睿敏真的介意了。

程睿敏一直在外企工作，一向脾气温和且职业化，平日见人，心中再翻江倒海脸上也会挂着一个注册商标式的微笑，面无表情往往是他表达不满的最极端方式。而严谨自小就好面子，尤其受不了别人的误解，所以他决定今天和兄弟坦诚相见。于是他慢吞吞地开口：“我从没跟你说过对吧，今儿我告诉你实话。小幺，我最后不肯去见他，是因为害怕。我宁愿闭上眼睛，眼前都是他活蹦乱跳时候的模样，我不想记住他最后的样子。”

电话里程睿敏的声音很轻：“我一直都明白，明白你那个‘三分之一’的意思，嘉遇也会明白。”

两人口中频频提到的“嘉遇”，就是高三磕头拜把子时三人中排行第二的孙嘉遇。

那年七月，严谨已经收到了入伍通知，等高考一结束，兄弟三人便瞒着父母出门，一夜时间，硬是骑车赶到了 B 城临海区。虽然没有看到传说中的新式军舰，内海的景色亦差强人意，但那天清晨绚烂壮观的日出，还是给他们三人留下深刻的印象。

面对夺目的朝阳，他们学着武侠小说中的样子，撮土为香，发誓三个人虽不能同年同月同日生但必同年同月同日死，并许下无数宏图大愿，其中就包括将来要在海边合伙开家餐厅，只卖海鲜，起个名字便叫“三人行”——因为孙嘉遇生前最热爱海边的城市，而年纪最小的程睿敏自幼在 C 城长大，特别喜欢吃海鲜。

为了实现当年这个愿望，两年前一艘邮轮的主人四处寻找买主的时候，严谨毫不犹豫地拍板买下，花大价钱做了内部装修，又搭上无数人情和精力，才开了这家水上餐厅。

餐厅的名字，却不叫“三人行”，而是叫作“三分之一”。只因十七年前曾经撮土为香发誓同生共死的三个少年，以为能一辈子不离不弃的三个人，却在十三年后一个清冷的冬日，不小心失散了。

永远地失散了。

三分之一变成再也填补不上的残缺。

正因为这个让人伤心的残缺，严谨才会为一个旧打火机大动肝火，连带着恨上了那个名叫 KK 的小白脸，发誓这辈子最好别让他再见到这个人。可惜世事总是十之八九不如人意，有些人有些事，一旦出现，就像是命里的劫数，避不开，也躲不过。

为这个丢失的打火机，严谨着实郁闷了几天，好容易顺过一口气，总算放开了，他又碰上另一件烦心事。

就在刚刚过完春节，餐饮生意逐步开始回暖的时候，他的“三分之一”生生让人挑了场子。

冲突起自一盅海参豆腐煲。春寒料峭的早春，雪白浓郁冒着微微热气的一碗好汤，看着就让人心里起了暖意，客人却从汤底舀起两粒老鼠屎。

严谨那两天恰好有事待在 A 城，没顾上去餐厅。等接到电话驱车百十公里赶到餐厅，现场已是一片狼藉。七八张桌子被掀得底朝天，碗碟杯盘碎得满地都是，汤水淋漓。自己人也吃了大亏。不仅厨师和服务生挨了打，连见多识广的餐厅经理，亦未能压住场面，反而被人用啤酒瓶砸破了脑袋。

严谨背着手在餐厅里走了一圈，估摸一下大概的损失，心里已经有了底；但他什么也没有说，只吩咐停业一天。挨了打的厨师和服务生放假一周回去养伤，薪水照发。

餐厅经理还在医院，脑袋包得木乃伊一般，见到自家老板，少不得一把眼泪一把鼻涕哭诉一下当天的遭遇。严谨只能好言安抚几句暂时稳住他。毕竟有些场合严谨不方便出现，而餐厅经理是 B 城当地人，以后诸般出头露面的事还是得靠他。

很明显，今天这场冲突并不是偶然事件，而是提前策划好的行动。对方的目的很直白，没藏着掖着，就是踢馆砸场子来了。类似遭遇严谨经历过太多，早已安之若素，并没有过分放在心上。开餐厅并不是件容易事，黑白两道都要设法摆平，其中错综复杂的纠缠，甚至比他以前商贸公司的业务还难应付。

在“三分之一”，严谨有一个专门的房间做办公室。他先关上门拨了几个电话，然后开车进 B 城市区，找当地朋友吃了顿丰盛的晚餐，这才不紧不慢地踏上归程。

车还未到高速的收费口，严谨需要的消息便陆陆续续传回来。

下午砸店的几个混混，已经被教训，付出的代价是被踢断的肋骨和脱落的牙齿。严谨得让自己的员工看到，跟着他混绝不会吃亏。事实证明，严谨先前的猜测无限接近真相。砸场子的人，为的就是破坏他的生意。怪只怪“三分之一”餐厅太过招摇，旺季时平均每天几十万的流水，生意好得不知让多少人眼红，因此很难照顾得滴水不漏，稍微有个疏忽，就会有打点不到的地方。

但他没想到，坏消息竟会传得如此之快，连许志群都忧心忡忡地亲自打电话过来。

“严子，”许志群的声音带着大祸临头的恐慌，“你也太大意了，怎么会去招惹那个煞星？这个绰号叫‘小美人’的，你不知道吗？”

严谨正目视前方，专心超越一辆女司机驾驶的敞篷小跑车，一时没有说话。

许志群忍不住“喂喂”两声，“严子？”

眼见那娇俏的女司机粉面含嗔，冲他怒目而视，严谨云淡风轻地挥挥手，然后对着车载电话哈哈一笑：“小美人儿啊，真是个好名字！真是一美人儿吗？”

许志群登时急了：“你别不当回事儿！我告诉你啊，他得这外号，因为人长得又瘦又白像个女的，却是个心狠手辣的主儿，他是想从根儿上控制临海区的海鲜市场。你那个店，生意火得扎眼，平时又直接从渔船上货，正好拿来杀一儆百，这是给你下马威呢……喂喂……你在听吗？”

“听着哪听着哪，您接着说！”严谨赶紧应答。

他确实走神了。虽然嘴里说着不在乎，但对方的身份着实让他吃了一惊。他原来以为砸店的是对“三分之一”充满羡慕嫉妒恨的同行，没想到来头这么大。可他的店招揽客人，靠的就是“新鲜”两字，一旦向对方屈服也通过海鲜批发市场上货，他还做什么生意？

几番叮嘱之后，许志群终于结束他漫长的通话：“咱强龙不压地头蛇，你真的要当心。”

“那不能，放心吧兄弟，小事儿一桩，肯定能摆平。”

手指轻叩着方向盘的边缘，严谨微微冷笑了一下。如果换作十几年前混社会的时候，遇到这种事，他的解决方式简单而直接：打！打不过你我认栽，谁怕谁呀？但是在部队几年的磨炼，把他当年的棱角磨去不少。退伍后又在社会和商场摸爬滚打这么些年，免不了见人说人话见鬼说鬼话，霹雳火暴的性子更是收敛了许多。对付这些人，以暴易暴并不是最有效的方式。想彻底解决问题，关系当然可以动用，但他的人脉根基都在 A 城，B 城跨着市区相隔百多公里，行事毕竟不太方便。

他想得太过出神，不由自主放慢了车速，于是他那辆排气量 4.4 升的“路虎”，在高速公路的快车道上，竟以时速六十公里的速度，像乌龟一样缓慢爬行，车后堵着一队被憋得火星乱溅的愤怒司机。

直到后面响起一串气急败坏的车喇叭，严谨才蓦然惊醒。心中本来就闷着一股浊气，又被喇叭声催得心烦意乱，他颇不情愿地猛踩一脚油门，同时大骂：“赶着换生肖吗？着什么急？”

但这一骂，倒让他想起一个人来，一个可以帮他牵线搭桥摆平麻烦的人。

于是那辆全尺寸的醒目越野车，一改疲态骤然加速，朝着 A 城方向疾驰而去。

严谨要见的人，名叫冯卫星，当年的老战友，两人一张床上下铺睡出来的交情。

只不过冯卫星早早退伍，等几年后严谨退役重回 A 城，他早已今非昔比，拥有了自己的客运公司和货运托运公司，后来又增加了几家酒吧，最近更是有进军房地产行业的打算，出入之际踌躇满志，愈加派头非凡。看他如今进进出出都有一帮手下前呼后拥，一副社会精英的面目，很少有人会想到，当年他也曾一路血雨腥风地混过。

虽然谱摆得大，但冯卫星人挺痛快，听严谨说明来意，二话不说便拍着胸脯保证：“‘小十三’你放心，这事包在哥身上了。”

“小十三”是严谨那时候的绰号，一直跟了他四年；但最早他不叫“小十三”，而叫“十三姨”。因为他在班里年龄最小，排行十三得名，严谨那年十八岁多点十九岁未满，火气正旺盛，谁叫他“十三姨”就直接挥拳相向。打过七八架之后，“十三姨”这个名字终于销声匿迹，“小十三”取而代之。

听到这个已经消失在记忆深处的称呼，严谨眼底似有亮光跳了一下，但只一瞬，便消失了，他笑笑说：“那就谢谢哥了，回头饭店您选，我请客。”

冯卫星办事效率挺高，严谨以为还要等上一段日子，没想到两天后就有了回音。冯卫星对严谨说，“小美人”已经松口，愿意见面谈谈以了结双方的恩怨，但严谨得出点血，拿些钱出来买个平安。

说实话，“小美人”开口提出的那个数真不小，远远高出严谨的预算，但好在没有突破他最后的心理底线。认真权衡一下利弊，他不再说什么，答应赴约。

“三分之一”对他有特殊的意义，他不想拿它冒任何风险。而冯卫星的帮忙，也不是无条件的。作为回报，严谨不得不答应帮他一个忙，帮着“捞”几个人出来。

和“小美人”见面的地点，约在A城和B城交界处的一处温泉度假山庄，算是各给双方一个面子。严谨也不说什么，因为他懂道上的规矩。

至于最近忽然流行起在桑拿房里谈生意，其中的奥秘，并非人们猜测的那样——当双方裸袒相见时，会比较开放坦诚。实际上主要为了安全，既然大家都不着寸履，那么常规的录音笔、窃听器甚至武器都会无所遁形。

乍见“小美人”，虽然已有心理准备，严谨还是大吃一惊。

“小美人”人如其名，长得瘦长白皙，鼻梁上架着一副金丝边半框眼镜，穿一件黑色贡缎的中式棉袄，看上去温文尔雅，更像一位中学语文老师。相比来说，戴上墨镜板起脸的严谨，可能更接近人们心目中的老大形象。

看得出来，冯卫星也被“小美人”的形象给震惊了，一时竟没说出话来，半天才恢复常态。

但是“小美人”一开口，原来所有给人的错觉便都消失了。他的声音低而嘶哑，坚利而生硬，夹杂着一点金属的颤音。B城本地口音，话不多，然而每一个字都有足够的威慑力。

严谨不喜欢这种人：表面一张脸下面似乎还藏着另一张脸，像是预备着随时翻脸，这样的人一定特别难缠。

在来山庄的路上，严谨曾特意问起冯卫星，那些钱真的能让“小美人”就此罢手？

冯卫星是个四十岁左右的中年人，冬天也把脑袋剃得光溜溜凸凹分明，一摘帽子青楂上犹自腾腾冒着热气，仿佛一颗刚出锅的带皮土豆。摩挲一把光光的头顶，他回答：“你家老爷子要退也是明年的事了，他做事总要掂量掂量，给自个儿留条后路吧？”

严谨便明白他对调解的结果也没什么把握。事已至此，索性放下心事专心开车，再不多话。到时候只能静待其变，见机行事。

他们包下的桑拿房，孤零零位于一泓碧水中间，半透明玻璃和原木的拼搭设计，远远看过去像个半扣的西瓜。室外环绕着一片绿盈盈的热带植物，轻易便遮挡住了外界窥探的视线。

服务生送进一瓶不知年头的白兰地陈酿及三个酒杯，便关上门退出去，桑拿房内只剩下严谨、“小美人”和冯卫星三人。

“小美人”果然没有轻易放过严谨和“三分之一”。待寒暄完毕进入正题，他除了事前敲定的保护费，又提出两个条件：第一，严谨的饭店可以不经海鲜市场，但必须要通过指定的渔业公司和指定的渔船上货；第二，他要参股三成，饭店的利润按月分红。

这条件实在太苛刻，尤其是后一条，简直近乎要挟。冯卫星扭头看看严谨，严谨面无表情，也看不出是喜是怒。桑拿房内水汽弥漫，“小美人”的脸隐藏在水雾之后，更是带着点儿莫测高深的模糊。

过了很久，严谨开口，三个字斩钉截铁：“不可能。”

“小美人”微笑着伸出手，在眼前张开，一根根审视着自己苍白细长的手指，慢条斯理地问道：“那我们是无法达成协议喽？”

严谨点点头，话说得很硬：“老子不愿做的事，没商量余地！”

“小美人”却不为所动，声音愈加温和：“那这件事你打算怎么解决呢？我那三个孩子被人伤得厉害，我总得给他们一个交代。”

严谨回答：“随便你！”

“小美人”看着严谨，摘去眼镜的双眼微微眯起，只似笑非笑地咧咧嘴，细声问道：“随便我？你说真的？”

“当然真的。”严谨态度认真，“软的硬的随便你，我奉陪到底！”

此言一出，室内顷刻变得异常安静，所有的声音都沉寂下来，唯有蒸汽轻微的“嗞嗞”声在耳边回响，一片静寂中却仿佛酝酿着不动声色的剑拔弩张。

冯卫星此次出马，是以中间人的身份担任着调停的角色，眼看谈判要崩，急忙出来打圆场。

“来来来，都喝杯酒喝杯酒，谈生意嘛，不谈哪儿来的生意？”他拍着严谨的手臂说，“我这兄弟只是开个玩笑，开个玩笑……对吧，兄弟？”

相交多年，冯卫星太了解严谨的性格。他实在担心严谨牛脾气上来犯浑，来个宁玉碎不瓦全，彻底辜负他一番苦心。

严谨却抖抖肩膀，不动声色卸下他的手臂，紧接着做了一件完全出乎两人意料的事。

他竟然用左手两根手指，从桑拿炉中夹起一块烧红的桑拿石，送到“小美人”面前。然后把右手中的酒杯在石子上方慢慢倾斜，眼见其中冰凉透明的酒液缓缓落在鹅卵石上，“嗤嗤”冒着热气，在潮热的空气中渐渐化为乌有。他也笑笑，笑得吊儿郎当：“我从来不开玩笑！”

“小美人”的笑容僵滞在脸上。那块灼热的石头距离他的脸不过十几厘米，他都能感觉到石子上扑面而来的热气。酒液蒸发时轻微的酸气，夹着愈来愈浓的蛋白质焦煳味，刺激着人的嗅觉，也刺激着人的神经。

冯卫星张大嘴，所有的俏皮话都堵在喉咙口，一句也说不出来。

他忘了一件事，忘了当年部队里的严谨究竟是怎样一个人。严谨做事没那么多心眼儿，常常一根肠子通到底，可是他身上却有着常人身上不多见的玉石俱焚的勇气，他说奉陪到底那就是真的奉陪到底，绝对不惜代价。十几年前加入特种部队，他就是靠拼命三郎的精神进行自虐式的训练，才最终成为一名优秀的狙击手。没有亲身体会过的人，大概很难理解，一个原本脾气随性跳脱的人，要经历怎样的蜕变和磨砺，才能成长为冷静沉着的狙击手。

热汗一滴滴流下“小美人”的额头，他不由自主眨眨眼，忽然笑起来，连声说：“不至于，不至于，兄弟你太较真儿了，还不至于到这一步，咱们好说好商量。”

严谨紧盯着他：“真的好商量？”

“小美人”仰头打个哈哈：“当然好商量，怎么做，兄弟你说了算。”

严谨再一笑：“那我就不客气了。”

他多少算是道上混过的人，深谙其中规则。斗气时拼得就是一个“狠”字，光脚不怕穿鞋的，谁真正豁得出去谁就占上风。“小美人”心中的顾忌，显然比他更多。

鹅卵石擦着“小美人”的膝盖落地，“嘭”一声砸在地面上，在地板的水洼里激起一团更大的雾气，“嗤嗤”声历久不绝。

严谨收回手，满不在乎地吹口气，完全忽视了两根皮肤几乎已碳化的手指，慢悠悠提出自己的条件：“前面说到的那笔费用，我可以再追加两成。”

这下不仅“小美人”，连冯卫星都愣了一下，觉得严谨是不是因为室内的高温给热糊涂了？

严谨却接着说：“不过这笔钱要分三年付清，算是我从您这儿投资一笔三年的保险，除了这个，今后我们各走各的阳关道，两不相干。”

冯卫星愕然错开视线。方才是“小美人”欺人太甚，这会儿换成严谨得寸进尺了，他是想用这笔钱换取“小美人”三年平安的承诺。此刻无论冯卫星说什么或者站在谁的立场上都不合适，他只好低下头假装品酒。

“小美人”一时没有说话，只是默然望着严谨。望得越久，他脸上的笑意越深，笑得旁人简直毛骨悚然。最后他伸出右手，掌心向上朝着严谨，还是没有说话。

严谨会意，但内心惊异不已，没想到“小美人”居然肯就此偃旗息鼓。他警惕却状似懒洋洋地伸出右手，与“小美人”轻轻对击一掌。

“成交。”“小美人”说。

严谨一个人离开桑拿室的时候，心里相当清楚，“小美人”也许只是看到他维护“三分之一”的决心，顾虑着他父亲的背景而暂时服软，这笔钱买来的也只是暂时的安宁，但他和“小美人”的梁子算是从此结下了。可是为了“三分之一”不被居心叵测地染指，他同样顾不了太多。

冯卫星没有随严谨出来，他和“小美人”还有其他秘事商谈。

严谨很配合地告辞，即使明知冯卫星会扯他的虎皮做大旗，借机和“小美人”另有交易，他也只能睁只眼闭只眼，谁让此番求人的是他呢。

出了桑拿室，伤指的痛感仿佛这时才传递到大脑。跳动的闷疼，似从骨髓中向外放射，比那种尖利的锐疼更让人难以忍受。幸亏温泉山庄里烫伤药膏是必备品。服务生取来纱布和绷带，娴熟地为严谨处理好伤口，显然已是熟能生巧。

严谨想尽快赶回 A 城。今天是外甥乐乐上钢琴课的时间，平日负责接送的司机临时有事请假，乐乐的爸爸又出差在外，妹妹严慎只能向哥哥求救。严谨一向疼爱这个淘气的外甥，当即就义不容辞地答应下来。现在是下午四点，如果道路顺畅，一个多小时回 A 城，正好赶上乐乐的下课时间。

待他穿好衣服，拎着车钥匙穿过大堂，正要走近旋转门，旁边的沙发上忽然站起两个人。

“谨哥。”左边那人上前一步，讨好地对严谨笑笑，然后说了句废话，“您也在这儿呢？”

这人严谨认识，冯卫星的手下，名叫刘伟，原是南城胡同里的小混混，跟着冯卫星也有七八年了。早年曾替冯挡过一刀，至今脸上还留着一道刀疤，算是冯的心腹之一，如今替冯掌管着几家酒吧的生意。

严谨便点点头，随口问道：“你出来了？在里面没遭什么罪吧？”

刘伟就是前几天进公安局的几个人之一。他对严谨自然感激涕零，笑出了一口被香烟熏黄的牙齿：“没有，有谨哥您照应，怎么可能呢！”

严谨不愿和这种人多说，敷衍地笑笑：“一会儿跟你大哥捎个话，我有急事要赶回去，回头再联系。”

“您放心回吧，我一定带到。”刘伟一口答应。

刘伟一转脸就对身后的人换了副蛮横的面孔。

“过来，叫谨哥！”

一直躲在刘伟背后的人低头蹭过来，抬起眼睛怯怯地叫了声：“谨哥。”

严谨的目光无意中落在他的脸上，顿时就怔了怔。这人他只见过一次，但这张脸这双眼睛却令人过目难忘。

刘伟带来的，竟然是那个“KK”，曾在酒店和严谨有过一夜之缘的小白脸。

这回他穿着米白色的手织毛衣和牛仔裤，领口处露出蓝格衬衣的边缘，书包斜挎在肩上，头发梳理得整整齐齐，简直像个干干净净的大学生。

严谨完全想不明白，一个做那种生意的男人，如何还能保持如此纯净的皮相和清澈的眼神？他像不小心吃了只苍蝇一样，厌恶地转头，只在刘伟的肩头拍一拍，根本把 KK 当作透明，视若无睹地走出去。

不过当他坐在车里轰大油门暖车时，心头却浮上一个大大的问号。按说今天的会面是件挺严肃、挺正经的事，刘伟带 KK 过来干什么呢？带着满腹的疑问严谨发动车子，在马达的轰鸣声里离开温泉山庄，转上返程高速的方向。

第四章 意外的惊喜

回城之路意外地顺畅，严谨到达乐乐上课的现代城，还不到六点，钢琴课尚未结束。

绕着大楼转了一圈，也没有找到合适的停车位。看看时间还差二十分钟，严谨索性把车泊到路边，亮起四个紧急事故灯。

推开车门跳下驾驶座，他站在马路牙子上跺跺脚，百无聊赖地给自己点起一根烟。打火机是他花一块钱在路边小商店买的。自从丢了那个旧的“都彭”打火机，严谨买过几个新的，可没有用过超出两个星期的，不是丢了就是被朋友给顺走了。后来他就一直用这种一次性的，省得麻烦。

受伤的手包着纱布十分不便，一次性打火机的性能设计得又不那么人性化，他笨拙地努力半天才达到目的。再一抬头，就看见前边不远处，一个穿白色羽绒服的姑娘，正肩背一个硕大的登山包，站在路边东张西望，像是在等出租车。

严谨“哎哟”一声，颇有些意外的惊喜。

这姑娘不是别人，正是那个开美容店的老板娘，大嘴女孩季晓鸥。

生日那天偶遇季晓鸥，严谨就对她的两条长腿一见倾心，特意委托许志群打听她的姓名和地址，然后委托鲜花店照着地址连送了十天花篮，并在最后一天奉上自己的名字和联系方式。

严谨追女孩子，一向善于找准对方的突破口，在决定性的阶段最大限度地集中火力大规模轰炸。如果对方对他也有意思，往往一拍即合手到擒来，若没意思他立即实施战略撤退。他最讨厌那种喜欢搞欲拒还迎的女孩，既浪费他的时间又浪费他的感情。

按照以往的经验，经过十天鲜花“炸弹”的集中式轰炸，哪怕仅仅为了满足一下好奇心，女孩子也应该很快回电话；但是这一次，他足足等了一个星期也没有任何消息。正要探究一下失败的原因，就被迫撂下货真价实的美人，转去应付B城的“小美人”。可缘分终究是缘分，今天竟然在这里碰上了！

严谨一时间心花怒放，将半截烟头扔进果皮箱，咳嗽一声清清嗓子，再拉拉外套，冲着季晓鸥叫了一声：“季晓鸥——”

季晓鸥似乎听见了，略微侧过身子，转向严谨的方向，好像看了他一眼，脸上没有任何表情的变化，又把目光转回来车的方向。

严谨想过去，可是怕违章停车被贴条儿。心中天人交战了好一会儿，终于咬咬牙，锁上车门朝她走过去。不料才一迈步，外套口袋里的手机就开始振动。

来电的当然是妹妹严慎。她在电话那边急得哇哇大叫：“哥，你到了没有啊？”

“不是说好六点吗？”

“就不能提前下课吗？你快来吧，乐乐冻得清鼻涕都出来了！”

严谨回头瞧瞧季晓鸥窈窕的身影，实在舍不得就此离开。他背转身，起初捂着手机话筒小声说了句现代人为约会迟到而常说的最现成的谎话：“我被堵在路上了，还得等会儿才能到呢。”

“你这人怎么这么不靠谱哇？难得求你办件事！”

“你就那么笨哪？不能找家快餐店，先带乐乐进去暖和会儿？……好了好了严慎，你离更年期还远着呢，怎么快跟咱家老太太一样啰唆了？我尽快过去行不行？”

就在严家兄妹电话里斗嘴的时候，季晓鸥也被严谨吸引，正好奇地打量着他的座驾。她略微有点近视，为了爱美不肯戴有框眼镜，也不肯委屈自己将就隐形眼镜，宁可就那么模糊着。此刻虽然天色已暗，眼神变得越发吃力，但也看明白那是一辆黑色的越野车，将近两米多的车宽，像节火车车厢停在路边。

季晓鸥对车的型号并无研究，就像她从不在意衣服的品牌一样，因此她并不知道那个黑色的庞然大物，就是号称SUV里劳斯莱斯的路虎探索系列，只是单纯觉得在天天堵车的A城里开这种车实在太“二”了，既占车位又费汽油，除了比较拉风，真没什么别的好处。

但车主人的背影却牢牢黏住她的视线。那人正背对着她接电话，一件卡其色的俄式军装麂皮外套，牛仔裤的裤腿塞在高帮陆战靴里，和他的车子像是隶属同一系列。二者站在一起，几乎一样的高度，同样的挺拔利落，透射出的气质简直如出一辙。

季晓鸥当年也曾是为电视剧《士兵突击》走火入魔的铁杆粉丝，对一切带有军旅标志的事物均有着超乎寻常的热爱。那背影难免让她浮想联翩，让她在心里默默地揣测：假如对面这家伙转过身来，是像七连长多一点呢，还是更接近袁朗的神韵？

那边严谨已经暂时稳住妹妹和外甥，挂了电话大踏步走过来。

“季晓鸥，真巧咳！”严谨把季晓鸥的名字叫得像小学同学一样顺溜，这是他泡妞常用的自来熟伎俩，在对方毫无防备的时候，他漫不经心的魅力渗透其实已经开始，“去哪儿？我送你过去。”

但对季晓鸥而言，在大街上突然被一个陌生人熟稔准确地叫出名字，无论如何不是一声寻常的寒暄。她先是被惊吓，接着为对方坦然的态度所迷惑，开始搜肠刮肚寻找对方的资料。

可是就像遇到了硬盘坏簇，她心里头似乎模模糊糊有个影子，但无论如何努力也想不起在哪儿见过这个皮肤晒得像黑巧克力一样的男人。

“你是……”她在暮色里睁大了那双本来就不小的眼睛。

“不记得我了？”

“对不起。我实在想不起来了。”

严谨的自信遭受到前所未有的沉重打击，失望之色溢于言表，但面对暂时的挫折他并没有退缩，伸手在上衣兜里一通乱摸，总算找到一张漏网的名片递了过去。

季晓鸥接过名片，借着余留的天光，她看到一张似曾相识的名片，一个似曾相识的名字。

“严……严谨？”

“对啊，情人节那天，哦不是，情人节第二天，我们在酒店见过，还记得吧？”

季晓鸥收敛微笑，微微张开了嘴，无数碎片连成了线，电光石火间她想起那些美丽的玫瑰，也想起了酒店电梯里的那次偶遇。

情人节的遭遇，实在让季晓鸥记忆深刻，想忘都忘不掉。说到起因，是美容店里一个名叫方妮娅的老顾客，情人节的夜晚丈夫却在外地出差，无聊之中找到季晓鸥，说她有一个单身派对的请柬，让季晓鸥跟她一起去，看看能否遇到适龄的单身“高富帅”。她跟季晓鸥开玩笑：“就算找不到可以做老公的男人，至少也能找着一个够资格包养你的吧！”

“呸！”季晓鸥啐她一口说，“谁有资格包养我？等我有钱了还打算包养别人呢！”

话虽如此，她还是按照方妮娅的着装要求打扮好，即上衣领子必须低至能露出“事业线”，裙子要高于膝盖上十厘米，然后跟着方妮娅去了酒店。可惜那派对虽称为单身派对，但大部分来宾都是打扮得光鲜艳丽的女性，偶有几个男宾出现，要么大腹便便年过不惑，要么年轻殷勤得令人生疑。两人感觉极其扫兴，正打算撤退之际，却发现回家已经成为一件可望而不可即的事——情人节的夜晚，满城大堵车，似乎全城的几百万辆机动车都选择了在这个晚上出行。无奈之下，方妮娅出资开了个标准间，两人索性在酒店睡了一夜，退房离开时便与严谨在电梯里狭路相逢。

因为当时严谨一直挡在电梯门口，和他面对面站着的季晓鸥，并没有看到另一个人的长相，但严谨和他暧昧的对话却听得清清楚楚——情人节后的清晨，酒店电梯，两个衣冠不整的男人，尤其是严谨，衬衣扣子只系了中间两粒，胡子没有剃干净，脸上的表情里外都透着股邪气，明显不是一个什么正经的人，可又不得不承认他邪得十分有范儿。还有最后付钱的那一幕，哎哟哟，让人不想歪都不行。

事后季晓鸥和方妮娅讨论了好久，最终两人发出同样的感慨：一方面电影、电视剧里充溢着白皙单薄的花样美男，一方面她们喜欢过的硬派男明星接二连三“出柜”，而现实中像严谨那样充满男性气质的男人，竟然也是……

方妮娅说：“我的三观整个被颠覆了！”

季晓鸥说：“我的三观不仅是被颠覆，简直被摧毁得渣儿都不剩了！”

相比方妮娅，季晓鸥的感触另有一层原因。

多年的教育令季晓鸥能够平静接受和自己迥然不同的人，却无法以平常心接近他们讨论的这个人群。

季晓鸥戒心骤起，脸上堆起礼貌的笑容，身体却下意识地挪开一步。

“哦，哦，那个什么……你是……你……你好！”

电梯那一幕完全破坏了她所有的印象，如同路边“禁止停车”的标志，严谨的脸上已经被她画上一个大大的红叉，上面写着：危险勿近！

“想起来了吧？”严谨没有察觉她语气中的疏离，反而把她的慌乱误解为羞涩，于是释然地上前一步，拍拍她背上的大包，“这里面装了点什么？看着挺沉的。”

季晓鸥退一步：“没什么。”

严谨毫无眼色地再向季晓鸥靠近一步：“把包卸了，我替你拿着。”

“不用了，谢谢！我自己……哎哟……”季晓鸥在避无可避之下，从马路沿上一脚踏空，身体顿时失去平衡，趔趄着向旁边栽了下去。

严谨的肢体反应总是快于他的思维，下意识地伸臂一搂，季晓鸥已经倒在他的臂弯里。他只觉得手掌下细细一捻纤腰，柔软而充满弹性，霎时温香软玉满怀。

两人脸离得极近，几乎鼻尖对鼻尖，嘴唇对着嘴唇，维持着一个怪异的姿势，半天都没有动一下，像DVD机被按下了暂停键。

最先回过神来的是严谨，面对一个悦目的异性，他的雄性本能立刻占了上风，不假思索地噘起嘴唇，在那滑腻冰凉的香腮上轻轻啄了一下。其实他特别想吻上去的，是她玫瑰色的双唇，但在肌肤相触的最后一刻，他心虚地改了道，奔着腮帮子去了。

这时是晚上整六点，天已经长了，刚落山的太阳在路边的槐树梢头留下最后一抹残红。

暮色中季晓鸥只看到一双近在咫尺闪闪发光的眼睛，和两排整整齐齐的白牙，羞怒交加之下，滚滚红潮一波波涌上她的脸颊。她忍无可忍地抬起手臂，“啪”一声拍在那张沾沾自喜的脸上。

不疼，但声音很大，两个人都被吓了一跳。

季晓鸥长这么大，现实中还是第一次真正掴人耳光，那声脆响让她完全失措，支棱着打人的右手，她一时间怔住了，不明白自己究竟做了什么，那只手像是已经完全脱离她的控制，变成独立于身体之外的生命。

严谨一腔热血被这个巴掌扇回了常温，琢磨片刻他回过味来，讪讪地松手，也是又羞又恼，可他毕竟是个男人，再气愤也不能和女人一般见识，总不能再一个巴掌打回去。

摸摸微热的腮帮，他咬着牙笑了：“哎哟，真够厉害的，怎么着啊，下面您该上演什么了？烈女坚贞不屈？要不要我再给您扛台铡刀来应应景儿配配戏？”

其实季晓鸥感觉自己反应过激，颇有些抱歉，但此刻没有任何台阶可下，听他说得完全不着调，只能把脸甩到一边，狠狠吐出两个字：“流氓！”

严谨没想到，她脱口而出的，竟是这样滑稽的两个字。他没有生气，反而当场乐了。这女孩的反应总和他的预期不符，让他觉得特别有趣，充满了挑战，方才那点恼怒顿时飞到九霄云外去了。所以他笑嘻嘻地答道：“啊，对，我就是一流氓，您眼神儿真好！”

季晓鸥狠狠白他一眼，往旁边挪了挪，好离他远一点。心中只恨平时满街都是的空出租车，这会儿像遭遇了时空黑洞，集体失踪。

严谨取出烟盒，摸出一根香烟，慢悠悠点着了，这才不紧不慢地接着说下去：“您知道吧，流氓最爱找两种人，一种是长得特漂亮的姑娘，还有一种就是……就是您这样的……这样特别的……”其实他真正想说的是，“就是您这样的，看背影迷倒千军万马，猛回头惊退百万雄师。”但他及时改了口，怕把季晓鸥说急了再给他一耳光。他嘴闭上了，眼睛却不肯老实，在她鼻子以下的区域别有用心地溜来溜去。

季晓鸥的脸颊再次涌上红潮。这张微笑时还好，一旦大笑就原形毕露的嘴巴，一直是她生平最大的恨事，她最恨的就是被人说嘴大。不过论起斗嘴皮子的功夫，作为一北方姑娘，季晓鸥也不是什么善茬儿。强压下心头的怒火，她冷笑一声反唇相讥：“我要是您，一准儿躲在家里少上大街溜达，您也不怕遇上警察，上来就给您贴张罚款条儿吗？”

明知道不是什么好话，可是这词儿里外透着新鲜，严谨特别想知道下文。

季晓鸥仰起脸，声音像小梆子一样轻快爽脆：“有种人，长得跟恐怖分子似的，出门就扰乱社会秩序啊！”

严谨哈哈笑起来，笑得烟都差点落地，虽然他一边笑一边觉得自己极其犯贱。先被人掴一巴掌，然后被人骂流氓，接着再被挤对长得难看，可是他还觉得挺享受的，这不是犯贱是什么？

季晓鸥却是万万没有料到，她竟在无意中成功做了一回乌鸦嘴。

两个人只顾着唇枪舌剑，谁也没有留意，一辆摩托车悄无声息地停在路边，下来一个交警，头盔拉得低低的，完全看不见脸。他对着严谨的车拍照、登记、抄牌，整套动作麻利得如行云流水一般。等严谨察觉异动扭过脖子，一张《违法停车告知单》已经贴在他的窗玻璃上。

严谨顿时打了个寒战。怕什么来什么，关闭发动机不过五六分钟的时间，居然真的招来了交警。要知道今年刚过去俩月，他的驾照已被扣去六分了。

“哎哎哎，哥们儿，慢点您慢点，人在这儿呢。”他赶紧过去妄图力挽狂澜。

交警推推头盔，警盔的阴影下，脸的下半部露了出来，那是一张极其年轻的脸：“你的车？”

“是的是的。”

交警指着路边的禁止停车标志，问他：“这么大一牌子，你没看见？”

“这不是车出问题了，在等4S店拖车嘛，您摸摸看，发动机还热的呢！”严谨自知理亏，挂起一脸诚恳的笑容。

交警狐疑地打量他，果真摸摸引擎盖，又看看他身后咬着嘴唇忍笑的季晓鸥，显然不相信他的说辞，声音还是很严厉：“那也不能明知故犯！能看看你的驾照吗？”

“交警同志，我一没闯红灯，二没违章并线。”

“我说你违章了吗？驾照！”

“我也没有醉驾啊同志。”

“驾照！”

严谨露出一脸苦相，“您知道俺们那旮旯啊，是革命老区啊，生活苦哇，没钱哪……现在挣点钱多不容易啊！物价飞涨，油价也飞涨，房价更是涨得离谱，您这样对待革命群众，忍心吗？是在贯彻执行党的和谐社会政策吗？”

季晓鸥哧哧笑出声，觉得奥斯卡最佳男主角奖没有颁给他真是可惜。

交警却不吃这套，不但没有笑，反而拉长脸：“你是把驾照交出来呢，还是想让我把车拖走？”

严谨牙疼似的皱皱眉，微笑消失了。

这个小交警说话太过生硬，令他感觉十分不爽，他没有出示自己的证件，而是问那个交警：“好像交警执勤时行为不规范，可以直接打他的热线电话投诉是吧？”

小交警被问得愣了一下，一时也摸不清他的来头，斜起眼睛口气强硬地反问：“我怎么不规范了？”

“交警对机动车驾驶人进行检查时，要做什么来着，说什么来着？”

交警很快意识到自己今天遇到了一个刺儿头，同时意识到自己的失误。

都说A城的交警基本上是全国态度最好的交警，A城的马路上飞跑着将近400万辆机动车，被较真的司机投诉到“122”，多少也会影响到交警个人的绩效。

这位交警显然也是个狠角色，就见他脸上露出忍辱负重的表情，抬手对着严谨敬一个相当标准的礼：“您好！请出示您的驾驶证和行车证。”

这就是规定中的第一个敬礼和标准用语。

第二个敬礼是这样的：“您违章停车的行为违反了《道路交通安全法》，现依法对您处以二百元的罚款，请于十五日内到告知单上载明的罚款代收机构缴纳罚款。如有异议，请于三个月内到法院提起行政诉讼。”

严谨拢起手臂，笑眯眯地接腔：“哎哥们儿，您这程序不对啊，除了去法院，我还可以六十日内申请行政复议对吧？您明显书没背好，学习的时候犯困偷懒了吧？”

交警的喉结上下滚动了几下，却讲不出话来。因为严谨说得确实没错，他的确漏了这一条。

其实，严谨想挑战交警的疏漏之处，还有其他的细节可以补充。比如违章停车的罚款数额，规定从二十元到二百元不等。他人未离开，因此针对罚款的砍价幅度相当大；但瞥见季晓鸥站在旁边笑得幸灾乐祸，大嘴旁边挤出两个深深的小酒窝，心里无端便愉快起来，非常大度地一挥手：“算了，我是最遵纪守法的好市民，认罚！不过您得记住喽，那是我大人大量，不跟您计较，原谅您恶劣的执法态度……”

交警气得脸色铁青，但硬生生忍住怒气敬了第三个礼：“感谢您的理解，请您尽快开车离开，不要妨碍交通，谢谢合作，再见！”

他说了再见就想离开，严谨却没打算结束，指着街对面一辆挂着武警牌照的奥迪车问：“那车也违章吧，您怎么不罚它呀？”

交警回答：“人家在执行任务。”

“您怎么知道它在执行任务？”

交警上下打量了严谨几眼，挑起下巴一字一字地道：“这是国家机密，没有必要告诉你！”

严谨被噎住，伶牙俐齿在这一句“国家机密”之下完全失却用武之地。

交警总算报却一箭之仇，出了口恶气，转身得意地迈着四方步跨上摩托。

季晓鸥在一旁早笑得岔了气，戒心不自觉松弛，几乎忘了方才和严谨的斗嘴，两人之间的敌对气氛，因为这个交警的加入，莫名其妙地变得和谐起来。所以严谨再邀请季晓鸥上车的时候，她犹豫一会儿，眼看着短时间内等到空出租车的可能性几乎为零，就解下登山包坐进了副驾驶座。

反正一样搭顺风车，上严谨的车可能安全性更高一些。

因为她以为他喜欢的，并不是女人——而是男人！

严谨当然看不到季晓鸥心里的小九九。身边女孩头发身体飘散出的香气，让他的心口仿佛有只小猫的爪子在轻轻抓挠，挠得他的心情像酒至微醺，飘飘然舒服到无以复加，连左手的伤痛都忽略了。

他一边换挡起步一边问季晓鸥："去哪儿？"

"后现代城。"

"嗯？"引擎的声音戛然而止，严谨侧过脸，"你要我啊？"

季晓鸥抱着包坐直身体，简直莫名其妙："什么意思？"

严谨两道浓眉夸张地挤在一处，"现代城，这里不就是现代城吗？"

季晓鸥这才明白过来，她似笑非笑地瞟着他，拖长声音道："哟，敢情你们家后妈和妈是一样的啊？"

严谨在短暂的迷糊之后突然醒悟，自己一时走神，又在季晓鸥面前露了怯。季晓鸥要去的地方，是三环外附近的后现代城，而这里，是二环外现代城。

他不自觉皱起眉头。因为他发现自己只要一碰到季晓鸥，就像遇到克星，脑筋都转不过来了，好比上次那个"010"的典故一样。这可不是什么好事！

从现代城到后现代城，不堵车的时候，也就十分钟的车程。季晓鸥从大衣兜里取出一张手绘地图，指着上面一处地方告诉严谨，这就是她此行的目的地。

从地图上看，季晓鸥的目的地与后现代城相当接近，但严谨按照地图的指示，拐来拐去绕行了将近半个小时，才在距离后现代城南面很远的地方，找到她的目标。

车窗外的景色，让严谨不由得睁大了双眼。

这是一栋砖混结构的七层旧楼，一看就是上世纪 80 年代早期的产物，经过二十多年的风雨洗刷，无论是楼身或窗扇，都呈现出一派斑驳破败之相。孤零零矗立在一片荒芜的空地上，在附近高大建筑群的掩映下，显得格外突兀。旧楼左手边，是条狭窄的胡同，两侧破旧不堪的平房密密麻麻挤在一起，窗户低矮逼仄，透出的灯光似路边污水一般混浊昏黄。

街边倒很热闹，杂货店、小饭馆、美发店、租书铺，还有卖烤红薯、炸臭豆腐的摊子，应有尽有，灯火通明人来人往，随风入耳的是各种各样的外地方言。

严谨仔仔细细瞧了半天，满脸迷惑地回过头问："这是三环吗？怎么瞧着像到了外地县城？这么晚了你一个人来这儿做什么？"

也难怪严谨惊诧，过了城市中轴线仿佛就是完全不同的两个世界，严谨虽然生在 A 城长在 A 城，可平日真正涉足南二环以外，并且像今天一样深入居民区的机会，简直屈指可数。

而位于东南三环外的区域，曾是 A 城传统的工厂区和宿舍区，自从 2001 年泛商务区的规划出台之后，绝大部分老国有厂从此地撤离。此刻放眼望去，除了一片片流光溢彩的新兴现代社区，就是建设中的工地、黑暗之中的废弃厂房，以及尘土飞扬的坑洼道路。他怎么看也无法把眼前的荒凉景象，和他心目中疏朗大气的 A 城联系起来。

季晓鸥却像没有听懂严谨的问话，只是从钱包里取出三张十元的钞票，放在驾驶台上，说声"谢谢"，就要推门下车。

自己的妹妹和外甥还在咖啡馆里眼巴巴地盼着自己，如此大的牺牲只为借机一近佳人芳泽，严谨哪儿肯就这么轻易放她离开？手疾眼快下了中控锁，他拦住季晓鸥："你什么意思，寒碜我呢？"

季晓鸥看着他，眼神像大白兔一样纯洁而无辜，语气诚恳认真："我干吗要寒碜你，我该谢你呀！哦，你觉得三十块钱少了点是吧？可我要是打出租车，按公里数只会少不能多啊！能便宜点吗师傅？"

这番话让严谨居高临下瞪着她，暗地里磨着牙，恨不得在眼前白嫩嫩的腮帮上咬上一口。

从季晓鸥的眼中看过去，他那恶狠狠的表情像一只大灰狼，可惜脑袋上面摇晃着两只兔耳朵，便成了色厉内荏的标志。

严谨当然不会知道，经过上次电梯里的一场纠缠，在季晓鸥眼里他已经脱不开嫌疑，这个怀疑与他本人简直就像用专业氩弧焊机高温焊接出来一般的严丝合缝。季晓鸥只是不明白，他的目的究竟是什么，又是如何搞到她的小店地址，更无法确认今天的邂逅究竟是刻意的结果，或者仅仅是个巧合？

两人对视片刻，季晓鸥往后瑟缩一下，像是被吓到了，神色愈加楚楚可怜："师傅您别生气，要不，我再添五块钱？"

严谨被这个表情彻底打败了，伏在方向盘上开始大笑。

季晓鸥没笑，以前从未和严谨这种人打过交道，她多少还是有点紧张，不知道对付普通男人那套伎俩，用在他身上是否同样有效？

她抱紧背包，开始上下摸索门锁的位置。

严谨好容易笑完，抹把脸，立刻换上一副端正严肃的面孔，他问季晓鸥："妹妹，你觉得哥长得像坏人吗？"

季晓鸥不假思索地回答："像啊，怎么了？"

严谨噎了一下："……那你觉得哥是坏人吗？"

季晓鸥摇摇头："不好说，知人知面不知心。"

严谨再次瞪着她："现在的姑娘说话都跟你一样不招人待见吗？"

季晓鸥笑了："那得看对谁。"

严谨彻底放弃了和她斗嘴的企图，直截了当提要求："给我留个手机号怎么样？有时间一起出来吃顿饭。"

季晓鸥终于打开车门锁，她一边推门一边回答："对不起，我没手机。"

"那打你店里电话你介意吗？"

季晓鸥一条腿已经迈了出去，闻言又收回来坐好。她当然介意，非常介意，她不想和一个情况不明者交往，可这人明显已经掌握了不少她的信息，她得把这事儿小心地画上一个句号。

斟酌半天，季晓鸥开了口："那个什么……我觉得……我觉得，和别人不同没什么，真的……那不是你的错，只不过你和别人不太一样，和大多数人不太一样……那个……咳……我是说……"

严谨的眉毛又习惯性地皱在一起，在眉心纠结成一个"川"字，好像二郎神的第三只眼睛。

"你到底想说什么？"

"我是说，我说啊……"季晓鸥咬咬牙，终于吐出那个她觉得难为情的事，接下来就顺理成章，言辞逐渐流利，"你只不过碰巧喜欢的是同性，这没什么，不是你的错……可是我不行，不能接受，您明白吗？请原谅，以后别再骚扰我，谢谢你，哦，也谢谢你的花！"

她跳下车跑了。背后的登山包足有半人高，她却不觉得沉重，步子飞快，像要躲避身后的瘟疫。

严谨目瞪口呆地愣在那儿，好半天才把她的话理出个头绪。

他在她眼中取向不明！

他开车往回走，满腔怒火也不知该向谁发泄。

季晓鸥对他的误会，显然还是生日那天恶作剧的后遗症。

严谨越想越窝火，最后在方向盘上砸了一拳，狠狠发誓道："行，死丫头，看我哪天把你放倒，好好教训你一顿，让你知道知道我是不是正常男人！"

季晓鸥甩开严谨，向路人打听之后，确认地址无误，这才小心翼翼摸进那座七层旧楼的西单元。

这是一家工厂的宿舍楼，每层有六户人家，没有电梯，楼道里也没有路灯，黑乎乎一片，唯一的照明是每处楼梯拐角，一扇细长的窗户透过街灯微弱的光亮。

季晓鸥借着这点微光，磕磕绊绊绕过楼道里无数的杂物，气喘吁吁地爬到了顶层七楼，敲响了其中一户的房门。

门缝下面泻出窄窄一线灯光，门内却无人回应。过了很久，门突然开了，屋内的灯光豁然倾泻而出，让身处黑暗中的季晓鸥颇不习惯，闭上眼睛才能适应突然到来的光明。

门内站着一个架着双拐的女人，头发散乱，逆着光线显出瘦弱的轮廓。

"您好，赵姨托我来的。"季晓鸥说。

女人点点头，架着拐在前面带路。她的双腿自髋部起似全无力气，几乎是拖在地面行走。季晓鸥看着她慢慢挪到床边，将双拐倚在床头，慢慢坐下，又捂着胸口喘息半天，这才抬起头，有气无力地笑笑："这么晚了，还要麻烦你过来。"

来到室内略为明亮的光线下，女人憔悴枯干的容颜令人吃惊，她的脊背已经佝偻，两片嶙峋的肩胛高高耸起，鬓发花白，完全看不出真实的年龄。再交谈几句，细心的季晓鸥发现，她说话时会向对方稍稍侧过头，视线漂移不定，似乎视力也有问题。

季晓鸥偷眼打量一下四周，极其袖珍的一室一厅，加上厨房卫生间大概也就二十平方米的使用面积。脚下的白色地砖早已碎裂多处，墙壁旧得辨不出本色。寥寥几件家具，质地颜色一看就是由不同年代的旧家具拼凑起来的，除了卧室一台小电视，屋内基本上看不到其他电器。因为通风不好，室内弥漫着一股散不尽的难闻味道，那是家中有久病之人方会产生的气味。

季晓鸥虽然早有心理准备，但周围简陋鄙旧的家居陈设，还是超出了她的生活经验，让她感觉触目惊心。

她来这里，是受奶奶生前的一名好友所托，看望一名生病的老姐妹。这位好友赵姨因为突然中风半身不遂，才找到季晓鸥替代。

赵姨告诉季晓鸥，这位老姐妹和她曾同在一家工厂工作，因为单位效益不好，同一年失业下岗。原来还能靠四处打零工赚取一点补贴，几年前却不幸生了重病，完全失去劳动能力，如今只能靠每月几百块钱的低保维持最低的生活水准。

季晓鸥背包里装的，就是她们自发捐助的旧衣物、旧床单、旧毛巾……当她把这些七八成新的东西用力填进背包时，心中十分不以为然，觉得太寒碜了，换了她绝对拿不出手。此刻才知道，即使寒碜，这些旧物也是这个家庭急需的生活必备品。

她把东西一样样掏出来，女人坐在床边，看着她，脸上一直挂着一个微笑；但这个微笑，仅仅是个微笑而已，许久不见脸上的表情肌有任何改变，让人只觉诡异，看不出任何欢愉的痕迹。季晓鸥一时间几乎忘记了礼貌，呆呆盯着那张被岁月和疾病摧残过的脸，心里一阵阵酸楚。

女人并未察觉她的注视，将床边一个小搪瓷盆挪到她面前："闺女，你吃吧。"

搪瓷盆原来大概是白色的，现在如同许久不洗的毛巾，变成一种暧昧不洁的黄色，盆边腻着一圈污渍。盆中有苹果、梨，还有橘子，但没有一个保留着完整形状，或多或少都被刀削去一部分。

季晓鸥对着那堆奇形怪状的东西愕然半晌，终于明白过来，这大概就是农贸市场每天下午当作垃圾处理的烂水果，一块钱一大塑料袋。

出于礼貌她小心拈起一瓣橘子，放在手心里攥着，却无法克服心理障碍放进嘴里去。季晓鸥想起家中餐桌上的水晶果盘，上面堆放着整盘紫红大樱桃——那是父亲的朋友送的，一百二十元一公斤的进口车厘子。

坐在回程的公交车上，季晓鸥忍不住落了泪。受奶奶的影响，她自小养成乐善好施的性子，尤其见不得别人受苦。平日读过再多介绍低收入人群生活状况的报道，都抵不上此番亲身经历带来的心理冲击。

她想打听更多的细节，赵姨在电话里叹息一声："那场病啊，实在是造孽，病好了，可是后遗症厉害啊，叫什么骨坏死来着？"

季晓鸥的父母都是医生，基本的医学常识她还有，回忆一下女人的症状，她试探地问："股骨坏死？"

“对对，就是这个词儿。”

“不能做手术吗？”

“唉……哪儿来的钱啊闺女？我们这些提前退休的，大伙儿生活都不宽裕，能帮到她的地方，也不多。”

季晓鸥沉默片刻，轻声问了另一个问题：“她没有家人吗？”

“离婚很久了。”赵姨说，“只有儿子跟着她，还在上学，大学生，正是花钱的时候。”

那天晚上季晓鸥没有睡好，眼前挥之不去的，一直是那个女人近似麻木的微笑。说起来股骨坏死在现代医学里也算是疑难病症之一，骨坏死造成的伤害不可逆转。晚期患者只能依靠拐杖和轮椅活动，失去生命活力的股骨则会像脆弱的石膏一样持续塌陷，直到患者死去。那种麻木，也许就是对生命无常的屈服。

季晓鸥无法想象一个孤独的骨坏死患者，明知生命在一天天走向最后的结局，该如何度过她剩余的时光？是否每天都倚在床头，没有表情，没有希望，静静等待黑暗吞没房间里最后一丝光亮？

辗转很久，最后她爬起来，在自己的博客里写下今天的见闻。季晓鸥的博客名叫“无处告别”，这个博客专栏她已经开了三年多，因为文字轻俏活泼，粉丝众多，在网上有点名气。

她平日用键盘打字很快，今天的博文却更新得异常艰涩。几千字的正文花去她将近一个小时的时间，在博文的最后，她字斟句酌输入一段文字：“我一直以为上天知道一切事实，但现实却是不知道该怎样描述的事实。我从没有像今天一样，渴望生活在一个人人都有生存保障的地方，没有对饥饿的恐惧，没有无钱治疗疾病的无奈，擦肩而过的每一个路人，心中都有足够的安全感，脸上拥有发自内心的从容与微笑。”

后来一个多星期的时间，不管再做什么，某个不经意的瞬间，季晓鸥总会想起那个女人，想起她脸上那个苦涩的笑容。甚至在午夜梦回的瞬间，那缕苦涩都紧紧缠绕着她，挥之不去。

季晓鸥知道这是自己最大的弱点，从小被长辈保护得太好，以至于她的心脏过于柔软敏感，只能接受阳光正面的童话和假象，却经不得一点真相和现实的冲击。几年前她曾尝试过每周去民间收养弃婴的机构做义工，但面对生命中悲惨、残酷的一面，她的心理承受能力严重不足，只做了半年便有了忧郁症的先兆，只好无奈退出了。此事一直是她心中抹不掉的愧疚，每次想起那些童真的小脸，她都觉得应该再做些什么事，才能弥补自己半路逃脱的遗憾。

趁着一个预约客人比较少的上午，季晓鸥先去商场买了一床蚕丝被和其他生活用品，凭着记忆又摸回那晚去过的地方。

她没有提前打招呼，女人来给她开门的时候，脸上明显有吃惊的痕迹，随后换上感激的微笑。不过这一次，或许是在白日的光线里看得清楚，那麻木的笑容背后，分明是若隐若现的隐藏的绝望。

女人的话不多，因为她每说出一个长句子，都要按着胸口气喘很久。不过摩挲着那床崭新的蚕丝被，她干枯的眼睛仿佛一下亮起来，一口气说了一堆话："儿子从学校回来，一直说要床新被子，原先给他絮的那床太厚了，小孩火力壮，学校的暖气也太热，我正愁着呢，这下好了，闺女，谢谢你！"

提起儿子，她明显兴奋起来，蜡黄的脸奇迹般染上一层光晕，晦暗的气色去除大半。季晓鸥的目光扫过床上那张充满污迹的旧棉被，一时没有作声，只在心里暗暗鄙视了一下，二十岁的大小伙子了，不为家里分忧，反而张嘴要东西，分明是个不懂事的孩子。

女人没有留意到她表情中的细微变化，而是从枕头下摸出一个塑料镜框，举到她眼前："你看，这是我儿子。"

那是一张单人的彩照，照片中是一个十二三岁的少年，白衬衣蓝裤子，站在一片花圃前，人离镜头有点远，眉目看得不是那么清楚，却能给人清晰的感觉，那是一个眉清目秀的孩子。

女人说："我这辈子，特别辛苦，什么事儿都赶上了……"

季晓鸥耳朵里听着她在说话，可眼望着照片完全走神了。她觉得那少年的眉眼有些熟悉，蓦然想起一个人，但又不能相信世界上真的会有这样的巧合。

第五章

世上本无巧合

严谨既然对季晓鸥下了决心，一定要尽快把她追到手，即使是对自己，他也不是喜欢食言的人，所以即刻就付诸行动。

目前最大的障碍，是季晓鸥对他的误解。回想之前和 KK 在电梯里的纠缠，严谨不得不承认，是挺容易让人误会的，怪不得季晓鸥。他要解释，总得把季晓鸥约出来，在一个气氛情调都上佳的环境里，以实际行动证明他严谨是个对女人感兴趣的男人，好让季晓鸥彻底消除疑惑。如何把她约出来呢？这是个最大的难题。

严谨平日交往的，多是二十出头新出道的模特。他们那个圈儿里一起玩的，特别青睐找模特做女友，原因是带出去有面子，胳膊上挎个高个姑娘，天生的衣裳架子，特别长脸。像季晓鸥这样大学毕业几年、二十七八岁的大龄熟女，究竟喜欢什么，他一点头绪也没有。

最后他非常不情愿地拨通许志群的电话。

许警官正在办公室吃早餐，夹着电话说："这有什么难的？没听过一句话吗？若她涉世未深，就带她看尽人间繁华，若她心已沧桑，就带她坐旋转木马。这可是追女人的宝典。"

"废话！"严谨说，"这个老子还用你教？现在的问题是，她要是正好处在这两种状态的中间，又受过点教育，那该怎么办？"

许志群一边吧唧吧唧嚼着煎饼果子，一只眼睛还瞄着计算机的屏幕，恰好看到一条新闻，"A 城白领热捧，经典、伟大、成功的音乐剧《猫》卷土重来"。

于是他说："请她看音乐剧好了，这可是哥们儿泡妞的大杀器，一般不轻易传人。”

严谨抓抓头发犯了难：“可我听不懂啊！”

“没关系，那舞台下面八成人都听不懂，你甭说话，只要终场时眼含热泪使劲儿拍巴掌就行了，谁敢说你听不懂，那好办，抽他！”

严谨豪气干云地一拍桌子：“行，就这么办！”

这天下午，季晓鸥接到一个电话。对方一口纯正的普通话，字正腔圆，标准得像新闻联播里的主持人。

“季小姐，您好！我们是新光天地客服部，恭喜您在我们商厦购物中了一等奖。”

季晓鸥撇撇嘴。好嘛，如今骗子的花样越来越多了，连新光天地都出来了。她不出声，等着对方表演。

“我们将按照您提供的邮寄地址，把奖品给您快递过去。”

说到这里对方停顿片刻，似乎在等待什么，然而他却没有等到他预期中惊喜交集的欢呼声。

“季小姐？”

季晓鸥终于说话了：“我没在新光买过东西。”

“哦？”对方似乎吃了一惊，然后半晌没了声音，显然季晓鸥的反应在他的计划之外。

季晓鸥听到电话中一阵嘁嘁喳喳咬耳朵的声音，然后对方问：“季小姐，您是不是记错了？我们商场明明有您的资料，您就没在商场里买过一件衣服，一双鞋？”

“没有，我从来不在商场买衣服。”

季晓鸥并没有说假话。她个高腿长，五官又立体，披个床单都比一般人显得有型，别人看她衣物穿得别具一格，以为皆出自大商场的名牌，很少有人知道这些衣服多数来自外贸小店和淘宝。所以她捏着电话幸灾乐祸地笑，等待看对方如何收场。

又是一阵窸窸窣窣的声音，再开口对方的底气不那么足了，居然泄露出一点本地腔调的味道：“那什么，季小姐，您肯定是记错了。这样吧，奖品这就给您快递过去，请您到时签收一下，再见！”

季晓鸥急忙说：“哎哎哎，别呀，台词您还没说完呢，说吧，接下来是让我提供银行卡号还是身份证号……”

“噗！”电话慌慌张张地挂了。

季晓鸥撂下电话，一边继续客人的脸部按摩，一边把这事当笑话讲给她听。

这位客人就是方妮娅，“似水流年”开业以来最忠诚的顾客。家住在附近一个高档别墅区里，全职太太，平日无所事事，所以经常把季晓鸥的美容店当作打发时间的地方。

按说方妮娅这种类型的，并不是季晓鸥的目标顾客。季晓鸥想要争取的顾客，是在附近工作生活的普通白领；但方妮娅出手大方，时间充裕，又比较天真轻信，特别好忽悠，因此就成了季晓鸥店里最受欢迎的顾客。她从“似水流年”开业初期就跟着季晓鸥，一直没有离开过。

方妮娅当下笑道：“把那家伙的电话给我，回头咱给他弄一小广告贴到电线杆子上去，就说是包治百病的老军医。”

“对，”季晓鸥接口，“还可以在网上发个帖子，就说四环内两居室，精装修，家电全，月租八百急出手，把那电话留上。”

两个居心叵测的家伙对视片刻，想象一下那个倒霉骗子即将面临的困境，都大笑起来。

季晓鸥把这事当一笑话，笑过了就忘了。没想到第二天真的收到一份快递，里面一个喜气洋洋的红色信封，落款果真以龙飞凤舞的笔迹写着新光天地客服部。打开来是一张音乐剧《猫》的门票，还是三千六一张最贵的 VIP（贵宾）票。

季晓鸥马上激动起来，她想也许自己记错了，也许偶尔在新光买过东西、办过卡可她忘了。她喜欢《回忆》这首歌，却一直没有机会完整观看这部著名的经典音乐剧。虽说《猫》剧在中国这几年有巡演，但是不菲的票价让她望而却步。如今天上凭空掉下一张馅饼，还是特大号的，她怎么能不兴奋？

兴奋的季晓鸥都忘了打个电话给新光天地商场以确认真假，她只顾着后悔了，后悔昨天通话时把人当作骗子，态度过于恶劣。

第一次看音乐剧，季晓鸥拿不准怎么着装。她问方妮娅，方妮娅说：“你得去买件九点的大礼服。”

季晓鸥说：“啊？”

方妮娅解释："你看，服装的隆重程度是有规定的。午后三四点的下午茶可以穿随便点，从五点的鸡尾酒会开始，时间越晚，对服装的要求越高。九点晚宴的规格最高。亲爱的，你需要的是一件九点的大礼服明白吗？那种场合，尤其是前排的 VIP（贵宾）区，女宾都打扮得杀气腾腾的，恨不能把全家的珠宝都披挂在身上，你气场稍微弱点就会被立斩马下。"

季晓鸥明白了，她问："一件大礼服要多少钱？"

方妮娅想一想："能穿出门的，最低大概也要一万吧。"

"拉倒吧。"季晓鸥说，"我为你服务两个小时才赚你五十块钱，为两小时的演出花一万块钱买件衣服，除非我疯了！"

最后季晓鸥换上素色的衬衣长裙与平底靴，只比平时多添了一条金色的披肩和一顶鸭舌帽。相比周围争奇斗艳的同性，的确单调，却因身高腿长，反而有股别样的潇洒。从剧场过道中一路走过，也吸引了无数注目礼。直到落座，季晓鸥的心情都因小小的虚荣而无比愉快；但看到自己的邻座时，她一下愣住了。

那笑嘻嘻一直盯着她看的家伙，黑色西装穿得周周正正，衬衣领子雪白干净，短短的头发用发蜡整理得一根根竖在头顶，眉毛浓密得似在脸上盖出两块浓荫，漂亮的古铜色皮肤，如糅进阳光的金色一般闪亮，像是一个一生都在度假的人。这不是严谨又是谁？

季晓鸥有些吃惊，因为从国家大剧院金碧辉煌的背景里看过去，他的形象几乎是正派和庄严的，而且完全算得上眉目英俊，之前她可从未认真注意过严谨到底长什么样。这一刻她不得不承认，圆寸果然是检验帅哥的唯一标准，若谁能像严谨一样，把头发理至紧贴头皮三毫米的长度，还能维持帅哥的形象，那才是真正的帅哥。

唯一可惜的是，她以为这位帅哥真正喜欢的是男人。

实际上季晓鸥一进门，严谨就凭着五点零的视力锁定了她。眼看着她风姿楚楚地渐渐走近，严谨颇有一点惊艳，眼神如同高压电碰上铁丝网，几乎滋滋冒出火花。

面对惊讶的季晓鸥，他站起来，装模作样地欠欠身："美丽的女士，这真是一个愉快的巧合！"

严谨的表情做得很到位，好像和季晓鸥的不期而遇带给他莫大的惊喜。

可惜声音里的笑意出卖了他。

季晓鸥明白自己到底还是被人算计了。

她的直觉非常正确，电话里那音色优美的标准男声，果真是个骗子、是个托儿，果然美丽的东西都是不可靠、不可信的。不过既来之则安之，她撩起披肩坦然坐下了。严谨虽然一点得人心处都没有，可是大庭广众之下，谅他也做不出什么出格的事。更何况，他喜欢同性，这一点尤其让她放心。

斜眼看着严谨，季晓鸥以同样风格懒洋洋回了一句："亲爱的先生，巧合往往是上帝匿名出现的方式。"

严谨卡壳了，只觉这句话充满玄妙，却不知道该如何应对。他不知道这句话的原创者，乃十九世纪最伟大的科学家兼无神论者——爱因斯坦。季晓鸥想以一个理科生的严谨提醒他，世上本无巧合，所有的起始都已经预兆未来的方向。无奈的是，严谨压根儿无法理解她的婉转。

虽然听不懂，可严谨自有严谨的应对方式：他比一般人的脸皮都厚。他说："咱说人话行吗？咱不说鸟语成吗？"

季晓鸥仰头做一个"天哪"的表情，表示对牛弹琴当真是件令人绝望的事。接着她把脸转开，去看前方的舞台，表情和姿态都在请他走开。

这个姿态其实相当伤人，但不管季晓鸥的表情有多么伤人，都无法打击到严谨的自信，因为他目标直接而坚定。他对自己说，这么正点的妞儿可不多见，不管怎么样，一定要把她尽快收编麾下。

季晓鸥感觉到严谨在看她。许多人说她有副无懈可击的侧脸线条，从额头到眉弓到鼻梁线条流畅，连嘴唇的轮廓都比正面柔和许多。她转过脸，他的视线挪到别处去了；她转回去，他的目光又回来了。

季晓鸥的后背凉凉出了一层薄汗，终于忍无可忍，侧过脸问："你看什么？"

严谨在研究她的皮肤。

作为一个美容店店主，季晓鸥深知化妆品对皮肤的伤害，所以平时不怎么化妆，出门前唯一需要动用的化妆品，只有一支睫毛膏。季晓鸥眼珠的颜色很深，所以她喜欢把睫毛刷得又长又翘，好把人的注意力统统牵引到她乌黑的心灵之窗上去，而忽视她足以媲美舒淇、姚晨以及茱莉亚·罗伯茨一样的大嘴。

严谨望着她白净的脸蛋走了神。他不记得自己有多久没有见过自然裸露的女人脸了，他在琢磨着，这么干净的皮肤，摸上去的手感，肯定和披了数层粉底的感觉不一样。

听到季晓鸥问他，严谨赶紧咳嗽一声正襟危坐，并据实相告："看你。"在季晓鸥竖起眉毛之前，他及时开始大规模的称赞："你知不知道啊，每次我见过你之后都会有种悲痛的感觉，因为像你这么漂亮的女孩，如果我没有机会再一次见到你，那我可怎么办哪？"

季晓鸥上半边脸皱起眉头，以表示适当的矜持，下半边脸却脱离了大脑的指挥，自行决定微笑。女人听到称赞总是高兴的，哪怕明知对方言不由衷，季晓鸥自然也未能免俗。

开场的铃声终于响起，大厅灯光暗了下来，又渐渐熄灭，清冷的月光从上方倾泻而下，舞台上现出一个破旧斑驳的垃圾场，演员们陆续登场了。季晓鸥看得聚精会神，连披肩从膝盖渐渐滑落到地上都没有察觉。严谨觉得到时候了，便坦然把手搭上她肩膀。

季晓鸥被打扰，十分不耐烦地瞪他一眼，硬给拨拉下去，严谨锲而不舍地再搭上去。他拿准了季晓鸥在乎面子，不会在这个地方给他难堪。

果然，季晓鸥对他怒目而视，刚要出声抗议，严谨便把食指竖起来，大声"嘘"了一声。

面对邻座侧目而视的压力，季晓鸥真的屈服了，面无表情地转向舞台，不再管严谨那只无耻的右手。严谨得意扬扬，自以为得计，他可不知道季晓鸥脑子里在转什么念头。

季晓鸥在想：我要不要再打他一巴掌？打他容易，打完了怎么办呢？站起来娇斥一声"臭流氓"，还是一言不发傲娇地走人？可是自个儿要是走了，这三千六一张的 VIP（贵宾）票不就浪费了？要知道什么都不是罪，浪费才是最大的原罪。

小炮仗一样的季晓鸥，第一次不知怎么办才好。最终她自欺欺人地决定，把严谨那只手当作椅子扶手一般对待，完全不理他。

演出自始至终都很精彩，尤其当小母猫格里泽贝拉登场，在脍炙人口的旋律中黯然追忆自己年轻美丽的幸福时光，听得季晓鸥浑身过电似的一阵阵发麻，最后鼻头泛酸真的落下泪来。正感动得一塌糊涂之际，她忽然从音乐的旋律中捕捉到一种异常的声音：呼——噜——呼——噜——中间还夹杂着断断续续的哨音，一声长一声短。

听到这声音的不是季晓鸥一个人，前座已经把脑袋扭过来，并且迅速准确地找到声源。

是严谨。他仰着脸靠在椅子上，呼呼睡得正香。

前座厌恶的目光在严谨和季晓鸥之间来回转了两趟，然后在严谨搭在季晓鸥椅背上的右臂处停留片刻，最后定格在季晓鸥脸上，鼻梁起皱上唇翘起，无声地做了一个“素质真低”的表情。

季晓鸥被前座的表情打击到，她想说我压根儿不认识这个人，可对方根本不给她洗白的机会，迅速把脸转回去，只留给她一个充满鄙夷的后脑勺。

季晓鸥气得要命，却没地方发作，用力推推严谨，严谨的右臂缩回去了，揉揉鼻子，没醒，换个姿势还接着睡。

最终严谨是被演出结束时雷鸣一般的掌声给惊醒的。他睁开眼睛看看四周，忽然想起许志群的叮嘱，一个打挺跳了起来，也跟着观众拼命鼓掌。

趁着掌声的间隙，季晓鸥慢悠悠地问他：“您睡醒了？睡得可好？”

严谨脸皮再厚，这一刻到底从里到外透出一点红来。

出了剧场，严谨追在季晓鸥身后要请她吃饭。他以为需要鼓动唇舌好好蛊惑她一番，但出乎他的意料，季晓鸥居然点点头。

严谨马上建议：“咱们去万达广场吃法国菜吧？”

季晓鸥把脑袋使劲晃了晃，坚决不同意吃法餐，只肯就近去旁边的必胜客。

严谨纳闷：“为什么？你想替我省钱吗？哎哟妹妹，你真让我感动！”

季晓鸥回答：“你愿意做梦是你的权利，我不干涉。法国大餐我当然喜欢，但要看跟谁吃。”

严谨立刻虚心求教：“跟谁吃有区别吗？”

“当然有。你数数，从开胃菜吃到咖啡，一共九道菜，平均每道菜间隔二十分钟吧，就至少要三个小时！三个小时面对一个话不投机的人，大哥您觉得这是享受吗？不是，这是受罪！”

“哦，”严谨做出恍然大悟的样子，“你是说，法国大餐只能和喜欢的人一起吃？”

“对，看来您的智商值还在正常线以上。”

“你能不能别这么坦白？”

“那实在对不起您了，坦诚一向是我的优点。”

“我真不明白，”严谨假装不解，“两人要是互相喜欢，干吗非要在餐厅里浪费时间调情？直接回家不好吗？”

季晓鸥脸红，瞪他一眼正色道：“我警告你啊，再怎么着咱俩都是男女有别，别以为你只对男的感兴趣就有了免死金牌，太过分了我一样大耳刮子扇你。”

严谨表现出一副满腔真情被曲解的痛心样，委屈地摊开双手：“你瞧，真话总是不招人待见。回家嘛，男的女的只要本着正常的目的交往，总要走到这一步，有什么不对？”

季晓鸥感觉方才想扇他耳光的激情又在手心里复活了，如同点燃的导火索一样哧哧作响。她忍了又忍，终于忍住气转身往回走。

严谨追上去，笑嘻嘻地看着她，如憋住一个乐子似的：“你哪儿去？”

“必胜客！”

“嗬，还没想通？”

季晓鸥到底忍无可忍，站在路中间大喊一声：“我——要——饿——死——了！你明白吗？”

必胜客就必胜客吧，严谨不挑剔，吃什么都行，只要能和美女多待一会儿，他没有过多的奢求。季晓鸥中午又没来得及吃饭，所以比萨一端上来，她就开始埋头苦吃。严谨想找个机会解释一下那天在酒店的误会，都找不到合适的间隙。直到季晓鸥一个人消灭掉一个六寸的比萨，心满意足地抹抹嘴，严谨才能咳嗽一声说道：“我未婚。”

季晓鸥心不在焉：“嗯。”

“有时候我不太温柔，可我讲道理，不乱发脾气。我这人坏，可是坏得诚实，我对女孩子百分之百诚实。”

季晓鸥抬起头诧异地看着他：“我们是在参加《非诚勿扰》吗？”

“严肃点，我在跟你说正经事儿。”

“OK，那么我是在跟领导开会吗？”

严谨为之气结：“你能不能好好说话？”

“我怎么不好好说话了？我一直都在好好说话呀！”

严谨决定不再和她纠缠，单刀直入主题：“你能不能先听我跟你说？上次在酒店，你不是看见我跟个男的吗？”

“啊？是。”季晓鸥睁大眼睛，难道这就开始《艺术人生》的苦情告白了吗？瞧见严谨神色郑重，她扔下餐巾坐直身体，体内的八卦小宇宙应声启动开始程序。

“我跟你说，那不是真的，我们不是真的你明白吧？”

“哦，明白，明白。”季晓鸥鸡啄米一样点头，一副特别理解的样子，“你只是长夜漫漫寂寞难耐，所以想找个人找点安慰，你们属于天亮了就说分手，没有动真情也没来真的，对吧？”

“这都什么乱七八糟的？”严谨差点被一口比萨活活噎死。

“你不用跟我解释。真的，这种事只在乎当事人的感觉，你觉得好就好，对得起自己就行，至于别人怎么想，你管他们呢！我知道，你们找个合适的……合适的朋友也不容易。”

严谨撂下刀叉，不吃了。他以为季晓鸥在调侃他，可看季晓鸥一脸真诚，特别推心置腹的模样，又不大像。想了想，他问季晓鸥：“如果我真是那种人，你不害怕和我来往？”

“为什么害怕你？你要不是那种人我才应该害怕对吧？你喜欢男的，我是个女的，正负阴阳两不搭界，我怕你干吗？你应该怕我才对吧？”季晓鸥的长睫毛扑闪得极其夸张。

严谨捏着下巴，盯着季晓鸥研究很久，实在摸不清她说的话是真心还是演戏。最后他高深莫测地笑一笑，朝她勾勾手指：“来，我再告诉你件事。”

季晓鸥犹豫一下凑过去，不经意间凑得很近，近得严谨的嘴唇几乎可以触到她鬓角的绒发。发根深郁的青色，愈发显得耳后那块皮肤白腻异常。

严谨用力咽口唾沫，也咽下自己的心猿意马。他放低声音说：“其实，我很早就发现自己和别人不一样。”

“那时候你感觉特别痛苦、特别迷茫是吗？”

“对，特别痛苦，痛苦得死去活来。”

两个人似乎都在一本正经地做戏，严谨更是绷紧脸，生怕自己一不小心笑出声来。

“都过去了，就别多想了。”眼见一个一米八几的大男人在自己眼前袒露昔日的伤痛，季晓鸥的母性和同情心被激发至泛滥，再看严谨就顺眼许多，没有方才那么讨厌了，将她从小接受的教育下意识地都抛掷脑后了，因此她的话显得特别真心实意。

“现在和以前不一样了，大家对这事儿的态度越来越宽松，所以你不用强迫自己做自己不喜欢的事，比如……”她停下来，迟疑地望向严谨。

严谨咧咧嘴，做了个鼓励她说下去的表情。

“你没有必要为了迎合别人，强迫自己做出让别人满意的样子。你要乐观，更要耐心，对不对？”

“对对对对对！”严谨一脸严肃拼命点头，感觉就这么将错就错地交往下去也不错，起码季晓鸥不再排斥他，也不再回避他了。

当晚严谨一直把季晓鸥送到家门口。望着她的背影他感觉十分愉快，因为这一次他成功地要到了季晓鸥的手机号，过程是这样的：

严谨递过自己的手机：“你能教教我怎么把铃声调成来电震动吗？我一直都弄不好。”

季晓鸥撇嘴：“真够笨的哈！”然后接过，利索地找到声音模式，一边操作一边教育严谨，“看到了没，这样这样……记住了吗？”

严谨说：“挺简单嘛。”拿着自己的手机问，“给我打个电话试试？我的号码是 13901××××××。”

季晓鸥毫不设防地用自己手机拨过去。严谨的手机立刻开始嗡嗡颤动，掐了通话，翻到她的号码，输入她的名字，保存，好了，齐活儿。

除了手机号码的收获，他还取得了季晓鸥的同情和谅解，且不说这份同情和谅解因何而来。至少下次约会具备了可能性，也许从此之后他将开辟一条另类的泡妞秘籍。那就是：欲泡妞，先装朋友。

因此当许志群追问当晚的战况时，他说：“扮朋友才是泡妞的终极大杀器，等她完全把你当成闺密知己，跟你掏心掏肺的，你对她动手动脚保证一点问题没有。连吃饭都跟你抢着埋单，好显得比你更男人。

后来一个多月，严谨以平均两天一个电话的频率，锲而不舍地邀请季晓鸥继续见面，理由是上次必胜客季晓鸥结的账，他吃了她一顿饭，总得回请一次。

严谨既如此盛情，季晓鸥觉得自己再找理由推脱就显得特别矫情了。而“矫情”是北方姑娘最讨厌的性情之一，简直没有之二。季晓鸥耐不过他的纠缠，也许是第六个电话，或者是第七个电话，终于答应跟他出去吃顿午饭。她只答应吃午饭，因为自认为午饭时间短，不用跟严谨浪费太长时间。她现在最缺的东西，就是时间。

午饭就午饭吧，严谨特别愿意接受现实，反正吃了一顿还有下一顿。他最近正经事儿不多，多余的时间正好用来追季晓鸥。她跟他在附近吃了一顿午餐，然后每天中午十二点，只要没有重要的饭辙，严谨就把车准时停在“似水流年”门口。没过一个星期，几乎所有的顾客都知道了，季晓鸥有一个开路虎的男友，不仅有钱，而且痴情，最重要的是特别有男人味儿，简直秒杀一众明星。

方妮娅笑嘻嘻地与她求证真伪，季晓鸥没好气：“你觉得死皮赖脸算男人味儿吗？如果算的话，他认领第二就没人敢认领第一。”

方妮娅耐不过八卦的心思，专门找一中午坐在店里守株待兔，看清严谨的模样后，她惊得嘴都合不拢了：“那不是咱上回在电梯里碰上的，前门没拉拉链那人吗？”

“就是他。”

“他不是应该喜欢男人吗？缠着你干什么？”

季晓鸥一撇嘴：“我怎么知道他要干什么？”

“哎哟，难道他就是那传说中的男女通杀？你看《蓝宇》里的捍东……”方妮娅显出见多识广的镇定，躲在窗帘后对严谨品头论足，“其实仔细看看，他长得还挺好，有点像胡军，可眼睛比胡军大多了。季晓鸥，要不你考虑考虑，收了他算了。将来就算争风吃醋，小三儿也是男的，起码对你的婚姻没有任何威胁。”

她话没说完，季晓鸥就走过来，唰一下拉上窗帘：“烦不烦啊？没事儿回家去，别让你们家老陈天天打电话跟我要人。”

方妮亚哈哈大笑：“你考虑考虑，这事儿不吃亏。”

季晓鸥的回答，是把一张棉纸面膜用力拍在她脸上。

严谨在“似水流年”门外风雨无阻地坚持了两个礼拜，季晓鸥实在扛不过他的耐心和厚脸皮，终于又和他出去吃了一顿晚饭。如此一来二去，她还没弄明白怎么回事，就发现自己真的和他成了朋友。这让她在偶尔祈祷的时候，不自觉增添了一份诚惶诚恐，感觉自己受到魔鬼的诱惑。

与方妮娅再聊起此事，方妮娅却对她说多好啊，如今最流行的就是找他这样的做男闺密或蓝颜知己。

季晓鸥不明白这有什么好。方妮娅说：“你想啊，这种人，他的感情和力气一样丰富，既能在电梯停电时帮你把箱子扛上楼，又能在你失意时以足够的细腻和体贴让你得到安慰；你可以放心地和他分享情绪和秘密，不用担心他把你的隐私传得人尽皆知；也可以坦然地把脑袋放在他的肩膀上寻找安全感，却不需要奉献自己的身体与灵魂作为交换的代价。”

季晓鸥恍然大悟：“我明白了，就是让他履行男朋友的责任和义务，却不给他男朋友的权利与好处。”

方妮娅说：“对啊对啊，这是多好的事啊！”

季晓鸥把方妮娅的话揣摩了很久，总觉得哪里不对劲，可又说不出什么地方有问题。主要是她不觉得自己能从与严谨的相处中占到什么便宜——男人的宽厚、包容他没有，女人的体贴、细心他也没有啊！

除了和严谨的交往，每两周去看一次那得了股骨坏死症的女人，也成了季晓鸥的一个新习惯。每次除了带够两周所需的肉蔬水果，隔三岔五她还会带一个钟点工同去。积年的尘垢一旦清除，那个小小的房间，逐渐明亮干净起来。

季晓鸥心中存着一个疑问，每次重看那张少年的照片，她心中的疑问就会加深一层，但是她从来没有开口问过那个女人。因为她想了又想，始终觉得不太可能，两者之间的差别太大，像来自两个世界，世间万物总有相似，她宁愿相信这只是自己的错觉。

直到一天中午，女人倚在床边，季晓鸥削苹果给她吃。女人嘴里含着一片苹果，忽然坐起身，动作快得吓季晓鸥一跳：“我儿子回来了。”

季晓鸥还未说话，就见她哆哆嗦嗦去拿床头的双拐：“坏了坏了，这孩子怎么不提前说一声，家里什么吃的也没准备，我得到厨房看看去……”

季晓鸥赶紧拦着她：“您快躺下，我打个电话叫份外卖，不耽误他吃饭。”

话说到这儿，就听到外面门锁咔咔转动，女人来不及架上双拐，扶着墙就要去应门，季晓鸥只好搀着她出了卧室。

门一开，一个男孩带着室外的寒气摇摇晃晃走了进来，等他换完鞋懒洋洋直起身叫了声“妈”，两人冷不丁打一照面，季晓鸥“嗨”一声，当场惊呆了。

这个一脸疲惫的男孩，居然就是她在地铁上遇到的小师弟，湛羽。

湛羽看到季晓鸥，神色变得极其古怪，怔了一会儿，他居然转身开门走掉了，全不顾脚下还穿着一双室内的拖鞋。

他妈在后面追着喊：“小羽……”动作太急，立刻蹲下咳喘成一团。

季晓鸥做梦也没想到会在这里遇到湛羽，更没想到他会是这种反应，她以为这辈子都不会再见到这个男孩子了——曾被她认作师弟，又一度被她当作骗子的漂亮男孩。

因为湛羽，季晓鸥认真检讨过自己待人是否过于轻信、过于善良。她有湛羽学校的资料，按说一个电话打过去就能找到人，可是她没这么做，一直在等着，等着湛羽也许会来找她，解释不辞而别的原因，但随着时间一天天地推移，季晓鸥感觉到的只有失望。她不得不承认，也许自己真要重修“带眼识人”这门课，至于两千块钱的损失，只当是交了学费。这种情况下的重逢场面，还有湛羽的奇特反应，却是季晓鸥万万没有想到的。她将湛羽的母亲安置在厅里的破沙发上，抓起大衣追了出去。

湛羽在前面跑得飞快，就算季晓鸥中学时最擅长的体育项目是一千五百米长跑，也追得上气不接下气。

好在湛羽不知想起什么，忽然一个急刹车停在路边，背对着季晓鸥，双手慢慢插进外套兜里。

因为惯性，季晓鸥一直冲到他跟前才停下脚步，扶着膝盖大喘了半天，总算调匀呼吸，气呼呼地瞪着湛羽，她的脸涨得通红：“你跑什么？你跑了就能当作不认识我？”

湛羽的个头和季晓鸥差不多高，迎着季晓鸥愤怒的目光，他平静地回答：“我怕你把我当作骗子。”

季晓鸥又好气又好笑：“你这么一走了之我就不会把你当骗子了？什么逻辑？”

“当时我没那么多钱。”他望着季晓鸥，说得无比坦然，一双眼睛黑是黑，白是白，“我还不起。”

“啊，没钱你就从医院跑路啊？你为什么不跟我说实话呢？”

“我不想让人施舍。”

季晓鸥摇头，表示无法理解他的思维方式，“那你情愿让人把你当骗子？”

湛羽垂下视线，盯着自己的脚尖。牛仔裤的底边和那双打着补丁的棉拖鞋，在刚才的奔跑中，都沾染上一层细细的黄土。

“我没打算骗你。”他低着头说，“护士那儿有你的电话，我课余在一家公司打工，拿到工资就能还你。”

季晓鸥不说话了。她侧过脸，看着他乌黑额发下露出的眉、眼和嘴唇，鲜明美好的轮廓，白皙的肤色映着中午的太阳光，隐隐现出一层亮闪闪的细软茸毛。

还是个孩子呢！她的心在这一瞬间变得出奇柔软，消除了原本就不多的戒备和怒气，变得像头顶的蓝天一样明朗起来。

曾有人在教堂接受洗礼时说，无论他往左看、往右看，还是往前看、往后看，周围的世界都让他绝望，他只能向上看，于是他看到了上帝。这一刻季晓鸥却想着：其实这个世界还是挺好的，普通人里还是善良的居多，即使被逼上梁山也是暂时的，谁不想往好里走呢？

她再看一眼湛羽，依然感觉到几分不可思议：他和他多病的母亲以及那个一无所有的家，简直像来自两个不同的空间，要有什么样的机缘巧合，淤泥里才能长出这般雪白耀眼的莲花？

“师姐，”湛羽的声音打断她的胡思乱想，“咱俩的事儿你怎么跟我妈说的？”

“啊？”季晓鸥一时没有反应过来。

“你怎么找到我家的？学校给你的地址？”到这时候，他的脸上才显出一点紧张和恐惧的气色。

季晓鸥终于明白他想说什么了，他怕她把他欠钱失踪的事情捅到学校去。言念至此，季晓鸥恨不得一指头戳在他的脑门上：“哎呀，你想到哪儿去了？今儿就是个巧合，我怎么知道会碰到你？”

“我以为……”

季晓鸥白他一眼：“你这小孩，心太重了，为那么点钱，我至于吗我？”

湛羽转过头笑笑，似如释重负。可那种笑，单是看看就让人觉得累，两个嘴角被腮边的肌肉生硬地拉扯着向上，一边推出一条短短的弧形纹路。

二十出头的年纪，实在不该有这种疲倦的苦笑。季晓鸥费力地吐出一口长长的气息，发觉自己也被一股莫名的苦涩所包围。

北方的春天和江南杏花春雨的春天极其不同，三月中的春风虽已失去冬日的凛冽，但依然挟带着逼人的寒气，卷起道边的沙尘扑上人面。

季晓鸥拉严大衣的拉链，一直拉到下巴底下，脖子上的羊绒围巾体贴地传递出温存的暖意。湛羽却在风里瑟缩了一下。季晓鸥捏捏他外套的袖子，那只是一件普通的腈纶棉衣，在春寒料峭的街头，尤其显得单薄。她不假思索地解下围巾，绕在湛羽的脖子上：“戴上吧，姐送你的。”

湛羽抬手去拽围巾，季晓鸥已经按住他的手：“让你戴着就戴着，我最讨厌别人跟我拉拉扯扯的。”

湛羽的黑眼睛在她脸上流连片刻，终于抿嘴笑笑，轻轻抽回自己的手，将围巾在脖子上打了个结。

季晓鸥欣慰地拍拍他的肩膀：“好孩子！你吃饭了吗？”

湛羽摇摇头。

路边就有一家包子铺，瞧着店面还算干净，季晓鸥硬拉着他进去，自作主张点了两屉小笼包子，又另点一笼三鲜的交代单独打包。

包子热气腾腾地上桌，蒸腾的水汽和鲜美的香气化解了空气中最后一丝陌生和尴尬。

“湛羽，”她给他面前的醋碟里舀进一点辣椒，小心地问道，“这病拖了有多久了？”

湛羽送到嘴边的包子停下了，想了想，他回答：“2003年开始的，到现在也快有十年了吧？”

“什么原因造成的？”

“过量的激素。”

超量地连续使用激素，的确是骨坏死最主要的诱因。季晓鸥微皱起眉头，“可是，用药前医生不跟病人和家属交代后果吗？没有其他选择吗？”

湛羽摇头：“我的眼睛，你看到了吧？泪腺干涸，视力越来越差，全是过量激素造成的。”

季晓鸥忍不住拍了桌子。

“师姐师姐，冷静嘿！”湛羽放下筷子，看着季晓鸥笑了笑，笑里却充满讽刺的意味。

季晓鸥起了疑心：“到底什么病？”

湛羽答非所问：“2003年的时候，我妈在一家医院做护工。”

季晓鸥望着眼前汤碗里飘散的热气，睫毛渐渐沾染上一层雾气，像被水浸湿的蝴蝶翅膀，变得沉重起来。湛羽的这些话在她脑子里逐渐连成一条线。

嘴里的咀嚼慢慢停下，她吐出自己都不敢相信的几个字，“重症……急性……呼吸……综合征？”

湛羽点点头："师姐，您真聪明，真的！"

"真的？"季晓鸥感觉难以置信。

她还记得当时 A 城内的恐慌，以及那些免费接受治疗死里逃生病愈出院的患者，面对媒体镜头时的庆幸和感激。白衣天使是那个时候最具有牺牲精神的一群人。

可现实，怎么会这样？季晓鸥决定晚上回家问问父母。

分手的时候，季晓鸥将一饭盒包子交给湛羽，叮嘱他带回家给母亲热一热作为午饭，又说他妈不容易，病人需要亲人多陪伴，别光顾着学业忽略了自个儿唯一的妈妈，别等将来后悔。

湛羽捧着饭盒一直没有出声，耐心听她啰唆。等季晓鸥走出十几米了，他在身后忽然叫了一声："姐——"

季晓鸥诧异地回头。

湛羽说："那钱……我一定会还你！"

季晓鸥走回来，笑笑说："你就甭惦记那点钱了，回学校好好学习去。"

"我会还你的。"湛羽语气坚定。

季晓鸥想了想："要不这样，你什么时候有空到我店里打工吧，一小时我算你……嗯……八十块钱，什么时候你攒够了钟数，我们俩就两清了。"

A 城的钟点工，一小时大概是二十元。季晓鸥给的时薪，快赶上写字楼里的白领了。湛羽显然对劳动力的价格体系不很熟悉，对季晓鸥的提议，他欣然接受，笑着点点头，露出一点白白的齿尖。

关于湛羽妈状况，季晓鸥自父母处得到的回答，却不能让她满意。

季晓鸥只得自己想办法寻找答案。

网上搜寻来的资料更令季晓鸥触目惊心。

最让季晓鸥受惊的，却是一个患者患病前后的两张对比照片。那张摄于千禧年的老照片，背景是北海公园的白塔，照片中的女人穿着一件湖蓝色的无袖连衣裙，肤色白皙，双颊丰润，浓眉长睫，眼窝深深，颇有点像上世纪 80 年代叫张力维的一个女演员。而那张患病后的照片，虽然其中的关键地方已经做了模糊处理，季晓鸥还是一眼就认出，照片中凌乱不堪的室内环境，就是湛羽的家；照片中那瘦弱枯槁的女人，就是湛羽的妈妈。她的名字，叫李美琴。

季晓鸥没有想到，湛羽母亲病前竟如此好看，更没想到，疾病竟能如此轻易摧毁一个人的容貌和自尊。不过这也解释了湛羽美貌的基因来自何处。

面对季晓鸥的疑问，李美琴麻木的脸上，终于露出悲戚的表情，“我还记得，拿到股骨坏死诊断书那天，医生说，没救了，这是医学还没有解决的难题，你就是去了美国也是这结果。你们家要是经济实力不错，花个几十万都不在乎的，就换进口关节，吃点进口药，还能延长个几年，要是一般家庭，劝你们甭花这冤枉钱，钱花了人受罪了，最后竹篮打水一场空。就在医院门口，小羽那时候刚上高一，那么大一孩子了，就站在马路牙子上哭，他说咱们没钱吃药更没钱做手术，妈你要不在了我怎么办哪？我哭不出来，我想对啊以后可怎么办呢？我要死了丢下这孩子一个人可怎么办呢？这世上再也没有人真的疼他了，把他托付给谁呀？谁都没有亲妈贴心啊，一想起这个，我死都闭不上眼哪！”

她的声音突然变得高亢尖利，拼命捶打着自己的双腿：“可我现在就是在等死啊！一点办法都没有，就是在等死啊！等死啊……”她蓦然噤声，鸟爪一样瘦削的手指拼命搔抓着自己的胸口，嘴里吃力地大口倒气，眼看黑眼球已经翻了上去。

季晓鸥吓坏了，赶紧扶她靠在自己身上，一边替她摩挲胸口，一边颤声叫：“阿姨阿姨你别这样！求求你别这样！”

李美琴好容易才顺过一口气，瘫软地靠在床头上，有眼泪从紧闭的眼角汩汩流下来。

季晓鸥去卫生间找毛巾。瓷砖上倒是挂着两条毛巾，季晓鸥摸了摸，滑溜溜地黏手。她站着愣了一小会儿，最后从自己的脖子上扯下真丝围巾，用水浸湿了交给李美琴：“阿姨您擦擦脸。”

李美琴却摇头，用力推开季晓鸥的手，自己伸出手掌抹去了眼泪。

李美琴转过脸：“这眼瞅着我越来越动不了，真的瘫了，又请不起保姆，只能干躺在床上等死。医生让做手术，可哪儿有钱做手术啊？”

季晓鸥还是不知道如何回答，只好岔开话题：“您每月要吃的药，能给我个单子吗？”

看来李美琴也没打算回答她，一个人自问自答：“我这辈子混成了这样，不想孩子也像我一样，我把全部希望都寄托他身上。幸亏小羽争气，考上了大学，可他的学费、生活费，每年都要两万多，我不知道能从哪儿出。我想过把这房子卖了，可孩子不让，说有助学贷款，说他自己能挣。我从来不敢问他，他是怎么挣来的，我害怕问他……”

季晓鸥把手心按在李美琴的手背上。这是她第一次真正接触李美琴的皮肤。季晓鸥也是普通人，在此之前，她对这种病也有本能的恐惧，每次意识到自己面对的是一个曾经的患者，她都下意识想后退一步远远避开。直到今天，她才真切地明白，这个人群所面对的，不仅是肉体的痛苦，还有旁人的歧视与对未来的恐惧凝结而成的精神焦虑。这种精神上的痛苦，才是摧毁一个人的最大压力。

“湛羽是个好孩子，他不会让您失望的，一定不会。”季晓鸥语气坚定，不知道是安慰自己还是安慰李美琴。

一年后尘埃落定的时刻，季晓鸥回忆起这一天，她会发现就是这一天，她对这个名叫湛羽的男孩动了怜惜之心。

而女人一旦对另一个异性动了怜爱之情，无论他们的关系是情人、夫妻还是朋友，身为女性，便会在这一段关系里落尽下风，再也不可能客观中立。

无论在世人眼里，他是好还是坏。

第六章

有没有人能不离不弃跟着我

进入四月，天气渐渐暖和了，蛰伏一冬的人们被阳光诱惑，户外活动增多，“似水流年”终于熬过几个月的淡季，生意热乎起来，从店里的美容师，到经常出入美容店的顾客，都已经习惯了每天趴在店门口的路虎。但有一天，每个人都觉得今天似乎少了点什么。仔细一琢磨，原来那辆黑色的路虎，还有那个爱穿白衬衣的男人，都缺席了。

严谨去了B城，这是他不得已缺席的原因。

他名义上是“三分之一”的老板，实际上每个月来临海区的机会并不多，除了每周一次的巡视，平时没有大事不会轻易露面。店里的员工一旦看见严谨现身，就知道准是什么重要人物要来吃饭了，得赶紧打起精神认真对付。

“三分之一”占有地利之便，远离市区，必要时船舱外舷梯一撤，独立水中自成一国，没有人多眼杂的烦扰，因此时不时会有神秘人物把这里当作请客密谈之地。来时多数轻车简从，要多低调有多低调。这次上门的吃客，排场却有些特别。

十几个人进门，一水儿的黑西装白衬衣，而打头的那一位，黑风衣敞着怀，露出里面白色的高领衫，头皮剃得明光锃亮，进了室内依旧不肯摘下墨镜，无论说话、咳嗽，还是清嗓子，动静都是大起大落、整出整入的做派，惹得一层的顾客都忘记了吃饭，只顾伸直了脖子瞧稀罕。

能弄出这么特别的气魄和排场的，没有别人，正是严谨昔日的战友，冯卫星冯老板。

严谨很不高兴，因为他又见到了他不想见到的人，那位长得像中学老师一样的“小美人”。

冯卫星打招呼说带人来吃饭，看着多年战友和朋友的面子，严谨专门吩咐大厨好好伺候。可他没提到“小美人”也来，对着这个人，严谨心里甭提多别扭了，但再不爽，最终还是得碍着面子进包厢打招呼。

一进门，一大桌子的人，呼啦啦站起来十几个，“严哥”长“谨哥”短，敬酒的、寒暄的、拥抱的，乱成一片。

只有三个人比较冷静，一直坐着没动，冯卫星是一个，“小美人”是一个，第三个人，坐在“小美人”的右手边，从严谨进来，他就一直低着头，专心瞅着自己眼前的茶杯，仿佛茶杯里能开出朵花儿似的。

严谨眼神直扫过去，由于出现在视线中的目标太过意外，他竟愣了一下——坐在“小美人”身边的，居然又是那个“KK”。

仿佛是心电感应，就在他锁定目标的同时，KK 也抬起眼睛瞟他一眼，笑了笑。

这一笑，让严谨心里“咯噔”一声，像有什么东西动了动。

虽然严谨完全不待见 KK，觉得女人长个尖下巴是娇俏，男人长那么个下巴就奔了阴气沉沉那一路，可他不得不承认，这小子确实长得漂亮，笑起来绝对可以用灿烂来形容，仿佛黑夜里突然跳出的太阳。

严谨一错神的工夫，“小美人”已经站起来，按着他的肩膀在左边空位坐下，那温文尔雅的亲热劲儿，好像前些日子派人砸店的事和他没有一点关系。

连着两次在类似的场合同时见到“小美人”和 KK，严谨已经隐约明白了是怎么回事，看到“小美人”搭在自己肩头那只手，细长苍白的手指，忽然间就感觉到一阵恶心。他不动声色地换个姿势，趁机躲开与“小美人”的身体接触。

“小美人”丝毫未察觉他的厌恶，连声叫起两个手下给严谨敬酒赔罪。

没等严谨推辞，这两人便站起来倒酒，虽然嘴里说得恭敬，可那架势一看就带着挑衅的意味。其中一个一张嘴，门牙处两个黑洞。原来这两个人就是上回砸店伤人的主谋，又被严谨找人揍了一顿，其中一个至今嘴里还缺四颗牙齿没有补上。

严谨低头瞧一瞧，每人跟前三个玻璃杯，六十五度的白酒倒在玻璃杯里，每杯至少三两，看来今天明摆着，“小美人”这是给兄弟报仇来了，不把他灌到桌子底下，今天就难跨过这道坎。

众人的眼睛都盯着严谨，他只是笑笑，让服务生取来一个大碗，撸起袖子将三杯白酒全倒进碗里，然后在众人惊诧的目光里，举起碗说一句："以前有对不住兄弟们的地方，今儿就以酒折罪。这一碗我干了，哥儿几个随意。"没等对方接话，他已经仰起脸一饮而尽，气都没喘一口，将近一斤白酒，真的一口干了。

酒气辛辣，烈得能抹到伤口上消毒，顺着嗓子眼流进食道，像把燃烧的利刃一样，擦出一道火花迸发的轨迹，嘶嘶燃烧着，一路通往身体。

严谨撂下碗，说声得罪了。"小美人"那边的几个人被他的举动震慑，一时间竟无一人出声。严谨一甩门，走了。众人也就眼睁睁看着他出去，屋内鸦雀无声，只有严谨大力关门的余韵在屋内回荡。

KK 目不转睛地盯着他的背影，眼神忽明忽暗，似乎在寻思什么。

严谨强逞英雄出了门。没迈几步就感觉情况不妙。他酒量再好，也顶不住这么凶悍的喝法儿。毕竟是将近一斤白酒，不是一碗白开水。此刻沸腾的血流冲击着心脏，心脏似跳动在舌根，刚刚咽下的液体在胃里膨胀，不仅嗓子眼火辣辣的，皮肤也像烧灼一样难受，仿佛周围的空气突然变得稀薄炎热。眼前的物体轮廓开始模糊并且摇晃起来，恍如站在行驶中颠簸的轮船上。

严谨扶着墙，汗水从额头涔涔而下。有人上前扶他，被他一把推开。迎着服务生们惊慌诧异的目光，他尽量装出没事人儿的样子，踉踉跄跄进了洗手间。

人人都说严谨酒量深不可测，十七岁起就笑傲西城，可没人知道近些年他对一切刺激神经的物质——酒、咖啡、茶，还有可乐都异常敏感。因为曾经有五年多的时间，为了保持一个狙击手稳定的内心和双手，他严格谢绝上述一切影响人类注意力和判断力的食物，甚至包括咳嗽糖浆。严格的禁忌之后，再开禁，原来的酒量还在，但后果就是他的身体对酒精的反应比一般人要来得激烈。

对着马桶猛吐一阵，翻滚不停的胃部终于轻松了。放水冲掉秽物，严谨摇摇晃晃走出来，看到镜中青白的脸色，索性把脑袋伸到水龙头下，稀里哗啦冲了个痛快，再闭着眼睛一甩头，身后竟有人"哎哟"一声。

严谨霍地抬起头，镜子里正用纸巾狼狈抹去满脸水渍的人，是 KK。

两人贴得太近，近得让严谨浑身不自在。他想自己真是喝多了，被人挨这么近都没有察觉，连最基本的反应都失去了。因为在正常状态下，一般人想从身后接近严谨，几乎没有任何可能性。

严谨闪开身，带着点厌恶的表情，他问 KK：“你干什么？”

KK 低着头，用擦过脸的纸巾抹身上的水渍。纸巾已经皱成一团，他依旧埋头擦着，一下又一下，认真而执着，白色的纸屑留在黑色的衬衣上，仿佛头皮屑，显得醒目而刺眼。

严谨平日最不待见的，就是娘娘腔的男人，尤其这男人还有皮肉生意的嫌疑。不耐烦之下他不再理会 KK，将擦手纸团一团扔进废纸箱，就往门口走去。

但是 KK 忽然做了个让人意料不到的动作。他几步抢前，赶在严谨开门之际，擦过严谨的身体，用膝盖用力撞上了门扇。

严谨喝过酒，反应迟钝很多，但他和平常人还是不一样。几乎是下意识的，身体完全没有经过大脑的指示，侧身，反扣，在 KK 的身体接触他的瞬间，已经把 KK 脸朝下摔在地上，并将 KK 的双臂反扭至背部，用膝盖压住他的手臂。

KK 的脸瞬间涨得通红，双肩处的剧痛让他丝毫不敢挣扎，带着哭腔他骂一句：“×你大爷！”

“骂什么？再骂一句让老子听听？”

“×你大爷！”

“嗬，小兔崽子嘴还挺硬！”严谨膝盖略微向下用了点力。

KK 的脸被挤在冰凉的地板上，眼泪完全不受控制，顺着眼角唰唰往下流，手臂疼得他声音都变调了，却依旧嚷：“×你大爷！×你大爷！”

没想到他这强硬的态度，倒促使严谨松开腿。他直起身，照着 KK 屁股狠踢了一脚：“没废了你胳膊算你运气好，起来！”

KK 哼哼唧唧爬起来，揉完肩膀又揉屁股，仿佛复读机附身，一张嘴还是那句：“×你大爷！”

如此被人反复问候自己的大伯父，严谨非但没有生气，反而笑了。他说：“你这么骂人太不划算了，真的，容易让人怀疑你的性取向，属于杀敌八百自损三千的骂法儿知道吧？”

似被戳到痛处，KK 脸色骤变，闭上嘴恨恨盯着严谨，一句话哽在喉咙，竟半晌发不出声音。

严谨抱起双臂上下打量着 KK，“说吧，你想干什么？”

KK 斜着眼睛看他，直愣愣地反问：“我上厕所，行吗？”

严谨心平气和地回答：“行，你干什么都行。不过我告诉你，这会儿是我心情好，愿意和你多说两句，过这村可就没这店了。”

KK 的脸上有刹那间的呆滞，眼神的凝固在洗手间明亮的灯光下显得特别分明。他很快低下头，再仰起脸已经换了副表情，从眼神到语气都松懈下来，楚楚可怜地望向严谨，眼圈微红，声音柔弱：“哥，您帮帮我，帮我一回，成吗？”

要不是有神经和血管连着，严谨的眼珠子差点掉下来。KK 的态度转变太剧烈、太戏剧化了，和刚才的牙尖嘴利相比，简直判若两人。

“你说什么？”

KK“扑通”一声跪下了：“哥，刘伟他们都看您的面子，您给说说……”

严谨给吓一跳，还没来得及开口，就听见外面有人咔嚓咔嚓拧门锁，“谁在里面呢！大白天锁门干什么！”

听声音正是刘伟。严谨看看 KK，KK 也可怜巴巴地望着他，眼神充满了乞求。

外面刘伟还在嚷嚷：“开门！再不开老子踹门了！”然后嘭嘭巨响连续不断，他真的开始踹上了。

严谨思索片刻，然后坚决地摇摇头，背转身面对镜子整整头发。身后的 KK 则绝望地闭上眼睛，再睁开时已经满目决然，他站起身，用力拉开卫生间的大门。

刘伟一头撞进来，拉下裤子拉链冲向小便池，嘴里还在骂骂咧咧：“你捣什么乱？又皮痒痒了不是？”

KK 没理他，头也不回扬长而去。

严谨靠在洗手池边发了会儿呆。KK 临走时那个表情，绝望得跟上刑场似的，像张定格的照片，一直在他眼前晃动。

他皱皱眉头，并不喜欢自己突发的恻隐之心。

回到自己办公室，严谨关上门睡了五个多小时，才算把体内的酒精蒸发大半，勉强可以开车回 A 城了。

冯卫星和“小美人”一行早已离开，没结账，餐厅经理捧着账单来请示严谨。

严谨瞟一眼账单，见钱不算太多，就没当回事。拉开抽屉取出一支雪茄，然后冲经理一抬下巴，“点上。”

经理赶紧撂下账单，从上衣口袋取出专用火柴，凑上前点着了，有些好奇地问：“老板，认识您这么久，我就没见您喝高过，今儿是怎么了？”

严谨一时没说话，将两条长腿跷到桌子上，朝着天花板吐了口烟才开口：“给你讲一故事吧。”

“您说。”

“从前有只海龟，人人都说他酒量高，某天却喝醉了，大家问他：‘你怎么还会喝醉呢？’这哥们儿答：‘唉，都怪章鱼那孙子，非要和老子划拳，丫那么多手，看都看不过来，真是输惨了！’”

经理笑得呛住，咳嗽半天，最后给了三个字的评价：“算您狠！”

严谨开车回到家已是凌晨两点多。

严格来说那不能算是一个家，只是他平时一个常驻的据点。一套位于东四环附近的错层公寓，面积不是特别大，但严谨贪图它交通方便、设施齐全，又离父母家足够远，所以置了些简单的家具，想一个人待着的时候就来住几天。

虽然体内的酒精基本已分解完毕，但下车的时候，他的脚步依旧有些趔趄，平日挺拔的腰背也有点佝偻。

他感觉腰疼。将近十年了，仿佛是对他的警告，每回他胡吃乱作之后，都得忍受一次同样的折磨。下午的一碗白酒似引发了旧伤，腰椎处的骨头缝里仿佛藏了一枚叫作“疼痛”的枣核，从那里放射出的钝疼如同有节奏的马蹄踢打、践踏着他，随时有可能让他动弹不得。

进门第一件事，就是放满一浴缸的热水，他小心翼翼地滑进去，合上眼睛仿佛睡着了，凑近了才能看清他脸上近乎僵硬的肌肉线条。太疼了，那个合金的小钢钉像是有了生命，可以在身体里随意乱窜。

不知过了多久，或许是酒精的残留，或许是热水的浸泡，他感觉心跳得很快……什么时候周围变得漆黑一片，剧烈的震动，极其剧烈，河马直升机的轰鸣……风太大了……战友，小心侧风，抓紧！抓紧！不！……大雨倾盆而下，看不到任何光亮，耳边只有哗哗的声音，冰冷的雨水浇在脸上，浇得人透不过气，冷，真冷……

严谨忽然惊醒，他发觉自己躺在浴缸里睡着了，身下的水已经变得冰凉。他晃晃悠悠地迈出浴缸，擦干了，对着镜子转过身，第二节腰椎处，灰白一道疤痕，相隔十年依然触目。

当夜剩下的三四个小时，他再没有一丝睡意。有多久没再做类似的梦？旁人只知严谨这人大大咧咧，没心没肺，但没人知道他经常失眠，经常做噩梦。梦中总有枪声、直升机的轰鸣与丛林中的火光，他一个人在山路中跋涉，一下子掉下了悬崖，或者一下子掉到了河里被冲走。他想抓住什么东西，可是什么都抓不到，经常这样挣扎着醒过来，醒来了就再难入眠。

这一刻十年前的回忆纷至沓来，伴随着浓稠的仿佛永远刺不破的黑暗。伸出双手平放在膝盖上，他静静看了许久，直到南向的窗口，乳白色的晨光透过拉得严丝合缝的窗帘边缘溢出来，卧室的一切渐渐有了柔软的白色轮廓。

严谨拉开窗帘，窗外是青灰色的天空，没有阳光，又是一个薄阴的日子。春日微凉的晨风扑上人脸，年复一年的熟悉感觉。这是他已经去世的发小孙嘉遇提到过的，他说是一个叫普希金的俄国诗人曾经吟诵过的，在多年后令人回想起一段不完整的青春往事的那种感觉。

时令进入暮春，季晓鸥美容店的生意更加兴旺。她每天早出晚归，忙得脚不沾地，眼看着人就瘦了下来。

跟着气温一起升高的，还有房价。

关于房价的话题热到什么程度呢？热到客人们躺在美容床上，一边接受美容师的按摩，一边交换房价疯涨的信息，热到季晓鸥一天接十几个中介的电话，问她卖不卖房子。每逢接到这种电话，季晓鸥总是淡淡回一句：“你送我一套别墅好不好？送我别墅我就可以卖房子了。”对方马上偃旗息鼓，再也不会骚扰她。有一天季晓鸥心情好，就跟一中介多聊了两句，那中介告诉她，奶奶留给她的这套房子，三年前仅值五十万，现在至少可以卖到两百万。

季晓鸥的嘴一下张成了“O”形：两百万！这可是她目前将近十年的利润总和！

回到家她忍不住向赵亚敏炫富：“妈，如今我也勉强算是个小富婆了，固定资产超过两百万了！”

赵亚敏使劲白她一眼：“你收敛点吧，这么大的人了，心里存不住一丁点事儿。让你二婶知道，不定又闹出什么幺蛾子来。就你爸那滥好人脾气，没准儿就掏钱弥补人家损失去了。”

季晓鸥满腔兴奋一下被打击到冰点，“哼”一声便回自己房间去了。

虽然房价涨得离谱，可是不卖房子，两百万就是一个虚拟的毫无意义的数字，仅供季晓鸥在梦里数着钞票乐一乐，天亮了她还得起身照顾她的美容店，做一个没什么大出息的小店主，这是赵亚敏的原话。

下雨天，冷且潮湿，多数人嫌麻烦不愿出门，美容店顾客骤减，这样的天气往往是季晓鸥和店里美容师们的休息日。向来财迷兼苛刻的季老板，破天荒宣布放假半天，几个美容师姑娘欢呼一声很快消失不见，只留下季晓鸥一个人看店。

下午三点，雨越下越大，天色墨黑，暗得如同傍晚六七点的光景。为省电季晓鸥没有开灯，泡杯热茶坐在窗前，刚准备享受一下难得的清闲，湛羽冒雨来了。站在店门口的地板上，头发湿淋淋贴在额头，两只裤腿滴答滴答不停淌水。

季晓鸥惊跳起来，这才想起今天又是湛羽打工还欠款的日子。自两人约定以做工的方式抵扣医疗费后，这已经是湛羽第四次来店里了。说实话他在店里也做不了什么，但季晓鸥不想他为了几百块钱心存愧疚，便费尽心机找出些活儿给他干。

见到湛羽的狼狈样，她忍不住责备：“你怎么搞的？弄成这样！”

湛羽说，出门忘带雨伞，下地铁正赶上雨最大的时候，一路狂奔到“似水流年”，仍淋了个透湿。

季晓鸥二话不说，拉起他就往浴室去，湛羽的手冰冷。

“这种天气还往外跑，湛羽你傻呀还是怎么着？”

“约好了，怕姐等我。”湛羽一向言简意赅。

“你就不能打个电话来？”

“宿舍电话坏了。”

季晓鸥叹口气，把湛羽推进浴室，翻出自己当睡衣穿的一套男式运动服，逼着湛羽换上；又找出两包速溶姜茶，冲了杯滚烫的姜糖水。

湛羽双手捂着茶杯，身上披着薄毯，依然冷得浑身发抖。

季晓鸥仔细地看看他，发现他的气色十分难看，脸上透着缺乏睡眠的苍白，嘴角和眼角各有一块触目的瘀青。

“这是什么？”季晓鸥拿手指轻轻碰碰他的眼角。

“打球，不小心撞的。”

季晓鸥看他一眼，显然不相信他说的话：“在咱们生活的三维世界里，左眼角和右嘴角同时被撞到的概率能有多大？你蒙我呢吧？”

湛羽垂着眼睛：“真的撞的。”

“和人打架了？”

“没有。”

“骗人！”

“我没骗你。”

两人正低声说话，忽听见外面唰唰作响，一辆黑色的英菲尼迪冲破雨幕停在店门前的路边。季晓鸥“咦”了一声，惊讶这种坏天气还有客人上门。她刚要凑到窗前，湛羽已经伸手替她抹去玻璃上的水雾。披肩不小心落下来，他的手马上又伸过来，帮她拢好披肩，遮住她裸露的肩膀和脖子。

季晓鸥略微觉得不妥，湛羽怎么就延续了她的动作？而且他的动作和她衔接得又这样好，难道他在一刻不停地观察她？想了想，她开口，尽量放缓了声音，以免臊着湛羽：“湛羽，我跟你说啊，跟我就算了，跟你同年龄的女生，你要对人没意思，可千万别跟人做这种小动作。”

湛羽回过头，似乎十分不解：“为什么？”

季晓鸥挑拣着合适的词解释：“你长着一张堪称祸害的脸，言行就该注意一点。你瞧，你稍微一温柔，我都绷不住快要魂不守舍了，那些小女生哪儿经得起这样的冲击？怕不得当场色授魂与？”

湛羽一下被逗乐了：“姐你太不了解现在的女生了！周末你去瞅吧，女生宿舍外面一溜儿豪车，有哪个车主人长得稍微平头正脸，都算对得起观众了。我这样的穷学生，她们才看不上呢。”

季晓鸥当即一脸哀怨：“你在讽刺我吗？说我这个80后老得都和你有代沟了？”

湛羽刚要说话，却被季晓鸥一声“嘘”给堵了回去。她指指窗外，让湛羽专心看窗外的景色。

只见那辆英菲尼迪的前门打开，一个穿着深灰色风雨衣的男人撑把黑伞走出来，再走到另一侧打开车门，扶出一个女人，倾斜雨伞护着她走上台阶。七八摄氏度的低温，季晓鸥恨不得把冬天的棉袄重新找出来穿上，那女人却穿一条轻薄的雪纺连衣裙，小小一件皮外套，看得旁人都替她感觉寒冷。

女人在雨里走得袅袅婷婷，男人把大部分雨伞覆盖在她一侧，两个人走到房檐下，男人收拢雨伞，为她拉拉外套，再顺手拂去她刘海上的水珠。一系列动作细心而温柔，呵护之心溢于言表，在荫翳的雨幕背景前，好像在上演一场偶像剧，令旁观者荡气回肠。

季晓鸥则看得上下嘴唇“啪嗒”一声分开，半天合不上嘴。

等女人转过头，露出一张五官紧凑的小包子脸，季晓鸥更吃惊，这毫不惧冷、视死如归的女人，竟是方妮娅。

季晓鸥还在猜测男人的身份，方妮娅已经叽叽喳喳地推门进来，“亲爱的，亲爱的，宝贝儿，你在哪儿呢？今儿怎么这么冷清啊？”

季晓鸥赶紧迎上去：“妮娅姐，你不是去香港了吗？什么时候回来的？”

方妮娅一阵风似的卷过来，疯疯癫癫地抱住季晓鸥，左右开弓亲她的脸颊：“蜜糖，心肝儿，亲爱的宝贝儿，亲爱的姑娘，我想死你了！”

季晓鸥赶紧躲闪：“姐，你饶了我吧。”

方妮娅咯咯笑着放开她，转向门边的男人，嗲声道：“老公，过来过来，这就是我经常跟你提起的，这儿的老板娘，季晓鸥。”

那被方妮娅称作老公的男人，个子不高，五官平淡，长着一张让人过目即忘的脸，唯一给季晓鸥留下印象的是他的大脑门——人至中年发际线后退，那个脑门更显得触目。见季晓鸥瞧他，他只是冲季晓鸥点点头，神色十分矜持，脸上连点笑模样都没有，浑身上下透着股拒人千里的冷漠劲儿。

季晓鸥便把微笑也降到最微弱的地步，仅仅一声礼貌的问候：“您好。”

方妮娅过去拉她老公：“你进来呀！站门口干什么呀？”

季晓鸥还没有说什么，有人先冷冷地开了口：“请你们换鞋再进来好吗？”

季晓鸥一扭头，见湛羽拎着拖把站她身后，望着满地的湿脚印，一脸愠怒，嘴抿成了一条直线。她赶紧圆场：“没事没事，擦擦就好了。妮娅姐，你们先坐。”

方妮娅却怔怔盯着湛羽，问：“他是……？”

季晓鸥说：“我弟弟。”

湛羽却抢着答：“钟点工。”一字字咬得特别清楚。

方妮娅一撇嘴："哟，钟点工也这么厉害？"

湛羽瞪着她："钟点工也有职业尊严！"

方妮娅忽然拿手指掩住嘴，扑哧笑了："哎哟，这么漂亮、这么有个性的钟点工，季晓鸥，你从哪个家政公司挖来的，也给姐介绍一个吧。喂——小伙子，你们有没有买一送一的服务呀？"

眼见湛羽的脸彻底黑了下来，季晓鸥赶紧从他手里抢过拖把，推着他说："去帮我把厨房热水器打开，快点，一会儿要用。"

湛羽扔下拖把，扭脸走了。季晓鸥则赔着笑对方妮娅夫妇说："我弟弟不懂事儿，你们千万别介意啊！"

方妮娅噘起嘴唇抱怨，"你这个弟弟怎么有点二百五啊？一个玩笑都开不起！"

季晓鸥说："小孩，你甭跟他一般见识。"

方妮娅又去晃着丈夫的手臂，"你瞅晓鸥的弟弟眼熟不眼熟？我怎么觉得这么熟呢？他是不是像一个演员，叫乔……乔什么来着？哎，我怎么突然记不起来了？叫什么呢？"

方妮娅的丈夫却眼望着前方，神情凝滞，好像没有听到她的声音。

"老公？老公？"

方妮娅的丈夫沉默，从她手里抽出自己的手臂，推开店门走出去。

"哎哎，陈建国，你给我站住！"方妮娅追到店外，叉着腰拦住他的去路，"你发什么神经啊？什么时候来接我？"

他站住了，抬起头，又变成温柔体贴的模范丈夫，"六点，我准时到。"

方妮娅指指自己的脸颊。他抬起眼睛，似乎是观察了一下四周，蜻蜓点水般在她腮帮上吻了一下。

季晓鸥抿起嘴笑笑，背转身回避。

直到躺在美容床上，脸上糊着面膜，方妮娅还在为丈夫的态度耿耿于怀："好好的突然就犯神经病，你说我刚才做错什么了，他那么对我？"

"知足吧姐姐！"季晓鸥一边为她做手膜一边安慰，"你知道市面上如今都是些什么货色？你老公那样的男人，事业成功，又体贴专情，一切以老婆为重，A城掘地三尺也难凑齐一个巴掌，你运气多好啊！"

"我运气好？"方妮娅睁开眼睛，打量季晓鸥一会儿，忽然笑了，笑容里却带着几分勉强和苦涩，"妞儿，姐跟你说句心里话，婚姻这事儿吧，你可千万别为了那双鞋的牌子委屈了脚，哪怕它挂着普拉达或者爱马仕的牌子，你也别信，一定把脚放进去试试，牌子是给别人看的，舒不舒服只有自己的脚知道。千万别人前风光，回家脱了鞋满脚血泡。”

季晓鸥笑一声没接腔，她知道方妮娅一直瞧不上自己丈夫，总是叫他凤凰男。方妮娅说过，当年她根本看不起丈夫陈建国，木讷，寡言，一穷二白一小外科医生，只知道埋头工作，一点不懂吃喝玩乐。这是她父母替她挑中并一力促成的，说他将来必有出息，出嫁时还陪送了他们一套两居室房子。陈建国从医院辞职自己开了家医疗器械进出口公司，方妮娅的父亲还帮了不少忙，这两年陈建国才能羽翼渐丰，生意越做越大，他们的家也从当初那套一百平方米的两居室，搬进了独立的豪华别墅。

眼看着方妮娅的出手越来越大方，但她的脾气也越来越古怪。以前只是有点轻微的神经质，现在却变得越来越尖酸刻薄。每回她来店里，几个美容师都敬而远之，只好劳驾季晓鸥亲自出马。

季晓鸥屡屡自嘲，自己不仅是美容师，还常常兼任心理医生的角色。不仅方妮娅，其他客人似乎也愿意把她当作倾诉的对象，倾诉内容包括婆媳矛盾、夫妻关系、恋爱心得，甚至还有办公室暧昧和婚内出轨。或许她们觉得季晓鸥离自己的生活圈子很远，说给她听无害无伤。但是听多了纠结的故事，季晓鸥觉得自己都快有心理障碍了，恨不能在店里显眼处挂一牌子，上面写上“陪聊 100 美金 / 小时”，以杜绝这种情绪垃圾的倾泻。

在轻柔手势的催眠下，方妮娅终于累了，双眼微闭呼吸渐沉好像睡着了。季晓鸥怕她着凉，刚想给她加床毯子，冷不防方妮娅忽然坐起来说：“我想起来了，难怪你弟弟看着眼熟，我见过他。”

“是吗？”季晓鸥扶她肩膀让她躺下，“见过就见过，你也用不着一惊一乍的呀！”

方妮娅仰起脸，似在苦苦思索，接着摇摇头：“不对，怎么可能呢？季晓鸥，你弟弟到底做什么的？”

“学生。他还能做什么？”

“那就是我记错了？”方妮娅显得极其困惑，“你还记得今年情人节，咱俩在酒店电梯里遇到你那个开路虎的帅哥，他背对着不是还有一人吗？”

“嗯，怎么啦？”

“那人跟你弟弟长得真像。”说到这里，方妮娅突然意识到自己的话说得极不妥当，赶紧找补，“我是说，都挺漂亮的。”

“我没看见。”季晓鸥皱起眉头，颇有点不高兴，“不过，有你这么做比较的吗？那什么人，跟湛羽能比吗？”

方妮娅赔笑：“得，姐说错了，对不起对不起。不过那么漂亮的孩子，真的让人过目难忘。”

季晓鸥更不高兴了：“甭找补了，越描越黑。”

“是是是。”方妮娅不敢再说话，闭上眼睛装睡，没一会儿也就真的睡着了。

季晓鸥这才喘口气，给她加上毯子，揉着酸痛的手腕起来寻找湛羽。

店后挨着厨房有间小北屋，以日式的推拉门和前边店面隔离开，平时就是个仓库，季晓鸥又置了一张床、一张小书桌和一台电脑，以防天气不好或者关店太晚无法回家的时候暂住一宿。

她找到湛羽时，湛羽正趴在电脑桌前，脑袋枕着手臂，似乎睡着了。

被季晓鸥的脚步声惊动，他霍地坐直身体，触目一张煞白的脸，吓坏了季晓鸥：“你怎么啦湛羽？”

湛羽脸色雪白，眼圈却围着一抹粉红，眼睛睁得很大，但目光散乱，只有眼神深处一点微亮，像寒潭中的两块碎冰，又冷又硬地放着光。

季晓鸥伸手摸他的额头，温度不高，却摸到一手冷汗。

“你不舒服？”她着急地问。

湛羽似乎打了个寒战，推开她的手想站起来，试了一下没有成功，又软绵绵地趴回去，声音微弱：“有点恶心。”

“你又吃坏肚子了？你中午都吃什么了？”

湛羽摇头：“没吃。”

“那你早上吃什么了？”

湛羽还是摇头：“没吃。”

季晓鸥瞪着他：“你从早上到现在一点东西都没吃？”

“昨儿晚上也没吃。”

“什么？”季晓鸥立刻就怒了，“你干什么去了？干什么也不能不吃饭哪！是不是网吧玩游戏玩上瘾了？你说话呀！”

湛羽不出声，憋了半天终于吐出两个字：“加班。”

季晓鸥的怒气一下减去几分，但还是心疼和生气：“我说湛羽，什么工作值得你这么拼命？你想当劳模也得先掂量掂量你那点小身子骨儿呀！”

《最初的相遇最后的别离》故事雏形以及“三剑客”的影子，成型于2009年。

仿佛眨眼间，十年便过去了。

这十年中，几乎每一年，我们的生活方式都会因为一个新事物的出现，发生翻天覆地的变化。时间的脚步，让我们追得目不暇接。

唯有他们，我的严谨、孙嘉遇和程睿敏，你们的严子、二子和小幺，十年前带着他们最温柔的一面，与我相遇。让我有机会用文字，将他们的故事、他们的青春、他们的友情、他们的爱情，凝固在那个已经逝去的时空中。

他们永远地活在时间里，青春永驻，容颜不老。

“三剑客”的故事，在严谨和李晓鸥这里暂时落幕。虽然相遇总是最美，但也无需畏惧别离。

因为一个故事的结束，总是另一个故事的开始。

岁月似翻书，流年各自珍。

愿他们的故事和你的岁月、我的岁月、他们的岁月一样，历久弥新，永远不朽。

——舒仪 2019年·初冬

湛羽仰起脸看着她，无力地笑笑："我回学校就吃。"

季晓鸥没理他，转身去了厨房，过一会儿端一碗卧了两个鸡蛋的方便面出来，放在湛羽面前。店里还有客人，她不能多说，只把筷子递到湛羽手里叮嘱："今儿什么都别干了，吃完你去床上睡会儿再回学校。"

等季晓鸥送走方妮娅再次进来时，湛羽已经悄悄从后门走了，面条一筷子未动。她的运动服被叠得整整齐齐放在床边。上面放着一张纸条，写着："姐，我先回学校了，下次来如果天晴帮你擦灯箱。"

这孩子居然又换回他自己湿透的上衣。想象他在湿冷的雨雾中冻得哆哆嗦嗦的样子，季晓鸥觉得窗外的雨声，每一声都似直接敲在她的心口上，一下一下地疼。她由衷地有种责任感，感觉自己有责任为这个家庭、这个孩子做点什么了。

那天她在博客中写道："有时候我很想问上天，对这个世界上的贫穷、饥饿、疾病和不公，你怎么能袖手旁观毫不作为呢？但我又怕上天也许会问我同样的问题。我肯定没有拯救世界的能力，但我至少可以伸出手去挽救我能够触及的部分。"

晚上回家，季晓鸥就问父亲，股骨进口关节的替换手术大概需要多少钱。季兆林说手术费至少需要准备五万。患者手术以后，如状态不好可能需要更换进口药物，另外术后患者需要长期卧床恢复，需要护工或保姆二十四小时照顾，这部分费用也要考虑。

于是季晓鸥将李美琴的病情和现状整理一下，写了个帖子贴在一个人流量挺大的著名 BBS（网络论坛）上，询问这种状况是否有渠道可以申请医疗救助。

很快就有人回帖，大部分都劝她别白费劲，有人拿身边的例子现身说法，说就算申请被批准了，一次性给你八百或一千的困难补助，能解决什么问题啊？

季晓鸥不死心，再接着回帖询问是否可以申请其他的民间慈善基金。这回有人质疑了，说为什么不按照政策去指定医院登记？又说季晓鸥这帖子有骗钱的嫌疑。

看到这条回帖，季晓鸥如抓住一根救命稻草，也顾不得和那人理论，关上网页就去打电话。

因为怕赵亚敏啰唆，她没敢找父母，而是找到父亲带的住院医生小高大夫帮忙。恩师的女儿求助，小高大夫不敢怠慢，连忙找在定点医院工作的同学打探消息，半个多小时后就回了电话。

然而小高大夫带来的信息却让季晓鸥极度失望。

季晓鸥放下电话，满面沮丧，坐在沙发上半天没有出声。方才那点兴奋涌起的燥热，瞬间冷下去，她一筹莫展，这件心事只能暂时搁下，以后另想办法。

一星期后湛羽再来“似水流年”，脸上的外伤已经恢复，和季晓鸥有说有笑，看不出任何情绪上的异常。他果然兑现诺言，从隔壁五金店借来一架梯子，将梯头往门上一靠，拎块抹布便爬上去。

灯箱上“似水流年”四个大字，从开店之初就再没有仔细擦洗过，此刻尘满面鬓满霜。灯箱挂在离地四五米的高度，铝合金梯子极其单薄，勉强支撑着湛羽的体重，在风中摇摇晃晃，让人不由为他捏把汗。帮他扶梯子的小妹一声惊叫，吓得季晓鸥脸都白了，急忙跟客人说声抱歉，张着两只沾满按摩膏的手跑出去。

“湛羽，你小心！”她仰起头叫。

“没事儿！”他低下头冲她笑。

暮春的阳光直射下来，他的身后是雨后湛蓝的天空和上午十点的阳光。他的笑容和牙齿一样晃眼，仿佛平静的湖面涌起了波澜，晃得让季晓鸥感觉到微弱的眩晕。

湛羽最终没有完成任务，擦到一半，不小心被暗处一块凸起的铁皮划破了手指，季晓鸥说什么也不许他再干了，强迫他从梯子上下来。

用创可贴包好伤口，湛羽想回学校，季晓鸥说：“别走，等着，等我忙完这阵儿，还有事儿找你。”没想到季晓鸥这一忙，一直忙到午饭时间才能抽出空来。后面的房间里，湛羽正用她的电脑跟人在QQ上聊天，见她进来，赶紧关了QQ站起来，神色颇有些不安。似乎害怕季晓鸥责备他，没经允许就使用她的电脑。

季晓鸥倒是毫不介意，从书桌下取出两个手提纸袋，放在他面前。

“你今天应该回家去吧？顺路带给你妈。”

一只纸袋里全是一包一包的中药，湛羽扭头望向季晓鸥，脸上写着一个问号。

“大概一个月的量，改善股骨坏死的。”季晓鸥解释，“我妈给介绍的老中医，你妈不方便出门，我就去开了点药，先吃着试试，看看有用没用。另外告诉你妈一声，安心调养，把身体调理好了才能做手术。至于关节手术的费用，一定会有办法的，千万不能着急。”

湛羽“嗯”一声，又去看另一只纸袋。

另一只纸袋里，是一件灰绿色的防雨风衣和几件崭新的衣服：格子衬衣，羊毛背心，棉布休闲裤，都是最保险最正常的学生装扮。

季晓鸥说：“咱们学校的老师太保守了，所以没敢给你买太时尚的，就怕哪位瞧你不顺眼，直接让你挂科。”

湛羽沉默了。他把目光慢慢从季晓鸥脸上挪开，去看自己的手，然后开始揉搓受伤指头上创可贴的边缘。过了好一会儿，他才慢吞吞地说：“谢谢！”

“不喜欢这些衣服？”

“不是。”他说，“我在心算，这回还要再给姐打多少小时的工。”

季晓鸥乐起来，连声音都是笑的：“嗯，我要是买你一辈子的时间，可以给个打包的优惠价吗？”

没有一点征兆，湛羽忽然脸红。一点红晕从颧骨泛起，越扩越大，一直到达耳根，最后把耳郭都烧得通红。

季晓鸥怔住，不知道自己一句玩笑话竟有如此威慑力。想一想，对着一个年纪比自己小六七岁的男孩，这种近似轻薄的言辞，的确造次了，颇有吃人豆腐的嫌疑。

她仰起脸，因为尴尬，也感觉脸皮热辣辣地似在发烧。

湛羽当然没有再为这两套衣服给季晓鸥打工。第九次打工完毕，象征性地还完上次所欠的医疗费，季晓鸥便宣布已经两清，双方不再是债权人和债务人的关系。

湛羽反问她：“那我们是什么关系？”

季晓鸥认真地回答：“你是我弟，我是你姐。”

湛羽的眼神黯淡，咕哝一句：“我才不做你弟弟呢。”

声音太小，季晓鸥没听清楚，自去忙别的事了。湛羽的目光追着她的身影，安静地看了好半天，然后他不声不响地离开，没有向季晓鸥告辞。

这边湛羽前脚刚走，后脚就有电话找季晓鸥，原来是她爸爸季兆林。

季兆林说家里新买台液晶电视，原来那台旧康佳，问季晓鸥是否有地方处理，否则就卖给收旧电器的了。

想起湛羽家那台二十多年前的旧电视，季晓鸥赶紧说："给我留着，给我留着。"

季兆林说，要就赶紧拉走，不然晚上新电视进门没地方放。

季晓鸥满口答应，放下电话她却咬着手指头犯了难。她怎么把电视机弄到湛羽家去呢？打辆出租车吧，出租车司机不一定爱拉这活儿，找搬家公司吧，一台电视机，又犯不着，求朋友吧，这会儿大部分人都在上班，而且一般的家用轿车，后备厢里能否塞下电视机的箱子还不确定。

翻开手机的名片夹，她一个一个看过去，终于看到一个人，一个车里足够放台电视机，而且不用上班的人。

严谨。

算起来严谨已经很久没有找过她了。季晓鸥认为他终于厌倦了这场注定没有结果的游戏，所以撤退了；但是两人毕竟算得上熟人了，找他帮个忙应该还是可以的。

严谨这段时间过得很快乐，快乐得几乎把季晓鸥忘掉。因为分别将近一年的发小儿程睿敏回 A 城了，和他一起回来的还有他的未婚妻，谭斌。

程谭两人回国第一件事，就是去民政局领了结婚证，没办任何仪式便了结终身大事。接下去程睿敏筹备注册自己的新公司，而谭斌在国内申请到一个新职位，婚假结束忙着走马上任，家里便经常剩下程睿敏一个人。如此一来，严谨的吃饭问题有了着落。前些年夜夜笙歌，山珍海味胡吃海塞，整个吃伤了，导致他对外面的饮食逐渐起了厌恶之心，对家常便饭反而情有独钟。严谨妈当然希望他经常回家吃饭，可是每次回去，严谨都要被迫接受一堆相亲的要求，相比之下，他宁可赖在兄弟家里蹭饭。

程睿敏在国外待了一年，从前不食人间烟火的精英气质消失殆尽，居然练就一手不错的厨艺，几个拿手的家常菜，土豆烧牛肉、葱姜炒蟹之类的，连严谨这种对食物百般挑剔的人，都吃得赞不绝口。照他的说法，程睿敏之前多少年一直都在云里飘着，如今总算接了地气，多少有点活人气儿了。

不过饱餐之余，他也对自己兄弟的未来表示焦虑："小幺，你就这么甘心做家庭妇男了？你们家谭斌可不是省油的灯，你就不怕她甩了你？"

“如果真有这样的事，天要下雨娘要嫁人就随她去吧。”程睿敏说得轻描淡写。

严谨顿时起了疑心：“你们的关系，已经有问题了吧？”

“没有。”

严谨才不相信：“咱俩认识二十年了，你撅撅尾巴我就知道你拉什么屎。你们要是没毛病，我‘严’字儿倒过来写。”

程睿敏被逼得没办法，只得再透露一点：“谭斌说，感情上我索取过多，让她心理负担太重。我则觉得她为人处世为自己考虑得太多，为别人考虑太少，两个人都有问题，都在调整。”

“什么什么？”严谨大惊，迅速抓住了主要信息，“谭斌什么意思？嫌你累赘是不是？”

程睿敏笑笑：“我们夫妻俩的事，你一未婚人士就不要掺和了，你不懂。”

“嘿——”

“真的，先把你自己问题解决了再管别人的闲事儿吧！至少让妈少为你操点心。”

类似话题总会戳到严谨的心窝子上，提起来他就有无数感慨：“我也想啊，兄弟。恨不能明天就带媳妇儿和一大胖小子给咱妈看。可这事儿吧，真不赖我。主要是现在的姑娘太现实了！那小算盘，一个个打得叭叭响，算计得让人害怕。”

“好姑娘总是有的。”

“可我碰不着啊。”

“你自己不想碰罢了。”

严谨皱眉，然后若有所悟地点头：“你说得对。每次想往深里发展发展关系，我都会想起老二，我想要是有天我也落到那种地步，究竟有没有人能不离不弃跟着我？”

程睿敏沉默，然后轻轻叹口气：“要求太高了。严谨，你这样的要求，简直是在挑战人性的底线。”

“什么人性不人性的我不清楚，我就清楚一条，能做我老婆的，不管遇到什么事都得跟我一条心。做不到，那就算了。需要钱，我给，只要让我高兴。再多的，对不起，没了！”

程睿敏摇头，“这么多年你一直这样，遇到喜欢的女孩只会用钱砸。你也不反思一下，想想为什么你的钱砸出去了，人还是留不下？”

严谨打了个大哈欠："用钱砸都留不下，还能用什么？难道用你们知识分子说的那什么爱情吗？甭逗乐了！"

"你这种人，就是不撞南墙不回头……"

这话严谨特别不爱听，他哈哈乐了："程小幺，我怎么觉得你说话越来越像你媳妇了？谭斌调教得你越来越出息了！"

程睿敏如此厚道的人都被激出脾气，站起身扔下他进了书房。

严谨笑着追到书房门口："不抽烟，不喝酒，再不好色，你说你这一辈子活的什么劲儿？"

程睿敏将书房门"砰"一声关上了。

严谨提起拳头砸门："程睿敏，我提醒你件事，阁下的驾照正在年检，待会儿可甭蹭我的车。"

程睿敏在里面不紧不慢地回他："我也提醒你，幸好世界上还有样东西，它叫出租车。"

季晓鸥的电话打过来时，严谨正开车载着程睿敏堵在东四环上。接完电话他对程睿敏说："兄弟对不住，哥得重色轻友一回，先办完美女的事，再送你回去，反正你老婆天天加班不回家吃饭。"

程睿敏回答："你重色轻友也不是一回两回，劳驾就别拿谭斌作借口了。"

虽然严谨去过季晓鸥家，轻车熟路，但因为堵车也花了将近一个小时。

一进小区，他就看到季晓鸥站在路边最明显的位置。暮春的太阳虽不炎热，可太阳地里站上个把小时，也会被晒得头晕眼花。季晓鸥白白净净一张脸，此刻像蒸熟的螃蟹一样红彤彤冒着细汗，令她的姿色大打折扣。

严谨刹车，嘴里嘀咕："这丫头是不是缺心眼儿呀？怎么不找个凉快地儿待着？"他有点不高兴，本来是想在兄弟面前炫耀一下，但现在显然无法达到目的了。

程睿敏带笑瞅他一眼，没有说话。

严谨连蹦带跳地窜下车，一个劲儿道歉："堵得厉害，对不起啊，东西呢？"

季晓鸥瞧着他，连说话的力气都没有，有气无力踢一脚身边的大纸箱。

其实堵了一路也晒了一路，严谨的情况不比她好多少。脑门鼻尖都是汗，一件范思哲的白底棉布衬衣，袖子一直挽到胳膊肘，下摆一半掖在牛仔裤里一半落在外面，前襟背后一道一道全是褶子，两千多的衣服被他穿成了一块揉得稀皱的抹布。这要换了其他人，肯定一副邋遢落魄样，可严谨一向自我感觉甚好，再狼狈的外表也不会影响他英雄救美时的倜傥风姿。

“交给我了，你先上车。”他气宇轩昂地吩咐。

季晓鸥没动地方，神色有点焦虑，“真是不好意思，我想再求你件事儿行吗？”

她的声音比平时柔软，严谨十分受用，豪迈地一挥手，“说！”

“上回你送我去的那个地方，百子湾那栋楼，还记得吗？”

“就那个要拆迁的，垃圾场一样的地方？”

“对。”

严谨想了想：“还行，应该能摸过去。”

“店里有点急事，我得回去，没法儿跟你过去。这个电视，麻烦你帮我送到那栋楼下好吗？我弟弟会在那儿接着。”

严谨这才知道季晓鸥脚边纸箱里装的，是台电视机。估量一下尺寸和重量，他出手了，像拎一个没有分量的纸包一样，轻轻巧巧撂在后备厢里。

然后他拉开后车门，“上车，我先送你回店里。”

季晓鸥晃眼间见前座还坐着一人，隔着遮阳膜看不真切。她退后一步：“不了，你有朋友在，不能再麻烦你。”

“顺路呗，有什么麻烦不麻烦的！”严谨想搂季晓鸥的肩膀，被季晓鸥闪身躲过了。

“不用了，谢谢你！”她坚持。

严谨无可奈何，“真不给我这个面子？”

“抱歉，回头我好好谢你。”

“好吧。”严谨见好就收，并不纠缠，只是觉得一腔春水付之东流怪遗憾的，“那边接头的是谁？”

“我弟弟。”

“他叫什么？”

“湛羽。湛江的湛，羽毛的羽。”

严谨点头：“接头暗号呢？”

“我把你车的型号和车牌号都告诉他了，他会在路边等你。”

严谨做了个“OK”的手势，锁了后备厢上车。就在他转身上车的工夫，靠近季晓鸥这一侧的车窗缓缓降下来。

那是个清秀的男人，黑框眼镜，雪白的立领衬衣干净时尚，年纪似乎比严谨年轻几岁，却比严谨稳重成熟得多。他在打量季晓鸥，眼神含蓄而礼貌，并不让人感觉冒犯。这种温文儒雅的气质，在季晓鸥的生活圈里极其少见，她忍不住多看了几眼。见季晓鸥看他，那男人朝季晓鸥笑了一笑，他有一副柔和的五官，因而那微笑的边缘便如同初夏的晚风，柔软而模糊，被季晓鸥点滴不漏地完全接收。

车走远了，季晓鸥还站在原地在发呆。方才透过后车窗，能清楚看到车内两人的举动。严谨拍他的肩膀，胡噜他的头发，甚至掐着他的下巴说了几句话，两人的关系瞧上去好得不同寻常。

这一幕却让季晓鸥感觉十分难受：都说这年头条件稍微好点的男人，要么早就有了女朋友，要么早就有了，现实证明此言不虚。比如刚才那位，虽然戴副眼镜，但丝毫不影响卖相，从姿色到气质都出类拔萃。还有严谨，尽管总是一股流氓腔，可是单论外表，无论如何也算得上高大英俊。这样条件出众的两个男人，对于 A 城超过五十万的大龄未婚女群落，简直是惊人的资源浪费。

季晓鸥在观察程睿敏，程睿敏也在后视镜里观察她。直到季晓鸥的身影从视野中消失，程睿敏才收回目光。

他问严谨：“这是你的新女朋友？”

“还不算。”

“什么意思？”

“没上手。”严谨答得坦率。

程睿敏做恍然状：“难怪你任劳任怨。”

“那是。”严谨一点不觉得丢人，反而沾沾自喜，“对我妈都没这么孝顺过。”

程睿敏迅速转开脸，他真不好意思当着严谨的面大笑。

甭看严谨平日吊儿郎当，一副没心没肺的样子，了解他的人都知道，那全是假象，实际上他的观察力如同摄像机，记忆力堪比复印机，方向感则可以媲美卫星定位仪。几乎一丝不差，他精确地沿着与季晓鸥上一次的行进路线，准确地停在那栋孤零零的旧楼下。

路边有人跑过来，轻轻敲了敲车窗玻璃。

严谨笑嘻嘻地推开车门，和那人打了个照面，一张白皙秀气的脸蛋蓦然跃入视线，他像被雷劈了一样定住，笑容凝固在脸上。

对方显然对眼前的情景也没有任何心理准备，呆住了。屏息片刻，他嗫嚅开口："谨哥，怎么是你？"

"怎么又是你？你叫湛羽？你不是叫 KK 吗？"严谨盯着他，惊异中夹杂着不屑，"怎么走哪儿老子都能看见你？你怎么就阴魂不散呢？"

湛羽不敢看他，迅速垂下眼帘，睫毛尖颤巍巍的，似乎充满了不安。

"季晓鸥是你姐姐？"

"嗯。"

"亲姐姐？"

"不是。"

"表姐？"

湛羽犹豫一会儿，摇摇头："也不是。"

严谨毫无预兆地拉下脸，仿佛被谁欠了几万块钱，一言不发走到车后，将后备厢里的纸箱拖出来，"砰"的一声扔在湛羽面前。

湛羽吓一跳，下意识后退几步，立定了再挑起眼睛，他脸上胆怯的神色忽然消失了，又变回那天在"三分之一"大骂"×你大爷"的那个 KK。但他没像上回一样破口大骂，而是用他乌黑的眼珠恶狠狠地瞪着严谨。

严谨烦躁："瞪什么瞪，想我揍你？"

湛羽狠狠回他一个白眼，抱起纸箱往楼里走。纸箱的尺寸和重量，衬得他的身形特别单薄，摇摇晃晃没走几步，便重重放下，换个角度再度抱起，走不了几步又放下。

严谨吊着脸，冷眼瞅了一会儿，实在看不下去，回头跟程睿敏说："你先找个地方停车，等我一会儿。"

他大步走过去，一把推开湛羽，抓起纸箱扛在肩上，没好气地说："小白脸就是不成事，前面带路。"

和季晓鸥头次上门一样，严谨也被这个家庭一贫如洗的窘况震惊了。他扛着箱子立在狭窄的过厅里，强烈感觉到自身存在的突兀。那些年代久远的家具和电器，让他恍然回到了上世纪 80 年代。可就算三十年前，无论严谨的父母如何坚定不移地继承艰苦朴素的革命传统，家里总是四白落地，干净敞亮。眼前的一切，已经超出了严谨的生活经验。他回头看看湛羽。湛羽站在门边，眼睛转向别处，脸上的表情一片木然。李美琴被惊动，拄着双拐从卧室挪出来，混浊的视线转向这个贸然闯入的陌生人，完全是戒备的神气——严谨的衣着、严谨的气质、严谨的姿态，那种因环境优越而滋生出的自得和舒展，都如同来自另一个世界，和周围环境格格不入。

严谨放下纸箱，在客厅里走了几步，就算他刻意收敛自己的身体语言，但在湛羽眼里，依然带着高高在上的味道。

湛羽挑起眼睛斜看着他，语气充满挑衅："瞧好了吗您？瞧好了就请走人吧。我家地小门窄，容不下您这贵人。"

严谨不计较他的无礼，站在厨房门口朝里面张望一下，方冲着大门的方向朝湛羽翘翘下巴，然后踏着操练一般的步伐率先走出门去。

湛羽犹豫片刻，最终默契地跟在他身后。两人一前一后下楼，一直来到楼前的空地才停下脚步。

严谨想说话，却觉得那些轻飘飘的字眼，在喉咙口都变得异常艰涩。他从裤兜里摸出烟，又摸出一个打火机。打火机大概没气了，任他啪嗒啪嗒按了好几下，却没有火苗冒出来。

湛羽盯着那只简陋的一次性打火机，似乎想说什么，想了想又闭上嘴巴。

严谨努力半天也没有把那根烟点着，只好把烟放在手心里揉着。他不打算说话，湛羽也不开口，两人大眼瞪小眼面对面站着，周围不时有邻居进进出出，扫向他们的目光，都充满好奇和疑惑。严谨只当没看见。

沉默很久他终于开口："上回在'三分之一'，你想求我的是什么事？"

湛羽嘴角慢慢翘起，分明噙着一点笑，但眼神却很冷，他说："我求过你吗？我什么时候求过你？你做梦呢吧你？"

严谨皱起眉头，湛羽的表现让他困惑，而且被拒绝之后的难堪，也让他有些恼火。

以严谨的敏感，上次湛羽一开口，他就猜到湛羽遭遇了什么困境。冯卫星下面的刘伟那批人就是以经营酒吧的名义为生。

严谨平日行事再荒唐离谱，却一直坚守着一条碰不得的底线——不涉黄，不涉毒。前者妨人妻女，后者害人一生。不管利润多么诱人，他也不会涉足跟"黄毒"两字沾边的行业，更不想因为一个不相干的人而卷进去，他为任何人破了规矩都得为此付出代价。这是上一次湛羽在"三分之一"

下跪求救时他狠心拒绝的原因，但刚才在湛羽家看到的一切都让他心软。斟酌完利害关系，他铁下心打算帮湛羽一个忙，可湛羽现在的样子，仿佛并不想承他这份情。

和以前相比，KK 好像变了，身上有些东西明显不一样了。他那张清秀单纯的脸，看起来随时可以撕破，变得固执而冷酷。这种感觉很熟悉，严谨仿佛在哪里见过，可一时半会儿又想不起来。只是他心里刚活泛起来的那点柔软，又渐渐恢复了原来的坚硬。

路边有只脏得辨不出底色的垃圾桶，严谨伸指一弹，将那支饱经蹂躏的烟卷准确地投入桶中。然后他点点头，冷冷地说："好吧，跟你姐说一声，东西送到了，我任务完成了。"

不等湛羽说话，他撂下湛羽转身走了。

程睿敏得知湛羽就是 KK 时，也大吃一惊："就刚才那男孩？看着就是一学生，不可能吧？"

严谨从鼻子里喷出一股冷气："你才见识过多少？"

"那孩子真的不一样，他身上没有那种自暴自弃破罐子破摔的神气，要是因为家庭原因走到这一步，其实挺可怜的。"

"算了吧！"严谨语气愈加轻蔑，"穷人家的孩子太多了，不见得人人都得那样才能活下去吧？你上大学那会儿，不愿花你爸的钱，还不是兼职兼得差点吐血？"

程睿敏笑着摇头，主动偃旗息鼓，不想为一个陌生人和他发生争辩。

晚饭时严谨破例吃得很少，因为他把整件事从头到尾细细回想了一番，忽然想到一个可能性，正是这个可能性让他食不下咽。

吃完饭他离开程家开车往自己家去，一路上还在琢磨那个可能性。

严谨想起他和季晓鸥头次见面，是在酒店里，而且是清晨，当时季晓鸥和女伴都穿得十分性感。再想起湛羽说，他和季晓鸥一点血缘关系都没有，但两人却以姐弟相称，能真的是姐姐弟弟这么纯洁吗？

这么一想，严谨觉得后脑勺上的头发一根一根都竖了起来。他喜欢季晓鸥不假，但他的喜欢仅仅是喜欢，不涉及其他。他追求女孩子，通常没有一个明确的目的，不管对方是谁，只要让他感觉轻松愉快就好。按照这个标准，如今季晓鸥就不太符合条件了。

一个女人，独自开家美容院，又有一个投身“特殊行业”的弟弟——想起季晓鸥，严谨就不忍心轻易用词定义湛羽，毕竟是她的弟弟，不得不另寻比较文雅的说法代替；但得承认，她的背景确实暧昧，暧昧得不适合做女朋友。

可是就此撤退，之前的努力就全变成沉没成本，血本无归，他连季晓鸥的小手还没摸到呢，他不甘心。

严谨把车停在路边，打电话到季晓鸥店里——这个电话比季晓鸥的手机可靠。忙的时候她常常顾不上接手机，可固定电话是一定会有人接的。然而这一次，对方的彩铃响了又响，却一直没有人接电话。

就在严谨准备放弃时，季晓鸥的声音忽然从他的手机里传出来，十分不耐烦：“一遍又一遍，烦不烦啊，有病啊你？喂？”

严谨咳嗽一声：“是我！晚上关了店以后出来吧。”

“告诉你多少遍了，没时间！”季晓鸥语气生硬，“你知不知道‘无聊’俩字怎么写啊？”

咔吧，电话挂断了。

严谨握着电话愣在那里，半天才醒过味儿来，气急败坏地将手机一扔：“过河拆桥，才用完老子就这嘴脸，不知道自个儿是谁了！”

在他的泡妞史中，他还没遭遇过如此赤裸裸的利用呢。正常情况下严谨是不会和女人计较的。他和韦小宝属于一个教派，打不过就跑，追不上就撤。他从不死缠烂打，也不会一棵树上吊死，但是这一次，他被气得啼笑皆非，他打算给季晓鸥点教训。

不过严谨显然忘了，这已经是他第二次发誓给季晓鸥教训了。

严谨不知道，季晓鸥挂他的电话，却是个十足的误会。接电话时她正处在一种愤怒到不正常状态中，压根儿没听出他的声音。

因为季晓鸥的美容店被人踢场子了。

就在她离店回家，带着电视机在路边等严谨的工夫，她的店门上被人泼了整整一桶红漆；所以她才托了严谨独自去送电视机，而她火速返回店中。

尽管她已从电话里知道发生了什么事，早有思想准备，但一见到现场，脑子里还是“嗡”的一声响，差点摔倒。

几道血红血红的油漆沿着玻璃门淋漓而下，饱和度极高的红色，颇似凶杀现场，强烈刺激着人们的眼睛和心脏。

由于事情发生的时候正赶上午餐时间，店里没有顾客，几个美容师都躲在后面的厨房吃饭，没有人看到始作俑者。

警察来过了，可是没有目击者，他们也没有办法，做完笔录好言安慰几句便离开了。

季晓鸥忍着愤怒在门外巡视几遍，一边估算损失，一边考虑如何将店门复原。负责美容店日常事务的店长，一个名叫小云的美容师，跟在她身边叽叽咕咕地问："老板，会不会是对门那家新开的店捣乱哪？"

一句话提醒了季晓鸥，她回过头，凝视着马路对面那家挂着"开业大酬宾"的横幅、连外墙都漆成粉红色的美容院，越想越觉得小云的猜测有道理，怒火顺着脊梁骨渐渐冲上她的天灵盖。

这家名叫"雪芙"的美容院，于两个月前开业。不仅店面比"似水流年"大将近一半，且财大气粗，开业之际推出大酬宾，几个套系的年卡价格低得压着成本，几乎处处针对季晓鸥主推的产品系列。一时间"似水流年"的新客跑了一半，老顾客因为已经交付了年卡或半年卡的预付款，暂时挪动不了，可是也人心浮动，有人便和季晓鸥喋喋不休地讨价还价，期望她延长年卡的时间或者额外赠送其他产品。

季晓鸥为此颇上了几天火，但生气归生气，她还是不愿意与竞争对手硬碰硬正面冲突，真的打价格战。对方或许不在乎亏损多少，可她在乎。而且附近客源有限，只关注如何挽留老顾客不是她的初衷，她今年的目标是稳定中寻求增长。必须出奇制胜才行。

在一个美容店主集中的 QQ 群里聊了两次，又一个人冥思苦想几天，再冒充顾客去"雪芙"微服私访一次，盘查清楚对方的产品、服务和价格，她终究想出了办法。

季晓鸥先去苏宁买了台电烤箱，然后用短信通知资料库里所有的顾客：每周六下午，"似水流年"将提供免费的下午茶和美容讲座，以答谢新老顾客。

第一个周六，季晓鸥烤了饼干和小点心，泡好玫瑰普洱和花草茶。那天下午来的人不多，美容讲座的题目是《化妆品广告中的神话、误导和真相》。季晓鸥的化工专业背景帮了大忙，当"超氧化物歧化酶""类黄酮""乙葡萄糖胺”等一连串生僻的专业名词从她嘴里熟练地冒出来时，她的形象顿时高大起来，令顾客肃然起敬。

这次讲座，给列席的顾客们留下深刻的印象，换句话说，她们的大脑已经被季晓鸥成功地格式化了，让一个概念在脑子里深深扎下了根，即保养皮肤的重要原则是利用抗氧化物降低自由基对皮肤的伤害，在购买护肤品和保养产品之前，首先要知道所含的成分有哪些，哪些对皮肤有益，至于品牌和价格，都是天边的浮云。

第二次讲座，题目是《你的确需要加倍保湿吗？》。人比第一次多了一倍。这次讲座，留给顾客印象最深的，是季晓鸥的一句话，她说：“那些昂贵的精华液，所谓的保湿功能，只不过因为它含有更多的硅酮，还有比较少的增稠剂，所以比乳液有更细致的触感。至于效果，更多的是心理作用。”

一般来说，负面消息往往比正面消息更博人眼球。尤其当负面消息对别人不利对自己没有伤害时，其传播速度往往迅捷无比。季晓鸥的顾客群体大部分收入不是很高，因此当她们听到季晓鸥对大牌化妆品大肆揭短时，从中获得的心理平衡和明显快感，让她们对季晓鸥本人和“似水流年”的好感度，就像窗外的气温一样，直线飙升。

到了第三个周六，“似水流年”人气暴涨，不少顾客是带着朋友一起来的，人数多得几乎超出了季晓鸥的控制。这次她准备的题目是《透视胶原蛋白行业的内幕》。

季晓鸥说，无论卖得多么昂贵的胶原蛋白，都来源于猪皮、鱼皮和鱼鳞，生产成本不会超过售价的十分之一，不要为华丽的广告和包装花冤枉钱。被她拿来做反面教材的，恰好就是“雪芙”美容店主推的胶原蛋白美容产品。

季晓鸥忍了一个月，铺垫了两个周末，为的就是不动声色地引出这个主题。她知道自己的做法不太厚道，可是做生意嘛，总要有所为有所不为，其间的是非黑白季晓鸥非常拎得清。

三次讲座，效果好得出乎意料，不仅顾客流失率急剧降低，还带来了不少新客户。眼看对方门庭冷落，季晓鸥年轻气盛，打赢了这一仗难免暗自得意，觉得自己简直无所不能，但今天这一幕却让她完全傻了眼。玩心眼儿她还行，对方直接上流氓招数，她就明显不是对手了。

此刻季晓鸥的心情不是坏，而是坏透了。她很想冲到对方店里问个明白，可没有真凭实据那不是自取其辱吗？所以她只能站在自己的店门口，一口口喝着冰水以压制火气。

前台的电话倒和往常一样，调得低低的像呜咽一样的铃声，时不时响起，并没有因为店里的突发事件而受到任何影响。多数是顾客预约美容，只有一个电话，小云听了一会儿，便把话筒递给季晓鸥："老板。"

季晓鸥接过话筒，就听到一个南方口音的男人饱含深情地叫了一声："晓鸥，你还好吗？"

这个亲热的称呼让季晓鸥哆嗦了一下，思索片刻想起一个人。她没好气地问："林海鹏？"

对方说："对的呀对的呀，我是林海鹏，我就知道你不会忘记我……"

话刚说到这里，季晓鸥"砰"的一声挂了电话。

小云正拿着刷子给客人上面膜，被她吓一跳，手一哆嗦差点捅到客人的眼睛里去。

见惊到客人，季晓鸥赶紧挤出一个笑容道歉："对不起，打错电话的……"

话音未落，电话铃再次响起来，季晓鸥再拿起话筒，只听那人说："晓鸥，你不要这样嘛，这些年你过得还好吗？"

这个林海鹏，就是季晓鸥三年前分手的前男友。以前季晓鸥还挺欣赏他南方男人体贴、细腻的一面，如今回想起来，只觉得像吞了一口黏糊糊的假奶油，甜得让人起腻。

"我很好，不劳您老惦记。"季晓鸥语气不善，"说吧，什么事儿？"

"没事就不能给你打电话吗？"

"对您来说时间就是金钱，没事儿您会把时间浪费在前女友身上吗？鬼才相信！是不是尊夫人需要美容？行啊，本店给熟人一律八五折优惠，现金付账，拒绝刷卡。"

林海鹏在电话里干笑了一声："你看，你还是这脾气，一点都没改嘛。"

季晓鸥才不耐烦跟他叙旧："我忙着呢，您有事吗？有事快说，没事甭占着我电话。"后面还有一句话，她忍了半天没说出来，她想说：谁有工夫跟你上演《半生缘》？

林海鹏大概被她的语气给噎着了，好久才接口："季晓鸥，以前的事已经过去了，我们难道不能做朋友吗？"

"谢谢，我从来不缺朋友！"季晓鸥再次扔下话筒。

可她还没来得及转身，电话铃又响起来。季晓鸥不想接，可电话铃声十分顽强，响了足足一分多钟，季晓鸥顶不住了，终于抓起话筒："烦不烦呀，一遍又一遍，有病啊你？喂？”

那边环境乱糟糟的，不知道说了句什么，季晓鸥只听到“晚上……出来”几个字。

她急了，对着话筒嚷嚷：“告诉你多少遍了，没时间！”想想意犹未尽，再加一句，“我说你知不知道‘无聊’俩字怎么写啊？”

严谨就是被她这句话气得差点背过气去，可季晓鸥恍然未觉，以为电话那头还是林海鹏呢。至于林海鹏突然找她做什么，季晓鸥根本不感兴趣。既是前任，已成路人，最好有多远滚多远，此生再不相见。管你是不是我此生最爱，管我没了你会不会后悔一辈子，将来过得好不好也是我自个儿乐意，我就不能折在你手里。

因为工人清除店门上的红漆，影响了一部分预约的客人。当天晚上关店很晚，十点半送走最后一个顾客，将近十一点才打扫完卫生。等季晓鸥做完水电气的例行安检，放下卷帘门准备回家时，已将近十一点半，公交车早就停运了。

店前的这条马路不是主干道，一过晚上十点就车旷人稀，临街的门脸商店纷纷关门，偶有一两家小超市还亮着灯，所以空出租车鲜少经过，季晓鸥只能步行走到四百米开外的路口，才有可能打上车。

走不过十几步，季晓鸥耳边似有衣物摩擦的窸窣声，离她很近，仿佛就在身后。她猛地回头，身后却空无一人，只有路灯的光芒孤独地投射下来。接着往前走，却摆脱不掉身后有人的古怪感觉，再一次回头，身后还是空荡荡的，唯有路旁居民楼窗口中透出令人安心的人间烟火。

季晓鸥脊背上冒起一层凉汗，情不自禁拉紧外套，嘀咕一声正要继续赶路，冷不防有人在她肩头拍了一下。

这一下把季晓鸥吓得魂飞魄散，差点把包都给扔了。她迅速转身，只看到一个高大的身影，毫无声息地贴在她的身后，仿佛她的另一个影子。

“严谨！”季晓鸥抡起包砸在他肩膀上，“有病啊你？吓死我了！”

没错，这个偷偷尾随在她身后的人，就是严谨。

他吃过晚饭开车到这里，从晚上九点开始，就一直坐在车里，透过临街的橱窗观察着季晓鸥的一举一动。

雪白的灯光从一格格的窗玻璃中溢出来，橱窗那面的季晓鸥，式样简单的豆绿色衬衣，浅灰色的针织长裤，长发规规矩矩束在脑后，忙碌的身影修长而秀丽，舒展出新鲜的绿意和活力，如同初春的柳枝。这样的季晓鸥，和他想象中那个季晓鸥没有任何交集。

严谨跳下车，慢慢给自己点了支烟。暮春初夏的夜晚，空气中犹带着一丝凉意，让他燥热的肌肤感觉到惬意的舒适，然而这舒适里却似乎带一点永远够不着的焦虑。

这是完全陌生的感觉，至少是他这些年不再熟悉的感觉。认识季晓鸥以后，冥冥中仿佛有股看不到的力量，把他给万分不情愿地深深套住了。就像股市里的散户，本来想做一单轻松舒适的短线，没想到不小心就拖成了中线，再纠缠下去，他很害怕自己会被惨无人道地逼成长线。

在逐渐飘散的烟雾里，严谨困惑地眯起眼睛。直到季晓鸥关店下班，才锁了车门，悄悄跟上去。以他的身手，如果不是他故意弄出点声响，她绝不会发现身后的尾巴。

季晓鸥发泄完被惊吓的怒气，想起正事："你在这儿干什么？对不起，我今天太忙了，还没来得及给你打电话道谢呢！"

严谨问："你是要回家吗？我送你。"

季晓鸥看看他身后："你不用陪朋友吗？我才不做电灯泡呢。"

"什么朋友？"

"就下午和你在一起，穿白衬衣那位。"

"他呀——"严谨恍然，"晚上他归他媳妇儿管，没我什么事儿。"

果然。季晓鸥暗暗歪了下嘴角，说不清是鄙薄还是同情。

她仰起脸看着严谨，那张表情严肃的脸上似蒙着淡淡的惆怅。这可是一个满腔失意的人啊！她那要命的恻隐之心又开始蠢蠢欲动："你想吃夜宵吗？咱们去美食街吧，我请客。"

严谨没有回答，只将插在裤兜里的双手取出来，居高临下俯视着季晓鸥，眼睛里有迷惑，也有迟疑。

他还想再迟疑一阵，把自己感觉陌生的处境看得再清楚些。方才那些陌生的焦虑令他困惑不已，仿佛天平的一端突然空掉，他被自己这一头突然的坠地给摔痛了。

两个人如此面对面站着，正好是一个微微仰起脸，一个略略低下头，对某件事而言，高矮角度都十分合适。严谨上前一步，眼睛里的黑色似越来越重，映着身后街灯的光亮，身高和影子都变成季晓鸥身前的一座高塔。

季晓鸥有不妙的预感，察觉到危险的逼近，她往后退了一步，身后却是街边碗口粗的行道树，她退无可退。

季晓鸥惊慌起来，开始左右顾盼，只盼能在严谨的阴影里找到安全的缝隙逃出去。

严谨却没有容她寻到庇身之处，已经坚决地将嘴唇压在她的嘴唇上。

季晓鸥眼前如劈过一道白光，视觉和听觉似同一时间失去了功能。她最后的知觉，只剩下严谨的两道浓眉和眼睛，她头一次发现，严谨的睫毛也那么长，迎着霓虹灯的艳色，睫毛尖处闪闪发亮，颤动得像是暴风雨前的草尖。

严谨接吻的技术娴熟而充满挑逗，自然是无数次实践后的结晶。季晓鸥在经历片刻的懵懂之后清醒过来，她想躲开，但严谨的左手扶着她的后颈，恰如一道铁箍，令她的头颈左右无法挪动。而严谨显然不满足双方唇部的表层接触，已经打算攻城略地，向更深处挺近。

比较要命的是，季晓鸥发现自己的身体对严谨的突袭竟毫无抗拒，当严谨的嘴唇碰触到她的耳垂时，似一道电流自上而下掠过，她居然浑身酥软，双腿站立不稳。下一步会发生什么季晓鸥并不清楚，可她知道一定会有下一步。她的肉体似乎正在违背她的良知，她甚至拿不定主意到时候是否呼救或者踢打。

季晓鸥从未设想过事情会变成这样，情急之下她略略后仰，用尽残存的理智将牙齿上下一合，用力咬了下去。

严谨猝不及防，剧痛之下闷哼一声慌忙跳开。嘴唇上一股咸腥的味道泛起，已经被季晓鸥咬破了几个小口，血珠突突冒出来。

他捂着嘴唇，幽怨地望向季晓鸥："你也太狠了吧？"第一次亲她，他挨了一耳光，第二次亲她，他被咬破嘴唇见了血，在他漫长的泡妞历史中是一个前所未有的纪录。

季晓鸥已趁机逃到安全地带，离得远远地冷笑一声："这算很客气了！告诉你，我没用对付色狼的必杀技废了你，你应该感到幸运才是。"

严谨抹一把唇上的血渍，又将手指上沾染的血迹随意地蹭在衣袖上。然后他摇摇头："这么凶，以后谁敢娶你？"

"关你屁事！"季晓鸥又气又恨，一个"屁"字拖得极长。

"怎么不关我事啊？"尽管嘴唇似烘烤中的面包一样迅速肿了起来，严谨还是改不了的嬉皮笑脸，"既然吻了你，我就得对你负责，我是负责任的，我可不是始乱终弃的人。”

他根本没把季晓鸥的气愤当回事。

强吻，表白，然后拥抱，是他追求女孩的经典三部曲，一般来说很少失手。女孩子被强吻后的反应，基本上逃不出三种：娇羞、若无其事、佯怒。最后一种比较麻烦，可能会有挨耳光的概率，但严谨确信，只要事后处理妥当，一定也能修成正果。

他以为季晓鸥最多再给他一个嘴巴，可季晓鸥的反应又一次挑战他的底线：她居然掏出手机，拨打了“110”。

严谨几乎怔住，纵他见多识广，却还从没有遇到过季晓鸥这种连打情骂俏都不懂的女人。

“您好，我遇到抢劫，请求出警。对，一男的，一米八以上……”季晓鸥的电话突然被从背后抢走了，严谨掐了通话，举着手机笑嘻嘻地说：“可能有人正打‘110’等人民警察去救命呢，因为你这个电话占线，他没准儿就死了。你在浪费宝贵的资源。”

“你少假惺惺的。”

“哎哎，小姑娘不要随便说粗话，多影响形象。”

“滚！”季晓鸥也不知道自己为什么这么生气，简直被气得口不择言。她一把抢回自己的手机，气喘吁吁地瞪着他，胸口起伏得十分厉害。

“我不能滚。”严谨平心静气，“你看，上回我被你扇一耳光，这回又被咬了一口，我亏大发了，你总得让我找补回来吧。”

话说得理直气壮，没有一丝羞愧。往往是这样，人无赖、轻浮到一个程度，反而让旁人服帖。季晓鸥就服帖了。她安静下来，想到一个关键问题。

“你不是喜欢男的吗？跟我来这么一出什么意思？”

“喜欢男的又怎么？这也不妨碍我喜欢女的、喜欢你啊？”

季晓鸥拿眼将四下环境扫视一遍，看看附近是否有板砖什么的趁手工具，好让她随时能抄起来砸他个劈头盖脸，一边还跟严谨犯贫：“喜欢男的你就爷们儿一点索性‘出柜’算了，非要拉我做炮灰，算什么事儿啊？”

严谨无意中向她走近一步，季晓鸥越发紧张，身体重心完全移到一条腿上。那姿势给人的感觉，似乎只要一碰她，她就会像出膛的子弹瞬间发射出去。

她肌肉僵硬的逃跑姿态尽数落在严谨眼里，让他忽然间感觉到气馁。看来游戏并未如他设计一般地向前发展，他需要暂时先做战略撤退，再重新寻找进攻的机会了。于是他退后一步，一步便从路灯的光晕里退到阴影中去。

“对不起。”严谨难得正经起来，“跟你开个玩笑，我道歉。”

晚上在常去的QQ群里，季晓鸥登录后敲出一条这样的留言：“我被一个男人吻了，吻完他又跟我说对不起！你们说他什么意思啊？”

原本沉寂的QQ群，忽然就活跃起来，不少隐身的小号纷纷上线，一条条发言刷得又快又急，屏幕飞速跳动，看得季晓鸥眼花缭乱。

“不会吧？”

“你什么感觉啊？”

“他有生理反应吗？”

“他帅吗？他帅吗？他帅吗？他帅吗？”

这个QQ群里的成员，都是大大小小的美容店店主，二三十岁的女性居多。平时除了美容方面的讨论，另一个比较持久的话题，就是关于网络小说的交流。季晓鸥不怎么看言情小说，有时候见到满屏幕都是“耽美”之类的字眼时，往往不知所云。开始她还很好奇，经百度扫盲之后，再遇到这样的题目，她便默默地低头下线，然后翻开奶奶的《圣经》重读几篇，以平息她其实难以遏制的好奇心。

今天她实在被严谨给郁闷到了，所以想上来问问这些自称“腐女”的人，问问她们是否明白严谨究竟在想什么。

没想到群里讨论得热火朝天的，都是些不相干的问题，她偶尔插句话，还没被人看到，就很快被挤出了页面，众人热衷的，不是给季晓鸥解惑，而是猜测她遇到的人，他吻季晓鸥，究竟是情不自禁呢？还是另有所图？

季晓鸥对着电脑无奈地苦笑，只好扔下这些人，找个理由下线关机。

那天晚上，湛羽很晚才从宿舍给季晓鸥打了个电话，告诉她电视已收到，妈妈很高兴，让好好谢谢她。

季晓鸥暗暗叹气：“不就是个旧电视机嘛，你妈太客气了。”

湛羽说：“你不明白，天天待在那个房子里，也没人说句话，没病的人都能憋出毛病来，有个电视好多了。”

提到这个话题，季晓鸥有话说：“湛羽，这我得批评你，你妈就你一个亲人，你做儿子的，为什么不能多回家陪陪你妈？为什么不能推着轮椅带她出去转转？”

湛羽沉默一会儿回答：“我们楼里没有电梯，轮椅不方便。”

借口！季晓鸥有点生气，心想你若真有孝心，背着母亲也能上下楼。但她犹豫一下，害怕话太重了让湛羽难堪，还没来得及想好如何开口，湛羽忽然转了话题：“姐，下午来送电视机那人，是你朋友？”

季晓鸥这才想起，和严谨纠缠了半个晚上，却忘了真心实意跟他说声谢谢，这么想着她就有点走神：“一个追求者而已，朋友嘛，暂时还算不上。”

“那老男人！他追求你？”

“什么老男人，人家才三十多岁好不好？正盛年呢。”

“三十多还不算老男人？”湛羽的语气不比平常，显得异常刻薄。

季晓鸥憋不住笑了：“公平点，湛羽，我也快奔三十了，年轻人，别太残忍，你也会有三十岁那天。”

“他一点都配不上你。”

“得了得了，不说他了。”季晓鸥不想继续这个话题，“你吃饭了吗？”

湛羽却不肯放弃：“下午你跟他联系过吗？”

“干吗，你有什么事？”

“我……我……姐……其实我……”

“哟，你有什么难言之隐呀？”季晓鸥取笑他，“瞧，都结巴上了！”

“我……我……嗯，我在那件新衬衣里找到一张银行卡。”

“噢。”这下季晓鸥收回注意力，“你收好，可别丢了。”

“我不想要！”

“什么？”

“我不接受别人的施舍。”

季晓鸥的表情一下严肃起来，她侧过身子，认真地对着话筒说：“湛羽你听着，那张卡里的钱，不是给你的，是我暂存在你那儿的。我要你答应一件事……喂，湛羽，你在听吗？”

“姐，我听着呢。”

“答应我，别再让自己遭遇任何寒冷、饥饿和疾病，如果它们真的发生了，答应姐，你就用那张卡里的钱去阻止它们，好吗？”季晓鸥说得十分文艺，她忘了是在哪本小说里看到的台词。

话筒里变得十分安静，只剩下湛羽轻重不一的呼吸声。

“湛羽？”

“哦。”

“你今儿怎么心不在焉啊？你在干什么呢？”

电话里依然静默，好半天，湛羽的声音才传过来，闷闷地像患了伤风：“姐，不管你以后怎么看我，等我有条件了，我一定会报答你。”

季晓鸥哈哈笑起来：“你今天到底怎么了？瞧这话说的，报答我？好啊，我要你以身相许你干不干？”

季晓鸥一直把湛羽当小弟弟看待，就像跟堂弟季晓鹏一样，平时她占堂弟的口头便宜占习惯了，丝毫没觉得有什么不妥。

湛羽却说：“你要吗？要就给你。”

季晓鸥将电话从耳边挪开一点，诧异地望望听筒，不能相信这话是从湛羽嘴里说出来的。过会儿她反应过来，对着话筒“呸”一声：“臭小子，你出息了，敢占你姐姐便宜了？”

湛羽说：“我认真的。”

“去你的。”

“真的。”

“再胡说我抽你！”

电话听筒中有咝咝轻响的电流声，似携带着一丝不易察觉的叹息，就萦绕在季晓鸥的耳后。然后湛羽说：“那我挂了。”

季晓鸥握着嘟嘟作响的电话，有片刻失神。她隐约觉得什么地方好像不大对劲，但她对于人际交往中的细节一向迟钝，又困得眼睛都快睁不开了，这件事在她心头打了个滚儿就消失了。

第七章

我有一颗对你的真心

虽然被严谨强吻那件事让季晓鸥困窘了好久，但是他从此再没有骚扰过她，就算偶尔打个电话，也是一本正经的。于是季晓鸥便努力说服自己原谅严谨，相信他是因一时冲动做了件糊涂事。随着时间的流逝，那晚的情景便在她的记忆里渐渐淡出了——和“雪芙”美容店的竞争，已经占去她大部分的时间，何况她还得腾出一小部分精力去应付母亲赵亚敏。

在临近退休的倒数第八个月，很少下厨房的赵亚敏忽然迷上了煲汤，据说是为了退休后弥补一下这些年因忙于工作对季晓鸥父女的亏欠。

季晓鸥觉得本来很正常的日子，一下子变得灰暗起来。

赵亚敏每天下班前，必打个电话给她，不依不饶追问她的行踪，并叮嘱她晚上回家喝汤。

北方人煲汤，似乎总是欠缺南方人骨子里那一点精致和灵气，而且赵亚敏又是中医，于是季晓鸥家每晚的厨房里，便飘散着各种奇怪草药的味道。

季兆林总能面不改色地喝完自己面前满满一碗从颜色到气味都十分可疑的混合物。季晓鸥没有她爸的涵养，每次都喝得愁眉苦脸。

几天之后赵亚敏开始过意不去，跟季晓鸥建议：“要不你把剩余的汤带到店里去吧？”

吓得季晓鸥瞪大眼睛：“给顾客喝吗？妈，您可别砸我生意，我做到今天怪不容易的。”

赵亚敏讪讪地：“都是好东西，糟蹋了多可惜！”

这点季晓鸥完全同意。一勺子舀下去，里面都是上好的宁夏枸杞、党参、黄芪……真的都是无农药污、染无硫黄熏蒸的绿色产品，与外面药店和超市的货色绝不是一个档次的。

她转转眼珠子，想起一个人，便小心地和她妈商量："我有个同学的弟弟，现在A城上大学，人家托我照顾来着，要不我叫他没课的时候来家里喝汤？"

她提出这个要求，是因为有八成的把握相信她妈会接受湛羽。她早就发现了，湛羽清秀乖巧的外形，好像特别讨中老年妇女们的怜爱和喜欢。

赵亚敏的反应却是："你同学？男的女的？多大了？结婚没？"

季晓鸥赶紧跳起来逃走，顺便断了她念想："女同学，人家是女的女的女的！"

赵亚敏追她身后喊："女的你这么上心干什么？上回你大姨给介绍的，那个律师，你到底怎么想的？见还是不见你给人一准话！"

季晓鸥斩钉截铁地回答："我没空！"

季晓鸥说没空是真没空，并不是成心搪塞。从"似水流年"开业，她已经三年不知道周末和假期是什么滋味了。至于让湛羽来家里吃饭，赵亚敏既然没有明确反对，通常情况下就意味着默许。赵亚敏在家里比较厉害，但留给外人的印象，永远都是一个知书达理的知识女性。

季晓鸥喜滋滋地给湛羽宿舍打电话，接电话的人却告诉季晓鸥："湛羽说她妈病重住院，他前天请了一个礼拜的假。"

季晓鸥吓了一跳，难怪最近湛羽没有任何消息，她最近两周因为特别忙，也没有去湛羽家，别是李美琴出事了。可因为湛羽没有手机，她无法联系上他。想了半天，只能抱着试试看的心情，往湛羽家打电话。

但是，电话通了，接电话的居然是李美琴。

她的声音还是一如既往的衰弱和气短，可和以前相比，也没有太大变化。

她听出了季晓鸥的声音："小季，我跟小羽说过，家里做了你爱吃的泡菜，你怎么这么长时间也不来家拿啊？"

季晓鸥立即察觉什么地方出现了差错，她警觉起来，顺着李美琴的意思说下去："我最近挺忙的，有时间肯定到家里去。阿姨，小羽在家吗？"

"没有啊，他不是在学校吗？"

"那他这两天回家了吗？"

“没有。他跟我说又要打工又要上学，忙！ 这不，我都俩周末没见着他了。

季晓鸥心里“咯噔”一下，和李美琴扯了几句闲话，赶紧结束通话。她怕李美琴多问两句，自己会不小心说漏嘴。以她的健康状态，还是少拿没谱儿的事刺激她为好。

但是湛羽却好像失踪了一样。季晓鸥连着两天冒充湛羽的表姐往学校宿舍打电话，都没有找到人，同学说他还在休假，一直没有回过学校。

季晓鸥问这几天湛羽是否和学校联系过，那学生回答没有，又说你不是湛羽的表姐嘛，去医院不就能找到他了嘛。担心对方起疑心，季晓鸥不敢再打了。忐忑不安地又等几天，算着差不多一个星期过去了，湛羽还是没有任何音讯。

季晓鸥没法再等了，她找个比较空闲的下午，回了一趟母校。

相比五年前季晓鸥在校的时候，L 大没太多的变化。

正是吃晚饭的时间，校园小路上来来往往的学生，大多数肩上背着书包，右手拿着饭盆，左手拎着暖水壶，满面严肃，步履匆匆，直奔餐厅而去。

这天季晓鸥穿着白 T 恤和牛仔裤，头发扎成一把马尾，脸上干干净净没有一点化妆的痕迹，混在青春年少的大学女生中间，除了身高有些扎眼，一眼瞅过去，好像差别并不大。因此她顺利地混进计算机系的学生宿舍楼，门口的舍监对她没有任何身份上的怀疑。

湛羽所在的宿舍，门大开着，屋里只有一个男生盘腿坐在床上，咬牙切齿对着一台笔记本电脑，手里鼠标咔咔作响，一看就是在玩游戏。

季晓鸥敲敲门进去，连着唤了几声“同学”，那学生才从电脑里拔出来，抬起眼睛从眼镜片后面看着季晓鸥，神色迷茫似在魂游天外。

季晓鸥赶紧自我介绍是湛羽的表姐，刚从外地来，无法联系到表弟家，只好找到学校。

那男生的表情立刻生动起来，恍然大悟道：“你就是前两天打电话找湛羽的那女生吧？”他跳下床，热情地招呼季晓鸥坐下。

季晓鸥看一眼身后的床，靠近床沿的位置，床单一溜儿灰扑扑的痕迹，不知道多久没洗了。踌躇片刻，她还是硬着头皮坐下了。

这间男生宿舍和大部分男生宿舍一样，个人物品杂乱无章，门背后堆着垃圾，弥漫着方便面、臭袜子等各种气味混合而成的无以名状的奇怪味道。宿舍内还凌空拉着一根晒衣服的铁丝，一双刚洗过的袜子，就在季晓鸥的眼前不紧不慢地往下滴水。

季晓鸥缩回腿，将穿着匡威球鞋的双脚，下意识藏在床下。

男生走过来，一把扯下袜子，随手塞进裤兜，然后冲着季晓鸥笑一笑："不好意思。"

季晓鸥也回他一笑："没关系，理解。"

男生便指指季晓鸥坐着的床："这是湛羽的床，他再不回来，就变旅馆了，这些天不管谁的老乡来，都领到这儿来过夜。脏成这样，湛羽回来肯定生气。"

季晓鸥微一皱眉，转头去打量湛羽的床铺。

这张床和其他三张床不太一样，里侧墙壁上只贴着一张课程表，还有一张从杂志上剪下的苹果公司总裁乔布斯的照片。除了这两样东西，墙上干干净净，不像其他三个男生，贴满女明星或者女模特的海报。床单明显是旧的，中间已经稀薄得透出经纬，几乎半透明，枕头也是旧的，两床被子，一床陈旧，一床簇新——簇新的那床，正是季晓鸥当初买给李美琴的。床尾搁着一块木板，上面整整齐齐码着十几本书，都是计算机方面的专业书籍。总而言之，这张床透出一股强烈的气息，提示着它的主人虽然是一个穷人家的孩子，但是自尊、自律、努力，看得季晓鸥心口一阵钻心的酸痛。

为免冷场，她努力接续话题："湛羽在你们宿舍人缘儿还好吧？"

男生为难地抓抓头发："怎么说呢？湛羽是我们宿舍唯一一个连续三年拿奖学金的，每回大考的时候，是他人缘儿最好的时候。"

季晓鸥忍不住笑了："谢谢你，你真诚实。"

问到湛羽的去向，男生知道的并不比她多，但面对漂亮的学姐，他态度很热情："要不我陪你去找辅导员？也许他有湛羽的消息。"

"不用了。"季晓鸥失望地站起身，知道再也问不出什么了，"要是他回来，麻烦你告诉他，给他姐打个电话。"

出了宿舍楼，季晓鸥沿着路边的树荫，慢慢往学校大门走。此行没有任何结果，令她心情愈加忐忑，强压下去的不祥预感再次浮上心头。

湛羽，你在哪儿？你到底干什么去了？

被季晓鸥百般惦记的湛羽，此刻正躺在一家简陋的旅馆里。

A 城的地下旅馆，大部分利用的都是以前老居民房的地下室或者人防工程，略做清理改造后用木板隔成一个个单间，再廉价租给漂在 A 城的外地人。

从阳光灿烂的外面一步踏入旅馆的通道，严谨眼前蓦然黑了片刻，像是忽然从人间坠入了未知的第四空间，几十秒后视力才适应了光线。眼前迷宫一样的通道狭窄得只容一个人通过，不到 2.4 米的层高，严谨稍微挺直腰板头就能顶到积满灰尘的管道，通道两侧则是密密麻麻蚁巢一样的房门。整个通道没有任何通风设施，夹杂着潮气和霉味的混浊空气令人窒息。

推开那扇菲薄的房门前，严谨回头问身边的刘伟："大伟，你确认，他要见的人是我？"

刘伟龇牙一笑，脸上的那条刀疤让他的笑容有些变形，落在严谨眼睛里就带点鬼鬼祟祟的意味。

他说："谨哥，我蒙谁也不敢蒙您哪！本来这事儿吧，它挨不着我管。下面的兄弟怕出事才找到我。他住这儿已经四五天了，不吃不喝，又不肯去医院，就一个要求，一定要见您，问他找您做什么他又不肯说。我只好去问大哥，这不，大哥让我把您请来了。"

严谨瞟他一眼，刘伟的表情似笑非笑，言辞间流露出明显的暧昧，提示着他对世间一切事物的污秽理解。严谨想说什么，想了想又闭上嘴，觉得自己犯不着在这种人面前刻意澄清。三合板钉成的门扇被潮气浸得变了形，他推了一把没推开，刘伟已经上前，朝着房门用力踹了一脚，伴随着劣质合页金属与金属摩擦时让人牙酸的声音，房门猛地弹开了。

门后的空间不大，只有三平方米的样子，仅放得下一张单人床和一把椅子。严谨走进去，高大的身板顿时把床前那点可怜的空地填满了，房间里便再没有多余的地方。

刘伟没跟进去，貌似体贴地轻轻关上门。

严谨打量着四周狭窄的空间，一切都是灰蒙蒙的，连床上的被褥都似洗不净的抹布，肮脏陈旧，皱巴巴毫无起伏地平摊在床铺上，如果不是露在外面的一头黑发，根本看不出那下面还躺着一个人。

那人似乎在酣睡，方才那么大的动静都没有惊醒他。

严谨皱皱眉，整个地下空间压抑稠浊的空气着实令他难受。在这空气严重不流通的地方，居然还有人用电炉炒菜，辛辣的味道刺激得他鼻黏膜都隐隐作痛，于是他响亮地打了个喷嚏。

这声喷嚏却惊动了床上的人，被子下的身体明显弹跳了一下，黑发动了动，脸朝着他转了过来。

纵使严谨再见多识广、处变不惊，这一刻还是被吓了一跳，简直能听到自己下巴“咣当”一声砸在地板上的声音。

清秀的湛羽，俊秀的湛羽，那张讨人喜欢的漂亮脸蛋儿，竟然变得面目全非。因为出众的容貌，平日湛羽穿得再潦草，也往往出淤泥而不染，站在人群中十分抢眼，现在就什么都谈不上了。

严谨此刻面对的那张面孔，满是瘀血和血痂，眼睛和嘴巴肿得尤其厉害，嘴角和右眼角都贴着创可贴，特别是眼角，还能看到黑色缝线的痕迹。

严谨这时才意识到事情不同寻常。立刻沉静下来，低头想找个地方坐下。房间里只有一把椅子，却暂时充当着床头柜的角色，上面放着一只碗，碗里有半杯白水，旁边撂着小半块面包，已经干得变成了标本。

湛羽的脸部肌肉勉强动了动。如果这是一个笑容的话，相信它会是世界上最凄惨、最难看的笑容。

严谨想抽烟，可这地方显然不合适，所以他摸出烟盒又收回去。没办法用常规的方式定定神、压压惊，他明显有些魂不守舍。

湛羽终于开口，声音微弱：“哥，谢谢你能来。”

眼见他收起刺猬一样乍起的尖刺，又露出楚楚可怜的样子，又开始管自己叫“哥”，严谨摸摸下巴，不知道此时心里冒出的一股不适是不是叫作惋惜——眼睁睁看着一件精致的艺术品分崩离析、碎片四溅的惋惜。

严谨用脚尖将那把唯一的椅子勾过来，面包扔进碗里，碗放在地上，然后坐下了：两腿微分，双手放在膝盖上，腰背挺直。他自己都没有注意到，无意中坐出了一个标准的军姿——一旦遭遇陌生的环境或者不易控制的场面，他一直刻意遮掩的过去就会现出原形，出卖他十几年前的经历。

“说吧，叫我来干什么？”他的两道浓眉拧成了麻花，显得十分急躁，“说实话，甭跟我玩虚的！”

严谨这一生，只喜欢清晰明了、黑白分明的东西。就像他曾经的目标，子弹呼啸而出，最终只有两个结果，正中目标或者未中目标，绝不会有暧昧模糊的第三种结局。此时他的目光瞄准湛羽，惨白的日光灯下，他的瞳孔呈现出不太纯粹的黑色，似有一种奇异的穿透力，让对面的人感觉到前额、胸口和眼皮一起承载着莫名沉重的压力。

湛羽显然无法承受这种压力，他扭过头，用力闭上眼睛，过一会儿，有一颗硕大的泪珠顺着他的眼角缓缓滑下来，接着一颗又一颗，泪珠落得又急又快，很快变成不间断的潺潺溪流。

严谨平时最怕看人哭。无论女人的眼泪还是男人的眼泪，他都受不了。程睿敏就说过，就算平时他看见个滴水的水龙头，都会心如刀绞。所以他再开口，虽然声音依旧凶巴巴的，可是其中的色厉内荏，是个人都能听出来。

“我又没怎么着你，哭什么？你怎么跟个女的似的，动不动就抹眼泪儿，你有点出息行不行？”

湛羽哭得更厉害了，没有声音，可是泪水源源不断涌出来，好像开了闸的水坝，将枕头浸湿了一大块。

事已至此，严谨不好意思再出言奚落，他也没有安慰人的习惯，索性打开烟盒叼上一支烟点着。烟草的香气进入体内，温柔得像让人心醉的抚摸一样，顺着肺部向外扩散，五脏六腑瞬时妥帖。等他抽完一支烟，偶一抬头，见湛羽已经停止哭泣，正从濡湿的睫毛下偷偷看着他。

严谨把烟盒递过去：“来一支？”

湛羽迟疑一下，伸手抽了一支。严谨打着火递到他面前，他犹犹豫豫地欠起身，凑在火苗上轻吸一口。烟点着了，一缕青白色的烟雾逸出他的嘴唇，他的手指似乎有些发抖。

严谨问：“好点？”

湛羽轻轻点头，随即一反常态狠狠吸了一大口，顿时被烟雾呛得咳嗽不止，已经止住的眼泪又趁机流下来。

严谨不出声，静静地靠在椅背上，把手里的火机向上抛起接住，再接住抛起，一直等湛羽把那根烟抽完，才把打火机揣回兜里：“可以说话了？”

湛羽躲在烟雾后面，不肯与他对视：“嗯。”

“找我干什么？”

“帮帮我。”湛羽声音很小，小得对面的人几乎听不见，“我不想再做了。”

严谨的父亲带兵出身，大半辈子改不了的火爆脾气，一言不合便暴跳如雷。严谨小时候的性子和他爹一脉相承，爷俩儿的坏脾气如出一辙，多亏在部队磨炼几年，把他性格里的棱角打磨掉不少。可即便如此，他也不记得自己什么时候对男人如此耐心过。

那天下午，严谨以少有的耐心听完了湛羽的故事。

湛羽说："大学第一年的学费是借的，我一进学校就开始做家教挣生活费。刚开始没经验，初高中学生带不了，只能教小学生。大一功课又紧，跑不远，只能在学校附近找生源，竞争太激烈，钱就挣不了多少。后来一个学生家长介绍我去酒吧做服务生。起初觉得特别扭，有时候会遇到客人骚扰，可你态度坚决点，他们也不能把你怎么样，时间长了就习惯了。那儿薪水不低，比别家都高，我只做前半夜，省着点花生活费也够了，那段时间我第一次觉得日子轻松了许多。可第一年的学费还没还清，第二年的学费又来了。暑假我去中关村找工作挣学费，没想到碰上了骗子，白干两个月没拿到一分钱工资。眼看要开学，我妈急得都要卖房子了。这时候有人跟我说，一晚上，五千，问我干不干。我想了好几天，我跟自己说，我就做一次，做完了辞职，谁也不会知道这件事。"

听到这里严谨插句嘴："不是说，家庭困难的学生可以申请贷款毕业后再还吗？"

湛羽勉强笑了笑："我不想让人知道，我们家靠低保生活。"

严谨"嘁"一声，表示对这种死要面子活受罪的做法极其不屑。

"其实……"湛羽看向严谨，眼睛里有无限哀怨，"情人节那天假如你不走，一切就都结束了，和我想象的一样。"

严谨愣了一下，想起酒店里那个尴尬的清晨，他语带迟疑做了回应："你是说，我就是你第一个客人？"

湛羽点点头。

严谨抓抓头，简直哭笑不得。今年真是流年不利，瞧这乱七八糟摊上的都是什么事啊？他无奈地说："这可不怪我，我喜欢女的，哦，只喜欢女的。这事就是个误会。"

湛羽看着他不说话，眼眶里泪水盈盈欲滴，令严谨马上觉得自己理亏："好好好，是我错了！可你怎么会和刘伟打交道？你知不知道他是什么人？"

湛羽说："你走了，答应的那笔钱我没拿到，学费还没着落，总得想办法补齐。有天刘伟来找我，说有人看上我了。我想除了学费，大二也该买台电脑了，省得老是蹭别人的电脑。然后就带我去了 B 城。"

严谨眯起眼睛："看上你的，是'小美人'？"

"是。"

话到这儿，不用湛羽再多说，严谨也能把后面的事情猜个八九不离十。准是事毕湛羽后悔，不想再做了，可那时形势已由不得他。他一旦湿了鞋再想上岸可就没那么容易了。如果“小美人”不想放过他，刘伟他们有的是办法挟制他。

他不动声色地点点头：“刘伟拿什么威胁你？”

“他知道我的学校和真名。”

果然不出所料，严谨重重叹口气：“我为什么要帮你？”

“为我姐。”

“什么？”

“你不是喜欢我姐吗？”湛羽一脸的无辜和坦然，“你帮我不就是帮她吗？”

“你姐？”严谨凝视他，“你说季晓鸥？她知道你……你在做这种事吗？”

这时湛羽的脸上忽然闪过一个奇怪的表情，像是如释重负地吐出一口长气，随即他垂下眼帘，摇摇头：“她不知道。”然后他咬住嘴唇，“哥，求你别跟她说，千万别跟她说。”

从暗无天日的地下回到阳光灿烂的地面，严谨伸展手臂，好好做了几个深呼吸，以吐尽胸中一腔浊气。

刘伟期期艾艾地跟在他身后，见他站住，赶紧递上一根烟。

严谨没接，沉着脸问：“KK 脸上的伤是谁干的？”

“‘小美人’啊！”刘伟答得飞快，“他那人有毛病，就喜欢把人往死里揍。KK 这小子有点运气，前两次‘小美人’对他都挺客气，每回都手下留情，这次是他自己中途要跑，惹毛了‘小美人’才弄成这样。”

“你知道‘小美人’有毛病，还把人往虎口里送？”

刘伟一咧嘴：“哎哟喂，我的谨哥，这都讲究个你情我愿是不是？我从不强迫别人做不情愿的事，事前可问过 KK，他同意了我才带他去见‘小美人’。

听他伶牙俐齿极力想撇清自己，严谨很不耐烦地一挥手，忍无可忍地斥道：“甭在我跟前抖机灵！我问你，你第一次带 KK 去 B 城，是为了‘三分之一’和‘小美人’见面那回吗？”

“是啊。”刘伟很会打蛇随棍上，瞅着严谨的脸色小心地说，“‘小美人’再不济也是有头有脸的人物，大哥为‘三分之一’欠他一个人情，总得回报一两分，是吧？”

严谨心口处像是被针尖刺了一下，不疼，但是心窝有点酸。他这辈子，最怕的就是欠别人人情。虽然他在心里一次次告诉自己，自强不息的例子要多少有多少，不是每个出身贫困家庭的孩子，都非要这样才能活下去，湛羽落到今天这一步，是他自己选择的路，并不值得同情。可是湛羽闭着眼睛无声痛哭的样子总在他眼前挥之不去。

他停下脚步，明知自己将要把一件麻烦事揽在肩头，还是咬咬牙："把人送医院去，找个好点的美容大夫，别替我省钱。"

严谨开车回家，眼睛盯着前方的路面，心里却乱哄哄的，轰隆轰隆像在过火车，一刻都不得安宁。他在考虑一件事：湛羽的事，该如何通知季晓鸥？

湛羽让他转告季晓鸥自己受伤的事，请她设法帮他给学校请假，但却央求严谨别把具体原因告诉季晓鸥，湛羽说季晓鸥若知道了，没准儿就会告诉自己妈妈，那会把她气死。

严谨见过湛羽母亲，她那病病歪歪的样子，的确经不起类似的恶性刺激。可是不告诉季晓鸥真相，这件事怎么圆得过去？

严谨犹豫着拨通季晓鸥的手机。季晓鸥很快接起来，声音喘得像拉风箱："喂，你怎么专挑时候打电话啊？"

严谨皱眉："你在干什么？"

"爬楼梯。"季晓鸥边喘边说，"七楼，累死我了。"

"你在哪儿？"

"我弟弟家。嘿，你干吗？跟审犯人一样。"

"百子湾那里？"

"是啊。你问这干什么？"

没有回答季晓鸥的问题，严谨直接调转车头，"你等着，我接你去！"然后他一径挂断电话，不管季晓鸥在手机里连声"喂喂喂"以示抗议。

从南城往商务区去，正碰上晚高峰大堵车，严谨费了好大劲才到达湛羽家楼下，那时已经晚上六点半。

那条街和严谨初见时一样，依旧污水横流，人声熙攘，唯一的区别是，路边的房屋，墙面上都涂着一个斗大的"拆"字。连湛羽家那栋孤零零的七层老房，外墙上写着同样的"拆"字。看来这片地区也没能扛住如火如茶的房地产建设大潮，终于开始动迁了。

在周围旧砖破瓦的衬托下，严谨的路虎停在路边就显得过于触目，惹得不少路人走出好远还回头张望。

严谨只好倒车，准备停到一个不起眼的角落去。刚挪过车屁股，就听见车后喇叭声大作，严谨紧踩一脚刹车，一辆 110 警车便越过他蹿到了前边，正好停在他刚腾出的位置上。

气得严谨探出头，朝刚下车的两个警察嚷："嘿哥们儿，太过了吧？"

其中一个胖胖的警察回头向他草草敬个礼，匆匆道："对不起啊！"然后就不再理他，快步走进了单元门。

严谨只好悻悻地缩回脑袋，将车停好，再次拨通季晓鸥的电话。这一回手机铃声响了很久都没人接，严谨正要放弃，电话忽然接通了。

比较诡异的是，电话虽然接通了，可是却没有人说话。严谨的耳机里只传来乱糟糟一片模糊的声音，一个男人的声音在嚷嚷什么，中间夹杂着一个女人细细的声音，时远时近，听不清在说什么。严谨瞪着手机好一会儿才恍然，准是季晓鸥给手机设置了自动接通或者误触了接通键，可她自己并没有听到手机的铃声。

他刚准备挂断，季晓鸥的声音忽然传出来，音质相当清晰："你再胡说八道一句试试，看我敢不敢揍你？"

严谨要说话，又听到一男人的声音："你打！你打！今儿你要是不动手你就是孙子！"

耳机里"轰隆"一声响，同时伴着季晓鸥的声音："我打你怎么了？"接着就乱了套，噼里啪啦什么声音都出来了。

严谨一把拽下耳机，连车门都没顾上锁就往楼上跑。方才那一下他听明白了，季晓鸥像是和人动了手，后面那些奇怪的动静准是两人厮打的声音，也不知道季晓鸥人吃亏没有。

他撩开两条长腿，一口气奔上七楼。如果不是害怕青天白日下过于惊世骇俗，他肯定采用另一种方式上楼——他爬楼翻窗的速度可比爬楼梯快多了。

严谨还记得湛羽家的门牌号，眼见屋门紧锁，推了两把没推开，便后退两步，拉开架势，起脚踹在门锁上。

门应声洞开，完全破坏性的，门锁处露出白生生的木头茬。那声突然的巨响，把厅里的几个人惊到了，像被人突然施了定身术，四个人八只眼睛，都直愣愣盯着站在门口的严谨，严谨也愣愣地看着他们，大家大眼瞪小眼，一时间全部手足无措。

最先反应过来的是警察，就是在楼下给严谨敬礼的那个胖警察，一个虎步跳过来，就要去锁严谨的双臂。

严谨哪儿会让他近身，身形一晃已经绕过他，以一种匪夷所思的方式迅速接近季晓鸥，一把搂住她的肩膀："你没事吧？"

除了披头散发，季晓鸥看上去倒是好好的。待了一会儿她才推开严谨，跺脚道："你疯了？吃错药了？干吗踹人门啊？"

严谨说："先甭管门，你人怎么样？"

另外一小个儿警察上来搡严谨一下："入室抢劫怎么着？你干什么的？"

严谨还没说话，季晓鸥对面那男人捂着半边脸跳起来："好啊，女的当警察的面打人，男的踹我们家房门，警察同志，警察同志，这事儿该怎么说？"

小个儿警察呵斥他："你别说话，待会儿再说你的事。"他转向季晓鸥，语气严厉："这人是谁？你们认识？"

季晓鸥一看事情要糟糕，赶紧赔笑："他是我朋友。他他他……脑子有点毛病，脑子有毛病的人您知道吧，他他控制不住自己……"

严谨急得插嘴："你才有毛病……"

季晓鸥照着他脚背狠跺一脚，让他疼得龇牙咧嘴再出不了声，一边还跟俩警察赔笑："这门锁啊，一会儿我们就买个新的给人换上。"

幸好这时李美琴拄着双拐从卧室慢慢挪出来。季晓鸥扶她在沙发上坐下，她揉着胸口喘了半天才说得出话来："警察同志，这是我大侄子，我打电话让他来的。"

季晓鸥会意，立刻接上："对对，他不知道警察叔叔已经到了，他怕他舅妈吃亏嘛。"

胖警察仔细瞅瞅严谨，嘀咕一句："脚上功夫倒是不赖，你练过？"似乎压根儿没注意湛羽母亲所说的大侄子与季晓鸥嘴里的舅妈之间有什么逻辑错误。

见季晓鸥无恙，严谨也就息事宁人一点头："瞎练的，让您见笑了。"

胖警察说："既然都是亲戚，那就坐下好好把事说开了就完了，啊，甭再闹得鸡飞狗跳，左邻右舍都不安宁。"他眼睛看着严谨，"这儿就交给你了，好好劝劝你舅妈和……哦……那个……舅舅。"

严谨明白他的意思："您放心。"

胖警察欣慰地点点头："行了，没事我们就走了。"

那男人一听急了："什么？你们走了？那我怎么办？我今天挨这一下怎么办？我白挨了我？哎哟哎哟，我耳朵听不见了，别是穿孔了吧？"

胖警察只当没听见，当先迈着四方步晃出门。小个儿警察看他一眼，冷冷地说："你可以去验伤，只要你能验出个轻微伤，就可以起诉她。"

两个警察走了，严谨还如坠云里雾里不知始终呢。他打量那男人，五十岁左右，瘦，个子不高，挺端正的五官，但眼神闪烁，不知怎的就透出一股猥琐，让人望而生厌。尤其冲鼻一股隔夜的酒气，熏得人恨不得退避三舍。

严谨转头问季晓鸥："这人怎么处理？"

季晓鸥磕巴都没打一个，不假思索地回答："扔出去。"

那男人又蹦起来，撸起袖子凑近季晓鸥，充满酒臭的口气几乎喷在她脸上："哪儿冒出来的独头蒜，你算哪根葱啊？这是我家，去你的……"

他的声音忽然顿住，像被人掐住脖子一样尖叫一声，"救命……"

是严谨揪住他的领子，像老鹰抓小鸡一样，挟起他往门外走。那男人两条腿拖在地上又踢又踹，挣扎得像一条岸边离水的鱼。无奈严谨的手就像老虎钳子一样坚硬，任他使出吃奶力气，却无法撼动任何一根手指。

一直把他拖到楼梯口，严谨才松开手，照他后背搡了一把："赶紧滚！再让我看见，我肯定把你揍得你妈都不认识你！"

那男人明显不吃眼前亏的样子，一瘸一拐地下楼，同时嘴里恨恨地嚷："行，你给我等着！看我找人揍不死你！"

听到这句恶狠狠的威胁，严谨反而笑了："好，我就在这儿等着，不来你是孙子！"

回到湛羽家，只有季晓鸥一个人正在打扫过厅的卫生，从沙发下扫出二十多个烟头，也不知那男人在这里盘踞了多久。

严谨问："人呢？"

季晓鸥赶紧过去轻轻关上卧室门："你小声点，她刚睡下。今儿给气得够呛。"

严谨一屁股坐到沙发上："季晓鸥，你这唱的是哪一出啊？"

沙发不知是哪年的老古董，被他高大的身躯压得嘎吱嘎吱一片乱响，似乎随时都能散架。身下的弹簧早失去了弹性，一只只顶出来，硌得他屁股生疼。严谨咧咧嘴，硬是忍下了。

季晓鸥斜睨着他："你呢？你怎么会在这儿出现？"

严谨嘿嘿一笑："我有特异功能，知道你要遭难，英雄救美来了。"

季晓鸥"呸"一声："英雄个屁！还把人好好的门给踹了，神经病！看你怎么修理？"

严谨挠挠后脑勺，多少有点尴尬。季晓鸥说得对，门总要给人修好。可那门框已经让他一脚给踹劈了，自己动手修复的可能性太小。他想了想，给他城里另一家餐厅的经理打了个电话。

那经理回答得干脆："修门的我不认识，您要觉得行，我倒可以介绍个做防盗门的过去，直接装一新门得了。"

严谨当即同意："这办法好，就装新门。"

等防盗门厂家上门的工夫，严谨总算弄清了事情的原委。他万万没想到，方才那男人，竟然是湛羽的生父。

想起湛羽楚楚可怜的小模样，他有些走神，"看来遗传基因这东西也不可靠。"

"湛羽长得像他妈妈。"

"他妈也跟他长得不像啊。"

"你见过人家年轻的时候吗？"

"算了算了。"严谨呵呵笑，不想再探讨这个话题，"老倭瓜都有串秧的时候，何况是人！"

"放屁！"

"你看你看，又不讲文明礼貌了。说说，你怎么会跟你舅舅动手？"

"什么舅舅？我怎么会有这种亲戚？"提起湛羽的父亲，季晓鸥还气得咬牙切齿，"我从来没有见识过，世界上还有这么极品的渣男人！"

原来湛羽的父母当年在一个厂，七八年前一起下岗。李美琴还好，很快在医院找到一份护工的工作。湛父因为酗酒和不愿吃苦，街道给介绍了几份工作都做不长，过不了一两个月就会被辞退，沮丧之余他迷上了福利彩票。别人不过是买几张玩玩，他却跟吸毒的人染上毒瘾一样沉迷其中，天天幻想着某天能中个五百万彻底改变命运，但凡手里有点闲钱，不是拿去买酒，就是全部投进街角那家福利彩票站。后来发展到偷拿湛羽的学费，甚至跟亲戚朋友借钱去买彩票，借不出来了就四处骗钱。李美琴没日没夜地加班，到处借钱帮他还债。可他每回喝醉了回家都会大骂李美琴是克夫命，不然他早就发财了，甚至开始家暴。李美琴忍无可忍提请离婚诉讼，湛羽初二那年法院终于判离，房子和湛羽都留给了女方。

婚是离了，可湛羽父亲就没停止过对前妻的骚扰，时不时回来要钱，不给钱就借口自己没地方住，赖在厅里的沙发上死活不肯离开，每次都是李美琴多多少少拿出些钱打发走这个瘟神。哪怕前妻生病以后，每月救命买药的钱，他也照讹不误。

这回正好撞上季晓鸥，她那火药桶一样的脾气，哪儿能容得下这种事，弄明白来龙去脉，当即就气炸了肺，马上打“110”叫来了警察。

警察来了，湛羽父亲却在警察面前哭诉前妻当年如何不守妇道，法院判案如何不公，把李美琴气得当场背过气去。季晓鸥火冒三丈说要揍他，本来只是说说而已，没想到那人把脸伸到她面前讨打。

面对那张恬不知耻的脸，季晓鸥眼冒金星，想也不想就扬手抽了他一耳光。幸亏俩警察拦着，季晓鸥才没有吃什么亏。

听得严谨直摇头：“妹妹啊，你知道什么叫好女不跟男斗？你一女的，跟男的比，体力再厉害也不在一个段位上，今儿要是没有警察，他一还手，你准吃大亏。”

“就他那屄样也算男人？他还敢还手？”季晓鸥一点没有意识到严谨的苦口婆心，还嘴硬，“他要真敢动手，看我不抽死他！”

“你抽谁呀？就你那小身子骨，蚊子你都抽不死。”严谨十分无奈，“以后再跟人打架，叫上我行吗？”

季晓鸥“扑哧”一声笑了：“叫你干什么？还踹别人家房门吗？”

严谨伸手替她拢拢鬓边的乱发，笑笑说：“咱不踹门，下回改踹人窗户。”

季晓鸥一把打开他的手：“放尊重点，别老占我便宜！”

严谨说：“你老把‘尊重’两字挂在嘴边，累不累啊？要不以后我就叫你季尊重吧？”

“你去死吧你！”

装防盗门的工人来得很快。先用两块钢板修好门框，解决了暂时的门户问题，测量完房门尺寸约定三日后安装。

季晓鸥有些为难：“一共多少钱？能不能刷卡？我怕没带那么多现金。”

工人却说：“大姐，已经有人付过了。”

季晓鸥问严谨：“为什么要你埋单啊？你掺和什么呀？”

严谨回答：“季尊重同志，门是我踹的，我自然要负责到底。”

季晓鸥点点头：“好吧，这理由我接受。你还算个爷们儿。”

严谨却接着说下去：“不过你要想还我这份人情，我也不反对，毕竟我是为了你才踹了人家的门。你请我吃顿好饭或者喝杯好酒，咱俩就两清。”

季晓鸥撇嘴：“你愿意做梦我一点都不拦着！”

两个人锁好门户离开湛羽家，季晓鸥因为心里有事不想说话，闷头在前面走得飞快，严谨追在她身后：“喂喂喂，麻烦你给我点时间让我把车开过来好不好？”

季晓鸥猛地回头，几乎与他脸对脸，不耐烦地说：“我不想坐车。”

“为什么？”

“我现在很烦躁，看见你更烦躁！”

“为什么？到生理周期了？”

季晓鸥噘他：“滚！”

严谨追上一步，将两人的距离改为超前她半步，侧过头笑嘻嘻地说：“我说，咱说话的时候能不能文明一点？”

季晓鸥“哼”一声，斜着眼睛重新打量他。天热了，严谨只穿着一件贴身的白色马球衫，商标清晰可见。他的肩膀方正宽厚，胸部见棱见角的肌肉将那件 T 恤的线条撑得十分圆满，在肩窝处形成一个性感的旋涡，让人十分想将脑袋轻轻靠过去——季晓鸥被自己突然生出的念头吓了一跳。且不说严谨的取向至今还是个谜，单说那样一双手臂，肌理细密，结实得铁铸一般，被这双手臂拥入怀中的滋味固然美妙，可是美妙过后呢？第一次见面时严谨的模样给她留下太深的阴影，再交往下去，更能看出这人和正人君子的距离有多遥远：私生活混乱，情场老手，一看就是身家丰厚出来玩的金主儿，什么样的女人才敢在脸上写着：来祸害我吧，我不在意——而义无反顾地知难而上呢？

季晓鸥独自出了会儿神，忽然扭头问严谨：“如果有人疑似失踪，你知道怎么去找吗？”

严谨说：“找警察啊！”

季晓鸥咬咬嘴唇：“要是警察不管呢？”

来湛羽家之前，她还真打过派出所的电话试图报警，可值班民警问她，能确认他是真的失踪吗？不是小孩子躲在哪个网吧玩游戏玩得忘回家了吧？只有涉嫌绑架、非法拘禁等犯罪的疑似失踪他们才能立案。季晓鸥无话可说，所以此刻她才会问这个问题。

这倒难不住严谨，他马上回答："那得看你找什么人。你要是想找你的初恋情人，一个私人侦探就够了。"

"私人侦探？他们真的靠谱吗？"

见季晓鸥问得认真，严谨怪叫起来："你想干什么？哎，我告诉你啊，这违法乱纪的事儿咱不能胡来，一失足可是千古恨，再说你初恋情人经这么多年，说不定已经娶妻生子了，拆散别人家庭的事，咱更不能干，你不就是嘴大点嘛，我不嫌弃……"

气得季晓鸥断喝一声："你给我闭嘴！"

"你看你看，说得好好的又翻脸，女人的温柔你会不会呀？"

"我当然会，可那得看对谁。"

严谨说："我很感兴趣，你温柔起来到底什么样儿？"

"我温柔不温柔，跟阁下有半毛钱的关系吗？"

"有。关系大了，关系我下半辈子的幸福呢。"

"呸，真不要脸！"

"我是不要脸，可是我有一颗对你的真心哪！"

碰上无耻得如此毫无底线的人，季晓鸥还能怎么做，只能噤声，否则下面不定还有更多不堪的话在等着呢。

她转过脸，加快脚步想摆脱严谨。

可惜严谨几步就撵上她："哎，丫头，跟你说正经的，只要你开口，只要你找的这人还活着喘气儿，咱掘地三尺也能把他挖出来。"

这是季晓鸥愿意听的话，她立即站住脚："你说真的？"

"你看，我早告诉过你，你从来没往心里去过。我这人有一个最大的优点，就是从来不骗人！"

"吹吧吹吧，反正不用上税。说得这么牛气，那你帮我找一个人？"

"你要找谁？"

"湛羽。"

"谁？"

"我弟弟啊，湛羽。"

严谨一下子哑火，微蹙起眉头，若有所思地望着季晓鸥，过一会儿他移开视线。两人正站到一个新建小区的铁栏杆外面，栏杆里面是成片的月季花圃，五颜六色开得灿烂。其中一朵娇黄色的月季鹤立鸡群、硕大娇艳，颤巍巍挑在枝头。

他笑了笑，对季晓鸥说："等着，我摘给你。"

季晓鸥还未明白他说什么，就看见严谨将右手往栏杆上轻轻一按，人已借力斜掠而起，如同飞檐走壁的武林人士，以一种令人眼花缭乱的轻盈，飞越过一人多高的栏杆，落在院子里面。

季晓鸥吓得掩住嘴，一声惊叫尚未出口，严谨已经用同样的方式飞回来，毫无声息地落在她面前，手里就握着那朵黄色的月季。

季晓鸥要拍胸口压惊，左右看看，好像并无行人留意到这惊世骇俗的场面，然后像打量怪物一样打量严谨："你是谁？你是从武侠小说里穿越过来的吗？你来自哪里？《天龙八部》还是《笑傲江湖》？"

严谨将月季别在她的衣襟上，笑眯眯地说："你觉得我像谁？乔峰还是令狐冲？"

季晓鸥没好气："我觉得你比较像东方不败。"

面对如此明显的人身攻击，严谨却没有还嘴，他正在心里艰难地组织语言，好把湛羽的事告诉季晓鸥。方才他故意显露一下身手，就为引开季晓鸥的注意力，以便让自己有个缓冲的时间想想是否告知她真相。他突然想起湛羽的母亲，那个瘦弱憔悴的女人，还有她身后那个一贫如洗的家，那一刻他做出了决定。

他说："我先送你回家，等我电话，两个小时后保证让你见到活人。"

季晓鸥不敢相信："又吹牛吧？"

严谨叹口气："你从来就不肯相信我。就两个小时，信我一次行吗？"

他需要两个小时安排一些事，保证湛羽养伤期间不会再受到骚扰。

季晓鸥半信半疑地回了家。两个小时以后，果然接到严谨的电话。他报出一个医院的名字，然后说："住院部十二层，外科病房 1216 床，每天下午三点到五点允许亲属探视。"

"外科？"季晓鸥紧张起来，"他怎么了？"

"不太清楚。"严谨懒得多说。这事最好让湛羽自己去跟季晓鸥解释，以湛羽的聪明，他自会想出办法跟季晓鸥圆谎。

第二天下午四点左右，严谨处理完餐厅的事赶到医院，正听到季晓鸥在教育湛羽。

“你才多大点年纪啊，都会争风吃醋和人打架了？”

这是一间双人病房，另一张床空着，季晓鸥就背对着门坐在空床上，一边削苹果一边不住嘴地数落：“我要是你妈，一准儿拿大耳刮子抡你，你学点什么不好？居然学人去酒吧，还为女孩子打架？”

湛羽笑眯眯的，一边喝着季晓鸥带来的虫草乌鸡汤，一边低声嘀咕了句什么。忽然抬头看见站在门外的严谨，当下收起笑容。因为紧张和期待，他脸颊和嘴唇上的血色都褪去了，顷刻泛了青白。

严谨自然明白他在期待什么。只是这一瞬间，眼见湛羽以一种驾轻就熟的方式在欺骗季晓鸥，忽然便替她十分不值。他站在季晓鸥身边，充满怜惜地将右手轻放在她的肩头。

季晓鸥穿了件黑色的短袖针织衫，狭深的后 V 字领，领间用细细的带子交叉编织，遮掩了一部分诱人遐思的背部。严谨的手指触摸到脖子和背交界的地方，那块裸露的肌肤润滑清凉，但掌心下的肩胛骨轻盈窄薄，仿佛一把就能捏碎，令他轻不得也重不得，让此刻的肌肤相接变得既是种享受也是种受罪。

季晓鸥却丝毫不解风情，黑眼珠子瞪着他，以不容置疑的口气命令道：“把你的手拿下来！”

严谨不计较，这句话还不足以让他生气并给予回击。他把头摇一摇，笑一笑挪开手，这才转向湛羽，尽量用轻描淡写的口气，说了四个字。

“全摆平了。”

从严谨走到季晓鸥身边，湛羽就不再看他，垂着眼帘，眉毛几乎压到眼睛上。听见这句话，他倏然抬起头，脸上露出一丝并不明显的笑意，语气凝重而正式：“哥，谢谢！”

严谨回答得轻巧：“不客气。”

这一来一往的回答看似家常，但彼此间心照不宣，两人都明白“全摆平了”这四个字当中的代价。

三个人之中只有季晓鸥听得一头雾水：“你俩在嘀咕什么？湛羽，你可小心这人，别被他骗了！”

严谨又笑一笑，没有接她的话，倒是湛羽急急地替他辩白：“姐，哥人好，你别误会他。”

季晓鸥轻笑一声：“你年纪轻轻的，哪里知道人心险恶。”她再次拿黑眼珠子瞪着严谨，这一回里面充满了警告的意味，“兔子可不吃窝边草，你要敢打湛羽的主意，我就敢找人废了你，听见没有？”

严谨认真地瞅着她，似乎在揣度她的话里到底有几分真话，几分调侃。

绷不住的是湛羽：“谨哥不是你说的那种人，谨哥是好人！”

季晓鸥震惊：“哟，什么时候你俩成攻守同盟了？真看不出来啊严谨，你还有这一手？你到底拿什么收买了湛羽？”

“你看不出来的东西多着呢，留给你以后慢慢发掘。”严谨扬扬自得，“你们且忙着，我得走了。”

他晃晃悠悠走到门口，又回过头说：“对了，刚往医院账户里打了些钱，足够让你把脸恢复原样。其他的事，等你养好伤再说。”

这话是对湛羽说的。湛羽点头，无限感激：“明白，哥慢走。”

季晓鸥依旧迷惑：“什么钱？对方赔给你的医疗费？”

湛羽盯着严谨离开的方向，语气模糊地“嗯”了一声。

严谨趾高气扬出了病房门，一直走进电梯，才伸出手扶了扶酸痛的腰背。昨天在季晓鸥面前表演飞檐走壁时，似听到腰椎发出一声轻微的咔嚓，当时他并未留意，晚上躺在床上才感觉情况不妙，从腰椎处散发出来的酸胀和隐痛，让他翻来覆去一晚上都没睡好。

这会儿他真想再躺回床上去，可惜还有一个约好的饭局在等他，他必须出现的一个饭局。

要说这世上还有严谨不想见的人，“小美人”绝对能排进前五。但是想把湛羽从目前这种悲惨的境地中解救出来，他就必须出面约见“小美人”，还得求对方高抬贵手放过湛羽。

冯卫星对他的举动诧异无比，简直要伸手摸摸他的额头，以验证他是否因为高烧烧昏了头，才会为一个无足轻重的小子，甘冒得罪“小美人”的风险。

对此严谨的解释很简单：“世间总有些事，明知不可为而必须为之。”

冯卫星说：“甭给我拽这些文绉绉的东西，哥就告诉你一句话，要真的得罪了他，你将寸步难行。”

严谨说：“不会的，你放心好了。他想要什么我给他什么，都好商量。”

但是“小美人”一直觊觎的，正是他的“三分之一”。

这回见面的地方，是严谨在A城里的一家西餐厅，叫作“有间咖啡厅”，是一家比较有名的高档会所。饭桌上酒过三巡，“小美人”转着酒杯发了话：“严子，我知道你中意KK，但是君子不夺人所好知道吧？你今儿请这顿饭，实在太不厚道了。”

严谨一笑：“本来我就不是君子，也不打算装什么君子。我不跟您拐弯抹角，咱直接进主题，有句话我先撂在这儿，从来我想要的东西，没有得不到的。”

他这话，简直像劈头给了人一嘴巴，“小美人”身边的跟班都面露怒色，简直要拍案而起，“小美人”却没有生气，反而摆摆手，压制住他们的异动，拿起酒杯在严谨的杯沿撞了一下。

“喝杯酒，兄弟。”“小美人”说，“知道我为什么还愿意跟你坐在一张桌子上吗？因为你痛快。我呢，就喜欢痛快的人，因为只有跟痛快的人，才能做生意。”

严谨双臂抱在胸前看了他好一会儿，点点头：“那好，咱就做笔生意。放过KK，什么条件？”

“小美人”则不紧不慢地品口红酒：“兄弟你可以冲冠一怒为红颜，我当然也可以忍痛割爱，但是我亦有心爱之物，只望兄弟成全。”

他完全把湛羽当成了严谨的禁脔。也许不只是他，连在一旁陪坐的冯卫星和刘伟，都下意识地露出了然而隐晦的笑容。严谨懒得在他们面前辩解，他做事向来是直奔目标，而不会考虑旁枝末节，他只是略有点不耐烦：“你说吧。”

“‘三分之一’。”“小美人”竖起三根手指头，“唯一让我朝思暮想的，只有你的‘三分之一’。听说你打算重新装修，正在找银行贷款。那好，我不占你便宜，现金注资收购，而且我不贪，只要三成股份。”

严谨单手按着太阳穴，真是觉得头疼：“没得商量？”

“你说呢？”

严谨没出声。他深知对方的为人，若他再次拒绝，湛羽和“三分之一”以后都别想有太平日子过了。此刻他只觉得心里一阵一阵拧绞着疼，疼得他想扒开胸膛攥碎了它。他想起四年前“三分之一”开张那天，剪彩结束以后，他坐在一座墓碑前，跟墓碑照片上那人说话。他说：“老二你看，咱们仨这事儿，我终于办成了。这间店就算咱仨的，每年分红的钱，我会按时给咱妈送去，我会待她跟亲妈一样，给她老人家养老送终，你在那边儿就放心吧……”

满桌的人都在看着他，他抓起洋酒瓶儿，没用酒杯，仰头对着瓶沿灌了几口。酒顺着喉咙下去，心疼好像缓解了，但是血管里好像起了火。他一口一口地喝着，喝得脸红了、眼睛也红了，最后他将酒瓶在桌上重重一蹾，开了口：“三成你不要想，我也不缺那笔钱。我送你一成干股，白送！”他一按桌面站起来，“我不喜欢和任何人讨价还价。就是这个条件，接受，就找律师来跟我签协议，不接受，那对不起，我还有别的方式达到目的，只不过，不会这么客气了！”

言尽于此，他踢开椅子就走了，全不管身后各色人等做出的各种表情。既有把握认定“小美人”一定会接受这样的条件，不会再找湛羽的麻烦，那其他人怎么想，就不关他的事了。

第八章

是块石头也该焐热了

半个多月之后，湛羽脸上的伤基本养得差不多了，便办了出院手续。严谨将他约到“有间咖啡厅”，认真长谈了一次。湛羽当着他的面痛哭流涕，发誓一定洗心革面好好读书，再找份正经工作，绝不会再回酒吧街了。

严谨拧起眉毛看着湛羽，实在不明白一个男人哪儿来的那么多眼泪。可是看他哭得伤心，又着实心软。只好点着一支烟耐心等着，等他哭够了，拿纸巾擦净脸上的泪痕，才叹口气说：“反正要放暑假了，要不你就来我这儿打工吧，也省得你姐不放心。”

安置好湛羽，严谨才能腾出时间去找季晓鸥。将车停在“似水流年”门口，他给季晓鸥发条短信。但季晓鸥正给一个顾客做面部按摩，足足让他等了四十分钟，才从店里走出来。一上车她就问：“严谨，你到底是干什么的？”

“干什么？怎么想起问这个问题？”

“湛羽跟我说，你让他去你店里打工，他说那是个特别特别土豪的地方，土豪得闻所未闻，土豪得让人瞎眼。所以我得问问，当年韦小宝藏起来那宝藏，是不是被你挖到了？”

严谨失笑：“你太抬举我了。我发小儿说的，我就是一个只懂得卖鸡鸭虾蟹的农民企业家。”他从钱包里取出一张金色的卡片，递给季晓鸥，“收好了。什么时候你有时间，自己去见识一下，看是不是真的土豪。”

季晓鸥接过卡片，这是一张金属名片，淡金色的光泽，四周轧制着简朴的花纹，中间依然是一个名字，再加一个手机号码。她感受了一下名片的质感，不可置信地问道：“不会……不会是真金的吧？”

“怎么可能？谁用真金做名片啊？”严谨冲她笑一下，“18K 的。”

季晓鸥“啧”一声，推开车门跳了出去：“土包子！生怕别人不知道你有钱吗？你干脆弄套金缕玉衣穿身上得了。以后甭跟人说我认识你！”

这一天恰逢周六，又到了“似水流年”每周一次的美容沙龙时间。季晓鸥的美容沙龙持续四个多月，已经拥有一批固定的听众。当天她请来的嘉宾是母亲赵亚敏，以资深老中医的身份现场给顾客把脉，以便为每个人量身定做一套只适合本人的经络美容护理疗程。

当然这套疗程价格不菲，整套做下来要上万，可是愿意当场出钱的顾客也不少。因为赵亚敏出身中医世家，行医多年，水平还是足够的，她把顾客身体内部的毛病描述得头头是道，季晓鸥在一旁配合得天衣无缝，让顾客对经络护理的效果深信不疑，确信自己通过几个月对身体和面部的调理，一定能够内外皆通，彻底告别脸上的褐斑、痘痘与皱纹。

这一边“似水流年”的业务蒸蒸日上，另一边“雪芙”美容店的生意却日渐惨淡，显然已经到了无以为继的地步，门口挂出“店面转租”的牌子。

季晓鸥只顾埋头盘算如何将隔壁五金店的房子也盘下来，以扩大店堂面积，丝毫没有察觉自己的店门口经常出现奇怪的人，更没有意识到危险的逼近。

危机终在某天以一种意想不到的方式来临。

八月中旬的下午三点，马路上的空气是燥热的，颤动着一层似雾非雾的白气，柏油路被晒得烫人脚心，仿佛就要熔化了似的。路上极少行人，店里也罕见地没有客人。吃完午饭，店长小云拎着几袋垃圾出门，刚推开大门，突然尖叫一声，扔下袋子便往回跑，一边跑一边喊：“坏人来了！快跑！”

季晓鸥被这凄厉的叫声引到门口，只见一群人从马路对面朝着“似水流年”蜂拥而来，气势汹汹。为首的是一个光着膀子的光头男人，身上文着一条张牙舞爪的青龙，手里提着两根木棍，后面跟着清一色的光头，手里握着长短不一的铁水管，边走边用铁管敲击着地面，咣咣咣的声音砸得人心底发颤。

季晓鸥顿时花容失色，顷刻慌乱之后立即明白即将发生什么事。她飞快拖过沙发顶住店门，同时呼喝几个美容师：“快从后门出去，马上报警！”

小姑娘们哪儿见过这种场面，一个个吓得脸色惨白，撒腿就往外跑，根本没有听到季晓鸥在说什么。

季晓鸥刚把收钱的铁盒踢进柜子下面，对面那帮人就赶到了。大门的玻璃哗啦啦一阵脆响，尽皆碎裂，沙发被撞到一边，七八个膀大腰圆的男人冲进店门，举起铁管一阵乱砸，一时间店中碎玻璃四处横飞，柜子、美容床、化妆品无一幸免。

那些人尽管砸东西，却无人留意季晓鸥，她原可从容撤退，但看到近乎疯狂的破坏之下，多年心血皆付之东流，她的心口简直要滴下血来，不假思索抓起一根激光美容灯的灯架，将较重的底座倒转来举过头顶，以一夫当关的姿势挡在产品陈列柜前，大喊一声："你们干什么？"

提着木棍的男人指着她："看你是女人不碰你，滚开！"

季晓鸥冷笑一声："你们有胆子就冲我招呼！"

那男人粗鲁地将她搡到一边："让开！甭敬酒不吃吃罚酒！"一棍下去，陈列架上各式各样的玻璃瓶轰然落地，季晓鸥离得近，溅了一头一脸玻璃碴子。

被彻底激怒的季晓鸥，毫不犹豫地抡起灯架，使出吃奶力气砸在那男人的肩膀上。

那人毫无防备之下被砸了个趔趄，脚下失去平衡，居然一跤坐在地上，摁了一手掌的碎玻璃片，顿时见了血。他大怒，跳起来举着棍就向季晓鸥抡过去。

季晓鸥一击得手，立刻扔下灯架，仗着熟悉环境，大步跳过地板上的障碍物，冲进推拉门后的北屋，"咣当"一声撞上暗锁。

几乎是同时，木棍抡在门上，发出一声巨响。

季晓鸥竭力镇静，想打开后窗呼救，可方才用力过猛，这会儿便双腿发抖，扶着墙一步也走不动，耳边只听得到铁管砰砰砰砸在门板上的声音，震得她不由自主举起双手捂住自己的耳朵，似乎听不到这刺耳的声音，门外的危险就完全不存在。

不知过了多久，铁管的噪音在耳边渐渐减弱直至消失，接着一个熟悉的声音边敲门边喊："晓鸥姐你没事吧？警察来了，快出来吧。"

是店长小云的声音。

季晓鸥放开双手，却发现自己的两只手上不知什么时候全是鲜血；再瞧自己身上，米白色的衬衣上一摊一摊的也全是血。她的身体一下软了半截，差点坐在地上。

外面人半天听不到她的回音，不知道里面是个什么状况，显然着急了，开始使劲拍门。季晓鸥勉强调匀呼吸，挪过去打开房门。

门外站着小云，看见她的模样，嘴一瘪，突然哭起来，边哭边嚷嚷："老板，我不是故意先跑的，我吓坏了……"

季晓鸥心说"坏了"，不知道伤成什么样了，没准儿从此毁容了。她烦躁地喝止小云，走到门口半面残存的镜子前照了照，血已半凝，是从发际处流下来的，可能被迸溅的碎玻璃划伤了。虽然血流披面的形象十分可怕，但看上去伤口不大，并无破相之虞，这才把一颗悬在半空的心脏落回实处。

店里一片狼藉惨不忍睹，所有能砸的东西都被砸了，连店门口的灯箱招牌都被捅了几个窟窿。

三个警察站在店堂中央的废墟中，其中一个走过来问季晓鸥："你是负责人吧？"

季晓鸥点点头。

另一个警察说："我记得五月份来过这里，被人泼了红漆的那家美容店，是这儿吧？"

季晓鸥又点点头。

头一个警察问："今儿砸店的那些人，你都认识吗？"

他朝门外扬扬下巴，季晓鸥看见门口扔了一地铁水管，却看不见一个人。

她摇头："我以前从没有见过他们。"

警察便说："去派出所做笔录吧。"又看一眼浑身是血的季晓鸥，改口道，"你可以先去医院，完事再来所里。"

季晓鸥去医院处理完伤口，又赶到派出所做笔录。询问季晓鸥的是一个四十多岁的中年警察，当他反复追问季晓鸥是否认识那些人时，一直冷静的季晓鸥忽然泪如雨下，哭得不能抑制。

当一切都结束之后，才感到后怕，那天警察帮她做的笔录到此为止，再也问不出一个字。季晓鸥一直哭，警察被她哭得心都碎了，只好开车送她回店里。

店里黑着灯，姑娘们都离开了，卷帘门没有拉下来，店门上挂着一把徒具其表的链子锁——店门玻璃尽碎，只剩下一个框架，这把锁突兀地挂在那里，益发显得凄惨。

季晓鸥摸到开关，打开了顶灯。在下午的浩劫中灯罩也碎了一个，雪亮的灯光无遮无掩倾泻下来，她看见自己覆盖在开关上的右手，手背上的皮肤白得发青，青色的脉络一根根纤毫毕现，指甲修得秃秃的，指关节略显粗大——以前季晓鸥的手不是这样，以前她的手指尖纤细，指甲晶莹粉润，这是几年美容师生活留给她的印记。刚开店的时候，店里只有季晓鸥和小云两个人，她不得不事必躬亲，每天坐在美容凳上十个小时，手指湿淋淋似乎从没有干过，皮肤被泡得死白而多皱，指尖被无数种化妆品添加剂腐蚀过，得了接触性皮炎，一层层蜕皮，痒得钻心，却不能抹药，每天关店时，双臂酸痛得抬不起来，要坐着歇好久才有力气拉下卷帘门回家。

季晓鸥垂下眼睛不愿再看，关了灯，一个人坐在一屋子黑暗中。门外一辆车驶过，近了，又远了，车灯的光亮透过大门的残骸，暂时地在墙壁上留下一格格白亮的方块，在那些曾经软玉温香的玻璃废墟上一闪而过。她想起很多事。想起在这间房子里，奶奶的慈爱曾给她孤寂的童年增添许多安慰，想起奶奶去世前跟她说："晓鸥你记着，什么时候都不要轻易绝望，在指望中要喜乐，在患难中要忍耐。"

又一辆车过去，一格格亮光里，路边洋槐树的影子被摇到了墙上；但这一回，那些白亮的方块像是永久地驻扎在了墙壁上，带着刺眼的亮度，再也没有挪动半分。

处于半梦游状态的季晓鸥，惊得身体弹跳一下，立刻坐直。有人竟从门框中钻进店来，踩着满地咔嚓脆响的玻璃碴，一步步走近她。

恐惧让她睁大了眼睛，却被耀眼的车灯晃得什么也看不见。

那人走到她面前，蹲下来，手指小心翼翼碰触一下她的脸："季晓鸥。"

听到这个声音，季晓鸥只觉一颗心顿时一轻，仿佛失了重量："严谨？"随即拿手遮住眼睛，"快把车灯灭了，你打这么大的灯干什么？"

严谨却没有听话，而是掰开她的手，就着身后的光亮仔细察看她的脸。季晓鸥羞窘交加，一把推开他站起来，将上半身隐没在黑暗。她知道自己此刻的形象有多么糟糕：为了缝针，发际处的头发被剃掉一块，黏着白色的纱布，其余的头发则用发圈胡乱拢成一束。衬衣上干涸的血迹已变做铁锈色，黑色的过膝褶裙不知什么时候刮破一处，撕破的口子就在显眼之处垂吊着，整个人看上去像是刚从战争片里跑出来的难民。

许是看清了季晓鸥模样虽然狼狈，可她的脸却安然无恙，严谨也站起来，十分安心地摸出烟来点着，"你干吗呢？重新装修？那也犯不着这么大阵仗啊？”

气得季晓鸥简直不知道怎么回话：“你才装修呢！你家装修这样儿？”

严谨点头，声音里不无欣慰，这一刻显得特别慈祥：“能骂人就好，起码证明你没事儿。小云说你去派出所了，不会回来了，可我知道你这傻大胆儿还会回来看看。”

季晓鸥没好气：“你什么时候跟我们小云勾搭上了？”

严谨说：“上次大门被人泼油漆那回，我就跟小云说了，说你这人脸皮儿特薄，不爱麻烦人。以后店里有什么事儿，直接打我手机，我随叫随到。小姑娘还挺听话，下午就跟我说了。”

季晓鸥这才吃一惊：“那你一直等在这儿？”

“是啊，我的车就停在路边，眼瞅着警察送你回来，可是你目不斜视地就进去了。刚我还在这儿琢磨呢，你一个人杵这儿干吗呢？你就不怕那帮人杀个回马枪？”

季晓鸥不服气：“不是有警察吗？”

严谨凑近了，脑门几乎触到季晓鸥的额头，十分夸张地审视她：“你没被人打到脑袋吧？”

季晓鸥扭头，以避开他混合着烟草气息的呼吸，同时用力扒开他的脸，“讨厌，少来这套！”

季晓鸥不出声，神色颇为沮丧。

“我还听说你跟人打架？碰上那种事儿，还不赶紧跑，你一女的跟一爷们儿打架，缺心眼儿不缺呀？”

“你才缺心眼儿呢！”季晓鸥上火，“他们这一砸，店里的装修加上新置的太空舱，我等于白干两年！”

“两年能赚多少钱？你一条命就值那么多钱？”

“得了，甭装大尾巴狼了，您老人家懂什么叫民间疾苦吗？”

季晓鸥懒得跟他多说，站起来一会儿只觉头晕腿软，只想找个地方赶紧躺下，没地方躺着坐下也行。

这边严谨已找到电灯开关，灯光下只觉得季晓鸥脸色特别难看，他收起嬉皮笑脸，认真地问：“我送你回家吧？”

季晓鸥立刻摇头：“别，千万别！外边的麻烦我不想让家里知道，我妈要看见我这样子，她得啰唆我半年，我这店就再也别想开门了。”

“那怎么办？要不咱们先吃饭去，你没吃饭吧？”

“吃吃吃，你就惦记着吃！”季晓鸥恼火，拽拽身上的衬衣，“我这样子，能到哪儿去呀？麻烦找一地方，先帮我买身衣服。”

严谨如奉圣旨，立刻拉住她的手：“赶紧走，你总不能今天晚上睡在这垃圾堆里吧？”

这回季晓鸥没有挣脱，而是乖乖地任他牵引着，坐在副驾驶座上。折腾了一下午，神经高度亢奋，晚饭也没有吃，这会儿她是真累了，头皮像是正在风干的牛皮越揪越紧，揪得额头上的伤口开始一跳一跳地疼痛，仿佛下面藏着一颗小小的心脏。她疲惫地闭上眼睛，倦意如同潮水即刻便将她淹没。

严谨原想提醒她系安全带，见她脸色苍白眉头紧皱，就没忍心出声，转过身默默地替她扣紧安全带。又见她几绺头发被汗黏在脸蛋上，他的右手举在空中上上下下移动数次，内心天人交战剧烈，几番挣扎，最终还是落在她的鬓边，为她理顺头发，顺便又在脸上抚摸一把。

季晓鸥的眼皮动了动，想开口抗议却连发现撩起眼皮的力气都没有，只好随他去。

好在严谨揩油揩得并不过分，占了一下便宜就收回手，老老实实放在方向盘上。

“咱去哪儿？”他问季晓鸥。

季晓鸥模模糊糊“嗯”了一声，并无下文，像是睡着了。

严谨便自作主张，把车朝着大望路方向开去。对于A城的购物场所，严谨了解得并不多。他自己买自己的衣服，只肯盯着两到三个男装品牌，图其方便，稍微大点的购物中心都设有专柜。至于女装，因为几任前女友都热爱新光天地，所以他也最熟悉这个地方。

到了地方，车驶入地下停车场，停好车，耳听得季晓鸥呼吸均匀，并无醒来的意思，严谨也不想叫醒她。地下车库还算凉快，他关了车内空调，打开车顶天窗，临走又确认一遍车门是否落锁，这才撂下熟睡的季晓鸥独自上楼。

严谨对女装品牌一点都不懂，只记得前任模特女友爱买这里一个“Y”字打头的牌子，而且穿上还挺好看，他就直奔这个专柜而去。

做导购的一般都具有过目不忘的本事，看见严谨迎上来甜甜地叫“严先生”，听说是给女友买衣服，态度愈加殷勤，察言观色间推荐了数款，严谨都觉得不错。

导购问：“您女朋友不亲自来试试可以吗？”

严谨“啧”一声说：“天生的衣裳架子，还用得着试吗？我告诉你们，这世界上只有两类姑娘，一类是穿什么都好看的，一类就是老也买不着合适衣服的。”

“对对对，您说得对。”导购忍着笑问，“三围还是 88、63、89 对吗？”

她说的是严谨前女友的数据。严谨赶紧纠正：“不对不对，这一个身高 174，腰围大概 66。”

身高 174，是他多次对季晓鸥进行目测的结果。而 66 厘米的腰围，得自他和季晓鸥第二次见面时的那个搂抱，他用一个耳光换来的数字。

导购半张着嘴，连连“哦”了几声，一副恍然大悟的样子，然后憋着一脸笑去给他取衣服。严谨最后挑中一件孔雀蓝色的衬衣，小尖领，袖子是当年女装最流行的七分蝙蝠袖，整个肩部则由同色的透明薄纱连接。裤子是导购推荐的，一条柔软的黑色阔腿裤。

交款的时候他接了一个电话。电话是许志群打过来的，说下午砸季晓鸥美容店的几个地痞已经找到，等派出所走完程序，就可以让季晓鸥去认人了。

严谨说：“哎哟喂，破案神速……”

许志群干笑几声：“你别得了便宜还卖乖，这下我欠人人情，早晚得还。告诉你那小情人，以后做事甭那么绝，一条街上混的，总要给人留条生路。”

“是是是。”严谨回答，“我一定跟她说，得饶人处且饶人。”

挂了电话，严谨拎着购物袋慢悠悠晃回地下车库。没想到季晓鸥早已醒了，正凑近仪表盘到处寻找中控开关，企图从车里突围呢，旁边立着一保安，像看西洋镜一样傻笑着。

严谨倚在车窗上笑她：“钥匙在我手里，你想越狱可没那么容易。”

季晓鸥仰起脸，一脑门都是汗，对他怒目而视：“快开门，我要去卫生间。”

严谨哈哈大笑，这才取出钥匙开了门。季晓鸥下车，几乎以百米冲刺的速度向商场跑去。

从卫生间回来，她满脸不高兴：“瞅那些人看我的眼神儿，姐不就是今天穿得邋遢一点吗？只敬罗衫不敬人，俗！”

严谨上下打量她，想笑没敢笑出来。季晓鸥目前的形象，岂止是邋遢一点？打扫厕所的没把她当捡垃圾的轰出来已经算客气了。

他献宝似的奉上购物袋："您赶紧找一地儿把衣服换了才是正事儿。"

季晓鸥一眼瞥见纸袋上"YSL"的标志，便连声叫苦："我的妈呀，你竟然买这个牌子，成心让我破产吗？"

"送你的，又不让你出钱。"

"那我更不敢要了。天下哪儿有免费的午餐？无事献殷勤，非奸即盗，将来我要回报的，没准儿比这套衣服更贵。"

这下换严谨不痛快了："你心里除了钱有没有点别的？怎么什么事到你那儿都变得那么别扭啊？我送喜欢的姑娘一点东西，难道还等着从你身上赚回来？你庸俗不庸俗啊？"

季晓鸥正打开纸袋里的软纸包装，女人对华服的喜爱或许是骨子里天生的，她的注意力立刻转移到衣服上，但嘴巴可没吃亏："像你这种人，难说。"

看清衬衣的款式，她倒抽一口冷气："严谨，这就是你的品位？"

"啊，怎么啦？"

"忒忒忒恶俗了！"

"再恶俗也比你平常穿的那些衣服好看，天天清汤寡水的，你觉得有意思吗？"

"说什么？"季晓鸥抬起眼睛，眼冒凶光的样子不像是装出来的，"你刚说什么再说一遍严谨，我没听清楚。"

严谨敏感地意识到今天不是开玩笑的日子。季晓鸥已经从下午的惊吓中恢复过来，想起店里的损失，一肚子怒气正要找地方释放，这会儿不论谁撞到她的靶子上，后面等待他的都会是雷霆之怒。

他迅速转换她的注意力："你饿了吧？咱们找一地方吃饭吧？"

季晓鸥果然上当，收回恶狠狠的目光，但口气依旧凶恶："不吃！"

"别呀，不就是店被砸了吗？多大点事呀！我的店也被砸过，还不是照吃照睡。"

"你以为谁都跟你一样没心没肺？"季晓鸥一边说着一边打开那条黑色的长裤，立刻啧啧有声，"哟，这条裤子太让我惊奇了，我以为按你的口味，应该买条小热裤才对。"

严谨说："我知道你两条腿长得好看，可从今往后露给我一个人看就行了，不能让其他男人白占这便宜。"

季晓鸥整张脸皱成了包子：“严谨，你到底要脸不要脸啊？”

“脸可以不要，饭不能不吃，咱先吃饭成吗？——甭摇头，就算为我行不行？我已经饿得头晕眼花了。吃完我想法儿替你出气。”

季晓鸥没出声，严谨便认为她是默认了，开始轰油门准备出发。猛听得季晓鸥“哼”一声：“你为我出气？甭吹了！你知道谁干的？你能找着那些人吗？”

严谨回头瞅她一眼：“如果不是你初恋情人的老婆打上门，那就一个可能，想想你都挡了谁的生意？对门那家美容店是吧？顺着这藤还摸不出瓜来？”

“哟……”这下季晓鸥肃然起敬，“你心里还真门儿清啊！”

“那是！我什么人啊，妹妹，你好好跟哥混几年，有你学的。”

从下午出事，季晓鸥第一次笑出来：“瞧这什么人，说你胖你还真喘上了。”

严谨面子颇挂不住：“我说，你对我客气点，咱俩和和气气的成吗？”

“成！当然成！但你得答应我一件事。”

“什么事？”

“以后别老跟我耍流氓。你到底喜欢谁跟我没关系，可你别总装着喜欢我行不行？”

“什么叫装啊？我真的喜欢你！”

季晓鸥哀叫：“你喜欢我哪点？说出来，我改！我改还不行吗？”

严谨胜利地呵呵笑：“晚了！真的晚了！”

他把车开出地下停车场，对接下来去什么地方毫无头绪，便问季晓鸥：“去哪儿吃饭，你想好了没有？不然我就决定了啊。”

季晓鸥没回答他，把额头抵在车窗玻璃上，幽幽叹了口气，眼圈儿开始泛红，一直红到了鼻尖：“我怎么就混得这么没人缘儿？遇这么大事儿，竟没一个人能商量的。”

严谨腾出一只手拍拍胸口：“不是有我吗？”

“你？”季晓鸥撇嘴，“你能帮我什么呀？你只惦记着吃！”说到这儿，她的声音突然哽咽，眼眶里瞬间充满了眼泪，“我做错什么了？他们这么对待我？”

说起来季晓鸥人前软弱的机会真的不多。小时候父母不在身边没地儿撒娇，后来父母回来了却都忙于工作顾不上管家，她天天脖子上吊着家门钥匙，放学回家就洗衣做饭，连家里的煤气罐都是她负责找人去换，至于什么水管子爆了、电灯泡憋了之类的小事更不在话下，她从小就是顶天立地的当家人形象，所以不会撒娇，示弱装嗲更不擅长。

严谨当即慌了手脚，他怕看见女人流眼泪。一看见季晓鸥的眼泪他就觉得自己的心脏噼啪碎成几片。愣了好半天，他才说："别哭了别哭了，让别人看到，还以为我怎么着你了！你不正好要扩门面重装修吗？拆除原来的装修也要花钱的，你就当雇人拆装修不就得了？"见季晓鸥没什么特别的反应，他伸臂揽上季晓鸥的肩头，要把人往自己的怀里搂。第一下没搂动，第二下得逞了，季晓鸥软软地倚在他身上，歪着脑袋靠在他的肩膀。

严谨肩膀上的肌肉立刻僵硬了，扎着架子一动不敢动，生怕季晓鸥靠得不甚舒服。

季晓鸥倚在他肩头哭了好久，依旧是那种不出声的哭泣，只有成串的泪珠噼里啪啦往下掉，每颗泪珠都像砸在严谨的心尖上，让他浑身通电似的哆嗦一下。

约莫她哭得差不多了，严谨用手指胡乱替她抹着眼泪："好了好了，差不多就得了，咱输阵不输人，别让砸你店的人看了笑话去。"

最后一句话如有奇效，季晓鸥顷刻收住眼泪，抽噎片刻回过神来，触电一样推开严谨坐直了身体。从自己包里找到面巾纸，扳下头顶的镜子，对着镜子仔细抹去脸上的泪水，清理干净鼻腔，然后囔着声音说："我饿了，想吃饭，想找个地方洗澡换衣服，我不想这狼狈样儿见人，更不想回家见父母，怕把他们给吓坏了。"

这要求实在有点高，严谨想了想，犹犹豫豫提出一个听上去居心叵测的建议："要不，就去我那儿吧，咱可以从外面叫几个菜。你要是愿意，也可以在那儿过夜，床让给你，我睡沙发，等你情绪稳定了再回家。"

季晓鸥顿了几秒钟，然后问："你一个人住？"

"是。"

"会不会有人冲进来抽我一嘴巴骂我狐狸精？"

"呵呵，保证不会。"严谨开始吹牛，"我看上的妞儿，都特别懂事儿，没那么小家子气的。"

"我知道，"季晓鸥冷冷地说，"在你眼里，忍气吞声就是懂事儿！"

"在你眼里，我做什么都不对。"严谨假装叫屈，"我说季晓鸥，你小时候是不是特别缺爱啊？要不怎么心理这么阴暗呢？"

“扯淡，你才五行齐全独缺爱呢！”

严谨毫不谦逊：“我最大的问题不是缺爱，而是长得帅。人长得太帅烦恼就多，追我的女的能围着二环绕仨圈儿，可我偏偏挨这儿让你挤对，这是一种什么样的精神？这是一种大无畏的自我牺牲精神，就为了拯救你这种小时候缺钙、长大了缺爱的姑娘……”

季晓鸥“呸”一声：“真无耻！我长这么大就没见过比你更无耻的人。认识你以后我才知道，原来无耻也可以这么立体、这么三维！”

斗起嘴来严谨一直不是季晓鸥的对手，因为他会心疼季晓鸥，怕她脸皮儿薄受不了，季晓鸥损起他来却毫无顾忌，所以两人出手过招之前输赢就已确定。他啧啧：“犀利姐，真犀利！不过也就对着我吧。这么利一张嘴，为什么怕你妈怕得像耗子见了猫？”

季晓鸥马上语塞，看样子很想说点什么，可什么也说不出来。说话间车已拐上西行的道路。她敲敲车窗转换话题：“这就往你家去了？”

“对，你要是改主意了就赶紧说，我从来不强迫别人，尤其是女的。”

季晓鸥嘀咕：“装得跟真的似的。”

“就是真的。”

“去，没见过比你更假的了。”

严谨的住处跟常人不同，从门口看过去，一切家具陈设都像大了一号。六十多平方米的客厅，黑白两色的地砖上，只摆着一张巨大的灰色丝绒沙发，对面墙上挂着一部超大尺寸的液晶电视，连张电视柜都没有，衬着头顶的巨型灯池，整个客厅显得异常空旷辽阔。季晓鸥错觉像走进了一个微型歌剧院。

唯一与客厅风格不符的陈设，是玄关处一架彩绘玻璃屏风，质地晶莹剔透，季晓鸥的视线不由得多驻留了片刻，想起自己的美容店，大门那儿如果能摆上这么一架屏风，立时能增色不少。她忍不住问：“这屏风很贵吧？”

严谨一边关门一边不经意地说：“朋友送的，说我这儿进门见厅不合风水，放那儿遮挡一下。你喜欢？喜欢就拿走。”

“就问问，谁爱拿你东西？”

严谨换了鞋，将车钥匙扔进玄关柜上一个青花瓷盘里，正要坐进沙发缓解缓解酸痛的脊椎，忽然发现墙角多了点东西。他眨巴眨巴眼睛，再定睛看过去，没错，不是他眼花，三只尺寸不同的路易威登旅行箱整整齐齐地摆在那儿。严谨霍地站起来冲进卧室，那一瞬间他彻底明白了什么叫“一语成谶”，什么叫“上山多来终遇虎”。

卧室亮着灯，电视也开着，有人盘腿坐在他的大床上，一手拿着香烟，一手端着高脚酒杯，穿着他的条纹睡衣，边品酒边看电视，神情自在得像坐在自己家床头。

严谨几乎不能相信自己的眼睛：“你怎么进来的？”

那人冲他笑一笑，是个年轻俏丽的女孩：“你忘了，你给我的钥匙啊。”

严谨骤然吸错了半口气，不过很快就调整过来：“我给你的不错，可那是有时间段的呀？过时不候你知道不知道？”

“严子你甭那么小气成吗？”女孩跳下床，一张小嘴儿吧啦吧啦，像铁锅炒青豆，根本没有他插话的余地，“你跟我说的，你会等我回来。现在我回来了，你不高兴吗？我想了很长时间，我觉得我还是爱你的，我相信你也是很爱很爱我的，你这屋里我刚才前前后后都看了，我走以后并没有其他女的来过，至少没有同居对吧？那我们还是有重新开始的基础的。其实就算你有过其他女的，我觉得也是可以理解的，男的嘛，生理需求，我理解，只要你以后改邪归正，我不会深究的。”她说得语重心长，看得出来态度相当认真，真的是把她满腔心思毫无保留地全盘托出。

这女孩叫沈开颜，是严谨的前任女友，一名新晋的时装模特，很年轻，比他小十几岁。平心而论，严谨还是挺喜欢她的，就算她有抽烟喝酒的习惯，也尽可能忍了。唯有一样，严谨无法忍受。他一直无法理解，模特的事业发展和陪吃陪喝有什么直接的关系？而且陪的多是些脑满肠肥的中年男人。严谨受不了，就算她长得像仙女儿一样，他也得忍痛割爱。

分手快半年了，她忽然毫无预兆地再度出现，不仅腰疼，严谨感觉脑袋也疼起来。

面对她期待的目光，严谨只得狠下心来实话实说：“你不深究可我得记着，沈开颜，那跟你说保证让你演女一号的大导演呢？我还等着看你大红大紫超过‘双冰四旦’的那一天呢，别是让人涮了人财两失才又记起我的好了吧？”

“严子，你别对我那么凶。”沈开颜撇撇嘴，就有大颗大颗的泪珠一滴滴顺着脸颊流下来，“我想明白了，只要你对我好，全世界的人都对我不好我也无所谓了，我……”

她的声音突然顿住，望着严谨的身后，嘴唇张合了几次，却没有发出声音。

严谨一回头，就看见季晓鸥抱着双臂靠在卧室门上，正若有所思端详着他们俩。她身上还穿着那件鲜血淋漓的衣服，难怪沈开颜被惊到失语。

季晓鸥样子虽狼狈，可没有一点自惭形秽的意思。瞧见严谨失措的表情，她毫无预兆地笑了，笑得严谨背后一凉，“你这儿有客人，我就不打扰了。”然后她又冲沈开颜笑了笑，笑得沈开颜微微变了颜色，“夜还长着呢，两位慢慢聊，甭着急啊。”

严谨慌忙过去：“季晓鸥，你先等会儿，待会儿我跟你解释，你先等我处理完这头。”

季晓鸥边往大门走边奚落他：“破镜重圆，不就这么回事儿吗？大家心照不宣，有什么可解释的？”

严谨追上去，一脸着急：“我说你能不能甭随时随地抖你那机灵劲儿？给我个机会解释一下行不行？你坐着你坐着，我让她走行不行？”

话音未落，卧室里的沈开颜“哇”一声哭出来：“严谨，你说话不算话，你还算是爷们儿吗？”

听到哭声严谨的脚步犹豫了一下。要说严谨这辈子唯一的克星就是女人的眼泪，女人一哭他就心软。沈开颜曾经那么漂亮骄傲的一个女孩，准是遇到了什么过不去的坎儿，才会回来找他。虽然没有一丝再续前缘的意思，但把人扫地出门这种事，他绝对做不出来。

趁着他犹豫的工夫，季晓鸥已经拉开大门走出去，按下电梯的下行键。严谨“嗐”一声，再次追过来：“季晓鸥，你给我站住！”

季晓鸥进了电梯，不由分说按下“1”。严谨伸出脚挡住电梯：“你下来，咱们说清楚你再走。”他急得额头都冒出了汗珠。

看他急赤白脸的样子，季晓鸥反而笑出来：“严谨，你弄错对象了吧？你该解释的不应该是你屋里那位吗？”

“我跟她现在没关系！”

“我现在跟你也没关系！”

季晓鸥把严谨用力推出去，电梯门关上。电梯下降的时候，她还能听到严谨的声音从上方传下来：“你吃醋也别找这种陈年干醋吃啊……”

季晓鸥朝上面嚷一句：“谁吃你醋了？别自我感觉太好了！”

走出公寓大门，她窝了一肚子火，心里莫名其妙地恼怒。严谨的路虎就停在小区的便道旁边，她经过时特意抬起腿狠狠踹了一脚。恰好旁边一辆黑色的英菲尼迪经过，开车的司机特意放慢车速，看了她好几眼，不过她并没有留意。

她出了小区大门，拦到一辆出租车，在司机惊诧的目光中拉开车门的那一瞬间，想起刚才那恶狠狠的一脚，心中不由扑通一下。进而想起今晚自己的表现，忽然之间有种脸红心跳的感觉。看到沈开颜的那一刻，她像是被人当头打了一棒，晕头转向中水准尽失，表现得竟然像一个恋爱中吃醋的女友。

季晓鸥捂住脸呻吟一声，她竟然像是真的吃醋了，为了一个至今桃花不断的家伙，这事有点太疯狂了！

季晓鸥回到家，推开门就有一双剑一样的目光直射过来，避无可避，她硬着头皮和她妈对视三秒钟："妈……"

赵亚敏盯着她头上的纱布，慧眼如炬："怎么弄的？和顾客发生冲突了？"

季晓鸥勉强提一提嘴角："怎么会呢？是我不小心撞到柜子角上去了。妈，我今天累了一天，不想说话，先睡去了。"

她绕过餐桌正要进自己房间，被赵亚敏喝止："季晓鸥，你给我站住！"

声音大得把季兆林都惊动了，他从书房探出头，看到季晓鸥的模样也被吓了一跳："哟，晓鸥，怎么回事？"

季晓鸥依旧嘴硬："柜子角撞的。"

"胡说！裙子怎么弄破了？也是柜子撞的？"赵亚敏显然不信，鬼才相信呢，"我就说了，你那店早晚得出事，什么牛鬼蛇神都往店里引，没一个正经人。"

季晓鸥站在雪亮的日光灯下，被爸妈两双关切的眼睛齐刷刷地注视着，一身褴褛简直无地遁形，忽然间悲从中来，"哇"的一声哭了，边哭边嚷嚷："我的店被人砸了，全砸光了您知道吗？我在外面有多难你一点不知道，就知道天天啰里啰唆恶心我。我今天要是让人打死了你是不是特高兴？这么不待见我干吗当初不把我扔厕所里冲下水道去？"

见她哭，赵亚敏原本挺心疼的，听到最后两句给气得够呛，对老伴说："你听听你听听，这是人说的话吗？她不气死我就不甘心！"

季兆林赶紧把她推进卧室："你先歇会儿，我来我来。"

季家父女俩面对面的时候，还能各自心平气和地正常沟通。听季晓鸥抽抽噎噎讲完事件的经过，季兆林没多说话，只跟季晓鸥说：“事情已经这样，咱就认了倒霉吧。不想开店了你就换专业考个研究生去，要还想开店，钱不够爸妈给你添上。不过晓鸥，你的脾气得改改了，在外边不比家里，退一步海阔天空，做事儿得给自己留点后路。”

季晓鸥不服气：“我做得光明正大，是正常的商业竞争，有什么错？他们凭什么砸我的店？没人管我就向法院起诉，我不能白让他们砸了。你们总这样，从小不管在外面遇到什么事，回家来一点安慰都没有，就只会让我先检讨自己。”

季兆林只好摸摸她的头发：“先睡吧，以后再说。”

夜里季晓鸥睡得很不踏实。头上有伤，只能用一种睡姿平躺着，一闭上眼睛，就看见一根结实的木棍对着她当头抡下来，好容易有了点睡意，却不时被头皮处尖利的疼痛从睡眠中硬生生拔出来。直到后半夜，总算迷糊过去，冷不防被一阵砰砰的震动声惊醒。

季晓鸥一身冷汗睁开眼睛，勉强从熟睡状态切换到半梦半醒，找了半天声源，才发现是床头柜上设置成震动状态的手机。她摸过来凑在耳边，含含糊糊“喂”了一声。

耳边传来一个舌头发硬的声音：“你……你……还在生气呢？”

季晓鸥一下醒透了，将手机举到眼前一看，屏幕上是严谨的名字，最上方的时间则显示着“02 ： 32”。她当即想起自己破衣烂衫出现在他前女友面前的那一幕，不由怒火攻心：“你有病啊你？知道现在几点了吗？生气？我生什么气？你那些破事儿跟我有什么关系？”

严谨显然喝高了，大着舌头，说话都不利索了：“季……季……季晓鸥，我……我跟你……跟你说啊……”

因为被活生生打扰了睡眠，季晓鸥气得要死，用词就相当不客气：“你喝多了找我醒酒是吧？你知不知道我最讨厌男的借酒撒疯？知不知道我最讨厌睡觉时被人骚扰？严谨我告诉你，你都快把我最讨厌的东西占全了。我讨厌你知道不知道？”

严谨半天没有说话，良久才说：“季晓鸥，我好歹也追了你这么久，就是块石头它……它也该焐热了，你就没一点感觉？”隔着电话，严谨的声音时而清楚时而模糊，好像带上了一点隐约的苦涩。

季晓鸥身体里不知什么地方似有一根细弱的琴弦嗡地颤动一下，她愣了片刻，突然又烦躁起来："半夜两点我不会回复这么扯淡的问题，你洗洗睡吧，我关机了。"

她摁了挂机键，关机，头埋在膝盖里，以一种极不舒服的姿势坐了好久，忽然重重叹口气，直挺挺地倒在床上，拉过毛巾被盖住了头脸。

因为"似水流年"暂时歇业，季晓鸥没地儿可去，难得清闲下来。第二天蒙头睡到上午十点，吃过午饭，又躺回床上继续眯着，直到一个电话把她唤醒。

电话是派出所打来的，说案情有了进展，让她尽快来所里一趟。

季晓鸥跳下床麻利地洗脸梳头，又找出一条丝巾当作发带绑在头顶，遮住伤口处的纱布，然后打了一辆出租车赶过去。等司机找钱打票的工夫，她留意到派出所门口停着一辆黑色的奥迪，季晓鸥下意识多看了几眼。那辆奥迪车的前后车窗都贴着遮阳膜，里面什么也看不到。

等她推开车门下车，奥迪的后门也打开了，一个三十多岁胖胖的男人朝她走了过来。

"你是季晓鸥？"那男人问。

他穿一件细条纹方领T恤，脸型、眼睛、鼻子和嘴巴都像是用圆规画出来的，好似年画里抱着鲤鱼的大阿福，季晓鸥确认自己不认识这个人，便问："不好意思，请问您哪位？"

那人笑笑："我是严谨的哥们儿，在这儿等你半天了。"

季晓鸥"噢"一声，这人的声音太特别了，清晰悦耳，磁性十足，简直像电视节目里的主持人。她笑起来："我知道了，你是'新光天地'。"

那人点点头，拉开车门对她说："这里说话不方便，先上车。"

季晓鸥不知道发生了什么事，虽满腹疑虑，但因在派出所门口，有恃无恐，便探头进去。没想到后座上已经坐了一人，正是严谨。

季晓鸥转身就要退出去，严谨已经探身过来一把攥住她的手臂。

"季晓鸥，你别犯浑，再生气也留以后再说，老老实实坐进来，有正经事。"

其实看见他的人，季晓鸥心里骤然就暖和了一下，根本没有生气的意思。可严谨既然这么说了，再想起昨天晚上的遭遇，她觉得不生气也不像话，于是很勉强地挣扎着从严谨手里抽回手臂："有话好好说，动手动脚的干什么？”

被她带着歪倒在座椅上，严谨窝在那儿半天没动。季晓鸥回头一看，见他闭着眼睛，五官扭曲，不禁吓一跳，“你怎么了？”

严谨扶着腰慢慢坐直，嘴里咝咝抽着冷气骂了一句：“你下手也太黑了！”

他的脸色实在难看，季晓鸥难得没有回骂，而是凑过去仔细看了看他的脸说：“瞧你面色灰白，昨晚上太卖力了吧？也难怪，小别胜新婚嘛！”

严谨简直要被这句话生生气死：“你一走我就把人送酒店去了，然后为你忙活到半夜，差点喝死……”

这时“新光天地”刚钻进前座坐好，听到这里“扑哧”笑了，扭头对严谨说：“看这姑娘也不像特矫情、特有心计的女孩，怎么能把你搞那么惨，都开始借酒消愁了？”

自从昨晚被季晓鸥撞到沈开颜，在她面前严谨平白无故就像矮了半截，他不敢惹季晓鸥，把一腔邪火都冲着“新光天地”去了：“你闭嘴！”

“新光天地”大度地笑笑，无所谓地耸耸肩膀，一副大人不计小人过的样子，吩咐身边的司机：“随便找条街绕两圈儿。”

季晓鸥这才能得空问一句：“你们干什么？跟地下党接头一样搞这么神秘？”

严谨便对“新光天地”说：“胖子，还是你告诉她吧。这丫头有点不知好歹，我要跟她说了，她准以为我要害她呢。”

那被叫作“胖子”的，自然就是许志群。他特明白事理，一摆头说：“你俩的事我才不掺和呢。”

严谨只好清清嗓子，神情郑重地转向季晓鸥：“我跟你说点事，你得压着性子听我说完，甭听到一半就跳起来。”这时许志群又发出“哧哧”的笑声，严谨瞪他一眼才能接着说下去，“昨晚上派出所找着了那几个流氓，他们招了，果然是你对门那家美容院主使的。这事儿本来很简单，按正常程序，录完口供，将来可以民事刑事共同起诉，或者你自己单独立案要求经济赔偿……”

听到这里季晓鸥果然炸了毛，眉毛眼睛都几乎竖了起来：“什么意思啊？什么叫正常程序？哦，这是正常程序，那非正常程序呢？”

严谨无奈：“你看你看，又急了。你耐心听我说完行不行？”

季晓鸥用力喘口气：“你说。”

“那家店的真正老板，不是一般人，继续下去，将来怎么样很难说。昨儿你受伤不重，连轻微伤都算不上，所以那几个家伙最多拘几天就放了。可经济赔偿就困难了……”

“你的意思……”

“季晓鸥，恐怕你得咽下这口气，跟对方私了。别的我不能保证，我只能保证以后他们不再找你麻烦。”

“严谨，”季晓鸥咬咬嘴唇，“对方愿意私了是你做了工作吧？”

严谨不知道她接下去要说什么，因而回答得模棱两可：“算是吧。”

季晓鸥却反常地沉默下来，默默地抬头望着窗外。八月的骄阳过分炽热，往往让人忽略了头顶的蓝天白云，只有透过深色的遮阳膜，才能在清凉的错觉外感受到天空的澄澈。等她回过头，脸上已是一派平静，然后她开始说话，和严谨方才的言语毫不搭界。

“你知道吗，三年前打算开店的时候，我只有三万存款，我妈不同意我做这行，我爸背着她把五万私房钱借给我。这么点钱根本不够请装修公司来装修，我就去找路边游击队，一道工序一道工序地跟人讨价还价，老有人欺负我是个女的，我跟那些工人没少吵架，有一次差点打起来。总算装完了，我手里只剩下两百多块钱，可是店里的窗帘家具和设备都还没买呢，最后是奶奶的姐妹，几百几百给我凑了五千块钱，我才把店开起来。他们几分钟就把我三年的心血砸了个稀巴烂，我还得跟他们私了，这叫什么事儿啊？”

这通感慨让严谨第一次察觉到和季晓鸥之间的代沟。他觉得季晓鸥的想法实在年轻幼稚，谁做生意没有吃暗亏的时候？形势比人强的时候你就得低头。不过他多少明白了季晓鸥昨天为什么会靠在他身上哭泣，于是硬挤出一脸沉痛的神色道：“有时候你得认命。”

许志群坐在前面一直没有出声，这时插了一句：“那女的有来头，不然这事儿没那么难办；也幸亏她是这身份，怕把事情闹大了，才肯出钱摆平此事。”

严谨就着这话追问：“胖子的话，你听明白了？”

季晓鸥苦笑一下：“明白了。”

“真明白了？”

“真明白了。”

“那你进去吧，别的不用管，就记着一件事，一手拿钱一手签字。”

季晓鸥撩起眼皮，见车已经绕回来重新停在派出所门口。她点点头，推开门准备下车。

“季晓鸥。”严谨又叫她，拉过她的手将一个 YSL 的纸袋递在她手里，“昨晚上落下的。”然后趁机抓住她的手用力捏了一捏，“别害怕，别听他们吓唬你。不管什么时候你需要我，我一定会在。”

季晓鸥没动，怔怔地任他把自己的手放在手心里揉搓着。严谨的手温热宽厚，竟从他的手心里传递过来一种叫作温暖的东西，具有让人镇定的力量。也许就是在那一瞬间，她才似乎意识到，原来人类手心的温度，在不同人的身上，竟会分为 0℃、36℃以及 100℃几种类型。

她听到自己的心在狂跳。直到严谨放开手说到：“去吧。完事儿给我个电话。”

季晓鸥进了派出所，办案的警官还是昨天那个中年警官，脸色和缓多了。他掰开了揉碎了，苦口婆心，软硬兼施，对季晓鸥讲了半天，希望季晓鸥放弃追究，接受对方十五万的经济赔偿。

被严谨预先打过预防针，季晓鸥认认真真地陪着演戏，装出一副懵懂无知、畏畏缩缩的样子不停地点头，直到谈及具体赔偿金额，她才恢复精明的老板娘本色，咬死了自己的底线一点不让。中年警官两个房间跑了数趟来回传话，最后敲定对方现付二十三万经济补偿，季晓鸥当面签署放弃追诉权利的声明。

条件谈妥了，双方当事人这才首次见面。季晓鸥被带进一间小会议室。条桌的一侧已有一男一女早早落座。见季晓鸥进来，女的没动，男的慢慢站起来，脸色青红不定，神情极其复杂。

季晓鸥则微微张开嘴，愣在会议室门口。心想这两天自己是不是冲撞了什么，或者应该查一查皇历再出门，倒霉事简直事赶事都赶在了一起。

那男人中等个头，看着也有三十出头的年纪了，白皙文静，谨慎的眼睛躲在金边半框眼镜后面，蓝色牛津布衬衣则拘谨地束在裤腰里。冲着季晓鸥勉强笑一笑，他说：“真凑巧。”声音绵软，平卷舌不分，典型的南方口音。

季晓鸥缓过神，只点点头却没有说话。她做梦也没有想到会在派出所里遇到熟人，而且是她最不想见到的熟人。这个声音软绵绵的男人，就是她的前男友，林海鹏。

她面对两人坐下，没正眼看林海鹏，先去打量那个女人。据警察说，这就是"雪芙"美容店的店主。令季晓鸥吃惊的是，"雪芙"美容院的老板居然是一个十八九岁的年轻姑娘，可惜一脸浓妆掩盖了她这个年纪应有的滋润。想起许志群的话，季晓鸥仔细端详了她两眼。

谁承想这姑娘年纪不大个子不高气派却很大，行事也比季晓鸥老辣得多。只见她朝林海鹏微微摆一下脑袋，林海鹏就从脚下提起一个旅行包，拉开拉链，一捆一捆往外取现金，二十三捆粉色的钞票整整齐齐摞在季晓鸥面前，首先从气势上就压过季晓鸥半头。

"点点吧。"那姑娘从牙缝里挤出几个字。因为坐着比季晓鸥矮一截，她得努力仰起脸，才能把傲慢的下巴对着季晓鸥。

季晓鸥动了真火，按理说她是息事宁人给对方面子，如今倒像是对方施舍她二十三万。她冷笑一声说："我没有亲自点钞票的习惯，要不您来点我瞧着？"

那姑娘两道描得漆黑的眉毛挑了起来，一对明显带着美瞳的黑眼珠子几乎迸出火星，她斜着眼瞄向林海鹏。林海鹏看看她又看看季晓鸥，舔舔嘴唇开口："这都是银行刚取出来还打着封条的，你要是不放心可以抽检，我觉得用不着全部清点。"

姑娘的脸立刻扭到一边，对空翻了个白眼，显然对他的回答不够满意。

季晓鸥冷眼旁观，只见林海鹏对她言听计从毕恭毕敬，便大致明白了这两人的关系。假如许志群所言不虚，这姑娘是某个人的心头肉，那林海鹏充其量不过是个跑腿跟班的角色。

她心里有数，说话就有了底气，满不在乎地一笑："这点钱我还真看不进眼里，你不愿意点就算了。"

眼见那姑娘还是端着架子一副不屑深谈的样子，林海鹏却如释重负地吐出一口长气，身体语言已经呈现出拔腿离开这间会议室的动态。不料季晓鸥取出手机，对着桌上的人民币咔嚓咔嚓拍了几张照片。

林海鹏脸上轻松的表情瞬间转换成一丝惊慌："你干什么？"

季晓鸥收起手机，再笑一笑："不干什么，我长这么大头回看见这么多人民币，稀罕！回头把这几张照片发到网上，就说是某某人赔给我的，大家一起开开眼。"

"嘿……"那姑娘跳了起来，"给你三分颜色你还真开染坊了！信不信我找人做了你？"

“信！”季晓鸥一点头，“我太信了。反正你已经把我的店砸过一遍，再来一次也正常。”

林海鹏也站起来，摁住身边人躁动的肩膀，语气却没有方才那么客气了，板起脸对她厉声喝道：“你坐下。”

那姑娘被吓一跳，扭头瞧瞧他，斜瞪着眼睛坐下了。林海鹏深呼吸，声音又恢复软软的调子，对季晓鸥说：“你说吧，还有什么要求？”

“劳驾，点钱。”季晓鸥笑眯眯地看着他，“把这二十几捆钱当我面点清楚。”

“我很愿意效劳。”林海鹏回答得颇有涵养，“不过由我来点的话，估计要点到明天上午了，你不介意吗？”

“我一点都不介意。”

林海鹏看她半天，看她神态认真，一点都没有开玩笑的意思，他低下头，用手指捏了捏眉心。季晓鸥和他处过一年，知道这是他感觉烦恼时的习惯动作。那时候她总是笑他，说他脸看着是三十岁，眉间的川字纵纹却像六十岁。像是被这个动作引发，早已淡忘的往事竟如堤岸崩溃，瞬间涌至心头。季晓鸥蓦然觉得无限厌烦，只想立刻离开这个房间，再不想和眼前这两人纠缠下去。她一推桌子站起来，指着林海鹏说：“你，跟我去趟银行，回来我跟你们签字。”

相比刚才的苛刻要求，这算是格外开恩了，林海鹏如蒙大赦，当即点头。

离派出所不远就有一家商业银行，A 城的银行向来人多。季晓鸥取了号，有十几个人排在她前面。她在等待区找到空座，沉着脸坐下。林海鹏拎着旅行包挤过来坐在她身边，将一瓶饮料递到她手里。

半个下午没有机会喝一口水，季晓鸥的确渴了。不客气地接过来，拧开瓶盖喝一口，入口冰凉酸甜，顺着食道滑进胃里，却在舌头的根部留下酸涩的后味。季晓鸥想不到时隔两年，林海鹏还记得她最爱喝的酸梅汤。她握紧饮料瓶，依旧维持着沉默。

“晓鸥，”林海鹏从镜片后面偷偷瞄着她，试图打破两人间坚冰一样冰凉坚硬的沉默，“没想到咱们会在派出所里重逢。”

“是啊。”季晓鸥笑一笑终于开口，“我也没想到，再见面会这么戏剧化。”

“那个……其实我早知道，‘似水流年’是你的店。小雪她……她……不太懂事，你别误会，她是我顶头上司的‘朋友’，我只是帮她处理一下生意上的麻烦。她第一次提到你的名字，我就猜着是你。再一查注册资料，果然是你，所以我一直劝她息事宁人，别再往大里闹了。”

“是吗？那就谢谢你了。”

“不过，晓鸥啊，”自从晋升，林海鹏和任何人说话都带着些语重心长的味道，声音比脸要成熟得多，“你在社会上混了几年了，怎么还是一副暴脾气？”

季晓鸥看妖怪似的看着他，似乎听他说话都新鲜：“我一介平民百姓，不用天天想着升官发财，自然不用奴颜婢膝。”

这话说得太尖酸了，她以为林海鹏会生气，至少会闭上嘴别再多话。可没意识到林海鹏早已不是几年前的林海鹏，他的脸皮和耐心同一般人早已不是一个境界了。

林海鹏只是摇摇头，表示不跟她一般见识：“彼此彼此。晓鸥，如果不是有个人物帮你从中周旋，你这事还得扯皮扯上几个月，而且绝不会用这种方式解决。”

“什么意思？谁啊？你少造谣！”

林海鹏无声地笑笑：“我也是听说，转述一下而已，你用不着这么大反应吧？”

“本来嘛，这事你们就不占理。我肯答应签字，也是看朋友的面子。”

“是是是，我很承你的情，这事处理不好我也没法儿交代。”

想起方才派出所里的情景，季晓鸥简直忍不下刻薄的冲动：“给人做孝子贤孙都做到这份儿上了，你这几年肯定事业亨通吧？”

林海鹏低头，手拢在嘴边低低咳嗽了两声，仿佛无限伤感：“你还是嘴不饶人，哪里懂一个毫无背景的人在职场的艰辛？唉，很多时候人在江湖身不由己。”

季晓鸥“切”一声，自是个不能苟同的意思：“那你在江湖混到第几层了？”

“惭愧，两年前不幸跟错了人，以致光阴虚度。”

他说得如此坦白，季晓鸥反而不好意思再挤对他了，两人再没有别的话题可谈，她索性闭上眼睛假装养神。

林海鹏却没打算让她安静待着，咳嗽一声，他嗫嚅地开口：“晓鸥……”

季晓鸥没睁眼睛：“嗯？”

“咳咳，晓鸥……咳咳，晓鸥……”

季晓鸥霍地转过头看着他：“你干什么？”

“我……”林海鹏低着头忸怩半天，说出这么一句话，“人总是失去以后才知珍贵，我们俩……我们俩重新开始好吗？”

季晓鸥一口水没咽下去，差点被这句话呛得活活噎死。转念一想，她哈哈笑起来，笑得前排座椅上一老头儿回过身，从老花镜的上部使劲儿盯着她瞧，把额头上一把皱纹挤成了纵横交错的列车编组场。

她笑了好久，眼泪都快笑出来了，毫无理由，就是觉得这场面实在可笑。终于笑够了，她抬手用指尖抹去眼角的泪花：“林海鹏，你不是已经结婚了吗？你可千万别告诉我，你跟你老婆没感情，太俗了知道吗？如今电视剧里都不稀罕这么狗血的桥段了。”

林海鹏叹口气：“我没结婚，还是单身。不跟你说了嘛，两年前跟错了人，这事儿也就了了。”

季晓鸥扭头认真看看他：“你今年三十二了吧？”

他一愣：“对。”

“三十五以前升不了职，你的事业就没多大希望了是吧？”

林海鹏似被触到痛处，一皱眉：“说这些干什么？”

“所以你又觉得你和我可以般配了是吧？林海鹏，你刚也说了，你毫无身家背景，想顺利上位，看来只能依靠女方的背景了。所以我建议你还是坚守单身未娶的身份，耐心等着。”

“唉，”林海鹏又长叹一声，眉头皱得更紧，捂着胸口正是一副痛心疾首的模样，“你怎么能这样误解我？晓鸥……”

“停，你打住，跟你说句正经的，千万别再叫我晓鸥，你一叫我全身就起鸡皮疙瘩。”

“晓鸥……”

“闭嘴！”

恰好这时广播里叫到季晓鸥的号码，两个人都噘着嘴站起身，一个递银行卡和身份证，一个从包里往外取钱，双双默不作声却配合默契。一年朝夕相处的时间，多少总会留下些痕迹。

回派出所的路上，两人再没说一句话。双方签完免责声明，林海鹏起身道谢，和警察握手，然后带着那姑娘离开。临出门前，他意味深长地看着季晓鸥，微微欠身道：“别忘了我说的话。保重，我们回见。”

季晓鸥翻了个白眼，没接话。

等所有事处理完毕，季晓鸥迈出派出所的大门，却站在路边愣了一会儿。她原是想给严谨打个电话，却想起林海鹏在银行时说过的一句话。他说是“有个人物”在帮她周旋。当时没往心里去，这会儿想起来倒起了疑心。他说的到底是那个“许胖子”还是严谨？回想起与严谨相识以来的点点滴滴，季晓鸥发觉自己漏掉了很多令人生疑的细节。依着她的脾气，恨不得立即打给林海鹏问个清楚，可惜没有他的号码，只能作罢。但她心里昨晚刚鲜活起来的那点不能见人的小心思，像晒在阳光下的冰雪，又迅速消融下去。

和很多年轻姑娘一样，季晓鸥也没少做过灰姑娘穿上水晶鞋嫁入豪门，从此不劳而获的美梦，但仅限于做梦而已，从未想过付诸实施，因为她已经二十七了，早已过了相信奇迹的年龄——像她这样每天坐公交地铁、吃路边大排档、穿淘宝衣服的女人，遇到年轻英俊多金又专情的有钱人概率几乎为负数。退一万步，假如严谨没有其他的嫌疑，她若哪天想不开也许就豁出去试一试了。可严谨似有喜欢男色的前科，昨晚即使见到他的前女友，也难以洗脱他的嫌疑。季晓鸥没有明知山有虎偏向虎山行的勇气，敢拿自己半生的幸福去赌一把运气。

但不管怎么说，严谨的电话还是要打的，帮了她的忙，总得跟人交代一声。

等她汇报完情况，严谨只“唉”一声说：“你太老实了，才跟她要二十三万，太便宜她了。”

“算了。”季晓鸥无精打采地说，“我认倒霉了。老店要扩大，省着点花，二十万也勉强够装修费了。至于那些产品和太空舱，我就当丢了一辆丰田佳美，接着再挤一年公交和地铁好了。”

“妹妹，不如这回你索性就往豪华里装，咱也提高一下档次。钱不够哥给你添上。”

“得了，你就甭添乱了。”季晓鸥嗤笑，“这一带没有高级写字楼，也没有高档公寓，太豪华了反而拒客。那家‘雪芙’就毁在这上面，可她就认准了是我妨碍她生意。不说了，一说这事我就堵心。”

季晓鸥挂了电话，将手机放回背包。包里还有半瓶没喝完的酸梅汤，她拧开瓶盖喝了一口，已经变得温热的酸梅汤，像是变成一团凝固的果冻，堵在嗓子眼半天没有滑下去，似乎真有什么东西堵塞在心口。

方才举着电话，她像是有很多话要说，可是千头万绪不知从何处说起。说什么呢？问他昨晚的女人到底是谁？可那女人是谁跟她有什么关系？问他是否是个“人物”？可这又跟她有什么关系？

季晓鸥拎着印有 YSL 标志的纸袋，随着人流挤上公共汽车的时候，还没有想清楚这两个问题，但是周围拥挤的人群与复杂的气味，却明明白白、清清楚楚地与她手中纸袋上三个字母所代表的奢侈华丽格格不入。

第九章

最难忘的生日

因为要等隔壁五金店退租以后才能和房东签租赁合同，“似水流年”的重装修九月中旬才可以开始。事发突然，季晓鸥不得不给所有办了预付卡的顾客挨个打电话道歉，并承诺再开张时另有优惠赠送。好在通情达理的顾客占大多数，知晓季晓鸥的遭遇之后都表示理解，愿意等“似水流年”重新开张。碰上不太好说话的，季晓鸥也不啰唆，当即同意退款。

她忙了一上午才把电话差不多打完，名单上只剩下最后一个名字：方妮娅。她知道方妮娅没那么好打发，所以留到了最后。

果然，一听季晓鸥说要闭店两个月，方妮娅便哇哇大叫：“那怎么办？不行不行，我脸上的太阳斑刚刚褪下去一点，一停下来不就前功尽弃了？”

季晓鸥说：“也是。要不我给你介绍一家可靠的美容院，你去那儿先做着？”

“不去，别家店没你坐镇，我信不过。要不这样，季晓鸥，你反正最近也没事，来我家做吧，我另付车马费。”

季晓鸥不想跟顾客开这个先例，但搁不住方妮娅一天几个电话软磨硬泡，想想一周只有一次，无奈答应。

方妮娅的家离“似水流年”不远，季晓鸥还是第一次走进这个小区。在东四环高楼林立的水泥森林中，小区林荫道边的法国梧桐简直绿得刺目。绿色深处，就是数栋乳黄色的连体别墅。

九月初的 A 城，虽仍有“秋老虎”的袭扰，但在门窗洞开的室内，风掠过纱帘长驱直入，已足够感受秋日的凉爽。坐在方家将近一百平方米的宽敞客厅中，细品着刚从冰箱取出的自制酸梅汤，季晓鸥真切地感受到人民币的好处。

看清方妮娅的皮肤，她才明白方妮娅为什么一定要让她尽快来家里。方妮娅五官虽然平淡，可是皮肤一直很好，干净饱满，白里透粉，根本不像三十岁的人，但现在却在额头和下巴上长出一层米粒大小的白头粉刺。

季晓鸥一边给她做皮肤深层清理，一边聊天："妮娅姐，你最近是不是甜食吃多了？瞧这些白头粉刺，恐怕得一个月才能下去。我平常怎么跟你说的，一定要戒糖戒油。不管遇到什么事儿，也不能拿自己的脸糟践呀！"

满脸抹着按摩膏的方妮娅半天没有出声，过一会儿脸上的肌肉忽然开始轻微的颤动，随即如同水面的涟漪越扩越大，再过一会儿五官整个皱在一起，眼泪顺着眼角一串串流出来，哭声开始很小，渐渐放大，最后变成了号啕痛哭。

季晓鸥手足无措地愣在那里："妮娅姐……"

方妮娅哭了很久，哭到酣畅之处，索性从贵妃榻上坐起来，抬起手像小孩子一样左右开弓去抹眼泪。季晓鸥赶紧将一盒面巾纸放在她身边，看着她一张张抽出来擦抹眼泪、按摩膏，还有鼻涕，面巾纸在她身边逐渐堆起了一座雪白的小山。

终于哭够了，她垂着头盘腿坐在榻上，含糊不清地说了一句话："老陈在外面有人了。"

季晓鸥目瞪口呆："不能吧。你家老陈看着那么专情！"

"都是假象，假的！他那种小时候条件特苦的人，最怕别人看不起他，所以总喜欢装腔作势，一辈子都像活在自导自演的电影里。"

"那你亲眼看见他有人了？"

"还用得着亲眼看？我跟他过了七八年了，他在外面有没有情况我还能不知道？从我四月份从香港回来，他就开始抽风了，拼命往年轻里打扮，跟遇见第二个春天似的。"

季晓鸥没敢胡乱接话，只能劝她放宽心，不管老陈外面有没有人，自己都别先乱了阵脚。本身没有任何婚姻经验，她可不愿意瞎出主意乱掺和。可看方妮娅满脸沮丧和苦闷，又不忍心一走了之。想了想，季晓鸥提了一个建议："妮娅姐，平时我难得能抽出时间，咱们喝下午茶去吧，我请你。"

方妮娅脸色当即转晴，跳下床像小姑娘一样拍手雀跃："好啊好啊，干脆晚饭咱们也在外面吃吧。你打算去哪儿？"

季晓鸥提议去的地方，就是严谨那家据说土豪得让人眼盲，名叫“有家咖啡厅”的西餐厅。好久没有见到湛羽了，她想正好可以看看他。

方妮娅开一辆 Mini Cooper（迷你库伯），季晓鸥坐进司机副座，对着后视镜将头顶的白色纱布严严实实掖进丝巾里。正低头扣安全带，听到一辆车驶进方家的车库。她抬起头，就看见方妮娅家的那辆黑色英菲尼迪。季晓鸥多次见过这辆车去接方妮娅，对它十分熟悉。

驾驶员打开车门走下来。方妮娅立刻从鼻子里用力喷出一股冷气。季晓鸥的嘴唇无意识收缩成一个小小的“O”形，舌头抵在下牙内侧，做出一个“哇哦”的预备口型。她不得不承认，方妮娅说得对，她老公好像是有点出状况了。和几个月前相比，他变得太多。

季晓鸥还记得上次见面，他穿着白色细条衬衣、深灰色风衣，非常干净清爽的写字楼白领打扮。虽然态度冷漠，但季晓鸥对他的印象还算不错。可现在他却穿着一件蓝紫色的夏季薄西装，领口翻出蓝白两色花衬衣的领子，那搭配只可用“风骚”二字形容。可惜这俩字用在一个年过而立、其貌不扬的男人身上，让人感觉出奇的不和谐。

他在车窗外俯下身，像是要打招呼，方妮娅却板着脸，仿佛根本没有看到他，季晓鸥一声惊呼尚未出口，车已经紧擦着他的身体蹿出车库。

行车路上，方妮娅仍咬牙切齿地痛骂：“你看他那个骚包样儿，也不知道穿给哪个狐狸精看。凤凰男就是凤凰男，你甭指望他能脱胎换骨。我用了七年时间培养他的品位，一夜就回到了新中国成立前。”

季晓鸥被逗得笑出来：“就是款式年轻了点，而且吧，确实花了点，可没你说得那么悲惨。”

“行不行啊你行不行啊？”方妮娅气得拍打着方向盘，“那种衣服都是什么人才穿的，丫不知道你也不知道吗？哎呀呀跟你们这些土人打交道，真气死我了！”

季晓鸥没理会她，忍着笑说：“该左拐了，前边儿就是。”

“有家咖啡厅”位于一个涉外公寓集中的地区，周围环境十分幽静，林荫道上车辆稀少，两侧银杏树繁茂的枝叶将阳光过滤成点点金色的碎羽。

站在咖啡厅的门口，季晓鸥清楚地听见自己抽了口冷气。在她的印象里，多数咖啡厅是类似“上岛”或者“星巴克”那样的格局——屈居于某栋建筑中，进门就是收银台和料理台，临街大玻璃窗过滤出的阳光洒落在坦白透明的四人沙发座上，远离窗口的店堂深处则灯光幽暗，适合需要避人耳目的约会。但此刻在她眼前出现的，却是一座整体面积至少一个足球场大的独立庭院，门前用白色的木栅栏围出一个院子，栅栏上爬满茂密的绿色攀缘植物，蔷薇花期已过，铁线莲开得正盛。蓝白两色的遮阳伞下，摆放着几套藤制的桌椅。再往里走，是一座两百平方米左右的玻璃阳光房，空调温度调得很低，因此房内虽然日光明亮却极其凉爽，巨型绿色植物青翠欲滴。穿过阳光房，才是俄罗斯风格的室内主建筑。

室内人不多，靠近阳光房的光亮处，坐着一桌五六个衣冠楚楚的客人。他们很少言语，侍应生却读得懂他们的每道指令，一声不响地去替他们取来冰块，添加酒水，或是更换盘子。整个餐厅里穿梭往来着静默的殷勤，那种不苟言笑的高雅震慑了季晓鸥，让她忽生胆怯，站在门口不敢往里走了。

方妮娅倒是比她沉着，一步迈进去，同时做出一句评价："这是咖啡厅？这明明是家高级会所！人家接不接非会员啊？晓鸥你没记错地址吧？"

季晓鸥犹豫一下，突然记起钱包里严谨那张 18K 金的名片，胆气顿时壮了，仰起头说："跟我来，我看谁敢不接待我。"

说话间早有穿着白衬衣、黑马甲的服务生从里面迎出来，年轻的男孩子，礼貌而疏离的微笑："小姐，对不起，我们这里是会员制。请问您是找人还是消费？"

季晓鸥取出名片，男孩子接过来看了看，立刻又双手递还，笑容未改，语气却变得亲密："原来两位女士是老板的朋友，抱歉，请跟我来。"

季晓鸥跟在他身后问："你们老板在吗？"

"很抱歉，他不在。"男孩轻声回答，"他很少来这儿。"

"那湛羽在吗？"

男孩的面部表情在若明若暗的光影里有细微的转换，似乎微怔了一下，随即恢复了职业的微笑，为季晓鸥和方妮娅拉开座椅："湛羽刚来，正在换衣服，我去叫他来。"

男孩的身影隐没在屏风后。季晓鸥低头研究菜单上每道饮品后面的价格。方妮娅仰起头四处打量，顺手拿过季晓鸥放在桌上的金卡，翻来覆去看了半天，甚至放进嘴里轻咬了一下，这才低呼一声："哟，这位严谨到底什么人，够炫的啊，跟卡扎菲是亲戚吧，连名片都用 K 金的。"

季晓鸥头都没抬："地球上至今还有八亿人没有脱离饥饿的威胁，你不觉得他这么做非常无耻吗？"

"没觉得，我就觉得他特有钱，你瞧他的手机号。这可是 1995 年之前中国移动最早放出的 139 号段，哦，那时候移动还叫电话局呢。"

季晓鸥抬头看一眼名片："这能说明什么？"

"1995 年之前手机是什么？奢侈品啊。这至少说明，那时候他很有钱，或者他爸爸很有钱。怎么着也属于先富起来的那批人。"

季晓鸥将菜单推到她面前，笑着说："妮娅姐，你对那些旁门左道的东西怎么能这么熟悉？"

方妮娅挑起眉毛："这是基本常识好不好？"

季晓鸥说："扯淡。"

方妮娅想要反驳，却眼望着季晓鸥的身后张开了嘴，一副受到惊吓的模样。季晓鸥一回头，就看到湛羽急匆匆走过来。她的表情瞬间变得与方妮娅一模一样，大眼睛不自觉睁得溜圆，嘴唇微微张开忘了合拢。

通常人会被闯入视线超出想象的东西惊吓到，所以才有惊艳一说。其实湛羽不过穿了一件剪裁简单的黑色修身长袖衬衣及米色长裤，但季晓鸥和方妮娅已被迎面扑来的青春与英俊压迫得忘了呼吸。

好半天方妮娅才"哎呀"一声："季晓鸥，这不是你那个小钟点工吗？原来穿套正经衣服这么有型儿啊！是电影学院的学生吧，以前在你那儿体验生活来着？"

湛羽对她视而不见，只朝季晓鸥笑笑："姐，你怎么会来这儿？"

"来瞧瞧你不行吗？"季晓鸥挤挤眼睛，"怎么，不想看见我啊？还是这里消费太高你担心我付不了账？"

"不是那意思。我……"湛羽白皙的脸一下涨红，"你们随便点吧，我请客。"

两人说话的时候，方妮娅一直手托下巴笑眯眯地看着湛羽，听到这里咯咯一笑："还真挺爷们儿，小伙子，那我真点了啊。"她跷起兰花指指点着菜单，"一壶极品蓝山，嗯，奶酪蛋糕卷来一份，橙香玛德琳和焦糖布丁也各来一份，对了，那个覆盆子芒果塔可以尝尝……"

眼见湛羽脸都青了，季晓鸥在桌下重重踢了她一脚，"得了吧你，看人湛羽老实也不能这么欺负人啊。"

"有家咖啡厅"的消费不低，一杯普通咖啡的会员价格是外面的四倍，季晓鸥即使手持五折金卡，折后的价格也觉贵得离谱，担心若由着方妮娅的性子胡来，结账时自己的钱包可能会当场破产。

方妮娅却自顾自说："什么叫欺负呀？"她噘起涂了唇彩的香艳双唇朝湛羽飞了一吻，"你看人小帅哥自个儿还没皱眉头呢，你倒先替人心疼上了。"

季晓鸥不理她，轻轻推着湛羽："这姐姐跟你开玩笑呢，去吧去吧，忙你的去吧，衣服还没换吧？别耽误工作，把我俩当普通顾客就行了。"

湛羽静静地看一眼方妮娅，一边嘴角翘起来，露出一个含义不明的微笑，然后低头退下了。

方妮娅望着他的背影，捂着胸口意犹未尽地叹息一声："真是风华绝代，尤物一个啊！"

季晓鸥欠起身去撕她的嘴，"别胡扯，'风华绝代'这词太不吉利了。"

方妮娅一边躲一边笑，直到换了开始那位男服务生来接单，她才止住笑，极力做出优雅端庄的淑女款，为季晓鸥和自己各点了一杯冰冻的拿铁和两份点心。等服务生一离开，她就缠着季晓鸥询问湛羽的身份和背景。季晓鸥早就不想再让她胡乱猜疑自己和湛羽的关系，便把两人交往的始末和盘托出。

当听到湛羽因家庭贫困自己打工挣学费时，方妮娅明显愣了一下，然后不确定地问："这里的工资很高吗？一万？两万？"

季晓鸥摇摇头："你真是被你家老陈宠得五谷不分了。他一学生，一周工作六个半天，能拿多少？我家那几个姑娘，每天干满十个小时，包吃包住，一月也就四千，你以为呢？"

方妮娅说："你才是个傻蛋，被人骗了还替人数钱呢！那孩子身上那件黑衬衣，阿玛尼今年春夏的最新款，你知道多少钱一件吗？"

正好服务生送咖啡和甜点过来，季晓鸥拿小勺搅着咖啡便回答得心不在焉："我还有好几件巴宝莉的衬衣呢，你要不要？我卖给你，一百块钱三件。"

方妮娅哼哼两声："你确定不是在故意羞辱我吗？难道我还分不清什么是正品什么是仿货吗？我跟你说，那孩子生得那么妖孽，搁现在这社会，你以为他会被轻易埋没吗？"

"你什么意思？"

"没什么意思，我就想告诉你，这小孩没你说得那么简单，你仔细看看，他浑身都是故事。”

季晓鸥沉下脸：“你这人怎么回事？怎么老跟湛羽过不去呀！别的孩子像他那么大的时候，还天天伸着手跟爸妈要零花钱呢，他为了上学得自己打工攒钱，已经够不容易了。你能不能别那么心理阴暗？”

方妮娅耸耸肩，做了个无奈的表情：“行行行，我可以闭嘴，但你记着我的话，总有一天你会明白，什么叫忠言逆耳利于行。”

季晓鸥嘴里含着半块蛋糕，一双黑眼珠子慢慢地转向她，盯着她看了一小会儿，又把眼珠子转到湛羽身上。店里刚来了两位穿戴时髦的中年女人，看来是这里的常客，招待她们的是湛羽。他俯下身耐心听她们说话，二十出头年轻光滑的脸庞，距离两张化妆品浮在皮肤表面的不再年轻的脸孔只有十几厘米，五官眉眼还是她认识的那个湛羽，但笑容是完全陌生的，那是令大多数女人喜欢却让季晓鸥感觉惧怕的讨好和甜美。

季晓鸥端起咖啡杯，啜了一口渐渐温热的冰咖啡。湛羽正转身走开，在玻璃杯的那一边，他的脸彻底变了形，竟带着一丝意外的狰狞。季晓鸥挪开杯子，白衬衣、黑领结的上方，眉睫乌浓、唇红齿白，表情冷冷，依旧是她熟悉的湛羽，但什么地方发生了一点变化，她一时看不清楚。

傍晚与方妮娅埋单离开，两个人，两杯咖啡，两碟甜点，五折后共消费三百一十九元。刷卡付账时季晓鸥想起几天前去湛羽家，给李美琴买了一条黑地白花的雪纺无袖连衣裙，与她在网上那张病前照片上穿的款式极其接近，那条裙子的价格，恰好也是三百一十九元。李美琴十分喜欢，将裙子举在胸前，对着墙上一面残破的镜子照了很久，灰黄的双颊竟然浮起两片属于少女的红晕。她说她从未穿过这么贵的衣服，等做完手术，一定穿上这条裙子去照张相。她对生活重新燃起的希望，来源于季晓鸥一个善意的谎言。季晓鸥说她的病情已经在定点医院登记过，很快就可以免费治疗动手术了。而这条给她带来久违的对正常生活渴望的裙子，不过只值一顿俭省的下午茶，她这辈子恐怕也不会有机会知道世界上还有奶酪蛋糕这么好吃的东西。

出了大门站在街口，可以看见一辆接一辆的豪车往绿树尽头走，尽头就是“有家咖啡厅”——不见霓虹灯，也没有醒目的招牌，只能看到晶莹长窗内透出的灯光。晚风掠过耳畔，携带着悠扬细碎的音乐声，那是一支来自俄罗斯的乐队在庭院里现场演出。

季晓鸥坐上车，神情还是怔怔的，手心里攥着的手机已被汗水濡湿。

手机上有一个最新的未接电话，是湛羽的号码。湛羽有了新手机，以后季晓鸥不需要再通过宿舍电话找他了。他拿出来拨号时，虽是一瞥，但足够季晓鸥看清手机的型号：三星 Note2，当年三季度的最新旗舰款，现价五千整。

方妮娅的 Mini Cooper 走出那片都市里奢侈的绿色，汇入晚高峰的车流中时，季晓鸥终于想明白了，湛羽身上到底发生了什么变化：他的皮肤白皙如故，却褪去了以前新鲜的气色；眼睛还是那么大，只是脏东西看多了似的不再清亮。

好几天过去，一想起湛羽的改变，季晓鸥还是觉得心神不宁。为了验证自己是否被方妮娅影响得太厉害才会心生暗魅，她给严谨打了个电话，想问问他开的到底是什么黑店，为什么好好的人进去工作，没几天就能变得面目全非。

严谨接电话的声音带着浓重的睡意，明显是被她从睡梦中硬生生叫醒的，所以他的回答就相当不耐烦："经理跟我提起过他，说他一不怕苦二不怕死，好多回头客都喜欢他，这不挺好吗？又不是你亲生儿子，你瞎操什么心啊？"

最后一句话惹怒了季晓鸥，气得她脑筋几乎短路，因此骂起人口不择言："狗嘴吐不出象牙！"

严谨笑了："我是吐不出来，您倒是吐一根让我开开眼哪？"

"咣当"一声，是季晓鸥摔了手机。严谨那边自然听不到这声巨响，和季晓鸥斗嘴，他占上风的次数屈指可数，所以他十分珍惜此刻扬眉吐气的状态，面带微笑挂了电话，心情愉快地重坠梦乡。

季晓鸥生了会儿闷气，最终自己无趣地捡起手机，发现手机上除了几条房地产中介的垃圾短信，还有一条湛羽的短信。

湛羽说：姐，过些日子就是你生日，那天我能请你吃晚饭吗？

季晓鸥这才想起，再过二十多天是自己的生日，湛羽若不提醒，她自己都要忘了。琢磨半天，她回条短信：行，我把晚餐的机会给你留着。

这会儿她特别想和湛羽好好谈一谈，那天也许是个比较好的机会，可以说一些平时不好说的话。

九月二十六日是季晓鸥二十八岁生日，但那天想要提醒她的，不仅是湛羽一人。生日当天是个周六，季晓鸥和平常日子一样，换上牛仔裤、运动鞋先去美容店的装修工地视察一遍，和装修公司的设计师就水电改造问题做了前期沟通。这回用得起装修公司了，店里地方也大了两倍，季晓鸥便选了突显温馨的田园风格，打算走完全彻底的小清新路线，好与别家美容院软玉温香的装饰有所区别。装修公司的设计师是个毕业没几年的年轻姑娘，经验还是不够，很多细节问题都得季晓鸥现场拍板决定。

下午四点多她接到家里一个电话，赵亚敏在电话里劈头盖脸一通埋怨："你怎么这么不长记性儿，又跟林海鹏弄一块儿去了？你还嫌以前吃的亏不够多啊？也不打声招呼人就来家了，让我和你爸一点准备也没有，跟这儿都不知道和他说什么好。你赶紧回来自个儿招呼，我才不陪你浪费冤枉工夫。好嘛，当初都把人当女婿待了，上赶着讨好，结果你让人给甩了……"

季晓鸥好容易才从她妈一堆毫无逻辑的牢骚里找出重点："您说什么？林海鹏现在在咱家？"

"对啊，还拎着鲜花和水果，我也不知道你什么意思，总不能把人轰出门去吧？"

"他他他……他来干什么？"

"跟你爸正聊得欢呢，说要带你出去过生日。我说季晓鸥，你是我闺女，不会真这么没志气又跟他勾搭到一块儿了吧？"

季晓鸥气得猛一跺脚："妈，你叫那小子等着，我这就回去。"

季晓鸥风风火火冲回家，一进客厅就看见坐在沙发上的林海鹏，正跟季兆林面对面摆着一副促膝长谈的架势。两人面前的茶水，经多次冲泡，已经淡得尝不出一点茶叶味儿了。

见女儿进门，季兆林明显如释重负。赵亚敏不想和林海鹏说话，可以借着做饭的名义躲进厨房，把锅碗瓢盆摔得砰砰作响。季兆林脸皮儿薄心肠软，从来不好意思给人难堪，只好陪林海鹏坐着。两人聊了通货膨胀，聊了反腐倡廉，聊了房价民生，季晓鸥再不回来，两人就准备开始就南海问题发表意见了。季兆林站起身，说一句我去打个电话晓鸥你来陪小林，便躲进书房再也不肯出来。

林海鹏不是傻子，季家父母的态度让他明白自己是不受欢迎的人，可他始终气定神闲，并未有任何失态。他要等的人是季晓鸥。常年工作的浸淫，让他深谙如何抓住主要矛盾，只要将主旋律搞定，其余不和谐的声音尽可以忽视。因此面对季晓鸥的怒目而视，他不急不躁地站起来："生日快乐！"

季晓鸥本来憋着一肚子火要发泄，林海鹏却没有给她发脾气的机会。她长出一口气，把胸腔里那股攒了一路的怒气送出来，换上一副淡定的口吻：“林海鹏，谢谢你还记得我的生日。可你能不能告诉我，你到底要做什么？”

林海鹏微微一笑：“我一直都记得今天是你的生日，想当面跟你道声祝福。如果你肯赏脸晚上和我一块儿吃饭，那更完美。如此而已，我没有别的企图。”

“谢了！”季晓鸥捂着嘴打了个哈欠，“不过真对不住您，晚上我有约，这就要出门。您忙，不好多占您时间，好走不送。”

没想到林海鹏风度极佳，并未被她一番话打倒，而是依然维持着心平气和的态度：“没关系，我开车来的，正好可以送你去赴约。”

除了严谨，季晓鸥自忖还真没有见过第三个脸皮厚得如此坦然的男人，显然他是想看看她要见的是什么人。她自觉事无不可对人言，索性成全他，至于他见到湛羽会怎么想，她一点都不想关心。于是季晓鸥袅袅婷婷地站起来说：“行，我换衣服化妆，您得等会儿。”

季晓鸥在自己卧室关了房门换衣服，正对着镜子拉拉链，赵亚敏悄没声息地推门进来，站在她身后看了一会，终于没有忍住发言的欲望：“你真和他出去吃饭？这人太精明了，骗你这种人一骗一个准儿，现在房价这么贵，谁知道他是不是冲着你的房子来的？”

季晓鸥停手，一脸无奈：“妈，人家能买经济适用房好不好？看得上我那间小房子吗？”

赵亚敏“哼”一声：“那可难说。他家里还有父母要养，一个月他能剩下多少钱买房子？”见季晓鸥站起身，她吃了一惊，“你穿成这样跟他出去？”

季晓鸥穿了一件宝蓝色起暗花的改良旗袍裙，无袖立领，裙摆短至膝盖上十厘米，丰厚的长发用发簪盘成一个低低的发髻。除了裙长，按说那是一套特别能假装贤良淑德的行头，但季晓鸥胸大腰细，五官立体，穿起来满不是那个味道，显得特别性感、特别不像良家妇女，难怪赵亚敏皱起眉头。

可这是季晓鸥故意挑出来的衣服，专门穿给林海鹏看的。即使对已经分手的前男友再不介意，她也希望把自己最好的一面呈现在他面前，让他知道这些年没有你我过得比你还好。但季晓鸥不能把这些小心思告诉她妈，也不能告诉她妈她一会儿要见的是一个比她小七岁的男孩。想了想，她挑选了一条能最快堵住她妈别再啰唆的理由：“妈你放心，我才不会吃他的回头草呢。我今儿出去见个人，就是陈姨上回给介绍的那个。”

“哦？”赵亚敏立刻来了精神，“你们两个彼此觉得还行啊？怎么都没听你提过？我跟你说，你平时接触的生活圈子太窄了，想找个条件不错的对象，就得靠人介绍，相亲又不是件丢人事，别人愿意给你介绍对象也是为你好，你不用每回都吊着脸，好像人家欠你多少钱一样。”

季晓鸥没出声，却在心里反驳：我觉得丢人，我觉得有巨大的挫败感。我又不是长得歪瓜裂枣，追我的人一把一把的，凭什么你们觉得我找对象就得靠被人推销，凭什么我就得打扮好了坐那儿让别人挑三拣四？

幸好赵亚敏没有读心术，季晓鸥没有当面顶嘴就已经让她十分满意。她盯着季晓鸥的背影看了一会儿，又皱了皱眉头：“裙子太短了，露着两条大腿像什么话？赶紧换条长裙子！”

季晓鸥扔下涂了一半的睫毛膏。压着火跳起来说：“来不及了，我走了！”

坐进林海鹏的车里，季晓鸥报了地址，便把脸扭向窗外，一句话都不想多说。林海鹏却在开车的间隙，一眼一眼地打量她：“你今天真漂亮。”

季晓鸥心不在焉地回复：“谢谢。”

林海鹏说：“我说过的话，你再考虑考虑。”

“什么？”

“咱们能不能重新开始？我知道你恨我，以前的确是我做得不好，你给我一个机会让我改正好不好？”

季晓鸥叹口气：“林海鹏，要我怎么说你才能明白？我不恨你，真的，我都快记不得你是谁了。你别再做这种委曲求全的小样儿行不行？咱俩没戏，你说破天去也没戏。甭再浪费我的时间，也甭浪费你的时间了。求求你放过我吧！”

看来最后一句话杀伤力甚大，林海鹏沉下脸，一路两人便再也无话，一直开到季晓鸥的目的地，一家泰国餐厅。地方是湛羽选的，季晓鸥从来没有来过。

湛羽正站在餐厅门口等她。头发修短了，鸭蛋青的衬衣外套了一件深蓝色的牛角扣外套，瞧上去特别的清爽悦目。季晓鸥听到身后林海鹏含义不明的一声“嗬”，仿佛在说“原来如此。”她懒得理他，说声“谢谢”跳下车，头也不回朝湛羽走去。

正值晚餐时分，餐厅里人却不多，加上季晓鸥和湛羽，不过五六桌，大部分地方都空荡荡的。

季晓鸥扫一眼环境便知这里不是经济实惠的正经吃饭地方，等侍者递上菜单更验证了她的判断。她尽量捡着便宜菜点了几道，然后埋怨湛羽：“干吗选这地儿啊？嫌你钱包里那点钱烧手吗？”

湛羽看看身边面无表情的侍者，拿过菜单又加了两个贵菜和一瓶红酒，这才说：“我请得起！”

季晓鸥倒吸一口凉气，餐厅里灯色暧昧，她的脸逆着光，也能捕捉到她双眼圆睁的表情。良久，她撇了撇嘴：“行，你有钱，那就可劲儿花吧！你如今一个月到底挣多少啊？”

湛羽却答非所问，他怔怔地望着季晓鸥：“姐，你今天真漂亮！”

季晓鸥今天听到第二个人说同样的话了。林海鹏夸她时她一点感觉都没有，只觉得不耐烦。湛羽这么一说，她的脸忽然飞红。低头忸怩片刻，她咬着嘴唇笑了笑，跟湛羽解释：“平时我不会这么穿的，今天有点特别情况才穿成这样，你别想歪了啊！”

湛羽说：“是为了刚才送你那男的吗？”

“是。可又不是你想的那么回事。以前他做过我男朋友，可现在不是了，明白吗？”

“不明白。”

“得，我也不指着你现在能明白。”季晓鸥摆摆手，“说点真的小羽，今天你也特别精神。这么帅的小伙儿，学校里难道没有女生追你吗？怎么从来没有听你提过有没有女朋友？”

湛羽低头笑笑，一时没有出声，过了一会儿才说：“多，很多。”

“很多女朋友？”

“不是。”

“那就是很多女生喜欢你？”

“姐，咱能不说这个吗？”不知为什么，对这个男生应该喜闻乐见的题目，湛羽显得十分不感兴趣，他岔开话题，“我给姐准备了一件生日礼物，希望你喜欢。”

“嗯？”季晓鸥坐直身体，“请我吃饭就吃饭，还买什么礼物？你这孩子真是疯了，明儿不打算过日子了？”

湛羽不说话，只是从身后取出一本 16 开大小，塑胶封面，半寸厚，杂志一样的册子，双手递给她。

季晓鸥翻开，仅看到扉页就脸色大变。原来扉页上印着一段文字：“我一直以为上天知道一切事实，但现实却是他不知道这样描述的事实。我从没有像今天一样，渴望生活在一个人人都有生存保障的地方，没有对饥饿的恐惧，没有无钱治疗疾病的无奈，擦肩而过的每一个路人，心中都有足够的安全感，脸上拥有发自内心的从容与微笑。”

这是她在自己博客写过的话。再翻下去，一页页都是她自己在网上的文字——日记，读书笔记，信笔涂鸦的小说……湛羽送她的，并不是普通杂志，而是一本自己排版印刷的纪念册。结实的铜版纸，精美的排版，精心配置的插画，无一不显示出制作者的良苦用心。

季晓鸥震惊，有一刻都为此屏住呼吸，好一会儿她才回过神：“湛羽，这是……”

湛羽有点紧张，似乎犯了什么错，惶惶然地望着季晓鸥：“对不起，姐，有一次我用你的计算机，看到你的 QQ 号，你的空间没有加密，我就进去看了，空间里有你的博客链接，我觉得你的博客写得特别好，所以就全部拷贝下来，找人做成了书。我喜欢你的空间签名：‘我不相信有天堂，因为我被困在这个地狱里太长时间了。’我最喜欢你说的这句话。”

季晓鸥受惊过度，一时间不知该说什么好，喃喃道：“这句话不是我说的。”

“不是你说的也没关系，不管谁说的我都喜欢。”

季晓鸥沉吟不语，只是轻轻摩挲着浅灰色的封面。封面上一朵半开的栀子花，花瓣娇嫩，花萼部浅淡的红色细丝都看得清楚，显见印刷的质量相当不错。旁边四字行草“无处告别”，以及一行小字“季小糊”，正是季晓鸥的博客名和惯用的网名。

“姐，这礼物你还喜欢吗？”

坦白说，这是季晓鸥二十多年来收到过的最别致的生日礼物。感动还是有一点的，但更多的是意识到被人窥视的惊惧。季晓鸥向来把网络和现实分得很清楚，从不跟网友见面，如今她在网上肆意的文字，第一次毫无遮拦地暴露在现实中，面对的还是关系比较亲近的人。季晓鸥一瞬间的感觉，像是坠入一个常做的隐秘噩梦——忘记了穿衣服就裸身出现在人来人往的街道上。虽然周公解梦将之解释为即将发财，但季晓鸥难忘那种极力想隐藏自己身体时的窘迫和尴尬。面对湛羽亮晶晶的眼睛，像小孩做了自以为是的好事，仰脸期待大人夸奖一样的表情，她不忍心实话实说，只能违心地嗫嚅一句："我……很喜欢，谢谢你！"心里却在想，回家就得把QQ空间和博客全部加密。

湛羽并未察觉她的心理挣扎，抿嘴笑一笑："你喜欢就好，我真怕你骂我。"

季晓鸥一直把湛羽当成孩子的，虽然他也二十出头，而且只比她小七岁，她心里再不高兴，也不会和他计较太多。何况空间不加密，为图省事永远只肯用一个网名，本来就是她的错误和疏忽。她苦笑一下，配合着装出愉快的样子："我干吗要骂你？这份礼物很特别，我真的很喜欢。"

湛羽嘴角弯起一个快乐的弧度，露出一口白牙，还是孩子般渴望表扬的迫切。季晓鸥的心直口快在湛羽面前一向没有市场，他身上像是有一种特殊的魔力控制着她的心智，当然季晓鸥绝不会承认她是在美色面前色授魂与。就在她搜肠刮肚想要再追加几句谢词的时候，忽听包里手机响。季晓鸥如释重负，立刻取出手机，原来是严谨的来电。她接电话，因为严谨无意的解围，对他的感激就变成近乎夸张的一句问候："你好，严谨！"

湛羽的笑容在这一瞬间迅速暗淡下去。他低头舀了一勺冬阴功汤，喝得黏涩沉重，拖泥带水，仿佛勺子里盛的不是酸辣可口的草菇和鲜虾，而是入口极苦的中药。

严谨在电话里问季晓鸥："你现在有时间吗？出来见个面，我有事儿跟你说。"

季晓鸥回答："现在不行，我正跟朋友吃饭。"

"先甭吃了。告诉我地址，我现在过去接你。"

严谨把话说得没有半分商量的余地，令季晓鸥十分不悦："你想什么呢，太自说自话了吧。我还没同意见你呢。"

"你跟谁吃饭呢？推了！"严谨显得十分急躁，"吃顿饭有多重要？跟你说了有急事儿！"

季晓鸥说："一顿饭是不重要，可要看今天什么日子。今儿我生日，别人愿意请我吃饭，我也愿意跟别人吃饭，关你老人家什么事儿呀！"

严谨似乎被噎了一下，再开口换上了比较温柔的口气：“我不知道是你生日，回头再补你行不行？真的有事跟你商量，你告诉我地方。”

“有什么事不能在电话里说？”

“这事儿它在电话里说不清楚。”

季晓鸥叹口气，打算迁就一下严谨的霸道，“我正跟湛羽吃饭呢，小孩难得请回客，等吃完我联系你吧。”

谁知严谨一听到湛羽的名字，立刻变了腔调，声音震得季晓鸥的耳膜嗡嗡作响：“什么？！我到处找不到他，原来跟你在一块儿呢！你们在哪儿？我马上过去。”

季晓鸥彻底生气了：“你又抽什么风？说了吃完就联系你。跟你说，等着！”

她用力按下通话结束键，想了想，又把手机设置成静音状态，塞进手包拉上拉链，然后抬起头望着湛羽笑一笑。湛羽咧咧嘴，仿佛想做出一个回应，就像此前在咖啡厅里习惯了的逢迎微笑，不过此刻的他却像穿少了一件衣服，周身的寒冷使嘴角应有的笑意变得僵硬，终于成了叹息一样的表情。

季晓鸥没有意识到，九月二十六日这一天，将注定成为她过往生命里最难忘的一个生日，早在她第一次在地铁遇到湛羽的那一刻就注定了。

反复几次拨打季晓鸥的手机都被转入语音信箱之后，严谨放弃了从她那里得到地址的企图。虽然气急败坏，可这点小事似乎还难不倒他，他通过电话联系上许志群。

听明白他的要求，许志群当即急了眼：“你以为我有特异功能，能直接穿透运营商的业务层，拿到监控对象的位置资料吗？手机监控的对接是需要权限的，我们执行任务时都得按手续请运营商从系统里取数据。”

严谨不管那一套：“我知道你肯定有办法。”

许志群说：“严子咱俩到底算不算真哥们儿？这不是逼我犯错误吗？你还不如去找程睿敏，让他找个黑客直接进入运营商的数据库，可能更快。”

严谨回答：“少废话。给你十五分钟，我要结果。”

气恼归气恼，二十分钟后许志群还是给严谨发来一条短信，以一座著名的写字楼为圆心，给出一个方圆两百米的搜寻范围。许志群故意在整他，因为这座写字楼是商务区白领最集中的地方之一，周围各种各样的餐厅不少于二十家，严谨要一家一家地扫过去，很可能找到半夜了。所幸他对A城的餐厅，尤其是繁华地带有点名气的餐厅十分熟悉，再以常理推测，既为季晓鸥庆生应该不会去太随便的地方，这样就剔除了十几家快餐性质的餐厅，仅仅剩下五六家比较有档次的地方，就好办多了。

当严谨把车停在那家泰国餐馆门外时，季晓鸥和湛羽面前的红酒仅剩下一个瓶底，酒至半酣，正是飘飘然感觉最好的时候。

季晓鸥酒量很小，此刻喝得脸颊绯红，黑眼珠似比平时放大一圈，她用这双水汪汪婴儿一样的大眼睛瞪着湛羽。

湛羽夸张地垂下头，是放弃争论的意思："你们都是上天的宠儿，像我这种人，就是弃儿。"

季晓鸥原本以手托腮，倦得双眼迷离，听到"弃儿"两个字，她一下挺直脊背，酒精的刺激让她此刻的语速比平时快三分之一："你说得不对，小羽，不该轻信命运。究竟谁是命运的弃儿谁是命运的宠儿？没有人能决定，除非你自己。"

这句话似乎刺激到湛羽，他想反驳，但终未开口，最后将脸埋进自己的手心，许久没有抬头。季晓鸥听到他从手掌下发出的声音："姐姐，你将来一定要嫁个好人。你是这世界上仅剩的阳光了。"

严谨大步流星走进餐馆时，正看到季晓鸥掰开湛羽的手指，充满怜惜地抚摸着他的脸颊。

场面暧昧得让他血脉贲张。他走过去，一言不发揪住湛羽的衣领，一把将他提了起来。

季晓鸥只觉得头顶灯光一暗，湛羽忽然从她手中脱离，接着便是一声炸雷似的咆哮："小兔崽子，给你脸了不是？居然骗到这儿来了！"

季晓鸥仰起脸，就看见严谨用力揪着湛羽的衣领，几乎将他的双脚提离地面，茶杯大的拳头就在湛羽的鼻子尖前晃动。片刻震惊之后，季晓鸥大怒，一拍桌子站起来，对着严谨也大喝一声："严谨，你给我放手！"

湛羽却在两人怒目而视的间隙，冷笑一声，对严谨说："你不就是看我姐对我好你受不了吗？有本事你现在弄死我，我还敬你是个爷们儿！"

话音未落，严谨已经一拳揍在他的脸上，湛羽应声向后摔过去，哗啦啦撞倒了一整排桌椅。餐厅里有人尖叫，有人围过来看热闹。场面太刺激了，两男一女争风吃醋，尤其这三人的外貌气质明显高于平均水平，平日难得一见，就更加具有观赏性。

季晓鸥扑过去想扶起湛羽，没想到湛羽用力一甩，将她搡得踉跄几步，一屁股坐在地上，随即身下传来一阵钻心的疼痛，像是被方才碎裂的瓷片扎伤。她顾不得查看自己的伤情，半跪着抓住湛羽的衣襟，“湛羽，他就是个神经病，疯子！你甭激他！”

湛羽没理她，将外套纽扣一解，直接甩脱了季晓鸥，然后朝着严谨呸地吐了一口。刚才那一拳打裂了他的嘴角，这一口口水便是血红黏稠的液体，直落在严谨脚前。

严谨眼见湛羽嘴边下巴都是鲜血，本来已经熄了火，让他这一举动又挑逗得虚火上升，尤其是看到季晓鸥坐在一地污秽中，身上沾满了汤汁菜叶，他愈加怒不可遏，抬脚踹了过去。

这回湛羽没有再殃及桌椅，而是直接倒在了地上，抱着肚子蜷成一团。

季晓鸥依然保持着半跪的姿势，一声惊呼硬生生堵在喉咙口，几乎被严谨的暴力给吓傻了。直到有人双手伸到她的腋下，将她搀离现场，扶在一张椅子上坐好，恍似停止跳动的心脏才恢复正常。她回过头，看到的却是林海鹏那张波澜不惊的脸。

严谨还要冲过去揍湛羽，没提防闻声围拢过来的几个侍者，被死死抱住。他不想伤及无辜，一时半会挣脱不开，只气得大声嚷：“兔崽子，这一脚是替你爹妈踹的！我要是你爸爸，生下来就该掐死你，省得如今丢人现眼！”

湛羽从地上爬起来，抹一把嘴角的血沫，居然笑了。他的声音不大，可句句入耳：“我爸挺好，不劳你惦记，还是多想想你爸爸吧！你以为别人给你面子是你自己混得好？醒醒吧，那是你投胎投得好。不是你爸，你哪儿来的底气呼风唤雨？你的车、你的店、你的房子，花的都是谁的钱？连泡妞你都只能用钱砸，你跟我牛 × 什么呀你？”

偌大的餐厅，仿佛在忽然之间静默下来，湛羽的话像是一颗颗石头子儿，结结实实砸在大多数人的心口，严谨顷刻变身为街边抢亲的王老虎。各种含义不明的目光，一时间都聚焦在严谨身上。

严谨正常状态下还算口齿伶俐，这一刻却被湛羽堵得无话可说。他气极了只会用身体语言，双臂一振，已将几个侍者弹开，不过上前轻轻一搡，湛羽又倒在地上。可没等他扬起拳头，一个人炮弹一样撞进他的怀里，接着便是一记响亮的耳光扇在他的脸上。

严谨垂下眼睛，就瞧见一张被怒火烧得通红的脸蛋儿。刚才冲过来的动作太大，发髻散落，季晓鸥披头散发站在他面前，叉着腰大骂："你就是个浑蛋！多大年纪了跟个孩子动手，你还要脸不要脸？我就是喜欢他怎么啦？起码他比你干净，比你纯粹！"

季晓鸥的说法愈加坐实了三人的三角恋状态，不过周围看客的心态此刻却起了微妙的变化，不少人恍然大悟：原来这一架，是因为眼前这长得挺漂亮的姑娘脚踩两只船引起的。

严谨一时间投鼠忌器，既不能跟季晓鸥对骂，又不能跟她动手，只能结结巴巴地说："你你你……闪开，什么都都都……都不知道你，瞎嚷嚷什么？你问问他，你问问他，"他气得手都在哆嗦，指着湛羽，"你问问他，他最近都在干什么？他现在已经是一个不折不扣的小白脸，小白脸你懂不懂，还是跟男人那种……"

"小白脸？"季晓鸥被这几个字震得浑身一颤，像是被人迎头浇了一盆冰水，手脚顿时都凉透了。她觉得自己体验到了某种大脑与思维的休克。她不知道这休克持续了多久，意识回来时，她听到林海鹏在叫自己，语气惶恐得像要叫醒一个真正休克的人。她缓过一口气，忍不住回头去找湛羽。

湛羽正从地上拾起自己的外套，一言不发地朝餐厅门口走去，再也没有看她一眼。

"小羽——"

季晓鸥想追出去，却被餐厅侍者拦住了去路："小姐，对不起，您还没有结账呢。"

季晓鸥急得推他："一会儿我回来结。"

"不行。"侍者十分敬业，"店里有规定，您必须现在结账。"

季晓鸥竖起眉毛，忍不住又要骂人了，冷不防有人插进来，"让她先走，我结账。"

说话的是林海鹏。侍者只要有人顶缸付钱，才不管你们什么关系，他默默错开脚步，给季晓鸥让开了出店的道路。

季晓鸥神情复杂地瞟眼林海鹏，说声"谢谢"就要奔出去。林海鹏却拉住她的手臂，将自己的外套塞给她："先穿上，你裙子后面有血迹，别让人误会。"

季晓鸥离开没两分钟，警察就赶到了。但两方当事人已经走了一个，剩下的一个又愿意包赔餐厅一切损失，不存在任何纠纷需要调解，例行公事询问一番，便离开了。餐厅也开始收拾遍地狼藉。

严谨则坐在吸烟区靠窗的一张桌子旁，等着餐厅经理送来今天的损失清单。季晓鸥临走时那充满鄙夷的一眼，才让他勉强冷静下来，反省自己是否太过分了。这会儿想抽支烟平静一下，烟叼在嘴上，却半天点不着，他的手还在发抖，抖得火机对不准小小的烟头。这样的状态多年没有发生过了。而让他如此生气的原因，季晓鸥和湛羽的亲热暧昧只是一个导火索，并非真正的缘由。真正的火药藏在今天傍晚的饭局上。

严谨赴宴时，并不知道冯卫星请他吃饭的目的。等到菜上齐了，酒过三巡了，冯卫星开始进入正题。可他又说得拐弯抹角不明不白，严谨听了好久才听懂他的意思。

冯卫星说："让人戴绿帽子的滋味不好受，可是兄弟你也别太在意，旧的不去新的不来，长成 KK 那样子的找起来是不容易，可是生得漂亮的男孩多的是，兄弟你想要多少都包在哥哥身上。"

严谨正拿着裁刀切雪茄，听明白上面一段话，差点让刀切到手指头。他皱起眉问："谁给我戴绿帽子？跟 KK 又有什么关系？这不满拧吗？"

冯卫星问："KK 还在你那儿打工吗？"

"开学了，他跟我说功课紧，暂时不做了。"

"这就对上了。"冯卫星一摊手，对刘伟道，"给你谨哥说说。"

刘伟便瞧着严谨的脸色说："谨哥大概还不知道吧，酒吧街里现在名头最响的，混得最好的，红得都快发紫的，是 KK。"

严谨彻底听懂了，顿时沉下脸："他又回那种地方去了？"

"对。在一家酒吧。他人长得好，客人买他账，又有谨哥的名头罩着，一条街上没人敢惹他，连我都要让他三分。对了，他还说，在'有间咖啡厅'，活儿累来钱又慢，傻子才愿意在那儿干呢。"

严谨的脸色愈加难看："他现在在哪家酒吧？"

"别告诉妈妈。"

"什么玩意儿？"

冯卫星将雪茄从嘴边挪开，慢腾腾地解释："一家新开的酒吧，名字就叫'别告诉妈妈'，每天晚上生意好得邪乎。我说小十三，这事儿你也别太往心里去，这种小崽子喂不熟的，犯不着跟他真动气。"

严谨简直气得七窍生烟，踢开椅子站起来，摔门而去。让他恼火的并不是冯卫星和刘伟误会湛羽跟他的关系，而是气愤湛羽的出尔反尔和不争气。在得知湛羽重操旧业的那一刻，愤怒在他的体内就像火山爆发了一般，他能忍着没有当场发作，已经是对他控制能力的最大挑战。

他不想再管这事了，打算将真相告诉季晓鸥，然后随便她自行处理。没想到一路找过来，竟劈头撞上一幕让他热血沸腾的场面，他无法接受季晓鸥和湛羽之间竟有如此亲热的举动——他把季晓鸥一直放神坛上小心供着至今尚未得手呢，居然让一个小白脸得了便宜，结果一时没忍住便酿成了如今满地狼藉的烂摊子。

严谨有些后悔，可回头想想，即使重新再回到半小时以前，他的选择没准儿还是一样。他低下头，在半真半假的悔意里和他的一次性火机较劲，并没注意到不远处另有一双好奇的眼睛在悄悄地观察他，甚至用手机偷偷拍下他的侧面。

季晓鸥在街角追上湛羽，任凭湛羽如何挣扎，她也不肯松开攥紧他后衣襟的手指。最终湛羽安静下来，季晓鸥眼睁睁地看着他从衣袋里摸出烟盒，用一个带有“都彭”标志的银色旧火机点着烟。他点烟的手势纯熟而自然，显然曾经把这样点烟的动作重复过无数遍。

他在白色的烟雾后面抬起眼睛望着季晓鸥，他的眼睛从来没有这样黑过：“你想知道什么？现在问吧！”

季晓鸥浑身打着哆嗦，却尽量控制着声音保持冷静：“他说的是不是真的？湛羽，他说的是不是真的？”

她以为自己的语气充满诚意，湛羽却从中听出了轻蔑，他的脸上有了层冷酷的笑意：“那要看你是相信我还是相信他？”

季晓鸥说：“我要你告诉我，他在胡说，他说的不是真的！”

湛羽轻笑了一声，蔑视、惨淡、无奈都包含在这笑里，完全悖逆于他二十一岁的年纪：“对不起，他说的是真的。”

季晓鸥忽然感觉到眼前的一切像蒙上了一层毛玻璃，变得模糊不清，她听到自己的声音在颤抖：“为什么？你为什么？”

“我没有选择。”湛羽说，“你觉得没有命运这回事，可我觉得有。我生下来那天就已经注定了今天的命运。我妈要动手术，我们家马上要拆迁，我们得找地方搬出去住，得花钱租房子，我爸……虽然我不想叫他爸爸，可他就是我爸，酗酒过度得了肝硬化，半死不活躺在医院里，我不想给他治病，但总不能把他撂在街上等死，总要给他付住院费，哪一样都需要钱，一切都需要钱，需要很多很多钱，我没有选择，生活逼着我，只能走这条路。”

心中美好纯洁的少年突然露出不忍直视的真面目，因为吃惊，也因为伤心，季晓鸥只觉周围空气变得混浊溽热，她喘不上气，简直有点歇斯底里：“你撒谎，你在骗自己。你有无数条路可以自救，为什么非要选择去做……公关？因为你在咖啡厅见识过什么是奢侈了，你心里不平衡了，你的心偏了，所以你自己给自己做了选择。没有人逼你做这种选择。别拿那些客观原因安慰自己，动不动就埋怨生活、埋怨社会，那是最烂的借口……”

她的手把湛羽的衣服攥得太紧，那只手像是已经切断了与身体之间的血液循环，变得冰冷冰冷的。

湛羽蓦然转身，近乎粗暴地甩开她的手，半瓶红酒让他有点口齿不清，但冷笑却是清楚的，这一瞬间他秀气的脸孔变得陌生而扭曲：“我没看错你，你和严谨就是一路人，都是自以为是的傻子！你们有什么真本事？不就是靠着父母，霸占了不属于你们的社会资源才能混出头？自己不知道惭愧，还总喜欢装圣母想着什么救赎。这会儿不装了吧？装不下去了吧？滚远点，别让我看到你们就恶心。”

季晓鸥似乎听到空气中有什么东西“嘣”一声挣断，她的脸惨白，向后退了一步，她还徒劳地试图挽救颓势，想把两人之间接近断掉的情谊连接起来，依旧保持它旧日的朦胧暧昧，“对不起，小羽，我道歉……”

“用不着道歉。你不是说过请我去你们家吃饭吗？一个小白脸，你现在还愿意带回去吗？你还敢吗？”湛羽逼近一步，他的眼睛因挑衅而寒意毕露，“你不敢对吗？那就别装了，痛痛快快说你瞧不起我！”

“咱不做了行吗？咱不做了好吗？小羽，你毕业就能找工作了，咬咬牙，最难的日子就过去了……”

“呵呵呵……”湛羽笑起来，带着淡淡的恶意，雪白的牙齿在霓虹灯的光线里闪闪发亮，像头狰狞的小兽，“姐姐你知道现在一个本科生起薪多少吗？你知道一套带电梯的稍微新点的房子租金多少吗？你知道医院ICU（重症加强护理病房）一天收费多少吗？你什么都不知道，你一直生活在父母给你的象牙塔里。可我父母只给了我身体，这个身体能换取我需要的东西，多么公平，你们为什么就看不开呢？”

季晓鸥望着他，目光遥远而散乱，如同望着一个从未谋面的陌生人，“可你这样会毁了自己一辈子知道吗？你需要多少钱，告诉我，我帮你。”

湛羽看着她，看了她好长时间，眼睛里的黑色在大量液体的冲刷下渐渐颓败，变成一片惨白，他突然后退：“再见，姐姐！祝你将来嫁一个好人，能包容你所有的天真和梦想。”

路口的绿灯亮了，湛羽随着人流穿过马路，他笔直地走过去，有时微微张开一下手臂，制止自己趔趄的脚步，但没有向她回头，一直没有。他就这样带着一种牛虻式的激情和汹涌的恨意，将自己沉入人群，消失在茫茫人海里，消失在季晓鸥泪眼模糊的视野里。

第十章

最毒妇人心

严谨给季晓鸥发了好几条特别诚恳的短信，求她给自己一个机会郑重道歉，但每条短信都如石沉大海，不见任何回应。他想直接去找季晓鸥，却又怕演变成个早死早托生的场面，假如季晓鸥冷笑一声说她爱的是湛羽，那两人之间刚刚萌生的一点感情就彻底了断了。

湛羽给季晓鸥做的那本纪念册，两人都忘了拿，最后落在严谨手里，没事儿他就翻上两页。发现封底的链接地址之后，他专门登录上去看，季晓鸥的 QQ 空间已经上锁，博客还在，但不再更新了。她的博客因为文字轻俏调皮，在网上有不少粉丝，不少人留言问她为什么不再更新了，季晓鸥却无片言只语解释她的离去。

夜深人静的时候，严谨一篇篇浏览着季晓鸥以前的博客。他发现自己非常想念她，想念的程度罪过地超过了以往他对任何一个女友的想念。而且奇怪的是，他的想念不再执着于如何得到她的身体，而是记忆里所有季晓鸥影像的重映：说话的季晓鸥、走路的季晓鸥、一俯首一仰头的季晓鸥……他怀疑自己染上了一种叫作相思的疾病。许多日子过去，秋去冬来，他的病却不见丝毫减轻，反而渐渐积攒出一块时时让他感觉堵心的奇怪东西。以至于季晓鸥终于打来电话的时候，期待已久的对话显得过于疲软，一点都不像戏剧的高潮。

季晓鸥的声音很淡定：“严谨，你有时间吗？有时间就来我店里一趟。”

“有什么事要帮忙？”严谨不敢造次，回答得字斟句酌。

“您太客气了，哪儿敢劳您大驾？”季晓鸥在电话里轻笑一声，但笑声听上去并不愉快，特别假，“不过要麻烦您，把您女友领回去。”

“女友？”严谨愣了一下，反应过来，“哪一个？”

就听见季晓鸥似在询问旁边什么人：“抱歉，请问您贵姓？哦，免贵沈，行，我告诉他，来的时候路过凯宾斯基，给您带块起司蛋糕……”

严谨实在听不下去，对着手机怒喝一声：“你让她在那儿等着，千万等我过去。”

沈开颜是晚上快打烊的时候摸到“似水流年”的。刚过立冬，她已经披上一件灰蓝色的皮草，头上戴一个类似1987年《红楼梦》里王熙凤佩戴的那种貂皮昭君套，臂弯里挎着一个粉色的普拉达包，妆色明艳，极其时尚。季晓鸥向来有面盲症，只觉这漂亮女孩十分面善，却想不起来在哪儿见过。

倒是沈开颜提醒她：“我是严谨的女朋友，我们在严谨家见过面。你是季晓鸥吧？”

季晓鸥这才想起八月下旬的那次会面。她马上警惕起来，站起身就往店外走：“我是。怎么着？”她真怕刚装修好的店面再一次遭受无妄之灾。

沈开颜跟着她往外走：“您别误会。我来就是想和您谈谈严谨的事。”

季晓鸥在店外站定，抱起双臂抵御室外的西北风，不耐烦地回应：“我跟他又不熟，他的事和我有什么关系？”

沈开颜上上下下打量季晓鸥，把她的平底便鞋、运动裤以及厚厚的运动夹克都看在眼里，然后问：“你觉得他爱你吗？”

“谁？”季晓鸥磕巴一下，随即明白了她的意思，反问，“你觉得呢？”

沈开颜说：“他不会的。怎么会呢？他一直都喜欢精致时髦的年轻女孩。”重音重重落在“年轻”两个字上。

季晓鸥简直被气笑了：“是是是，年轻好年轻真好。换我也必须得爱上您这样年轻美貌的。”

看来沈开颜并不是真正的刻薄人儿，见季晓鸥五官都移了位，也知道自己过分，赶紧解释：“对不起我不是贬低您。只是真心觉得您和他不合适。他那人是出了名儿的博爱和大方，对谁都不好意思太吝啬，老有姑娘误会他对自个儿有意思，感情游戏过于投入了，最后让自个儿伤心。您说这值得吗？我知道您是明白人，可好多姑娘就是不明白这理儿，明知是火坑还要乌泱泱往里扑，我是真看不过眼。尤其您这样的，有知识、有文化，要找男的什么样的找不到，干吗非要蹚这浑水？”

一番话听得季晓鸥风中凌乱：“怎么个意思？我没太明白。您是替自己不值呢，还是为我抱不平呢？”

沈开颜道：“当然是为您。”

季晓鸥便说：“哦，那我就明白了。照你刚才说的，我没你年轻好看，他不会喜欢我，我知书达理，也不会喜欢他，这么着不正合了你的意，那你专门跑这一趟到底是为什么？”

沈开颜一下被季晓鸥绕糊涂了，扑扇着刷得夸张的长睫毛，拼命回忆方才自己说过的话是否和季晓鸥的总结合辙押韵。

季晓鸥转身就把脸沉下来，从手机里找出严谨的电话打过去。

等严谨驱车赶到，沈季二人已恳谈完毕。店里没有客人，美容师也都下班了，只有季晓鸥板着脸坐在前台整理客户的资料，貌似目不斜视，其实不时拿眼角的余光扫视着沈开颜。

沈开颜斜倚在门口的长沙发上，一边喝花草茶一边翻杂志，光一个简单的姿势就仪态万千，胜过千言万语。

严谨拉开大门，直接冲到沈开颜面前，攥住她细细的手腕：“疯了吧你，跟我走！”

沈开颜剧烈挣扎，一边挣扎一边尖叫：“我没疯！我很正常！你放开我！”

季晓鸥看不过眼，放下资料过来：“干什么呢干什么呢，我这儿还做不做生意了？要家暴回家去，要打情骂俏也请回家去！”

季晓鸥一发话，严谨的气势就泄了一半，他松开手，问沈开颜：“咱俩早就说好了，大路朝天各走一边，老这么闹，你觉得有意思吗？啊？”

沈开颜说：“有意思！当然有意思！太有意思了！”

“你究竟是什么意思？”

“没什么意思，我就是不能让你太好过了。你想要就要，想蹬就蹬，你凭什么呀？还问我有没有意思，亏你说得出口！”

严谨彻底失了锐气，偌大的个子屈尊蹲在沈开颜面前，好言好语地商量：“开颜，你看啊，咱得讲道理是不是？当初说好的，为了你的前途咱们分手，这都过去大半年了，再秋后算账恐怕不太好吧？你遇到什么难事跟我说，你需要什么也可以跟我说，就别这么闹，好不好？”

沈开颜开始擦眼泪，一把一把恶狠狠的：“我什么都不要，我就要你！”然后流着泪说，“只有你才能让我重新相信爱情。爱情，你懂吗？生命是一场幻觉，爱情是其中唯一的亮色。”

听得季晓鸥不由都伤了心，顺手递纸巾给她：“就是，现今这世道纯洁的爱情多难碰上啊！哪个男的这么不开眼不知道珍惜？”

严谨回头瞪着季晓鸥：“你甭起哄给我添乱成吗？”又转脸问沈开颜，“你最近拍什么戏？还没出戏呢吧？这一出一出的台词都谁写的？怎么听着那么恶心啊？”

沈开颜哭着说：“你以前不是特喜欢我这么说话吗？你说我这样才让你觉得有文化、上档次？”

严谨道歉：“我错了。现在我改还来得及吗？”

季晓鸥为忍笑忍到脸都绿了，赶紧走开假装咳嗽，才喘上一口气。

沈开颜哭一会儿，到底让严谨半搂半抱给撮弄走了。季晓鸥看看时间都快十一点了，摔摔打打地开始收拾桌面准备睡觉。这些天跟赵亚敏因为相亲的事吵架，她假装离家出走，已经在店里住了好几天了。正要关灯锁门，严谨突然又推门进来。

季晓鸥看他一眼，没有出声，从后边一路“噗噗”按熄顶灯的开关，最后只剩下大门前一盏五瓦的小吸顶灯。拉着门把手，她向严谨做了一个“请出去”的手势。

严谨才不理她那套，两手插在裤兜里斜靠在门框上，两脚交叉，是个时尚杂志里经常出现的最骚包的姿势。他清清嗓子说：“对不起。”

季晓鸥马上甩下脸，冷笑道：“麻烦您收回，我受不起。原来我这儿谁都能来，来了还能当面羞辱我，把我当什么人？”

严谨无话可说，只得三个字：“对不起！”

“走开，别碍我事儿。你除了‘对不起’还能说点别的吗？”

“能。”严谨一脸沉痛，脑子里所有能用来自我糟践的词都蹦出来，“我交友不慎，小肚鸡肠，鼠目寸光，道貌岸然，厚颜无耻，罪该万死！您看这检查做得还行吗？”

季晓鸥低头咬住嘴唇，脸上绷紧的线条放松了点，“还有呢？你做的错事就这一件吗？”

“还有？”严谨挠挠头，“哦，我为你生日那天的事道歉，我尤其不该当着你的面打人。不过你也扇了我一嘴巴，咱俩这算扯平了好不好？”

“放屁！不当我面你就该打人了？湛羽再犯浑，他也是个孩子。你跟一孩子动手，不觉得丢人吗？”

严谨讪笑：“也就你把他当一孩子。你见过打扮那么妖的孩子吗？干吗呀，不就为了勾引你吗？我怕你吃亏懂不懂？”

“怎么什么话一到你嘴里就那么难听呢？谁年轻的时候没犯过错误？只要他以后改邪归正，自强不息，又碍着你什么了？”

“哟哟哟，瞧您，还自强不息呢，整得跟人张海迪似的，你怎么不说他‘身坚志残’呢？”

季晓鸥瞪着他，连带一点鄙夷：“张姐姐那是身残志坚，谢谢啊！”

见季晓鸥只顾斗嘴，暂时忘了撵他出去这回事，严谨趁机脱下外套，一屁股歪进门口的沙发，“我瞅他就是‘身残志残’又怎么地！”

季晓鸥也在对面椅子上坐下了，咬牙切齿地回复：“不怎么地，就觉得你那俩眼珠子是长着出气的。”

“你说话怎么这么不给力呢？五讲四美三热爱啊，季晓鸥同志。真不知道你瞧上他什么了，啊，不就长得比我白吗？不就是一小白脸吗？”

“对，人家是小白脸，你长得好，你长得就跟毕加索先生的专用模特似的，印象派！”

严谨气得够呛：“行，行，为他你忍心恶心我！季晓鸥，他到底是你什么人？”

“你说他是我什么人？”

“不就是男朋友吗？有什么不好说的？”

“胡说！”季晓鸥跳起来，“他是我弟弟好不好？”

“我懂！”严谨伸个懒腰，阴阳怪气地说，“有一种爱情叫兄弟是吧？老牛吃嫩草是吧？我懂，我都懂……”

“你给我闭嘴！”季晓鸥几乎是暴喝一声站起来，双眼圆睁，像只被抢了地盘的野猫，浑身的毛都炸起来，瞪着严谨，她恶狠狠又补上一句，“我×你大爷！”

看她暴怒的样子，严谨反而笑起来，“哎哟，想不到您还有这爱好。你想×谁呀？哦，我大爷？那我大爷他太荣幸了，可是你少了一零件儿你知道不？”

“滚！滚出去！”季晓鸥气急败坏，抓起墙角的扫帚，劈头盖脸抽过去。

“你怎么这么暴力？”严谨惨叫，伸臂抵挡着毫不留情落下的扫帚把，一边往门口退却，“君子动口不动手，你再不住手我还手了啊！”

季晓鸥的回答是“砰”一声关上大门。

每年十一月十五日室内采暖季开始之前，总会有十几天特别冷、特别难熬的日子。今年如期而至的第一次寒流让室外起码降了十摄氏度。街上来来往往的行人，已经有人穿上了厚厚的羽绒服。

严谨被赶出门的时候，只穿了一件棉衬衫，外套、钱包和车钥匙都落在季晓鸥的店里。他在门口哆哆嗦嗦站了半个多小时，恨不得把自己挤成一团取暖，想抽烟却发现打火机也不在身上。这样一个衣衫单薄的男人，神情哀怨地站在一家女子美容店的外面，情景相当诡异，不时有人回头诧异地看他。

又撑了十五分钟，严谨实在扛不住冻了。忍气吞声地开始敲门：“季晓鸥，季晓鸥，我错了，你开开门，我给你道歉。”

门里没有任何动静。

“季晓鸥，季晓鸥，你开门看看，这一会儿冻了我一脑袋的冰碴儿，跟水晶灯似的。这样下去要出人命的，您发扬一下人道主义精神，放我进去成不成？”

门“哗啦”响了一声，季晓鸥把大门拉开一条细缝，挂着防盗门的锁链，从门缝里打量他几眼，重重“哼”一声：“还冰碴水晶呢？呸！甭给自己贴金了，不就是冻成固体的鼻涕泡吗？瞧你挺精神的，冻冻好，冻冻去火。”

她“砰”一声贴着严谨的鼻尖关上大门。

严谨崩溃了，再也顾不得玉树临风的公子哥儿形象，抡起拳头开始砸门：“季晓鸥，我倒了十八辈子的霉，怎么会认识你这么狠心的女人。你到底开不开门？不开我就打‘110’了，我打了啊，我真打了啊……”

没人理他。季晓鸥不为所动，根本不搭他的腔。

严谨退后两步，揉着通红的手背，真的从裤兜里取出手机开始通话：“‘110’吗？我现在遭受人身威胁，请求出警。地址是……”

“严谨！”季晓鸥在门后听得实在忍不住，终于开门出来，“你甭给我丢人了行吗？”

严谨趁机收起手机溜进门，其实他刚才根本就没有拨号。他拉过美容床上的薄被裹在身上，冻得吸溜吸溜的，灯光下嘴唇都是紫的。

“我不行了，我要喝水，热的。”他赖在沙发上说。

一个水杯重重墩在旁边的茶几上。

严谨捧在手中，满足地直叹气，“现在总算明白，这饥寒交迫的滋味真是不好受哇！”

季晓鸥走来走去收拾东西，直接把他视作透明。

严谨支起手臂看着她，“喂，我回家可是一个人住，今晚要是发起烧来怎么办？你负不负责？”

季晓鸥说：“你这种祸害，死一个少一个，全国人民都盼着呢。”

“那我不回去了，死也要死在你跟前儿！今晚我要住这儿。”

季晓鸥俯下身，面无表情地看着他，看得他浑身发毛。然后她平静地回答：“行，不过只有美容床可提供。”

“呃。”看看旁边不足四十厘米宽的床架，严谨倒抽一口凉气。这床上睡一晚，肯定会死人的。

季晓鸥嘚瑟地注视他：“成吗？”

“成啊，美容床就美容床。”严谨咬牙，不就是一晚上嘛，“被子呢？枕头呢？”

季晓鸥朝他身上努努嘴，“那不是？”

“季晓鸥！”严谨用力捶着沙发，“你有点人性没有？你去我们家，我可是把大床让给你。”

“是吗？我怎么记得那床上有别人儿啊？”

严谨一想也是，臊眉耷眼地咕哝：“我那是临时失控，你就是成心的。”

“觉得不爽是吧？不爽你回家睡呀，你们家那床宽哪，随你在上面拿大顶、翻跟头。还有什么沈开颜什么的随时侍寝，你赖我这儿图什么？”

“不图什么，就图能跟你一块儿睡。”

季晓鸥冷笑一声，“做梦！”她随手关了顶灯和空调，“好了，要睡就睡吧，我店小利薄，得节约用电。什么时候你觉得忍不了了回家去，出门时记得替我锁好卷帘门。”

季晓鸥的脚步声渐渐远去，接着后面的卫生间里传出哗啦啦好长一阵水响，水停了，她穿着拖鞋吧嗒吧嗒走出来，最后“咔吧”一声响，锁上北屋的门。严谨在黑暗中冷得瑟瑟发抖，只能暗自磨牙运气。

迷迷糊糊睡到半夜，季晓鸥忽觉毛骨悚然，她蓦然睁开眼睛，浑身的血液几乎凝住。

床边立着一个黑漆漆的人影。

她的惊叫只吐出半声，便被人捂住了嘴，一个声音在耳边说："别怕别怕，是我。"她浑身绷紧的肌肉一下子软下来。

"你怎么进来的？"

黑暗中都能清楚感觉到严谨的得意："开眼吧，这世上就没我打不开的锁。"

季晓鸥对形势严重估计错误，她以为屋门上的防盗锁可以锁住一个色欲难耐的男人。可她不知道严谨曾有过六秒打开车门锁、四十二秒打开六位保险箱密码锁的纪录，并把这个纪录一直保持了三年。区区一把民用防盗锁，在他眼里不过是小菜一碟，一根铁丝轻易就能搞定。

这个意想不到的情况，让季晓鸥悔得直咬牙，恨不得穿越回几小时以前来修正自己的错误。见她不出声，严谨错认为是她的默许，连忙手脚并用爬上床，掀起被子想钻进她的被窝。

季晓鸥则拼命裹紧被子，并抬起脚使劲踢他："滚！"

严谨翻身制止她的躁动："乖，我就想躺在床上睡一觉，没别的意思。我不动你，你也安静点。"

季晓鸥被压得死死动不得半分，她咬牙切齿地骂："臭流氓！"

"我怎么又成了流氓啦？"严谨的声音听上去无辜极了，"我喜欢你，怎么能叫流氓？跟不喜欢的女人睡觉，那才叫流氓！"

季晓鸥不再说话，跟这种人有什么好理论的？她只把脸拼命扭到一边，以避开他颇不老实的嘴唇。

严谨趁机把脸贴在她脸上，"我背不是受过伤嘛，床太硌，疼得厉害。还冷。你屋里开着空调暖暖和和的，那屋里冻得跟冰窖一样，你忍心吗？"

"滚开！再不滚开我咬你啦？"季晓鸥被气得没有办法。

"哎哟，我就喜欢会咬人的姑娘。"严谨没皮没脸地笑，"咬吧，宝贝儿，往哥肉上咬没关系，只要不往心上咬就行。"

季晓鸥的眼泪都快要流出来了。她恨自己自作自受，吃多了撑的才会去招惹这个煞星。

严谨见她不出声，以为苦肉计奏效，便放心地躺平了，又往被子深处钻了钻。他本意是想睡觉，可是在一张不到一米宽的单人床上，即使季晓鸥拼命往床里边挤，恨不得把自己贴在墙上，两人还是免不了身体的接触。被子里包裹着的，毕竟是一具芬芳柔软的女性肉体，还是他渴望了很久，睡梦中亲过无数次的姑娘。他是个正常男人，所以拥有正常男人都有的特点，那种女人如是说的兽性男人自己也称之为软弱的特点——刚解决了温饱问题，就忘记了方才饥寒交迫的痛苦，开始心猿意马，双手也开始不规矩。

季晓鸥惊慌起来，用力推他，“你干什么？你说话到底算不算数？”

严谨不出声，摸索着解她睡衣上的扣子。季晓鸥也不出声，在黑暗中拼命挣扎抵抗，但她的体力终究不敌严谨，很快被他占了上风。严谨扣住她的手腕，正在享受体力优势带来的优越感，忽觉身下那个肌肉僵硬的身体，似乎变得柔软起来，竟摆出逢迎的姿势。他以为季晓鸥终于动了情，便略抬起上半身。正要进行下一步动作，冷不防季晓鸥蜷起膝盖，一脚踹在他的小腹上。

季晓鸥这一踹，凝聚了全身的力气，严谨正在意乱情迷之际，猝然遇袭，毫无防备，背部突如其来的一阵剧痛让他眼前闪过一阵白花花的亮光，不知怎么竟失去平衡，脊背朝地平平摔了下去。

就在他摔落的瞬间，季晓鸥像离弦的箭一般跳起来，直扑到门边，却扑了个空。装修时为了给屋内腾出更多的空间，房门是朝外开的，严谨进门后又没有顺手锁门。季晓鸥没考虑到这个意外，劲儿使大了，门扇就势撞在对面墙上，她随着门扇沉重地倒在地上，脚踝处传来一阵难忍的剧痛。

季晓鸥绝望地闭上眼睛，准备放弃抵抗，承受即将到来的命运。但等了好一会儿，想象中的事情并未发生，周围没有一点动静。她忍不住睁开双眼，却见严谨依然平躺在地板上，并未挪动分毫。

她有点害怕，担心刚才那下攻击是否用劲儿过大，把他给踹昏了。趴在冰凉的地板上，她犹豫半天，在跑与留之间挣扎好久，最终人道主义占据上风，她一瘸一拐地爬起来，走到严谨身边。

严谨一动不动，毫无声息。屋里太黑，她正要蹲下去细看，蓦地被一双冰凉的手抓住了脚脖子，她吓得尖叫一声，一屁股坐在地上。

严谨终于出了声：“别叫了，我动不了你。劳驾给打个‘120’。”

见他说话，季晓鸥一颗心才落地，拿脚尖踢踢他：“装什么呀，赶紧起来。”

严谨却说：“求求你了姑奶奶，快打‘120’。”

他的语气有一点点慌乱失措，和平常大不一样，不像是开玩笑，季晓鸥摸索着打开台灯，就见严谨脸色惨白，一头都是冷汗。

她立刻慌了手脚：“你怎么啦？”

“估计是钉子错位了。”

“什么钉子？”

严谨呻吟一声：“跟你说也不懂，快打电话行吗？老子要疼死了！”

三十分钟后急救车才赶到，季晓鸥听到跟车的医生对护工说：“三四五腰椎曾经骨折过，注意别轻易移动。”

被推进CT室检查之前，严谨将自己的手机扔给季晓鸥：“从里面找一个叫严慎的，让她把以前的病历和片子都带来。”

一路上季晓鸥看他咬牙忍痛，最疼的时候浑身都在哆嗦，额头上冒出的汗珠，毫不夸张，一颗颗真有黄豆那么大。自责加上恐惧，让她两眼噙着泪花儿颤巍巍地问：“我是不是防卫过当了？你不会就这样残废了吧？我是不是还得对你后半辈子负责啊？”

怄得严谨不知道是该生气还是该苦笑，他瞅着季晓鸥说：“你就看着办吧！”

季晓鸥躲进楼梯拐角，战战兢兢地给严慎挂电话。电话通了，那边一把嘹亮的女声冒出来：“严谨，你要是没什么正经事儿半夜消遣我，下回回家我让老头儿揍死你！”

季晓鸥赶紧自报家门说明来意，严慎人真干脆，一句废话都没有：“知道了，我这就过去。”

她带着一个秘书模样的人很快赶来，大衣里面还穿着珊瑚绒的睡衣睡裤。严慎个子挺高，和季晓鸥不差上下，长得跟严谨有七八分相似，但和他大大咧咧的随和劲儿不同，她浑身上下散发着一股生人勿近的谨慎气息。季晓鸥给她如实说明悲剧发生的经过，只是隐瞒了严谨被自己踢下床这一关键事实，她也只点点头，表示明白了，并不肯对季晓鸥多说一个字。

季晓鸥看见她站在医院走廊上，同行的秘书打了个电话，很快就有几个人从走廊那头的电梯里一路小跑着过来。季晓鸥听到有人介绍说是院办公室的主任。严慎的脸色淡淡的，微笑淡淡的，语气也淡淡的，并不见得有多么倨傲，可是她对面的人却一直赔着小心、赔着笑脸。严谨的片子出来了。CT室外，突然多了一群人，一花白头发的老医生，带着一群年龄各异的“白大褂儿”，都拥进CT室。

季晓鸥想起林海鹏说过的“有个人物”，又想起湛羽也说过类似的描述，之前她一直半信半疑，这一刻她终于相信，这个死皮赖脸一直缠在她身边的男人，真的是个人物，而且看样子还是个老子职位地位都不低的人物。

她坐在椅子上，用脚尖在地板上循环往复画着圆圈，眼前这一幕幕让她彻底看清了自己的处境。身在这个城市，她有很多机会见识这种地位悬殊的纠葛。只有经历过才能知道杀伤力的级别，女人一旦陷进去，不是心死就是身死，或者两者皆失。椅子后面就是暖气片，背靠在墙上，墙是热的，她却是冷的，为自己曾有过的一点痴心妄想而羞愤。

再过一会儿，严谨终于被推出来，又被前呼后拥着推进电梯，没人看她也没人理她。

季晓鸥不清楚自己这回闯了多大的祸，既不敢离开也不敢多嘴。她跟着人群走，一直走到手术室的通道外，所有无关的人都被隔离在通道的大门外。严慎终于想起她来，走到她跟前说："你回去吧，用不着你。"

季晓鸥嗫嚅："他……他还好吗？"

严慎有点不耐烦，但还是回答她："原来固定用的合金钉断了，需要做手术取出来。"

"那那那……他以后生活能自理吗？"

严慎冷峻的脸上现出一丝嘲讽的笑意："你是他现任女朋友？"

季晓鸥立刻摇头否认："不是不是，我是……他朋友。我担心他……"

"哦，抱歉，自称他女朋友的人太多了，我都分不清你们谁是谁。"严慎低头抚抚前额，似乎不胜其烦，"你有什么可担心的？他就是真的生活不能自理了，也连累不着你呀！"

算起来严慎还比严谨小半个多小时，可通身的气派却像帘子后面的西太后。在她强大的气场中，季晓鸥的气场被完全颠覆，平日浑不吝的劲头一点都使不出来，词不达意地慌乱解释："不是，我，那个，就是担心他，那个……"

严慎一挥手："得，他那一堆破事儿，我才懒得听，回头你跟他说。"

季晓鸥忙不迭把严谨的手机还给她："那我走了，明天……不是，今儿下午我再来看他。"不等严慎回答，她转身飞也似的逃出医院。

熬了一夜没睡，季晓鸥便在镜子里看到两个明显的黑眼圈。到底过了二十五，少睡几个小时就在脸上挂了幌子。她叹口气，在眼睛下面抹了点遮瑕膏。

中午去医院之前，她回了一趟家。父母中午都在单位吃饭，家里没人，她打开衣柜挑了几件换洗衣服，正要关上自己房间的门，忽然看见门口的衣架上挂着一件男式西服，熨得平平整整，上面还坠着洗衣店的标牌，她扒拉两下，认出这是林海鹏借给她遮挡血迹的那件衣服，被她团成一团藏在衣架下面。大概是赵亚敏帮她收拾房间时发现了，替她送到干洗店洗干净了。

季晓鸥对着衣服站了一会儿，揣测着她妈不知会如何猜想这件男式西装的来历。又回想起那天的情景，林海鹏的表现还是挺男人的，她老躲着人家实在不够光明磊落。可林海鹏会如何理解那天的混乱场面呢？愣了好久，她终于回过神来，取下西装塞进背包里。

既去医院，自然不好空手。幸好厨房有一锅现成的枸杞当归排骨汤，赵亚敏炖了半个晚上，被她舀了个底朝天，全部装进一只保温桶里。临到医院门口，她又买了一只果篮。就这么左手拎着保温桶，右手提着果篮，背上一只登山包，她找到住院部四层的骨外科病房。

然而护士站却无论如何都查不到严谨的名字。季晓鸥抓耳挠腮半天，忽然明白过来，严谨那种人怎么会住在普通病区？她回头问护士："你们这儿的高级病房在哪儿？"

"高级病房？"护士愣了一下，失笑，"你说的是 VIP（贵宾）吧？"她指点季晓鸥，去七楼东头的特需病房找找。

特需病区大门处设有门禁，需要刷卡或者坐在门口的看门人开门才能进去。季晓鸥报得出严谨的名字，可是不知道他的病房号，费了半天口舌，门口的大妈才放她进去。

严谨住的 706 是一间单人病房，门外的走廊上放着一溜儿花篮和大捧的花束。病房内好像酒店的套房，客厅、卧室、卫生间以及电视、冰箱，一应俱全。可惜严谨却无法享受这一切。他的手术伤口在背后，人不能躺，只能趴着。家里新招的保姆被严谨妈打发过来服侍他，小保姆只有十九岁，除了稍嫌土气的穿着，看上去还真是苗条水灵，带着尚未被都市污染的清纯颜色。可见老太太为这个人选的确是费了不少心思，只盼着儿子能迷途知返，借此恢复对女人的正常审美。

那小姑娘人也机灵，对着严谨一口一个"哥哥"，叫得严谨骨酥心软，腰上绑着钢板，他不能乱动，只能伸出手，捏捏她红苹果一样的脸蛋儿，让小姑娘的脸真的红成了八月枝头摇摇欲坠的熟苹果。直到季晓鸥敲门进来，他才放开小姑娘肉乎乎长着四个酒窝的小手。

季晓鸥低眉顺眼，眼前的旖旎风光只能咬牙当看不见，老老实实坐在床前，将保温桶里的排骨汤倒进碗里，试了试温度，双手举着捧到严谨脸前，简直是个举案齐眉的起范儿。

“你喝，专门为你熬的，当我赔罪了。”

严谨头回瞧见小媳妇儿一样的季晓鸥，颇不适应，看看碗里的汤，到底没敢张嘴：“你这是唱哪一出啊？我都不知道该怎么配合。这汤里没放耗子药吧？就算我强奸未遂，那也不至于死罪啊？”

季晓鸥回头瞥一眼小保姆，见她张着嘴看得正起劲，便拿眼睛毒毒地剜她一眼，小保姆知趣，立刻走出卧室。

眼看卧室门关上，季晓鸥这才说：“你放心，真要下药我也不会给你下耗子药，我会给你下点雌激素。”

严谨喃喃：“黄蜂尾上针，最毒妇人心。”抱着必死的决心喝一口，发觉还挺好喝，便就着季晓鸥的手，一勺一勺把碗里的汤全部喝干净。

喝完了他感觉伤口没那么疼了，心情也大好了，便问季晓鸥：“你到底是怎么回事？怎么跟被人下过诅咒一样，每回我碰过你，后面都跟着一串儿倒霉事。”

季晓鸥端详他半天，慢吞吞地回答：“你还有脸问我？怎么不问问你自己？我觉得你出门没被天打雷劈已经是上天格外眷顾你了。”

严谨委屈极了：“我做什么错事了？你用得着那么狠吗？”

季晓鸥说：“你扪心自问，你原来不是喜欢男人嘛，却一直撩拨我，到底什么居心？”

严谨差点跳起来：“老子根正苗红的男人，谁说我喜欢男的？”

“那你跟我先解释解释，咱们第一次见面，你跟一男的纠缠不清，是怎么一回事啊？”

“那是我被人陷害了好不好？事实根本不是你看到的那样。”

“被人陷害了？呵呵呵。”季晓鸥假笑，“那你再解释解释，给湛羽家送电视机那回，你身边那男的又是怎么回事？”

“哪个男的？”严谨被问住了，一时想不起她说的是谁。

“装什么‘甲醇’（假纯的谐音）呀！就那个穿白衬衣、长得特斯文那个。”

“你说的是他呀！他呀，哈哈哈……”严谨笑得几乎捧腹，“回头我介绍你们认识，你自个儿问他去。”

正说着，一护士推门进来：“什么事儿这么高兴，笑成这样？小严你小心把伤口笑崩了。”

严谨像是挺怕她，立即止住笑，叫了声“护士长”，季晓鸥赶紧站起来问好。

护士长年纪不小，瞧着有五十出头了。她一边查看点滴和伤口情况，一边笑眯眯地问严谨：“这姑娘你对象吧？真懂事儿、真贤惠呀，你好福气！”

季晓鸥没见过说话这么直接的护士长，臊得脸都红了，一时间竟不知如何回复。严谨接过话茬，一副王婆卖瓜的陶醉样儿：“漂亮吧？”

“当然漂亮。”护士长打量季晓鸥一眼，“我们本地的姑娘吧？”

季晓鸥倒奇怪了：“您怎么知道我是本地人？我还没说话呢！”

护士长依旧和颜悦色，并不计较她直统统的语气：“我每天得见多少人哪？要是这都看不出来，不惹人笑话吗？我跟你们说，我们这本地姑娘啊，最怕人说不懂事儿，吃了亏、受了气都不会使小性子，而且一旦认定了一个人，会往死里疼，小严你可甭欺负人家。”

季晓鸥频频点头，护士长的话简直说到她心里去了。严谨却叫屈：“我欺负她？她不欺负我我就烧高香了。不是因为她，我也躺不到这儿呀！”

护士长只当两人在打情骂俏，依然笑眯眯的：“这可怨不着人姑娘，是你自己不听话。”

好容易等健谈的护士长离开，季晓鸥扣上保温桶，将床头柜上漏出的汤滴擦抹干净，接着挺直身体，将双手相叠规规矩矩摆在膝盖上，表情严肃地面对严谨：“我跟你郑重道歉，我不知道我那一脚居然能把一个钢钉踹断。我想了半夜，你要是从此生活不能自理了，我就负责你后半辈子养老。”

“嗨，你甭跟自己过不去。”严谨听得感动，觉得季晓鸥特别仗义，“多大的事儿呀，养养就好了。再说那钢钉早就该取出来了，是我一直不愿意再进手术室。”

“你确认以后不会有事儿？”

瞧着季晓鸥皮笑肉不笑的样子，严谨琢磨一会儿忽然觉得不对劲，“我要真残了你只负责养老？”

季晓鸥一本正经地点头：“对。”

严谨一腔感激化为一肚子酸水儿，长叹一声说：“我本将心向明月，奈何明月照沟渠啊。”

他的表情实在太夸张了，逗得季晓鸥忍不住低头笑起来。

严谨说："你还笑？你知不知道你那一脚，不光踹断了一根合金的钉子，还把我的心踹得拔凉拔凉的。季晓鸥，你到底有没有喜欢过我？一点点喜欢都没有？"

季晓鸥不笑了，睁着一双黑白分明的大眼睛，认真地看着他："我要是一点都不喜欢你，能留你在店里过夜？你以为我缺心眼儿吗？"

严谨喜不自胜，以为自己真等到了铁树开花："那我们……"

"到此为止。"

一盆冷水浇下来："什么？"

季晓鸥说："'凡是不以结婚为目的的恋爱都是耍流氓'，听过这句话吧？你既然不能和我结婚，就别老撩拨我。我也是凡人，禁不起诱惑。飞到高处再啪叽摔下来，那滋味不好受，谁都不愿意尝试，我也不愿意。"

严谨纳闷儿，要不是穿着件钢背心，他早就坐起来了，此刻动弹不得，只好奋力扭转脖子，"你是不是沈开颜附体了，怎么说话也那么分裂啊！谁告诉你我不能娶你？"

"不用谁告诉我。先不管你到底喜欢男的还是喜欢女的，就说你家门槛，太高了，一般人高攀不起，我要连这点自知之明都没有，那就太不懂事儿了。"

严谨认为自己终于听懂了："严慎跟你说什么了？"

"她没说什么，我自己琢磨明白的。"

"你明白个屁！你去问问。"

"我不懂这个，也不打算懂。"季晓鸥说得干脆，"幸好咱们还没开始，各自抽身还容易。看来您也不缺人照顾，我就不在这儿碍事儿了。将来要是出院，觉得有必要让我负担医药费，请把所有单据快递给我，我给你实报实销。您保重，我走了。"

严谨叫："你站住！季晓鸥，我叫你站住！"

季晓鸥却像没听见一样，开门扬长而去，气得严谨简直想挠墙，"这帮女人浑起来都一个样儿，有文化、没文化全一样的矫情！"

医院门诊部的大门口，顺着走道有两条长长的石头台阶，上面坐满了患者和家属。季晓鸥走到此处，感觉双腿沉重，不由自主也坐下了。十一月的室外，屁股下冰凉刺骨，她却没有意识到，只觉心口空落落的，像丢了什么东西。捧着心思忖半晌，她不能承认这心口的空旷是因为严谨，而是昧着良心告诉自己，她饿了。

医院门口就有肯德基，她拿出钱包付钱的时候，看到包里那件西服。林海鹏上班的地方离这儿不远，季晓鸥此刻急需和一个活人交谈，好赶走心中的难过，尽管她绝不肯把那种怅然若失命名为“难过”。于是她给林海鹏打了电话，约他过来取衣服。

听到她的声音，林海鹏显得很意外，但他答应尽快赴约。等他赶到肯德基时，季晓鸥已经把一个全家桶干掉了大半，正在攻克一个冰激凌。林海鹏倒是见怪不怪，以前她就这样，一紧张就会失控大吃，拿食物镇压所有的不安与焦虑。

他走过去，将她手中的小勺几乎是硬夺过来扔到一边，皱着眉头说：“你怎么又来这一套？不管遇到什么事也别拿自己的身体出气呀！”

季晓鸥不高兴地瞪着他，满脸鼻子不是鼻子眼睛不是眼睛，“你管我呢！”

林海鹏不理她，脱了外套坐下，这才说：“我是没资格管你，可我也不能眼睁睁看着你自暴自弃，更不能任由你堕落下去。”

季晓鸥没撑住，“噗”的一声，一嘴冰激凌差点喷在他脸上，她生生给气乐了：“说谁堕落呢？谁啊？”

林海鹏不动声色地拿餐巾纸抹去前胸、袖口溅落的冰激凌沫，话说得义正辞严：“你自己认识不到吗？你看看你现在交往的都是什么人？那什么……小白脸就不说了，你怎么会和那些有身份背景的人混在一块儿？你知道那都是些什么人吗？人渣你懂不懂啊？”

“林先生，请你慎重评价一个你并不认识的人。‘人渣’这俩字，原封不动还给你。”

“啧啧，你还挺护着他！”林海鹏冷笑，“你若是有兴趣，我有他全套的履历，从他上小学开始，看完了你就明白什么才叫人渣。”

“变态！你对他那么感兴趣，打算干什么？”

林海鹏看她一会儿，款款回答：“我都是为了你好。”

季晓鸥后悔，悔得只想抽自己一嘴巴，就算给《知音》或者《婚姻与家庭》的读者来信专栏写封长信倾诉衷肠，也比找林海鹏来散心靠谱一万倍。她从背包里取出他的西装，狠狠扔进他怀里，长身而起，再次拂袖而去。

第十一章 边缘光影

“似水流年”重新开张，装修风格迥异于其他美容院。迎门立着一架彩色玻璃屏风，画面上的万顷碧涛如刀劈一般两边分开，露出一条羊肠小道。这架别致的屏风，是开业那天严谨特意找人送来的礼物。他本人正被他妈扣在家里养伤，但他让人捎来一句话：若是不喜欢，不用退给他，就地砸了还能听个响。季晓鸥真是喜欢这架屏风，半推半就地收下了。

拐过屏风进入前厅就如同进入了热带雨林，到处都是绿色植物，叶色新鲜得似随时能滴下绿色的汁液。季晓鸥还忍痛拿出至少能放四张美容床的位置，布置了一个喝茶聊天的迷你阳光室。从临街的落地窗看进去，白色的藤制家具，拱形门洞，纯棉碎花布艺，仿佛宜家的样板间。这种山寨出来的小资情调，在一片灰扑扑的店面中脱颖而出，居然吸引了不少行人的视线。

新店一开张，客流量骤增，加上增加了身体SPA等新项目，季晓鸥被迫又新聘两个美容师。加上她自己，如今店里共六个人，人来人往，呈现出一派蒸蒸日上的趋势。她的事业开辟出一片新天地，一个月里已经有好几家公司的人事部或者工会找上门来 ，请她去给公司里的女员工做美容讲座。这些讲座都是公司的免费福利，劳务费当然寥寥，但是给季晓鸥带来的隐性顾客群却是巨大的，以至于她都开始考虑年底是否可以再开一家分店了。

至于对面的“雪芙”美容院，不知什么时候，门头招牌上的名字换成“伊美尔”，大概是原主人转让了店面。眼见门口又拉出开业大酬宾的横幅，季晓鸥的表现却比上次心平气和得多。经过大半年的竞争，两家各自吸引的顾客群已差不多固定，彼此虽有交集，却完全是两个不同的世界。她只管尽心做好自己，没有必要再去斗气。

身体在忙碌，脑子和心却是空的。她禁止自己去回忆和严谨相处时的任何细节。可是记忆却不听话，像是用了很久的DVD，磁头老化，固执地一遍一遍回放着以往零碎的画面，将她过去二十多年苦心建立起来的世界观和价值观彻底推倒，摧毁得一点渣都没剩下。就在这冷冷热热的煎熬中，她接到赵亚敏的电话。

赵亚敏说："前些日子你偷偷回家把一锅汤喝得干干净净是怎么一回事儿？幸亏楼上老王看见你了，不然准把我吓个半死，以为家里进了贼。"

季晓鸥还和她赌气，不肯出声，赵亚敏又说："我刚炖了老鸭雪梨汤，你回来喝吧。你那儿什么都没有，怎么吃饭？住得惯吗？还是回家吧。"

季晓鸥硬邦邦地回答："我在这儿住得挺好的，我不回去。"

赵亚敏立刻服软："那咱以后不说那事了行不？妈说那么多还不是为了你好？将来我和你爸都会走在你前头，到时候你连个家都没有，逢年过节的该有多孤单哪？晓鹏要是个女孩也罢了，姐儿俩还能互相照应，偏他又是个小子，你说妈到时候能放心走吗？"说到这儿她动了真情，"晓鸥，小时候妈亏待你太多，长大了老想补偿你，可是总补不到点上。你爸说咱娘儿俩八字犯冲，他哪儿知道，培养母女感情的黄金时间，我正跟他待在外地呢！"

说得季晓鸥怪难受的，哽咽着说："妈你别说了，今儿关了门我就回家。"

母女俩难得推心置腹交回心，都在电话中涕泪涟涟。为了讨好女儿，赵亚敏满溢的爱心最后连女儿的朋友都捎带上了："你老早说过的那个同学的弟弟，不是要带他回家吃饭吗，怎么一直没有见着人呢？"

提到湛羽，季晓鸥嗓子眼儿顿时一滞。两个多月了，无论她怎样低声下气地道歉，湛羽就是不肯见她，到了后来，索性连她的电话都不肯接了。湛羽的手机彩铃，用的是张国荣的《我》，每回电话接通，听到已逝的歌者来自另一个世界的歌声，"我就是我，我就是那不一样的烟火"，季晓鸥都心惊肉跳怀着期望等待，但她一直没有听到她期待的那声"姐姐"。

虽然湛羽不肯再和她联系，但每隔两周她依然按时去看望李美琴，顺便送去一些食物和药。可她从未在家里见到湛羽。第一次李美琴看见她说，哎哟真不巧小羽有事刚刚走；第二次看见她又说，小羽打电话说他今天加班不回来了。季晓鸥便明白湛羽在刻意回避她。

湛羽不能原谅她，李美琴对她的态度却毫无变化，显然湛羽并未说过什么。只是她对股关节手术的期盼越来越强烈，除了儿子，这个期盼已经变成她对未来生活的唯一指望。每回见了季晓鸥她都要询问，专家评估什么时候能进行呢？季晓鸥绞尽脑汁，一次次编排着不同的理由，眼见李美琴脸上的怀疑越来越深，季晓鸥难以搪塞，一直想找合适的时机实话实说，但李美琴病情的发展没有给她这个机会。

转眼到了十二月中旬，季晓鸥是在晚上十一点多接到李美琴的电话。她按下手机的通话键，听筒里却没人说话，只有一个模糊而遥远的声音，仿佛有人在呻吟，很久很久，季晓鸥才听到听筒里传来粗重的喘息声，有人含糊不清地说："救命……"季晓鸥当即头皮一炸，凝神去听，接下去又没了声音。

情急之下她披上羽绒服就走，都没来得及跟父母打声招呼。站在路边拦出租车时，才发现自己脚上还穿着拖鞋。上了车，她先给湛羽的手机拨电话，湛羽的手机关机。打到学校，他不在宿舍。再回拨湛羽家的电话，一直忙音。她急得要命，却没有别的办法，只能拼命催出租车司机快点快点再快点。

司机被她催得十分不满："姑娘，'神六'快，要不您坐那个去？"

正在这时，季晓鸥的手机响，接起来一听，却是爸爸季兆林打来的，追问季晓鸥干什么去。季兆林很久以前在急诊干过，经验比较丰富，听女儿语无伦次描述完状况，立刻指点她："估计家里没人，病人已经失去意识了，你赶紧打'120'叫急救车。另外，要是家里真的没其他人，你还得打'110'，警察来了设法破门进去。"

季晓鸥混沌的意识中总算劈开一道亮光，立刻照做。等她赶到湛羽家楼下，120 急救车已经到了。

到了七楼，果然无论怎么敲门都无人答应，幸亏季兆林的提醒，没一会儿 110 警车也赶到了，带着开锁专家和工具一起来的。季晓鸥说明情况，取出身份证验明正身，又在一份备案文件上签了名，警察就开始动手了。

首选方案是动用撬棍。对付一般的防盗门，撬棍是快速开锁的利器。但这一次连撬了十几下，门框处的钢板都翻起来了，门锁却没有任何动静。开锁专家上前看了看，说这个防盗门，质量实在太好了，钢板比市场上常见的防盗门都厚，门锁质量也好，通常只有别墅才会采用这种级别的防盗门。

既然如此，只好采取第二方案，看看能否从邻居家翻过去。一个警察下楼侦查一番，便否认了这个方案。因为这栋楼面临拆迁，大部分住户已经搬走，晚上看过去，整栋楼里亮灯的人家寥寥无几，湛羽家上下左右的邻居都黑着灯。而且这种老式公房，没有阳台，窗与窗之间隔着将近三米的距离，即便能进入邻居家，想从距地面二十多米高的七楼翻窗进入湛家，恐怕也得消防队员或者特种警察才能做到。

到了这种地步，只能让开锁专家上手试试了。没想到专家上前捣鼓了几分钟，便说太糟糕了，防盗锁竟是双排弹子结构的 B 级锁，是他们最不愿意碰到的类型，并且走廊里黑漆漆的，顶灯倒是有，但没有一盏能亮，照明全靠手电筒，他可不能保证多久才能把锁打开。

大家面面相觑了一会儿，两个警察走到一边儿头碰头商量半天，说是不是该叫“119”带着破门的电钻上场了？可这种暴力破门的方式需要特批，不到万不得已不能动用。在此期间，季晓鸥一直尝试拨打湛羽的手机，仍然没有开机，急得她直跳脚，一片喧嚷中，她突然想起一个自诩开锁专家的人。

季晓鸥走到没人的地方，对着手机迟疑几分钟，最终说服自己，这是为了救人，即使食言而肥也得不要脸一回。一个个按键按下去，听到回铃声的那一刻，她自己都瞧不起自己：半个多月前刚跟人划清界限，就又觍着脸求上了。别人是“有困难找警察”，到了她这儿就变成“有困难找严谨”。要到这会儿，她才清醒地认识到自己究竟欠了严谨多少人情。

严谨接起了电话，他的声音很清醒，显然还没有睡觉。听季晓鸥小心翼翼地问他是否好多了，他回答还行，表示允许她结结巴巴接着往下说，说说她为什么要打这个电话，为什么需要他的帮忙。

然而一阵沉默来了。沉默从季晓鸥手机的听筒中传出，在窗玻璃几乎全部碎掉的走廊里，在钻窗而入的冷风里扩散，这沉默也让季晓鸥感觉到莫名其妙的委屈，两个眼珠突然地沉浸在热泪中，她将手机从脸颊处移开，准备挂断电话。

严谨却忽然开口了：“那种锁，技术一般的需要四十到六十分钟才能打开，你让警察别放弃，尽量试着开一下，我这就过去。”

电话挂了，没有一句废话，完全不像严谨惯常的风格，倒有点像他的妹妹严慎。

开锁专家还在耐心地用模具一点点拨动着弹珠，一个警察为他举着手电筒，另一个终于去打电话找 119 联动了。季晓鸥焦躁得待不住，索性跑到楼梯拐角处站着，只有那里的窗户能看到楼下马路的动静。

十几分钟后，远处两道雪亮的车灯劈开黑暗。借着一盏孤零零路灯的光亮，季晓鸥看到一辆出租车停在楼下。一个人下车，走进了单元门。

她心中的焦躁就在这一刻仿佛突然被抚平了，在这么一个杂乱无章的晚上，变成了不可言说的期待和踏实。

严谨终于出现，却不像以前那样三步并作两步跑上来，而是扶着楼梯栏杆一步步走上来。腰间的固定装置还未撤除，严重妨碍他的日常活动。

他现身的刹那，季晓鸥的心脏像是被人狠狠捏了一把，意识到她有多么不懂事，居然深夜把一个病号找来替她分忧解难。她羞愧地迎上去，想道个歉又不知道从何说起，最后吐出的是句彻底的废话：“你来了。”

严谨没有在意她的尴尬和不知所措，同样回了一句废话：“嗯，来了。”然后不用任何人招呼，自动进入状态，扶着墙以一种十分别扭的姿势蹲在开锁专家的身边。

警察自然对他的技术持非常怀疑的态度，开始没有同意他动手。严谨说：“电锯不是快来了吗？给我十分钟试试呗。”

警察这才点头，专家不情愿地让开位置，严谨接过他的工具凑近门锁。两把手电筒的光束都集中在他的脸前，在他专注的侧脸上勾出一道柔软的弧线。

七分钟后，让人目瞪口呆的场面出现了，随着咔巴咔巴一串儿干脆利落的声响，一道道锁簧应声弹开。现场所有人都下意识屏住呼吸，生怕气流大了都会影响严谨的正常发挥。伴着最后一声脆响，防盗门终于打开了。门外不知何时聚集了几个闲人，大概是楼里其他坚守的住户听到异响来看热闹，在门开的一刻，甚至有人不合时宜地叫了一声“好”。

防盗门开了，剩下的木头房门好办，撬棍插进去，一下就解决问题。

情况果然像季兆林所预料的，李美琴昏倒在过厅里，后脑勺上都是血。从现场的痕迹看，她像是先在厨房摔倒了，后脑磕在灶台的角上，然后从厨房一路爬到门厅墙角，把电话从柜子上扯下来，才打出那个救命的电话。

李美琴被担架抬出去，人们跟着往外走。经过严谨身边时，季晓鸥犹豫片刻，忽然踮起脚尖儿，在他脸上飞快地亲了一下。

这半边脸，前后挨过季晓鸥两个嘴巴，突然接触到她花瓣一样柔软的双唇，严谨感觉像做梦一样，他捂着脸呆住了。

“季晓鸥，你没吃错药吧？”

季晓鸥也很紧张，因为嘴唇脱离大脑的控制自行其是，做了一件让她自己都害怕的事。所幸她还能回头笑一笑，敷衍严谨也敷衍自己：“你刚才的表现，帅极了！这是对你的赞赏，别想歪了啊。”

她随急救车去了医院，严谨却被留下来请到警车里。他必须得配合警察解释清楚：你为什么能有如迅捷的开锁技术？是自学成才吗？属于哪个开锁公司的？备案了吗？是否利用该技术做过违法乱纪的事情？

李美琴进了急救室。医生的诊断结果还算令人欣慰，她脑后的外伤未伤及颅骨，只是病人身体虚弱受到惊吓，再加上轻微的失血才造成的休克，输血之后各项体征已经趋向平稳，病人的神智基本恢复，但暂时不排除脑震荡的可能，建议留院观察。

季晓鸥去地下一层交住院押金。出门的时候太着急，她并未带太多现金，只好动用信用卡。此时已是凌晨两点多，急诊楼里依然人来人往，电梯人满为患，所以她没有坐电梯，而是沿着步行楼梯从地下一层回到一层大厅。

观察室外的候诊椅上也坐满了人，季晓鸥转了一圈没有发现能落脚的地方，只好往走廊尽头的落地窗处走，那儿有一个放置消防器材的铁皮箱，可以勉强坐着歇歇腿。

她目不斜视地从人群中走过去，不经意间眼角余光似有熟悉的对象一闪而过。扭过头，发现一件卡其色的麂皮短大衣，盖在一个人的脸上。那人两条长腿伸出去老长，成了过道上最碍事的一件东西。不时有人被他的脚绊着。

这件短大衣她见过，俄式军装的款型格外挑人，但体型好的男人穿起来也格外勾人，比如严谨，衣服一上身，肩是肩、腰是腰，显得相当性感。她轻轻掀起一侧衣襟，大衣下面果然是熟人。

也不知道严谨用什么办法让警察相信了他的纯洁，终于被放行，此刻他歪着头睡得正香，周围熙熙攘攘的人声对他毫无影响。

季晓鸥默默地凝视他。一个多月在家养伤，他的人瘦了，肤色也淡了不少，从黑巧克力变成了牛奶巧克力，而两鬓和下巴上的胡须，已经钻透皮肤露出青色的须根。正是这些胡子楂儿，让他的眉目间竟然显出一点沧桑憔悴的气质。

季晓鸥放开大衣，让它重新遮在严谨的脸上。她不能再看下去，再看下去她心里那头蠢蠢欲动的小兽就会破土而出，迎风长大，再也不会服从理智的召唤。

严谨这一觉睡得并不安稳，朦朦胧胧总像是在做梦，然而梦境又不是十分清晰，说梦又不是梦。等他终于清醒，已是早晨六点半。喧闹了一夜的急诊区，彻底安静下来。睁开眼睛，他第一眼看到的便是季晓鸥，侧躺在对面的椅子上，脸埋在自己臂弯里似乎睡着了。走廊有穿堂风，又是室外温度最低的清晨，她上身只穿了一件羊绒衫，在不甚舒服的睡眠中蜷成一个瑟缩的姿势，像是不胜寒冷。

严谨低头，赫然发现她那件白色的羽绒服竟然搭在自己身上。他低下头，闻到大衣领上淡到乌有的一缕香气，像是柠檬微妙清凉的味道，微妙到他可以重新闭上眼睛，在一个虚拟的氛围里延续方才睡梦中的温暖和沉溺。

季晓鸥仿佛发出一点模糊的声音，他抬起眼睛，她却依然维持着刚才的姿势，一动不动。他走过去，蹲下身细细地端详她。她的鼻子、眼睛、眉毛，都藏在衣袖下，只露出饱满润泽的双唇。浓密的栗色长发散开了，在灯光下闪烁着水一样柔顺的光泽，带着诱人深入的气息。

严谨想伸手摸一摸那诱惑的源泉，但他的手刚落在她的头发上，季晓鸥整个人就蹿跳起来，尚未脱离懵懂的眼睛，因受惊睁得又圆又大，像只走投无路的小鹿。

她警惕地瞪着他：“你干什么？”

严谨说：“哦，有只虫子，帮你捉一下。”被她两只大眼睛恶狠狠地瞪着，严谨不知为什么就觉得头皮那儿一阵阵有点发紧，所以他避重就轻地转移话题，“你怎么睡这儿呀？回家不好吗？”

没想到季晓鸥的新仇旧恨一下都被他这句话挑起来：“你还有脸问我？睡得跟猪一样，叫都叫不醒。要不是担心你还是个病号，我管你死活呢，早回家了！”换口气接着又说，“最近我倒了什么霉呀？三更半夜总跟救护车和医院打交道？”

严谨摸摸鼻子没说话，只笑了笑。他从季晓鸥的话里听出几分色厉内荏，还有隐藏在愤怒下面的关心与柔情。他宁愿相信这是季晓鸥表达情感的特殊方式，他心甘情愿承担战争中主动熄火投诚的一方。

季晓鸥发出的飞箭碰上了严谨的橡皮盾牌，让她深感失落。她转身去了洗手间。再出来时已漱了口，洗了脸，头发在脑后扎成马尾，神清气爽地恢复了好心情。她恢复好心情的标志就是恢复了好奇心，拍拍身边的椅子，她对严谨说："你过来，坐这儿，我有话问你。"

严谨坐下了，季晓鸥便问："你打哪儿学会的开锁？你不会就是传说中的贼王吧？"

这下严谨不乐意了："怎么回事？警察问完你接着问？我属于自学成才，我自学成才行不行啊？"

季晓鸥板起脸："你是说，警察能问我就不能问吗？"

严谨再举白旗："行行行，你能问，你当然能问！是在部队里练的，行了吧？"

"我才不信！部队让你练开锁干什么？培养你们去撬门别锁？"季晓鸥可没那么好打发。

严谨大笑，顺手搂住她的肩膀："妹妹，你以后一定得多跟哥混混，境界就不会这么狭隘了。学开锁就一定为撬门别锁吗？"

季晓鸥没有答话，而是斜起眼睛瞟着他越界的右手。严谨装没看见，因为他能察觉到自己右手掌下的肌肉，柔软平顺，没有任何反抗的意图，于是他索性将她的右手也一并握住了。

她的手很软，握在手中软得像水。严谨侧过脸去看她的反应，却见她垂着眼帘，睫毛簌簌乱颤，脸颊上竟泛起一片红晕。严谨有瞬间的失神，他想象不出，说话那么豪放的季晓鸥，竟会在他面前脸红失措。窗外的天光渐渐明亮，他看她也看得愈发清楚。以往他鬼混的对象，都是二十出头的年轻女孩，正逢双十大好年华的皮肤，嫩得仿佛能掐出水来，沈开颜则是她们之中的人尖儿。然而此刻盯着季晓鸥，他感觉沈开颜她们都失了颜色。不是说她们不好，而是有此刻的季晓鸥比着，都缺少了一样东西。严谨想了半天，才能找到一个词去形容那样东西——姑且把它命名为"内涵"吧。并且他照样把它夸了出来。

"说真的，你是我见过的最有内涵的姑娘。"

但是季晓鸥听到"内涵"这个词，却十分不高兴："你臊谁呢？别以为我不知道，你们实在没地儿可夸了，才会说一女的有内涵。”

严谨没想到马屁拍在马腿上，但他从善如流，马上改正：“我跟别人不一样。我说的内涵，是指衣服里面，哦，不，内衣里面。”

话音未落，季晓鸥一巴掌扇过来，被严谨手疾眼快攥住手腕：“季晓鸥，我警告你，以前是我让你，以后你再动手我就真不客气了，打疼了你可别哭啊。”

季晓鸥拼命想挣脱：“臭流氓！”

严谨自然不会让她再得逞，两人像打太极一样，揉来揉去比画半天，冷不防一抬头，他赫然发现湛羽站在不远处，两手插在裤兜里，正居高临下阴沉沉地注视着他们俩。

湛羽是清晨打开手机看到季晓鸥的短信才赶过来的，不过他并未解释为何他一夜没有开机。

季晓鸥看到湛羽，像被烙铁烫了一下，下意识想挪开几步，与严谨保持一定距离，但她刚一动，就被严谨按住。严谨神色坦然地跟湛羽打招呼：“你来了，还真沉得住气嘿！”

湛羽的目光从他的脸上挪到两只握在一起的手上，停了片刻，眼神儿便轻飘飘飞到了别处，冷淡地点点头。

季晓鸥说：“你妈妈已经基本没事了。待会儿八点交完班，大夫会找家属交代病情，到时候你别走远了。”

湛羽却像对待一个陌生人，眼角都不肯瞥她一下，径直走了过去。

他这种态度，季晓鸥没急，严谨急了，站起来怒喝一声：“小王八蛋，你站住！”

一见严谨额角青筋乱蹦，季晓鸥生怕这两人一言不合又打起来，赶紧拦住严谨：“你闭嘴，甭添乱了！”

严谨恨铁不成钢：“我早跟你说过，这小子是属白眼狼的，怎么都喂不熟。合着你忙活一夜，不值他一声谢谢，这是什么态度啊！”

季晓鸥怕他的话激怒湛羽，赶着安抚：“湛羽，你别听他胡说八道。”

湛羽终于把眼珠落在她身上，冷冷地说：“你这人，怎么一点自知之明都没有？您别在我眼前出现了行不行？我真不想再看见你！”

一阵安静过后，季晓鸥发觉自己的双手紧紧绞在一起，手指都要被绞断了。她费了好大劲才分开十指，看着他勉强笑笑：“我竟让你误会这么深，对不起。”

严谨忍不住了，撸起袖子走到湛羽跟前：“说什么呢？你小子还是不是人啊？昨晚要不是你姐及时赶到，你妈不定出什么事儿呢！”

湛羽却镇定地看着他：“哥，我对不起你。”

“哟，你还会说对不起呢，今儿太阳是打西边出来的吧？”

“哥，我知道你生我气。我懂。”

“你懂个屁！你要真明白就不会跟你姐这么犯浑！”

“哥，我真的明白，现在人人都知道我给你戴了顶绿帽子，可你从不澄清。刘伟他们现在不敢动我，就因为你说过我是你的人。这个人情我记着，将来若有机会，我一定回报。你要是现在想揍我，就揍吧。狠狠揍一顿，我心里就舒服了。”

严谨是吃软不吃硬的人，湛羽这番话，完全把他说愣了，更何况他只不过是在虚张声势。腰上还绑着固定用的绷带呢，怎么跟人打架？竟一时不知如何是好。后来他一跺脚，拉起季晓鸥：“我们走！”

季晓鸥一直呆望着湛羽，神色惨然，像是七魂六魄都被湛羽方才那番话给说散了。严谨拉着她，没感觉到任何阻力，她跟着严谨一路踉踉跄跄出了医院，直到上了一辆出租车，她的神色还是怔怔的。

严谨明白她是被湛羽不通情理的言辞给伤狠了。但方才那场面，却是他愿意看到的。这两人的关系，不管以前是真姐弟还是假姐弟，至少目前来看，完全没戏了。可季晓鸥怅然若失的样子，却让他有些心疼。压抑住自己内心的窃喜，他试图安慰她：“那小子已经走火入魔了。以后别再搭理他，死活都由他去吧。”

季晓鸥额角抵着车窗玻璃，没有作声。

严谨又说：“如今湛羽就是打着不走拽着出溜儿，铁了心自己作践自己，已经没救了，你何必还为这种人操心？”

季晓鸥一闭眼睛，睫毛沾上了细碎的水珠。她说：“我不知道他这么恨我！”

严谨说：“那不正好吗？咱正好退出来，以后少管他家的闲事。”

季晓鸥扭头看了他好一会儿，忽然对出租车司机说：“师傅，麻烦您掉头，回刚才那医院。”

严谨急问：“你干什么？”

“昨天医生说，他妈妈摔这跤，跟股骨坏死有很大关系。她的股骨头颈软骨已全部断裂了，建议尽快手术。一会儿医生查房，可能还会提这件事，他什么也不懂，怎么拿主意啊！”

严谨“唉”的一声，简直觉得匪夷所思：“那小王八蛋把话说那么难听，你还拿热脸贴人冷屁股，这不是犯贱吗？”

话说得太难听了，季晓鸥真不爱听，狠狠瞪着他：“我就是犯贱怎么啦？碍你什么事？师傅，靠边儿停车，我要下车！”

气得严谨一挥手，也跟司机说：“停车！让她下去。”

出租车减速靠向路边，季晓鸥二话不说，推开车门就跳下去，跃进了反向的车流。严谨吓坏了，难道他说句实话就让她如此想不开吗？他也从车里钻出来，朝她大喊“季晓鸥”，可季晓鸥理都没理她，身手敏捷地穿过马路，在路对面截了辆出租车，朝医院方向疾驰而去。

李美琴住的是一间六人病房。时间太早，外面的天色还未全亮，大部分病友还在睡梦中。季晓鸥走进去，看见病房内只有李美琴的床头灯亮着，湛羽默默地坐在母亲床前。橙黄的灯光从下面投射在他的脸上，勾勒出一个单薄的剪影。

季晓鸥尽量放轻脚步，还是惊动了湛羽，他回头，看到季晓鸥，嘴唇动了动，似是想说什么又咽了回去。随即嘴角向下一撇，做出一个厌倦且不耐烦的表情。

季晓鸥没理会他这个厌倦的暗示，径直走到床前，眼望着熟睡的李美琴，却对湛羽小声说了几句话。

“湛羽，不管你怎么对我，我得把话跟你说清楚。我做这事，是为了你妈，不是为了你。你可以赶我走，但我做什么你也管不着。股骨坏死的案例，我在网上查了很多资料，肯定比你知道的多，你要是还心疼你妈，就忍着点。”

湛羽半天没有出声，过一会儿他站起来，梗着脖子走了，还是不肯瞧季晓鸥一眼。

八点查房以后，李美琴的主治医生把湛羽和季晓鸥叫到办公室，将李美琴的情况如实相告：不仅股骨颈软骨全部撕裂，同时伴有股骨头外移。医生的建议是，转骨科病房，尽快进行股关节置换手术，术后还能维持部分运动能力，不然后果堪虞。而整个手术下来，手术费只有一万多，但假体关节很贵，国产的两万多，进口的从三万到七万不等。

季晓鸥问：“国产的和进口的有什么区别？”

医生说也没什么太大区别，功能都差不多，关键在使用年限上。人工关节的损耗很快，国产的一般在五年左右，进口的则可以维持七年到十年。他解释说：“所以原则上一般不建议五十五岁以下的患者置换人工关节，就是怕经历多次手术。李美琴的情况比较特别，保守治疗无效，手术指征已经足够了，你们家属要自己拿主意，主要看你们自己的经济状况。”

季晓鸥还在忙着把医生的话跟自己脑子里储存的信息一一对照，一直维持沉默的湛羽突然开口：“那就准备进口的吧。需要多少押金？”

医生看看季晓鸥，季晓鸥不知道湛羽葫芦里卖什么药，不好发表意见，医生便说：“那就换个中等价位的吧，五万和七万的差别不大。”

湛羽点头：“行！”

“这样的话，先交七万好了，多退少补。”

湛羽低下头，看着自己的脚尖儿，过了很久，似下了很大决心，他从牙缝里发出声音：“好。”

出了办公室门，湛羽一个人闷头往前走，季晓鸥顾不得他再说什么难听话，追在他身后问：“你哪儿弄那么大一笔钱？”

湛羽头也不回：“不用你管！”

季晓鸥急得拽住他的衣袖：“你可千万别做傻事！喂，你听到没有？我们一起想办法成吗？”

湛羽蓦地停下脚步，转身正对着她：“你这人怎么这么爱管闲事儿，我借行不行啊？”

季晓鸥也站住，寸步不让地回敬：“我就要管闲事儿，你能怎么着啊？借？我还不知道你？你找谁借去？你要真能借来钱，也不至于做那种事去！”

湛羽瞪着她，胸口起伏不定，两片棱角分明的薄嘴唇动了又动，季晓鸥吸口气，预备迎接他更加刻薄的话语，他却垂下睫毛，转身跑了。

“湛羽！”季晓鸥拔腿要追，但一夜无眠，再加上未吃早饭，眼前忽然金星乱冒，差点栽在地上，等她扶着墙站稳，湛羽早就跑得没影了。

他这一走，就再没露面。

上午九点多李美琴醒过来，提起昨夜的遭遇一脸茫然。她只记得自己去厨房烧水，一不小心绊在天然气的胶皮管上，那一刻双腿完全不听使唤，一下子摔在地上，后来的记忆就几乎断片儿了，连给季晓鸥打电话求救的事都记不太清了。她却清楚地记得自己是先给儿子打电话，儿子的手机却关机。她问季晓鸥："小羽哪儿去了？这孩子最近天天神龙见首不见尾，手机时开时关，到底在忙什么呢？还没毕业他们公司就这么重用他，别把孩子累坏喽。"

她嘴里虽然在埋怨，却完全是言若有憾心实喜之。每次提到湛羽，她的脸上都会蒙上一层奇特的光亮。而季晓鸥每次见到这种母爱的光晕，都会感觉心理压力巨大，生怕自己哪天控制不住会把真相和盘托出。

十点钟医院打扫卫生，陪护的人都被撵出病房。坐在住院部的楼下，季晓鸥收到湛羽一条短信：我三天后回来交钱。这几天麻烦你照顾我妈，以往种种不敬，姐，请原谅。

季晓鸥走到楼下的小卖部，买了面包和冰红茶充作早餐。那面包不知放了多久，棉絮一样。她把一块早已过了保质期的面包放在嘴里，机械地嚼了很久，还是决定给湛羽回个电话，她想跟他说，如果借不到钱，手术押金她可以帮着解决一部分，让他别太着急。

但她没想到，湛羽的手机，居然又关机了！而且一关就是几天。

因为美容店离不开人，季晓鸥不能全天都待在医院，她找到一个不错的护工，又在医院食堂办张饭卡，往卡里充了几百块钱交给护工，让她按照医嘱给李美琴买饭。她自己则每天下午到医院探视一次。

李美琴头部的外伤恢复得很好，看样子也没留什么后遗症。只等着湛羽回来再商量是否立刻进行股骨关节手术。

但三天后，湛羽并未如约出现在医院。季晓鸥发出的短信也如石沉大海，没有一点回声。

第四天，主治医师问季晓鸥，是打算安排李美琴出院继续保守治疗呢？还是进行手术准备？季晓鸥十分为难，湛羽音信杳然，她懂得再多，就算知道手术已不可避免，也不能越俎代庖代替亲属拍板。

拖到第六天，院方已十分不高兴，发出最后通牒，再不做手术就马上出院，外面多的是排队等病床的患者。医生说不做手术也行，但股骨持续塌陷，一旦失去手术的机会，以后可能再也站不起来了。

季晓鸥知道这家医院的骨外科床位有多紧张，一旦出院再想进来就不知道要等到什么时候了。她赶紧赔笑说她都懂，但患者家属还在外地筹钱，暂时联系不上，请医院再宽限两天。事已至此，既然联系不上湛羽，她只能试着跟李美琴商量。由于一个人单独在家这么多年，再加上疾病的影响，李美琴的思维方式早已脱离现实，变得非常直线、非常自我。她当然同意手术，但季晓鸥问及手术费用时，她不假思索地回答："你不是说可以报销吗？肯定选最好的进口的呀。"

季晓鸥苦笑。原来她编造了几个月的谎话，竟在这里等着她。选择这时候说明真相，真不是一个太好的时机，真相对李美琴来说恐怕太残忍了。而且如此一来，她连湛羽的行踪都不能再提了。

季晓鸥一筹莫展，她被自己编造的谎言逼到了墙角，只好一咬牙，硬着头皮想办法去筹款了。

整理一下这几个月的利润和花费，季晓鸥发现她只有三万多的余款可以调用。剩下的四万，只能去借父亲的私房钱。

晚上回家，她避开赵亚敏，跟躲在书房里跟父亲软磨硬泡。季兆林对女儿一向迁就，虽然对她正在做的所谓善事不以为然，最终还是把两张存折交给她。这是他瞒着妻子攒下的一部分稿费，正好四万。季晓鸥接过存折，高兴得搂着他脖子在脑门上亲了一下，倒惹得他十分伤感，想起女儿长到二十八岁，和他如此亲热的场景，屈指可数。不过季晓鸥没打算白用这笔钱，她给父亲写了一张借条，约定六个月内还清，按银行现行的利息结算。

翌日从银行取出钱，季晓鸥匆匆赶到医院，正要往李美琴的账户里入账，收银员忽然"哎"了一声，说账户里昨天已经进了十万块钱，足够手术押金了呀。

季晓鸥吃一惊，以为是湛羽回来了，连忙问是谁存进去的。可能因为金额巨大，或者昨天交钱的人不多，收银员居然还记得，她说："一个男的，个儿挺高的，皮肤挺黑的，长得挺帅的。"

季晓鸥哑然，符合这许多条件的，只有一个人。

她默默地走到一边，从手机里调出严谨的号码。电话通了，她问他："你往湛羽账户里打那么多钱是什么意思？"

严谨愣了一下才回答："那是我跟湛羽的事，男人之间的事，你就甭管了。”

“你有那么好心吗？”季晓鸥觉得这事有说不出的诡异，“喂，严谨，你不会有什么坏心眼儿吧？”

“我对他能有什么坏心眼儿啊亲妹妹？你什么时候能彻底放下戒心无条件相信我？”严谨很不高兴，恨不得隔空咬她一口。

“你做过的事得能让人相信啊大哥。说实话，是不是湛羽找你借钱了？是不是他答应你做什么事了？”说到这里，季晓鸥简直被自己的想象给吓到了，声调忽然提高，“严谨，你说过兔子不吃窝边草的！他已经够可怜了，你甭再祸害他！”

严谨沉默片刻，然后问：“季晓鸥，在你眼里，我的形象就那么坏吗？”

“这不是形象的问题。像湛羽那样的男孩，你……你对他有想法，这事儿我能理解，完全理解，可你不能乘人之危。”

“算了。”严谨叹口气，“有时间你出来一趟，我带你去个地方，把一切都告诉你。”

严谨带她去的地方，很远，距离 A 城一百多公里，在 B 城的临海区。

严谨被他妈圈在家里养了一个多月的伤，既不能开车也不能远行，早就憋得五内俱焚。此番重新摸到路虎的方向盘，像见到老朋友，一路上把车开得飞一样轻快。季晓鸥警惕性还是挺高的，从东三环拐上高速，她就发觉不对劲，开始叫停：“停车停车！你准备上哪儿去？”

严谨一字一顿地说：“B、城。”

季晓鸥差点疯了：“什么？你带我去 B 城干什么？”

“你不要那么激动好吗？坐好！放心，我不会拐卖你。”

“你想干什么？灭口？那你也得选一月黑风高之地方便你杀人埋尸啊！”

严谨猛地一拍方向盘：“季晓鸥，你能不能安静一会儿？”

他对季晓鸥还从来没有如此不客气过，冷丁响起的喇叭声，吓得她一哆嗦，立刻闭了嘴。等缓过神来发觉自己早已失了夺人的气势，赌气一路上没跟他说一个字。

十二月的天黑得早，他们到达 B 城临海区时，还不到晚上六点，但天已全黑，这个地方正华灯齐放。远远的，季晓鸥看到那只灯火辉煌如同水晶宫一般矗立在海河外滩上的邮轮，顶层闪耀着醒目的“三分之一”四个字，整个船舱被笼罩在一片璀璨的光海中，她的震惊更甚于第一次看到“有间咖啡厅”的时候。

然而更让她吃惊的还在后面。当她跟着严谨踏上舷梯，走入人声鼎沸的大厅时，那些穿梭在大厅里的领位员以及负责点菜、传菜的服务生，清一色身着黑色高领衫和黑色西装，或清秀或英俊或风流，花色品种齐全，简直让她眼花缭乱，仿佛落入了男色的盘丝洞。

季晓鸥双脚钉在不锈钢的楼梯上，半天没有迈步。恰好一个别着胸牌的楼面经理走过来，招呼严谨：“哟，老板来了！这回时间隔得可真长。”

老板两个字如同一道闪电劈过季晓鸥的头顶，瞬间让她打了个冷战。她几步追上严谨：“喂，问你一个问题！”

严谨替她问了：“我是不是开的不是正经店？”

“你怎么知道我要问这个？”

“每一个第一次跟我来这儿的女人，都会问同样的问题。”

季晓鸥着急地追问：“那你的答案呢？你是吗？”

严谨忍不住乐了。原本他已经走到二层的甲板上，正准备伸手去推一个包间的门，此刻倒不那么着急进去了。他转过身，手撑着门框，居高临下地望着还站在舷梯上的季晓鸥，他问：“这问题的答案对你有多大影响？”

季晓鸥答得毫不含糊：“你要敢说是，我现在就敢举报你，你要说不是，我就明白了您老人家的确有问题。”

她话音未落，严谨身后的包间门打开了，有人走出来，哈哈大笑：“严子，你看你看，我没冤枉你吧？咱的眼神儿有时候还是和人民群众保持一致的。”

季晓鸥抬起头，就看见一张圆圆的大阿福一样的脸，从严谨的肩膀上方露出来。他的声音圆润明朗，比他的模样更具有辨识度，就是上回跟严谨在派出所门外一起等她的那个“许胖子”。

“许胖子”的身后，还跟着一人，白色细蓝条纹的衬衣衬得人更斯文细致，笑容很淡，却看上去温暖可靠。这人看上去眼熟，但辨认他让季晓鸥费了点工夫。因为第一次见他时，他戴着一副黑框的时款眼睛，这回什么也没戴，可是他那种温润的气质，却依旧令人一见难忘。

严谨将一头雾水的季晓鸥拉进包间，一一给她介绍：“这是胖子，大名许志群，你见过的。”

和许志群的相识起源于他的帮忙，季晓鸥感激他，乖巧地叫了一声：“许哥。”

严谨又说：“这是程小幺。”

季晓鸥睁大了眼睛没有回应，自是诧异如此文质彬彬的一个人，为什么会有一个如此市井化的名字？

“程睿敏。”没戴眼镜的程小幺朝她微笑着伸出手，“睿智的睿，敏捷的敏。”

这名字才像话，配得起他的人，季晓鸥抿起嘴笑笑，伸出手同他相握。

程睿敏看着她说：“我们见过。”

季晓鸥点头：“对，见过。”心里却说，不仅仅是见过，我还见过更多呢，连你们亲热的场面我都见过了。不过乍然面对这么多人，她有些不适应，频频眨巴着大眼睛，不明白严谨葫芦里卖的什么药。

严谨很快点破疑团：“正好哥儿几个凑一起吃顿饭，所以特意把你带来，今儿咱们把一些事儿当面说明白，省得你天天怀疑我。”

季晓鸥横他一眼：“你是什么情况跟我没关系，我就是不想天天跟你不清不白的。”

眼睁睁看着季晓鸥挤对严谨，程睿敏只笑不说话，并没有任何解围的意思。因为严谨在女人面前小心翼翼的样子太罕见了。程睿敏当年追谭斌的时候，曾被他屡次讥讽“娘们儿唧唧的不像个爷们儿”，他的经验一向是“甭管什么女人，想办法推倒了放平了摁在床上，她就是你的了”。没想到他也有从将军到奴隶的一天，真是喜闻乐见。

终于许志群听不下去了，上前圆场：“上菜上菜，赶紧的，咱们边说边吃，两不耽误。吃完了还得回 A 城呢。”

包间门口设有一个小小的吧台，菜先送到吧台，再转手传到他们面前的圆桌上。蒜蓉象牙蚌、清蒸老虎斑、冰花蟹、龙虾刺身……“三分之一”里昂贵的招牌菜一道道上来，最后是鱼翅捞饭，每人一小碗，放在季晓鸥面前的，却是一盅西洋参炖血燕燕窝，时价八百八，可见严谨为这顿饭落足了本钱。许志群和程睿敏都算见惯了市面的人，吃得不多，可两人嘴也没闲着，一直在讨论网络安全和防火墙的话题。严谨听不懂，也懒得听，只顾往季晓鸥盘子夹菜：“甭理他们，吃你的，吃，吃，吃……”

季晓鸥少有机会见到如此纯正的海鲜食材，大快朵颐之余，有一个问题也随着食物在舌尖上翻来滚去，她忍了又忍，终于没有忍住问了出来：“这一桌菜，得多少钱？”

严谨说：“你指成本还是售价？”

“当然是售价。”

严谨不在意地回答：“也就一万多点吧。”

“什么？一万多？”季晓鸥放下筷子，“哎哟，吃得我可真有罪恶感。我不吃了，你能折现给我吗？我可以拿去替你注册个慈善基金。”

严谨还没来得及说什么，旁边两人先笑起来，程睿敏说：“小季说的真是个好主意，严谨你一定得认真考虑考虑。不然这些年你杀了那么多鱼虾贝蟹，将来怎么面对啊！”

严谨生气，简直想出手揍他：“你跟许子聊事儿我得请客，白吃我的还胳膊肘往外拐，程睿敏你摸着自个儿的良心琢磨琢磨，屈心不屈？”又转头对季晓鸥说，“有种人是属兔子的，兔子不叫唤，看着温文尔雅的，其实蔫儿坏，阴着呢。”

季晓鸥想笑但没好意思笑出来，程睿敏看她欲言又止，知道她想问什么，便欠欠身说：“鄙人不才，恰好属兔。”又笑笑说，“你听见没有，刚才他还说良心呢，我觉得这世界上分配得最公平的东西就是良心了。”

季晓鸥忍着笑问：“为什么您会有这种想法呢？”

“很简单啊。”程睿敏话虽然调侃，但态度认真，“你能听到人人都在抱怨社会不公，抱怨自己没钱、没房子、没权力、没地位、可你什么时候听到有人埋怨过自己缺少良心吗？”

许志群插嘴：“就是，老程说得在理。”

严谨原本和程、许二人事先说好，三个人要统一战线，在季晓鸥面前帮他洗清取向不明的嫌疑，同时为了讨好季晓鸥，这才吩咐厨房不惜代价上最贵的菜。如果季晓鸥的反应只是让他感觉失望的话，这两人的临阵倒戈则格外令他痛心。

“什么是哥们儿？”他说，“我一早就明白了，所谓哥们儿，就是可能为你两肋插刀，却绝对能为女人插你两刀的人。”

程睿敏和许志群都大笑起来，季晓鸥则拍着他的肩膀：“哎哟，平时没看出来你有这么幽默啊？”

严谨则满面痛苦地瞅着她：“我这都痛心得要吐血了，你以为我在说相声？”

就在此时，包间门被人用力推开，一股香风卷进来一个妆容艳丽的女人，穿一条短短的仅能遮住大腿根的裙子，以迅雷不及掩耳之势扑过来，一把搂住严谨的脖子，整个身体挂在他的身上，声音娇嗲："严哥，好久不见，你也不想我，我可想死你了！"

严谨一惊之下，大脑几乎一片空白，好在他还有力气把那女人从自己身上扒拉下来，两人一照面，脸熟，可是想不起来她姓甚名谁，不知是哪次逢场作戏留下的祸根。他推开她，一派心虚地望出去，程睿敏和许志群皆皮笑肉不笑，一脸瞧好戏的表情，季晓鸥则张大嘴，万分惊愕地看着他和那女人。

严谨顿时心灰意冷，明白他今天的钱基本上算是白花了。把那女人搓哄出去，又把服务生叫进来一顿训斥。服务生满心委屈，说她跟着别的客人来的，一听到您在这里，执意要进来，再怎么着我们也不能跟个几乎没穿衣服的女宾贴身肉搏吧？

回 A 城的路上，季晓鸥反常的安静。就算最后许志群终于良心发现，记起严谨事前的叮嘱，详详细细跟季晓鸥解释了严谨生日那天朋友们如何捉弄他，如何合伙灌醉他，又如何集体凑份子给他找了个小白脸，也没能让她一展笑颜。

许志群说："我们都相信他肯定没有那方面的爱好，才敢跟他开那种玩笑。要是让你误会了，还真对不住。我以跟他三十年的交情跟你保证，他绝对是个真男人，纯爷们儿！"

为彻底洗脱严谨的嫌疑，程睿敏甚至把钱包拿出来给她看，那里面夹着一张他与谭斌的合影。照片里的男女一副金童玉女款，任谁看了也得赞一声珠联璧合。

季晓鸥什么也没有说，只是安静地听着，安静地看他们三人互相告别，安静地跟随严谨上车。这份安静让严谨心里没底，不知道她是不相信他们的话呢，还是对方才那个女人耿耿于怀。

快到 A 城，季晓鸥终于开口了："严谨，他们说的那个叫 KK 的小白脸，就是湛羽吧？"

严谨差点一脚急刹车："你怎么知道？"

"我又不傻，那么多蛛丝马迹合在一起，傻子也能推理出事实真相。"

严谨腾出手来抓抓头发："我答应过湛羽，绝不把这些事儿告诉你。你作证，这可不是我说的。”

季晓鸥叹口气：“那么你早就知道他做这个了？”

严谨想了想：“也不算太早，就帮你送电视机那回吧。”

得到这个答案，季晓鸥又闭紧了嘴巴，唯有心里一声苦笑。她一直以为湛羽当小白脸的时间不长，没想到他竟骗了她这么久。其实从两人认识，他就在两种身份之间游走，演技精湛得将近一年没露出过一点破绽。也有可能是她过于天真幼稚，于是非黑白之间不允许存在任何的灰色地带，一厢情愿相信他是个好学上进的孩子，才会一叶障目不见真相。而方妮娅不过见他两面，就能发现他身上与学生身份不合的地方。再往深里想下去，她想起湛羽并未成心向她说过一句谎言，只是对她隐瞒了部分事实，说湛羽欺骗她未免不公平，那么说来说去她只能对自己失望。

季晓鸥转头望着窗外，心里头百味翻滚，也搞不清是愤怒、后悔、遗憾，还是别的什么感受，只觉得浑身的血液一波一波往脑子里涌。

她过于沉溺在自己的世界中，连严谨的问话都没有听到。严谨是想和她解释医院账户里那十万块钱的事，可他刚提了个头，季晓鸥就面露厌恶之色：“别说了，你们这些烂账我不爱听。以后这个人跟我没任何关系。”

严谨问：“那我呢？”

季晓鸥答得异常干脆：“你也是。”

回到A城，季晓鸥犹豫了很久，才说服自己重新迈进医院的住院部。她实在不想和湛羽见面，可又担心李美琴身边无人，怕误了正事。但她没想到，她一出电梯，就看到站在走廊尽头的湛羽。他正开着窗户抽烟，正值下午探视时间，走廊里少见护士的影子，一时间也没有人来驱赶他。

一个星期未见，湛羽的背影清瘦了许多，看上去轮廓愈加单薄，逆光站在灰尘浮动的光影里，仿佛一个灰白色的影子，没有一点分量。

季晓鸥磨蹭了几步，正在考虑是否过去。忽见有人从病房里推着轮椅滑出来，慢慢接近湛羽。从背影能认出来，轮椅上的是李美琴。她一直来到儿子身后，拉住他的手。湛羽回过头，伸出手臂搂住她的肩膀。

季晓鸥远远地看着这对母子，他们的姿势搭配得那么好，所有的凸凹都是七巧板似的拼合，是二十多年相依为命培养起来的默契，中间插不进任何第三者。

她悄悄地转身，没有惊动任何人，又退进电梯，回到一楼的大堂。在收费处的窗外，她取出两张银行卡，从父亲那儿借的四万元，加上自己重开业两个月的纯利润，包括这一个多星期新收的一万多营业流水，将近八万块钱，都打进了李美琴的账户。

坐在公交车上，她收到湛羽的短信，只有两个字：谢谢。想来是知道她新入账的钱了。季晓鸥笑了一下，删掉短信，接着删掉湛羽的号码。还没到家，手机又响，这回是严谨的来电。她没有接，等铃声自己停了，她给严谨发了一条短信：最近别骚扰我，求求你让我自己待会儿！

是时候告一段落了。原来的她生活虽然平淡，但却平静。自从这两个人闯进她的生活，她的世界便偏离了正常的轨道。她觉得自己像是一个病句里的错别字，总活在一种别别扭扭的语境里。她真的烦了，想一个人不受干扰地过几天清静日子。

回望过去数月，她想也许这才是上天的本意：借她的手陪这母子俩一路走到如今，她和严谨留下的钱或许能支持他们渡过眼下的难关，让他们相信人世间还有温情存在，而她的作用也到此结束，该事成身退了。

季晓鸥的那个短信，给了严谨沉重的打击。他真是想不开，自己一番掏心掏肺的付出，竟换来这么一个结果。恰好此时他又在娱乐新闻中看到沈开颜的媒体访问，她竟然真的在一部新开机的电影中变成了女一号。镜头中的沈开颜身光颈靓，笑颜如花，面对媒体对感情问题的追问，她答得从容不迫："男朋友？怎么可能？我还没有真正恋爱过呢！"

虽然上次骚扰季晓鸥之后，严谨义正辞严地警告过她，鉴于两人早已结束，希望她作为一个女人能够自尊自爱，他不想再见到两人之间有任何瓜葛；但对方果真毫无留恋地转身离去，而且显然找到了更好的宿主，他又觉得心里酸酸的颇不受用。

深觉错付一腔真情的严谨，忍不住向程睿敏抱怨女人的冷酷与无情。

但程睿敏毫不同情，反而问他："你以前教训我的那些话都到哪儿去了？你做过什么为什么不告诉她？"

严谨苦着脸："人不能说谎，说一次谎就要准备更多的谎圆谎，而且遇到一根筋的人，你在她那儿掉一次链子，以后连翻身的机会都没有。"

程睿敏摇头，潜台词是说他自作自受："那你跟我说说，你和那个叫KK 的男孩，到底怎么回事？本来你和他没什么关系，怎么会陷得那么深？先是因为他让不相干的人进了'三分之一'，占了百分之十的干股，这回又借给他十万块钱，而且明知道这钱是有去无回。别说不了解你的人，连我都有点怀疑，你是不是欠他什么了。”

严谨干笑：“我不是欠他的，而是欠你的。我一直后悔高一的时候跟你打那一架。要不是那一架，你就不会和你家老爷子闹僵，也不会这么些年一直在外面漂着，有家不能回。这心病搁我心里十多年了，一直放不下。KK 那小崽子，你不觉得他长得和你小时候有点像吗？上回他被人打伤了，躺在那儿的模样，叫我一下子想起那年你离家出走，我和老二到处去找，最后在 A 城车站候车室的长椅上找到你，那时候你发烧烧得满嘴说胡话，胳膊上缠着绷带，脸脏得像花猫一样，跟他那样儿真像啊！我一下子心就软了，心说当年帮不了你，今天总能帮帮他吧。不是因为这个，我哪儿来的好心啊？”

程睿敏低头笑笑，过了一会儿才说：“你这番话让别有用心的人听了，又是一场误会。”他像是触到了什么旧日往事，眼神忽现痛楚。

严谨没有注意到他表情的细微变化，只是拍着他的肩头，长叹一声：“是啊，兄弟，好人不能做，绝对不能做，你哥我就是一个榜样。”

第十二章

挽不回的遗憾

严谨又恢复了夜夜笙歌的奢靡生活。想他在情场纵横多年，一直都是女人心中的抢手货色，如今却让一个反复无常的大嘴妞儿肆意蹂躏，这番遭遇足够让他从此对有知识、有追求的所谓熟女望而却步。相比之下，那些年轻的女孩，个个简单听话，把她带到商场，大手一挥："去拿吧，宝贝儿，随便拿，哥来埋单。"这姑娘基本上就是他的了。但曾从这样熟悉的场景中脱离过一段时间，再回过头，却让他有了审视自己生活现状的能力。于是严谨发现一件很悲哀的事实：姑娘的年龄可以越泡越年轻，但姑娘的情感质量却越来越差。年轻漂亮的姑娘选择他，恐怕多是对他社会条件的选择，并非对他本人的选择，她们很容易给他肉体，但却难给真心。他早已不会爱了，这么多年的声色犬马，他早早地就把自己的爱挥霍光了。那些姑娘来了又去，他从未感觉到难受。可一旦想起季晓鸥，他却会本能地觉得，他的生活里似乎失去了一种什么东西，而且永远也不能复得了。

看清了这个事实，严谨常常会对怀中的如花似玉突然间丧失兴趣，将人一把推出去。岁末年关之际，原是饭局酒场最多的时候，他却一天天变得宅了起来。

这天是十二月二十四日，平安夜。满城的红男绿女再次"倾巢出动"的夜晚，大小商场也凑热闹，不少打出圣诞狂欢夜的促销广告，估计午夜前后 A 城又会迎来前所未有的交通大拥堵。严谨懒得出门凑那份热闹，谢绝了数个要求陪他过平安夜的电话，一个人闷在家里边看碟边上网。

晚上十一点多，他无聊得直打哈欠，准备洗澡上床，难得早睡一次。关机前他又例行公事一样打开季晓鸥的博客，却发现熟悉的嫩绿色博客背景不见了，换成了深蓝色的星空，配上白色字体更加悦目，而且内容居然更新了，不过只有短短一句话。

“每个人的一生，都有一些说不出的秘密，挽不回的遗憾，触不到的梦想，忘不了的爱情。”

严谨来来回回看了几遍，竟然有些伤感起来，忍不住在首页第一篇下面匿名留了一条评论：你今天是不是去教堂了？什么时候你才肯彻底相信我？

他做梦也没想到，一刷新页面，他那条评论下面赫然出现了一条博主的回复：别不懂装懂。

严谨原本昏昏欲睡，一下子精神起来。季晓鸥竟然在线！最近打她手机，从没有接通过，像是被她拉进了黑名单。打她店里的电话，她永远不在。没想到能通过博客和她联系上。他赶紧回复：在公开场合对一个普通网友出言恐吓，你太没有公众人物的自律与自觉了。

季晓鸥回复：少装了，你化了灰我都知道你是谁。

两人你一句我一句，简直把公开的博客当成了私密的在线聊天软件。

严谨想再多聊几句，却发现留言功能被限制了。再刷新页面，两人刚才打出来的字都消失了，自是季晓鸥删除了全部对话。

严谨叹口气，像是玩兴正浓的孩子突然被大人喝止，不甘心的滋味简直令他百爪挠心。正抓耳挠腮想主意呢，忽然听到门禁响起来。

严谨所住的这栋公寓，一梯两户，楼下单元门前安装有可视门禁，访客在门前按房间号，对应的住户可以和访客通过麦克风谈话，也可以看到访客的模样。

严谨奇怪这么晚了怎么还会有访客，起身前下意识看一眼墙上的钟，长针短针几乎并在一起，马上就十二点了。门禁的铃声依然在响，响得有一搭没一搭，像是按铃的人根本就心不在焉，在寂静的深夜尤其怪异。他打开可视门禁，监视画面上却没有人，只有门前的路灯寂寞地照着单元门前的一小片墙壁。

严谨骂了一声，干脆关了门禁，他估计是哪个无聊的孩子捣乱，并没有太在意。从酒架上取出一瓶白兰地，倒出大半杯，坐在沙发上慢慢品完，正要放下酒杯去卧室，又听到门铃声尖利地响了起来。

严谨走过去，从猫眼里向外瞄了一眼，走廊里空荡荡的，还是没人！严谨不信邪，接连两次空城计不仅没有吓到他，反而激起了他的火气，“哓当”一声拉开房门。他倒要看看，谁闲得没事跟他开这种玩笑？

没想到门一开，一个人就势一头栽进来，扑通一下趴在地上。严谨不用低头，就闻到一股冲鼻的酒味。

严谨松了口气，原来是个醉鬼摸错了家门。他拿脚尖儿拨拨那人的肩膀：“嘿，哥们儿，赶紧起来，你媳妇儿还等你回家呢。”

那人想爬起来，手臂撑地起了几次，又跌了回去。严谨没办法，只好蹲下，拍拍他的背：“喂，你家在几层？”

那人哼唧了两声，模模糊糊吐出几个字，严谨凝神细听，也没听出所以然，只能放弃让他自行离去的可能性，准备打电话让物业帮忙处理一下。哪里料到他刚一迈步，地上那醉鬼忽然抬起头，一把抱住他的右腿，清楚叫了一声：“哥……”

面对那张从一头黑发和酒臭里突然浮起来的脸，严谨微微张开了手，一时间愣住了，“湛羽，你你你……”他无端结巴起来，仿佛面对着一摊他无法下手收拾的物体。

湛羽却自顾自嘿嘿嘿笑起来，边笑边大着舌头说：“那……那些孙子没骗我，你果然……果然也住这儿……”

严谨从短暂的震惊中恢复过来，正琢磨着怎么把这个人弄进电梯，电梯门忽然开了，一个身穿制服的保安匆匆迈出来，看见这场面，立刻问：“严先生，您没事儿吧？有户主投诉说有人跟着他进了单元门，我赶紧过来看看，您需要帮忙吗？”

严谨还没来得及说什么，湛羽先号叫起来，边叫边紧紧抓住严谨的裤腿：“我不走我不走……有人要杀我……要杀我……”

他的声音凄厉而绝望，在不大的门厅里盘旋回荡，对面邻居的门后响起咔嗒咔嗒的脚步声，一直走到门前，停住了，想来是透过猫眼在窥视。

严谨苦笑，对保安说：“没事儿，是我朋友，喝醉了。我自己处理，您回吧。”

等保安离开，严谨抓住湛羽的胳膊想扶他起来，湛羽皱着眉，脸色苍白，似乎连轻微的拖拽都让他痛苦不堪。

“水。”他用呻吟一样的声音说，“我要喝水。”

“先进来再说。”严谨终于将他拖进家门，放在饭厅的椅子上，然后去厨房取水。

等他从厨房拿了冰水壶和杯子出来，湛羽却已经溜到地板上，吐了一地，正躺在满地狼藉中嘿嘿傻笑，连身上那件红黑两色的毛衣都沾上了呕吐物。这副烂醉的样子，顿时让严谨气不打一处来，好在对付酒醉的人，他有充足的经验，举起手里的水壶，对着湛羽的脑袋就兜头浇了下去。

冷不防一股冰凉的水灌进嘴里和鼻子里，湛羽被呛得大声咳嗽，顷刻间脸和嘴唇都憋成了青紫色。他咳了好久，终于停下来，酒果然醒了一半，话还是说不囫囵，可眼神明显清醒了。他扶着旁边的椅子摇摇晃晃站起来。

严谨嫌恶地看着他："你在哪儿喝成这样？"

湛羽咕哝："酒吧。"说话同时两只眼睛咕噜噜地来回转着，抹得稀脏的脸上，只有他这两只眼睛还是一如既往地黑白分明。一眼看到酒柜上的那支白兰地，他如遇到救星一样扑过去，拔下瓶塞就把酒瓶口往嘴里塞。

严谨眼疾手快，在酒瓶进嘴之前已经夺了下来，顺手的，他给了湛羽一个耳光，希望他能彻底清醒："你又回那地方了是吧？"

那一耳光太重，湛羽的脸都被打得歪到了一边，一条细细的血流从湛羽的鼻子里蹿出来，血珠洒落在他衬衣的前襟上。

他抹一把鼻血，举到眼前看了看，然后眯起眼睛，脸上的表情很奇怪，似笑非笑，似醒非醒，有种说不出的诡异。

看见血，严谨有些后悔下手太重，说话的口气和刚才相比便柔和了一点："前些日子跟我借钱时赌咒发誓的那些话，你还当真吗？"

"我……我我是发过誓，"湛羽口齿不清地开口，"我答应你……回学校，好好把学上完，再不……不去酒吧街那种地方。可是我……我我我又遇到了新问题，拆迁，我们家拆迁你……你知道吧，只给我们均价一点二的补偿，那点钱……那点钱够干什么？就算能买套小房子，装修的钱呢？而且我们家一直都住在 A 城里，三代都住得好好的，凭什么我们只能去郊区买房，只能买得起那儿的房子？我得给我妈……给她买套城里的房子……"他说着说着突然哭起来，声音愈加含糊，后面的话呜里呜噜的，更听不清都说了些什么。

严谨看着他，半天没有说话，过一会儿取过餐桌上的纸巾盒递过去，然后问他："那你来找我什么意思？还想跟我借钱？"即便他尽力压抑，语气中的轻蔑终是掩饰不住，对湛羽，他已经彻底放弃了，"上回你妈手术，这回拆迁，那下回呢？下回你还能用什么借口？"

湛羽的哭泣停了，抹掉眼泪，他带着鼻音回答："哥，借你的钱我一定会还。这次我也不是想借钱。"

“那你来干什么？”

“我……我……”湛羽支吾着，好半天，最终似下了决心一般，一口气说出后面的话，“我能在你这儿待几天吗？”

“在我这儿待几天？”严谨简直怀疑自己的耳朵出了毛病，“你想干什么？”

“刘伟要杀我。”

“刘伟杀你？”严谨从椅子上站起来，真想再给他一嘴巴，“你今天究竟喝了多少酒？你醉得自己姓什么都不知道了。站直了，把你脸擦干净，我送你回学校！”

“我不回去！”湛羽喊起来，同时打了个长长的酒嗝，“刘伟让人天天在学校等着我，他真的要杀我。”

“刘伟吃多了撑着了才会跟你较劲儿！”严谨才不会把一个醉鬼的话当真，揪住湛羽的衣领，拽着他往门口走，“瞅你这残样儿，让你爸妈看看，准后悔当年没把你射在墙上。”

“少提我爸妈！姓严的，你放开我！”毫无预兆的，湛羽突然翻脸，用力一甩，居然挣脱了严谨的手臂。但他酒后脚软，一时没有站稳，踉踉跄跄朝后退去，背部撞在门口的屏风上。严谨原来的那扇屏风送给了季晓鸥，这扇新的刚换上没几天。随着一声巨响，玻璃屏风随着他的人一起倒下，直接砸在大理石地面上，哗啦啦摔得粉碎。

严谨被那声巨响吓了一跳，定下神来就看到倒在碎玻璃之中的湛羽，左边脸颊和下巴的交接处，被玻璃豁开了一条口子，鲜血狂涌而出。他慌忙上前，想扶起湛羽，没想到湛羽一下子跳起来，动作迅速敏捷得根本不像一个喝醉酒的人，打开房门就冲出去，扑到电梯前疯狂地拍打着电梯下行键。

严谨追到门口：“要不要去医院？我开车送你去。”

“去你 × 医院！开你 × 车！”湛羽破口大骂，言辞清晰，连最后一分酒意似乎都醒透了。

电梯到了，门滑开，他进了电梯，一手用外套捂住伤处，一手朝严谨竖起中指：“你见死不救！”

然后电梯门迅捷地合上了，只把严谨气得火冒三丈，可又不能真追下去跟个二十岁的毛孩子较真，只能重重甩上防盗门，大骂一声：“浑蛋！”

回到客厅，严谨才发现刚才搀扶湛羽时，衬衣的袖子和前襟蹭上大片血迹，算是彻底废了。他骂骂咧咧地脱了衬衣甩进洗衣筐，又朝着那堆屏风的残迹踢了两脚，终是难以泄尽心头的那股怒气。

直到第二天，他才从冯卫星那里得知，湛羽果然又回了酒吧街，此番回归，那个花名叫作“KK”的小白脸，在酒吧街声名愈盛。而刘伟放言要干掉湛羽，竟是真的。因为湛羽胆大包天，居然睡了刘伟十九岁的新女友。冯卫星问严谨，这事儿打算管吗？严谨牙都快咬碎了，却装着毫不在意，懒洋洋地回答：“老子不管了，要死要活随他们去。”

严谨绝不会想到，他铁了心打算再不管湛羽闲事的那个晚上，十二月二十四日，平安夜，是他最后一次见到完整的活生生的湛羽。

十二月二十九日，一场大雪覆盖了岁末年初的 A 城。凌晨六点多，天色尚未全明，一个早起的拾荒者在一个大型居住小区的垃圾桶里，发现一个黑色的塑料袋，她粗粗看了一眼，以为是被别人丢弃的猪肉和碎骨，便拎到路灯下查看是否还能食用，却在其中发现了一只属于人类的手臂。拾荒者被吓得魂飞魄散，扔下塑料袋狂奔而逃。周围几栋楼的住户，几乎都听到了她那声凄厉的尖叫。

季晓鸥是从顾客的闲聊中才注意到那条新闻的。元旦假期的第二天，美容店里的顾客并不多，除了每天必来造访的方妮娅，还有楼上一户人家的两姐妹，合家吃完团圆饭之后，相约下楼一起做面部护理，边享受按摩边隔空聊天，继续她们在家中尚未讨论完的话题。起初季晓鸥并未留意她们在聊什么，她正忙着给方妮娅做经络排毒的身体按摩。

这些日子方妮娅的心情极度不好，说老公最近夜夜晚归，碰都不肯碰她，脾气也变得喜怒无常，一定是有外遇了。可任凭她如何明察暗访，却始终无法找到那位第三者的任何蛛丝马迹。季晓鸥尚未结婚，遇到夫妻间的这些事真不知道怎么帮她，只好劝她沉住气再等等看，别冤枉了好人也别放过一个。直到方妮娅进了浴室，她才能坐下喝杯茶休息一会儿。这时候，邻家两姐妹的聊天声飘进了她的耳朵。

妹妹说：“太可怕了，切那么碎，绝对是个变态杀人狂干的。”姐姐说：“就是，简直像《沉默的羔羊》，这社会怎么啦？

季晓鸥有一搭没一搭地听了半天，才听明白她们在讨论的是桩新出的碎尸案。见她意兴阑珊的样子，那姐姐激动得差点从床上爬起来，“这么大事儿你居然不知道啊？今早好几份报纸的头版。说是恶性案件，警察怕影响不好一直封锁消息，没想到网上早就有现场照片了，闹得特别大，才公开呢。”

季晓鸥这才有了点兴趣，等顾客走了，她上网搜了一下，发现各大门户网站都有了碎尸案相关的新闻，但皆语焉不详，只说两日前警方接到报案后，经过搜索，又在本市其他地域的垃圾桶内发现装尸体碎块和其他证物的塑料袋，抛尸现场已受到警方严密保护云云。在她常去的那家著名网站的论坛里，首页也飘着一条相关的热帖。季晓鸥发现，其实两天前她就看见了这条帖子，只因帖子题目上标着“图片血腥，慎入”的警示字样，她自觉神经脆弱，经不起过分的视觉刺激，就没点进去看。几天没留意，这条帖子的人气和回复数已经暴涨。她点开瞄了几眼，第一张照片的血腥程度就让她吃不消，立刻关了页面退出来，转去看娱乐圈的八卦了。

第二天的早餐桌上，季晓鸥听到父母议论的，居然也是这个碎尸案。她取过父亲订阅的晚报，看到它居然又占据了社会版头条的位置。比起昨天的消息，今天的新闻有了更多的进展，说警方将发现尸块的垃圾桶全部运回，不仅将找到的尸块拼合成一具基本完整的尸体，而且现场还提取了死者衣物、包装袋等重要的残留物证。经法医勘验，已确定受害者的年龄和性别，死亡时间约为七天前，即十二月二十四或二十五日，系人为分尸，定性为重大刑事犯罪案件，现正进行失踪人员的DNA甄别。看到警方披露的受害者衣物特征，季晓鸥心中莫名其妙地掠过一丝不安，虽然这不安在此刻显得那么荒唐。

而赵亚敏的感慨则是针对“二十岁至二十二岁，男性”这几个字发出来的：“这是谁家的孩子？跟老二家的晓鹏差不多大，就这么死了，还死得这么惨，让他爸爸妈妈后半辈子可怎么过呀？”看着身边专心看报的季晓鸥，赵亚敏在额角用力点了一下，“平时回来那么晚，说你两句你还不高兴，我那是担心你出事儿。什么时候你自己养孩子了，才能知道什么叫可怜天下父母心。”

季晓鸥合上报纸，不耐烦地说：“是，您就恨不能把我拴在您腰带上，无论做什么事都得向你报告，你那叫控制欲懂不懂？控制欲太强了也是病，得治！”

不等赵亚敏反应过来，她抛下报纸跳起来，跑进自己房间关上门，把她妈气急败坏的骂声关在了门外。

老百姓的生活总归是四平八稳，突然出了一个极具刺激性的社会事件，便立刻变成热点新闻，像每天到点观看电视连续剧一样，对碎尸案破案进度的追踪，成为许多人茶余饭后的谈资。季晓鸥也不例外。

本市几份发行量挺大的报纸，深谙读者的这种心理，连续几天都有该案的报道，可惜内容大同小异，并无实质性进展。直到第三天，经亲属的血液 DNA 鉴定，被害者的身份终于确认，警方向全社会公开悬赏破案线索。

湛某，男，二十二岁，某大学计算机工程系学生。

视线落在这行并不算醒目的黑体字上，季晓鸥嘴里正含着一口豆浆尚未咽下去。她惊恐地瞪着报纸，食道肌肉像是忽然失去了吞咽功能，那口豆浆堵在喉咙口，半天不上不下，终于改道进了气管，呛得她大咳起来，喷得报纸上全是豆浆。

赵亚敏一边儿替她捶背一边儿数落："你说你都多大了，怎么还这么不稳重，吃个饭都能三心二意吃到气管里去？这报纸你爸还没看呢，就被你弄成这样。"

季晓鸥抹抹咳出来的眼泪，一声不响站起来，双眼发直，梦游一样朝大门走去。

赵亚敏追在她身后嚷："又不吃早饭了？跟你说过多少次，不吃早饭伤肝胆！喂喂喂，你怎么跟丢了魂儿一样，这是去哪儿啊？你还穿着睡衣哪！"

季晓鸥要去的地方是湛羽家。被豆浆呛到之前，她突然想起前几天警方在报纸上公开的死者衣服特征，提到一件红黑两色的菱形格羊毛衫，而她曾给湛羽买过一件，款式颜色和报上的那张照片一模一样。

她在路边拦了一辆出租车，一路上还存着侥幸的念想：没准儿是她过于神经质想得太多了，说不定是个巧合呢。但站在湛羽家门外，那份侥幸便被眼前的画面砸得粉碎。

湛羽家所住的楼房，拆迁已经迫在眉睫，很多住户都搬走了。大部分房间的窗户也被拆走，只剩下黑乎乎的窗洞，好像被剜掉了眼珠的眼眶。在这一片支离破碎的颓败场景中，还有七八户依然显现出生活迹象的窗口，那是拆迁条件尚未谈妥的坚守者，湛家也在其中。

湛家的灰色防盗门大开着，门内有哀乐声传出来。门两侧排放着三四个无精打采的花篮。季晓鸥不敢去细看那些挽联，但湛羽的名字还是如同一把烧红的针，固执地扎入眼中，刺得她双眼剧痛，痛得眼泪在不知不觉中爬了满脸。

客厅迎门就是湛羽的一张黑白照片，比他现在的年纪小三四岁的样子，清秀雅致的少年模样，天真无邪的眼神，微抿的嘴角，一脸稚气地望着每一个人。

季晓鸥呆呆地看着他，一路上仿佛被冰封的感觉这会儿才慢慢复原。似乎是一把刀刺进身体里，还要等一会儿血才能流出来，疼痛也需要一段时间才能追得上她视觉和听觉的感受。她一再问自己：这是真的吗？不会是做梦吧？怎么可能呢？那么年轻、那么美好的少年，怎么能和"碎""尸""案"这几个字有了联系？

严谨一直不知道湛羽被害的消息。他平时几乎不看报，上网也只看国际新闻和财经新闻，极少看社会新闻的版块。直到一个饭局上，有人告诉他说刘伟跑路了，他随意问了句为什么，对方说："前些日子刘伟不是天天嚷嚷着要灭一个小男孩嘛。"

事关湛羽，严谨多问了一句："啊，这事儿我知道，他俩最后怎么着了？"

"死了。"那人说，"被大卸八块，惨极了！"

严谨一时没有反应过来，正在吸溜面条的嘴停止得颇为古怪，没有被咬断的面条又落回碗里："谁死了？"

"就那个叫什么 KK 的小白脸。哎，谨哥，不是说，那小男孩原来跟着你吗？"

严谨没有回答，扔下筷子呆坐一会儿，站起来走了。

回家的路上，他买了一份报纸，停在路边看完那条短短的新闻，抽掉几根烟，他给冯卫星打了个电话，但是冯卫星常用的那个手机却关机了。再换一个跟冯卫星关系很近的朋友，朋友说，他也找不到冯卫星了，似乎刘伟一跑冯也跟着销声匿迹，所有的联系方式都无效，不知道躲哪儿去了。

接到严谨的电话时，季晓鸥正在湛羽家。

湛家不大的屋子里站满了人，只有李美琴在床上躺着，什么话也不说。

从确认湛羽的死讯，李美琴的表现就不太正常。她一直不知道儿子失踪之事，是湛羽的同学看到报纸上的认尸公示，觉得有点像没有请假就擅自离校八天的湛羽，于是报告了辅导员。湛羽于十二月二十四日下午离开宿舍，走时换了一身新衣服，其中就包括警方提到的那件红黑格毛衣，从此再也没有回来。消息汇报到系里，学校几经查证，最终报警。

因为担心李美琴的身体承受不住过多的刺激，她娘家的亲戚找到刚从医院出来的湛羽父亲，去公安局认尸并做了 DNA 检测。

湛羽父亲红着眼睛从公安局回来，把一份《死亡证明》摆在她的面前。李美琴一滴眼泪也没有掉，直愣愣地盯着那张纸，盯了有十几分钟，然后她拂掉那张纸，像拂掉一粒尘埃，她躺下去，睁着眼睛，变成了一具毫无知觉的行尸走肉。三四天了，她没有吃过一口东西，水是别人用勺子强喂进去的，勉强维持着她日渐衰落的生命迹象。

季晓鸥在湛家待了一会儿，发现满屋子的远亲近戚，却没有一个思路清晰能真正做事的人。案子未结，湛羽还在殡仪馆的冷冻柜里，暂时不能火化，可他的身后事还是要准备的。但他父亲躲在角落里，一直闷头喝酒，间或落两滴眼泪，问他什么都说不清楚不知道，而那些七大姑八大姨，七嘴八舌主意特别多，一旦问起后事如何处理，却全都变成了锯嘴的葫芦，谁也不肯多说话。季晓鸥困惑了好久，才从那些拐弯抹角的话里琢磨出他们真正的意思。湛家现在已是一个烂摊子，湛父喝酒喝得白痴一样，而且他的经济状况什么样大家都清楚，李美琴的精神状态短时间内无法复原，这些人恐怕都是担心说多错多，一旦拿了主意，就得出钱。可说这些人不愿管事吧，他们又对另一件事特别感兴趣，就是湛家的拆迁费究竟能拿到多少。

季晓鸥心中的悲痛，被她此番见识到的世事凉薄碾磨成了彻底的麻木。她站在室内唯一的窗前，将窗扇打开一条小缝儿，让室外清新的冷风冷却她内心的燥热。理清自己的思绪，她把看上去最靠谱的湛羽小姑拉到一边，说湛羽头七已过，无论如何也得把他的身后事料理一下，钱不管多少她都可以出，但不管湛家还是李家，必须有人出来主事。湛羽是有父母、有亲戚的人，直系血亲不出头，她一个外人不能上赶着往前扑。情归情，理归理，这种事必须得清楚。

她自觉话说得并无不妥，未料到小姑冷笑一声，两条文得细细的长眉扬起来，对她说：“对呀，你一外人，掺和什么呀？老湛家的事，我们自己会处理。再说，美琴现在又不是没钱。你出钱？图什么呀？难道也看上她这套房子了？”

噎得季晓鸥哑口无言，尴尬地站了一会儿，放眼一看满屋都是湛家的亲戚，显得她孤立而多余。她一跺脚出了门。

本来想去趟社区医院，因为李美琴现在的状态不能听之任之，至少需要输点葡萄糖。但她刚走出房门，迎头碰上两个男孩，手里捧着大捧的白菊花，穿着打扮一看就是学生，大概是湛羽的同学。

她低着头侧身让路，其中一个大男孩却叫了一声：“师姐。”

季晓鸥抬起眼睛，眼熟，肯定见过，可想不起来在哪儿认识的。

那男孩说：“我和湛羽一个宿舍，夏天的时候你不是去过我们宿舍吗？”

季晓鸥这才恍然，原来他就是那个在宿舍接待过她的男生。她点点头算是招呼，和他擦身而过。等她下了楼，正跟路人打听社区医院的地址，那男生小跑着从楼道里追下来：“师姐师姐你等等！”

男生一直跑到她跟前，摘下眼镜，用力揉了揉哭得微红的眼睛：“聊会儿可以吗？有件事，我觉得挺奇怪的，想问问你。”

“说吧。”

“湛羽一直是我们宿舍花钱最俭省的。从几个月前开始，忽然间就像是变了个人，衣服都是名牌，还新买了手机和笔记本电脑。他说是他爸爸做生意发了财，可我刚才看了，他们家可不像是发了财的样子。”

季晓鸥定睛看了他一会儿，问他：“你到底想说什么？”

男生赶紧摇头：“你别误会，师姐。我就是觉得，这事跟他被害有没有关系啊？这都半个多月了，案子没有一点进展，你觉得会不会因为湛羽家没什么背景，他们不太上心？”

季晓鸥叹口气：“这事儿真没法儿说，都是无权无势的人，只能人家说什么听什么。”

男生也叹口气：“要能帮帮他就好了。说真的，湛羽在时，我们关系也不是特别好，可他走了，回想起以前，我觉得好多事儿都对不起他，现在想想真后悔。”

季晓鸥看着这大男孩，有些许的感动：“人已去了，就别多想了。从现在开始，对你身边的人好一些吧。人生在世，大千世界，能和你有缘同住一室的，也就那么几个人。”

男生点点头：“我回去和同学们商量，一定要帮他。师姐，您瞧好儿！”

男生上楼，季晓鸥站在路边发了会儿呆，一时间竟忘了接下去自己究竟想去做什么。就是这时候，严谨的电话打过来了。

她接起电话，他第一句话就是：“湛羽的事我知道了，我担心你，你没事儿吧？”

她想说没事，但乍听到严谨的声音，不知为何特别想哭，而且最终没有控制住自己，真的哭了。

“我后悔死了……要不是我中途放弃，也许不会这样……”她自己都不知道在电话里究竟说了些什么，只记得这个电话的通话时间很长，她说了很多，抽泣声使句子断裂无数次。

严谨听她在电话里哭得上气不接下气，那声音刺激得他心尖肝尖都随着颤动不已。最后他说：“你在哪儿呢？我这就过去！”

等了很久，他才听到回答：“湛羽家楼下。”

严谨开车过去。季晓鸥站在楼下等他，等得整个人变成了“望眼欲穿”四个字。一夜工夫，她仿佛缩水一样瘦了一圈，脸本来就小，如今只剩下一双眼睛和一张嘴，一件黑色的羽绒服更是衬得她脸色惨白。

严谨走过去，二话不说就伸出手，将人紧紧搂进自己怀里。他的动作很猛，几乎是粗暴的，季晓鸥的鼻尖一下撞在他的肩膀上，撞得她眼前一黑，鼻梁酸痛，忍了很久的眼泪又趁机流了下来。

“冷静，你先冷静。人已经死了，事儿已经出了，你还跟自己过不去有什么意思？”他抱着她说，“再说这事儿跟你没关系，一点关系都没有！”

她一边流泪一边挣扎，却被抱得更紧。整个肩背都被他的双臂像铁箍一样环住，力量大得她简直无法喘息。他的嘴唇落在她的额上，擦来擦去似乎在寻找一个妥善停留的位置，粗硬的胡楂儿扎得她皮肤刺痛。吻落在她的眼皮上，同时落下的还有热烘烘的男人气息，混合着清洁的肥皂与烟草的味道一这么多年了，严谨洗澡时依然延续着部队的习惯，只用一种古老的上海硼酸药皂，粗糙实在的一大块，带点药物的清凉芳香，和医生身上的来苏水气味极其相似，那种从小就让她安心的味道。

季晓鸥忽然安静下来，头悄悄地垂下来，只将冰凉湿润的脸贴在他的肩头。

严谨一下一下抚摸着她的背。季晓鸥的羽绒服里是毛衣和保暖内衣，隔着许多层的障碍物，他依旧能准确无误地感觉到她后背肩胛骨的轮廓。他用他感觉灵敏的手指，曾于十多年前在黑暗里无数次仅靠着触觉拼装他心爱的狙击步枪的手指，一寸一寸抚摸着她的后背，将了解和安慰都试图传递过去。

他说："我跟你说过，只要你需要，不论什么时候，我随叫随到。只要你需要我的地方，我一定会出现。"

季晓鸥没有睁开眼睛，也没有说话，但她的后颈能感受到他气息的吹拂，让她有紧紧拥抱眼前人的冲动。她知道有些爱情会绽放在人生的最幽暗之处，但萌动于悲伤如泉涌爆发的时刻，却是她始料未及。什么门第悬殊，什么花花公子，什么始乱终弃，爱谁谁去吧，死就死一回，没什么了不起。

天色愈加荫翳，入冬后的第二场雪，静悄悄地酝酿了几天，在这一刻突然飘落。起初是微小的雪粒，渐渐地，雪片越来越大，越来越密，仿佛久积的委屈突然爆发，像海水一般汹涌，能够淹没一切，也能够揭开一切藏头露尾的秘密。

严谨载着季晓鸥，冒雪到附近的社区医院。两人坐在长椅上等值班医生。因为冷，或者心情的波动，季晓鸥一直打哆嗦，牙齿上下磕碰的声音，连坐在身旁的严谨都能清清楚楚地听到。

他出门，在路边的小超市买了一瓶二两装的红星二锅头揣在怀里，焐热了才取出来，拧开瓶盖递给季晓鸥，"喝吧，喝两口就不抖了。"

季晓鸥接过来，闭着眼睛仰头就是一大口，不够，再喝一口，一团火落入胃中，效果立现，打摆子马上停止。

"好多了吧？这种事儿我有经验。几口小二下去，什么问题都没了。"

季晓鸥并没有闲聊的兴致，酒瓶还给严谨，她说："我总觉得自己还在噩梦里，一直不相信这是真的。最后一次在医院见他，好像还是昨天的事，我闭上眼睛就能看见他最后的样子。我一直跟自己说，噩梦有时候也会像真的一样，可最终会醒的，只要有人推推我，告诉我这只是个噩梦……"她把脸转到一边，眼角又有泪花闪烁。

严谨将酒瓶揣回兜里，双手上上下下把一张脸揉搓了无数遍，内心交战激烈，不知是否能把湛羽最后一晚的情景告诉她。犹豫半天，他决定只告诉她部分真相。他担心季晓鸥一旦知道那晚的真相，在湛羽明确示警的情况下，他居然见死不救，恐怕下面的局面就不是她再扇他一嘴巴那么简单的事了。

想到此，他犹豫着开口："我知道是谁干的。"

季晓鸥浑身一抖，蓦然抬起头："你说什么？"

"我大概知道是谁干的。"

季晓鸥伸手一把抓住他的小臂："谁？谁？"

"一个做生意的，叫刘伟。"

季晓鸥的指甲几乎掐进他的肉里："为什么？他为什么要害湛羽？"

"湛羽上了他的女友。"

季晓鸥眼神绝望："那就值得杀人吗？还要这样灭绝人性地碎尸？"

"个人价值观不一样，也许他觉得值。"

"他在哪儿？你跟警察说了吗？"

"一听到风声他跑了，我正差人到处找他呢。"

季晓鸥手指用力："为什么不报警？"

严谨被掐得龇牙咧嘴，吸着冷气道："我刚说了，正差人找他呢。我都找不到，你以为警察就找得到吗？"

季晓鸥死死盯着他，看了他好久，慢慢放开手说："坦白说，我相信警察胜过相信你。"

这话让严谨实在伤心。每次面临信任他还是信任他人时，季晓鸥选择的都不是他。她不能像其他姑娘一样，给他足够的崇拜和情爱也就罢了，可她连这么一丁点的信任都吝啬给他。他点点头，带着一点绝望后的赌气："行，我去公安局，这就去。不过你可想好了，湛羽的学校和父母不一定知道他做过什么事，警察一介入，就全部公开了，以后都知道他做过小白脸，他父母在亲戚朋友面前还怎么做人？"

他说的的确是个问题。季晓鸥不能确认，已经濒临崩溃边缘的李美琴，还能不能再接受同样沉重的打击？她闭上眼睛想了半天，轻轻叹口气："公安局正在调查他的社会关系，就算你不说，他们顺藤摸瓜，迟早也会知道这一点对不对？"

严谨也想了想，相当认真地回答："理论上是这样的。"

"对不起。"季晓鸥说，"麻烦你请把你知道的告诉警察，等抓到凶手破案的那天，我给你补偿。"

严谨一下打起精神："你怎么补偿我？"

季晓鸥脱下手套，将手放在他的手心里："这一切虽然很糟，却让我看明白，拿不确定的未来牺牲现在的快乐，是件多傻的事儿！我们谁也不会知道，自己会在哪一天以哪种方式结束，对吧？”

她说得认真，严谨却听得糊涂，可今非昔比，非常时刻他没敢犯贫，只是握起她的手，将手心贴在自己的脸上来回摩挲着。医院走廊上时有病人和护士走过，季晓鸥想把手抽回来，严谨却握紧了不放，两个人较了一会儿力，季晓鸥先放弃了，任凭他把自己的右手包裹在他的手掌里。

值班医生听完季晓鸥的要求便一直摇头，说这会儿就他一个值班医生，不能出诊。季晓鸥赔着笑脸继续央求，一旁的严谨听得不耐烦起来，推开季晓鸥对医生说：“那就麻烦你给开点葡萄糖和镇静剂吧，小老百姓命贱，不敢劳您大驾。”

季晓鸥急得推他：“你胡扯什么呀？就算开了药你会打点滴吗？”

严谨一甩手：“你怎么知道我不会？”

拿着药出了社区医院，严谨又开车带着季晓鸥去附近的药店买了药棉、碘酊、胶布、绷带、止血带，以及一次性输液器。

抱着这一堆东西，季晓鸥还是半信半疑：“我说，你到底行不行啊？”

严谨回答得简单：“我练过。”

“你练这个干吗？你在活人身上操作过吗？”

严谨再次不耐烦：“你怎么这么啰唆？这事儿能有多难啊？我告诉你，就是‘心稳手稳’四个字。这四个字对我那还不是小菜吗？”

湛家十几门亲戚，严谨只见过湛羽的父母，还是在一种非常尴尬的场合下见的。可他天生具有一种我行我素的稳定气场，在十几双陌生人半信半疑的目光逼视下，他也能保持一切行为合理正常。

输液瓶倒挂在床头支撑蚊帐的竹竿上，季晓鸥目不转睛地盯着他排出输液管中的气体，卷起李美琴的衣袖，像一个真正的护士那样，扎止血带，啪啪拍打着她干瘦的手背，好让血管凸起，再娴熟地消毒，针尖斜面向上斜斜刺入皮肤，这一刹那季晓鸥紧张得几乎屏住呼吸，片刻的凝滞之后，回血室内迅速涌入鲜红的血液，然后输液瓶里的液体开始一滴滴流下。

严谨居然一针搞定了！

用胶布固定针头，调节好输液的速度，他走到门外的走廊上抽烟，季晓鸥追出来，几乎满腔仰慕地问他：“严谨，这世上还有你不会做的事情吗？”

严谨喷出一口烟，淡淡地回答：“当然有。”

“什么？”

“生孩子。”

因为镇静剂的作用，李美琴终于闭上眼睛昏睡过去。季晓鸥暂时松口气，两人这才离开湛家。

其时已是傍晚，雪小了，但依然纷纷扬扬阻碍着司机的视线。恶劣的天气再次让整个城市出现大拥堵，严谨费了两个多小时才将季晓鸥送到小区门口。季晓鸥撩起围巾，对着后视镜抹净眼角残留的泪痕，低声说句“我走了”，并未对他有任何亲热的表示，就径直推开门跳下去。

严谨眼巴巴望着她的背影，觉得她就这么走开，一点温情脉脉的意思都没有，实在太伤自尊了，忍不住喊了一声：“季晓鸥！”

季晓鸥转身：“干什么？”

“过来。”

季晓鸥不明所以地踩着雪走回去。

严谨跳下车等着她。她深一脚浅一脚走近，尚未来得及出声，已被他一把搂住，横空抱了起来，接着眼前一黑，嘴唇便被严严实实堵上了。在天旋地转的瞬间，她还抓紧时间担心了一下：让家里老太太看到可就糟了。然而这一瞬间的思考只是她脑海中残余的最后一线灵光，随后她所有的思绪都变成一片空白。

灼热、混乱、缠绵、窒息……无数种相互矛盾的感觉，在同一时刻互相纠缠，她似第一次感受到一个心心相印的亲吻，竟如此令人沉醉。她觉得自己的脖子和舌头都要断了，却不敢松手，生怕对方就这样离去。

严谨吻了很久，反反复复，依依不舍，对他来说，这一刻着实来之不易，他等了太久。直到自己的舌头也快要麻木了，他才松开手，将她放在地上。

季晓鸥再豪放，也是个女孩，一时间竟臊得不敢抬头。几片雪花落在她的眉毛和睫毛上，频频翕动的睫毛尖，如夏日翩然的蝴蝶，蝴蝶的翅膀下面，是她哭得微肿的眼睛。已滑到舌尖儿的俏皮话又退了回去，严谨沉默地帮她抹去头脸上的积雪，十分正经地叮嘱：“回去洗个澡赶快休息，什么都别想。”

“嗯。”

“明后两天我尽快去一趟公安局，你放心，凶手一定会落网的。”

“好。”

严谨依依不舍地放开她的手："走吧。"

季晓鸥在纷扬的雪花中往前走，走了几步又停下，转过身静静地望着他。严谨朝她挥挥手，示意外面雪大，让她赶紧回家。

季晓鸥家住的那栋楼，离小区大门很近，严谨可以看着她打开单元门，走进去。随后楼梯间里的声控灯一盏一盏亮起来，隔着漫天的白雪，像一颗颗半溶的水果糖，透出腻人的暖意。

就在当天夜里，互联网上的著名论坛上，出现了一个帖子，题目是《穷人的孩子只能死不瞑目吗？》，帖子中提到了碎尸案被害人的情况。虽然透露的信息并不多，但恰到好处地勾起了网民同仇敌忾的兴趣，使已趋向沉寂的碎尸案新闻，再次暴露在公众的视野当中。连续两天，这个帖子一直被顶在首页，该论坛网民的搜索能力，一向强大得人尽周知，于是被害人真实的姓名，就读的学校，过往历史，家庭状况，如同七巧板的碎片，一点点地被拼凑起来，展现在人们眼前的，是这样一个让人怜惜的自强不息的大学生：单亲家庭，母亲下岗且患疾病不能自理，家中一贫如洗，入不敷出，甚至付不起他的学费。然而穷人的孩子早当家，正是自知家境贫寒，他比一般人更加努力。当别人还在被窝里熟睡的时候，他早已在校园里迎着寒风朗读英语；当别人逛街、购物、玩游戏时，他却在勤工俭学做兼职，挣自己的学费和生活费；在如此艰辛的求学生涯里，他连续三年获得学业优秀奖学金。这样一个品学兼优的优秀大学生，为何竟遭此毒手？杀人凶手到底是谁？尤其当有人将湛羽的黑白照片上传到网上时，少年单纯清秀的面庞，将网民的同情之心引爆到极点。

这个论坛的影响力相当浩大，当晚便引起网络大范围关注，这条帖子被转得到处都是，几家门户网站的首页也出现了相应的新闻，第二天又有平媒加入，一家本市报纸做了跟踪调查，接着便有更多的报纸跟进，与网络遥相呼应。第四天，警方召开了媒体通报会，宣布已成立"特大杀人碎尸案"专案组，以便调动各警种打集中歼灭战，限期破案，以平民愤。

负责案件具体工作的是市局刑侦总队某支队一名叫赵庭辉的老刑警。许志群陪严谨去市局反映湛羽失踪前的情况，出于对他身份的尊重，也可能是对他提供线索的重视，刑侦总队的队长亲自出面接待，并且取出只为贵客准备的香片待客。但他实在是太忙了，话刚说了个头，就被一个电话叫走了。

“对不住……”他连连道歉：“副市长要听几个案子的汇报，兄弟少陪了。”

接替他继续谈话的，就是刑警赵庭辉。赵庭辉还不到五十岁，面容却显得比实际年龄苍老得多，肤色黧黑的脸上全是褶子，两道浓眉压得极低，黑眼珠躲在上眼皮的皱褶后面，总像是一副没有睡醒的样子。但只要他抬起眼睛，就像武侠小说的武林高手，被他盯着的人，立刻能感觉到两道爆射的精光。

在严谨说话的过程中，他没有任何评论，只是耷拉着眼皮，听严谨将湛羽平安夜那晚在自己住处的所言所行和盘托出，还有湛羽和刘伟结怨的前因后果。最后他只问了一句话：“你认为他离开你那儿之后，还会去哪里？”

严谨说：“回学校吧？那会儿都十二点多了，平安夜的节目该完的都差不多完了，他还能去哪儿？”

赵庭辉点点头，站起身：“严先生，我代表副局长和队长，感谢您的帮助和配合。”

这就是委婉的逐客令，打算送客了。严谨和许志群只好也站起来，和他握手告别，离开队长的办公室。

严谨觉得自个儿反映的线索很重要，很可能是破案的关键，可是却没有受到意想中的重视，特别是赵庭辉不阴、不阳、不凉不热的态度，让他觉得尤其不爽。

许志群安慰他：“老赵这人就这脾气，特轴，爱认死理儿，而且对谁都这样。要不怎么混这么多年都混不上去，都快退了还是一个普通刑警呢？你甭跟他一般见识。”

要是在很长时间以后，严谨偶尔回忆起这一天，回想此刻心境，他如果知道，自己的名字也在专案组列出的重点嫌疑人名单上，他还会不会像今天一样，走进这间办公室？

后来半个多月的时间，每次握着季晓鸥的小手，严谨总感觉像做梦一样，有种苦尽甘来的感觉。唯一遗憾的是，那段日子季晓鸥几乎钻进了牛角尖，一直认为湛羽的被害和她有关系，十几天都没有见过她露出笑模样，更不可能给他亲近芳泽的机会了。他只能老老实实地做她的车夫和保镖，跟着她东奔西走处理湛家的事。

这一年的春节特别冷，比往年都冷。一月二十六日，腊月二十三，小年。按照北方过年的习俗，从小年开始，春节便已正式拉开序幕。

严谨妈一大早就起床盯着阿姨拌饺子馅儿。严谨自小喜欢吃羊肉大葱馅儿的水饺，为他好的这一口，哪怕她一闻见羊肉的膻味就犯恶心，家里每回包饺子还是要单给严谨做一样羊肉大葱馅儿的。

严谨早早就开车回到父母家，中午十二点，远远近近的鞭炮声已经响起，他也带着外甥乐乐在院门外放了一串鞭炮，其间还忙里偷闲给季晓鸥打了个电话，问她在做什么，这两天是否方便来家里吃顿饭，季晓鸥先撕心裂肺咳嗽了好一阵子，才开口说公安局已经完成法医勘验，湛羽的遗体交予家属办理后事，她正在殡仪馆和人落实追悼会的细节。

严谨说："别跟我扯这个，不爱听！说说你是怎么回事？你原来的嗓子虽然比不上林志玲，但和陈好也不相上下，现在怎么变成周迅了？"

季晓鸥咳嗽着回答："重感冒，上呼吸道感染。"

"那你为什么不回家休息？"严谨因为心疼，简直气不打一处来。电话那头的季晓鸥赶紧把手机从耳边挪开，隔得老远还能听到他的咆哮声，"湛家的人都死绝了吗？怎么把你这个病人给支到火葬场去了？"

"你知道什么！"季晓鸥当即也怒了，"你知道不知道，湛羽他妈并没有做手术？她一知道手术费用需要自付，而且一次手术只能保持五年的效果，就说什么都不肯做手术了，说要把钱给湛羽留着，给他将来买房子结婚用。湛羽他爸现在跟个废人差不多，他妈到现在都不肯接受现实，一直恍恍惚惚的，他们家那几个亲戚都知道她现在有钱了，买一个三百块钱的花圈都敢报八百块。我要不在那儿守着，那点准备手术的钱，最后全得让人骗光。"

"你行，地球离了你季晓鸥就不转了！"严谨急得嚷，"那是别人家的事，你天天事儿妈似的盯着，累不累？你一点年纪，怎么就跟胡同儿里的大爷大妈一个毛病啊？"

"严谨！"季晓鸥哑着嗓子说，"你怎么不去死一死啊？"

严谨说："我死了对你有什么好处？我死了你不就成小寡妇了？"

话音未落，手机里便传来嘀嘀两声响，然后没了任何声音。显然季晓鸥一怒之下挂了电话。

严谨站在原地愣了半天，不明白开始好好的，自己也是想劝她生病了多休息，为什么最后又演变成一拍两散的局面？一回这样，两回这样，回回都这样，两个人到底谁有毛病？

直到乐乐用小手抓他的裤腿，说：“舅舅、舅舅，姥姥喊我们回去吃饺子。”他才无奈地叹口气，将乐乐一把举起来，放在自己的肩头，“走，回家吃饺子去！”

饺子下锅，严谨妈守在厨房亲自点水，严慎负责给每个人面前的小碟儿里倒上醋和香油，又取出一瓶五粮液，斟满每一个酒盅，严家其余的老少爷儿们都已洗了手准备入席，正在这时候，两个衣着普通、面目模糊的人走进严家的四合院。

迎着严家上上下下惊疑的目光，他们自我介绍说是便衣警察，态度和蔼客气，说仅仅是奉命请严谨跟着走一趟，谈一些问题，惊扰了家宴实在抱歉。

严谨真讨厌这两人出现得十分不是时候，但当着父亲的面，他没敢犯浑，只问他们哪儿的，凭什么要他走一趟？两个便衣就地取出盖着市公安局大红印章的《拘传证》，至于什么事，说暂时无可奉告，到了便知道了。

等严谨妈一路小跑追出院门，严谨已经上了一辆挂着公安牌照的吉普车，早就走得无影无踪了。

一顿筹备许久的家宴，却吃得鸦雀无声，无滋无味，连最能闹腾的乐乐，都乖乖地坐在妈妈身边，一边往嘴里扒拉饺子，一边偷眼瞧着面色铁青的姥爷。

勉强吃了三四个饺子，严谨的父亲扔下筷子站起来，对老伴儿和女儿女婿说：“谁也不许为他说话，更不许给任何人打电话。这混账总是自作聪明，他不是总喜欢打擦边球嘛，让他吃一回苦头也好。”

那个时候，无论是严谨家人还是严谨自己，都以为被拘传的原因，来自严谨生意上的纰漏，谁也没有料到，两天后，严家接到的通知却是：作为“特大杀人碎尸案”的重要嫌疑人，严谨已被依法刑事拘留。

（上部完）

最初的相遇，最后的别离

（下）

舒仪 著

天津出版传媒集团
百花文艺出版社

目 录

CONTENTS

第十三章

最后的告别

即使走进刑侦队的询问室，严谨也没有弄明白他被拘传的真正原因是什么。两位便衣对他十分客气，可是守口如瓶，无论严谨如何逼问，他们的回答只有一个：快到了，到了你就知道了。害得严谨把自己最近一年多的行踪仔仔细细回想了一遍，自觉并没有做过什么违法乱纪的事情。

他坐在询问室里，开始没有人理他。后来有个穿制服的干警进来，给他送了一杯茶。严谨怒气冲冲地诘问："怎么回事？有没有个能说话的，告诉我到底什么事儿？"

那干警让他稍安毋躁，说大家都在开会，等会议结束了，自会有人来见他。

严谨又等了半个多小时，终于听到门锁打开的声音。他一回头，就看见两个警察推门进来，其中一位个子不高，肤色极深，正是前几天见过的那位刑警，赵庭辉。

严谨此刻的耐心已被磨到尽头，可态度还保持着虚伪的诚恳："你们还想了解刘伟什么情况，尽管跟我说呀，我特愿意配合你们，知无不言言无不尽，是我尽一个公民义务的光荣时刻。可你们也太不够意思了吧，小年夜，当着我父母的面，居然弄一张《拘传证》来？你们也不想想，要是惊着老人家怎么办？"

赵庭辉慢腾腾绕过他面前的桌子，在椅子上坐下来，然后开口："请你来，并不是为了刘伟。"

"不是因为刘伟？那我就不明白了，你们找我干什么？"

"我们为什么找你，你心里应该很明白吧？"

“对不起，我真不明白。这辈子我就没干过违法的事儿，树叶儿掉下来都怕砸了头，老实巴交一守法良民。”

“你会明白的。”赵庭辉面对面审视着他的脸，嘴角虽挂着一丝笑意，可是眼睛灼灼逼人，看得人后背冒汗，“我们会让你明白的。”

诚如赵庭辉所言，严谨的确明白了，只不过他的明白，发生在三个小时之后。

在那间没有窗户的房间里，当他察觉警方绕着圈儿反复套问他在去年十二月二十四日夜晚的行踪，反复追问他何时、何地、和谁在一起、都说了什么、做了什么时，他终于意识到，原来警方认为，他和湛羽被杀案有关。

意识到这一点，他的第一感觉不是愤怒，而是可笑。他问赵庭辉：“赵警官，你们是怎么把我跟这个案子连起来的？就因为我说过刘伟有杀人嫌疑吗？”

赵庭辉默不作声地看了他半晌，然后取出一个小塑料袋，示意旁边的年轻警察，拿到严谨跟前去，让他好好看一看。

塑料袋里封存着一个银黑色的金属物件，四厘米见方，表面镌刻着橄榄枝的花纹，还有“都彭”的醒目标志。

严谨惊得呆住了。这个东西他太熟悉了，就是他在去年二月十四日生日那天，在酒店丢失的那个打火机。他做梦也不会想到，将近一年之后，竟会在警察手里看到它。火机的底部，有三个模糊的字母：M-a-y，像是被人用指甲或者其他尖锐物体画出来的。可以确认它正是他当初遍寻不着的那只打火机，如假包换。

他抬起头：“你们从哪儿找到它的？”

赵庭辉没有回答问题，而是反问他：“认识它吗？”

“认识。”严谨回答得坦荡，“一个朋友留给我的遗物，去年年初不小心弄丢了。可是，它怎么会落到你们手里？”

赵庭辉示意年轻警察收回打火机，然后说：“这个我倒可以告诉你，是我们在抛尸现场的死者遗物里发现的。”

“什么？”严谨像听到一声惊雷，“不可能！绝对不可能！”

赵庭辉笑了笑。今天的审讯中，他第一次露出笑容：“为什么你会觉得不可能呢？”

从知道湛羽出事，严谨就一直认定，他的死，与刘伟有很大的关系。

按照刘伟以前的做事风格，此番就算不涉及女人，他想除掉湛羽的念头肯定也不是一天两天了。从湛羽仗着严谨的荫庇，在酒吧街日渐嚣张，不再把他放在眼里的时候，他大概就已经有了这样的打算。而湛羽的被害，应该发生在平安夜离开自己的住处之后。所以这些日子，他安排了人一直在寻找刘伟的下落。

但在公安机关的调查材料中，此案的犯罪嫌疑人及其犯罪动机却有另一个截然不同的版本。

由于没有找到湛羽的手机，警察对犯罪嫌疑人的排查，首先是从湛羽常用的手机号码通话记录开始的。他在被害前半个月通话记录里的每一个号码，都被一一调查，可是并未有太大收获，因为那些号码大都是他的同学。最终一个本市的固定电话号码引起了警方的关注，因为它来自一个特别的酒吧，酒吧的名字很特别，叫作“别告诉妈妈”。顺藤摸瓜查下去，湛羽在酒吧从业的事实一下子暴露在警方面前。这个事实如此令人震惊，完全颠覆了由父母、师长和同学提供的那个循规蹈矩的好学生形象。

至于那个在死者衣物中发现的打火机，警方走访这间酒吧时，被多人指认是湛羽的随身之物，湛羽生前经常对人提起，打火机是严谨第一次见面时送他的信物。有严谨的名字罩着，很多人有所忌惮不敢对他太过分，因此这个打火机便成了他在酒吧街的护身符。就这样，打火机的原主人严谨进入公安机关的视线，成为重点嫌疑人之一。

发觉警察拘传的真正目的之后，严谨不肯再回答任何问题，被逼问急了，他会问：“我有沉默的权利吗？有吗？”

就这样整整僵持了七十二个小时。专案组几个人实施车轮战术，轮番讯问也被拖得疲惫不堪，更别提三天三夜无眠无休的严谨，到了最后，即使他是铁打的意志，亦濒临崩溃的边缘。

对一般的案子来说，审到这种地步时就应该暂时放人了，但对专案组来说，鉴于案情重大，证据又相对齐全，即使犯罪嫌疑人的口供为零，也绝对不能让他回去。于是申请刑事拘留便成了必然之事。

最终在《刑事拘留证》上签字的时候，严谨依然不敢相信，不相信这种只会出现在影视剧中的狗血情节会发生在自己身上。他怀疑过去七十二个小时的经历只是场不近情理的荒唐噩梦，是老天看他过得太舒服才跟他来一个黑色幽默。但是寻常的噩梦，只要他睁开眼睛就能醒来，这场噩梦，则不知要持续多久。

严谨并不知道，自专案组成立，虽然时间不长，但根据侦查调查的结果和一应证人的证言，专案组已经掌握了大量的证据。最关键的几条对他十分不利：第一，去年十二月二十四日夜晚，公寓的保安及对门的邻居都亲眼看见，湛羽进入严谨的家。第二，对门楼下的邻居均可以证实，当晚严谨家里似乎发生过激烈的冲突，并有疑似挣扎、打斗和家具翻倒的动静。第三，根据对被害人遗体的技术勘验，推断死者湛羽的被害时间为十二月二十四日至十二月二十五日之间，而湛羽自二十四日当晚进入严谨家之后，再也没有在别处出现过，直到十二月二十九日，拾荒人发现尸体碎块。关于第三点，警察还调出严谨所住小区当晚的监视录像，的确可以看到湛羽进入小区的镜头，却找不到他离开小区的画面，这是一个最关键的证据。至于作案动机，通过一系列对严谨社会关系的调查，很多人可以证明，他与被害人长期保持不正当关系，最近因被害人从事非法行业，两人关系急剧恶化，因此不排除因情杀人的可能。

侦查机关的证据看上去确凿充分，并且证据链相对完整，逻辑严密，严谨实际上已经陷入了百口莫辩的境地。

对于看守所，严谨并不陌生。十几岁时因打架斗殴，已经几进几出。但那时他走进看守所铁门时，心里是笃定的，因为他知道很快，最多在这里待一个晚上。但是这一回事涉杀人嫌疑，他心里十分清楚，取保候审的可能性几乎为零。

他被连夜送进看守所，跟着押送的专案组警察跨过警戒线，按照程序脱光衣服，体检、留指纹，再重新穿上衬衣、外套、裤子和袜子，跟着看守所的警察走向光线阴暗的深处。

此刻的他，与方才站在警戒线之后的他，已不再相同：牛仔裤上的拉锁被扯掉，外套上的铜纽扣一个不剩，原来钉扣子的地方，现在是一个个小小的黑洞，皮靴被没收了，因为里面有钢板，而按照看守所的规定，嫌疑人所有的衣物上都不允许有铁制的物体存在。他就这样披着外套，要害部位洞开，光脚踏在冰凉的水泥地上，跟着警察穿过好几道铁门，最终站在了最后一道铁门外面。而铁门里面，就是他在看守所的第一站，刑拘组的监室。从这里，他从有名有姓的公民严谨，变成了 0382 号。

那是深夜，监室铁门被拉开时，发出刺耳的巨大声响，室内正在熟睡的人们都被惊醒，接二连三地爬起来，连隔壁监室都有人从狭小的探视口伸出头来，上下打量着严谨。

严谨听到警察对监室内的某个人说："给你们送个新人。他的案件特殊，你给我看好了！"

一个粗粝的嗓子道："他怎么不在过渡号待七天，直接给送这儿来了？"

警察不耐烦的声音："跟你说了，他的案子特别大。我告诉你啊，不要碰他！你们惹不起！"接着他在严谨背上推了一把，"0382，喊报告，进去！"

严谨一步迈进监室，并没有按要求喊声报告。警察狠狠地瞪他一眼，却没为难他，"咣当"一声关上铁门。外面门锁一阵乱响，他的脚步声伴着"看什么看都滚回去睡觉"的呵斥声，渐渐远去，身后留下的，是一个由盗窃、抢劫、强奸、杀人等各种各样犯罪嫌疑人组成的世界。

严谨笔直地站在铁门边，冷冷地打量着里面的一切。二十多平方米的房间内，其实就是一条大通铺再加上过道，房间尽头是一平方米左右的卫生间，大通铺上睡满了人，人挤人、人挨人，除了靠门几个人睡得稍微宽敞点，留给大多数人的位置，连平躺的可能都没有，只能头脚相错侧着睡，更别提翻身了。这会儿一屋二十几个人都歪歪斜斜坐起来，直勾勾的目光肆无忌惮地落在他脸上，层层叠叠，让他感觉脸皮上像被糊上了一层厚厚的糨糊。

他知道，不管他愿不愿意，他都要和这些人在同一个监室里"耳鬓厮磨"待上二十四个小时。如果他运气好，七天以后，刑事拘留期限一到，专案组若不能以足够的证据逮捕他，就只能放了他。运气不好，专案组申请延长刑事拘留期限，他就要这里待上三十七天——严谨不相信自己的运气会背到真有正式逮捕那一天。

"喂，新来的！"方才和警察对话的那个人盘腿坐在通铺上，发话了，"你叫什么名字？犯什么案子进来的？"声音不大，可是很凶。

严谨看都懒得看他一眼，把通铺上一件棉衣扒拉开，一屁股坐在铺板上："哪位兄弟挤挤，给哥们儿腾个地方？"

盘腿而坐的那位立刻变了脸色："去，给他松松骨！"

通铺上当即跳下来三个人，把严谨挤在了正中间。虽然摆出严阵以待的架势，但是他们对严谨将近一米九的身高和结实的肌肉还是有所忌惮，三人都恶狠狠瞪着他，可没有一个人上前。

严谨转过身，对通铺上的人说："你最好躺下睡觉，甭招爷动手，也给你几个兄弟留点活路。"

这一瞬间，他从背对大门转向面对大门，从门口射进来的灯光正好照在他的脸上。而那人脸上被怒火烧变形的五官，像被速冻了一般顷刻凝固，仰起头仔细打量半天，他犹豫着开口："你……您……您是谨哥？"

严谨愣了一下，没想到在这里还能碰到熟人，他低头留意了一下那人的长相，四方脸，眉眼很凶，肯定在哪儿见过，可叫不上名字。

那人从铺上蹦下来，兴奋得满面红光，"真的是你呀，谨哥！我叫李国建，那回跟着大哥在'三分之一'吃饭，我见过您。"

严谨这才恍然，原来此人是冯卫星的手下，心中深觉世界太小，但也略觉庆幸。他明白号子里的规矩，进来的新人都要先给下马威的，他虽然不怕，可是真打起架来也麻烦，万一伤了人，惹怒了干警不好收拾。这叫李国建的看起来像是这个监室带组的老大，即所谓的"号头"，既然和"号头"认识，下马威这一关看来是可以豁免了。

李国建果然对其他人说："这是我大哥的兄弟，如今就是我大哥，你们谁让他不高兴，就是让我不高兴，听见没有？"接着朝睡他旁边的那人用力踹了一脚，"你小子怎么一点眼色都没有？滚那边儿睡去，给大哥让个宽敞地方。"

严谨赶紧拦着："别，我今晚肯定睡不着，有个地方能放平了躺着就行。明天的事明天再说。"他说这话，是因为心里还存着万一的念想。明天白天他被刑事拘留的消息就应该通知到家属了，明晚也许就不用在看守所过夜了。

他虽然话说得客气，可靠近监门处，还是为他腾出将近五十厘米宽的一处地方。严谨只好和衣躺下了，表示非常领情。

李国建睡在他旁边，这时凑近了低声问道："谨哥，您是犯了什么事儿进来的？"

他挨得太近，一股夹带着烟臭的口气直扑在严谨脸上，严谨立刻转开头，言简意赅地说了两个字："杀人！"

这两个字如同最好的胶水，立即封住了李国建的嘴巴，他的脸猛一抽搐，扯开被子躺下去，压低声音吼一声："都睡觉！"

监室里其他人陆陆续续重新躺下，室内渐渐响起高高低低节奏各异的呼噜声。严谨躺在刚腾出来的铺板上。身下的木板还是热的，保留着上一个人的体温。耳边除了彻夜的呼噜声，还有磨牙声、放屁声以及说梦话的声音，幸亏是冬天，监室内的气味还不是特别难闻。门口的位置虽然宽敞，但有一盏彻夜长明的日光灯正好照在脸上，他的失眠症果然害他一夜无眠。

他平躺了几个小时，没有翻身，因为一翻身势必引起连锁反应，整个监室都要随着他一起翻身。他就这样睁着双眼，将几小时前和办案警察的谈话反复回想，却没有理出一个头绪来说服自己为什么会落入如此倒霉的境地。

看守所的起床时间是清晨六点，周围的人一窝蜂似的爬起来，叠好被褥，然后盘腿在铺板上坐好，等李国建几个人漱洗完，才能一个挨一个上厕所，漱口、洗脸。在这里是不允许使用正常牙刷的，因为牙刷的长柄磨尖以后也能成为自残或者伤人的工具。

一屋十七八个人，只有严谨没有动弹。整晚只能一动不动地躺着，既不能翻身也不能挪动，他刚做过手术的脊椎又开始隐隐作痛。此刻铺板清空，正好换个姿势安抚一下僵硬的腰背。组长李国建不说话，其他人更不敢吱声，任由他一个人大剌剌地躺在铺板上。

直到早饭打好，李国建亲手端起一碗送到他身边："谨哥，吃饭了。"严谨这才懒洋洋地睁开眼睛看了一眼，所谓早饭，不过是一碗清汤寡水的薄粥，一个拳头大小的馒头，再加一份咸菜，那咸菜黑乎乎的，带着一股陈年的臭味。他只看了一眼，便厌恶地转过头去，挥挥手说："拿走拿走，这玩意儿是给人吃的吗？"

李国建赔笑说："早饭只能凑合，等开中饭了，咱从食堂小灶加几个菜。"

严谨用力一拍铺板坐起来，仿佛是为吐出胸腔中一股闷气，他对着空气骂了一声："虎落平阳，去他的！"

李国建没有接话，看上去他多少有点怕严谨。严谨之前的积威只是一方面，另一方面，甭说是监室里负责带组的号头了，连带组的警察都怕自己组里有未来的重刑犯，尤其是因为杀人嫌疑被关进来的。这种人需要格外费心看管。假如不慎激怒了他们，在拘留期间破罐子破摔做出过激之事，对他们来说，杀人的刑期已到极限，不会因为过激行为有任何影响，但绝对会影响警察，所以一般对这些人的要求，从警察到号头都会尽量满足。

严谨对看守所里的这些潜规则心知肚明，所以坦然地朝他伸出手："有烟吗？"

“有有有。”李国建一迭声地说，爬上铺板，从被子下面摸出一包烟，一包在看守所外面卖两块多的烟，“这儿只有这个卖，哥您就凑合抽吧，在这里面咱只能将就，没法儿讲究。”

严谨干熬了一夜，早已顾不上挑剔烟的牌子了，拿过来点上，先贪婪地吸了一大口，这才满意地吐口气，想起来问问李国建的情况：“你又是怎么回事？怎么折进来的？”

李国建叹口气：“嗐，别提了！跟大伟他们在钱柜，为一妞儿和一傻 × 打起来了，警察来了，别人没事，拘几天都放了，就从我身上搜出一把改装过的霰弹枪，得，私藏武器，就这么进来了。”

他嘴里提到的“大伟”，就是湛羽出事之后跑得无影无踪的刘伟。严谨心里一动，假装不经意地问他：“刘伟跑了你知道吗？”

李国建愕然张大嘴：“大伟跑了？跑哪儿去了？”

严谨摇摇头：“不知道。”

“大哥知道吗？”

“你大哥也躲起来了。”

李国建一拍大腿：“我就知道，这小子早晚得出事。我早跟大哥说过，他手太黑，迟早会捅出大娄子连累大哥，可大哥不听，瞧瞧，事儿来了吧？”

听话里的意思，他是刘伟潜逃之前进的看守所，对此事并不知情，严谨立刻失去和他攀谈的兴趣，又躺倒在铺上吞云吐雾，连着抽了四五根烟才过瘾罢手。

吃完早饭，是例行的学习时间，也就是大家坐在铺板上背《看守所条例》的时间。

在度过应激期最初的愤怒与焦虑后，生理需求便重新占了上风。他感觉又困又乏，可是又睡不着，主要是因为饿，饿得肠胃火烧火燎，饿得眼冒金星。算上昨晚的十二个小时，他已经八十四个小时没有好好吃东西了。可在看守所，不到饭点还真找不到可以果腹的食物。人要有过这样的经历才会明白，能够随心所欲地吃东西也是一种幸福。此刻他只能躺在通铺上，一边“度时如年”等待午饭的时间，一边算计着何时才能离开看守所。按照他的估计，专案组上午八点半上班，十点之前应该就把他被刑拘的消息通知家属了。

午饭时李国建居然弄来一碗红烧排骨，据说是从食堂搞来的。严谨见肉大喜，拍着他的肩膀赞道：“好兄弟，回头一定跟你大哥说，好好提携你。”

李国建说："提携我可不敢想，您若出去了能给大哥捎个话儿，让他找找关系，等我庭审时能减个一年半载的，我就给您老烧高香了。"

下午的放风时间，严谨没有出去，想抓紧时间打个盹儿，刚迷糊着要睡过去，听见铁门一阵响，有人在门外喊："0382 号。"

严谨一个激灵，像豹子一样蹿了起来。这是他一直在等待的声音，但没想到会来得这么早，谢天谢地，他终于要离开这个鬼地方了！

门打开，一个干警站在门外，对他说："出来，有人见你。"

严谨赶紧整整衣服，将上衣和裤子上的皱纹都抹平了，跟在他身后穿过一道道铁门往外走。走着走着，他发现方向不对："喂喂喂哥们儿，咱们不是出去吗？怎么往办公室的方向去了？"

干警回头看他一眼："你对这儿倒门儿清！进来几回了？谁告诉你要出去？是我们所长要见你。"

严谨皱皱眉，纠结了一下又放开了。也许是出去前有些话要跟他私下说，或者有些必要的手续要办，这也合乎情理。

然而在所长办公室，等着他的不仅有看守所的所长，还有市局专案组的一个警察。所长对他十分客气，专门用待客的茶杯沏了清茶相待，但他说话的内容却是严谨不爱听的。

他说："专案组的同志说了，案子尚未查明，估计你还得在这儿待上一段时间。缺什么需要什么，都可以告诉带组的干部，也可以让他们转告我。如果想换监室呢，也可以提要求，我们会考虑。"

严谨一听就火了，噌一下站起来。嘴张了张，可是没发出声音，又直挺挺地坐了下去。几乎就在怒气喷薄而出的瞬间，他控制住了自己。严谨脾气暴躁，可是并不莽撞，而且极识时务，明白自己假如还需在看守所里待下去，这火气就万万不能冲着所长去。他在沙发上坐直了，双手扶着膝盖，眼望前方，正是军姿里标准的正襟危坐。为了咽下过度的失望，用力过度的牙咬肌，给他的脸颊上添了一个奇怪的棱角。

专案组派来的警察，是一个年轻的警察，严谨从没有见过。他从头至尾没有说话，见严谨坐下了，方取出一个没有封口的白信封。

严谨接过信封，将边边角角都捏了一遍，确认里面只有一页薄薄的信纸，才抽出内瓤。纸上只有八个字，笔画大开大阖，严谨认得出是父亲的笔迹。

那八个字是：相信政府，安心配合。

严谨盯着这八个字，来来回回看了很久，也不明白这八个字到底传递了什么信息。是让他安心，相信一定会没事，还是告诫他谨识时务一切小心？对父亲的为人，严谨再熟悉不过。几次沉浮，什么场面都见识过，他才不会仅为显示自己的高风亮节而写一句废话。但有一件事严谨非常清楚，那就是今晚他还得留在看守所，肯定是出不去了。

如果说回监室的路上，他还对明天抱有一丝希望，但回到监室，带组的一位姓王的警官特意过来聊了几句，告诉他家里给他在大账上存了三万块钱，让他缺什么就买点什么，有什么需求及时告诉当班的干警。严谨的心便如同落入冬日结冰的湖水里，彻底凉了。一下给他送这么多钱，明摆着是想告诉他，短期内他是无法离开看守所了，至少刑事拘留规定的七天上限，他是跑不掉了。

进看守所的第二个夜晚，严谨脑后枕着自己的外套，身上盖着看守所超市里新买的被子，依旧睁着眼睛失眠了一夜。之前他发誓再不愿看见专案组那几张脸，现在他却盼着明天专案组就能来提审他，至少能知道外面如今究竟是什么情形，而不像现在这样被倒扣在一个闷葫芦里。最让他焦虑的一件事，就是父亲写给他的那封信，他想不明白，明明是冤假错案，却要靠一封没头没尾的信给他传递信息？外面到底发生什么事了？

他沉下心，将进来前那七十二小时的询问一点点抽丝剥茧，慢慢地将警方问话的逻辑理出一个头绪，居然整理出一个与专案组的证据链十分相似的推论，在黎明到来的时候，他完全明白了自己即将面临的不利处境。

但有一点严谨始终没有想透，那就是警察的证据，其实都建立在一个关键的假设基础上，即湛羽进入他家以后，再没有离开。如果这个基础被证明是伪假设，那么其他相关证据就都站不住脚了。事实是湛羽的确离开了，可是小区门口的监控镜头却没有拍下他离开的画面，问题到底出在什么地方了？难道湛羽会插翅飞出去或者像土行孙一样土遁不成？

这一夜他也想起了季晓鸥，不知她的重感冒是否痊愈了？假如她知道，他被当作湛羽被害的嫌疑人，她会怎么想？会相信他是无辜的吗？

季晓鸥一直在恼怒严谨，恼怒他莫名其妙突然消失。她跟他吵架归吵架，真遇到难事第一反应还是找他，可是两人自从小年那天在电话了吵了一架之后，她就再也联系不上严谨。打他的手机，一连几天都是“您拨打的用户已关机”。她很气恼，以为严谨是生她的气才故意让她找不到他，心里骂了几百遍“小家子气”，打算忙完湛羽的后事再跟他算账。

腊月二十六，是民间传统“洗福禄”的日子，也是已经择定的湛羽的告别追悼会和火化的日子。两天前湛羽的父亲接到专案组通知，已锁定犯罪嫌疑人，在冷柜里躺了一个多月的湛羽，终于可以落葬为安。

按风俗，年前逝去的人必须年前办完后事，因此即使时间仓促，季晓鸥又病得头昏眼花，还是强打着精神四处张罗，买寿衣、租灵堂、请乐队、订骨灰盒、订花圈、预定大巴车……她从未独自办理过丧事，做梦都想不到繁文缛节竟这么多，花钱也和流水一样，买墓地的事还未提上议程，她就已经花出去三万多，难怪人说现代人连死都死不起了。在这些旁枝末节的压力下，该有的悲痛反而退缩到忙乱后面去了。

好容易撑到二十六这天，季晓鸥起床就觉得头疼得似被扎进一根钢针，胸口更像压着一块巨石喘不上气，照照镜子，两个焦黑的眼圈，足可以媲美国宝。赵亚敏看她脸色实在难看，又咳嗽得厉害，上班前叮嘱她，哪儿也别去了，赶紧去医院照个胸片，有必要就尽快输液消炎。

季晓鸥满口答应，等赵亚敏走了还是挣扎着换了衣服，赶去位于八宝山的殡仪馆。今天是和湛羽做最后的告别，她不能不去。

季晓鸥原以为追悼会来的人不会太多，亲友加上老师、同学不会超过四十人，所以只定了一个中型的灵堂。路上堵车，她赶到殡仪馆时，比预定时间晚了二十多分钟。一踏进灵堂，她被屋里黑压压的人头给吓坏了。只能容纳五十人的地方，起码挤进去了一百多人，还有不少扛着“长枪大炮”的媒体记者。

她没有见识过这样的场面，一时间竟蒙了。站在门口被人推来搡去，好半天才反应过来，抓住一个面目陌生的男人问：“请问，您是不是走错灵堂了？”

那男人指着灵堂正中的黑白照片：“怎么会？就是为湛羽来的呀！”

“那您是他什么人？”

那男人上下看她一眼，不客气地问：“你又是他什么人？”

“我是他姐姐。”

“哎哟，”男人的表情一下端肃起来，“对不起，我也是从网上看到今天开追悼会，特意过来送送。”

季晓鸥点着前面的人群："那些都是网友吗？"

"应该是。"

"那些记者又是怎么知道消息的？"

那男人看她一眼："你不怎么上网吧？这案子现如今闹多大了啊，他们大概也是从网上看到的。"

得到答案，季晓鸥顾不上再跟他啰唆，奋力分开人群，找到今天作为家属代表主持大局的湛羽小姑。显然她也为眼前乌泱泱的局面摸不着头绪，寒冬腊月竟出了一脑门细汗，平日的泼辣消失了一半。

"小季，"她惊慌地问，"这是怎么啦？怎么来这么多人？"

季晓鸥拍着她的背安慰："姑姑，您别管那些人，就按昨天咱们商量好的顺序来，该干什么干什么。"

季晓鸥这会儿可没想到，待会儿还有更意外的事在等着她们。湛羽的老师代表学校致慰问辞，刚对着写好的稿子念了个开头，便被打断，灵堂门口一阵骚动，接着人群中间自动分开一条道路，有人一溜儿小跑冲进来："市局领导来看望家属了，家属呢？快快快，快过来！"

因为有白发人不送黑发人的风俗，湛羽父母没有跟来殡仪馆。在场的湛家亲属都没有料到半空里会横插进来这么一幕。这些人平时也就是嘴硬，自诩见多识广，真遇到大场面反而怯场，彼此面面相觑，完全不知如何应付，一个两个全往后出溜儿。

季晓鸥情急之下忘了自己的身份，从来宾站的位置挤过来，将小姑推到亲属队列的第一位站好，再把其他亲属按照亲疏关系重新做了排列，一通忙活之后，领导们来了，原来气氛肃穆的灵堂忽然变得像新闻联播现场，湛羽小姑一脸茫然地跟他们握手，走在最前面的领导紧紧握着她的手，语声沉痛："我们早该来了，来晚了啊！请相信我们，相信我们的公安干警，一定会以事实为依据，以法律为准绳，公正处理，严惩凶手。"

湛羽小姑今天穿了一身簇新的黑色衣服，她本来就五官端正，此刻在此起彼伏的闪光灯下，热泪纵横，亦紧紧握着对方的手，声情并茂，用词极度得体："感谢党，感谢国家，感谢政府，感谢领导的关心！"表现跟电视上经常出现的那种情绪稳定的正常家属一般无二。

季晓鸥十分诧异，这才想起她下岗之前据说也是工厂的工会干部，难怪对此如此熟悉，非常时刻才能超水平发挥。

待领导旁边的人送上慰问金，她的眼泪流得更急，连声嘟囔：“谢谢谢谢，谢谢政府……”

季晓鸥不想再看这装腔作势的场面，不明白哪怕是正常的姑侄之情，怎么一进入媒体宣传套路，就变得如此假模假式？她扭过头，正对上湛羽的大幅照片。湛羽的嘴角微微提起，带着不易察觉的嘲谑之意。似乎今天这所有的仪式与场面，都与他毫无关系，他也在嘲笑人间这荒唐可笑的一幕。

几位领导一离开灵堂，媒体跟着撤走了大半，估计都是冲着明日头版“市局党政领导亲切慰问被害人家属”之类的新闻才来的。这些人一走，灵堂里清静许多。

终于到了最后向遗体告别的环节，亲友自动站成两排，绕着死者缓慢走过。这一圈走过去，湛羽将被推进焚尸炉，灰飞烟灭，从此与他的父母等亲人阴阳相隔，再不得相见。灵堂里回荡着哀乐声，也回荡着呜咽声和痛哭声。

季晓鸥慢慢走过去，眼泪止不住流下来。湛羽躺在玻璃罩里，躺在鲜花丛中，从头到脚蒙着白布。季晓鸥曾想掀开白布与他做最后的告别，但被殡仪馆的化妆师婉言劝止了。他说：“姑娘，你还是记得他生前的样子吧。他若有知觉，也不会愿意被你们看到如今的模样。”季晓鸥完全明白他的意思，所以只是隔着白布最后一次摸了摸湛羽的头顶，冰冷的感觉像针尖儿一样刺入她的手心。

想起第一次与湛羽相见，那个地铁里让她惊艳的青葱少年，就这样冰冷地离去，永不重逢，季晓鸥像是又回到了奶奶火化那一日，心中的悲苦如同砸碎了的玻璃碴儿，划开每一道神经的外壳，将深入骨髓的锐痛长久地留在她的身体里。但她知道，此刻再多的伤痛，都如同隔着一层坚韧的皮革，因为心里还未完全接受逝者的离世。最大的伤痛将在日后，在每一个不经意的瞬间，骤然想起他生前的点点滴滴，明白今生缘分已尽，来世再不相见的悲伤，才是伤人至深的利器。

承载湛羽的灵床在极其缓慢地下降，将从灵堂降进底层的焚化间，所有人都默默地注视着，因为最后的时刻到了，这一眼之后，将是今生今世永远的诀别。

哀乐停了，终于安静下来的房间，却有一声撕心裂肺的惨呼蓦然穿透灵堂：“小羽……”一个披头散发的女人几乎是连滚带爬地冲进灵堂。

季晓鸥这一惊非同小可，简直魂飞魄散，急怒之下哑着嗓子喝了一声：“拦住她！”可是灵堂内的人似乎都被方才那声惨呼吓住了，一时间竟无一人动手阻拦，眼睁睁地看着李美琴踉踉跄跄扑到灵床上，死死抓住灵床的边沿，就要往灵床上爬，一边爬一边哭号：“儿子，妈来晚了，让妈看看你，以后再也看不见你了小羽啊……”

灵床的框架剧烈摇晃着，发出叽叽嘎嘎的噪音。站在旁边的殡仪馆司仪想把她拉下来，可她腾出一只手就给了他一巴掌。对方冷不防挨了一耳光，大怒，要还手，旁边的亲戚赶紧去拦，双方立刻扭打在一起。而站在前面的人怕祸及自身急着往后退，后面的人担心错过热闹拼命往前挤，灵堂内顿时乱成了一锅粥。

季晓鸥悔得跺脚，只想给自己一个嘴巴，对刚才没有要求关门清场后悔莫及。不让李美琴参加今天的告别仪式，是昨天晚上大部分亲戚都同意的决定。所以今儿一早出发时，特意留下两位娘家的亲戚在家照看她。但没想到她还是赶来了。此刻就怕李美琴顺手掀起白布单——她只知道湛羽死了，被人害了，却不知道他死得那么惨，被人连捅数刀，刀刀致命，且死无全尸。所有人都将这个消息瞒着李美琴，没人敢和她当面谈起这件事，也没人敢去看看湛羽最后的样子。季晓鸥无法想象白布单一旦被撩起，下面会是一个什么样的场景？她只怕李美琴会当场疯掉。

她想赶紧过去，可是周围太乱，她逆着人流而动，一跤绊在某个人的腿上，一下子失去平衡倒了下去，摔在地板上。顾不得察看一下火烧火燎的膝盖，她爬起来拨开前面的人头挤进去，终于抱住了李美琴。

“阿姨阿姨阿姨，你别这样。”

“美琴，你这样不行啊，会惊着孩子的。”

她和小姑合力搂着李美琴往门口走，两个人都在哭，边哭边劝，“咱们出去，出去再说好吗？”同时向殡仪馆的工作人员示意，让他们赶快把灵床弄走。

李美琴却爆发出一声更加尖利的哭号：“小羽啊，你不在了妈活着还有什么意思啊？小羽你把妈一起带走吧！”凄厉的回音激荡在季晓鸥的耳边，她顷刻就失去了听觉。这一瞬间，李美琴的力气忽然大得惊人，居然接连甩开季晓鸥和小姑，再次扑到了灵床上。工作人员见多了这样生离死别的场面，甚是不耐烦，毫不吝惜地用力掰开她的手指。她被搡倒在地，两个男人上来，将她架了起来。李美琴在他们的手中拼命挣扎，两条久无力气的腿竟又踢又踹，嘴里发生“嘶嘶”的声音，嘴角全是白沫，状如疯妇。她一直被架出了灵堂，才被放下来。毕竟身体有病，刚才那场大闹，已经彻底耗尽她的体力，完全委顿下来，整个人瘫在地上，语声微弱。

“小羽，你不是说要给妈买套有电梯的房子，让妈想什么时候出门就什么时候出门吗？妈等着呢，一直等着呢，你想让妈等多少年哪，多少年妈才能再见到你…… ”

灵床终于降下去了，从人们的视线中消失了，落在下面的一辆推车上，被推进了一条长长的走廊，每个人最终都要独自走过的一段最寂寞的路。

季晓鸥快步走出了灵堂，她以为自己会再次痛哭。可是，没有。她的眼泪像是坏了的水龙头，硬生生停了，眼球也异乎寻常的干涩。透过走廊的窗户，她看到室外干枯的槐树枝，春天的时候那里必是一片葱绿。可树叶落了终有再回来的时候，一个活生生的人走了，此生却再不可相见。这个乱糟糟的结尾和漫长的人生相比，简直简陋、仓促得让人难以置信。泪水终于慢慢分泌出来，浮在眼球表面，像一个放大镜，于是她看到了一生中尺寸最大的落日，在树丛的上方缓缓而行，暗红的光芒晕染了半个天际。在这瑰丽的背景之上，焚化炉高大的烟囱里，不绝冒出缕缕青烟，不知是谁的灵魂飘向天际。

季晓鸥没有和湛家的亲戚们一起坐大巴回城。仪式一结束，她就听见有人抱怨，声音不大不小，恰好能让她听见：灵堂太简陋，仪式太简单，花圈太轻巧……所以对这帮人，她只望此生再不相见。唯一挂心的就是李美琴。其他人的悲伤或真或假，出了殡仪馆恐怕就会消失大半，真正痛苦，且会一直痛苦下去的，只有李美琴，她怕她撑不过这一关。可这会儿她也顾不上李美琴了，她得先顾自己的命。仪式一结束，她就觉体力不支，耳边嗡嗡直响，似乎随时都能栽倒在地昏死过去。强打起精神等祭奠完毕，该烧的全都一把火烧得干净，众人扶着李美琴去等湛羽的骨灰，闲杂人也都散得差不多了，她终于能够脱身。

回城的路上几乎没有出租车，大过年的，极少有司机愿意来殡仪馆火葬场这样晦气的地方。路边黑车倒是停了不少，一问价钱季晓鸥便放弃了，几乎是正常打车价格的三倍。她直奔不远处的公交车站，登上一辆进城的公交车。

始发站乘客不多，她在倒数第二排找个位置坐下，为的是避免待会儿让座的可能，这会儿她一丁点学雷锋的体力都没有了。

车启动，她闭上眼睛靠着车窗休息。已经连续五六天，每天的睡眠时间都不超过五个小时，再加上重感冒，没过一会儿便觉得倦意排山倒海一般席卷而来。似乎有人在她身边坐下，和她搭话，叫她的名字。季晓鸥想睁开眼睛，可是眼皮却变得似有千斤重，竟无法从浓重的睡意中挣脱出来，恍惚间像是打了一个盹儿，也就几十秒左右，她就看见湛羽站在眼前，穿着她送他的那件红黑相间的菱形格毛衣，笑容满面地向她挥挥手。

季晓鸥蓦然惊醒，睁开眼睛看清周围的环境，看清自己身处一辆四处漏风的城郊公交车上，忙不迭又闭上了。方才那一幕，像极一个定格的画面，如此逼近，如此清晰，连湛羽脸上每一处微小的细节都清清楚楚。现实中的湛羽，笑起来总带着一丝抹不去的苦涩，而梦中的湛羽却笑得极其灿烂、舒展，仿佛摆脱了人生的一切挣扎和束缚，而不是与青春美丽和亲人的生死永诀。

她的眼眶再次发热，眼泪在里面滚来滚去。她觉得湛羽肯托梦给她，一定是为了表示他的谅解和宽容，不再计较她那些过分的话。就在泪珠将落未落之际，有人在她肩膀上轻轻拍了一下："晓鸥。"

季晓鸥转过脸，透过模糊的泪眼看清身边的人。身边的人长着一张白净的脸，头发上抹了大量发蜡，用小梳子在脑门上方梳理出细致的纹路，再加上脖子上的深蓝色方格围巾，很有一百年前的民国气质。季晓鸥被他的形象激得打了个寒战，竟然彻底清醒了。

"林海鹏，你怎么会在这儿？"

林海鹏说："我一直就在你身后。你没有看见我罢了。"

"差点都认不出你了。"季晓鸥皱眉看着他，"打扮成这样，快跟当年上海滩吃软饭的白相人有一比了。"

林海鹏叹气："你说话别那么夸张好吗？给人留点面子。其实你也一样，看你那脸色，青白青白的，一点红润都没有，跟吸毒的一样。"

季晓鸥白他一眼："你才吸毒呢。"

林海鹏笑笑："中气这么充足，看来没事，我还担心你生病了。"

这话说得季晓鸥有点不好意思，她的嘴虽然毒，可不是不知好歹的人。属于没话找话的性质，她问林海鹏："年根儿底下，你不准备点年货赶紧买票回家，来这里做什么？"

林海鹏说："看看热闹。网上炒那么热闹，不来看看实在可惜了。"

季晓鸥转过脸，上上下下又仔细看了他几眼：“看热闹？来殡仪馆看热闹？有病啊你？”

“病没有，好奇心有。”林海鹏不理她的刻薄，答得不卑不亢，“自己前女友认识的两个男人，一个当小白脸的被人杀了，一个有点身份成了犯罪嫌疑人，这热闹可不是每天都能碰到的。”

季晓鸥这一刻只觉得脑筋出奇的迟钝，把他的话在脑子里来来回回过了几遍，依旧没有明白其中的意思：“你乱七八糟说什么呢？前女友？请问您说的是否是区区在下？”

“是啊，除了你还能有谁啊？”林海鹏面对她，镜片后面的眼睛里跳跃着兴奋的光点，“我跟你说过吧，那些有点背景的没什么好东西，吃喝嫖赌，没有不敢做的，你当时还不爱听，甩手走了。怎么样，我说得没错吧？现在连杀人都干了，大丈夫冲冠一怒为红颜是佳话，可他为一男的而且为一小白脸算什么呢？”

季晓鸥听得愈发糊涂：“你说谁呢？严谨？”

“不是他是谁？”

“林海鹏！”季晓鸥勃然大怒，她的声音哑了，可气势还在，“害湛羽的是个无良商人，这人跑了，公安局还在找他。你当我面儿胡说八道，不怕我抽你？”

这回轮到林海鹏吃惊了，他盯着季晓鸥看了一会儿，像是突然明白过来，哑然失笑：“你不知道凶手已经被抓住了吗？晓鸥，你有多久没上网了？”

“一个星期。”季晓鸥睁圆了眼睛，“怎么着？”

“那就难怪了。”林海鹏一向矜持，连笑容都像是用直尺和圆规规划好的尺寸与弧度，此刻却笑得似失去控制，他低头摆弄了一会儿手机，然后递给季晓鸥，“你看看吧。”

他用的是一个最新型号的 iPhone 手机，季晓鸥不想接，可是目光直接被屏幕上的内容给勾住了。林海鹏只是用百度搜索了“严谨”和“碎尸案”两个关键词，整整一个网页上都是题目相同的一条新闻，《碎尸案：嚣张的身后是权力骄横》，显然是被短时间内大量转载的结果。

季晓鸥的心脏仿佛漏跳了一拍。这几天她早出晚归，又不习惯手机上网，果然像是漏掉了重要事件。她拿过手机，点开其中一条，只看了几行，尤其是看到严谨作为“碎尸案”的犯罪嫌疑人已被刑事拘留这几句，她的手就哆嗦起来。写文章的人网名叫“正义使者”，文笔极好，用娴熟煽情的文字，描绘了一个嚣张跋扈的子弟，求而不得因爱生恨，最后杀人碎尸的故事，细节详细，仿佛整个过程都是执笔人亲眼看见。而被害人湛羽为延续学业和赡养父母，被迫卖身的经历则被描述得催人泪下，文章作者对网民的心态把握得极准，完全知道何时该煽情，何时该义愤，特别强调是权力对这个世界的极度蔑视，最终水到渠成升华为一个结论：贫家子弟求助无门、上升无路，权贵却凭借财富和权力资源、对社会公共准则和法律底线进行肆意的破坏和践踏。此结论俨然与某些积郁难收的观念融为一体，因而催生了网络上滚雪球一样的疯狂转发和评论。

季晓鸥并没有看进去多少，最前面几行字充填在她的胸臆间，已经让她呼吸困难。只觉得周围一切声息都突然被放大了，汽车发动机的轰鸣仿佛是重型坦克碾过地面，周围乘客的说话声如同高频的分贝冲击着耳膜，她自己心脏的搏动也像擂鼓一般。

原来严谨一直没有跟她联系，是因为进了看守所。

原来杀害湛羽的，竟是严谨？！杀人后残忍分尸的，竟是严谨？！

可能吗？怎么可能？他怎么可能做出这种事？他不是一直帮湛羽，为什么最后要做这种事？为什么？

第十四章

人不是我杀的

季晓鸥回家就病倒了，高烧，烧得满嘴谵语，连夜被父母送进医院，急诊医生一听前胸后背，满肺水泡音，得，肺炎，立刻收治住院。

季晓鸥有生以来第一次在医院过了一个惨淡的春节。病房内外空落落的，大概除非万不得已必须留医的病症，其余人都回家过年了。初二那天她退了烧，喝了一碗小米粥，终于有力气坐起来了。对前来探视的父母，她提出的第一个要求就是："爸，你的笔记本电脑借我用用。"

眼见女儿好点了，赵亚敏提到喉咙口的一颗心总算复了原位，收敛多日的本性又露出原形，将一摞丧葬费的账单扔在季晓鸥面前——这是她帮季晓鸥洗衣服时发现的，开始了例行的家庭教育时间。

"我说节前怎么天天见不到你的人影儿，原来在忙这个呢！这是谁呀？人死了还得你出钱？我要哪天没了你有这孝心吗？啊？二十九那天小云找我，说大家都等着领工资红包回家过年，我一查你银行的账，好嘛，敢情一分钱没有，都拿去给外人充大方了！最后还得我贴钱给她们几个发了工资。你说说，别人家的儿女过春节都几千几万的孝敬父母，我养你图什么呢？我这辈子该你的吗？"

季兆林当然明白是怎么回事，虽然认为季晓鸥有点犯傻，但既答应了女儿要严守秘密，他就不能出尔反尔毁了慈父的形象，只好苦劝妻子："好了好了，晓鸥才刚好点，你少说两句。"

季晓鸥自知理亏，当初冲动之下答应为湛羽的丧事出钱，的确没有考虑美容店的正常支出。所以她低着头，任凭母亲喋喋不休，只装作什么都没有听见，专心用电脑搜寻湛羽案的信息。季兆林的电脑用的是无线网卡上网，速度十分缓慢，打开一个网页需几十秒，或者根本就打不开，季晓鸥的躁性子被磨得火苗乱蹿。

赵亚敏坐了一会儿，见季晓鸥始终蔫蔫的，对她的话左耳朵进右耳朵出，体谅女儿大病初愈，她终于网开一面，跟着季兆林回家去了。临走前不忘强行收走笔记本电脑，叮嘱她少看电脑多休息。

病房内又只剩下季晓鸥一人，她合眼躺了一会儿，心烦意乱地坐起来，给方妮娅打了个电话，求她带几份最近几天的报纸来。

方妮娅一个多小时后才赶到，背着一个硕大的黑色软皮包，里面不仅有报纸、杂志、水果和零食，她还将自己的 iPad（平板电脑）也带到病房。见到她，季晓鸥才似见到真正的亲人，被她的细心体贴感动得无言以对。但方妮娅的情绪却不是很高，脸色黄黄的像生过一场大病，眼睛下面有明显的眼袋，眼泡微肿，像是昨晚哭过。

季晓鸥伸出手指揉揉她的眉头："怎么啦？怎么大过年的一点喜兴气儿都没有？是不是你公公、婆婆来过年，跟他们吵架了？"

方妮娅摇头："不是。是件特别恶心的事儿，恶心得我都不知道怎么说，你先别问，等我心情好点再告诉你。"

季晓鸥便拍拍她的手背："好的，妮娅姐。"

方妮娅低头抽了抽鼻子，忽然又说："湛羽的事，我刚在网上看到。看了他的照片，我才知道他叫湛羽。那么好看一小孩，怎么命那么背呀？"

季晓鸥本来斜倚在枕头上，听到这句话，上半身弹簧一样挺直了："网上现在说什么？"

"说什么的都有，全乱了，我一句两句还真说不清楚。晓鸥，怎么连你都被扯进去了？虽然他们没点名，可那些背景描写，一看就是你。"

季晓鸥怔了一下："说我什么？"

"说你和严谨，说你和湛羽，嗐，我还是别转述了，你自己上网看去吧。你也真够倒霉的，怎么搅进这种烂事儿里去？湛羽就甭提了，我跟你说过吧，这孩子一身都是故事，复杂着呢，你还不信，怎么样，我没说错吧？"

季晓鸥扯扯嘴角，苦笑一下，一句话也说不出来。

"还有那严谨，如今网上他的照片到处都是，从他爷爷辈儿算起，三代家世都被搜索出来了，你说说，凭他的身家和条件，他想要什么人弄不到手啊？怎么就那么死心眼儿非湛羽不行？杀人也就算了，还碎尸！你说说，是不是他们这种不一样的人，思维方式也和咱们不一样啊？”

季晓鸥还是没有说话，只是疲倦地闭上眼睛。

“晓鸥，你怎么啦？”

季晓鸥开口，声音里透着无限疲惫：“我有点累了。”

方妮娅知趣地站起身：“我正好还有点事，就不陪你了，iPad 你先拿着用，要想上网，出门随便找个有 WiFi 的地方就行。不过你看的时候可悠着点，千万别上火。网络就那样，什么鸟都有，不上网你都不知道世界上还有那么多傻子和变态。”

等方妮娅离开，季晓鸥抱着 iPad，趁着当班的护士不注意，溜出了病房，在医院附近找到一家肯德基。正值春节，人很少，她点了一杯热红茶和薯条，找了个角落坐下。她此行的主要目的是为了蹭店里的免费 WiFi。

春节期间，网络的访问量比平常少得多，但季晓鸥还是很容易就在常去的大型论坛里找到几个她想找的帖子。其中最热的一个帖子，题目是《特大杀人碎尸案的真相》，因一度首页置顶，点击数达到几十万，评论更是马上就要突破一万条。她打开原帖，仅仅浏览了二十多页，便实在看不下去了，“啪”一声将 iPad 反扣在桌面上，只觉齿根一阵阵发酸，是刚才因紧张将牙齿咬得过紧。

对于热点事件，网上的评论总是呈现出泥沙俱下的鲜明特征。以前遇到类似的事情，才不管正方反方谁对谁错，只图看个热闹，一旦同样的遭遇降临在自己身边，面对那些不负责任的言论，甚或言辞恶毒的人身攻击，季晓鸥方才明白了什么叫网络暴力，什么叫切肤之痛。

在那些热帖里，湛羽在酒吧工作的身份被彻底揭穿，有人甚至上传了他在“别告诉妈妈”酒吧里和同性客人调笑亲热的照片。照片中的湛羽风流轻佻，将春节假期前他的同学为他营造出的自强不息的大学生形象彻底粉碎。于是那照片下跟随的一片评论，那些感觉被利用、被骗取了同情心的网友，几乎都是破口大骂，用词之脏简直让人目不忍视。

至于严谨，在这个帖子里，强大的搜索将他扒得更加彻底。不仅他本人的信息被完全披露，连他父亲的名字与身份都被公开。在那些支离破碎的信息拼凑下，他俨然是一个巧取豪夺、贪赃枉法、好色贪杯、人格扭曲的人。

而在由网民自行演绎的被害人与犯罪嫌疑人纠葛不清的情感剧里，季晓鸥亦有份出演。一个自称知情人的网友现身，将她拖进泥潭。这个网友的名字也叫“正义使者”，和季晓鸥在林海鹏手机上看到的那篇文章的作者像是一个人。在他的描述里，季晓鸥被称为J女士，是一个脚踩两只船，既拜金又好色的女人，毫无羞耻地游走在老少两个男人之间。于是顺理成章的，网友的开骂便直奔了下半身和生殖器而去，字里行间都似带着刻骨的仇恨，还有人叫嚣着要搜索她，贴她的照片出来示众。

面对如此荒唐的指责和攻击，季晓鸥被气得手脚冰凉，她不知道这个网名叫作“正义使者”的人到底和她有什么冤仇，要如此编造故事诋毁她？她控制不住冲动，想要澄清真相，可是敲下一大段文字之后，需要按发送键的那一刻，她又犹豫了。将近十年厮混网络的经验，让她明白，在网上没有讲道理的地方，这种事只会越描越黑。她说得越多，暴露的个人信息也会越多，怕只怕引火烧身，像以前的类似案例一样，最终的局面会完全失控：当事人的现实世界被摧毁得一败涂地，而网络上那些唯恐天下不乱的网友，换个网名就能抹去过往一切痕迹，像初生的婴儿一般纯洁无比地重新来过。

在怒火中烧的同时，也有份恐惧渐渐盘踞在她的心头。这几天躺在病床上，回忆起和严谨相识后的点点滴滴，她不能相信像严谨那样简单直接、面冷心热的人能做出如此灭绝人性的举动，即使对湛羽最后出现在严谨住处这件事始终耿耿于怀，她也不能将严谨与杀人凶手间画上等号。看到有人在帖子中频频质问，为何公安局迟迟不能对严谨实施正式逮捕，是不是因为他父亲的关系？再联想年前从林海鹏手机上看到的那篇网文，她感觉这些看似松散的网络言论中，似有一股明显的引导倾向，要把湛羽案与司法黑幕强行捆绑，仿佛要故意强化社会的仇恨，将严谨作为典型推向舆论旋涡。假如她的感觉正确，那么又是谁，或者说是什么力量要处心积虑地置他于死地？

季晓鸥呆坐了很久，脑子里像一锅煮开的水，反复煎熬着那些扎人心肺的字眼儿。在她的脑海深处，有一个令人烦恼的印象，有一个说不出的迷迷糊糊的疙瘩。她认为是严谨的被捕使自己感觉烦恼，因为这种意料之外发生的祸事总是会让人感到心烦意乱的。眼瞅着窗外天色已暗，怕护士发现了责怪，她返回了病房，心里却始终充满着一种莫名其妙的不安。

那一夜她翻来覆去，无论如何也睡不着。自从火化那天在梦中见到湛羽告别，再加上几天的高烧和昏睡，不管她是否情愿，他的影子就如同渐渐褪色的剪纸，在她心中终是一天天淡了下去。可是严谨不能。只要闭上眼睛，就能看到严谨。起初只是局部和平面，他桀骜不驯的短发，浓黑的眉毛，挺拔的鼻梁，棱角分明的嘴唇，那些局部渐渐合并起来，有了弧度和轮廓，最终合成一张熟悉却又陌生的脸。

黑暗中她看着他，迎着他深黑发亮的眼睛，一遍一遍地问："你到底有没有杀湛羽？"

但每次他都不回答，嘴唇抿得紧紧的，黑色的瞳孔里只有哀伤和痛楚。

熬到两点，她爬起来找护士要安眠药，结果被值班护士训斥了两句赶回病房，然后她几乎睁着眼睛失眠到天亮。

是夜同样失眠的，还有看守所内的严谨。他也是有生以来第一次在看守所内度过一个难忘的春节。

除夕那天，恰好是他刑事拘留七天期满的时间，一大早他就被带出监室，所有人都以为他要被放出去了，他自己也认为终于熬到头了，和所有人郑重告别，将在看守所内买的被褥、鞋、烟和其他乱七八糟的东西都留给同室的犯人，自己披着那件没有纽扣的外套，一身轻松迈出了铁门。然而这一次，他依旧没能走出看守所的大门，而是被带到了提审室，签署了一份《逮捕证》。

严谨对着那份《逮捕证》看了很久，忽然觉得这一出戏的情节完全没有逻辑，荒唐得可笑，太可笑了！太可笑了！但笑是无论如何都笑不出来的。

他知道，刑事案件的《逮捕证》并不是随意签发的，需要市局和检察院两级批准。他的逮捕能被批准，证明专案组已经找到了关键性的证据。可现实是他根本没有杀过人，有什么证据能让检察院同意批捕？

过去的七天，专案组没有任何人同他接触，送《逮捕证》的，也是两位素未谋面的年轻刑警。无论严谨如何发怒、如何咆哮，两人都是一般无二的面无表情，任他随意发泄。

严谨感受到从未经历过的巨大压力，这是哪怕十几年前的生存训练，他一个人在四面荒野无水、无粮、无救援的状态下都未经历过的恐惧。从他进了看守所，就被与外界严密隔离，至今也不知道外面究竟发生了什么。他像是被扔进一个巨大的黑洞，所有的声音、所有的努力都被吸收得干干净净，听不到一点回应。他第一次意识到个人的力量有多么渺小，无论你是什么人，无论你曾有过什么背景，都会在这面铜墙铁壁前被撞得粉碎。

想通这点，他终于冷静下来，顺从地在《逮捕证》上签上自己的名字，然后问："我什么时候可以见律师？"

刑警冷冰冰地回答："能见的时候自会通知你。"

都以为再不会见到严谨了，他原样回返让同监室的人大吃一惊，好像见到了外星人。尤其是李国建，眼神发直，嘴张得几乎能塞下一个双黄蛋。严谨上去抽了他后脑勺一下："犯什么傻？是老子回来了。"

"谨哥，怎么回事？您不是说要回家过年了吗？"

"爷没那福气，这回是正式逮捕。不过你们这帮小子有福，又能跟着吃大户了。"

李国建挠挠后脑勺，尴尬地笑两声，没有接话。

严谨刑事拘留的这七天里，除了家人来送过三万块钱，还有一些得知消息的朋友也陆陆续续地来过看守所，人肯定见不到，他们就留钱。严谨人缘好，来看他的人很多，不过三天工夫，他个人账户里的余额就达到了上限三十万元，没法儿再往里充钱了，可送钱的人还是源源不断，看守所不得不通知严谨的家人，将他账户里的钱提走一部分。这边刚提走，那边又有新钱涌入。所以在过去的几天里，严谨所在的六号监室，每个人都在帮严谨花钱。虽然看守所里能花钱的地方也不多，除了那个小超市。小超市里货物品种有限，但香烟、方便面和火腿肠是管够的，袋装烤鸭之类的用来改善一下伙食的食物也是足够的。每天早、中、晚三顿饭，都会有人替严谨把食堂的饭菜送过来，他吃不完的东西，监室里的所有人，只要乖乖不闹事，都能分到一些打打牙祭。这对一天三顿吃的都是看守所缺盐少油的正常伙食的人来说，简直比春节联欢晚会还要令人期待。带组的干警也对他特别客气，比他刚进来的时候客气多了。短短七天，严谨就成为六号监室里名副其实的老大，李国建反而沦落成他的跟班。

看到严谨返回六号监室，不少人打心眼儿里长出了一口气。这口气里包含的不仅是对物质享受的期待，还有对严谨本人的信任。他虽然是以杀人嫌疑的罪名进来的，可是为人处事没有一丝暴戾之气，只要不跟他捣蛋，他对监室里所有人都一视同仁，而且他来了之后，也不许李国建他们再对任何人实施体罚，更不能欺负新进来的嫌犯。

其他人心里暗暗高兴，严谨心里却有点堵得难受。歪在大铺上抽了几根烟，他渐渐缓过劲儿来，开始接受自己目前的处境。从最坏处往好里看，批捕之后他就可以见委托律师了，也可以和家人通信了，不管怎样都好过如今的处境。

想明白了，他的脸色便阴转多云，几乎打结的眉毛也舒展了。见他颜色稍霁，李国建趁机凑上前，压低声音说：“谨哥，问你件事儿。”

“说。”

“您真的杀人了吗？”

严谨看他一眼：“你觉得呢？”

“我不相信。”

“那不就结了？”严谨苦笑一声，“我也不相信。”

“家里给找律师了吗？”

严谨摇头：“不知道。待这儿七天，外边的消息一点都进不来。”

李国建便说：“嗯，那批捕也好，总算能见到律师了。谨哥您可得往宽里想，真的假不了，假的也真不了。”

严谨“嗐”一声：“你不用安慰我，老子不怵这个。我问你，从批捕到一审，大概得多长时间？”

“不好说，看案子了。短的一两个月，长的两年都有。你看四号监室，有一个经济案的，公安局递交的案件材料，被检察院驳回两次了，既不能判又不放人，这都两年多了，还押着呢。”

严谨不出声了，半闭眼睛拿手摸着下巴和腮帮上的胡子，摸了好半天，李国建都怀疑他睡着了，他却突然睁开眼睛：“哪儿能搞个剃须刀来？这整天胡子拉碴的太影响哥们儿形象了。”

李国建笑了：“谨哥，这儿又没有花姑娘，您打扮得再好看也没人看呀。”

严谨脸一拉：“你怎么这么多话？”

李国建赶紧补笑：“行行行，我这就想办法去。”

一旦明白得在这个环境里学会随遇而安，严谨身体中的乐观主义者基因就开始占上风。他必须得找点乐子打发时间，才能把每一个焦虑的日子延续下去。他坐起来，看了看左右。这会儿正是上午学习的时间，大家都按照李国建的指示，盘腿坐在大铺上，大部分人都闭着眼睛，说是默背《看守所管理条例》，其实是在打盹补觉。只有严谨正前方的地板上，靠墙坐着一个十八九岁的男孩，正捧着一本厚厚的书看得入神。按说看守所里是不允许看书的，唯一的例外是法律书籍。严谨伸手把那本书取过来，果然是本《法律大全》。

面对男孩惶恐不安的眼睛，他合上书在手里拍了拍：“看得明白吗？”

男孩声音低得像蚊子哼哼：“看不太懂。”

“那你看什么呢？”

“看看我能判几年。”

“你犯什么事了？说说，我帮你看看会怎么判。”

严谨来了兴趣。这孩子是头天晚上后半夜被送进六号监室的，当时干警只说给他换个监室，半夜没人肯起来为他腾地方，他没地儿睡觉，就在墙角蹲了一夜。都还没来得及问问他是因为什么原因进来的，为什么换监室。

这会儿男孩脑袋低得都快钻到铺板下面去了：“我杀了我妈。”

“什么？”

“我杀了我妈。”

“你亲妈？”

“嗯。”

他的声音比刚才大，不仅严谨，连邻近几个人都听明白了。即使这些人都不是良善之辈，属于严谨眼中的人类渣滓，却也被这句话给惊呆了。

严谨盯着他，一时间竟无法错开目光。男孩空心穿件不合身的旧棉袄，下面是条破旧的警服裤子，裤腿过长，卷了好几折。棉袄太厚，监室里暖气太好，热得他大敞衣领，露出两块营养不良的嶙峋锁骨。再看看男孩从破袄袖子里伸出来的两根细细的手腕，严谨不能相信，这样细弱的一双手，竟然有杀人的力气！

“为什么要杀你妈？”他抑制不住自己的好奇心。

好奇的不仅是他一个人，李国建几个人都围上来追问：“对呀，为什么杀你妈？”

“我……”男孩哆嗦起来，两颗蝌蚪一样的黑眼珠子惊慌得到处乱窜。

严谨赶紧安抚他：“你甭怕，不打你，你说实话。”

“她对不起我爸。”男孩终于说。

“那你爸呢？”

“没了。我八岁的时候就没了。被她气死的。”

严谨和周围几个人交换一下眼色，又问他：“那你多大了？”

“十八。我一月份的生日。”

不知不觉间，男孩身边已经围了一圈人，个个脖子上都像吊着一根无形的线，朝前伸得长长的。听到这里，不约而同发出一声尾腔拖长的“噢——”六号监室里住的，除了严谨和男孩，基本都是几进几出的惯犯，就算不懂法律，可没吃过猪肉都见过猪跑，几乎所有人都明白，这个男孩的生命，已经进入倒计时状态。

男孩却仰起脸，充满希冀地问道：“大哥你说，会判死缓吗？”

没有人说话。好半天严谨才问：“你是自首吗？”

“不是。警察在爷爷家找到我的。”

严谨便摇摇头：“那就很难了。”

“可是她该死啊！”男孩忽然跳起来，原本苍白的脸涨得通红，竟然一把卡住严谨的脖子，对着高他一头的严谨嘶声叫喊，“她气死我爸，又把我爷爷气成半身不遂，她该死！早就该死了！凭什么我也得死？”

严谨被人捏着要害，那是一双杀死过一条亲人性命的手，虎口死死卡在他的咽喉处，他却连手指都懒得动一下，只是不动声色地看着他。倒是李国建忍不住，上来揪住男孩就给了他一拳，打得他跌在地上，口鼻都流出鲜血。正要上脚踹，被严谨拦住：“住手，别打了！”

正在这时，监室的门被打开了，一个干警站在门口喊了一声：“0382。”

没人答应。

干警的声音猛地升高了两倍：“0382？”

严谨蓦然醒过味儿来，干警喊的是他的监号，那个印在他背心上的号码：0382。他赶快站出来应答：“到。”

进看守所不过一个星期，耳濡目染之下，他已从最初的反感和抗拒，过渡到对这种应答方式感觉理所当然，可见人类的适应性有多强。

干警明显松口气：“怎么不早答应？我还以为你跑了。”

严谨顿时眼睛一亮：“哎哟，这儿还流行越狱啊？以前有成功的先例吗？”

干警沉下脸：“少贫嘴！甭忘了这是什么地方。”他扔给严谨一个包裹，“你家送来的，收好。”

这是一位三十出头的看守所警察，肤色白嫩，脸圆圆的，是张典型的娃娃脸。在看守所这种地方，长着如此善良的一张脸，基本上是一个悲剧。为了改善形象，在犯罪嫌疑人中间建立起足够的威信，他只好一天到晚老是黑着一张脸，好让自己显得有些城府。

严谨接过包裹，笑嘻嘻地对他说：“王管教，大年下的放松点，别老绷着脸，多累呀！”

那王管教没理他，正要转身出门，忽然看到瑟缩在墙边满脸是血的男孩，眉头一皱：“他的脸是怎么回事？ 0316，这谁干的？”

0316是李国建的监号，偷偷瞟了一眼严谨，他低声道：“他自己摔的，没人动他。”

王管教的眉头又皱了皱：“那以后让他小心点。把他换到你们监室，就是因为你们监室风气比较端正。他的案子二审下来，也就这几天的事了，甭给我惹事，听见没有？”

李国建说：“听见了。王管教，您放心。”

王管教瞪他一眼，往门口走了两步，想起什么事，又退回来，对李国建说：“你们谁能匀他件衣服？他自己的衣服进来时都被血泡透了。老穿那件破棉袄也不是事儿呀，这屋里这么热，甭捂出毛病来。”

李国建问：“他家没人送两件衣服？”

王管教说：“谁送呀？他妈死了，家里只剩下一个瘫在床上的爷爷，老头儿原来就靠捡垃圾为生，这一躺床上更是穷得连隔宿粮都没有了。”

“哦，知道了。”李国建拖长声音答应一声，却在脸上摆出明显不乐意的模样。严谨回头看看男孩，二话不说脱下自己身上的羊绒衫，走过去递到他手里。

那是一件真正的克什米尔羊绒衫，价值两千美金，他脱下来，毫无惋惜之意，“穿上！”他的口气不容置疑，“今晚上你睡我旁边。”

他旁边的位置，原是李国建的。两个最靠近铁门，空间最大，空气流通最好的地方。李国建刚要开口反对，严谨侧过头狠狠瞪他一眼，他不敢出声了。

晚上睡觉的时候，男孩躺在严谨身边，不停地抚摸着身上的羊绒衫，“真轻、真软、真暖和，要是能给我爷爷买一件就好了。”

严谨睁大双眼望着天花板，正头顶上有一片奇怪的水渍，像极一张正在流泪的人脸。他在想自己的心事。家里送来的包裹，里面是几套簇新的内衣和几条长裤。所有长裤上的金属扣或者金属钩，都被人细心地摘去，换成了塑料扣子。缝扣子的方式，严谨一看就知道是母亲亲手缝上的。四个眼的扣子，她只会缝成两个“一”字，而不是常规的“十”字。就算没有这些扣子，能想起准备内衣这样的细节，也只有他的母亲。此刻他真担心母亲的高血压，会不会因为他被逮捕的消息刺激到再次恶化。

男孩转过脸，嘴唇几乎贴在他的耳轮上，嘴里的热气直接喷进了他的耳朵眼：“我爷爷最疼我了。”

严谨被耳朵里那股奇痒打断了思绪，他不耐烦地侧侧身子，将自己与男孩的距离拉开几厘米。虽然他同情男孩，可这看上去孱弱的男孩，毕竟手下欠着一条命债，让他有点难以接受。

男孩没有注意他的举动，依旧亲热地对着他的耳朵，倾吐自己的心事：“我爸死了以后，那女人就不怎么管我了。想起来给我塞点钱，想不起来就把我扔在家里三四天，也不管我能不能吃上饭。有次我饿极了，跳进邻居的厨房偷东西吃，被人抓住揍了一顿，我爷爷就把我领回去了。爷爷捡垃圾挣的钱，还不够我们俩吃饭，我没办法再上学，只能回家帮爷爷。”

严谨的心神完全被搅乱了，不知道该如何应付这么一个十八岁的小杀人犯。听到这里他插了一句：“那你……你是怎么动手杀你……”

“爷爷家拆迁，她去跟爷爷说，我爸是独子，她一直没有再嫁，所以她也有继承权，继承我爸那一份房子，等爷爷死了，爷爷那份也归她。爷爷被气得脑出血瘫在床上，她还逼着爷爷立遗嘱，爷爷不肯，她就骂爷爷是老不死的，我手里正拿着菜刀，眼前一黑就……就砍上去了……真的，我当时两眼发黑什么都记不得了，哥，我真不想死……”

严谨叹口气：“你叫什么？”

“0379。”

“不是，我问你名字。”

“马林。”

“知道了，睡吧。”

也许是因为年轻，即使身负血案，即使担心自己不久之后的命运，一旦得到一个可以伸平四肢的空间，马林很快睡着了。

严谨睡不着。身边年轻、均匀的呼吸，不知为何让他想起湛羽。过去三十多年的生活背景，无法帮助他理解他们的世界与不得已；但从马林的身上，他仿佛看到一些共通的地方——那就是贫穷。

贫穷的确能给人带来奋斗的冲动，但更多的，却是不安与挣扎，压抑与窒息，贫穷能把一个人生命中应有的快乐片段彻底肢解。生而贫穷的确是种不幸，但随后的人生是黑是白，却要看人最终放出的，到底是心中的善意还是罪恶。很多时候只是一念之差，在挣扎的边缘迷失方向，为了证明自己的那一份尊严却因此堕入深渊……现在他只后悔当初对湛羽的态度太过恶劣。假如他对湛羽能耐心一点，或者最后再拉他一把，湛羽的悲剧也许就能避免，他自己也能免这场不期而来的无妄之灾。

过完正月，严谨又苦熬了十几天。三月十九号这天，王管教来到六号监室，通知严谨有访客。其时严谨正拿着一支半柄的牙刷头在苦苦研究：怎样才能利用衬衣上撕下的一段布条，将它牢牢固定在自己的食指上，以实现牙刷的真正功能。在看守所待了三十多天，他别的要求不多，什么都能凑合，唯有吃饭和个人卫生方面，对现有的条件极其不满。洗澡的热水不能每天供应，他又恢复了在部队时洗冷水澡的习惯。但他复员后养尊处优多年，又年纪已长，再不是当年未满二十的“小十三”了，寒冬腊月用冷水洗澡，那真需要过人的勇气。当他第一次在那个只有一平方米左右的卫生间里打开冷水龙头的时候，整条走廊都听得到他狼嚎一样的长声号叫，把当班的干警吓得够呛。

这会儿他对着牙刷思考得太过专心，面对这次期待已久的和外界接触的机会，抬起头时双目茫然，像是一时间没有弄明白对方在说什么。直到王管教重复一句“律师要见你”，他才如梦方醒跳起来，披上外套就想往外走，却被王管教拦住了。

王管教说：“先等等，有些规定程序要履行。”他的手上拎着一副发着暗光的手铐，两个铐环轻轻撞击着，发出悦耳的金属轻响。身后一名干警，手里则捧着一副沉重的脚镣。

“抱歉。”王管教说。

律师会见室里等着见严谨的，是一位身材矮胖、其貌不扬的中年人。等此人报出自己的名字，严谨心中暗生出的轻慢顿时消弭于无形，隔着不锈钢栏杆，他由衷地说出“久仰”二字。刑辩律师在律师行业里是公认的风险高和执业环境差，能在刑事辩护这一块做到一枝独秀，基本属于律师界的精英，业务能力和人脉都不容小觑。而这位周仲文律师，则是业内最著名的刑辩大律师，曾数次创造过起死回生的传奇。按说一般的案子，像周这种级别的大律师，前期根本不会出面，资料收集和整理工作都由助手完成。如今天一般亲自出现在看守所，实在不多见。

周仲文律师没有回应严谨的久仰，而是冲着他身后的警察扬起腕上的手表："我只被批准了一个小时的会面时间，麻烦您按《刑事诉讼法》的规定回避一下，我和我的当事人好抓紧时间谈话。"

他的话语声不高，却带着不容拒绝的从容，经历过大世面、大场面的从容。那警察瞟他一眼，没说什么，出门回避了。

周律师这才对着严谨笑笑："你还好吗？"

严谨扬起戴着手铐的双手，如实回应："不怎么好。换了你会感觉好吗？"

周律师看着他，很理解地回答："那是不怎么好。"然后他对身边一直埋头做笔录的助手模样的人说："你先问问题吧。"

这明显不合常情的举动，让严谨愣了一下。那人穿着白衬衣和周正的黑色套装，从他进来时就低着头，层次分明的短发纷披下来，挡在她脸颊两侧，隔着栅栏只能隐约看见额头和鼻尖。他也一直以为那人是律师助手，一眼瞥过并未多加留意。此刻看过去，他心里"咯噔"一声。

那人抬起头，脸上的五官因控制不住的扭曲有轻微的变形，随着双唇的口型做出一个无声的"哥"字，眼泪顺着她的眼角滚落下来。这所谓助手，竟是他的胞妹，严慎。

严谨立刻明白，妹妹准是顶着律师助手的名义混进了会见室。乍见亲人，他有无数的话要冲口而出，可是咬咬牙硬是忍住了。身边虽然没有警察监视，但谁也不能保证周围有没有监控或者录音。此事一旦败露，受连累最大的恐怕就是律师，被吊销从业执照是最轻的惩罚。

严慎显然也明白其中利害，更明白时间紧迫，迅速抹掉眼泪，她哑着嗓子开始说话："你的家人让转告你，他们都相信你，相信你绝不会杀人，你要坚持住，在里面要保重自己的身体，要对自己负责，更要对自己的家人负责。该说的话如实交代，不能说的话，无论遭受什么压力都不要胡说。"

严谨盯着她的脸，微笑了一下，点点头，然后问："我妈呢？她还好吗？"

严慎吸了吸鼻子："她很好。"

"老头儿呢？"

"他也很好。"

如此简短的几句对话，严慎说得谨慎而费力，尽量维持着面部表情的平静，然而她的眼睛却出卖了她。严谨和她在同一个娘肚子里待了九个月，又在十八岁前打打闹闹同一个屋檐下长大，对她表达喜怒哀乐的方式早已了然于心。这言不由衷的两个“很好”，其实在告诉他，他们很不好，起码不太好。

严谨将身体用力向后一靠，塑料椅子被压得“吱呀”一声惨叫，几乎要当场碎裂。他把脸转向窗外，A 城的初春，依旧难见绿色，下午四点的日光已尽显疲态，残余的一点温热穿过玻璃窗，落在他的膝盖上。这一刻严慎感觉她面对的不再是那个从小一起长大的严谨，而是一个完全不同的人。眉毛、鼻子、眼睛、嘴还是从前的轮廓，英俊得让她骄傲的哥哥，但他眼睛里那些豁达、自信，乃至常常让人误解为傲慢的东西，通通不见了。

她垂下头，用力地眨着眼睛，以阻挡眼眶里温热的液体再次涌流。

“咳咳，”等了几十秒，周仲文终于打破沉默，咳嗽一声，“说案子的事儿吧，时间不多了。”

严谨回过头，又恢复了满不在乎的表情：“那就开始吧，周律师。”

周仲文打开文件夹，将一份打印好的委托书从栏杆下递过去，“其实你的家人在你被刑拘两天后就委托我了，可我一直没有申请会见，因为在这之前，你的案子一直属于侦查阶段，侦查阶段一般是不允许任何人和嫌疑人见面的。其实就算现在，见你也很难……”

严谨听得很用心，视线落在周仲文的脸上，他的专注让对方感觉到肌肤被烧灼一般的刺痛。有句话，周仲文最终没有说出来，但两人在目光对视的瞬间，对那句没有出口的话都心知肚明。按照《刑事诉讼法》的最新规定，律师的辩护起点可以提前到侦查阶段，会见嫌疑人时也可以申请侦查机关回避，但一般来说，如果是重大刑事案件，犯罪嫌疑人又拒不交代犯罪事实的，侦查机关一定会在旁边监听。能申请到这次单独的律师会见，严谨当然明白这次见面机会有多么难得和宝贵。

迅速在委托书上签字之后，他抬起头问：“那么现在侦查阶段已经结束了？”

周律师点点头：“暂时算是吧。等我提完辩护意见，就可以进入审查起诉阶段了。”

严谨脸色一变：“就是说，警方已有足够的证据认定我是凶手了？”

周律师还是点点头，看着他的脸：“应该是的。”

“这么快？他们行动也太利落了。”

从两人开始搭话，周律师的视线就一直没有离开他的脸，此刻不知为何，他移开视线，轻轻笑了一下，“你说得对，这是我接受委托的案子中，警方行动最迅速的一次。”

“你为什么？”

“你猜猜。”

严谨愣了一下，没想到如此有名的律师，在这种场合还会用这种口气说话。他想了想，便按照常规去猜测：“上面施加破案的压力太大？”

“猜得不错。”周律师赞许地点头，“一般来说是这样。可是这回啊，主要因为出现了一个新玩意儿，微博。以前你玩过微博吗？”

严谨摇摇头：“不懂，没玩过。”

“我也不懂，可我女儿玩那个。她说，这是一种传播速度为光速、影响范围等同核爆炸的新型网络媒体。据说专案组原来是打算申请延长刑事拘留期的，因为证据还不是特别充足，但是受害人家属不知听了谁的主意，年前那几天，天天举着白幡和条幅堵在公安局门口，微博上闹了一个多星期，上边就受不了，每天一个电话追问案情进展，专案组只好申请了正式逮捕。”

严谨说：“法律方面我不是特别懂，但我知道一点，检察院能批准逮捕，至少公安局提供的证据能自圆其说。那我就不明白，除了在受害人在案发当晚去过我家，我们俩发生过肢体冲突，除了这些，还有什么证据能证明人是我杀的？”

严慎正在记录两人谈话的笔停了下来，周仲文则低头想了想，视线又慢慢落回到严谨脸上，他说：“我是你的律师，从接受你们委托那天起，我们就已是利害共同体。如果你信任我，无论我问你什么，你都要跟我说实话。”

“那当然。”

“那你告诉我，人，是你杀的吗？”

没有任何停顿，严谨坚决地回答：“不是。”

周仲文若有所思地看了他一会儿，咳嗽一声，接着又说：“那你能把那天发生的事跟我说一遍吗？要详细，尽量别遗漏任何细节。”

这话题已不知对着警察反复讲过多少遍，严谨几乎能倒背如流了，但此刻，他只能把这个重复过无数遍的故事，对着律师又重述一遍。

严慎手中的圆珠笔在纸上沙沙作响，桌上的录音笔也在无声地工作，周仲文认真地听着，没有打断过一次。直到严谨结束，他才低头翻翻手里的卷宗，“对了，讯问笔录里我看到你提过一个叫刘伟的人，这人是怎么回事？”

严谨只好把刘伟和湛羽的那些过往又重复一遍，然后说：“进来之前，我也托了朋友找这家伙，进来之后联系就断了，不知道他们找到没有。”

“这个先不管。从现在的情况来看，警方手里应该已经有了充分的证据。但没有你的口供，整条证据链里便缺了重要的一环，我想专案组应该十分清楚，即使提交了检察院，检察院也会提出异议，打回来重审。”说到这里，周仲文忽然停下，眼神漂移到了房间的角落，像是在想什么，然后他笑笑说：“我忽然明白了，为什么警方会在证据链没有完全闭合的情况下就匆忙结束侦查阶段。”

严谨跟着笑了笑，周仲文方才那句话也提醒他，让他想到同样的问题：“我也明白了，肯定是命案必破的压力太大了，他们只能这么做。假如被检察院打回来，这段来来回回的时间他们还可以接着补充证据。所以你看，我们不能总把人往坏处想，他们也是迫不得已。”

“所以你要做好心理准备，这段时间专案组很可能再提审你。”

“我知道。”

“作为律师，我必须提醒你一件事：你一定要认真核对公安机关和检察机关的讯问笔录后才能签字，你有要求纠正笔录错误的权利。还有，你不需要自证其罪，任何人也不能强迫你自证其罪。”

严谨会意：“我明白，谢谢你周律师。你不用太担心，他们对我还算客气，我相信不会出现刑讯逼供的场面。”

“那就好。你要知道，这案子比较麻烦的一点，就是发现尸块的时间太晚，法医不可能对被害时间做出精确的判断。所以现在对你最不利的，就是无法证明人是活着从你那儿出去的。”

严谨无奈地摊开手掌：“这也是我最想不通的地方，人明明从我门里走出去，我看着他进了电梯，但小区大门处就是没有他出去的监视影像，难道他插翅飞出去了？”

“应该还有其他的可能，比如被害人没有离开那个小区，甚至根本没有走出同一个单元。我相信，这些可能性警方一定也会考虑，一定做过相应的排查，可是没有发现与本案相关的线索。”

正说到这里，守在门外的警察推门进来：“结束了，0382，回监室。”

周仲文抗议：“时间还没到。”

警察一点不肯通融：“不行，时间到了！你们马上离开！”

周仲文只好站起身，严慎也慢慢站起来，神色黯然。隔着不锈钢的栅栏，严谨很想摸摸她的头发，但碍于警察站在旁边，他伸出去的两只手又慢慢落下去。笑了笑，他说："回去跟他们说，我在这儿过得很好，至少长了十斤肉。"

严慎没说话。严谨的样子的确在她意料之外。除了头发多日未剃，衣服穿得乱七八糟，以前神气活现的劲头倒是一点未改。她点点头又摇摇头，一串泪珠子又挂了下来，她索性伸手捂着脸。

严谨说："你瞧，你打小就这样，经不起一点事。我还有事托你呢，你这样我怎么跟你说呀？"

严慎从手指缝里发出声音："你说。"

"上回钉子移位那次，送我去医院那姑娘，你还记得吧？"

"你要干什么？"

"不干什么，我现在还能干什么？麻烦你替我跟她传两句话。第一句，人不是我杀的；第二句，我知道我这人特别招人惦记，可让她甭再惦记我了，好好认识个好人，该结婚就结婚，该生孩子就生孩子。"

严慎登时破涕为笑："我才不去，我怕人啐我一脸唾沫星子。"

严慎是一个很容易令人记住的人，源自她五官和身体投射出的优越感。同样的成长环境，这种优越感体现在严谨身上，是完全不在乎他人看法的随意和不驯，在她身上，流露出的就是一种实实在在俾睨众生的倨傲。这种不自觉的倨傲太富有侵略性，曾让季晓鸥如坐针毡，甚至让她在想起严谨的甜蜜瞬间，都会大煞风景地跳出来阻断她的愉悦：假如和严谨真有未来，这样一位小姑子，肯定是人生路上一片绕不过去的荆棘。所以当她接到严慎的电话，约她去"有间咖啡厅"谈点事的时候，她本能的反应是拒绝。

"您有什么事？电话里不能说吗？"

严慎的语气更是不耐烦："我和你之间当然不会有什么事！我在替严谨办事，他在里面有话带给你。我在这儿等你到中午十一点，你看着办吧。"

季晓鸥被噎得一口气堵在嗓子眼儿，放下电话好半天都没有顺过那口气来。她裹着一条羊毛披肩坐在"似水流年"临街的窗前，目光呆滞地盯着路上过往的行人和车辆。早春的阳光透过大玻璃窗落在葱茏碧绿的室内盆栽上，也落在她的头发和身体上，在室外气温依旧零下的二月里，这种奢侈的温暖总会给人幸福的错觉，她却觉得到处寒气逼人。自从医院出来，无论是在家里还是店里，她总是维持着同样的姿势，一坐就是几个小时，半天不见挪动一下，惹得赵亚敏私下和季兆林嘀咕好几次自己闺女是否得了忧郁症。

从知道严谨被捕至今，这段日子季晓鸥把和严谨相识以来的所有交往细节，都在回忆里掰开了揉碎了一一盘点，她想用最理智的态度来为两人的关系下一个准确的定义，再以一种正确的方式做个了断。

日子一天天过去，她发现如此梳理这段感情几乎是一个妄想。她既不能说服自己相信严谨杀人，又觉得公安局不会无缘无故拘捕一个人。千种烦恼，万般矛盾。与林海鹏分手时的果断和坚决，早已随着岁月的流逝一去不返，取而代之的是让她自己痛恨不已的优柔寡断。

由于她把几十件萦绕脑海中的细小往事翻来覆去想个不停，两人交往时的细节插曲像一幕幕电影在眼前闪过，所以整个相识过程中的分分秒秒都变得栩栩如生，仿佛只是昨天的事情。

和严谨相遇于去年的情人节，那时她还坚信不疑地相信他是个出来玩的骗子。一年的时间，那些随机产生的厌恶、慰藉、好感、怜惜与喜欢，可以表达和难以表达的爱意，中间隔着湛羽的被害和严谨的被捕，都如同冰雪覆盖下的种子，被强行压抑了萌芽初生的欲望，最终留存下来的感情碎片，只剩下一年间习惯成自然的眷恋。然而就这么一点眷恋，也是漫漫长夜里最后的温情。今年的“情人节”已经过去五六天，她收到的几大捧玫瑰，还在水晶花瓶里散发着幽幽的芳香，但再大的花束在她眼里也带着应节而生的仓促和敷衍，比起严谨不惜代价连送十天的保加利亚玫瑰，难免相形见绌——就像一个人既已见识过人间绝色，世上寻常脂粉即便勉强入眼，却再难以入心。

坐到十点，墙上的铁艺壁钟，长针短针形成一个美妙的十五度夹角，季晓鸥站起身，脱掉披肩，换上出门时的羽绒大衣。就在方才的瞬间，她结束了自己一个月的纠结，做出一个决定：先求真相，再说其他。相比她和严谨的感情，湛羽被害的真相更为重要。真相关乎她对人性的信心。

她决定去赴严慎的约会。

第十五章

你相信它，它就是真相

“有间咖啡厅”似乎并未受到严谨被捕的影响，依旧维持着正常的营业。在大门处引领季晓鸥的，依然是上回那个服务生。男孩子的记忆很好，见到季晓鸥便直接问：“季小姐吗？请跟我来。”

季晓鸥被带到一个包间的门口。她推开门，只看到满屋飘浮不散的烟雾，严慎就坐在桌子后面，两根手指间夹着一根燃烧的纸烟，以一种懒散的姿态，冲她点点头，算是打了招呼。

季晓鸥站在门外，忽然间有种恍惚的错觉，因为屋里的烟味儿太熟悉了，和严谨身上经常散发的味道十分相似。她瞟一眼桌上的烟盒，便明白这熟悉的感觉因何而来。严慎手里的烟，正是严谨平常抽的老版 329“软中华”。

她在门口磨蹭了好一会儿，等屋内的烟雾散去一部分，才关上门，在严慎对面坐下。因为家庭的影响，季晓鸥一直不喜欢闻见烟味儿，更不愿意被动地吸收二手烟。唯一的例外是严谨，似乎严谨抽烟时，她从未有过反感之意。究其原因，不外乎是因为严谨抽烟的姿势好看，尤其是他低着头点烟的时候，睫毛低垂，眼神专注，火焰在他拢起的手心里安静地燃烧，一反平日明目张胆的嚣张，居然流露出一丝忧郁的气息，一个貌似有故事的坏男人，传递的往往是致命的性感，那一瞬间总令她百看不厌。

严慎穿一件香奈儿经典的千鸟格小外套，颈间挂着小指肚大小的珍珠项链，但她抽烟的姿势却没有她的衣着那么娴雅，恶狠狠的，吞吐都过于急促，令旁边观看的人也无端焦虑起来。她不出声，季晓鸥也不说话，静静地陪她抽完半支烟，摁灭在烟灰缸里，她才仰起头，对季晓鸥说：“你比我想象中的勇敢，我以为你根本不会来。”

季晓鸥笑笑：“喝个下午茶而已，至于吗？”

严慎也笑了，但她的笑容总是冷冷的，仿佛只是皮肤表面的改变，下面的肌肉却端凝不动。

她说：“我哥曾有个女朋友，在你之前的，就是最近被人力捧，拿钱砸成电影女一号那位，她名字叫什么来着？好像是什么‘开口笑’……”

季晓鸥替她补上：“沈开颜。”

“对，就是她。她跟我哥处了四个多月，买衣服、首饰，送车，带她去欧洲玩，在她身上怎么也花了两三百万吧，她昨天接受记者采访，被人问起是否是严谨的前女友，你知道她怎么回答的？”

季晓鸥摇摇头，视线暂时被她指尖上浅紫色的指甲油吸引。那种今年流行的浅紫色，在季晓鸥眼里，却像心脏病人缺氧状态下的指甲颜色。

严慎便接着道：“她说，所有关于她跟我哥交往的消息，都是媒体捏造的谣言，是同行嫉妒她，故意要抹黑她。真相是我哥不择手段追她很久，全仗她意志坚定才保全清白之身。可笑吗？大概你没什么感觉。可我见多了这些女人纠缠我哥时的丑态，所以觉得特别可笑。什么叫树倒猢狲散，什么叫墙倒众人推，我算是深刻领教了。”

季晓鸥看着她：“所以你认为我也会避之不及？”

严慎又抽出一支烟，然后将烟盒推向季晓鸥：“你来一支？”见季晓鸥没有伸手的意思，她收回手，点着了，吸一口才说：“以前我从不抽烟，这些天忽然发现，烟真是个好东西，一口烟吸进去再吐出来，烦恼能消失大半。季晓鸥，你是叫季晓鸥吧？从看见你踏进这房门开始，我就对你刮目相看，起码你比较勇敢，跟我哥的那些女人不一样。说实话，我很好奇，你来的理由是什么？”

季晓鸥并不想回答，犹豫片刻还是说了：“为了真相。”

严慎一皱眉：“真相？”

“是的，真相。”

“真相？”严慎抽着烟，若有所思地看了她一会儿，点点头：“何谓真相？你相信的，它就是真相。严谨让我告诉你的第一句话，就是……他没有杀人。这是你要的真相吗？”

她的眼睛和严谨十分相像，眼珠黑而亮，眼神凝聚时令对面的人血压立升。季晓鸥避开她的视线，轻声问道：“他专门让你告诉我这句话？”

“对。我想他很怕你误解他。”

季晓鸥咬住了嘴唇：“他……他还好吗？”

严慎嘲讽地一笑：“如果你说得好，是指吃得下、睡得着，我想他还算好吧。”

“那……他的情绪……还算好吗？”

“看来你真不了解他。”严慎啧啧两声，“严谨在特种部队服役过，这事儿你知道吧？”

“知道。”

“那他的腰椎，当年是怎么摔断的，这事儿你知道吗？”

“不知道。他没说过。”

“想听我讲讲吗？”

“十分想。谢谢！”

“十年前他在云南山区执行任务，从直升机上速降时突然遇到了侧风。你可能不知道，直升机是最怕遇到侧风的，因为侧风会让机身剧烈动荡，绳梯上的人就十分危险。他为了救他的搭档，从十几米高的绳梯上摔下去，三节腰椎粉碎性骨折。”

“粉碎性骨折？”季晓鸥不自觉掩住嘴。

“是的，粉碎性骨折。我和我妈连夜赶去部队看他，医生说他再也不可能站起来了。所有人都在哭，我妈哭，我哭，他的战友也背着他哭，都认为他这辈子算是完了。反过来是他躺在病床上，笑着安慰每一个人，说他一定能站起来，一定会好起来的。他用了两年时间，真的站起来了。可那两年康复训练里吃的苦……”说到这里，严慎轻轻摇头，眼圈瞬间红了，“我在医院见过别的当兵的，也是一米八几的大小伙子，因为实在受不了康复训练的苦，当众号啕大哭，可我哥，我只见他把下嘴唇咬出了一排血洞，但没听见过一声抱怨。这么样一个人，你觉得他会让别人看到他焦虑不安的样子吗？”

这个故事让季晓鸥心里某个地方狠狠刺痛了一阵，因为她想起自己没轻没重将严谨踢进手术室的那一脚，让他又吃了一回苦头。她转着手里的水杯，说出了心里搁置多日的一个疑惧：“我看网上说，他们特种兵执行任务时免不了杀人，天长日久就会对生命失去敬畏。这些因素对他应该很不利吧？”

严慎将烟头摁在烟灰缸里，淡淡地问：“那你呢？你相信他对你说的话吗？相信他没有杀人吗？”

季晓鸥抬起头，终于可以勇敢地直视着她的眼睛：“我的直觉、我的心，都告诉我，他绝不是杀害湛羽的凶手；但我无法说服自己，为什么公安局会正式逮捕他？我今天来，就是想从你那儿得到这个答案。”

严慎的嘴角现出一个略显嘲讽的微笑：“如果我无法提供呢？”

“那我只好相信专案组了，相信公安机关和法院会还原真相。”

“你相信他们说的都是真相？”严慎一仰头，哈哈笑起来，笑得季晓鸥恼羞成怒。

“我说的话有那么可笑吗？”

严慎好容易止住笑，却没有接续方才的话题，而是按铃叫了服务生进来，将半满的烟灰缸换掉，然后问季晓鸥：“你喝什么？这儿的花式咖啡做得很好，可以尝尝。”

季晓鸥回答：“我对咖啡没什么研究，随便吧。”

严慎便对服务生说：“一杯卡布奇诺，你出去吧。”等服务生掩上门，她才对季晓鸥微笑一下，这回是真的笑了，不再是皮笑肉不笑，“你说的话并不可笑，我只是觉得你过于天真烂漫。也罢，严谨他喜欢的总是这一款。我告诉你，真相是这个世界上最奢侈的东西，关键看你愿意相信谁。”

这话让季晓鸥颇感意外：“你们这种人，竟然也会觉得真相奢侈？”

“什么叫我们这种人？”

“你，严谨，你们这种既得利益者。”

严慎一下停止抽烟，咄咄逼人的眼神终于垂落下去，落在桌面上，叹口气：“原来你也这么想。难怪网上对我们家的攻击那么恶毒。我挺奇怪的，难道你们以为富家子弟都跟以前一样，通通五体不勤靠吃老本为生吗？像我，在投行上班，还不得一样加班、出差挣份儿辛苦钱？还既得利益者呢，难道你们不明白，无论在任何形态的人类社会里，个体的力量永远都是微弱的，甭管你处在什么阶层，风雨一来，谁也无法自保。”

“可你毕竟能在投行上班，穿得起香奈儿，用得起巴宝莉。”季晓鸥说，“我听严谨说过，你们都是S中毕业的，你直接去了国外读大学，有多少人能和你有一样的起点，一样的后台和背景？你可以坐在‘有间’这种地方毫无压力地消费，一杯咖啡的钱，抵得上低保人家半个月的生活费，你的孩子可以上一年十几万的国际幼儿园，很多农民工的孩子只能被“拴”在窗台上长大，这就是区别，你别不承认。”

严慎扶着额头笑起来："我的天，我哥打哪儿找到你这个宝贝的？听听，多么正义慷慨，你真让我对他的品位重新认识。这些话你跟他说过吗？他什么反应？"

季晓鸥摇头："没有，他和你不一样，他自我感觉没那么好，很少有让我做愤青的冲动。"

严慎笑嗔两难，表情尴尬："你真坦诚。"

"不好意思，坦诚一向是我的优点。"

"好吧。"严慎拾起她巴宝莉的手包，站起身，"很感谢你能来，下次见严谨，我可以对他有所交代。可我个人觉得，你和严谨……哦，假如你真爱他的话，你们俩对彼此的好感完全建立在误解的基础上。对，严谨还让我告诉你，该嫁人就嫁人，甭再惦记他。大概他做了最坏的准备，但我希望你们还能有机会消除这些误解。"

这番话里的信息点太多了，季晓鸥消化了好一会儿才能找到关键词："最坏的准备是什么？他不是说他没有杀人吗？又怎么会有最坏的准备？"

"他是我亲哥哥。"严慎回答，"唯一的亲哥哥，我和他从小到大一起长大，我了解他的为人，我相信他没有杀人。但众口铄金、三人成虎你总听说过吧？我们家做事，从来都把最坏的准备列在首位，我们已经请了最好的刑辩律师，若真有那一天，只求能留下他一条命。"

"我不太明白。"季晓鸥脸色有点发白。

"那你就慢慢体会吧，等着警方和法院给你所谓的真相。"严慎拉开门，与端着托盘和咖啡的服务生撞了个正脸。她回过头，脸上露出一丝惨淡的笑，"把这杯咖啡喝了再走吧，这儿的咖啡真的做得很好。这次来我还可以免费请你，下回再来，这儿恐怕就易主了，再也喝不到这么纯正的咖啡了。"

严慎走了。门外隐隐约约传来高跟鞋落在木地板上的声音，渐渐消失，四周一片静寂。

季晓鸥一动不动地坐了很久，反复想着严谨带给她的话，爱恨交织之下端起咖啡喝了一口，先入口的是大量香甜而酥软的奶泡，泡沫很快在舌尖上破灭，取而代之的是咖啡豆原有的焦苦与酸涩。咖啡已经快要凉了，那种酸苦的味道更加突出，甜香与苦涩的交替，恰好像是梦想与现实的冲突。

她一小口一小口地细品着咖啡，嘴角渐渐露出一丝苦笑。她想起有人说过，卡布奇诺的真正含义是：等待，怀着忠实的真心，不会变心的等待。这杯卡布奇诺其实是严慎故意点给她的吧？她理解严慎的焦虑，理解她为什么和第一次见面时那个倨傲冷漠的严慎判若两人。作为一个独生子女，她自己这辈子可能都无法体会这种血浓于水的手足真情。可不会变心的等待？太挑战现代人类的情感极限，她对自己都无信心，不知自己能否做得到。

季晓鸥私下里的愿望，是再也不要和严慎打交道。每回和严慎见完面，她都会懊悔自己方才的表现不够好、不够强势，总让对方压着半头。短时间内她既然克服不了对这种人的恐惧，惹不起总躲得起。

但该来的总也躲不过，没过几天，她又接到严慎的电话。不过这回，她的语气倒很客气："你方便吗？咱俩找个地方谈谈。对不起，还是严谨的事儿，我想请你帮个忙。"

听到和严谨有关，季晓鸥的心跳就开始加速，但她还是捂住话筒长吸了一口气，提醒自己别被对方的态度迷惑，要拿出点气势来。

"抱歉，我走不开。"她用听上去相当冷淡的口气回复严慎，"不过你可以来我店里，下午三点我能抽出半个小时给你。"

严慎默然，最终极不情愿地说："好吧，下午见。"

虽然季晓鸥在两人的交锋中勉强挽回一城，但一面对严慎，她还得不停地给自己打气，才能维持住淡定的形象。

为免谈话内容被美容师和顾客听到，她把严慎引进了正店后面的北屋。

严慎一向开门见山，坐定便问："我听说，你跟那个被害者，还有他们家，都很熟是吗？"

事涉湛羽，季晓鸥一下警惕起来："干什么？"

严慎表情冷峻："如果你真的和他们认识，我希望你能帮忙劝和一下，他们家要是缺钱，可以谈谈，我们能给点就给点，让他们甭在网上瞎折腾了，尤其是那什么微博。这么胡闹，让我们家很难做，对他们家、对这个案子都没什么好处。他们家儿子是什么货色，大家心里全明白，甭把人惹急了，弄得彼此脸上都不好看。"

那种居高临下的语气，让季晓鸥心中反感骤升，她冷冷地说："虽然我不明白你在说什么，但我绝不会给你做这个说客。不管怎么说，湛家父母都是受害者家属，白发人送黑发人，而且是以那种方式死亡，还有比这更惨的事儿吗？站在他们的立场上，做什么都不算过分。”

严慎立刻也冷笑一声：“您的立场还真让人犯糊涂，你到底站在哪一边儿？受害者？到底谁才是受害者？我哥招谁惹谁了，莫名其妙就成了杀人犯？我爸一辈子小心谨慎，只求能全身而退，结果呢？现在晚节不保！我们家老太太从年轻天真到老，临了却尝尽世态炎凉，她脑出血你知道吗？从得到逮捕通知脑出血送医院，到现在人还在病床上躺着呢，吃喝拉撒都得靠人服侍。我哥的案子，已经被他们闹成了雷区，我们求爷爷告奶奶，就是没人敢插手质问一句。这结果他们满意了吧？满意了吧？受害者？我们家才是受害者好吧？”

面对这串连珠炮似的逼问，季晓鸥沉默了好久。一边是严谨，一边是湛羽，手心手背都是肉，她真不知道自己该说什么。几分钟后她开口：“既然这样，你为什么找我？”

“你甭想多了。我就是觉得，你两家都认识，我哥的情况你了解，那边对你也不会有抵触情绪。”

季晓鸥摇头：“我一直都把湛羽当作弟弟。假如你是我，你能坐在他父母面前，跟他们讨论他们独子的一条命到底值多少钱吗？你做得到吗？或许你能，可我做不到！”

“你不试试怎么就知道不行？”严慎脸上可以打皱的部位全都皱了起来，这一瞬间，神情出奇地像严谨，“那姓湛的孩子不就是为了钱吗？能教育出这种孩子的父母，在钱面前不动心吗？不过就是钱多钱少的问题。老实说，我不爱和这种人打交道，因为你根本不知道他们的底线在哪里，或许他们根本就没有底线。穷生奸计，富长良心，听说过这话吧？其实我知道你和那孩子有点那什么的关系，不过既然我哥不在乎，这种事旁人说什么都没用是吧？”

季晓鸥抬起眼睛盯了她半天，不动声色地反问：“那您是成心来吵架的对吧？”

严慎似反省了一下，自己也发觉最后一句话说得不妥：“对不起，我最近压力很大。刚才那话我收回。其实我也没有别的意思，就想跟你说，湛家不知受了谁的撺掇，在网上开了一账号，专门用来造我们家的谣，把我哥名下的财产都算在我爸头上，把公安局正常的办案程序歪曲成我爸的干涉。他们明明知道网络的影响力有多大，唯恐天下不乱的闲人又有多少！如今网监天天蹲在网上看热门消息，纪委已经介入开始调查了你知道吗？

这实在太荒唐了！谁真禁得起故意上纲上线的调查？这是有人在浑水摸鱼故意捣乱你懂不懂？你要是能先跟湛家谈谈，让他们明白，别傻乎乎做别人的枪，那最好，只要价钱合理，我们愿意拿钱摆平。”

季晓鸥站起身，打算结束这场不愉快的谈话：“再说一次，这个中间人我不会去做。你尽可以自己去试试。可我觉得，湛羽的父母，他们是没钱，但没钱的人，也和你一样，有做人的尊严和底线。”她走出房门，吩咐店长小云：“替我送客。”

虽和严慎不欢而散，但她的出现却提醒了季晓鸥，从湛羽火化以后，她已经一个多月没有见过李美琴了。

季晓鸥不敢去见李美琴，因为她总想起她跟李美琴说过的话：上天没有给你想要的，让你等待，是为了给你最好的。她怕李美琴问她，如今这一切就是你说的最好的东西？假如李美琴真的这样质问，她将无言以对。

事实果然如季晓鸥所料，严家派去湛家的说客，真的碰了个大钉子。

湛羽的母亲这样说：“你能让我儿子活过来吗？他要是能活过来，你想要多少钱，我卖血卖肾都付给你！”

湛羽父亲回答：“我们不要带血的钱，孩子的命无价，我们只要凶手伏法。”

但上述细节的描述并非来自严慎，而是季晓鸥从网上了解到的。因为听严慎提起微博，她也注册了一个账号登上去。摸索一会儿，便学会了大部分功能，很快找到严慎说的那个微博。她翻了几页，心中泛起奇怪的感觉。虽然该微博的注册名为“湛羽之父”，但她能确定这些微博绝对不是湛父写的。写微博的人，从词汇量的大小和用词的准确性判断，至少有大学或以上的文化水平。

最新的两条微博，说的就是严家妄图用钱收买湛家父母闭嘴的事。中心思想总结得掷地有声：法律的公正就是穷人的生存底线。因此两条微博的下面，有将近六千条评论，转发更是早已破万。季晓鸥点开评论看了一会儿，除了对湛羽父母的安慰，还有号召为其捐款的倡议，其余的都是对严谨和严家的谩骂，简直汇集了汉语里所有的贬义词。她实在看不下去，只好关了评论页面。望着微博顶部那张湛羽的头像，上次让她心烦意乱的那种感觉，又来折磨她了。可她一时半刻又说不清楚那是一种什么感觉，只是觉得微博那些文字莫名的熟悉，从这些文字里，自己好像应该知道点什么，但事实是她又明明白白地不知道。

烦躁的她终于推开自己房间的门，走了出去。赵亚敏正坐在客厅沙发上看电视，瞧见她穿了出门的装束，便扭过头问：“这么晚了你去哪儿？”

季晓鸥换鞋：“哪儿也不去，出门走走。”

在她身后，赵亚敏意味深长地冲老伴儿使个眼色：“你瞧见没有？看来给她找对象的事儿，还得抓紧。再这么下去要出事儿了。咱们医院，一辈子没结婚的那俩老姑娘，最后不都神经不正常了吗？”

出了家门，季晓鸥沿着街道慢慢溜达着，路边已有迎春花吐出半开的花蕊，在几棵银杏树的后面，她看到一栋三层小楼，大门的玻璃上贴着一张白纸，上面写着活动通知。

她在路边站了一会儿，三楼有扇窗户半开着，有灯光透出，而且隐隐传来钢琴的伴奏声。

这一瞬间，市井的喧嚣烟消云散，车辆的噪声急剧滑落，周围一切妨碍音乐的声响仿佛一下子退却了。圆润的歌声仿佛天上落下的泪珠，湿润了她那颗被初春凛冽的寒风吹得皱巴巴的心脏。她的脚自发开始行动，领着她沿楼梯走上三楼。

三楼正对着楼梯的那个房间，大门虚掩着，歌声就是从这个房间传出来的。

季晓鸥悄无声息地从后门进去，在最后一排的空位上坐下。这是一个教室模样的房间，讲台边有架简易钢琴，站在台上的唱诗班，都是穿着白色圣袍的年轻女孩子，以清丽的声音唱着一首极其熟悉的赞美诗。

她凝神倾听着那些年轻声音的细语倾诉，倾诉着她们对爱情的向往和渴望，伴奏钢琴轻快地洒落一串清脆的音符，在键盘的尽头，仿佛珍珠弹落在地板上。她听了很久，不知是从哪个瞬间开始，感到双眼湿润起来，周身都有些不能自已地战栗。在这种圣洁的氛围里，世界变得透明洁净，让人产生时光能够重来的错觉，梦想能够实现，所有的情都会燃，所有的爱都还在。在这个不大的房间里，似有无数朵洁白的花在眼前次第开放，那种叫人心悸的纯洁和美丽，它的名字，叫作“爱情”，而在物欲横流的繁华都市中屡屡被误读的是什么样的“爱情”——那些都变成房和车的爱情。

季晓鸥咬紧牙关，要自己不要当众流泪。然而眼泪却不听话，簌簌地滚落，顷刻间就湿了两颊。

活动结束了，周围人渐渐走空，只有钢琴仍在轻声弹奏着慢板类的曲子。司琴的是一个清秀的女人，看不出真实的年龄，卷曲的长发散落在肩头，有一股秀韵天成的气质。季晓鸥远远地看着她，只希望琴声能再持续多一会儿，能让自己在这里再多坐几分钟。

司琴的人好像听到她的心声，把那些轻快的钢琴曲一首一首地弹下去。不知什么时候，钢琴的调子忽然一变，从古典音乐变成一首耳熟能详的流行歌曲。季晓鸥知道那是一首英文歌曲，高中时流行的十大英文金曲中必有的一首，但年代久远，实在想不起名字了。

琴声的余韵就结束在这首英文金曲里。那女人合上琴盖站起来，蓦然看到房间里还有一个人，明显吃了一惊。

她径直走过来，突然看到季晓鸥脸上的泪痕，表情一下变得极其柔软："你有什么事需要帮忙吗？"

"没有没有，我没事儿。"季晓鸥赶紧摇头，"在听你弹琴。你刚才弹的那首叫什么，太好听了。"

"你喜欢这首歌？"女人笑了笑，"它是一首很老的歌了，名字叫 *Tonight I Celebrate My Love*。"

"哦，想起来了，《今夜庆祝我的爱》。这种老歌承载了太多回忆，能让人想起很多美好的往事。"

"你说得对，它的确会让人想起很多很多的美好往事。"女人举起手臂，将长发盘在脑后，露出光洁明净的额头。

女人微笑："喜欢唱诗班吗？这里收留了很多失落的灵魂，你若喜欢，也可加入。"

季晓鸥好奇极了，这女人笑容里似带着一丝肃穆的哀伤，像是刚从拉斐尔笔下的圣母像中走出。

女人摇头："不是，我和你一样，都是未受过洗礼的平信徒。"

"你没有受洗？为什么不受洗呢？"长得这么圣母范儿，却不是真正的基督教徒，季晓鸥觉得简直不可思议。

女人脸上又现出那种画中特有的缥缈微笑："因为我的动机并不纯粹，很久以前我爱上一个人，却因为迟疑和不信任，最终失去了他。在他离开以后，我才知道我失去了一生中最重要的瑰宝。我愿意重生得救只为有朝一日能在天上重新见到他。”

季晓鸥哆嗦了一下，怀疑眼前这女人是不是从异次元平行世界穿越过来的，怎么所有的台词听上去都不像现实社会的正常对话呢？幸亏她穿一件质地很好的烟灰色修身羊毛连衣裙，既没有赤脚穿着球鞋，也没有穿着白棉布裙子，更没有海藻般的长发，没有这些典型的小清新特征，季晓鸥认为还是可以彼此多聊两句的。

于是季晓鸥问道：“假如你能再见到他，你怎样才能让自己不再怀疑，完全信任他呢？”

她回答：“如果你相信，答案就在你的心里，你只需追随你的心，无须想太多的过去和未来。不要恐惧扫过你生命的暴风雨，那不过是试炼。很多时候，我们等候，仅仅是要操练我们的忍耐。即使所有的欢乐都失去了，你的力量让你站起来。”

几句话听得季晓鸥心头剧烈震荡，纠结多日的问题，竟在一个素昧平生的陌生人嘴里听到简捷、可行的答案。按住怦怦作响的心口，她怀疑地问：“你是谁？”

女人冲她微笑。这一笑，季晓鸥才能看到她眼角一两条若隐若现的细纹，多少也应该有三十岁了。

她说：“我姓赵，你可以叫我的英文名字，May。”

那天晚上，季晓鸥对自己说：“从今往后，我必不再向谁述说我的软弱和痛苦，将勇气和力量放置于我的内心，哪里有伤害，我传达宽恕；哪里有忧愁，我带去喜悦；哪里有幽暗，我带去光明；哪里有疑惑，我播下信心；哪里有绝境，我带去希望。”

她终于积聚起足够的勇气去见李美琴。除了看看李美琴的近况，起码也能问问，那个微博的真正主人到底是谁。她被自己脑子里那个倏忽出现又倏忽消失的灵感折磨得心烦意乱。

就近出了地铁站，季晓鸥没有选择公交，而是打了一辆出租车，她已经有点迫不及待。快到目的地时，出租车在最后一个路口停下来等红灯。季晓鸥无意中抬起头，朝原来那栋楼房的方向瞄了一眼，仿佛晴天里打下一个霹雳，她蓦然惊呆了。

那里已是一片瓦砾之上的平地。那栋陈旧的楼房已经消失。

季晓鸥从出租车里钻出来，望着那片瓦砾场，愣愣地站了好久，才想起掏出手机拨湛羽家的电话，然而手机话筒里传出来的，却是“对不起，您拨打的号码不存在，请您核对后再拨”。

在马路牙子上坐了很久，西北风透过羽绒服长驱直入，冰冷一点点渗透她的身体。季晓鸥终于意识到，她长达一个多月的恐惧和退缩，最终让她和李美琴失去了联系。这大概就是上天对她的惩罚。

那么严谨呢？她还能做些什么，才能化解她这段日子所有的惊惧与伤心？才能让她想起严谨时，心口不再像压着一块千斤重石喘不上气？

严谨的律师于半个月后第二次申请会见，然而这一次他却未能见到严谨。

因为那天恰好是刚满十八岁的马林二审判决下来的日子。二审维持原判：死刑，立即执行。从接到判决书那时候起，马林的情绪就变得极其不稳定，在监室里像疯了一样，将脑袋和身体一次次撞向水泥墙面，撞得满头鲜血。为安全起见，警察只好给他上了重铐脚镣，关进一间单独的监室。

这间监室的内壁都包着柔软的材料，没有任何家具，就是为了防止犯人自残。如果没有意外，高院死刑复核下来之前，他剩余的日子就要在这间屋里度过了。但他进了监室，却没有如愿安静，反而在没有窗户的房间里满地打滚，嘶声长叫，而且力气大得惊人，几个年轻力壮的警察都无法近身。

王管教知道马林比较听严谨的话，便把严谨从监室里叫出来，让严谨好歹去安抚一下。避免马林在死刑前出了什么问题。

说起来这段日子王管教对严谨一直很关照，严谨倒是愿意帮这个忙。但对马林，他有一种复杂的感情。自从他给了马林一个睡觉的位置之后，这少年便自作主张黏上他，像个小尾巴一样，每天几乎和他形影不离。

“我从小总被人欺负。”马林这么说，“别的小孩吃了亏，还能回家找他爸，我爸为了那个贱女人，一根麻绳儿把自己吊死了，连我都不要了。我一直都盼着有个能罩住我的哥哥。”

严谨被他一厢情愿的纠缠烦得够呛。马林年纪虽然小，但在严谨心里也跟其他那些人类渣滓没任何区别。严谨听他公开描述过利刃刺进人体时沉闷的钝响，以及刀从肉体上拔出时飞溅的热血，而刀下的那个人，就是他的亲生母亲。但因为马林每次提起爷爷时那点温情的流露，让严谨嘴里骂得虽狠，实际上却容忍了他那些亲热的举动。

面对王管教，严谨不禁面露难色："这真不好办王管教，明摆着他是怕死，我能怎么劝他？跟他说头掉碗大个疤，十八年后又是一条好汉？"

王管教说："少废话，我知道你有办法。"

离关押马林的监室还有十几米的距离，严谨便听见里面镣铐撞击的声响，急促而零乱。从探视孔看进去，里面没有灯光，但借着室外的光线，能勉强看到一个模糊的身影，不停冲撞着墙壁。

严谨默默看了好一会儿，嘴对着探视孔，冲里面喊了一句："马林，你爷爷来看你。"

监室里蓦然静止下来。

严谨便对随行的警察说："麻烦您把门打开。"

见警察犹豫，严谨又说："放心，不会出事。"

门打开了，严谨迈进去，随着铁门在身后关闭，眼前变得漆黑一片，只能依靠耳朵辨别声源。镣铐和衣服窸窣的声响，指示着马林的方位。他随着转过去："是我，严谨。"

"不是说我爷爷来了吗？你骗我！"

叮里当啷的声音似乎在慢慢接近他，隐约携带着怒气。严谨站着没动，平静地说下去："马林，我知道你放心不下你爷爷。我答应你，有我出去的一天，就把你爷爷当我亲爷爷一样奉养。"

他面对的方向突然变得一片死寂，过了好一会儿，才有身体挪动的声音重新传过来："你不是又在蒙我吧？"

"李国建告诉过你，我是什么人吧？我在道上混这么多年，放屁都得在地上崩个坑，说过的话更不会咽回去。"

又是一阵伸手不见五指的沉默，然后马林吸了吸鼻子："别告诉爷爷我被枪毙了。跟他说，我去外地赚钱了。"

"好，我每个月按时给他汇钱，就说是你的工资。"

"我爸的骨灰盒，还存放在殡仪馆。钥匙牌就在我爷爷床褥下面压着。你能帮我找一地儿埋了吗？我怕以后没人交钱，他们把我爸的骨灰扔了。"

"行，回头我找块地儿，把你和你爸埋一块儿。"

马林又不作声了，过一会儿镣铐叮当作响，伴随着窸窣的声音，黑暗的监室里连续爆出一溜儿火花，那是羊毛与化纤摩擦引起的静电。

"哥，这件羊绒衫还你吧，我用不着了。"

严谨寻着声音走过去，摸到一个瘦骨支离的光溜溜的肩膀。在伸出手臂之前，他犹豫片刻，想到前边是个丧失人性的小杀人犯，心里顿时别扭起来，但最后他还是飞快地抱了对方一下："留着上路穿吧，兄弟。别害怕，谁都有这么一天。这辈子生得不好，下辈子记得投个好人家。"

他松开手臂，转身朝门口摸过去。在黑暗中待了几分钟之后，眼前已隐约有点光亮，足够让他看到大门边缘漏进来的微弱光线。才在门上拍了两下，通知守在外面的警察开锁，马林在他身后喊了一嗓子："李国建知道他大哥躲在哪儿。"

严谨的手指一下僵住："你说什么？"

马林说："他和别人聊天，我偷听到的。他说他不敢告诉你。"

"你还听到什么？"

"他说你可能再也出不去了。哥，他说的是假的吧？你那么有本事，一定能出去的对吧？你刚才答应我的，都是真的对吧？"

严谨沉默地站了一会儿，回答他："你放心，答应你的我一定会办到。"然后拉开门走出去了。

严谨回去向王管教复命，这才知道正好错过了律师的会见。虽然内心焦急而遗憾，却着实无奈，只好等下一次机会。好在此刻这不是他心里最重要的事，马林刚才那句话像只大马蜂一直在他脑子里嗡嗡回响。

趁着上午放风时间，他带人把李国建堵在一个监视器监测不到的死角。时隔两个月，原来跟着李国建混的那些人，都已经成了严谨的死忠粉丝，七八个人把李国建团团围住。

李国建并不是个硬骨头，严谨几拳落下，他便吐了实话："大哥以前交代过，一旦他躲起来了，有急事时就去通州的别墅找他。这套别墅是用他最宠的一个女人的名字买的。平时他们都住市区，很少去那儿住。"

严谨一把将他推到墙上，一手掐着他的脖子，冷冷地问："刘伟呢？"

"我不知道！谨哥，我进来的时候他还在，我真不知道他干了什么！"

李国建的为人比刘伟老实多了，从他眼睛里真实的恐惧就能看出来。严谨松开他，喝了一声："滚！"

李国建却没有马上滚，而是用哀求的语调对严谨说："谨哥，你要是见到大哥，可千万别跟他说是我说的，不然我小命儿难保！"

严谨说："如果真找到他们俩，我会替你保住你这条命的。"

这意外得来的地址令严谨十分激动。他焦急地盼望能尽快和律师见面，他需要一个绝对可靠的人将消息传递出去，假如真能找到刘伟，他的不白之冤就可以洗脱了。

但是他没有等来律师的会见申请，等来的是专案组的提审。

两个月的时间，二十四小时接触的都是各种各样的犯罪疑犯人，严谨惊觉自己的气质也变得越来越猥琐，再次见到赵庭辉，看到他透过笔挺的警服散发出的浩浩正气，反而有种异样的亲切。

发现赵庭辉的肩章由一杠三花变成了两杠一花，他笑起来："哟，赵警官，升官儿了啊，恭喜恭喜！"

赵庭辉还是从上眼皮的后面瞥他一眼，不动声色地回复："谢谢。"

严谨仍在考虑是否能把冯卫星的住址告诉专案组，由他们直接抓捕，赵庭辉已直入主题，劈头问了他一个问题："去年十一月，你向被害人湛羽母亲的医院账号里打入十万块钱？"

"是。"

"去年八月，被害人受伤，你为他花了四万六千元医疗费？"

"对。整容比较费钱。"

"你为被害人花这么多钱，什么目的？"

严谨一点都不傻，一听第一个问题就明白他问这些到底什么意思。心中怒气顿生，一改方才端正的坐姿，将身体从提审室专为犯人准备的审讯椅上出溜下去，叉开两条长腿，他斜起眼睛看着赵庭辉，面露嘲讽："我要说是为了学雷锋做好事你相信吗？"

速记员的笔记本电脑键盘在啪啪响，赵庭辉抬起眼睛瞟了他一眼，并没有接他的话茬儿，而是挪到下一个问题上："我查看了你在部队的档案，特种侦察连的狙击手，立过一等功一次，三等功一次，我没记错吧？"

"时间长了，记不得了。"

赵庭辉站起来，一直走到严谨身边，居高临下看着他："那你还记得，你杀过人吗？"

严谨一下坐直了身体："我有权利拒绝回答这种问题吧？这问题和你正问的案子有关系吗？"

"你可以不回答。"赵庭辉的双眼又开始聚光，"但我希望你回答我下一个问题。"

“先说出来我听听。”

“特种部队的格斗集训，也包括人体解剖结构的课程，对吧？”

“你这些问题里的陷阱设置得太低级了，赵警官！干脆我一起告诉你吧，省得你绕这么大一圈儿！没错，人体解剖课我的成绩是优秀，还有骨骼分析、神经分析、犯罪学、心理学、审问与反审问，我学得都不错。”接着严谨伸出他的双手，“看见这双手没有？一把85狙击枪，从出枪上膛到击中目标只需要十一秒，准星里的目标，有毒贩、有枪支走私犯、有劫持人质的，还有恐怖分子，全都是一枪命中，从这里，这里，”他指着自己的眉心和太阳穴，“直入神经中枢，当即毙命，没有补过第二枪。是的，我杀过人，最好的纪录是从1120米外击中目标。”

提审室内忽然安静下来，异常的安静。几位刑警都被1120这个数字震慑住了。他们用枪虽然比不上严谨，但都是行家，1120米，绝对是7.62毫米枪的狙击极限。于是在这间密闭的提审室内，只剩下严谨的声音在回荡：“你们听说过海岑诺尔吗？德国“二战”时的狙击之王，他的纪录是1100米，我比他还要远上20米，当然，我的枪要比他好得多。”

赵庭辉静静地看着严谨，只有他依然坚持着自己的初衷，黝黑的脸上看不出任何情绪的波动：“就是说，你的确杀过人？”

“对，杀过。”

“你还记得杀过几个人吗？”

“对不起，记不得了。”

“为什么？是因为太多吗？”

“不。因为我不愿意记住这个数字。”不知为何，严谨竟微笑起来，但他的眼眶，却不为人知地泛出微红色，“有很长一段时间，我觉得自己这双手上的血，无论如何都洗不干净。但那时候我是一个军人，我必须忠于我的祖国。让我的祖国和生活在这片土地上的人，远离战争和伤害，是我不能逃避的使命。”

提审室内再次陷入没有边际的寂静。赵庭辉板得铁青的脸上第一次出现一点柔软的阴影：“你杀人后会做噩梦吗？”

“会。”严谨诚实地回答，“我会在梦里再次看见瞄准镜里的那些人，是他们生前的样子。命中目标后，我从来不会再去看第二眼，都是副射手向我报告目标命中的情况。我害怕做噩梦，害怕看见一个活生生的人，因为我，在我面前变成一具没有生命体征的尸体。”

审讯进行到这里，基本上无法再继续下去。鉴于犯罪嫌疑人因过去的经历有丰富的反侦察、反审讯经验，赵庭辉事前精心设计了一些问题，都带着迂回式的不易被嫌疑人察觉的逻辑陷阱。但严谨上来就竹筒倒豆子一样的坦白，于是那些问题便变得毫无意义。

严谨却不肯放过他，言语间带着尖锐的讥讽："赵警官，我想我已经把你想问的问题都回答完了。你破案心切，我完全能理解。可我不得不跟你说，你们专案组的努力，完全用错了方向。你也不想想，人要真是我杀的，啊，别的跟身份有关的证据都毁了，却单单留一个打火机在碎尸旁边，我有病吗？好专门让你们找着我吗？"

提审最终草草结束，专案组的几个人收拾卷宗和其他材料，全部撤出了提审室，反锁上防盗门，将严谨一个人留在室内，等待看守所负责提审室的值班干警将他带回监室。

严谨等了很久，直到窗外的天色渐渐变得晦暗，白日的喧嚣逐渐沉寂，路灯的光晕从钉着铁条的窗户透进来，也没有等来值班干警。他身上既没有手表也没有手机，但他可以从胃肠的蠕动速度上判断，这会儿至少已是晚上七八点了。

他琢磨这是怎么回事？或许是专案组的人出去吃晚餐，接下来还要连夜审讯，所以才把他一个人留在提审室这么久。不知道这一次专案组是不是又准备三十六小时车轮战？

想到这里，他用力咽下一口唾液。别的都好说，就是这不让吃饭的滋味太难受了。他闭上眼睛深呼吸，想让自己从百爪挠心一般的饥饿状态中脱离出来；但肠胃才不理他这套，以越来越响的肠鸣声以及胃部越来越强劲的蠕动来强调自己的存在感。尤其是想起今晚干部食堂的主菜是红焖羊肉，他不回去便不知便宜了哪个兔崽子，那种饥饿带来的痛苦就更深了。

最终他放弃了虚妄的自我安慰，索性慢慢站起来，先活动活动几近麻木的手脚，然后小心翼翼扫视了一圈室内，在他身后的墙角上，天花板的吊顶里藏着两个监控摄像头，一左一右，像一对黑漆漆的眼睛，恶狠狠地瞪着他。

严谨仰起头看了好一会儿，凭着经验判定这两个摄像头只是摆设，并未处于通电开启状态。因为室内光线这么暗，好长时间都没有看到补光的红外灯闪烁。他放松下来，对着其中一个镜头做了个鬼脸，然后走到窗前。

玻璃上贴着半透明的贴膜，他用指甲尖刮开一角，透过缝隙看出去，能看到楼前的那条水泥小路。这会儿显然已经过了下班的点，小路上一个人都没有，只有路灯寂寥的光亮投射在路边修剪得整整齐齐的冬青上。小路一直向前延伸，经过一栋崭新的办公楼，再拐个弯就是看守所的大门。他那经过特别训练的目光，只一瞥间已经完成距离的丈量，误差不会超过正负十米。也就是说，从这里只要经过三百四十米，就能走出大门，而大门外就是自由的广阔天地。

严谨被这个突然冒出的念头惊得一震。仿佛只有离开监室外的重重铁门，才能意识到自己与自由的距离那么近，那么诱人。他下意识地低头看了看窗户上的铁条。铁条是黑色的铸铁，只有他的手指粗细，接缝处焊接得马马虎虎，显然，谁也没有认真地把这些铁条当回事。相比之下，那不远处戒备森严的大门，以及四周的高墙与铁丝网，更具有震慑力量。

严谨的手心微微冒出冷汗。他快步走回椅子处坐下，好平息蓦然加快的心跳与呼吸。身体虽然静止了，但他无法阻挡大脑的转动。只要有一件称手的工具，比如身下这张专为嫌犯准备的铁椅子，结实的椅腿完全可以撬动铸铁的栏杆。铁栏后则是形同虚设的铝合金推拉窗……

他用力摇摇头，才甩开这个荒诞不经的念头，随即嘲笑自己的异想天开。就算能成功逃离这间提审室，又如何才能安全地从大门出去？除非他有件隐形衣。

入夜后的看守所办公楼静得出奇。严谨饿得有气无力，整个人瘫在椅子上，一点点感觉着肠胃的运动从缓到急，最激烈的时候他简直怀疑肠胃已经迫不及待地把自己消化掉了。不知过了多久，那种五脏相互咬噬的感觉慢慢转缓，终至消失，然后他居然睡着了。等他一觉醒来，才注意到周围的寂静，耳朵里甚至能听见不远处洗手间里某个漏水龙头的滴答声。滴答滴答滴答……

这一瞬间他蓦然意识到，原来根本没有什么夜审，专案组早就离开了，旁边办公室的人也下班了。这中间不知发生了什么错误，他的的确确被遗忘在这间提审室里了。

在被寂静包围的提审室里，方才被压下去的那个念头又一次浮上来：假如他真的逃出去了，后果是什么？

他在心里做了一通排列组合。如果没能逃出大门，那便什么都不算，最多肉身吃点苦头。假如成功逃出去，就有数种可能性，最好的结果是他找到真凶刘伟替自己洗脱清白，最坏的结果，无非是被抓回来增加几年刑期。可如果他最终被判杀人罪成立，不管加多少年仍然是死刑，如果杀人罪不成立，证明公安局抓错了人，此番逃逸便无法量刑。最终的结局，要么无罪释放，要么死刑，那和他待在这里等待庭审的结果没什么两样。

他就是这一刻做出了逃出看守所的决定。

当看守所的值班干警终于意识到六号监室有人消失了，已是翌日傍晚的晚饭时间。

发现严谨失踪的，正是六号监室的带组干部王管教。那天周六，本来并不是他值班，但他有点材料落在办公室，下午回看守所取，顺便过来看看马林的情形。见马林的情绪还算稳定，又想顺路去找严谨聊两句，将他家人送来的两条烟交给他。没想到李国建告诉他，严谨昨天被刑警队提审，到现在都没回来，估计是被外提了。所谓外提，就是被带回刑警队审讯，而看守所的大部分疑犯，最怕被外提，所以李国建的语气里多多少少有点担心。

王管教听了开始也没太在意，因为外提这种事虽然不多，但也不少。直到他离开时，在大门口碰见熟人，无意中聊到此事，那人一脸惊讶说：“不对呀，我记得周五下午，刑警队把提票取回去了，他们没把人带走啊？”

话说到这里，两人不禁面面相觑，同时意识到坏事了，一定是出事了！

十分钟后，看守所里地动山摇，连空气都变得紧张不安。所有人都被赶出监室，集中站在巡视道上。一群看守所的警察和几位武警，来来回回，一遍一遍地清点人数，核对名单。六号监室里的十几个犯罪嫌疑人，则被一个一个单独叫进办公室，挨个儿进行谈话。

看守所的相关人员互对口供，总算捋清了整个过程。周五下午，专案组完成提审，便将提票取回，离开了看守所，接下来提审室的干警应该将严谨押回监室。但是不巧，当时正是晚饭时间，值班的三个干警，一个去送另外的嫌犯回监室了，另一个去食堂吃晚饭，回来将第三个干警替换去吃饭。就是这两人的交接出了问题，一个说对方急着吃饭根本没提起提审室里还关着一个疑犯，另一个说自己交代了但对方肯定给忘了。反正没有第三方证明，到底是谁的责任就成了无头悬案。唯一可以确定的是，负责监室的干警晚饭时间没有看到严谨，也以为他被刑警队外提了。于是严谨就这样被遗忘在提审室里整整一夜。

然后，有人发现了提审室窗户上被撬弯的铁条，还有外墙上擦蹭的痕迹，都证明犯罪嫌疑人是通过窗户逃离了提审室。看守所内随即实施了地毯式的搜索，所有不当班的干警都被紧急召回，整个看守所的每一寸土地几乎都被翻开细细检查。

晚上七点半，不管人们愿意不愿意承认现实，冷酷的事实就摆在眼前：六号监室的 0382 号，犯罪嫌疑人严谨，神秘地脱逃了。

没有人知道，他是如何顺利地走出看守所的四面高墙与门禁森严的铁门的。

而此时，造成看守所大混乱的嫌疑人，正站在“似水流年”美容店马路对面一家书报售卖亭的旁边，手里拿着一份报纸假装在阅读，视线却越过报纸的上缘，投射在“似水流年”临街的玻璃窗上。

他在透过玻璃窗努力搜寻季晓鸥的身影。

从国贸坐地铁到四惠，票价两元，等他顺着长长的楼梯爬上地面，兜里只剩下三枚硬币，一枚五角，两枚一角，合计七毛钱，连买瓶水都不够，只够他买份昨日的过期晚报。

售货亭里的店主，是个四十多岁的女人，一眼一眼地偷偷打量他很久。因为他虽然形容憔悴，但往那儿随便一站，与生俱来的气质就把他和周围的芸芸众生区别开来，身上那套藏蓝色的警服，更添眉眼间的英气。

背后亦长着眼睛的严谨，不会察觉不到老板娘的窥探，那风韵犹存的老板娘，落在他身上的多情目光，像两把沾了蜜糖的刷子，刷了一层又一层，刷了一层又一层。可他没心思回应这风流的召唤，相比来说，她面前那些待售的瓶装矿泉水和饼干、火腿肠对他的诱惑更大。

从昨天下午到现在，除了在公共厕所喝过几口自来水，将近三十个小时他基本算是粒米未进。以前受过的野外生存训练，却不能帮助他在这个纸醉金迷的大城市里维持最基本的生存条件，除非他像流浪汉一样，去垃圾堆或者泔水桶里捡拾残羹剩饭。若是凭着身上这身警服吃顿霸王餐，就像清晨对付出租车司机那样，按说也不是不可以。可是眼下他不敢冒险。他逃出看守所的时间，是清晨六点十分，而这会儿眼见街上车流量渐增，估计已是下午五点左右，看守所肯定已经发现他的失踪。假如吃霸王餐的对方不肯默默地吃一个暗亏，一旦闹起来引起围观，他的处境将会非常危险。

而且他的心里一直在剧烈交战：到底要不要穿过马路，把他的姑娘拉进这摊浑水里来？

说起严谨逃离看守所的过程，日后被人传说得十分神奇，简直可以媲美《越狱》和《肖申克的救赎》。但实际上他既没有翻墙，也没有挖地道，而是大摇大摆从正门走出去的，整个过程连他自己都觉得荒唐，像篇漏洞百出的蹩脚故事，说出去没人相信。

从五楼的提审室窗户翻出去，依靠每一层的室外空调机作落脚点，十几秒之后，他的双脚便踩在坚实的地面上。他没有马上离开，而是又返回了办公楼。

下午从监室到提审室的过程中，出于十年前的职业习惯，每到一个陌生的地方，他都会首先留心附近的建筑和地形。当时他注意到楼梯右手边有两扇门，分别写着“男更衣室”和“女更衣室”的字样。返回办公楼，就是为了进入男更衣室。

更衣室有门锁，但是这难不住严谨。方才离开提审室前，他踩着椅子，将监控镜头后的电缆扭断，抽出一截铜丝藏在身上。有了这件工具，普通门锁对他来说就可以视同无物。

更衣室里放置着几排储物柜，有的锁着，有的没锁。柜子里大部分放着警察制服和一些私人物品。他随手打开几个，便找到一套和他身材差不多的警服，有点瘦，但脱了羊毛衫还算合体。再翻下去，又找到一双皮鞋和一顶帽子，但这回他运气没那么好，鞋有些挤脚，没办法，他总不能身上穿着笔挺的警服，脚上却踩一双懒汉布鞋，只好忍着不舒服换上了。最遗憾的是，从那些警服的兜里，他没有找到钱，只摸到几枚硬币。

整个办公楼里一片黑暗，严谨蹑手蹑脚地行动，和一只猫走过的声音差不多，并没有惊动任何一盏声控路灯。办公楼里只有男厕所的灯二十四小时彻夜长明。面对厕所里那面模糊的镜子，他检查了一下全身的装备，很整齐，很合体，基本可以保证他从这里安全地走到看守所的大门，不会被人看出破绽。

至于走到大门以后怎么办，他只能赌一把运气了。

严谨记得，两个月以前他被送进看守所的时候，因为办理提寄押交接手续，公安局的车曾在大门外做过短暂的停留。透过车窗望出去，他看见一个穿制服的管教干部走出来，只是和门口执勤的武警打了个招呼，并没有出示任何证件。看守所的管教干警和武警部队隶属不同的系统，武警不可能熟识这里的每一个干警，他赌的就是这个。

严谨在厕所一个放杂物的隔间里躲了几个小时，静静等待清晨六点整的起床号。他手里既没有钟表也没有手机，根本不知道现在几点，但他知道，早上六点是值班武警的交接时间，那会儿下岗的人困马乏，上岗的尚未进入状态，最有可乘之机。而看守所里的嫌疑人们，六点起床，六点半洗漱完毕通常要进行早点名，那时值班的管教干部可能就会发现他的缺席。因此留给他从办公楼到看守所大门，走过这三百四十米的时间，只有三十分钟。

凌晨天色将明未明之时，往往是人最困倦的时刻。就在严谨靠在厕板上，迷迷糊糊几乎睡着的时候，起床号响了。小号明亮的音色冲破了黎明前的黑暗，将严谨从半睡半醒的状态中拉出来。他浑身的肌肉一下就绷紧了，仿佛进入临战状态。

按正常的步幅和频率计算，他走过那三百四十米的时间，不会超过三分二十秒，但严谨却感觉这是他一生中最漫长的三分二十秒，全身的每一个毛孔都因为紧张而张开着。等到他迈着不紧不慢的步伐走到大门处，看见执勤武警的身影，明白成败就在一举时，他的心情却反常地平静了，就像每一次执行任务时，不管之前如何忐忑，当他举起枪的那一瞬间，世间所有的一切都从身边飞快地退却，他的世界只剩下瞄准镜里的目标。在电动大门前，他甚至停下来，从裤兜里摸出打火机，点着了一直叼在嘴角的香烟。烟和打火机都是他身上那套警服主人的物品，被他顺手揣在兜里。

他不慌不忙吸了一口，才抬起头，冲着内门值班室里的武警笑了一笑，用下巴朝大门指了一下，示意他开门。

那武警看了他一眼，眼神移开片刻，又转回来落在他身上，这一次停留的时间长了一些。严谨的神色未见任何异常，可是心却开始咚咚狂跳，觉得一切都要结束了。然而就在他感觉心要冲出喉咙口的瞬间，面前的电动门忽然“吱嘎”响了一声，缓缓移动，开启出一个可以容人通过的空间。

当这名武警事后回忆起这一刻，他那片刻的犹豫，只是因为觉得严谨脸生，但严谨端正的身姿与从容的态度，完全没有让他将眼前的陌生人与犯罪嫌疑人联系起来。瞬间错误的判断，令他做出错误的决定，伸出手指按下了电动门的按钮。

眼见自由就在前面不远处挥手，严谨却拼命按捺住撒腿就跑的欲望，甚至没有忘记再次朝对方笑了笑，迤迤然走出了看守所的大门。直到确认门外的武警再看不到他的身影，才迈开两条长腿，越走越快，将这个关了他两个多月的地方，远远地抛在了身后。

凭着身上的警服和一个执行任务的借口，一辆出租车免费将严谨送入市区最繁华的商业区。看守所一旦发现他的失踪，搜查重点肯定会放在火车站、长途汽车站和机场这些地方。因为按照一般人的行为逻辑，一定会赶紧逃出本市，但他偏偏要反其道而行之。恐怕没有人会想到，一个逃犯会有勇气出现在市区最热闹的地方。

然而站在车来车往的十字路口，他终于感觉到了无所适从的茫然。

此刻他身无长物，唯一的财产就是顺手牵羊得来的几个硬币，加起来不会超过三块钱。此刻他急需换掉身上这套惹人注目的警服，好好吃顿饭，再找一个安全的地方能睡几个小时，才能规划下一步的行动。

可是他无处可去。这个他生于此地长于此地的熟悉城市，第一次对他露出陌生的嘴脸。

他的朋友曾经很多，但他无法确认谁更可靠，他不能冒险挑这个时候去检验人心。唯一能够完全信任的，只有父母和“发小儿”程睿敏。可父母家是绝对不能回去、不能联系的地方，这会儿说不准已经满布便衣。他来商区，就是想去程睿敏的公司，但尚未迈入写字楼的大门，便看见旋转门顶部的监控镜头。他立刻出了一身冷汗，从台阶上迅速退下来，一直退入繁华的街道，退入拥挤的人群。

他的人脉与社交圈子，专案组肯定早已调查得清清楚楚。在这些社会关系当中，程睿敏一定首当其冲。假如有一天他被捕，这里的监控画面就会是程睿敏包庇逃犯的铁证，他不能害了从小一起长大的兄弟。

他站在路边广告牌的阴影里，一辆辆的公交车喷着尾气从他身边擦过，他站了很久，还是没有决定先去哪里。能够逃出看守所，是一个绝对的意外。除了寻找冯卫星和刘伟这个执着的念头，他还没有来得及想将来。他不怕别的，最怕的就是把心里的方向走乱。

那第一个突然在他心头冒出的名字，是季晓鸥。

在看守所的两个多月，每个失眠的漫漫长夜，他都会想起她。被捕前他从未正式带她出现在朋友圈里，见过季晓鸥的，除了严慎，便只有许志群和程睿敏两人。他能确认这三人绝不会出卖他，但他不能确认公安局是否知道季晓鸥的存在，他也不能确认季晓鸥能否接受他目前的处境，他能够确认的只有一件事：在去郊区的别墅寻找冯卫星之前，他一定要去见见他一直惦记着的姑娘。不管将来如何，有句话，现在他一定要面对面亲自告诉她。

那天下午，季晓鸥无缘无故感觉烦躁，背后毛刺刺地发痒，总是一身一身出冷汗。她想起以前，每回她这样莫名其妙焦虑的时候，总会有大事发生，于是她就更加烦躁了。头顶上仿佛悬着一把达摩克利斯之剑，要随时防备它落下来。

可是直到晚上十点关店，那把剑还是晃晃悠悠悬在那里，一点也没有落下来的意思。像往常一样，美容师们先走，季晓鸥断后，当她检查完水电气暖，关了灯，正要锁门回家的时候，忽然想起白天收到的快递还放在北屋的床上，又开灯回去。要带回家的东西很多，她找出一个塑料袋，刚撑开袋口，蓦地听到窗户上传来“笃笃笃”几声叩击。

北面原是正门的方向，一层的窗户正对着小区内的道路，常年挂着百叶窗。季晓鸥看不到窗外的情况，以为是淘气的孩子，便未加理会，但是玻璃上又“笃笃笃”响了几声。她直起身，走到窗前没好气地问：“干什么？谁这么淘气呀？”

窗外却没有人应声。

她摇摇头，将所有东西塞进塑料袋，正要离开，耳边忽然传来连续不断的“啪啪”声，像是石头子儿砸在窗玻璃上的声音。

这下季晓鸥生气了，她扔下袋子，拧开屋门冲到单元门外，一边嚷嚷：“谁扔的？你给我站住！看我不把你屁股揍成八瓣儿！”

门外却静悄悄的，没有一个人影儿，唯有头顶一轮清冷的明月，风吹动尚未萌出新叶的树枝，将纷乱的影子投在她的脚下。

她站了一会儿，嘀咕一句：“真见鬼！”然后嘟嘟囔囔往回走，手指刚触到自己家防盗门冰冷的铁皮，冷不防有人从身后搂住她，坚实的手臂如同铁箍一样勒住她的腰身。她张嘴想喊，嘴却被严严实实地捂住了。

第十六章

我一直相信你

季晓鸥被捂着嘴推进室内，防盗门在她身后沉重地关上了。那一瞬间她眼前一黑，心中低呼一声：完了，入室抢劫！刹那间脑海中飞过无数惨烈的案例，惊魂失魄之余，她居然还有余暇想到，保险箱里今天收的四千多流水，连同钱包里的几百元钱，干脆都给了劫匪吧，但求上天保佑，他只劫财不劫色，更不会伤害无辜。

就在她拼命平缓呼吸，打算采取合作姿势的时候，腰间的力量忽然松了，有柔软而粗糙的东西触到她的耳朵，滚烫的气息喷在她的耳后，一个熟悉的声音在她耳边轻声说："别怕，是我！"

她的脖颈一下僵硬了。过分的惊吓之后，突然的放松让她腿一软，差点栽在地上。她想回过头去，却根本无法动弹。好久，她的双眼才开始重新聚焦，在他手臂的环抱中慢慢转过身，和他面对面站着。

两人距离太近，他几日未剃的胡楂儿刺到她的脸，下巴与她头发摩擦的声音像风扫过野草。她闻到一股味道，但不再是剃须水、硼酸皂和淡淡烟草混合后的味道，而是一种暧昧的气味，只有在春运时的火车站售票大厅里才能闻到，无数人的体臭、久未清洗的衣物、不新鲜的食物，以及发霉的行李混合而成的复杂气味。

她下意识地将头向后仰了仰，以避开那种气味的冲击。这个不易察觉的动作却让她看清了眼前人的一身警服，以及他因失水而干裂的双唇。

她又向后退了一步。这个带着逃避意味的身体语言，对方理解了，松开搂在她腰间的手臂。他自始至终没有说话，他在等她的反应，他沉默的等待比那种复杂的气味对她的压迫力更大。

季晓鸥愣了片刻，终于重新上前，紧紧抱住他。

“严谨，你……你出来了？”她的声音微弱，带着一丝犹豫，仿佛在确认自己是否身处梦境。

严谨低下头。两只手臂一直松松地垂着，并未回应她的拥抱。门厅的灯十分明亮，他看到她后脖梗的发际处一颗茸乎乎的痣。她的脖颈很白，它就显得特别黑，特别醒目，一直茸乎到他的心里去了。他闻到了她头发上洗发液的清香，他多想告诉她，是的，我出来了，无罪释放。可他最终能做的，只是掰开她的双手，将她推离自己的身体。

“不是。”他终于开口，一点都不打算骗她，如实相告，“我是逃出来的，从看守所逃出来的。”

季晓鸥如同被火烫着一样，一下子跳开了。她瞪着严谨，大眼睛睁得溜圆，严谨也看着她，两人都没有说话。室内一片寂静。似乎刚落了一个炸弹，“轰隆”一声炸完了，现在就是一团浓重的烟尘在空中凝聚，四周正形成一个听觉真空。然后硝烟散了，被炸晕的那个人清醒过来，她强笑：“你哄我玩呢吧？你逗我呢是吧？”

严谨摇摇头：“我认真的。”

“为什么？”季晓鸥的声音一下提高了，“你不是专门让严慎告诉我，你没有杀湛羽吗？没有杀人，你为什么要逃出来？”

其实从看清严谨第一眼起，无数过于狼狈的细节就已经在她脑中敲醒警钟，严谨的话不过验证了她最不愿意面对的猜测。这一刻她并没有想起自身的处境，而是想起了与严慎的那场谈话，想起自己这两个月来反复辗转的一个问题——她既怕得到真实答案，又极其想得到真实答案的一个问题：他究竟有没有杀湛羽？

“嘘，小声点！”严谨抬起手，轻轻碰了碰她的嘴唇，“你见过严慎了？”

“对，她找过我。”

“那你相信我说的话吗？”

季晓鸥依然盯着他的眼睛，声音有点发抖：“我相信你，一直都相信你！可你告诉我，你为什么要从看守所逃出来？你这么做……这么做……还怎么让我相信你？”

她的话让严谨情不自禁哆嗦了一下，心脏像坠着沉重的铅块，瞬间向下沉了沉，下坠的力量牵扯得五脏六腑都有些疼痛。

“过来，让我搂搂。”他的手伸过来，季晓鸥肩一让，躲开了，严谨的手落空，无着无落地悬在半空中。“怎么啦？我搂搂都不行？”他笑起来，只翘着一边嘴角，形容讥诮，像在嘲讽着一切，包括他自己，“我搂搂我喜欢的妞儿都不行了？”

季晓鸥的神情却十分紧张：“你是被无罪释放的，你真的在骗我玩对吗？”

“你别怕，我不会连累你。”严谨将双手插进裤兜，脸上还在笑，笑得像一个纯粹的二流子，“我进来之前，已经看过周围了，没有任何便衣和暗哨，看来警察还没有注意到你。我以前是侦察兵出身，这点眼力见儿还有，你放心。”

“我不怕你连累！”季晓鸥一下急了，“我是说你疯了吗？既然没有杀人，你为什么还要逃出来？为什么？”

“我要是告诉你，跑出来就是为了面对面跟你说一句，我没有杀湛羽。你会不会觉得我像个傻子啊？”

季晓鸥仰脸望着他，望着这个曾在她心里将猎奇与现实、诱惑与探险交织的男人，像望着午夜一个荒谬的梦境。她希望这个荒谬的梦境不要再继续，她得设法摆脱这让她在两个多月不可自拔的困境中挣扎的原因。

于是她回答：“我一直都愿意相信你，相信你是清白的，但你首先得说服我，你没有杀人为什么警察会怀疑你？没有杀人又为什么要逃出来？”

严谨看了她一会儿。是的，这才是真实的季晓鸥，从开始就这样，她谁都肯相信，就是吝啬地不肯给他最基本的信任。深藏在心中的热流，瞬间变成一股冰水，顺着后脑勺，沿着脊椎骨钻下去。他认命地笑了笑，没有继续这个话题，而是朝北屋戳戳下巴：“我能进去坐着说说话吗？”

季晓鸥犹豫一下，终于垂下眼睛退后一步，让出门前狭窄的通道。

严谨走进去，一屁股坐在她的小床上，摘下帽子扔到旁边电脑桌上，然后叹口气：“这么长时间没见面，我又大老远地来，连杯茶都没有吗？以前我没觉得你这么不懂事呀？”

季晓鸥的目光落在他干裂的嘴唇上。房间太小，严谨一走进来，那股复杂的气味愈加明显，夹带着尚未散尽的室外寒气，携持着她不熟悉的来自另一个世界的阴冷。她情不自禁深喘了一口气，似乎在定神，但两眼却苍茫茫的，一举一动都没了谱。

严谨看着她转身走出房门，听到她动作很大地拉开饮水机的柜门，然后是汩汩的流水声，那声音一直在响，一直在响，忽然季晓鸥一声尖叫，像是甩掉了什么东西。接着是她冲进厨房，拧开水龙头哗啦啦放水的声音。

严谨想站起来看看，但他从踏进这个房门的第一步起，扑面而来的热气就抽走了他最后一丝力气，浑身轻飘飘得像踩在棉花堆里。神经紧绷了一天，一旦放松，身体更是不遗余力地拖他后腿，眩晕得像当年第一次平衡训练时从高速旋转的转轮上摔下来时的状态，眼前的一切都似乎漂浮在水里，摇摇晃晃没有一处可以着力的地方。而且色调越来越暗，越来越黑，终于沉入一片无边的黑暗。

季晓鸥将手浸在冰冷的凉水中冲了好久，手背上还是泛起几片粉红，那是开水烫过的痕迹。她刚才过于心不在焉，错将饮水机上的开水键当成了温水键，溢出杯口的开水漫过手背，一阵剧痛方让她清醒过来。

她冲了好久，借机平缓一下纷乱的心境，这才有了重新回去的勇气。她关上水龙头，回厅里重新倒了一杯温水。正要往后面走，想了想又定住脚步，打开隐蔽处的保险箱，将里面的几千块钱取出来，放进一个信封里。

等她回到北屋，却发现严谨四仰八叉躺在床上，脸歪向里侧。床太短，搁不下他两条长腿，就软绵绵地垂落在床边。

她走过去，将水杯放在床头柜上，叫了一声："严谨？"他一动不动，没有任何反应。她用力推推他："严谨，醒醒！"他还是一动不动。

季晓鸥皱起眉头，侧过身去看他的脸，却见他双眼紧闭，呼吸粗重，竟是一个人事不省的光景。她吓了一跳，知道情况不对，伸手碰碰他的额头，果然滚烫，像触到一块刚从灰堆里扒出来的火炭，连喷在她手背上的呼吸都是炽热的。

季晓鸥耳边"嗡"的一声响，双腿顿时失了力气，一跤跌坐在床板上。这一刻她已经意识到，她以为可以轻易解决的事情正朝着不可控制的方向飞奔。屋内十分安静，除了厨房水龙头没有关严的滴答声，就是严谨过于急促的呼吸声。她傻坐了半天，呆呆地看着他的脸。彼此认识一年了，她从没有过这样的机会细细端详他脸部的每一根线条。在雪亮的日光灯下，那张脸上的细节既熟悉又陌生，眼睛下面两个黑圈，疲惫得像刚刚穿行过百里大漠，下巴腮帮处几天未剃的胡子，则肆无忌惮生长得如同夏日雨后的荒野。她的心尖处仿佛过电似的倏然一颤，全身的神经都因为心疼抽缩了片刻。而经历了从惊吓到恐惧再到心疼之后，她心中的是非黑白便完全被抛掷脑后了。

她在寂静中坐了很久，满脑子都是严谨被捕前两人在雪地里激吻后最后的对视。她自己都不知道自己就这样呆坐了半个多小时。严谨终于动了动，她一个激灵回过神来，眼睛都不敢眨了，他却翻个身又睡过去，头颈揉来揉去也没找到舒适的位置，双肩拢得紧紧的，一副不胜寒冷的瑟缩状。

季晓鸥俯下身，拍打着他的脸颊，轻声唤他的名字："严谨，严谨？听得到我说话吗？你醒醒，脱了衣服再睡，我实在搬不动你！"

严谨的睫毛颤动了几下，似是努力要睁开眼睛，但却没有实现。

季晓鸥只好自己动手，吃力地抱起他的上身给脖子底下塞了个枕头，再将两条腿抬到床上放平，轻轻脱掉他的皮鞋。她看到后脚踝处几个被磨穿的大血泡，渗出的血水将暴露出的细嫩皮肉和袜子黏在一起，当她小心翼翼将袜子从皮肉粘连处撕下时，忍不住倒吸了一大口凉气，仿佛那血肉模糊的伤口长在自己的身体上。

闭上眼睛喘了几口气，她才伸手去解他上衣的纽扣，那件藏蓝色缀着铜纽扣的警察制服，然后她发现除了这件单薄的制服，在室外还是十度以下的气温、她出门还要穿羽绒服的季节，他贴身只穿了一件浅蓝色的制服衬衣，里面连件保暖内衣都没有。穿得如此单薄，难怪他会发烧。

她费了好大劲才把他一身衣服扒下来，捏着鼻子扔到洗衣机里去。接着从柜子里取出一床厚厚的羽绒被盖在他身上。严谨终于睡得安稳了。

季晓鸥站在床边，把脑子里乱糟糟的一团东西理了又理，终于理出一个头绪。头脑清楚了，内心也平静下来。她锁上门出去。先到附近的二十四小时药房买了温度计、退烧药与冰敷包。给父母打了个电话，谎称今晚关店晚不方便回家。又给店长小云打个电话，告诉她刚接到的内部消息，这几天行业卫生大检查，暂时关店两天。然后群发短信给最近几天的预约顾客，通知特殊情况暂时闭店，取消一切预约。最后手写了一张"暂停营业"的通知贴在店门上。做完这一切，她才跟自己说：季晓鸥，看来你已经做好了窝藏包庇逃犯的全部准备。

害怕吗？真的害怕。她一直以为自己是个特别独立自主的人，但此刻她才明白，那不过是因为之前没有碰上什么大事，知道她无论如何胡闹，总有父母站在她身后，足够替她收拾一切残局。只有这一次，她明白自己必须独自做一个决定，不能和任何人商量，而且只能自己承担后果，再没有人能够帮得上她。

因为这一次，她可能触犯到的，将是无情的法律。

当夜严谨烧得很厉害。他平时很少生病，所以病情来势汹汹，似乎将平日作息不规律积攒下的伤害全部释放出来。季晓鸥彻夜守着他，眼睁睁看着体温表上的红线一路上冲，几乎快到四十摄氏度。也幸亏她出生在医生世家，知道这只是感染了病毒引起的身体应激性反应，所以还能做到临危不乱，做足降温措施。严谨神志模糊的时候不肯配合吃药，她只能将阿司匹林碾碎了溶在水里，用小勺一点一点喂进去。昏睡中的严谨将药咽了一半吐了一半，可是残余的药效毕竟发挥了作用，清晨七点多，他的体温终于降到了三十八摄氏度。

严谨醒了。勉强睁开眼睛，眼前陌生的环境让他心神恍惚，一时间不知身在何处。他想抬起手臂，身体却像不属于他自己，就像他曾经历过的无数次的梦魇，沉重得无法移动分毫。他知道梦魇之后灵魂和肉体总是需要一段时间才能重合，他在等待这个重合，闭上眼睛，将身体留给温暖而安全的一双手。

那双手正用温热的毛巾擦拭着他的身体，他能清楚地辨别出毛巾的粗糙质感和指间皮肤的柔腻。那双手经过手臂、脖颈，突然停留在他的脸颊上，很久没有动。接着他似乎听到轻轻抽泣的声音。

严谨没办法再装睡了，他再次睁开眼睛，看到了那双温和干净的手。指甲修得短短的贴近指尖，没有任何修饰。虽然手指纤长，但手背上却仍然带着浅浅的肉窝，会随着手的动作加深或者变浅。

他的视线向上移，看到季晓鸥脸上的泪和额头的汗。严谨终于抬起手，将手放在她的脸颊上，却不知是该先给她擦汗还是擦泪。季晓鸥只是瞪了他，瞪了好半天，突然像受惊了一样跳起来，转身冲出了房门。

她冲进卫生间，并且关上了门。为的是不受打扰地好好哭一会儿。这一夜的挣扎和恐惧只有她自己知道，无时无刻不在担心窗外会突然传来警笛长鸣的声音，担心房门会被荷枪实弹的警察一脚踹开。十多个小时巨大的压力终于被严谨一个简单的动作掘开了发泄的缺口，让她在崩溃中痛哭了一场。

卫生间朝北的窗户贴着半透明的遮光薄膜，透进来的光使一切东西都带着淡淡的一层白色，包括镜子里的自己。

她撩起水洗净脸上的泪痕，再抬起头，便从镜子里看到严谨推开门走进来，身上披着她的羽绒服。她扭开脸，不想再看镜子中的两个人，仿佛这样就可以逃避她自己的选择带来的叵测后果但是她知道他已经走近了她。

他站在她身后，不声不响地看着镜子里的她，安静得连呼吸都仿佛屏住了，直到她的视线转回来，同样怔怔地看着镜子里的他。她略微紧张的气息喷在镜面上，形成一片湿润的雾气，她在镜中的形容渐渐模糊，眉眼融化在那层薄薄的水珠后面。

她不知道自己说了句什么。严谨一听便愣了一下，接着笑了。季晓鸥真心佩服他这无论什么处境下都能笑出来的本事。然后不知怎么回事，她发现自己已转过身面对着他，背后便是卫生间冰凉的墙面。

严谨双手撑在她身后的墙上，将她圈在自己的双臂中，整个身体前倾着，却没有靠近她，只是这样维持着一个费力的姿势看着她，在离她半尺远的地方。

季晓鸥的鼻腔又堵成一团，堵得她头晕，但这一次，她绝不能让眼泪再掉下来，她咬紧了下唇。

严谨的目光越来越重，到底撑不住了，落下来，落在她沾满发丝、汗津津的脖子上。慢慢地，又落在她急剧起伏的胸口上。他看到她的恐惧和不知所措，但那双黑白分明的眼睛里，却有着某种近似破釜沉舟的勇气。

终于，他的嘴唇贴近了，像朝着乳汁贴近的婴儿的嘴唇。

季晓鸥闭上眼睛，明白自己完了。方才那句本来就轻飘飘的“你去自首吧”，将会被他这个吻轻易撕得粉碎。

但是严谨的嘴唇只在她嘴唇上蜻蜓点水般碰触了一下，便离开了。她听到他说：“对不起！”

季晓鸥屏住呼吸等了几十秒，却再不见任何动静，身前忽然空了，仿佛严谨已经远离。她睁开眼睛，恰看到他低着头，正努力合拢自己那件纤瘦的女式羽绒服，试图遮住裸露的上身，这情景太滑稽了，她再愁肠百结，也憋不住“扑哧”一声笑了出来。

“你干什么？怕我非礼你吗？”

“你不知道我多希望你能非礼我！”严谨放弃徒劳的努力，勉强用腰带将羽绒服扎在身上，“以前我费了多大劲儿勾引你呀，就希望你能主动非礼我，不过你的表现太让我失望了。我都没见过比你更不解风情的女人！”

季晓鸥没料到他沦落到这种地步了还有心思跟她贫嘴，转而想起自己一脚将他踹到医院那一夜，只得头一低脸皮一厚，随他说风凉话。

严谨嘴里贫着，可心里是真不好过，尤其刚才在卫生间外听到季晓鸥压抑的哭声。看看她微微垂下的双眼，他忍不住又把嘴唇凑到她的脸颊上，颇为响亮地亲了一下，然后说：“我得走了，不能再祸害你了。昨天晚上……昨天晚上的事，我会找机会谢你的……”

季晓鸥苦笑：“你现在知道是在祸害我了？早干什么去了？我告诉你，就算你现在走，也已经迟了。你在我这儿待了整整一夜，我明知你是逃犯，却没有打电话报警，我这么做已经是窝藏包庇罪了你应该懂吧？”

严谨笑不出来了：“那你还想怎么着啊？”

“你下一步到底打算怎么办？”

“我不想跟你说。知道得太多对你并不好。”

“你是不敢说吧？你我都是同谋犯了，你还怕什么？怕我报警吗？”

“我还真告诉你，敢来你这儿就不怕你报警。”

季晓鸥盯着他：“我要真报呢？”

严谨洒脱地一摊手：“那我认命。”

“我认命”这三个字重重击中季晓鸥，她低下头：“好吧，那你赶紧走，别等我后悔。”

严谨说：“甭管我去自首还是干别的，你总得把衣服还给我，我不能出门裸奔吧？”

他的衣服洗过以后，都还湿淋淋地晾在暖气片上，季晓鸥压根儿没敢晒出去。她摸摸衣兜，将那个装钱的信封掏出来放在他的手心里，然后说：“你在这里等我，我去旁边的超市买两件衣服。在我回来之前，无论外面有什么动静，你都不要走出这间屋子。”

“遵命。”严谨对着她敬了个礼：“还要麻烦你，帮我带张神州行的卡。”

季晓鸥回头看看他，什么也没有说，关上门出去了。

严谨听着她的脚步声穿过店堂，开关店门的声音，门口风铃的脆响，店门外的卷帘门卷起又放下，随即室内归于一片沉寂，只有北面的小窗，透过厚厚的窗帘传来小区内孩子们隐约的笑语声。

严谨坐了一会儿，肠胃开始蠕动的动静，再次提醒他已经一天一夜没有进食的事实。他站起身，蹑手蹑脚走到厨房。灶台上有锅白粥，滚烫，似乎刚刚煮好。他等不及晾凉，又轻轻拉开抽屉和冰箱查看。冰箱里存放着各种美容产品，他翻了半天，却只找到几个生鸡蛋。幸好抽屉里还有两包不知何时的方便面，拆开包装便扑出一股年深日久的哈喇味。但味道再不好，也是粮食，两包方便面干嚼完，又去冲了个热水澡，他觉得全身各种器官开始恢复正常的运转秩序，这才打开那个鼓鼓囊囊的信封。

他无论如何也没有想到，信封里竟是一叠百元面值的人民币，大概四五千的样子。他把那些粉色的纸币捻成扇形，举在眼前看了好久，脸上渐渐浮起一种无奈的笑意。

最后是墙角的电脑和网线吸引了他的注意力。已经很久没有和外界接触了，他渴望得到外面世界的任何消息。他确信季晓鸥会理解他的冒昧，于是在电脑前坐下，打开了主机电源。

电脑的屏幕上出现了蓝天白云的桌面，他立即访问搜索网页，输入关键词“湛羽案”三个字。搜索结果满满一页，几乎每一个题目都是他的名字和湛羽的名字连在一起。他随便点开几个链接，尚未看明白内容，毫无预兆的，店堂里的电话铃声突然响起来，他的动作一下顿住。

电话铃响了一遍又一遍，终于停了。

严谨轻轻吐出一口气，慢慢地一点点放松身体。刚定神看了几行，外间走廊上朝向小区内部的房门，又被人敲响。一个男人的声音在喊：“季晓鸥！季晓鸥！你在屋里吗？晓鸥！晓鸥！你开门！”

严谨浑身的血液再次凝结，他一动不动地坐着，连呼吸都变得微不可闻。

男人的喊声和敲门声突然同时中断，接着听到季晓鸥的声音，比她平时说话的声量要大。

“林海鹏，你发什么神经呢？”

男人的声音：“你干什么去了？为什么不接手机？”

“我在超市，乱哄哄的哪儿听得见？你刚喊什么呢？”

“你今天上网看新闻了吗？你那个男朋友的通缉令看到没？打手机给你你不接，店里电话你也不接，专门请了假过来找你，你店没开，门口那卷帘门又拉着，你说我担心不担心？”

季晓鸥“哼”了一声：“你担心什么呀？”

“当然担心你。你手里拎什么那么大一包？赶紧开开门，我帮你拿进去。”

“放手，不用你帮忙！林海鹏，你这不是看见我了吗？我好好的，你可以走了。”

“干吗呀？晓鸥，我都到门口了，无论如何也得请我进去坐坐啊。”

严谨光着脚踩过冰凉的地面，悄无声息地打开北屋的屋门，穿过走廊，慢慢走到防盗门的背后，贴墙站好。眼睛在房间内迅速扫视一遍，没有发现任何称手的家伙。他只能缓缓地、像电影里的慢动作一样活动着手指关节，将关节发出的脆响尽量降低到最小的音量。

门外的对话还在继续。

“林海鹏，你不觉得自己无聊吗？严禁你接近我五十米以内的距离。”

“晓鸥，你怎么这么不识好歹？我是真关心你明白吗？湛家的事闹这么大，严谨早晚是死刑，他这么一跑，更坐实了罪名，你就甭傻了！”

季晓鸥的语气很不耐烦：“行了，我谢谢您了，您快走吧！我今天浑身不舒服，耐心有限，别逼我说难听话啊！”

门外的男声终于沉寂下去。严谨静静地等着，能清楚地感觉到分秒的流逝。安静过后突然响起的声音，如同石破天惊一般，是钥匙插进了锁孔，咔嚓咔嚓在转动。门把手被扭动，门被慢慢推开一条缝。

严谨屏住呼吸，慢慢举起手臂，做好肘击的准备。

门开了，却只有季晓鸥一个人走进来。她“砰”的一声关上门，将手中的塑料袋扔在地上，靠着门长出一口气，这才发现壁虎一样匍匐在墙壁上的严谨。

她手按胸口，用完全被惊吓到的眼神瞪着严谨：“你要干……？”

话未说完，她的嘴已被严谨严严实实捂住。严谨拖着她，一直进了卫生间，关上门，才在她耳边轻声问：“人走了？”

季晓鸥依旧是受惊的模样，拼命点头，唔唔几声。

严谨放开手，拍拍她的脸算是安慰：“什么人？你新男朋友？”

“关你什么事？”季晓鸥从惊吓中回过神来，摸摸被牙齿磕痛的嘴唇，气愤地重复方才被打断的问话，“你躲在门后想干什么？灭口吗？嘀，你不是连报警都不怕吗？”

严谨“哧”的一声，露出一个“有理讲不清”的冷笑，一字字说：“我、是、怕、你、受、连、累，懂不懂？他要是看见我，你就真的是窝藏包庇了。”他拧一把她的脸，“傻瓜！”

季晓鸥白他一眼，打掉他的手，转身走出卫生间。严谨跟出去，看着她将那个塑料袋打开，把里面的东西一件件扔在他面前。羽绒外套、羊毛衫、运动裤、棉内衣、内裤、袜子，最后是一双运动鞋，还有一顶帽檐长长的黑色棒球帽。

严谨拾起两件衣服看了看，笑起来："尺码还挺合适，尤其是内裤，你亲手量过的吧？"

季晓鸥不理他，转过身背对着他："你赶紧换衣服。"

严谨一边穿一边笑："昨晚上你不是把我上上下下该看的不该看的，都看遍了也摸遍了吗？这会儿装什么呀？"

季晓鸥厉声道："你能不能放尊重一点？"

严谨好脾气："你又来了！行行行，我放尊重一点。"他套上羊毛衫，"你可以转过来了，季尊重同志。哎呀，我突然发现，你这姓可真好，将来生个儿子好起名，都现成的。比如"季存处"，嗯，这个名字很有公共意识和爱心。"季人篱下"？长了点，可四个字的名字肯定不会和别人重名。"季检委"怎么样？这个名字最牛，走哪儿都有人拍马屁，不会被欺负……"

季晓鸥转身瞪着他，两条眉毛都竖了起来："你闭嘴！"

严谨最后拉上羽绒服的拉链，又摸摸她的脸蛋儿，"你发火的时候最好看了，只显得你眼睛大，一点都不觉嘴大。"

季晓鸥一把拨拉开他的手："闭嘴！"

严谨笑着点头："好，闭嘴。"他从桌上拿起那个装钱的信封，抓过她的手，将信封放在她的手心里，合拢她的双掌，"收好。"

季晓鸥固执地摊着两个手掌，"为什么不收下？嫌少吗？"

"不少！可我从来没打算过亡命天涯，这钱我压根儿用不着！"

她的身体仿佛轻颤了一下，抬起眼睛望着他。

严谨在她脑门上亲一下："晓鸥，以后再找个比我好的。"

季晓鸥的眼圈似乎红了，但依然嘴硬："是个男人都比你好，不用你操心。"

严谨笑笑，"那我走了。"

季晓鸥却伸开两臂拦在了门前："你去哪儿？"

"找一个人。"

"什么人值得你为他越狱？"

严谨单手撑在门上，笑眯眯地低头看着她："你担心是个女的吧？"

季晓鸥脸一沉："你正经点好吗？"

严谨笑着拧了拧她的脸蛋儿，"别想多了晓鸥。这个人很重要，我出来就是为了找他。找到他，我才可能无罪。"

季晓鸥的脸上瞬间变幻了数种表情："那找到他以后呢？"

"听你的话，我回去自首。"

"自首？不是骗我吧？"

"季晓鸥，你摸着良心好好想一想，从咱俩认识，我什么时候骗过你？"

季晓鸥认真地看看他，眼中的矛盾与猜疑，终于一点一滴地开始消逝。她松开一直紧握着的左手，她的左手里捏着一张神州行的手机卡。她拉起严谨的手，将这张手机卡放在他的手心里，又掏出自己的手机，也放在他手心里。

严谨十分意外，他看看手里的卡和手机，又看看季晓鸥，忍不住将她拉进怀里，紧紧拥抱了一下。

"谢谢。"他说得有些艰难，似乎嗓子被什么东西哽住了。

严谨躲进卫生间打了个电话。他在场面上经营十几年，总会有一些应付突发事件和意外的特别安排，平时不会轻易动用。打完电话出来，他和季晓鸥就在那间不到九平方米的小北屋里，一个躺一个坐，安静地等待天黑下来。

房间内密密拉着窗帘，唯一的光源是一台小小的电视机。电视机声音关着，只有画面在不停地变换。隔几个小时，电视里就会重复播出一次关于严谨逃出看守所的新闻，屏幕上会出现那张刺目的通缉令。

严谨的身体素质再强悍，也扛不住一天一夜将近四十度的高烧，吃完季晓鸥从超市买来的包子，没说几句话就开始犯迷糊，然后睡着了。剩下季晓鸥一个人坐在电视机前，忽明忽暗的光线映在她的脸上，她的脸上毫无表情，和她五内俱焚的内心并无丝毫关联。

小区内的喧哗声渐渐大起来，那是放学、下班的人群制造出的声浪。窗帘缝隙间的天光亦渐渐暗下去。

严谨被枕边手机的振动声惊醒，他迅速坐起来，看完短信，立即删掉，退出 SIM 卡，然后将手机和卡都递给季晓鸥，叮嘱她："剪刀剪碎，扔马桶冲走。"又说，"其余的东西，包括那身警服，你都尽快扔掉，小心一点，别留任何后患。"

他穿上大衣和鞋，扣上棒球帽，却发现鞋带松开了，正要弯腰，季晓鸥已经走过来，蹲下身帮他系好鞋带。

他低下头，怔怔地望着她的头顶："我走了。"

"还回来吗？"

"不了。"他摇摇头往门口走去，帽檐的阴影完全挡住了他的眼睛，"办完事，我可能就直接去公安局了。"

季晓鸥依旧蹲在地上，并没有抬头看他，"你……还在发烧……你保重。"

严谨搭在门锁上的手停滞片刻，似乎想说什么，最终却什么也没有说，开门走了。

季晓鸥跳起来，迅速爬上床挑开窗帘一角，望着他大步疾走的背影，拐过一个路口，消失了，再也看不见了。

她在黑暗中坐下来，坐了很长时间，房间内每一处细微的响动，都让她心惊肉跳，以为严谨又回来了。回想过去的二十四小时，一切都不像真的，仿佛只是她做过的一个梦，一个细节过于真实的梦。只有床头柜上胡乱堆放的药盒和冷敷包，还有地上一堆拆掉的衣物包装，提醒她严谨曾在这里驻留过的事实。

她终于低下头，将自己的手机卡放进手机，按下开机键。没过一会儿，短信的提醒一声接一声响起，有预约的顾客咨询何时开店的，有房产中介公司卖房子的，还有一条是她妈妈赵亚敏问她何时回家的。

季晓鸥给赵亚敏回电话："明天有卫生检查，今晚我得做准备，明天晚上一定回去。"她需要时间将店里严谨留下的痕迹打扫干净，也需要时间让自己心情平复，不至于在母亲的火眼金睛下暴露马脚。

她按照严谨的嘱咐，将他用过的那张手机卡剪碎，扔进马桶冲走。又找出一个大黑垃圾袋，将昨晚药店买来的所有东西都扫进去，加上那些新衣服鞋子的包装，鼓鼓囊囊一大袋。只有那身警服，她对着犯了一会儿难，最后将上面的警号撕下来剪得粉碎扔进马桶，衣服帽子也剪碎了，打乱了用几个袋子分别装好。

提着四五个黑色的垃圾袋，她往小区路边的垃圾筒走过去。迎面碰到楼上的邻居，老太太笑着招呼她："小季，还没下班呢？"

她头一低，胡乱应付道："没下班呢，陈奶奶。"

沿着马路一直走过去，将手中的塑料袋分别扔进不同的垃圾筒，她才站在路边透出一口气。冷不防一阵狂风吹过，风力强劲到令人站立不稳，她慌忙背过身闭上眼睛。等这阵风过去了，满嘴咯吱作响，竟是吃了一嘴沙子。在时令已过惊蛰之后，尚未迎来春天的回归，却又一次迎来了来自塞外的沙尘。

严谨走出小区大门。路边停着一辆半旧的普通本田轿车，冲着他闪灭了两次大灯。他走过去，拉开车门直接坐了进去。

车内只有一个司机，也和他一样，戴顶压得低低的棒球帽，亦沉默地凝视着前方，等他坐好关上车门，就一踩油门转入主路。两人都没有说话，直到车子顶着四五级的大风驶上高速，后视镜里并无异常，司机才开口说话："其实护照和签证都是现成的，你真不打算出去避避风头？"

严谨原本闭着眼睛仰靠在座椅靠背上，听到这里睁开眼睛："我要真走了，可不就坐实了杀人的罪名吗？我跑了不要紧，老爷子怎么办？我这回进去已经连累他，再搞一个去家叛国，他不得让他那些多年的对头给活活整死？"

"可你这么跑出看守所，实际后果也差不多。"

"一念之差，"严谨望着窗外，苦笑一下，"你明白什么叫一念之差吗？世界上很多事都是一念之差。人有时候钻在牛角尖儿里，没别的路可走，只能拼了命往前钻，等钻出去了，才发现自己之前那点坚持，跟个傻子似的。"

司机叹口气，从后视镜里看着他："已经这样了，咱就尽量往好处想吧。不过，你真的打算一个人去吗？老冯躲了这么久，不管他是不是为了躲你，都会有防备的。"

"放心吧，当年一个排的人都抓不到我，老冯那间小别墅，还不是小意思吗？"

司机隐藏在帽檐阴影里的脸，终于露出一个浅淡的笑容："小十三，希望这次你也好运。"

借着夜幕的掩护，本田车在高速上一路飞奔，向郊区方向疾驶而去。

第十七章

好好看着“三分之一”

城东部的河岸边，有一处崭新的豪华别墅群。夜晚远远看去，无数棵树龄二十年以上的银杏与毛白杨，环绕着一片鳞次栉比的别墅群。这片别墅占地不少，此时却只有三四户人家亮着灯，风吹过树梢呜呜作响。白天看起来华丽堂皇的西式建筑，夜晚却因人气不聚带着森森的鬼气。

严谨从墙头跳进院内，借着四五级大风的掩护，落地的动静不会比一两片落叶的声音更响，轻盈到两只看门的德国边牧，只是半立起身子，耳朵四处转了转，便又懒洋洋地趴下。而院子正中则是一个位于阳光房内的游泳池，一池碧水波光粼粼，透过玻璃屋顶，将别墅正面的白色石材都映成了浅蓝色。

冯卫星在游泳池里一圈圈畅游。阳光房内的采暖不是特别好，温度有点偏低，人在池子里只能不停地游动以保持体温。他游着游着，忽然感觉到周围似乎有点异样，猛地蹿出水面，一边踩着水，一边抹去脸上的水渍。然后他看到一个人，一身黑色的衣服，头上也扣着一顶黑色的棒球帽，仿佛地底下突然冒出来一般，正蹲在泳池边缘，静静地看着他。

冯卫星“咕咚”一声沉了下去，慌乱之中竟然连喝了几口水。等他再冒出头，已在十几米外泳池的另一面。他举目四顾，发现原先坐在泳池边的两个保镖不见了，而对面那个黑衣人却依然看着他，只是将帽檐朝上顶了顶，露出原来被阴影覆盖的半张脸，嘴角带着一丝讪笑。

冯卫星爬上泳池，只穿着一条泳裤站在池边，一时间不知该走过去还是停在原地不动更加安全。阳光房的大门缝隙里挤进一阵凉风，吹得他皮肤上起了一层又一层的鸡皮疙瘩。那人终于站起来，拿起沙滩椅上的浴巾，就手卷成一个结实的毛巾卷，拉开投掷的架势直接扔了过来。

毛巾卷越过泳池，不偏不倚正好砸进他的怀里。冯卫星展开浴巾披在肩上，苦笑一下。他毕竟是社会上混过的人，明白何谓倒人不倒架，尤其是看到两个保镖已经都趴在那人脚边，一动不动生死不明，瞬间出了一身冷汗。抱着是福不是祸是祸躲不过的决心，他朝着那人走了过去。

“严子，”他站在严谨面前，虽强作镇定，脸上仍有掩饰不住的不安与恐惧，“你要来便来，这是做什么？哥哥年纪大了，可经不起几次惊吓。”

严谨摘下帽子，姿态和语气的从容比冯卫星更像一个主人：“冯哥，好久不见。”

冯卫星下午才从电视里看到严谨逃出看守所的新闻，因此乍然见到他在自己的别墅里出现，才会一时惊慌失态。此时见他周身并无任何戾气，显然不像是特意来找自己的麻烦的，便放下一半心。他按下叫人铃，几个精干的小伙子迅速冲进来，忽然看到两名同仁倒在地上，游泳池边又多了一个陌生人，一时间像听到无形的立定口令，都硬生生停下脚步，拉开了格斗的架势。

冯卫星却拍拍严谨的肩膀，对他们说：“行了，都别给我丢人。他以前也是特种兵，是你们这一行的前辈，真动起手来，你们几个合起来都不是他的对手。”

严谨笑着接口：“对了，大门那儿还躺着两个，你们去看看吧。不用太着急，我没怎么着他们，浇杯凉水就醒了。”

冯卫星讪笑：“严子，你功夫可见长了！我这整套别墅花大价钱请人在外围安装了德国进口的防护系统，没想到碰上你就歇菜了。”趁着说话的工夫，他已穿上浴衣，拿起茶几上的硬木烟盒扔给严谨，“抽一根吧，在里面憋坏了吧？”

严谨接在手里看了看：“哟，还是蓝软的芙蓉王呢，高档啊！”他直接用嘴唇叼出一根，然后顺手将整盒烟都揣进衣袋，“在里面净抽三块钱一盒的‘恒大’了，都快忘了好烟什么味儿了。”

冯卫星叹气：“我知道你在里面受罪了。有什么要求呢，你尽管提。我最近虽然手头不方便，可百八十万的，还拿得出手。”

严谨点了支烟，小孩子嘬奶似的，贪婪而猴急地连吸几大口，才笑道：“冯哥，我费那么大劲从里面出来，就为了你这百八十万？你也太小瞧兄弟了！”

冯卫星的脸色变了变:“那你说，想让我干什么？”

严谨没有立即回答他。而是伸长了四肢躺在沙滩椅上。随即将烟凑到嘴边，深深地吸了一口，又从鼻孔中呼出两道长长的烟。烟修长，手指修长，连扶摇直上的青烟都是修长的，他懒洋洋地仰起脸，自言自语的轻叹一声：“舒服！”

此地远离城里的光污染，透过玻璃屋顶，能清楚看到钴蓝天幕上的璀璨星光。他边欣赏星空，边慢慢道：“你看，这天多蓝哪！我记得那时执行任务，经常能看见这样的夜空。回 A 城这么多年，好像从没有时间能这么躺着看看天上的星星。”

冯卫星尴尬地笑笑，没有接腔。

严谨抽完大半支烟，将烟头按熄在旁边的烟灰缸里，方淡淡地说：“把刘伟交给我。”

冯卫星仿佛被烟头烫了一下，浑身一哆嗦，“你要他干什么？”

“干什么？”严谨冷笑一声，“你比我更清楚，他为什么会潜逃？”

冯卫星沉默了，他盯着波光跳跃的水面犹豫半天，才开口道：“没错，是我让他跑的，但我跟你保证，KK 绝对不是他杀的。”

“我需要的不是你的保证，他杀没杀 KK，你说了不算，我要专案组的结论。”

他的语气太认真了，认真得冯卫星面露难色，“严子，我知道你在里面憋屈，哥哥也知道你绝不是能干出这种缺德事的人。你听我跟你讲，大伟跟着我好些年了，他要是想让一个人消失，说什么也不会用分尸这么笨的法子。而且，分尸也就算了，还让警察一起找到衣服和其他证物，生怕警察查不到尸源，这只能是头回杀人的新手做的你明白吧？大伟可没这么傻！”

“那也难说。你怎么知道凶手不是故意失误，好把侦破方向带歪了？你看现在，不就成功把火烧到我身上了吗？这个人一定十分清楚我和 KK 的关系，才会把 KK 昧下的那个打火机，故意和衣服放在一起。”

“你说得对。”冯卫星点点头，“但是大伟没必要拉你下水啊？我倒是听说一件事，不知道你清楚不。据说尸体切割得特别专业，所以怀疑过，凶手有可能做过屠夫或者外科大夫，或者，还有一种可能……”

严谨看着他，对方却故意抿起嘴唇制造悬疑。严谨一笑，随即接上他的后半句：“凶手可能学过人体解剖。”

冯卫星脸上现出吃惊的表情：“你知道？”

“昨天专案组在看守所提审，就是为了问这个问题，他们问我在部队时是不是学过人体结构解剖。”

“啊？你怎么回答的？”

“实话实说啊。”严谨淡淡地回答，像在说与自己无关的事，“我告诉他们，我不仅精通人体解剖，而且在特种部队时，枪下冤魂无数。”

冯卫星惊得张大了嘴：“你疯了？怎么这么说话？”

严谨答得干脆：“因为我没有杀人！”

“不管怎么说，大伟绝对跟这事没关系。”

“既然没关系，你那么心虚让他跑什么？”

冯卫星叹口气：“严子啊，他可跟你不一样。你是有背景的人，进去谁也不敢对你胡来。大伟进去可就不一定了。我是怕他进到里面吃不了苦。”

“你放心，他进去有我罩着，多余的话我一句都不会让他多说。我现在要的，是他跟我走一趟。”

“这事是哥哥对不住你。可大伟现在在哪儿，我真不知道。”

严谨脸上现出不耐烦的神色，突然出手，两根手指像老虎钳一样捏住他的咽喉：“我这手下一使劲，压迫到迷走神经，心脏停搏，你可想好再说话！”

冯卫星干巴巴地咽了口唾沫，喉咙发紧，咽不下去，噎得他一抻脖子：“严子，你弄死我也是这答案。我给了他两百万和一张机票，让他去外地暂避，可他根本就没坐那趟航班，不知道跑哪儿去了。从春节前到现在，他已经两个月没跟我联系了。”

严谨盯着他，冯卫星的无奈像是真的，并无说谎的征兆，他缓缓放开手，“那你为什么也躲起来？你在躲谁？”

“‘小美人’。”

“你俩不是一直在合作吗？”

“做生意，总免不了谈崩的时候。”

严谨定定地望着冯卫星。粼粼的波光映在冯卫星的脸上，跳动的光影把那张脸渲染成了一张沟壑起伏的面具。仿佛望见撒旦突然睁开的双眼，他一下子清醒了。

从前天晚上到二十分钟前，他一直在盼着两人见面的这一刻，以为只要见到冯卫星，就能找到刘伟，就能洗清自己杀人的嫌疑。到这会儿他才彻底明白了。原来，一直都是他判断错误。

严谨垂下手臂，只觉满嘴发苦，不知是否方才那支烟的原因，他心怀希望而来，此刻却满腔失望。

他苦笑了一下，站起来向门口走去。

冯卫星却在背后问："你……下一步打算去哪儿？哥在几个国家都有兄弟，要人要钱都一句话的事。"

"我哪儿也不去。"

"那你……"

"去公安局，自首。"

"兄弟你真的疯了？你这么回去他们还不往死里整你？"

严谨脚步未停："爱谁谁吧。"

"小十三！"冯卫星在背后喊了一声他十几年前的绰号，严谨恍惚一下，双脚顿时钉在当地。这一声喊，仿佛穿透了岁月，他听到耳朵深处呼呼的风声，那是藏在枝叶间等待目标出现时，耳边绵延不绝的松涛林海的声音。他慢慢地转过身。

冯卫星远远地看着他："十三，对不起。"

严谨宽谅地笑笑，拉开了大门，并不揭穿他那言不由衷的道歉。

"你得找个人看住你那家'三分之一'，你那店经理可不怎么可靠。'小美人'看上的东西，不会轻易放手的。"

严谨脚步没停下，可是将冯卫星的每一个字都听得清清楚楚。

那辆旧本田还在离别墅不远的地方等他。严谨一上车就对司机说："问问'三分之一'是怎么回事？"

司机拨手机，电话通了，他随即切换成免提通话，扬声器里传出店经理的声音。听着两个人的对话，严谨的脸色越听越阴沉。原来十几天之前，"三分之一"所在城市的一家挺有影响力的晚报登了一篇新闻，晚报记者以服务生身份卧底"三分之一"半个月，揭开了这一个"非法交易场所"的秘密。随后本地电视台跟进，连续三天的追踪报道，搞得"三分之一"被公安局和税务局联合查封。最终虽因查无实据，缴纳一笔罚款之后得以重新开张，但生意却一落千丈，曾经门庭若市的著名海鲜餐厅，如今门可罗雀。

严谨只是听着，一直没有作声。司机挂了电话，从后视镜里瞥一眼，见他脸色沉得如能滴下水一般，便小心翼翼道："要不，我明天去一趟'三分之一’？”

严谨这才摇摇头：“有人成心捣乱，想趁着我不能管事的时候把‘三分之一’挖走，你去了也没用。”

“那……那怎么办？”

涉及“三分之一”的命运，严谨的脸上现出真实的焦虑。在餐饮行业，不少人都知道严谨名下拥有四家有名的餐厅，但他对餐厅的日常经营管理并不怎么上心，基本上都交给了餐厅经理去打理。他的座右铭是：让专业的人专心去做专业的事。所以其他三家，包括“有间咖啡厅”，一两个月他才会偶尔出现一趟。只有“三分之一”，若无特殊客人光顾，他每星期至少定期巡查一次。旁人不解，只知他甚为看重“三分之一”的生意，唯有身边几个最贴心的人，才知道“三分之一”对于他的意义。

严谨凝望着窗外的夜色，高速两侧的路灯，时明时暗地映进他的眼睛，经过汽车的车灯间或照亮他的脸，随即那光便会消失，阴影重新回到他脸上。他沉默了许久，最终简短地回答：“我来处理。”

店堂里那座老式的座钟，早已敲过了十二响。季晓鸥坐在电脑前不停刷新着网页。虽然昨晚一夜无眠，以至于整个白天身体都酸软无力，但此刻她还是了无睡意。

严谨从看守所逃出的消息，自下午对社会公开以后，网上的言论就如炸了窝一般，尤其是“湛羽之父”，于16：34分贴出一条十分简单的文字，就七个字：“究竟是逃还是放？”等季晓鸥晚上八点左右看到这条帖子时，评论已经高达三万条，转发量更是恐怖，已超过六位数字。她大致翻了翻评论和转发。

满屏的谩骂和诅咒，每一个字都像一颗小小的炸弹，轰炸着她的眼球。季晓鸥按着心口，那个地方像压着一块千斤巨石，令她难以呼吸。从湛羽案曝光，无论是网民还是严家和湛家的人，在这件事里都有自己鲜明的立场，恐怕没有人像她一样左右为难，无论偏向哪一边都会觉得对不起另一边。她关了电脑上床睡觉去，谁知躺下无眠的感觉更是难受，心脏跳得又快又重，她两手冰凉地互握着，在黑暗里睁大眼睛等待着什么。起初她没有弄明白自己究竟在等什么，及至终于想明白了，她霍地坐了起来。

她竟在潜意识中相信严谨还会回来，所以她在等着他出现。

喧闹了一天的小区，和进入梦乡中的人们一起，沉入了最深的静寂，只有门外马路上偶尔一辆车经过，暂时打破这午夜的寂静。

季晓鸥将脸埋在膝盖中，试图制止自己的胡思乱想。她维持着这个姿势，直到听到一个清脆的“啪嗒”声，仿佛是从她的耳膜深处传出来一样。她受惊似的仰起脸，周围仍然一室黑暗，并无一丝异常。

她想躺下去，但身体却不听使唤，仿佛体内另有一股神秘的力量操纵着她的手臂，一把拉开了窗帘。

刮了一天的黄风，刮得室外的温度一天内降了十摄氏度，却送来一个晴朗的夜空。透过那小小的北窗看出去，窗外深深的晴空仿佛成了一口井，窗台上挂着两盆茂盛的吊兰，藤蔓盘亘，织成了一张绿色的网。她拨开这层网，便看见窗外五六米远的地方，站着一个人。安静的黑色的剪影，有一点红色的火光忽明忽灭。

像被人迎面捶了一拳，季晓鸥对自己的眼泪毫无预感。她不敢想象严谨真的还能再次出现在眼前，泪水突然就流出来了。她胡乱抓起一件大衣披在睡衣上开门跑出去，一路连眼睛都不敢眨一下，生怕眼泪会在他面前失控一样地崩泻。

严谨站在窗外的时候，一直没有看见屋里有灯光，他以为季晓鸥已经回家了。满心的失落化作唇边被吹得七零八落的青烟。听到脚步声他猛地回头，竟意外看到季晓鸥在视野中出现，并且朝着他跑过来。他手里的烟在惊愕中落了地。

季晓鸥站在离他几步远的地方，两人静静地对望了一会儿，她突然纵身扑进他的怀里。严谨仿佛被吓住了，迟疑半天，才张开手臂试探着轻轻搂住她。不知是因为冷还是激动，她的身体不停在发抖，牙齿哒哒作响。那声音让严谨心疼，情不自禁收紧了双臂。季晓鸥明显瘦了，原来就纤细的腰身，愈加不盈一握，那种几个月来已经陌生的温热柔软的感受，令他的眼眶开始酸胀，但他依然保持着对周围环境的警惕，俯首低声道：“我们进去再说。”

两人的眼睛此刻相距不到十厘米的距离，严谨瞬间看清了她脸上的泪水。他愣了一下，一弯腰，居然将她一把横抱起来。

在双脚离地的瞬间，季晓鸥有片刻的错觉，仿佛过去两个月发生的一切，都是一场噩梦，她睁开眼睛，时光依旧驻留在年初的那场大雪中。

严谨将她抱进房间放在床上，拉过被子遮住她裸露的小腿。季晓鸥依然拢着双肩不停地发抖。他轻轻掰开她的手臂，拉开羽绒服的拉链，把她冻得冰凉的双手焐进自己怀里。

季晓鸥一直低着头，严谨看不见她的脸，只能看见一颗又一颗硕大的水珠砸在被子上，又悄无声息地洇进去，消失得无影无踪。他伸出手，想替她抹抹眼泪，冷不防地她抓住他的手，将自己的脸埋进他的手心。

严谨感受到手心的濡湿，听到她断断续续的声音像是从一个深深的洞里传出来：“要是……这些事……这些事都没有发生过……没有发生过该多好……”

严谨看着她，却意外地笑了道：“说什么傻话呢？你看看我，我从来就不做梦。不管发生了什么事，都得老老实实去面对是不是？”

季晓鸥所有的小动作一下静止了。过了好一会儿，她才放开严谨的双手，左右开弓抹去眼泪，再抬起头，脸上的神情已经恢复镇静。到这会儿她才意识到自己披头散发形象不佳。掀开被子下了床，睡裙的下摆只能遮到大腿的中部，她两条光溜溜的长腿便肆无忌惮地裸露在严谨的眼前。

严谨的眼睛一下便挪不开了。他笑嘻嘻地说：“在看守所两个月，眼睛里看见的都是男的，我怀疑那里面连耗子都是公的，你穿成这样在我眼前晃，不是逼我犯错误吗？”

季晓鸥原本还有点害羞，让他如此一说，反而坦然了，拿起一身运动服大大方方光着两条腿从他面前走过。在卫生间里，她就着冷水洗了个脸，十指如飞理顺长发，编成辫子。等她穿好衣服再走出来，脸上虽然没有任何化妆品，却是粉白粉白的，娇艳动人，如盛极绽放的桃花瓣儿，让严谨有片刻失神。

她坐在严谨身边，握起他的左手，将那手背贴在自己的脸颊上：“你找到要找的人了？”

严谨没有立即回答，反而用可以活动的右手取出一盒烟，叼起一根问道：“可以吗？”

季晓鸥一直很讨厌人抽烟，即使她喜欢看严谨抽烟的样子，那也仅限于室外。室内一旦有人抽烟，尤其是她这个到处都是棉织物的美容店，烟油的味道恐怕半个月都不会散掉。她扭头看了看严谨，他的脸上居然罕见地出现烦恼的痕迹。两人对视片刻，方才那个问题的答案她已了然在心。

她从他手里接过打火机，按着了送到他眼前，让他就着她的手点着烟，看着他深深地吸了一口，又慢慢地吐出来，才问道：“那……那你还回去吗？”

“回哪儿？”

“看守所。”

“回，当然回。”

“可是……”

严谨立刻按住她的嘴：“别说，千万别说出来！你一说这话，我要真跑了，你就不仅是包庇，还是教唆犯罪明白吗？我要想跑，太容易了。可我要真跑了，不仅我们家老头儿、老太太要倒霉，恐怕你也得受牵连。别以为警察傻，等他们顺着根儿往后捋，总会捋到你这儿的。”

季晓鸥嘴被捂着出不了声，只能用大眼睛一眼一眼地瞟着他。

“不过你别害怕，只要我回去了，就绝不会有人再找你麻烦。”

“我没害怕！”季晓鸥终于在他手掌的覆盖下发出声音，“如果我害怕，昨晚不会留下你。”

严谨的手从她嘴边挪开，手指轻抚着她的脸颊：“谢谢你，证明我眼神毒辣没信错人。晓鸥，有件事我要托付你。”

“你说。”

“还记得‘三分之一’吗？”

“当然记得。”季晓鸥点头，“想忘记也没那么容易。我头回看见那么金碧辉煌的店，印象深刻。”

严谨轻笑一声。

“什么事，接着说！”

“很简单，等我回了看守所，你去见见我们家老头儿、老太太，跟他们说，我在里面管不了那么多，‘有间咖啡厅’和其他几家店都随他们处置，想留着想卖了，随他们便，只有‘三分之一’，绝对绝对不能动。”

“为什么？为什么单单留下‘三分之一’？”季晓鸥凝视着他，这一刻她明白了他此行的真正目的。她想知道“三分之一”到底特别到什么程度，能让他回去自首之前冒着危险专门再来一趟“似水流年”。

严谨吸口烟，说道：“讲个故事给你听吧。”

“说吧。”

“从前啊，有三个傻小子结拜，三个人跪在地上磕头，说不求同年同月生只求同年同月死。他们以为磕了头，以后就真的可以同生共死了。后来，很多年过去，三个中的一个先走了，另一个在他走前都不敢去见他，以为不亲眼看着他走，就可以假装他还活着。这么些年了，他连他的电话号码都没删掉，每回换新手机，都把那个号码认认真真输进去，假装他一直都在，假装他一直都在电话那头好好活着……”

严谨仰起脸看着天花板。刚装修过的天花板上纯净无瑕，没有任何值得看的东西，但他仰着脖子看了好长时间。季晓鸥却看到他忽然泛起红晕的眼眶。

“所以那家店叫三分之一，因为少了其中一个？”

“是的。”

“那个一直没有删电话的人，就是你？”

“是的。”

“那活着的两个中的另一个，是睿敏哥？”

“是的。”

季晓鸥垂下头想了想，勉强一笑：“一个兄弟情深的感人故事，让你讲得这么烂，你真不是一个会讲故事的人。”

严谨摸摸她的辫子，“如果以后有机会，我会从头到尾好好讲给你听，可现在没时间了。你听着，这是件重要的事，不管以后我能不能出来，‘三分之一’我都打算交给你，回头我写份正式的委托书给你，你替我把它经营下去。”

季晓鸥吓了一跳：“交给我？我从来没做过饭店生意，那么大一个店你交给我？你是不是还在发烧说胡话呢？”

严谨摇摇头：“没办法，矮子里面拔大个儿吧。我们家那几口子都被惯坏了，没有一个适合做生意的人。”

“那睿敏哥呢？你为什么不委托给睿敏哥？”

“他？”严谨笑笑，“他读书太多了，早就把人读傻了，到了社会上真不一定混得开。”

“那你就相信我吗？”

严谨捧起她的脸端详着，从极近的距离注视着她的眼睛：“人只有倒霉的时候才能看明白很多事，谁真心、谁假意，我心里通透着呢。”

季晓鸥也目不转睛地看着他，眼球上渐渐泛起一层潮湿的水雾，严谨一旦离开，日后山高水远，吉凶未卜，谁也不知道会不会是生离死别。

“你什么时候走？”

“现在。”

“可是，现在外面很黑，也很冷。”

“没关系，我找个派出所进去，随便蹲一夜，明儿一早就回看守所了。”

“好的，我等你，我知道你一定会回来！”

严谨的浓眉微妙地抬了一下：“要是我真被判了刑，还肯相信我？”

“是的，我会一直相信你。”季晓鸥的双唇紧紧地抿着，几乎抿成了一条直线，她的脸上，此刻是一种认命似的冷峻，“可是，我绝不会让你蒙冤，我会向上天祈祷，我愿意拿我现在的一切做代价，去证明你的清白。”

这一刻窗外的风刮得愈来愈紧，仿佛整个世界都在翻天覆地地摇晃，越发衬托出室内脆弱的静谧与封闭。严谨安静地看了她几十秒，然后张开手臂：“来，到我这儿来。”

严谨只是想拥抱她，但是她真的靠近了，他又被她身上的味道搞得不知所措。不是香水，也不是沐浴露，而是一种干净的体香，闻上去就像新鲜的牛奶开始发酵前的味道，甜香中犹自带一丝淡淡的酸，十分醉人。

他终于将自己的嘴唇压到她的嘴唇上，即使隔着许多层的衣物，他也能感觉到怀里那具玲珑有致的年轻身体。她的身体起初略有一丝僵硬与谨慎，但是慢慢地，变得柔软而顺服，刚才还保留的一些矜持也化为乌有。

他用力地吻着她，像要将她揉碎了嵌入自己身体一般用力地抱着她，旧日那些不可启口的肉体快乐在他体内被调动出来，引诱着他想要通向一条秘径……

两个人倒在床上，季晓鸥闭上眼睛，身体颤抖着，心怦怦跳个不停。她能清楚地感受到严谨身体的变化，那仿佛着了火一样的渴望，似乎每一寸肌肤都化作了释放激情的器官。她让自己放松，告诉自己不管发生什么事，都必须听其自然。任何疑虑和理智也改变不了这一刻的欢愉。

但是突然地，严谨推开她，从床上弹起来，冲进了卫生间。

季晓鸥躺在床上，眼神茫然，不知道这突然凌乱的意外到底是为了什么。直到听到卫生间里传来哗哗的流水声，她站起来，将散乱的衣襟整理好，轻轻推开卫生间里的门，里面的情景让她因吃惊而驻足。

严谨正把整个脑袋伸在洗手池的水龙头下，任凭冰凉的冷水哗哗地浇在头顶。

季晓鸥靠着门框看了一会儿，终于明白了他在做什么。他是企图用冷水浇灭心头的欲火，将两情缱绻的节奏生生打断。

她的脸上现出一个无奈的微笑：“至于吗？”

严谨关掉水龙头，拿起洗手池边的毛巾擦擦脸，对着镜子里的自己，他回答：“我不能碰你。”

“为什么？”

“因为我知道，你们女人挺奇怪的，一次以身相许，就会一直念念不忘。”

“你是想说，我俩今天若是真的发生什么，我会一直记得你？”

“对，一直。”

“那又怎么样？”

严谨转过身，又恢复了他一贯吊儿郎当的表情：“你别多心啊。其实我就觉得吧，咱俩都认识多久了？能放倒你太不容易了，所以绝不能稀里糊涂地完事儿，总要找个长点的不受人打扰的时间段，特别从容、特别尽兴地享受一下这个过程。”

季晓鸥一直看着他，想说话但没插进去，及至听到最后，她忽然笑了一下，随即一言不发，转身就离开了卫生间。

严谨追出去，却看见她坐在床边，正拿着他留下的打火机，凑在嘴上点烟。烟点着了，她深吸了一大口，无师自通地吐出长长一道青烟，姿势娴熟，仿佛这个动作已做过千遍万遍。

严谨坐在她身边，有心找些话来说，却不知如何开口才能化解这突如其来的冷场。

“说点什么吧。”季晓鸥并不想让两人之间的尴尬存留太长的时间。

“说什么呢？”

“说说……说说你在特种部队时的事儿吧。”

严谨把脸转开，看着窗外的灯光透过窗帘顶部硬挤进来，在天花板上散成一把光亮的扇子，季晓鸥那张白净的脸庞便清清楚楚地浮在这一线微光之上。他不能面对着这张脸说出那个“不”字。

那些在记忆里盘旋不去的故事，他从未对任何人说起过。不说的原因，一是因为纪律，说多了就容易泄密，说一半留一半则吊人胃口，太不厚道；二是因为有些事，未曾经历便永远不会相信，不如不说。那些时候吃过的苦，比如长途拉练被绑在吉普车后面拖着跑，大腿两侧被磨得血肉模糊，脱内裤就是连皮带血一块往下撕拉；在江水里练习武装泅渡，手指尖的皮肤被泡得轻轻一撸就能褪下一层皮；野外的生存训练，真的像当年红军过草地一样，弹尽粮绝之后将皮带煮了喝汤。第一次执行任务时，命中目标后大脑一片空白，回到驻地什么时候想起来什么时候哭一场，整个人都要崩溃，却无人同情，并不会像电视剧中演的那样，收获很多人的安慰。这些故事，若说给现在的这些朋友听，只会被他们形容成“傻帽”而大加嘲笑，绝不会理解那时候他穿着便衣走在大街上，看着身边匆匆而过的行人，感觉自己像保护神一样隐秘的骄傲，更不会明白何谓真正的刻骨铭心，何谓不计代价的奉献。

季晓鸥等了片刻，不见他回应，便道：“你不愿意提就算了。对不起，当我刚才什么也没说。”

严谨咳嗽一声：“不是不愿意提，而是真没什么可说的。你想听点什么？”

“我想听的，你肯定不愿意说。严谨，我想问问你，你哭过吗？就是从……从直升机上摔下来那次，被医生判定站不起来的时候，你哭过吗？”

“严慎这家伙……她为什么什么都跟你说呀？你俩拜把子了吗？”

“认真回答，别转移话题！”

“真想听吗？”严谨叹口气，“我说了你都不一定相信。我这一辈子吧，哭的次数不多，但也不少。而且我一哭起来，就会没完没了持续很长时间。不过，当你经历过真正的撕心裂肺以后，有些事儿就不算事儿了。”

“能说说吗？你过去的故事……”

“过去的故事？特种部队吗？”

“是的。”

严谨笑了一声，说：“我知道你喜欢看特种部队的电视剧，可是我告诉你，真正的特种兵，没你想象的那么酷，也不是电视上演得那么浪漫。上了战场只有两种人，死人和活人，绝不会有神人。面临生死的时候，只有杀与被杀，没有那么多废话。你真不适合听这个，太暴力了。”

季晓鸥迟疑片刻：“那……你刚才说的撕心裂肺呢？适合我听吗？”

严谨又沉默了半晌，沉默到季晓鸥以为自己又问了一个极其不合适的问题，他却意外地开口了。

“有一次执行任务，因为我太大意，犯了一个特别低级的失误，搭档的副射手受伤。我背着他往撤离点撤退，他趴在我背上说‘我还没有碰过女人呢，这么死了太亏了’。一帮兄弟里，只有我碰过女人，我怕他睡过去，不停地跟他说话，跟他说女人到底什么样儿，直到他血流干了，闭上眼睛……牺牲的时候，他刚过完二十岁的生日。后来回了A城，我吃喝嫖赌无恶不作，就是觉得那些战友，他们太亏了，活得太亏了！我得替他们活回来。”

季晓鸥侧过身。灯光晦暗，看不清他脸上的表情，她伸出手，轻轻抚摸着他的脸。她的手指在他的脸颊上移动，像滑过粗粝的岩石。粗硬的胡楂儿扎痛了她的手指，也刺痛了她的心。

她说：“替他们活回来，有很多种方式，可你选了最坏的一种。”

严谨听到这句话，却是垂下眼帘笑了，笑过之后又是一叹，摸摸了她的头发：“你不懂，以后如果有机会，我慢慢讲给你听。”

季晓鸥听懂了他语气中的潜台词，知道再不舍也留不住他了。她抬起头，告诉自己一定要笑一笑，望着严谨，虽然眼泪在眼眶中打转，但依然她努力翘起嘴角，将上下两排白牙都露了出来。

“好，我等你回来。”

她勇敢的微笑让严谨眼眶发热，伸出手拍了拍她的后脑勺。这一拍，却把季晓鸥眼眶里强忍的泪水拍了出来。几颗大泪珠一路滚下来，滚过她的脸颊，又顺着鼻翼流下去，洇进她的嘴角。

严谨猜想那眼泪的滋味一定又酸又苦，这一刻他真想就此带着她远走高飞，至于什么去国离家，什么流离失所，什么有家难回，都等尽情享受过这丰润双唇间的温柔甜蜜之后再说。但是，他此刻能做的，只是收拢自己的心思，拉上外套的拉链。他打算站起来。

就在这时，前台的电话铃突然响了起来。

电话放置在南面靠近大门处的桌子上。平日怕惊到顾客，季晓鸥刻意把铃声调到了最低。白天听起来轻柔动听的声音，但在万籁俱寂的深夜，穿过黑沉沉的店堂，却十分瘆人，仿佛午夜凶铃。季晓鸥心里忽然有了种不祥的预感，似乎有什么祸事将要降临。她握住严谨的手，手心里汗津津的全是冷汗。

严谨只是惊了一下，随即便镇静下来。

“没事儿！”他对季晓鸥说，“去接吧，没准儿是那种有小孩哭、女人尖叫的骚扰电话呢，可别被吓着。”

季晓鸥忍不住哆嗦了一下，他拉住她的手：“我陪你过去？”

季晓鸥却摇摇头，放开他的手，鼓起勇气走出去。

美容店朝向马路的一面，所有的玻璃窗都遮盖着厚厚的丝绒窗帘，整个房间里暗得伸手不见五指，只有电话上的来电显示灯，忽明忽灭间照亮了周围一小团区域。

季晓鸥摸索着走到前台，犹豫几次，都没有拿起话筒。她说不出什么原因，就是不想接这个电话，但电话铃声却执着而坚定，锲而不舍地一直响着。她将手搭在话筒柄上，手指便能感觉到电话内部持续而微弱的震动，仿佛电流一般直接透过手臂传递到了心脏，她的心脏在扑通扑通乱跳。

冷不丁有只手从她肩头越过，提起话筒放在她的耳边。她猛地回头，手的主人竟是严谨，他终究是不放心，跟着她过来。多年的训练，让他一旦提起脚跟走路，偌大的个子和体重就像失去了地心引力的影响，变得像猫一样无声无息。她的脸颊不小心蹭到了严谨的下巴上，虽然被他粗硬的胡子楂儿刺痛，却找到了足够安全感。心跳终于平静下来，她长吸一口气，对着话筒“喂”了一声，电话里没有人应答，但是她听到一种奇怪的动静，似乎有人对着听筒在大口地调整呼吸，呼哧呼哧的声音，简直就像来自她的耳朵根下面。她的身体抖了一下，忍不住向后退了半步。严谨的手臂伸过来，绕至她的胸前，紧紧搂住她。来自后背处的体温，给了她勇气再次出声。

“喂？你是谁？请你说话！”

电话中一片静默，连呼吸的声音都消失了。季晓鸥的心头忽然松动下来，也许真如严谨所言，这是一个无聊的午夜骚扰电话。她将话筒从耳边移开，刚要放回座机，电话里忽然传出一个声音，一个男人的声音。

“你是季晓鸥？”

“我是。你……”

“跟他说，让他赶快走！”

“喂……”

听筒里嘟嘟嘟一阵响，电话被粗暴地挂断了。

季晓鸥捧着话筒，像是捧着一块滚烫的生铁；整个身体却像处身冰山之巅，关节完全是僵硬的。刚才的声音，醇厚圆润，令人听过一次便难以忘怀的声音。即使他不肯说出名字，她也知道他是谁。

严谨从她手中取过话筒，轻轻扣在座机上。然后轻声问道：“是谁？”

“许胖子。”

严谨平静的声音忽然起了波澜：“谁？”

“许哥。”

“他说什么？”

“他……他他让你快走！”

黑暗中季晓鸥听到严谨的呼吸声蓦然变得急促，她害怕起来：“他什么意思？没事儿吧？”

严谨没有回答，沉默地站了片刻，他拉起季晓鸥就往后面的卧室走去。

卧室里只开着床头一盏小灯，朦胧的光影把人的五官修出奇怪的轮廓。严谨一直走到床边，坐下，然后拍拍身边的位置，对季晓鸥说：“来，你也坐下。”

季晓鸥站着没动。严谨拉过她，让她坐在自己的大腿上，然后缓缓解开她上衣的拉链。季晓鸥不知他要做什么，怔怔地盯着他的手，看着他将自己的上衣慢慢地脱下。屋里的温度还是有点低，她方才图快图省事，运动服里面直接套着那件无领无袖的绵绸睡衣，多余的下摆都掖在裤腰内。眼看着肩膀上一层鸡皮疙瘩清清楚楚浮了起来。严谨的手落在了她的肩膀和手臂上，轻轻地游移着，指尖下似充满了怜惜。

季晓鸥按住他的手：“严谨，这不是好时候……”

严谨好像没有听见，冷不防地，他推开季晓鸥，扬起手，狠狠扇了她一个耳光。

季晓鸥耳膜深处“轰”的一声响，尚未反应过来，忽觉两个肩膀关节处一阵剧痛，眼前一黑，人已被脸朝下压在床上，双臂更是被反剪在身后。接着听到“哧啦”一声裂帛响，背后一凉，上身那件睡衣已被撕裂，上半身便整个暴露在空气中。她皮肤的底子真是白，后背细腻的肌肤在床头灯昏黄的光晕里如一块晶莹的羊脂玉。

季晓鸥一下子惊慌失措，声音都岔了：“你疯了？”

严谨却没有出声，只是用力摁住她的后脑和背部。季晓鸥的脸被压在枕头中，呼吸渐渐困难，求生的本能让她开始拼命挣扎。她的上身几乎不能动，稍微一动肩膀处便是撕裂一般的剧痛，她只能使出全部余力蹬踹着两条腿，但是没有用。严谨的力气大得让她绝望。一口气进不去、出不来，她的意识开始一阵一阵的模糊。就在她以为自己即将小命休矣的时候，严谨的手忽然松开了。

一阵清新的空气透入，她一边大口呼吸一边不自觉地哽咽，大难逃生之后哭泣似乎是人类的本能，不知什么时候，眼泪竟然不知不觉糊了一脸，将她散乱的长发一缕一缕地黏在脸上。

头顶上方响起严谨的声音，语气却是出奇的温柔：“晓鸥，我要用这件睡衣把你捆起来，我会捆得比较紧，待会儿两只胳膊会很疼，然后会麻木，不过你别怕，很快就会有人替你解开，解开以后你记得马上活血，不会有任何问题。”

季晓鸥感觉到有什么东西把自己的两只手腕紧紧绑在一起。果然如他所言，火烧火燎的感觉从手腕处开始，一点点向小臂蔓延。她忍着剧痛，奋力想扭转上半身：“你到底……”

她想问严谨你到底是人是鬼？但这句话她没能说完，一团布迅速塞进她的嘴里，然后她的运动裤被脱下扔到一边，下身只剩下一条内裤。两只脚踝则和床头的立柱绑扎在一起，让她的双腿完全失去了活动能力。季晓鸥想出声，但那团布死死顶住她的舌头，只能发出唔唔的声音。挣扎中她看到严谨站起来，在房间各处来回巡视着。

电脑桌上放着那个装有钞票的信封，他拿起来揣进衣兜。床头小茶几上有只细长的盛满水的玻璃花瓶，里面插着几枝含苞待放的百合，他顺手扫到地板上，花瓶应声粉碎，水花四溅，有一两滴水甚至溅落到季晓鸥的脸上。满床被褥凌乱，挣扎反抗的痕迹模仿得不能更逼真，被子被踢到了床边，其中一半拖在地上，他特意来回走了几趟，在白色碎花的被罩上留下几个明显的脏脚印。

做完这一切，他走到床边蹲下来，四目交投，季晓鸥黑白分明的眼睛透过头发的间隙望着他，恐惧、疑惑和委屈都汇聚在她的眼神中。严谨那一巴掌太重了，此刻她半张脸都肿了起来，四条醒目的手指印，如同浮雕一样嵌在白皙的底色上，唇边有一点点尚未干涸的血迹，不知是挨打时牙齿碰到了舌头，还是嘴角被震裂了。

严谨伸出手，似乎想摸摸她的脸，却在她的眼前停住了。那只打人的手，曾经可以在一分钟之内连续扣动四百七十次扳机，此刻看起来却变得如此陌生。他这辈子都没有打过女人，这是第一次，打的还是他心爱的女人。

“对不起！”他满怀愧疚地开口，“不知道什么地方出了差错，还是连累了你。”

季晓鸥艰难地抬了头，望着严谨的眼睛，她明白了一切。忘记了皮肉中所有的剧痛和苦楚，她开始感觉自己在往下坠落，越坠越深，越坠越黑。

“晓鸥，好好替我看着‘三分之一’，回头等老头儿、老太太继承了遗产，就可以把所有权转让给你。”

这简直就像是交代遗言了，季晓鸥想骂他“浑蛋”，可是脸上的肌肉都不再听她使唤，她也管不住大颗大颗的泪珠汹涌地渗出来。

“‘三分之一’的办公室里，有一个保险柜，‘三分之一’所有的账本与资料都在里面。保险柜的密码是 040812，是我那个兄弟去世的日子。真忘了也不要紧，你去问程小幺，他一定记着那个日子……”

严谨的声音蓦然止住了，这时不仅是他，连季晓鸥都听到了大门外隐隐传来车辆刹车制动的声音，不知有多少辆车停在门外。

严谨站起身：“待会儿无论什么场面，你都别出声。回头警察问你，你一定咬死了是我胁迫你，千万别犯傻！你保不了我，警察也不会相信你，犯不着两人都折进去。”

后面的场面十分混乱，季晓鸥几天后回想当时的情景，依然觉得记忆支离破碎。她只记得两声巨响，房门被大力踹开，几只强力电筒将房间照得雪亮，手臂上撕裂似的疼痛已经延伸到肩膀，她难以抬头，只能以眼角的余光扫到无数穿着皮靴的双脚在眼前飞速移动，晃得她眼花。事后她才知道那是一些防暴警察。因为顾虑到严谨的前特种兵身份，出动的几乎都是特警中的精英。但整个抓捕过程却出乎意料的顺利，严谨只是微弱反抗了几下，就被按在地板上铐上了手铐，束手就擒。

当他被带走时，季晓鸥终于艰难地把脸掉了个方向。她看见了严谨。他背铐着双臂，被人从地板上拖起来，几支黑洞洞的枪口正对着他的头部。他满头、满脸都是血——头顶的皮肉破了，右眼皮上被划开一道口子，喷涌而出的鲜血糊住了他的视线，让他再也看不清眼前的一切。

临走之前严谨回过头，对着季晓鸥的方向，脸上肌肉牵动一下。由于双臂被反铐，这个动作的代价，是整个背部如同被砍了一刀一样难以忍受的剧痛。他还是拼命扭过了头，旁人看到的只是污血狼藉之下一个狰狞的表情，但季晓鸥看到的，却是满心说不出的叮咛，以及不必说出来的歉意和安慰。

后来有女警帮季晓鸥解开手脚的捆绑，把她扶起来，穿上长裤和外套。简单地检查之后，证明身上没有严重外伤，她被带上一辆警车。

季晓鸥坐在后座的正中，深垂着头，眼睛只盯着自己手腕上两道暗红的新鲜瘀痕。两个身穿藏蓝色制服的女警，一左一右地夹着她。前座除了司机，还有一名男警察坐在副驾驶座上，没有人跟她说话，他们之间也互不交谈。就在这狭窄空间中令人窒息的沉默里，她的记忆把方才严谨说过的话以及他的表情，一句一句、一点一点，准确无误地回放给她看。

她闭上眼睛，眼中无泪，只有心中一团火烧得她口干舌燥。

季晓鸥被带进一间没有窗户的房间。很小，八平方米不到，头顶一只日光灯被四面白墙反射，光线过剩，映照得房间内每一个人的脸色都白里泛青。

她坐在一张椅子上，这是一张陈旧不堪的靠背木椅，映衬着长桌对面两把轻便的黑色皮面靠背椅，一坐下去便能让人变得被动和劣势。

季晓鸥把手压在大腿下面，为的是控制双手能停止不由自主地颤抖。被捆绑过的手臂尚未完全回血，酸麻不堪，像爬满了蚂蚁，但知觉的回复已从指尖渐渐开始。她能感觉到椅子面朝上的部分手感粗糙，布满了一道道划痕。是那些窘迫不安的手干的，什么事都干得出来的手，肮脏的指甲抠划着椅面，同时伴随着一张张嘴里吐出的谎言和狡辩。她不知道身下这张椅子，曾经坐过多少盗窃、杀人、抢劫、强奸以及贩毒的嫌疑者，也不知道这上面会不会再添上自己的划痕。

有两人推门进来，年轻的穿着警服，娃娃脸上是故作成熟的严肃；年纪大的穿着便装，黑而瘦，长相极其普通，却长着一双精光四射仿佛洞悉一切的眼睛。

“我姓赵，赵庭辉。”

问询就是这样开始的，以专案组的刑警赵庭辉的自我介绍作为开始，语气温和得出乎季晓鸥的意料。她抬起头，在赵庭辉的脸上没看到多余的表情，却在那个年轻警察的眼神中看到了毫不掩饰的怜惜。

跟着警察离开美容店时，季晓鸥在门口的大镜子前看到了自己的形象：长发散乱，半边脸惨白，半边脸浮肿，嘴唇毫无血色，像涂过那种苍白色的唇膏，即使如此狼狈，但一个年轻女性的柔美本质却是无法掩盖的。她不确认这个警察是否去过现场，是否见识过她玉体横陈的狼狈模样，但他的眼神，迅速唤醒了她的性别意识，也让她明白严谨为什么会刻意布置一个好似强暴的现场。他太了解男人了，那种场面会快速刺激男人的肾上腺激素分泌，最大限度地榨取一个男性怜香惜玉的同情心，从而让他对真相的判断倾向对她有利的一面。大多数人见到这衣衫褴褛狼狈不堪的女孩，大概都会心生怜悯，愿意相信她的无辜，而不会特意为难她。

明白了这一点，她立刻调整好自己的情绪和定位，细声细气地开口：“赵警官。”

“以前你认识严谨吗？”

“认识。”

“怎么认识的？”

“在一家酒店认识的，他追我一段时间，我没答应。”

“然后呢？”

季晓鸥脑子飞转，将和严谨交往的过程回忆一遍，确认自己和他从未以恋人的姿态在公开场合出双入对过，便回答：“没有然后，后来我们很少见面。”

听到这个答案，赵庭辉撩起眼皮看她一眼，看得季晓鸥不由自主起了个寒战。他没有再接着问下去，而是取出一个档案夹，打开，目光从左到右，一趟一趟扫下来，然后他合上档案夹，两个小臂压在上面，目光直视着季晓鸥，右手的中指和食指在桌面上轻轻弹动，开始是一个节奏，接着节奏越来越快，房间内的气氛便随着他手指弹动的速度渐渐改变。这段沉默并不长，几十秒钟而已，但他要的效果有了，他要她如坐针毡。

季晓鸥果然如坐针毡般一动不敢动，指甲几乎深深地抠进了木头中。然后她就出人意料地哭了。季晓鸥的哭是不出声的，人直直地坐在椅子上，大眼睛望着对面的人，眼眶里像是有两串断了线的透明珠子，成串地往下掉，落得又急又快，一眨眼就把眼前的桌面落得水淋淋的，像下了场微型阵雨。

老少两位警察面面相觑，一时间都被她这种别具特色的哭法弄得手足无措。年轻警察从兜里摸出一包皱巴巴的餐巾纸，上面还带着某间餐厅的标识，犹豫着递过去：“你……擦擦眼泪！”

等她的哭泣终于进入尾声，略微平静些了，赵庭辉调整一下姿势，换了话题：“你是什么时候见到嫌疑人严谨的？他是如何进入你房间的？”

季晓鸥低头抹泪，其实她是在回想严谨第二次回来之前，是否会有人看到他第一次的行踪。凭直觉她认为严谨绝不会提此前那一天一夜的情景，于是她决定冒一次险：“我不知道。我正在睡觉，等我睁开眼睛他就站在我床前。”

“接下去呢？”

“我要喊，他打我一巴掌，把我绑起来，直到你们来。”季晓鸥谨慎地挑选着用词，尽力说得简单。说得越少漏洞越少，之后补救回旋的余地也越大。她不能让严谨的苦心变成泡影。

“那么，他……他有没有……”赵庭辉看看她，又看了看身边的年轻警察，踌躇了一下才继续发问，“有没有对你进行性侵犯？”

季晓鸥赶紧把头摇得像拨浪鼓一样：“没有没有没有！”

“你确认？”

“确认。真的没有。”

“那他找你的目的是什么？”

这一次季晓鸥答得毫不迟疑：“他拿走了一些钱。”顿了顿她又补充，“是我店里今天的流水。”

“几个小时前，有没有一个电话打到你的座机上？”

季晓鸥迟疑一下。许志群身为警察，在抓捕逃犯的前夕向他们通风报信，应该属于严重的违纪行为。真相一旦暴露，或许他的事业和前途都会就此完结。

咬咬嘴唇，她回答：“有。”

“谁打来的？说些什么？”

“我不知道是谁。我接了，没有人说话，我以为是骚扰电话，就挂了。”

赵庭辉再次抬起眼睛仔细打量了她一会儿，双眼不由自主眯了起来。随后他站起身，对那个年轻警察说：“找人过来给她补个笔录。”

离开询问室，赵庭辉两人站在审讯室的外间，透过单向透视玻璃观察着审讯室内的逃亡者。严谨坐在那张特制的木质圈椅里，趴在面前的小桌板上，头脸深埋在臂弯里，好久没有动一下，好像睡着了，高大的身材把那张椅子衬得狭窄而局促。他头上的伤口已经做过简单处理，绷着白色的纱布。迎着惨白雪亮的日光灯，还能看到黑色羽绒服上大片大片干涸的异色。

赵庭辉看了一会儿，回过头问年轻警察：“他都说了？”

“说了。怎么逃出来的，出来以后干了些什么，为什么去找那姑娘，他都说了。他说逃出去是为了找真凶，打算找到以后回来自首，可是扑了个空，没找到人，想跑的时候发现我们在水陆空都已经部署过了，只好折回来。”

“他为什么要去找那姑娘？”

“他说他知道那姑娘有把营业款放店里过夜的习惯，他缺钱。”

“缺钱？”赵庭辉冷哼一声，“反审讯的经验倒不错。像他们这种人，都有假护照傍身的，想跑早跑了。他没有离开，其中肯定另有隐情。”

“可是他说的，还有那姑娘说的，加上现场的情况，基本对得上，我没找到太大的漏洞。您呢？尤其是那姑娘说的，您信吗？”

“一句都不相信。”

“那您怎么放她走？”

“证据呢？你有证据证明她说谎了吗？”

“为什么不吓吓她？吓一吓或许就吓出真话了。”

赵庭辉笑一笑：“不着急。天网恢恢疏而不漏，真相会在适当的时候浮出水面。对了，那个电话，查到来源了吗？”

“还没有。打电话的人肯定动用了手脚，通话记录显示的号码是个空号。”

“抓紧查。”

“是。”年轻警察答应着，又看看严谨，“那他怎么办？”

“先送回所里去。不过，一定给他换个看守所。”

第十八章

光脚的不怕穿鞋的

季晓鸥做完笔录，因为还有现场指认的工作尚未完成，她还得和警察回一趟美容店。负责送她回去的年轻警察，忙了一夜连口水都没顾上喝，趁着这难得的空当，赶紧塞几口早餐垫垫肚子，兼去卫生间解决一下生理问题。

季晓鸥坐在大厅的长椅上等警察带她走。她低着头，看着自己的脚面。此刻已是早晨七点多，陆陆续续有人来上班。偶然有运动鞋或皮鞋从眼前匆匆经过，毫无流连之意，但是有一双擦得锃亮的黑色皮鞋，却一直走到她的面前，停下了。

"晓鸥。"有人这么叫她。

季晓鸥反应仿佛慢了半拍，半天才意识到是在叫自己。她慢慢抬起头，眼前站着的，居然是林海鹏，他正半弯着腰，侧着头去找她的眼睛。

季晓鸥往后瑟缩一下，像是没有认出他来。

"晓鸥。"他在季晓鸥面前蹲下来。

季晓鸥怕冷似的一哆嗦，因为在他的瞳孔中，她清楚地看到了自己，看到自己此刻的模样，在与衣着整齐的林海鹏对比之下，显得如此狼狈而失败。寒冷的清晨，他只穿了一件黑色的呢子大衣，领口露出干净的白衬衣领子和深灰色的领带，头发用发胶打理得整整齐齐，浑身上下挺括得仿佛刚从人民大会堂里走出来。

"晓鸥，你怎么啦？"林海鹏又往前凑了一点。

"你怎么在这儿？"季晓鸥的眼珠终于活络起来，她抬起手拢拢头发，语气出奇的冷淡。

“我？我一直都在这里。我不放心你，见到你没事我才放心。”

“你、一、直、都、在、这、里？”季晓鸥望着他，一个字一个字慢慢地重复一遍，像得了失语症的病人，但脑子却转得像风车一样。一个念头隐隐从心底深处浮了上来，如浓雾中嶙峋的礁石，在太阳的照耀下渐渐现出狰狞的轮廓。

她缓缓地垂下眼睛，注视着自己的膝盖，在心里问着自己：他这话是什么意思？下一秒，一个在心中积存已久的疑惑，像一个肥皂泡一样，“啪”的一声爆了，泡沫落尽之后，露出了不忍直视的真相。她瞬间一下站起来，双眼的瞳孔瞬间收缩，仿佛变成两枚又硬又尖的钉子，直直逼视着林海鹏，她问了一个几乎让她崩溃的问题：“是你报的警？是不是？”

林海鹏完全被她脸上的凶光吓住了，退后一步，他口齿不清地回答：“我是为你好……”

未等他说完，季晓鸥疯了一样抬起手臂，狠狠地掴了他一个嘴巴。在一声突兀的脆响之后，她语无伦次地怒骂：“你这个杂碎！”

这一巴掌打得太狠，几乎耗尽了她全身的力量，打得她整个右手掌都向后拗了过去，疼得半天复不了原位。浑身哆嗦着站在原地，她一点不在乎自己的失态与狂暴。想起严谨被抓走的那个场面，她恨死了眼前这个人，恨不能将他挫骨扬灰。若不是他，严谨完全可以从容自首，不必为了保护她而假装反抗被打成血葫芦一样，更别提回到看守所会因此多吃多少苦头了。若不打出这一掌，她只怕自己会被愤怒的心火烧成灰烬。

林海鹏完全没有防备，捂着半边脸，他被突如其来的打击和疼痛弄昏了头，一时没有反应，只是怔怔地盯着季晓鸥：“你……你……”

季晓鸥再次扑过去，这一次她抬起脚狠狠踹上去，一边踹一边歇斯底里地喘息着说：“你个人渣，为什么我早没有认清你？”

林海鹏急往后退：“你疯了吗？”

季晓鸥却追上去，踹得更加用力，因为这电光石火的一刹那，她忽然想起来，为什么“湛羽之父”那帖子的文字，让她感觉那么熟悉？因为两年前她曾数次替林海鹏誊抄过讲话稿，那些遣词用字的习惯她早已熟知在心。只不过每次心中冒起这个念头，都被她下意识地强压下去了。她不想承认自己曾经爱过一个人渣。

所有的愤怒都在这一刻爆发，她一边踹一边嚷：“湛羽爸爸那个微博，是你帮他开的是不是？网上那个叫‘正义使者’的，也是你对不对？严谨他怎么着你了，你处心积虑要害死他？孙子，你缺德成这样，出门怎么没被雷劈死？”

林海鹏终于被她踹醒了，面对状似疯狂的季晓鸥，他一边躲一边咬着牙说：“季晓鸥，你别不识好歹，给脸不要脸！你扔到垃圾箱里的那些东西，我要是给你交出去，你就陪着那小子坐牢去吧！”

这会儿林海鹏已经躲到了季晓鸥打不到的地方，他以为这句话会吓住她，制止她的攻击，没想到她顺手抽出报纸架上的金属横杆，冷笑一声又逼过来：“原来你跟踪我？你个变态！你去呀，专案组的人还在呢，快去呀，能和他一块儿蹲监狱我谢谢你！”

林海鹏吓坏了，他嘴巴厉害，可是从小到大从来没跟人动过手，尤其是一个好像已经疯掉的女人。他一步一步往后退，可身后就是落地窗，退无可退。

但是季晓鸥这一横杆却没来得及抽到林海鹏身上，因为被异声惊动的年轻警察，从卫生间窜出来，从身后抱住她，一把夺下那根杆子，接着将她搡倒在地板上。

面对这对不知轻重的男女，警察气得脸都青了：“你俩想干什么？这是什么地方知不知道？在这儿撒野？”

季晓鸥一跤跌坐下去，便再也站不起来，只剩下大口喘气的份儿。

林海鹏站直身体，将一嘴的血腥硬生生咽了下去。他朝坐在地上的季晓鸥笑了笑，笑得冷意森森：“告诉你季晓鸥，我不会告你，我要让你永远记得，是我救了你！不过，我得不到的东西谁也别想得到。你就睁大眼睛好好看着吧，看着他被判处死刑，看着他被执行死刑。”

季晓鸥瞪着他：“你是不是人生狗养的？”

林海鹏不理她，冷笑一声走了。

警察望着季晓鸥，年轻的脸上现出一丝夹杂着疑惑的厌恶。他不明白这个刚才在询问室里还显得楚楚动人的姑娘，为什么转眼间就变得和街头闹市的市井泼妇一般无二。

季晓鸥坐着喘息了好久，终于在他的注视下默默地站起来，拍打干净裤子上的灰尘，低声说了句：“走吧。”

自凌晨严谨被带走以后，“似水流年”美容店的前后门都拉起了黄色的警戒线。天色将亮，早起的人们看到警戒线和小区里停驻的警车，才知道夜里出了大事。虽然店内所有的窗帘都拉得密密实实，什么也看不到，但门外围观的人还是越聚越多。

市局的警车开过来，远远地便看见“似水流年”门口聚集着一堆闲人。同行的女警倒是见怪不怪，叮嘱季晓鸥脱下大衣遮住头脸，两位男警在前面吆喝着开路，她领着季晓鸥下车紧走，从人群让出的小道中挤过去。

雾霾天的上午光线暗沉，即使大衣遮得严实，季晓鸥仍能看见闪光灯不停在噼啪闪烁。十几米的路，平日几步就能跨过，今天却走得如此漫长。她紧紧拽住大衣的两襟，以抵挡那暗地里突然伸出的陌生人的手，那些想揭开大衣一睹事件女主角真容的人，但她的耳边，却挡不住老街坊们的窃窃私语。

“那不是老季的孙女儿吗？老季多好一人，怎么孙女养成这样……”

“听说警察进去的时候，浑身上下光溜溜的，是不是……”

“那杀人犯追过她的，会不会她也是……”

“这可真难说，嘘——以后出来进去都小心点……”

季晓鸥紧咬着嘴唇，几乎要把嘴唇咬破。几人终于挤进店门，拉下卷闸门的时候，她已经出了一身热汗。

中午时分，相关证据采集完毕，警戒解除，警车一辆接一辆离开，门外的人们依然不愿散去。到了晚上，“特大杀人碎尸案”的犯罪疑犯人从看守所逃出两天后重新落网的消息见诸报端，网络上也出现了各种各样的八卦和猜测，即时各式流言甚嚣尘上。“似水流年”的门外每天都有猎奇者在外面晃悠，甚至还有媒体的记者带着摄像机蹲守。

美容店暂时无法正常营业了。

季晓鸥也暂时无法出头露面了。她在自己房间躲了三天。难得这回赵亚敏一句话也没有多问，更无一句刻薄话，表现得特别像一个通情达理的母亲。那天一切程序结束，警方通知她去接人，听完简单经过，她已被唬得灵魂出窍，紧紧搂住季晓鸥，嘴唇都在哆嗦：“我闺女怎么就这么倒霉？怎么就被这变态杀人犯给缠上了？晓鸥我跟你说过多少遍不让你一个人在这儿住，跟你说过多少遍临街的房子不安全啊，你怎么就不听话啊？”

季晓鸥只是直着眼睛，眼神的焦点落在某个虚空的地方，一句话也不肯说。旁人都当她被吓得失魂落魄，尚未从恐惧和震荡中恢复过来。回到家她就关上房门落了锁，任凭赵亚敏在外面如何好言相劝，她也不肯出来见人。

赵亚敏只当是闺女真的吃了身体上的亏，既不是什么光彩事，担心人言可畏，她也不敢多言。季兆林正在国外开会，一时半会儿赶不回来。为此赵亚敏专门请了三天假待在家里，就为了守住季晓鸥，怕她一时想不开做出傻事。再过两天，季晓鸥的大姨专门从其他城市坐飞机赶过来，老姊妹二人头碰头商量好久，最后是大姨去敲季晓鸥的房门。她在门外敲了许久都无人应声，最后赵亚敏急了，从工具箱里取出把大号改锥就准备撬锁，闹得动静实在太大了，季晓鸥这才打开门走出来。

“妈，大姨，这几天让你们受累了。我没事儿，只是在考虑一些事情。”坐在母亲和大姨面前，她神色沉静，说话有条不紊，完全不是赵亚敏想象中痛不欲生的模样。因为该哭的、该恨的、该面对的，过去三天她一个人闷在屋子里已经梳理清楚，所以此刻显得格外镇定。“美容店，我打算暂时转让给别人去做。”

“行。”赵亚敏忙不迭点头，“你休息个一年半载也好。咱家也不是养不起一个吃闲饭的人。”

“妈，店转手之前，我想跟你借点钱，我想买辆车。”

“你又不打算上班了，买车干什么？”

“因为我受人之托，管理一家 B 城的饭店，必须有辆车。”

赵亚敏睁大了眼睛：“饭店？你做得了饭店吗？谁这么胆儿大敢把一家饭店交给你？”

季晓鸥微微垂下眼帘，不肯正视赵亚敏：“朋友。”

“什么朋友？”兴许是察觉了某些不祥的气息，赵亚敏的口气变得咄咄逼人。

季晓鸥咬着嘴唇，半晌，终于下定决心似的，抬起眼睛勇敢地直视着母亲：“妈，我跟你说实话，这饭店……是严谨的。”

赵亚敏愣了一下：“严谨？严谨是谁？”

大姨咳嗽一声，碰碰赵亚敏的胳膊肘，然后朝一边的报纸努努嘴。

赵亚敏顿时反应过来，只觉得脑子里像点了个炮仗，一下子炸开来了。她站起来指着季晓鸥，手指哆嗦得对不准目标：“什么？那个杀人犯？你跟他有什么瓜葛？为什么……你为什么……帮他管理餐厅？”

“妈，”面对暴怒的母亲，季晓鸥显得十分平静，轻轻地将她的手指按下去，“法院未宣判之前，他只是犯罪嫌疑人，不是杀人犯！”

“我不管什么法院不法院！”赵亚敏拍着桌子嚷，“反正就是不行。杀人犯，还是个变态……你疯了你！”

“我没疯。我在这儿跟您说的每一句话，都是经过深思熟虑后的决定。妈，再跟您说一遍，他不是杀人犯，也不是变态，请注意您的措辞。”

赵亚敏简直恨不能跳起来扇女儿一嘴巴：“你说什么？你跟我说话什么态度？”

大姨赶紧拦住她：“亚敏你冷静！”又转头对季晓鸥说，“晓鸥，你还是个没出嫁的姑娘，名声最重要。咱得理智点，千万不能感情用事！”

“大姨，我很理智。我绝不相信他杀过人。这间店对他很重要，我一定要帮着他，把餐厅维持到他从里面出来。”

“他要是出不来呢？晓鸥，你之前跟他什么关系？”

“男朋友。”

赵亚敏又拍桌子：“听听，大姐，你听听，男朋友！她就敢把我们一直瞒得密不透风。说，你们到什么程度了？你跟他发生过关系没有？季晓鸥你猪油蒙了心吧，现在人人都知道他是杀人犯，就你相信他？他要是被枪毙了你怎么办？你这辈子就被毁了你知不知道啊？”

季晓鸥缓缓地站起来，神情坚定，声音却是出奇的温柔：“妈，这事我做定了。您要是能接受，我每天还回家来。您要是接受不了，我就搬出去住。”说到这里，她从脚边拿起一个双肩背包，“现在我要去 B 城一趟，明天才能回来。您好好想想，回来我听候您发落。”

赵亚敏气得胸口起伏不定：“不用想，今儿你只要敢踏出这门一步，我就没有你这闺女！”

季晓鸥拎起背包，对大姨笑了笑：“大姨，麻烦您照顾我妈，别让她太生气了。”

大姨上前想拦住她：“晓鸥啊，有话好商量，别跟你妈赌气。”

赵亚敏大声嚷道：“别拦她，让她走！”

季晓鸥打开家门，背对着她妈叹了口气：“妈，我的确不孝，要不，您就当从来没我这个女儿吧。”

防盗门在她身后重重地关上，似乎要将她的现在和过去完全隔离开来。她的脚步尽量想保持轻盈，可是对亲情的愧疚与无奈，却像绑在腿上的沙袋，让她走得迟滞而缓慢。

出了电梯，她仰起头寻找自己家的窗户。窗户关着，能看到半幅熟悉的窗帘。她在刺目的阳光下闭上眼睛，在心里默默地道歉：妈妈，对不起！

季晓鸥回“似水流年”取自己的身份证。取出钥匙开门时，她看见身后好几个小区内的老住户，都是被她从小叫着“爷爷”“奶奶”，看着她长大的。他们远远地指着她，交头接耳地不知在说什么。她回过头打招呼，他们却像事先商量好，不约而同地走开了，仿佛她这个人压根就不存在。

季晓鸥拿着钥匙呆站了一会儿，对自己苦笑一下。她不怪这些老邻居，假如双方位置对调一下，恐怕她的反应会有过之而无不及。

临到出发之前，她突然想到一件十分重要的事，她必须还得找严谨的父母写一份委托书，拿着委托书去“三分之一”才有实际意义。否则只凭她红口白牙一句话，店经理怎么可能相信她？

站在路边的法桐树下，她给严慎打了个电话。

手机接通之前，她有些忐忑。因为严谨被捕以后，所有的新闻通稿都是同样的说辞：严谨逃出看守所以后劫持了人质，幸亏特警英勇无畏，成功逮捕人犯，并安全解救了人质。她怕严谨一家误会她在其中的角色。但严慎接起电话时并无异样，风格如初，还是没有一句废话，听她说完缘由，只讲了一句话：“把你的地址发我手机上，等我接你。”

严慎来得很快，车停在路边，她推开车门，对季晓鸥一摆下巴：“上车。”

一路上她只是沉默地开车，直到季晓鸥忍不住打破沉寂：“我们去哪儿？”

“医院。”

“我想见你父母。”

“没错，只有在医院你才能见到他们。我爸一直在那儿陪着我妈。”

季晓鸥扭头看她一眼，严慎表情僵硬。季晓鸥想起她曾说过，母亲因为严谨得了脑出血。便小心翼翼地问：“那……阿姨好些了吗？”

严慎半天没有吱声，季晓鸥再回过头瞟一眼，居然看到一颗将坠未坠的泪珠挂在她的眼角。

季晓鸥一下子慌了神：“对不起，是我说错什么了吗？发生什么事？”

严慎却飞速扭过脸，用手指抹去眼泪，抓起驾驶台上的一副墨镜戴上，这才回答：“跟你没关系。我妈……上次脑出血，本来已经有了好转，但是保姆没看住，又让她看见电视里的通缉令……大夫说，深度昏迷，若是熬不过去，就是……就是……这几天的事了。”

季晓鸥吓了一跳：“什么？”

“所以，我带你去医院。如果你能告诉她些严谨的事，说不定能让她有求生的意志。”

季晓鸥扶住了额头：“为什么会这样？”

“算我求你好吗，一会儿到了，请你说点她爱听的话，我家老太太从小就偏心眼儿偏得厉害，儿子就是她的命根儿，你说什么她都会爱听的。可以吗？”

季晓鸥沉默片刻：“严慎，难道你真的不想问问，严谨被捕前发生了什么事？”

严慎终于转过头，两人见面之后，她第一次正眼打量季晓鸥，然后她说：“他既然去找你，说明他相信你。落井下石那种事，我也相信你做不出来。”

季晓鸥只好笑了笑：“谢谢你的信任。”

“你不用谢我，但你真该谢谢我家老爷子，不然我也不敢来找你。你们这事儿，严谨虽然脑子转挺快的，你也挺机灵，但其实，走的是一步险棋，有漏洞，知道吗？”

季晓鸥从后视镜里看到严慎的半张脸，那张脸上并无过多的表情，但方才那几句话，在这不大的车厢里余韵袅袅，让她着实打了个寒战。

她低下头，再次说了声：“谢谢。”

季晓鸥都不明白自己撞了什么邪，最近几个月接二连三地跟医院打交道。虽然父母都是医生，那股熟悉的来苏水味道，伴她从小到大，但她还是对医院这个地方充满了排斥感，尤其是重症监护室。雪亮的灯光二十四小时长明不熄，危重病人身上插满管子，孤独地躺在病床上，除了陌生的护士照看，亲人朋友都无法陪伴他们走过生命中这最艰难的一段旅程。那里几乎就是人世间的阴阳间隔之地。

她按要求穿好隔离衣进去探视。严谨的母亲和她想象中的不太一样。原来她脑子中勾画出的形象，完全是严慎的翻版——傲慢、刻薄、居高临下的官太太。但是躺在病床上的那个人，紧闭的双眼，灰白浮肿的脸，斑驳的白发，都让她想起自己的奶奶。奶奶去世前，也是这样无声无息地躺在重症监护室的病床上，对亲人的痛哭和挽留毫无知觉，直到医生撤去所有的监视仪器和呼吸机。

季晓鸥回头望望站在玻璃窗外的严慎，她正合起双掌，做了个拜托的手势。季晓鸥叹口气，慢慢坐在床前的凳子上，开始说话：“严慎要我说些您爱听的事儿，可我真不知道说点什么才能讨您喜欢。不过我觉得，这会儿您最想听的，大概就是严谨什么时候能无罪释放。”

周围很安静，除了呼吸机在规律地作响，静得似乎能听见点滴瓶里药液一滴滴坠下的声音。她的声音也轻得像呼吸一样，不知道是说给病床上的严谨母亲听，还是要说给自己听：“老实说我也不知道，可我相信他一定能出来。这些天我向上天祈祷，我们要忍耐，这一切不过是对我们的试练，即使所有的欢乐都失去，我们也要保持力量让我们等到他出来的那一天。等待，不过是为了让心更坚定。如果这件事没有发生，也许我永远都不会知道，原来我真的爱他，而且深得超过我的想象。”

十分钟的探视时间很快过去，严谨的母亲依然无声无息地躺着，和季晓鸥进来时没有任何区别。她站起身，再次叹口气，然后离开。没有人注意到，在她的身后，那只安静地放在床沿上的手，其中一根手指，忽然动了动。

严慎在门外等着季晓鸥。她那种深陷在椅子中的坐姿，将一个人的疲倦与软弱完全暴露。看见她的瞬间，季晓鸥忘记了她曾经的傲慢与嚣张，走过去在她身边坐下。

“姐。”她轻轻叫了一声。

严慎扭过脸看季晓鸥一眼，眼中有隐约的水光。像是要回应季晓鸥这一声“姐”，她笑一笑，但是笑容太过勉强，竟笑出一个凄风苦雨的光景。

季晓鸥忍不住搭住她的肩膀，轻轻搂了一下：“严谨不在，这个家全靠你了，姐，你不能再倒下，你得撑住。”

严慎眼望着不远处重症监护室的大门，神情呆滞，好久才像是听懂她的话，点点头。

接下去季晓鸥就不知道还能再说些什么，才能安慰一个忧心若焚的人。曾经经历过类似的场面，她明白此时局外人一切无关痛痒的关心，对亲属来说都没有任何意义，它们只是耳边轰轰作响的一段声音而已。严慎脸上的泪，她也擦不了，便只能陪着严慎坐一会儿。

严慎一直没有说话，过了一会儿，她靠在了季晓鸥的肩膀上，眼睛闭着，脸和头发贴到季晓鸥的脸上。季晓鸥握紧她的手，在人来人往的走廊上坐着，两个人维持着这个姿势坐了很久。

严慎终于睁开眼睛：“季晓鸥。”

“嗯？”

“我爸让我跟你说，谢谢你！他还说，一切随命，昨日因便是今日果，任何人都得为自己做过的错事付出代价，他说，严谨是自作孽，让你放下……放下他吧。”

季晓鸥没搭话，因为根本就无从搭话，只是心脏像坠上一块千斤巨石，蓦然沉了下去。她翘了翘嘴角，似乎想笑，但睫毛上却沾上了细碎的泪滴。已经融在血肉里的感情，尖刀都剜不去。若能放下早就放下了，何至于等到今日？

“晓鸥。”

“什么？”

“这个给你。”严慎从皮包里取出一个文件夹。

季晓鸥低头打开，原来里面是一份早已签好字的委托书，委托她全权处理“三分之一”的经营管理。最下面的那个签名，龙飞凤舞很难辨认，但是她好歹认出一个“严”，知道这一定是严谨父亲的手笔。

“交给你了。”望着窗外寡净的蓝天，严慎脸上惨淡的表情多厚的脂粉都遮掩不住，“别让他失望，他是我命根儿；这间饭店，就是他的命根儿。”

季晓鸥小心地收起文件：“他现在还好吗？”

严慎冷笑一声：“没人知道。连他关在哪儿，都是高度机密，没人知道。”

季晓鸥原本打算先乘坐列车到 B 城，再想办法去“三分之一”，但她在马路边寻找去火车南站的公交车时，接到一个电话。号码很陌生，她以为又是房屋中介公司的垃圾电话，心不在焉地接起来，但对方“喂”一声说：“甜心，是我，方妮娅。”

季晓鸥一边眯着眼睛查看公交站牌，一边问道：“你怎么换号了？”

方妮娅在电话里咻咻笑着：“为了安全啊。我现在面首三千，可不想被陈建国抓住什么把柄，离婚分财产的时候吃亏。”

季晓鸥皱起眉头，对她这种随便轻佻的方式，一直是个不能苟同的态度，但她没有说什么。两人再聊几句，听说季晓鸥要去“三分之一”，方妮娅立刻兴奋起来。

“就是你提过的那个水上的饭店吗？太好了亲爱的，我开车送你过去，顺便见识一下。”

说起这个饭店，方妮娅便兴奋得不能自已，不管季晓鸥如何推托，都坚持要陪她前往，甚至两人还在通话的时候，她已经先斩后奏调转车头直奔她而来。

两个多星期不见，方妮娅换了一个新发型，额前一把刘海，烫成妩媚的大卷，垂下来几乎遮住半只眼睛，开车时便成了遮挡视线的累赘，季晓鸥看她一次次伸手拨开刘海，实在忍无可忍，从背包里找出几只黑发夹，帮她将刘海固定住。

方妮娅说声“谢谢”，依旧跟只喜鹊似的，叽叽喳喳跟季晓鸥汇报着澳洲十日游的心得：“什么时候你也去那个海滩看看，一水儿的型男帅哥，全是人间……”

自说自话了一会儿，她发觉季晓鸥无任何回应，而且面色沉静到一点笑模样都没有。这才想起来问问：“晓鸥，你怎么啦？出什么事了？”

季晓鸥叹气：“你最近没看过电视新闻，也没上过网吧？”

“有那么多帅哥洗眼，谁还顾得上网啊！什么新闻？给我讲讲。”

听完季晓鸥这几日的遭遇，方妮娅一下安静下来，沉默了半天才问道：“亲爱的，你这是真的爱上他了？”

“是的。”

“那你打算怎么办？等他出来？可他要是出不来呢？”

季晓鸥的面部表情僵了片刻，又一点点放松下来：“说真的，我从来不敢往后面想。不过我也从来不去想不该想的事儿。我现在只想如何把该做的事儿做好。”

方妮娅摇摇头：“唉，我以为你们早没什么可能性了呢，没想到关系都这么瓷实了。你俩究竟什么时候开始的？怎么就一点征兆都没有呢？”

季晓鸥将窗玻璃摇下一条缝，任早春的疾风夹杂着路边的浮尘，如疾浪一般打在脸上。之后她自嘲地一笑：“我也想了很久，可就是想不起来到底什么时候开始的。其实我没告诉过你，我一直都喜欢光头或理着板寸的，纯粹以脸蛋儿色相诱惑我的男人，大概他正好符合这条件，合了我的眼缘儿。”

方妮娅“噗”的一声笑了：“你还能说笑话儿我就放心了。亲爱的，咱姐俩儿算不算同病相怜？怎么都碰不到省心的男人呢？我跟你说，现在我跟陈建国……怎么说呢，就是在外面各玩各的，谁也不干涉谁。你见过这样的夫妻吗？”

季晓鸥从窗外收回目光：“你家老陈，真的……”

“停！”方妮娅做了个制止的手势，“现在不提他，一提就倒尽胃口。

等回来，我再跟你说。”

她伸手扭开车上的音响，CD 机里是一张信乐团的《死了都要爱》。“死了都要爱，不淋漓尽致不痛快。”她的小尖嗓子跟着阿信拼命往高音上飚，飚得声嘶力竭，眼睛里也被憋出两眶热泪，但依旧伸直脖子跟着唱下去：“死了都要爱，不哭到微笑不痛快……”

季晓鸥静静地看了她一会儿，仿佛看见了这神经叨叨的行为之后不能示人的痛苦，心里不禁一酸，却分不清是为方妮娅辛酸，还是为自己辛酸。

两人到达时，已经是下午五点多。按说一般的饭店，这会儿已经陆陆续续开始上客了，但呈现在她们眼前的“三分之一”海鲜餐厅，却是门庭冷落。虽然船顶的霓虹灯依然金碧辉煌，但整间底层大厅却空荡荡的，只有寥寥几桌客人，还没有大厅里的服务生多。

季晓鸥呆立在门口。她想起严谨上次带她来时那满眼的红火热闹，与此刻清灰冷灶的情景一对比，竟似个幻觉一般，好比聊斋里遭遇狐仙的书生，一夜华屋广厦软玉温香，但鸡叫之后一回头，仅空留满目衰草枯杨，仿佛一场黄粱梦一般。

方妮娅却是第一次来，不觉有任何异样。她的目光立刻被标致的服务生们吸引了。拉拉季晓鸥的衣袖，她低声笑道：“真的是盘丝洞啊，帅哥太多了！”

季晓鸥没顾上搭理她，直接向门口迎宾的服务生说：“我姓季，和你们店经理今儿下午约好的。”

服务生却说：“刘总有事出去了，下午不在。”

季晓鸥皱眉：“他没跟我说下午有事啊？”

服务生耸耸肩：“对不起，季小姐，刘总的安排我真不知道。”

正在这时，有一个带着楼层经理标牌的男人走过来：“是季小姐吗？”

季晓鸥点头：“是。”

那人立刻朝她伸出手：“季小姐您好！刘总交代了，您若来了，就直接带您去严老板的办公室。”

季晓鸥满心不高兴，她已经察觉到店经理是在故意地躲她，但她又不能向不相干的人假以颜色，只好点点头：“那好，麻烦您带我过去。”

严谨的办公室布置得十分简单，一张桌子两把椅子，一张书柜一张简易行军床，再加墙角一座保险柜，便是全部家当。季晓鸥还在打量屋里的陈设，方妮娅已对这个一览无余的房间失去探究的兴趣，问能否下去找人聊聊天。季晓鸥不耐烦地挥挥手，让她自便。

办公室的南墙上挂着一些相框，基本都是一些来过店里的名人留下的合影和签名，其中不乏几张经常能在政经新闻或者娱乐新闻中见到的熟脸儿。季晓鸥一一看过去，视线忽然被墙面正中的一张彩色照片吸引了。那张照片的颜色一看就有些年头了，泛着淡淡的旧黄色。照片中是三个少年，肩并肩坐在一处石栏上。他们的身后是一片开得正盛的紫藤。其中一个咧着嘴笑得最开心的，一眼就能认出是严谨。坐在中间的那个，虽然戴着眼镜，也能明显看出程睿敏的影子，最右边挨着程睿敏那个，从未见过，但瞧上去不知为何却有些眼熟，她盯着瞅了半天才明白过来，大概是他长得跟一个影视明星过于相似，才让她觉得似曾相识。而这位英俊少年，很可能就是严谨提到过的"老二"。"三分之一"因为他的离世而得名，就连保险箱的密码都是以他去世的日子来设定的，在这间朴素干净的办公室里，他的气息似乎无处不在。

想到保险箱，她往墙角瞄了几眼。那是一个五十厘米见方橄榄绿色的旧保险箱，密码锁还是多年前的那种老式转盘锁。

季晓鸥蹲在保险箱的跟前，像对着潘多拉的魔盒。她在想严谨被带走前，特意叮嘱她保险箱的密码，可见里面肯定放着对他来说特别重要的东西。会是什么呢？钱？银行卡？她一边琢磨着一边开始转动密码锁。0、4、0、8、1、2，她慢慢地拨动着转盘，最后一个数字完成，"咔吧"一声，保险箱的门缓缓打开了。

保险箱里既没有现金，也没有银行卡，只有一枚公章和严谨的私人印鉴，几本账簿和一个鼓囊囊的牛皮纸袋。

季晓鸥先拿出账簿略翻了几眼，每本账簿的封面上都贴着2009、2010、2011等代表年份的标签。凭她入门级别的会计水平，大致能看懂这是"三分之一"几年间的收入支出及经营记录。严谨把这些账簿专门放进保险箱，应该是不能轻易让外人见到的账目明细。她把账册小心地放回原处，又取出那个牛皮纸袋。

牛皮纸袋里东西真不少，她将内容物兜底倒出来，零零碎碎摊满了半个桌面。一枚狼牙臂章，十几个样式各异的子弹壳，一把军刀，两枚勋章和绶带，红色封面的党员证，绿色封面的中国人民解放军士兵证，一本旧册子，还有一沓厚厚的照片，黑白的、彩色的，单人的、合影的，近景的、远景的，应有尽有，每张照片后面都写着日期。翻过一张年代最久远的黑白证件照，季晓鸥便与身着军装的少年严谨迎面相遇。

十八岁的严谨，穿着一身因簇新而显得僵硬的军装，眉眼的轮廓比现在青涩得多。为显得少年老成他故意皱起眉头，但那双严肃凝视着镜头的眼睛，黑白分明间掩饰不住少年特有的柔软与纯真。一丝绷不住的笑意从他的唇角眉梢泄露，那是每个人的少年时代都会对一个新奇未知的世界流露出的欣喜和期待。

循着照片日期的顺序一张张看过去，穿着迷彩服训练的严谨、格斗场上戴着拳击手套的严谨、平端着狙击步枪的严谨、脸上涂抹着油彩几乎辨不出本来面目的严谨、主席台上正在敬礼的严谨……一点一点地，他眉目中那点属于少年的青涩渐渐褪去，眼神一天天变得冷峻而坚硬，仿佛带着金属的质感。

把几十张照片反反复复看了无数遍，季晓鸥的内心有深深的震荡感。从青涩的少年到沉静的狙击手，这种变化是经历过血与火淬炼之后的蜕变，如真金经过高温，能熔的都熔了，熔不了的便成了永远的底色。而这段她无缘参与的青春岁月，竟以数个凝固的瞬间邀请她做了成长的见证。

她对着这一桌子的青春，愣了好久。等她抬起头，再重新端详严谨的办公室，感受已与刚进来时完全不同，一些曾被忽略的细节从水底浮了上来。泛着黄铜色泽的别致笔筒，原来是由炮弹皮改制。而这个绿色的保险箱，根本就是个被淘汰的军品。她想起严谨在城里的房子，完全现代风格的装修与家具，只能看到房主对奢侈细节的追求，却看不出过往军旅生涯的任何痕迹。谁也没有想到，他竟在这里，用一间办公室和一个保险箱，锁住了一个关于往日和青春的旧梦。

要到这个时候，季晓鸥才敢打开那本旧册子。册子并不厚，十几页纸，由各种质地大小参差的纸张合订而成。她随便翻开一页，这是一张包装用的牛皮张，曾被揉得皱巴巴的又被人细心抚平，上面用蓝黑色的墨水写着几段话，笔迹潦草，有些字要连蒙带猜才能顺着读下去。

1999年5月17日 晴 风速偏东1—2级

判断失误，害了小C。

小C走了。

基地里如今已经没有小C的任何痕迹，就像他从没有来过这里。

我看见他们取走小C的被褥与杂物，看见他们的嘴唇在动，看见他们在对我说话。我不知道该说些什么。我会低头看看自己的靴子，然后看到上面的血迹，是小C的血。

小C的父母到了。在这里，不管怎么走的，家属永远只会知道四个字：因公牺牲。烈士称号？可能会有可能不会有，要看运气。小C不是第一个。来与去在这片土地上都是平淡的永恒。

小C说过，狙击手最帅的时候，并不是开枪射击的那一刹那，而是专注装配一支枪的时候。所以我把一支85狙击枪装了卸，卸了装，不能停下，也不想停下。

老L给了我一包烟，他说有一天我会想明白，有一天我一定能从小C的牺牲里脱身而出，不受任何影响和改变。当初就是老L告诉我，做一个狙击手，不仅手稳，还要心稳，一定要学会忍受，至少不能让身边的人察觉你的焦虑。但事实是我无法解脱，做不到视而不见、听而不闻。它已经变成我的一部分，即使不看、不听，痛苦还是能够随时扎进心里，像钉子一样。

季晓鸥正看得出神，忽听到办公室外面起了喧哗之声。接着有人敲门，敲得急促而慌张。她赶紧把册子塞进自己带来的背包里，再锁好保险箱，这才三步并作两步去开门。

门外站着方才带她来办公室的楼面经理。

“季……季姐……”他的制服前襟湿淋淋的，头发上还在一滴滴往下滴落着可疑的液体，散发出一股浓郁的葡萄酒味，“有人……有人要见你。”

“见我？什么人？”

“小、小、‘小美人’……”

季晓鸥只知道经营一个饭店日常要完成的工作繁杂而琐碎，可没想到日常工作的一部分，还包括和真正的恶棍打交道。走进二层那间最昂贵最华丽的包间之前，她两条腿有点发软。

“你们以前碰见过这种事吗？”她问楼面经理。

“碰见过。”

“你们严老板怎么处理的？”

“死磕。”

“什么？”

“老板说过，光脚的不会怕穿鞋的，要是你什么都不在乎，对方就要在乎了。跟他们打交道，唯有死磕一条路，不然就没完没了。”

季晓鸥吁口气，只记住了“死磕”这两个字。据说再牛的流氓，也害怕蛮不讲理的女流氓，好吧，那就试试。

“小美人”依旧是中学教师的打扮，半新不旧的中式外套，细细的金丝边眼镜，温文尔雅的态度与姿势。他正背对着包间门，背着手欣赏墙上的照片。那些照片和严谨办公室里挂的照片大部分相同，都是明星或者企业家的合影及签名。

季晓鸥推门进去，第一眼看见的是“小美人”挺直的背影，第二眼看到的则是房间内十几个保镖形色的男人，清一色的黑西装白衬衣——十几双眼睛从她进门就盯着她，一直盯着她走到“小美人”的身后。

季晓鸥感觉自己简直像是一脚踏进了20世纪90年代的香港电影，完全时空错乱。她定定神，挤出一个标准的微笑：“先生您好！”

“小美人”应了一声，却没有回头，而是依旧负着手，仰头欣赏照片。起码过了有五分钟，他终于开了口，声音嘶哑铿锵，“我约了刘万宁谈生意，怎么来了个女的？”

刘万宁就是“三分之一”现在的店经理。季晓鸥这会儿才明白为什么他无故失约。原来他故意甩了个烂摊子给她，让她独自来面对这条毒蛇，下马威给得足够分量，但事已临头，就算是条剧毒的眼镜蛇，她也得迎上去面对。

她站直了，努力让笑容变得更自然一些：“对不起，严谨暂时不便出面，他委托我管理这个店。所有与经营相关的决定，只能由我来做，其他人没有资格。”

“小美人”转过身，饶有兴味地审视她片刻，然后笑了：“原来是‘三分之一’的新老板，那太好了！来坐吧，我们谈谈。”

季晓鸥没有动，依旧垂手站着：“不知道先生想谈什么？”

“当然是谈谈这家店。”

“这家店怎么了？是饭菜不合先生口味吗？您可以给我们建议，我们一定改进。”季晓鸥将声音放得又柔又甜。虽然她还不了解这个“小美人”的底细，但从服务生们战战兢兢如临大敌的反应，以及楼面经理一连十几个

“小心”的叮咛中，她明白了自己正在面对的一定是个心狠手辣的人物，必须要小心应付。

两人对视了几十秒，“小美人”突然笑了：“小姑娘，你太年轻了，根本不适合做这行，严谨怎么舍得放你出来，替他收拾这个烂摊子啊？”

季晓鸥依然保持着甜蜜的笑意：“他肯交给我，自然是相信我能做好。”

“很好。”小美人点点头，“那就谈谈吧。我一直在跟刘万宁谈‘三分之一’的收购问题，这家店已经完了，可我想救它，你来开个价吧。”

“对不起，这家店我们不卖，多少钱都不卖！”终于知道了对方的目的，季晓鸥收起了烟视媚行那一套，话说得斩钉截铁，不留任何余地。

她的回答，似在“小美人”意料之中。他摘下眼镜，放在眼前看了看，又慢条斯理地戴回去。上上下下端详了她一会儿，软绵绵地叹口气，朝她招招手：“过来。”

季晓鸥犹豫一下，不明白他要干什么，但她会审时度势，知道不到万不得已千万不能得罪眼前的人，于是她顺从地走过去。

“小美人”搂住她的腰，将她揽到自己跟前。季晓鸥感觉到他的手在她的腰部缓缓移动，隔着一件薄薄的羊绒衫，冰凉的触感好像一条蛇贴着身体在游动。她的身体僵直了，呼吸也变得紊乱，但她咬紧牙关站稳了，跟自己说让他摸一把没什么，摸一下又不会掉块肉。“小美人”的手挪到她的手臂上，慢慢地将她的手举到唇边，轻吻了一下，再缓缓收拢手指，语气中带着一丝惋惜。

“这么美的一双手，少了哪根手指都可惜。”

季晓鸥瞥一眼他的眼神，登时寒毛竖起，“小美人”那双眼睛，瞳孔的颜色略浅，不是黄种人的棕黑色，而是带点棕黄，更像是某种野生动物的眼睛。他盯着她的手在看，也不像在欣赏一双长在活人身上的手，而是在看一件嘴边的猎物，带着让人毛骨悚然的攫取感。她尽力让自己镇定，急促起伏的胸部还是暴露了她的恐惧。“小美人”抬起眼睛，尽情欣赏了一会儿她的表情，忽然笑了。他的声音太难听了，笑起来简直像把一枚生锈的钉子从结实的木头里一截截拔出来。他说：“你放心，这种暴殄天物的扫兴事儿，我从来不干。你的手指会一直好好地长在它们该在的地方。”

那张脸、那双眼睛都让季晓鸥感到害怕和恶心。她把脸扭到一边，回答道：“谢谢您的仁慈。”

“小美人”终于放开她的手，那双可怕的双手却又插进她的长发，一下一下地抚摸着：“这把头发长得真好。”突然间他出手，不由分说揪住她的头发，用力向下一扯，季晓鸥头皮吃痛，身不由己地跪在他的面前。“小美人”揪得很紧，迫使她不得不仰起头面对着他以缓解头皮的剧痛，以至于疼出了眼泪。

重新变成两人面对面的格局，“小美人”似乎很满意，伸出手指弹去她眼角的泪珠，他的动作和声音都温柔得让人毛骨悚然：“我喜欢你的头发，只有年轻人才会有这样血气旺盛的头发。”

季晓鸥只在电影里见过这样的场面，可从来没想到有一天自己也需要面对。大约有十秒钟的时间，两人的眼锋对着茬，她只觉得头顶百会穴的位置一阵阵发麻，冷汗顺着她的额角一滴滴淌下来。维持着最后的勇气，她咬牙回答：“喜欢你就拿走。”

“不可惜吗？”

“不！”

“很好！”“小美人”对身后的人一抬下巴，“去，厨房找把剪刀来。”

剪子很快取来了，一脸横肉的黑衣保镖张开剪子杵到季晓鸥眼前，“从哪儿开始剪？”

“住手！”季晓鸥喝止他。头发依旧在小美人手里攥着，她的头不能动，可是眼睛能动。她用那双被痛泪洗得黑白分明的眼睛望着“小美人”，“我自己来行不行？”

保镖垂下剪子去看“小美人”。

小美人松开她的头发，微微一笑：“我从来没有怜香惜玉过，你是第一个，第一个让我对女人手下留情的人。”他朝手下点点头，“剪子给她。”

季晓鸥接过剪刀，有片刻的迟疑，但是看看满屋的彪形大汉，她明白今天若是不留下点什么，恐怕很难全身而退。一狠心，她捞起一把头发，剪刀的双刃“咔哧”一声合上，一绺长发便应声飘落。室内忽然变得静寂无声，除了咔哧咔哧的声音不绝于耳。一绺绺长发离开母体委顿于地，却依然残留着气血充足的光泽，仿佛有生命的物体。

最后，她咣当扔下剪子：“可以了吗？”她那一头出众的秀发此刻已无影无踪，取而代之的是满头参差不齐的发茬。

“豪气！真是豪气！”“小美人”放下二郎腿，掸掸裤子上并不存在的灰尘，长叹一声站起来，“跟着严谨那小子，可惜了啊！”他往门外走，所有人都站起来，抢着替他开门。“小美人”却在门口回过头，“这家店已经死了，没有救了。今天你还可以讨价还价，错过这次机会，将来可别哭着来求我。我告诉你，那时候它就一钱不值了。”

季晓鸥微笑：“您且放心吧，永远不会有那么一天。”

终于送走这帮瘟神，季晓鸥一口气松下来，这才感觉到后怕，仿佛全身的血液被瞬间抽干，再也支持不住，一下瘫倒在地板上。

包间外的人冲进来扶起她，方妮娅也跟在后面。看见季晓鸥那头惨遭茶毒的乱发，她一下子怒了，朝着楼面经理大发脾气。

“真行啊，让个女人在前面挡着，你们一个个缩在后面，好意思吗？”她叉着腰嚷，“还是男人吗？一帮㞞种！”

季晓鸥赶紧拉她衣袖：“姐，别说了，不是你想的那样。严谨若在，他也得冲在前面挡着，一点都不能含糊。”

见不到店经理刘万宁，季晓鸥就跟楼面经理聊了很久，总算把“三分之一”的近况了解了个大概。因“小美人”的刻意破坏，“三分之一”在纸媒和电视中被描绘成不良场所之后，演艺界的名人怕被狗仔乱写，政客害怕被媒体盯上，都不敢再涉足这里，“三分之一”的生意一下子式微，再也没有恢复元气。

返程路上，季晓鸥一路保持着沉默。开始只顾低头用手机上网，后来就看着窗外发呆。方妮娅偷眼看她几回，她一直都眼神游离，不知在想什么，方妮娅终于忍不住用手肘撞撞她：“哎，你没事儿吧？说句话行吗？”

季晓鸥好像梦醒似的一激灵：“没事儿，我就在想，这个店如何才能救起来。外面的名声已经坏了，怎么着才能挽回声誉呢？”

方妮娅撇撇嘴：“要我说你就别费这劲儿，交还给严谨他们家拉倒。这哪儿是女人干的活呀？你看看你的头发，可惜不可惜？平时为养护那把长花费了多少功夫？”

“头发是再生资源，剪了再长呗。”

“那他如果要你一只手，或者一条腿，你也给他？”

季晓鸥“嘁”了一声：“你是不是电影看多了？现在黑社会也很讲究姿态的，你还真以为跟电影里的古惑仔一样，扛把斧头当街砍人啊？”

方妮娅摇头：“唉，女人啊，一旦动了真情，长得好看的、长得不好看的，受过高等教育、没受过高等教育的，都一样，就一个字，傻！”

季晓鸥笑了笑，并不打算争辩。她将视线转到窗外。即将进入 A 城，路边的建筑逐渐开始变得密集，有块标示牌一闪而过，她只来得及看到“第 × 看守所”几个字样。

车厢内的玻璃上有一层淡淡的水汽。她伸出手指，先在上面写了一个“严”字，抹掉，又在下面写了一个“好”字。

严谨，你去了哪里？你还好吗？

第十九章

绝境求生

严谨自己也不知道身在何处。

他被捕以后，公安局吸取前次的教训，为防备这个前特种兵出身的犯罪嫌疑人再次逃亡，采取了异常谨慎的应对措施。从局里出来到新的看守所，一路上严谨都被黑布蒙着眼睛。车厢的密封程度又高，耳朵也难以接收到车外的声音，但从押送警车起步停车的频率，他能判断出自己一行人正渐渐远离闹市，上了高速公路。

警车向前飞驰着，眼睛看不到，身体其他的感觉器官就变得极其敏锐，特别是痛觉。几处新鲜的伤口，无一不在提醒他昨日的遭遇，尤其是右眼皮处，已经凝结的血块覆盖在伤口上，蒙眼的黑布毫不吝惜地摩擦着刚刚结痂的血肉，疼痛向眼球深处推进。

严谨已经十多个小时没有喝过一滴水了，尽管渴得嗓子火烧一样，他并没有出声讨要。从听到许志群那个电话开始，明白自己不可能以自首的方式回看守所以后，他就知道他的待遇和逃跑以前必是大相径庭，再不能相比了。此时形象虽然狼狈，可原始的骄傲和自尊还在，他尚未习惯对着年轻的武警低声下气。

警车两个多小时后到达目的地。严谨被带出警车，关进一间空屋里。押送的警察就在隔壁房间办理交接手续，他能听到一墙之隔“嗡嗡嗡”的说话声。从那些人说话的口音可以判别出来，这里已经远离 A 城了。

隔壁“嗡嗡嗡”的声音静止下去，开门关门，新看守所的管教干部和 A 城来的押送警察在走廊上告别，大家一边告别一边谦虚，警察说他们警惕性不强，管教干部素质松懈，才造成人犯的逃亡，看守所的干部说对方见多识广，很多地方值得学习，他们一定会不负重托看管好人犯。说着他们就走进了关押严谨的这个房间。

严谨的眼罩终于被取下，骤然涌入双眼的明亮日光，刺激得他抬起双手遮在眼睛上。右眼的上下睫毛被干血沾在了一起，他不敢用力地睁，眼皮上面的伤，一动就是撕扯皮肉的疼痛。

有警察过来，粗暴地拉下他的双臂，打开他的手铐，重新换上看守所的手铐。严谨眯着眼睛看着，看守所的手铐，比警察随身携带那种精巧的不锈钢手铐显得粗笨，但假如他真的想脱铐而出，对他来说，两者同样脆弱得形同无物。他翘起嘴角，略带嘲讽地笑笑，由着警察再给他砸上重刑犯才会使用的脚镣。

拖着十几斤的重镣，严谨被转移到整个监室区最角落的一个房间。房间内的条件看上去还不错，室内只放着一张固定在墙上的铁床，配有单独的卫生间，竟是个看守所内罕见的一室一卫格局。但是严谨只扫了一眼，便看出其中的问题：这个房间没有窗户，只有一个通风孔，照明的开关在门外，灯一灭门一关，室内便漆黑一片——其实这就是一间变相的禁闭室，跟马林临刑前待过的那间黑屋子没什么区别，正常人在这种乌漆墨黑的环境里最多待三天，再长就有精神崩溃的可能。

严谨走进去，门就在身后迅速关上了。大团大团的黑暗立刻扑上来。伸手不见五指的黑暗，触在人的脸上、手上与身上，柔软而冰冷，会让人感觉到整个的身体和形状仿佛都灌注在这黑暗里，变成一块黑色透明的琥珀。他摸索着在床上躺好。手铐的束缚和脚镣的重量，让他只能侧躺着才能缓解手腕与脚踝处的疼痛。眼前的黑暗他并不陌生，也并不惧怕。当年的“小黑屋”训练，他的最高纪录是整整七天。一间四平方米左右的小房间，没有任何光源，没有任何通信工具，也没有任何外界的信息，只有食物和水。唯一计算时间的工具，就是一顿饭与下一顿饭之间的间隔。三段饭吃完，再进入一段更深更长的黑暗，那就是他的夜晚。在黑暗与黑暗的交替里，他还要时刻留意屋子外面任何的动静和声音，因为出了小黑屋，会有考官询问他听到的声音特征，答不出来便被淘汰。从小黑屋里出来，一个原本外向活泼的少年士兵，从此学会了沉默与寡言。蹲守目标时他可以对着瞄准器下的一朵花不停地看，看上 12 个小时，直到闭上眼睛，那朵花在脑海中的映像，比 2400 万像素的相机摄下的照片更加清晰。

但是这一次，严谨完全丧失了时间的概念。门上的孔每天定时打开三次，取走上一次食物的残羹，再送进新鲜的食物和净水。开始两天负责送饭的还能看到食物和水杯被挪动过的痕迹，第三天第四天，几乎每顿饭都是什么样子送进去，再原封未动地取出来。

严谨觉得累。十年前在小黑屋里，他有很多事可以做：用触觉熟悉环境、原地跑步、唱歌、背书……但此刻他只是感觉累，每一节骨头都酸痛酥软的疲累，仿佛刚刚进行过一场超越极限的拉练。躺在相似的黑暗里，他不断想起云贵高原上的星空。那是他记忆中与黑夜相伴时见过的最多的画面。原始森林的黑风在耳边呼啸，空气中到处是厚腻的动植物腐烂的味道，亚热带低气压的酷热，身上厚厚的涤纶网布伪装服，都让人喘不过气来。在这种时候，他只能抬起头去寻找星空。绝少污染的海拔 2000 米高原上，满天星斗错落有致地悬挂在深邃的夜空，又亮又密，不用天文望远镜，肉眼都能看到各个星座各就其位地在天幕上闪烁，散发着沉静而又永恒的光芒。那份恒久与浩渺，使人顿生敬畏之情。

他艰难地翻了个身，睁开眼睛。此时他已经完全适应了周遭的黑暗，这无边的黑暗如同一股黏稠的液体，不动声色地流进血管和肌肉，浸透了人的五脏六腑。但不知什么时候起，眼前却亮了起来，似有明亮的流星一颗颗滑过。严谨感觉记忆有些混乱，20 世纪末那场最瑰丽的英仙座流星雨，应该是他参加特种大队选拔测试时，当他蒙着眼被一辆吉普车扔下，独自一个人被遗落在锡林郭勒草原深处，无意中看到的至今难忘的一幕。

他缓缓地蜷缩起身体。监室里太冷了！好像草原上的风吹过来了，冷而硬，像刀子一样。黑夜、冷风、沼泽、夜行动物绿色的眼睛，尚未年满十九岁的小小列兵，站在无遮无挡的草地上，第一次知道了什么叫渺小，什么叫恐惧。紧紧搂着心爱的自动步枪，他毫无羞耻感地大哭，直到他看见那无数颗划过天际的流星。他抹掉眼泪，呆呆地仰望着头顶那场盛大的烟花秀，如此熬过了十九年的人生里最难熬的一个漫漫长夜。

人对第一次的经验，都会记上一辈子，何况是这种特殊的回忆，十几年后他还能对每一个细节都记忆犹新。

太阳照耀下的草原，温度骤升，走不了多远便是一身汗，更别提负重行军。迷彩服始终半湿半干，背后一层白花花的盐碱。没有定位仪器，他只能依靠直觉寻找前往特训基地的方向。随身带的水喝完了，口渴得厉害，舌头变成一块没有知觉的木头。草原上不时会有小小的水潭出现，但是那种雨后的积水蚊虫滋生，喝下去人会上吐下泻。在找到干净的水源之前，他只能撸把青草放在嘴里咀嚼，靠草叶的汁液缓解一下缺水的症状。

随后是疼，火辣辣的疼。沉重的背包带几乎勒进肩胛骨，每走一步，背包在身后跳动一下，背包带便会与肩膀的皮肉摩擦一次，汗水渗进皮肤的破损处，如同一把把小刀凌迟着骨肉。但是那时候根本察觉不到自己的疼，相比越来越严重的身体脱水，这种皮肉的痛完全不算什么。

躺在看守所铁架床上的严谨，仿佛在重温十几年前的那一幕。身体在出汗，却不知水分从何而来。口渴，渴得内脏像火烧一样。远近的记忆都逐渐模糊，唯一清楚的感受，是身体里的水分在一点点流失，好像生命在一点点离开一样。

“水……”他的唇边逸出模糊的呻吟，却没有人听见，只在一室黑暗中化作一丝含混的回音。

严谨睁大了眼睛，希望能像十几年前一样再次看到绚烂的流星，但他的眼前，此刻却只有无所不在的黑暗。而且那黑暗的密度似乎在一点点增大，每吸一口气，其中一大半像是包含着那种说不出的黑色杂质，然后整个肺部都似充满了稠密的黑色液体。他想坐起来，可是力不从心，他吃力地呼吸着，记忆变得更加混沌，梦里回溯过多少遍的熟悉场景又回来了。

亚热带的密林，阳光像剑一样从茂密的树叶间投射下来，身边有不知名的小虫在不停歇地蹦跶，也有青灰色的小蛇从手边无声地游过。

“注意，目标出现。”

“距离？”

“八百七十米，正在接近。风向偏右，四分之三，修正，两分。”

“目标锁定。”

“可以射击。”

“砰”的一声，枪口冒起一缕青烟，瞄准镜中的目标像被人突然迎面揍了一拳，所有的动作顷刻静止，然后轰然倒下。

“目标命中。”

“威胁解除。撤。”

“砰”，又一声，枪声很远，身边人却倒下了。

他从来不愿看枪口下倒下的目标，不愿看见血与尸体，但是这一次，他却以三十厘米的近距离，亲眼看见最亲密的战友胸前绽开一朵刺目的血花，亲眼看着鲜血如何一滴滴流尽，生命如何一点点消失。

一点冰凉的液体缓缓滑过严谨的面颊，他嘴唇哆嗦着，用已经完全嘶哑的声音，轻声唱起一首歌："你说你无悔……这军装穿过一回……你说你无悔……这岁月铸成丰碑……你说从军如诗如画……这像是生命中一朵蜡梅……"

看守所在十几个小时之后才发现严谨的异常。管教干部开门进去时，他已经意识模糊。严谨被抬上担架，监室的门打开，吹进一股清新的风，那饱含春日湿润温暖气息的晨风，让他暂时清醒了一会儿。他感觉自己如同置身水底，正穿过黏稠昏暗的世界努力向上方的光亮处爬升。神志清醒的瞬间，他听到担架旁边警察的对话。

"不是说他特种兵出身嘛，也这么不济事呀？"

"可不是，还说他身手挺厉害的，谁相信？"

"是啊，他这案子太出名了，这要死在咱们这儿，可要惹大乱子了。"

严谨想说话，喉咙里却像被人塞进了一把沙子，又热又辣，完全发不出声音。他尝试着调整呼吸，但剧烈的头痛迫使他闭上眼睛，黑暗再次将他吞噬。

严谨先被送到距离看守所不远的监狱医院，诊断结果是急性肺炎，由于没有及时治疗，已有肺损伤的症状出现，鉴于监狱医院条件有限，医生建议立即送市级医院。接着又紧急转移到市区一家三甲医院，为了便于警方看守，医院专门为他腾出一间单人病房，当然窗户提前就从外面钉死了。

严谨在这家三甲医院住了将近一个星期，炎症才基本被控制住。幸亏他身体底子强壮，并未留下太多后遗症，这时候医生方发话允许他在走廊上放风以及会见外人。

第一个来见严谨的，是他的辩护律师，周仲文。

周仲文推开病房门时，严谨正一个人扶着墙在病房内慢慢地走动。虽然医生认为定时出外散步对他身体恢复大有好处，但是警方考虑到严谨曾有逃狱的历史，需要严加看管。出门必须佩戴械具，在民间医院里若被人看见，显得过于惊世骇俗，影响太不好，所以他只被允许在短短的走廊末尾放放风，或者在病房里散散步。听见门响严谨抬起头，那模样把周律师吓了一跳。因为头部受伤他的头发多日未洗，浓密的黑发几乎打结，双目充血，眼神疲惫，密密麻麻的胡楂儿把整个下巴都遮住，出演亡命天涯的江洋大盗简直不用化妆。

听见门响同时抬起头的，还有坐在窗前的警察。本来警察正埋首在一堆本地报纸中看得出神，周律师进来把律师证和委托书给他看，他满脸严肃地审视半天，“唔”的一声，将证件扔还给周律师，视线又重新落回报纸的新闻上，并没有一点要回避的意思。周律师深知部分地方的公检法土规矩多，很多事都无法较真，只好咬牙忍着当他不存在。

病房内再无第二把椅子，严谨往床上盘腿一坐，两条长腿便占据了大半张床，周律师只能小心翼翼地把半个屁股放在窄窄的床沿上，皱起眉头问他：“怎么搞成这样？”

严谨苦笑一声：“太高估自己了呗。我以为还能像十八九岁的时候那样，在外面冻个几天几夜只当祛火了，谁想到能冻出肺炎来？老了，不服不行了！”

“可你为什么要跑？”

严谨瞟了一眼窗前的警察，那警察恰好将报纸从眼前挪开，正目光炯炯地看着他，只好放低声音回答：“无意中得到一个地址，以为自己就能找到刘伟。”

“结果呢？”

“结果？结果就是证明我判断有误，一厢情愿。”

“糊涂！”

“是，您说得太对了，我是糊涂！”

“算了。”周律师叹口气，“我们说正事。”

他打开自己的皮包，先从里面取出一个饭盒，“你妈让带给你的，跟警察解释了好半天，好不容易才同意我带进来。我刚让护士帮忙用微波炉热过，趁热吃，一边吃我一边跟你说案子的事。”

严谨抠开盒盖，里面是满满一盒雪白饱满的饺子。他捏起一个塞进嘴里，立刻眉开眼笑：“羊肉大葱馅儿的！哎呀，还是我们家老太太最疼儿子。”

周律师正在皮包里找老花眼镜，听到这里手指的动作停顿了一下，似乎想说什么，看到严谨吃得正香的样子，想了想到底没说出口。

倒是严谨狼吞虎咽的动作忽然间停下了。他拿手指拨了拨剩下的饺子，慢慢放下了饭盒。

“周律师。”

“嗯？”

“你跟我说实话，我妈是不是有什么事？”

周律师从老花镜的上方审视着他：“为什么这么问？”

“这饺子不是我妈做的，配料全不对，我吃了她三十多年饺子，她那水平，几十年都没有长进过。”

周律师合上手中的卷宗，摘下眼镜，又看看旁边的警察，这才说：“本来这消息是对你封锁的，因为他们怕影响你安心认罪，但你既然问了，我认为还是告诉你实话比较好。”

严谨合上眼睛，睫毛在空气中瑟瑟颤动：“我妈……去世了？”

“没有。没你想得那么坏。只是中风，二度脑出血。”

“现在呢？”

“正在恢复，左半身的活动功能可能要费些工夫。”

严谨这才睁开眼，凝神看了他半晌。一般人都受不了被严谨那对黑眼珠子盯着看，周律师却是见多识广不会轻易被人影响，他在严谨的逼视下依然镇定自若，“你不用这么看我，我跟你说的都是实话。”

“我相信你。”严谨笑得有点苦，“实际上我除了相信你，还能怎么着啊？我也相信他们没给你多少时间，我们说案子吧。”

“好。”周律师打开卷宗，直入主题，“这些日子我托遍了所有的关系，查阅了我能看到的所有案卷。在那些案卷中，警方提供了足够证明你犯下杀人重罪的证据。除了咱们上次提到的那些，在你的住所和电梯里，都提取到死者的指纹与血迹，并且经你的钟点工指点，从垃圾箱里找到一件你的衬衣，也找到玻璃屏风的碎片，上面都有死者的血迹，尤其是，在你客厅的地板上，发现了低速喷溅性血迹。我听说你以前做过特种兵，那么你一定明白，什么情况下才会出现喷溅性血迹。”

“我当然明白。但是当时湛羽被玻璃碎片割伤了，人受伤时血从高处滴落到地板上，如果角度合适，也能形成低速的喷溅性血迹。”

周仲文翻了翻手中的材料：“嗯，是的，在你的讯问笔录里，我看到了这些细节。可这只是你自己的供述，只代表了一种可能性，但没有其他证据能够支持你说的是唯一的事实。”

“就是说，如果没有证据证明我没有杀人，那我就是杀了人，对吗？”

周仲文摊开手，是一个无奈的姿势，“你反应挺快，但这明显是一个悖论。事实是警方提供的证据虽然不够完美，但是杀人动机、人证、物证全都有，已经足够支持法院做出有罪判决了。”

严谨的失望直接流露到了脸上：“就是说，即使上了法庭，我们也没有胜算？”

“当然不是！我不是说了，警方的证据并不完美。他们至今没能找到作案工具和分尸现场，这是我们做无罪辩护最好的突破点。至于效果如何，就看法庭如何采信了。”

“只能等庭审吗？”

“是的，假如真凶一直不出现，我们只能等正式庭审了。”

两人再多谈些庭审细节，严谨终于不耐烦，一下子躺倒在床上：“还要多久才能解脱？死刑也行，胜过天天这么干熬着。”

周律师看着他，一丝复杂的神色从眼中飞快掠过：“你这案子，已经闹得上达天听了。放心吧，很快，一定会很快结束的。”

严谨只顾盘算自己那点心事，似乎并未看到周律师瞬间的表情变幻。双臂枕在脑后，他问：“今天我们算谈完了？”

“是的，该和你沟通的我都告诉你了，开庭之前如果有新进展，我会再申请会面。”

“周律师，除了做刑事辩护，您再帮我干点经济律师的活儿呗？”

周仲文一边收拾东西一边回答：“你先说什么事，我斟酌一下是否能做。”

“我有家饭店，想把法人换成女朋友的名字，有难度吗？”

“那得看每年营业额有多少。”

严谨很快心算了一下：“正常的话，一年四千五百万到五千万吧。”

周仲文简直被这个数字惊到了。一个本来能言善辩出口成章的人，却嘴唇动了两下又静止了，好像是嘴唇摆错了形状而没有说成话。

他这个表情却被严谨敏锐地捕捉到了：“周律师，我知道你想说什么。对我来说，钱财就是身外物，生不带来死不带去，所以一块钱和一万块钱的价值，在我这儿都是一样的。如果能把它们交给合适的人，那我就死也瞑目了。”

周仲文几乎愣住了。他以为严谨并不了解外面的事情，不知道如今网络上汹涌的民意，严惩凶手立即死刑的呼声多么高涨，但实际上，严谨仿佛对自己的处境和未来的命运了然于胸。他看严谨半天，终于慢慢呼出一口气：“还没上庭，胜负尚未有结果，你用不着这么羞辱我的专业能力。”

严谨哈哈笑出声：“没有小瞧您的意思，我就是在做最坏的打算。到今天还能信我的人不多。除了家里人，您算一个，她算一个，我都在心里记着，不会忘了。”

周仲文拿出笔记本：“你女友，她叫什么名字？”

“季晓鸥。”

“什么？”周仲文吃了一惊，“她……她不是……不是那个你劫持的……”

“就是她。”

周仲文赶紧看看身边的警察，见他的注意力好像完全集中在报纸上，便压低了声音，尽量隐晦地问道：“你……真的要让她走到前面来？”

到底是律师，见多识广，他在一瞬间便理清了这件事的首尾，猜到严谨再次被捕前所谓劫持人质的真相。他是想提醒严谨，假如警察对季晓鸥疑似包庇逃犯的调查还未彻底结束，一旦坐实了两人的关系，岂不是对季晓鸥不利？

严谨完全明白他想说什么。此刻不宜多谈，他只能笑了笑：“我对不起她，我补偿她，行不行啊？哪条法律规定，我不能对受害人进行补偿啊？”

周仲文低头想了一会儿，便不再说什么，打开手中的笔记本，一笔一画记下了那个名字。望着“季晓鸥”这三个字，他多少感到好奇。

这到底是个什么样的女人？

坐在A城开往B城的列车上，季晓鸥把从保险柜里发现的那本册子一页页慢慢看完了。上次从“三分之一”回来，她去发廊修了个男孩子一样利索的短发，刘海和鬓角挑染出几缕葡萄紫，整个人愈发显得轻盈俏丽。身边的旅伴屡屡打量她，几次想搭讪，她却心无旁骛，看得专注而认真。

从那些内容来看，都像是严谨在心情不好时随手取过一片纸，然后在纸上随便涂抹两句的产物，只有最后一页是份正经写下的遗书，A4的白纸，字迹规规矩矩的，一个字一个字写得挺清楚。

1999年7月20日 晴转多云 风速东南4—5级

又到了写这种东西的时候。

集训前要写，执行任务前也要写，这几年前前后后大概写了有十几回了吧？

爸、妈：虽然领导不许我们写“遗书”两个字，但这张纸要是到了你们手里，那就是遗书了。多想想我让你们生气的时候，就不会太伤心。大不了这辈子我先走，早死早投生，下辈子你们做我孩子，我来做你们父母，让我还这辈子欠你们的债。

严慎：跟你承认一件事，小学二年级那年，你藏在床垫下的压岁钱，不是被耗子叼了，是被我拿走了，拿去请同学吃雪糕了。以后没哥罩着你，你那爆脾气收敛点，不然再没人为你出头打架。

老二、小幺：都说做兄弟的有今生没来世，这辈子能遇到你们两个好兄弟也值了。其余的不必多说，你们都懂。奉献也好，牺牲也好，不过是为了一个信仰，一面旗帜，一段誓言。

敬礼！

严谨

季晓鸥还从来没有见过这样的遗书，开始看得她差点笑出声，却在看完最后一句时，泪盈于睫。

她把脸转向窗外，飞快地抹掉睫毛上的水滴。她感谢严谨能把这些属于过去的记忆交给她，让她终有机会能以一种特殊的方式回放那段她没有参与过的青春岁月，那充满热血与激情的青春岁月。

车窗外的景物从眼前飞速掠过，路边的枝头已有零星的花苞绽开嫣红的内芯，迎春花柔软的枝条也泛出浓郁的绿色。漫长的冬季终于有了结束的迹象，春天的脚步渐行渐近。

中午到达B城车站，季晓鸥换了一辆出租车赶往“三分之一”。今天是她这个月内第二次来“三分之一”。过去的一个星期，她留在A城集中处理了一批私事。先是把自己的“似水流年”转给一个熟人承包。因为深知自己不是超人，对餐饮业又一窍不通，想做好“三分之一”只能全力以赴，她绝不可能再有余力同时打理美容店。辛苦三年才做得有模有样的事业不得不转手他人，虽然心如刀绞，她也只能暂时割爱。

然后是租房。即使季兆林匆忙从外地赶回，极力斡旋，母女俩的关系也没有任何改善。季晓鸥铁了心要帮严谨管理餐厅，赵亚敏也铁了心要给女儿一个教训，坚决不肯收回成命。季兆林只好再偷偷给女儿塞钱，让她先去快捷酒店住几天，等赵亚敏气消了再回家。季晓鸥把钱收了，因为美容店的转让费到账之前，她的财政的确紧张，但她却没有去住酒店，而是直接进了房屋中介公司。知母莫如女，她知道赵亚敏这场气不会轻易消化掉的，她必须做长期流落在外的打算。很不凑巧，此刻正赶上房屋出租的淡季，房源很少，她跟着中介跑了两天也没有找到合适的房子，不是环境太乱，就是租价过高。无奈之下她只能先找家快捷酒店暂住，每天一百多的房价花得她肉疼死了。正一筹莫展，方妮娅听到她租房子的事，立刻大包大揽过去。方妮娅说自己家那套两居室的旧房子，地段方便，家电齐全，而且租期马上到了，她可以亲自出马去跟房客谈谈，哪怕赔上一个月的房租，也让他立刻搬走腾房。至于房租嘛，姐儿们之间好说好商量，季晓鸥看着给。

房子算是落实了，季晓鸥还得设法解决代步工具的问题。因为“三分之一”毕竟不在市区，而是位于距离市中心五十公里处。两地频繁往返，只靠城际列车显然不太现实。但当季晓鸥真正打算去买辆便宜轿车时，却想起从去年十二月起，所在市已经开始实施车牌摇号，而这几个月时间她一直处在混乱的状态中，连网络登记都忘了，更别提短期内中签了。又一个难题横亘在她的面前，并且一点解决途径都没有，除非她肯出七八万块钱，从掮客手里买一个车牌。她盘算来盘算去，始终舍不得为一个车牌再花一笔大钱，正准备听从4S店导购的忽悠，冒险租一个公司车牌的当口，她接到一个电话。这个电话来自严谨的发小儿，程睿敏。

程睿敏说：“我刚听严慎提起你，说你要帮着严谨打理‘三分之一’。我的手机号你记下，以后有什么需要帮忙的，千万别跟我见外。另外，我媳妇儿怀孕了，不适合再开车，她有辆‘宝来’，我这就送4S店彻底检修一下，你要不嫌弃是辆旧车，就拿去开吧。”

季晓鸥十分意外。和程睿敏见面不多，但他儒雅的谈吐给她留下过深刻的印象。她确实有很多关于餐厅管理的问题想请教，可是又觉得冒冒失失联系他十分不合适，没想到他先打电话过来了，而且一来就为她解决了一个大问题。对这种雪里送炭般的好意，她万分感激地接受了。在结束通话前，她犹豫着问：“睿敏哥，能不能问你一个问题？”

“别客气，请说吧。”

“如果……如果你接手打理‘三分之一’，最先做的几件事会是什么？”

程睿敏沉默了一会儿回答："第一，看最近几年的收入支出，对整个经营情况心中有数。第二，从目前最大的问题入手，找到可行的解决方式，马上着手开始做。第三，清理员工中的异类，有二心的，立刻设法寻找可以替代他的人。不过晓鸥，有句话我要叮嘱你，你一个女孩子，一定要小心，餐饮业接触的人特别复杂，遇到自己解决不了的事情，千万别逞强，来找能解决问题的人。我，严慎，还有你志群哥，都可以。"

季晓鸥心里十分感动。她没期望他能认真答复，没想到他居然立刻给出了诚恳可行的答案。握着手机，她向他真诚地致谢："睿敏哥，谢谢你！"

剩下的几天时间，季晓鸥便闷在酒店房间里足不出户，将保险柜里的那些账本仔细研究了一遍。终于对"三分之一"最近几年的营业额、日常经营支出以及毛利润有了清楚的了解。在那些账本中，她还看到每年的最后一页都附着一张年终分红的清单，上面有人名、入股日期、联系人以及联系方式。这些人拥有各种背景，工商、公安、城管，还有卫生防疫，都是和餐厅经营息息相关的单位。前几年的名单一直没有变过，只有去年，新添了一个人的名字。只有这个名字后面没有工作单位，而且，是她认识的人——就是逼她剪去一头长发的"小美人"。不过在清单上，用的是"小美人"的本名，李国强，百分之十的股份，后面注明的入股日期，是去年六月份。

对着"小美人"的名字，季晓鸥凝神想了很久。她想起去年六月的时候，好像发生过一件大事。那时湛羽无端失踪了好长时间，还因为脸部受伤做过除创整容手术。在病房里严谨和湛羽隐晦的对话，此时一下子从记忆中跳了出来，让她把"小美人"入股和湛羽受伤两件毫不相干的事，居然联系起来，凭直觉，她猜测"小美人"进入"三分之一"，应该和湛羽有关系。可惜两个当事人，严谨和湛羽，都无法为她答疑解惑了。

理清了账目之后，她觉得可以实施程睿敏所说的第二条，即从最大的问题入手，找到可行的解决方式。而"三分之一"目前最大的问题，就是如何从不良场所这个泥潭中拔腿出来，重新恢复名誉。这次来"三分之一"，她就是准备和店经理商量要实施的第一步方案：是不是可以辞退部分男服务生，面试女性服务员？

但是当季晓鸥被"三分之一"的员工在舷梯上围攻时，她才知道自己的判断错得有多么离谱。"三分之一"眼下最迫切的问题并不是声誉的恢复，而是资金的流转。

季晓鸥都没能进入“三分之一”的大厅，便在登船的舷梯上被男服务生和厨工们截住。当天排班的只有十几个人，但是围着季晓鸥的至少有三十个，一个个情绪激动，为首的几个更是激烈，跟她说话的时候，嘴巴距离她的脸不会超过二十厘米，口气合着唾沫星子直喷到她的脸上。

季晓鸥强忍着拿餐巾纸擦把脸的冲动，将一只几乎点到她鼻子上的手按下去，声音尽力放大到极限：“大家安静！”

她的嗓门出人意料的洪亮，人群上方像凭空炸了个二踢脚，七嘴八舌的声音一下子静了下来。

经过刚才一阵推搡，季晓鸥那头顺服的短发全乱了，原来整齐的刘海儿乱纷纷地披在额头上。她背靠着栏杆站稳了，声音不高，可底气沉稳：“怎么着？以为姑奶奶我吃素的好欺负，想造反啊？”

领头的服务生上下审视她一番。起初他们都当她就是严谨的一个女朋友而已，年轻，再加上第一次来的时候一头长发，身量修长得像个女模特。便都没把她放在眼里，直到她跟“小美人”面对面对峙一回，才让他们另眼相看。此刻见她叉着腰，说话的腔调沧桑而江湖，气势不由自主就弱了几分。

“季姐。”那服务生开了口，“我们不是不讲理，但好歹我们都是‘三分之一’的老员工了，这么些年没有功劳也有苦劳，严老板在的时候对我们一直都客客气气的。您可好，一来二话不说就裁员。裁员也罢了，按照合同总要提前通知，总要有补偿吧？”

季晓鸥当场就愣住了：“谁告诉你们要裁员？”

“你别装了！”后面一个服务生开口，“刘经理都说了，你再装还有什么意思啊？”

“刘经理？”闻听此言，季晓鸥心头愤怒的火苗一下子熊熊燃烧起来。店经理刘万宁上回故意爽约，让她一个人去面对地痞流氓，就已经让她怒火中烧。她在心里不知说服了自己多少回，才把对他的气愤压下去，才能够与他正常说话。她对他客气，是因为刘万宁在餐厅员工中的威信还不错，整个餐厅如今要靠他支撑着正常运转，她并不想轻易得罪一个成熟的店经理。但两人十几个小时前电话里密谈的内容，她特意叮嘱几遍，在实施方案未落实之前千万不能向员工透露半分，他竟然明知故犯，这是摆明了要拆她的台，就等着看她在员工面前出丑。

她深吸口气，攥紧拳头让自己冷静，绝不能让形势再恶化。思忖了一下，她开口："餐厅最近生意不景气，开源节流是必须的，但裁员只是迫不得已时最后的办法，也是最坏的办法。需不需要实施，还要看餐厅这两个月的流水恢复情况，你们这么激动，是不是有点过分了？"

服务生们只当裁员势在必行，没想到她会这么解释，一时间失了攻击的方向，不由得面面相觑。领头那人略一沉吟，又说："不是我们激动。季姐你想想，上回电视台把'三分之一'说成色情场所，把我们都当作出卖色相的，顶着那么大社会压力，好多人都没走，硬是留了下来。严老板进去以后，里外里欠了我们两个月工资了，大伙儿也没说什么，都相信只要严老板回来，这都不是事儿。可现在这情况……餐厅到底怎么办，我们是去是留，拖欠的工资什么时候发给我们，总得有个准话吧？"

季晓鸥听得又是一愣："什么？欠你们工资？刘经理……他……他没跟我提过呀？"

服务生们又喧嚷起来，几十个人几十条嗓子，吵得季晓鸥什么也没听见，压又压不下去。最后她只好飞起腿朝船舷边的灭火器猛踹了一脚，灭火器翻了，"咣当"一声巨响，然后咕噜噜一直滚出好远，随着这声巨响，嘈杂的人声也停了。

"大家安静，听我说几句话。"季晓鸥站到舷梯的稍高处，对众人大声说："严谨既然把'三分之一'交给我，就是把你们的将来交给我。这里我给大家一个承诺，就算严谨短时间内不会回来，'三分之一'既不会倒掉，也不会易主，更不会裁员。至于工资的事，等我和刘经理确认一下，下午三点半，大家来餐厅，今天一定给你们个交代。餐厅马上就要开门了，请大家各就各位。没有排班的，尽快回去休息。"

她的语气听上去十分肯定，简直不容置疑，服务生们审时度势，倒也慢慢散去了。季晓鸥等人都走干净了，才掏出餐巾纸，抹抹脸上已经干掉的唾液。将揉成一团的餐巾纸扔进垃圾箱，她自嘲地笑了笑，没想到这辈子竟然尝到了唾面自干的滋味。

回到严谨的办公室，她找到纸杯倒了杯水，刚把杯子送到嘴边，忽然发现桌面上放着一份快递，收件人写着严谨的名字。

看看发件人，上面是区法院的地址。既是公函，季晓鸥怕耽误正事，便拆开了封条，却意外地看到一份法院的开庭通知。通知上说因有公司起诉"三分之一"恶意拖欠货款，法院已经立案，将于一个月后开庭审理。

拿着这张传票，季晓鸥只觉得眼前金星乱冒，一时间竟有喘不过气的感觉。“三分之一”因为不良事件被摆上风口浪尖，虽然险恶，但还没有到最坏的境地，假如拖欠货款的消息一见报，让银行和其他合作者知道餐厅的现金流出现了问题，立即催缴贷款和旧账，全面停止供货，那可就真是兵败如山倒，再无翻身的机会。

气急败坏中她拨通刘万宁的电话，但连打几遍，回答她的都是冷冰冰的录音：“对不起，您拨打的号码已停机。”

季晓鸥低头望着手机上的号码，不祥的预感像潮水一样从心底沉重地满溢开来，没顶一般地淹没了她。她只感觉这水的温度如同十二月冰冷的海水，冻得人浑身上下的骨头节儿都僵硬了，她想起严慎跟她说，这店就是严谨的命根儿，想起严谨临走前对她说：晓鸥，好好替我看着“三分之一”。这一次她恐怕终是要辜负他的信任了。

季晓鸥捧着手机，一时间像是失了魂魄，怔怔地对着它出神。直到手机“叮当”一声响，提示有新短信，她才恍恍惚惚地低头看了一眼。

短信是程睿敏发来的：“车已取回，方便时来我家。”

这条短信让她如梦初醒，慢慢回过神来。咬着嘴唇想了一会儿，她给程睿敏拨回去。

程睿敏听完前因后果，思索了片刻，然后说：“情况恐怕不太好。我有总会计的联系方式，你先等等，我跟他联系一下，十分钟之后再打给你。”

季晓鸥挂了电话，随后的十分钟里，她急得像热锅上的蚂蚁，握着手机在房间里不停地走来走去。手机铃声再次响起的时候，她几乎一秒钟都没有耽搁，飞快地接通电话。

“已经查过了。”程睿敏说，“前两个月的工资，以及这笔货款，都已经按时转账了。你马上再联系店经理，如果依然联系不到，尽快报警，我怀疑他是卷款失踪了。”

“一共多少钱？”

“员工工资五十万，货款四百三十二万。”

“啊？这么多？”季晓鸥瞪大了眼睛。

“是的，将近五百万。听着晓鸥，这会儿你不能乱，一件事一件事去做。第一，先从下面的楼面经理里挑一个能力好的，暂时代任店经理，同时我也托猎头帮你物色更合适的人。”

“好。”

“第二，那家起诉的供应商，你去设法了解一下它的背景，合作多年能闹到起诉的程度，中间肯定有什么故事你不知道。对方的底细没弄清楚之前，别轻举妄动。”

“行。”

“第三，员工情绪要稳定，绝不能因为这件事影响餐厅生意。严谨的银行户口现在都在严慎手里，拖欠的员工工资，你赶紧找她想办法，如果有问题，我来垫上。”

“记住了，睿敏哥。”

相对季晓鸥的心急火燎，程睿敏显得尤其冷静。季晓鸥对他十分信服。结束通话，她立刻把大厅的楼面经理叫进办公室，将目前的情况原原本本地告诉他，请他暂时代任店经理一职。

楼面经理三十多岁，一看就是社会上摸爬滚打过来的，极识时务，话也说得漂亮，当即拍着胸脯让她放心，一切有他，一定会和“三分之一”同舟共济。季晓鸥明知这人不十分靠谱，但非常时期，只能采取非常规用人，以保住店内业务的正常运转。她让这位新任的店经理赶紧去查一下，看看还有没有其他异常。

新店经理答应着出去，季晓鸥才能平静下来，想一想后面要做的事。书柜里有一本厚厚的员工档案，她取出来，找到刘万宁那一页，联系方式那一栏，除了他的手机号，还有一个用于紧急联系的家庭电话号码。她照着拨过去，电话倒是通了，一个女人接的，但她一提刘万宁的名字，对方马上生硬地回答：“不认识，你打错了！”然后电话挂了。再拨过去，就只能听见嘀嘀嘀的忙音，显然对方搁起了话筒。

这当口新经理和厨师长已在底舱巡视了一圈，上来报告说以前严谨在酒窖私藏的七八瓶好酒，价值几十万，一夜之间也全都消失了。

季晓鸥跌坐在椅子上，喃喃地骂道：“王八蛋！连几瓶酒都不放过！”她疲惫地挥挥手，“你们先忙去吧。”

新经理却站在她面前不肯走：“那要是下面问起工资的事，我怎么跟他们说？”

季晓鸥叹口气：“我先去报警，你也得跟我一起去。等咱们回来，我来给大家交代，不会让你为难的。”

报警立案的程序复杂烦琐，幸好季晓鸥自己也开店，和派出所片警以及街道办打交道的经验足够应付，对她来说并不是难事。此刻最难的，是如何向等着发工资的餐厅员工通报实情。

新任店经理说：“咱只能把刘万宁携款跑路的事暂时隐瞒不提，先设法把工资补上，不然下面的员工一旦知道连店经理都跑了，恐怕人心浮动，很难管理。”

季晓鸥一直没有说话，她的忧虑和新店经理正好相反。她担心假如将刘万宁的事瞒着下面的员工，一旦消息泄露，局面一定会失去控制，那时候再想补救就晚了。还有严谨目前的处境，就算不说，众人也能通过网络了解得七七八八。网上的舆论对严谨极其不利，大部分网民都认为他必判死刑，如果此时不想办法将员工与餐厅捆在一起，只怕拿到工资就会流失一大半。从派出所回“三分之一”的路上，本来她想给严慎打电话，但拿出手机想了想，又收了回去，这一刻她已在心里做出一个决定。

下午三点，店里的客人只剩了一桌，除了给这桌人留下两个服务生照应，其余的员工，包括正在轮休的领班、服务生与厨工，都集中在那间最大的包间里。椅子不够坐，很多人都站着，一时间将一个偌大的房间挤得满满的。

季晓鸥站在众人面前，幸亏她个子高，虽然面对一屋子男人，但气场毫不示弱。

“各位兄弟，大爷大叔，”她如此开始她人生中的第一次演讲，“我做梦都没有想过，有一天我要面对这样的场面。严谨的事不必多说，想必诸位已从网上了解太多。但有句话我必须说，我相信严谨，相信他绝不是凶手，总有一天他会回来。在他回来之前的这段日子，只能靠我们大家一起来渡过难关。有件事，有人建议我暂时瞒着大家，但我觉得，既然需要彼此同舟共济，那我必须对大家以诚相见。我们饭店的刘总，不，应该说是前刘总，卷了饭店五百万，消失了！这其中除了四百多万的货款，还包括诸位两个月的工资。”

包间里静默片刻，接着如同滚热的油锅中落进去几滴水，忽然炸开了，那一张张原本因高度关注而显得紧张的脸，因为对这个消息的不同反应，呈现出“千姿百态”的表情，但最多的，显然是焦急和愤怒。

季晓鸥静静地等着，等着人们尽情宣泄之后自己安静下来。等耳边的声浪稍微减弱，她拉把椅子站了上去。

“大家听我说。我刚和梁经理从派出所报警回来，毕竟发现得太晚了，这笔钱能不能追回来，很难说。五百万的确不是一个小数，尤其是我们饭店正处在正困难的时候，资金难以周转。大家可能还不知道，刘万宁卷走的那四百多万货款，涉及一家和我们合作三年的水产公司，这家公司已经去法院把我们起诉了。当然，这件事我会设法处理。我明白大家最关心的，还是工资的问题。关于工资呢，我这儿有两个办法，你们自己来选择哪个更合适。第一个，饭店从今天起开始散伙儿，店里所有的资产，你们随便拿走抵工资，桌子椅子，厨房的家伙什儿，什么值钱你们拿什么，我绝不拦着！”说到这里，她停顿片刻，居高临下扫视了一遍眼前从嘈杂到安静的人群，接着讲下去，“第二个办法，从今天开始，每天所有的流水，我是说，所有，我一分钱不留，每天营业结束之后，将当天的流水按照每个人的工资比例发放下去，每天都这样，直到抵上你们被欠的工资为止。那之后资债两清，谁愿走愿留，自行决定。”

这两个办法被摆在一起比较，可能大部分人都会倾向选择第二种。因为第一种方式虽然可以即时兑现，却直接掐灭了人们所有的希望。桌椅锅灶才能值多少钱？如何耐得住这么多人瓜分？而第二种，虽然“三分之一”目前生意清淡，但每天的流水至少也有三四万，假如两个月之内不关门，拖欠的工资完全可以抵清。虽然这个方式的不确定因素不少，却能把最终的绝望拖延至两个月之后。选择第二种，基本上人性使然。

季晓鸥从没有做过管理，只有前些年上班做总经理助理的时候接触过企业文化与团队凝聚力这些词，就算是自己开着美容店，也不过稀里糊涂地凭着本能在做。但是从严谨被捕，短短半个多月的时间，她像是突然长大，强迫自己去考虑很多事，无师自通地履行着仓促间压在肩头的责任。她用这种方法，将那些老员工和‘三分之一’绑在一起，与自身息息相关的经济利益，会逼着他们发挥更多的潜能去提高每天的营业额。

享受过二十多年安逸的日子，季晓鸥终于明白，原来绝境才是让一个人成长的最快方式。

第二天上午，季晓鸥按照前一天商议好的办法，起草了一份工资支付协议，看着店经理在几十份复印件上一一盖上公章，她才放心离开“三分之一”返回 A 城。在回家的城际特快上，季晓鸥接到严慎的电话。

“晓鸥，马上来家里一趟，非常急的事。”

季晓鸥哆嗦了一下，严慎的语气令她感觉心惊肉跳：“我还在城际特快上，四十分钟后才能到 A 城。到底什么事？”

严慎沉默几秒钟，然后用非常低的声音，低到季晓鸥要把耳朵紧紧贴在手机的听筒处才能听明白。

严慎说：“周律师带你去见严谨。”

第二十章

经历与失去

严谨的父母家，位于城西一个大院里，二十多栋独立小别墅中的一栋。此季正是碧桃与玉兰盛开的时候，其他家的院子里桃花柳绿煞是热闹，而严谨家的院子，除了墙角几棵柿子树和一架刚刚冒出指肚大新叶的紫藤，就只有一水儿的青砖墁地，打扫得纤尘不染，连砖缝里的青草都铲得干干净净。

进到一层的客厅，内里的布置更是与众不同。与这栋别墅的外观相比，不但奢华气息一丝全无，几乎可以用清素来形容。四壁白墙，除了悬着一幅《沁园春·雪》的狂草，没有其他装饰，寥寥几件家具全为藤制，沙发套是最老式的白色蓝边纯棉外套，不过洗熨得雪白笔挺。阳光透过落地窗上的竹帘丝丝缕缕地挤进来，洒落在青灰色的地砖上，让坐在沙发上的季晓鸥有片刻的恍惚，似乎走错了时光隧道。

保姆给她沏了一杯茶，打开杯盖随着白色的水汽蹿出一股异香，便知是上品好茶，但茶杯却是最普通的青花白瓷。

季晓鸥把茶杯轻轻放在茶几上。这个家和她想象中差别太大，完全颠覆了她以往的想象。住在这栋房子里的人，像是对秩序和简洁有种执拗的坚持。

思及至此，她想起严谨那个仿佛歌剧院一样空旷辽阔的公寓客厅，忍不住笑了笑，虽然两处风格截然不同，但去繁就简的劲头却是一脉相承，完全异曲同工。

正出神，忽听得身后有人咳嗽了一声，她一回头，看见严慎站在身后，若有所思地看着她，已不知来了多久。

“姐！”季晓鸥赶紧站起来，“严谨现在怎么样了？”提到“严谨”两个字，不知怎的就有一股酸楚的热流蓦然冲到她的鼻根处。

严慎绕过沙发，在她对面坐下，看到了她微微泛红的眼眶和鼻头，马上摆摆手，做了个暂停的手势。

“他没事。他现在在外地一家看守所，不，他现在在医院，肺炎，不过已经好了，你不用担心。时间不多，咱们长话短说。让你来家，是有件事要告诉你。严谨已经委托周律师，他要把‘三分之一’的法人代表变成你，律师已经把所有材料都准备好了，你要是同意，律师就会向看守所申请，现场签字公证。”

“什么？”季晓鸥露出震惊的神情，“法人代表换成我？为什么？”她十分清楚转换法人意味着什么，那就等于严谨把“三分之一”这家年流水接近五千万的旺店，免费转让给她了。即使目前生意不佳，但瘦死的骆驼比马大，她接受之后若再转手，光转让费都是一笔数额巨大的收入。

严慎认真地审视她，一言不发地看了良久，末了她收回视线，微微笑了：“严谨一向这样，他认定的人，掏心掏肺也在所不惜。好在他看人比较准，这么多年还真没有人辜负过他的信任。希望他这次也不会走眼。”

季晓鸥听了这话，一颗心像被巨石压住一般，沉得简直跳不动。只念自己并没有为严谨赴汤蹈火过，这份信任实在太过沉重。哑然片刻，她低下头：“太意外了，他为什么要这么做？”

严慎突兀地笑了一下，这一次却笑得很冷：“你可以接受，也可以不接受。在你做出选择之前，我必须跟你说清楚。我爸已经办了提前离休的手续，未来会发生什么事谁都无法预料。你若接受‘三分之一’，将来若有什么不好的变故，也许会受到连累。而且我知道如今接手这家店并不是容易事，你若拒绝也是人之常情，相信严谨也能理解，不会怪你。你考虑一下，考虑清楚了就跟我说，我通知周律师。”

季晓鸥盯着她，眼珠子黑得瘆人，像是把所有的心劲都凝集在了瞳孔中。是的，这个严慎才是她认识的严慎，那个在医院的走廊上靠在她肩头的严慎，只不过是个陌生人。

“转换法人的确是严谨的意思？”她直视着严慎的眼睛。

严慎也望着她，并没有在她的逼视中怯下阵来：“是的。周律师那里有他的委托协议书。”

接下去两人之间是冷冰冰的一大段沉默，严慎沉默的意味季晓鸥是十分明白的：严慎是极不希望看到哥哥的心血转手他人，尤其是转给一个毫无血缘关系的陌生女人。在她心里，大概所有试图接近严谨的出身普通的女人，都是因为觊觎他的金钱与家世。

“我想好了。”季晓鸥终于平心静气地开口，“我决定接受‘三分之一’。”

严慎放下二郎腿，脸上的表情写着明明白白的“果然”两个字：“我就知道，你一定会接受的。不管后面有什么麻烦，这家店现在看起来都是挺诱人的，对吧？”

季晓鸥不接她的茬，只是平静地接着说下去：“我希望能尽快办完手续，越快越好，不然很多事我在店里做起来都名不正言不顺，十分为难。”

“很好。”严慎微笑着点点头，“严谨他也算求仁得仁，希望他将来不会后悔。周律师的车就在门外等你，也希望你运气好，能够见到严谨。”

季晓鸥站起来：“谢谢你，再见。”

保姆把她的鞋拿过来，季晓鸥在门口换上，打开门正要出去，严慎却在身后叫了一声：“等等！”

季晓鸥站住：“您还有什么事？”

严慎看着她又笑一笑，那笑里却带着明显的讽刺：“还记得吗？你跟我说过，说湛羽的父母，他们一样有尊严有底线，记得吗？”

季晓鸥怔了一下，虽然不明白她为什么突然提起这件事，却依然配合地回答：“记得！”

“那我告诉你，湛羽的父亲，背着他前妻来找我们谈民事赔偿了。也就是说，如果我们满足了他的条件，他就会签一份被害人谅解书。严谨一直坚持无罪辩护，但周律师说，无罪辩护我们可能只有三成的胜算，要有最终做减刑辩护的心理准备。而这种刑事案，如果拿到被害人谅解书，对量刑的结果有多大影响，你应该知道吧？”

季晓鸥只觉像是被人迎面打了一耳光，满脸火辣辣的滚烫疼痛。咬咬嘴唇，她问：“他要多少钱？”

“四百万。你看，在他心里，他儿子一条命，只值四百万，一套房子的价钱，还是五环边外的公寓房。有一天你会明白的，这个世界上真的没人抵挡得住金钱的诱惑，区别只在于他的底线在哪里。”

季晓鸥凝视着她，眼中有悲悯：“严慎，我相信有一天你也会明白，如果一个人的世界里，所有的感情、梦想与责任，都可以明码标价，那他这一生，永远也不会有机会去体验，什么是真情，什么是忠诚，什么是永恒。”

她走出严谨家的大门，走进春日纷飞的细雨中。从灰暗的云层中静静飘下的雨丝，形不可辨，只让人有粉扑一般扑面而来的触感，带着细微的寒意，渗入裸露的肌肤，也渗入人的内心。此刻她的心中既有欢喜，也有凄然。欢喜是因为严谨交托给她的信任，凄然却是因为严慎最后那番话。有那么一瞬间，她有掉头回去的冲动，告诉严慎她放弃，然后她就可以重回自己的生活，重新经营自己的美容店，再与母亲言归于好，做回一个正常的普通女孩。但她随即又冷笑，都已经走了这么远，她难道以为自己还能走得回去？血肉相连的事情，又如何能够一刀两断？比如她与父母的关系，比如她对严谨的心。

来之前原本她还想告诉严慎“三分之一”面临的资金困境，但此刻她完全打消了这个念头。既已决定接受严谨的托付，那么所有的难题都由自己去面对吧。

严谨最近几个星期的日子过得还算不错，虽然肺炎引起的肺部损伤需要长期调养，但肺炎已算基本痊愈，可以回看守所了。不过看守所经此一吓，再加上警方特别强调庭审前要确保嫌疑人的生命安全，再不敢让他一个人在小号待着了。大号人多，混在一起更担心出事，斟酌再三，觉得还是把他暂时留在医院里最安全。于是他从市属医院转回了监狱医院，依然享受着单人病房的待遇。

医院病号灶的饭菜虽然缺盐少油，但比起看守所的伙食就好吃太多了。尤其对于严谨这种能屈能伸的人，想当年生的田鼠肉与蛇肉都能面不改色地咽下去，即使后来被优渥的环境惯得食不厌精，但没有条件享受的时候他也很能凑合。每天吃完滋味寡淡的三餐，剩余的时间除了看报，就是锻炼身体。周仲文律师被带进病房时，他正赤裸着上身在地板上做单手俯卧撑，早已混熟的警察蹲在旁边给他报数：“二百四十九,二百五十，加油，快破昨天的纪录了……”

北方的四月初，外面下着小雨，室内还是十分阴冷，其他人穿着羊毛衫厚外套依然觉得凉气浸骨，只有严谨在流汗，一滴滴晶莹的汗珠从毛孔里冒出来，停驻在他肌肉结实的腰背上，小麦色的肌肤泛出健康的光泽，唯有腰椎处那道长长的旧伤显得有些碍眼。

周律师因为意外好一会儿没出声。他亲手接过的案子，没有一百也有八十，可他从来没有见过身陷囹圄前途未卜还能如此活泼乐观的当事人。

严谨从身体下面看到他的鞋和裤脚，一翻身跳了起来，一边擦汗一边笑：“大律师，你总算来了。再不来我都要闷出抑郁症了。”

周律师这才看到严谨一只手上还吊着手铐。他低头从包里往外取律师证和委托书，警察过来将严谨两只手一同铐上，然后退到一边坐下，拿起报纸埋头阅读，依然没有任何回避的意思。

严谨和周律师对望一眼，都无奈地笑笑。

周律师这次来的目的，除了和严谨沟通这段时间调查取证的进程，还有就是把“三分之一”转换法人需要的所有资料，带过来让他过目。

看着严谨蹲在床边，把那些文件一页页翻过去，周律师说：“你不再考虑考虑了？你的家人让务必转告你，这事儿要慎重。”

严谨正在翻页的手停下来，转过脸看了周律师一眼，这一眼把那张脸上隐藏的潜台词都看明白了。他放下文件站了起来：“家人？周律师，你说的是我妹妹吧？你看，这就是我为什么要急着转法人。我们家那几口子，我爸，我妈，这辈子除了共产党和共产主义他们不信别的，工作上特精通，可生活常识为零，和外面的世界差了有二十年，对钱更是没概念。我妹妹吧，学金融的，对钱又太敏感了，精明得过分了。他们都没做过餐厅，只知道这餐厅赚钱，谁得了谁就占了大便宜，可不知道做这行需要面对多少难处，所以我一定得趁我活着的时候，把这事儿办了。不然等我不在了，‘三分之一’一定会死在他们手里。”

周律师摊开手掌做了个“不干我事”的表情，然后说：“最终签字，需要公证处的人在场，我已经替你向看守所申请了，等批准以后才能往下进行。这期间你还有考虑的时间。”

“还考虑什么？”严谨十分不解，“一个女孩，肯为我冒险做别人不敢做的事，别的我可能做不了了，送她一个店还能做得到。何况那个店，现在肯定是一个烂摊子，她接手以后会为打理这个店吃不少苦。”

周律师笑笑：“若问我个人意见，你那女朋友，那么年轻漂亮，可真不像是能吃苦的样儿。”

“嘁，什么话！你没见过她跟男人打架，我可见过，等等……”说到这里，严谨忽然停了下来，“你怎么知道她年轻漂亮，你见过她了？”

周律师回头看看坐在一边埋头看报的警察，背对着他朝窗户方向使了个眼色。

严谨一愣，简直不太相信这个动作传递过来的信息。他以询问的神色望向周律师，周律师却肯定地点点头。

严谨浑身的肌肉一下抽紧了，情不自禁攥紧了拳头。但他没有立刻扑过去，而是坐在床边稳稳神，使劲搓了一把脸，又以五指当梳，理了理过长的头发——那头发好久没理，已在头顶乍起一寸多高，这才慢慢站起来，装作毫不在意的样子，慢吞吞地走近窗户。

警察从报纸中抬起头看了他一眼，见他举动平静神色安详并无任何异常，便又放心地低下头。

严谨靠在三楼病房的窗口，隔着满是灰尘的玻璃窗望出去，窗外细密的春雨从杨树新绽的嫩芽间丝丝飘落，迎春花和杏花开得正艳，花红柳绿一个真正美丽的好世界。他看到了他的姑娘，正站在雨中仰着头痴痴地望着，头脸缀满晶莹发亮的水珠，那一头曾让他无限喜爱的长发，已经变成俏丽的短发，湿漉漉地贴在她的额角和鬓边。她离他那么近，近得仿佛能清楚看见她眼底新添的沉郁，近得似乎伸手能摸到她消瘦的两颊。他真的伸出手，却发现他和她近在咫尺却远如天涯。

视野在刹那间模糊了一下，他忽然虚弱到了天旋地转的程度，迅速地闭上眼睛，他无端地想起，去年就是这个时候，季晓鸥打电话让他帮忙运点东西，他喜滋滋地去了，却看到了曾经名叫 KK 的湛羽。他有些想不通，想不通当初那个单纯从不知世事复杂的女孩，怎么眉眼间转眼就添上数缕凄苦与沧桑。假如时光可以倒流，一年前生日那一夜，他宁可被朋友骂死也不会沾一滴酒，那样就不会遇到湛羽，更不会遇到季晓鸥，她也许就能一直活泼泼地单纯下去。没有交错，没有相关，他们之间的关系，或许这样才是最正确的方式。

季晓鸥仰着脸，在一排排窗户中仔细地搜寻着。周律师只告诉她严谨的病房在三楼，却没有告诉她哪个房间。她只能找。没有哪一刻比此刻更让她痛恨自己的近视。一个一个窗口扫过去，她几乎不敢眨眼，只怕眨眼的那一瞬就错过严谨。

眼睛都要瞪酸了，终于看到了严谨模糊的身影。她的眼神凝固了，差一点就要喊出来，差一点就要向前跑过去。其实此刻距严谨被警察带走，才不过三个多星期，她却感觉像过了十年，或者更久。她想念他。

她终究没有叫也没有动，只是静静地凝望着他。

隔着窗户玻璃，室内的光线又比较暗，她看得并不清楚，只能用眼神一遍遍描摹着想象中的轮廓和五官。她想起此前那一夜，两人最接近的时候，也不过是一个拥抱。他的下巴蹭过肌肤的敏感之处，刺痛的感觉仿佛至今未褪。假如当时她的脸皮再厚一点，假如她能不要脸一点主动诱惑他，是不是就不用像今天一样，不知下一次见面是何时，不能言，不能动，只能在回忆里一遍遍重温肌肤相接时那一点细微的光与暖，看一眼，是一眼，她要把他印入眼中，刻在心里。

严谨在窗前停留的时间太久，久得警察都起了疑心，他放下报纸走过来："哎，窗外有什么东西看那么专心？我告诉你啊，别再动什么歪脑筋，不然吃亏的是你自己……"

严谨却像是没有听见，依然痴痴地望着窗外。仿佛是窗外的天光映入他的眼睛，那里面有亮晶晶的水光在闪烁。

警察终于走到了窗前，顺着严谨的目光望向同一个方向，于是他看到一个年轻的女人站在愈来愈急的春雨中，斜飞的雨丝将她的头发和上衣淋得透湿。她正用双手做出一个奇怪的手势。那手势警察看不懂，但是严谨看得懂。因为那是特种部队世界通用的手语。

季晓鸥用刚刚学来的并不标准的特种兵手语，清清楚楚地告诉他：你要坚持，不能放弃。我等你。

严谨终于从窗前走开了，侧躺在床上咳了好一阵子，咳嗽声空空洞洞，像是从胸腔中震出来的，最后咳得面无人色，似乎只剩下了喘气的份儿。

最后他拉起被子蒙在头上，连周律师离开都没有出声道别。

周律师回到医院的停车场，季晓鸥已经坐在车后座等着他。隔着车窗看到她低着头，他以为她在哭，拉开车门才看见她膝头摊着一本打开的书。那本书的名字叫《餐厅营运管理》。周律师记得他就是在这一瞬间，对这个女孩印象深刻。很久以后当他在一份庭审资料中再次见到季晓鸥的名字，首先回忆起的，便是她安静地低着头，一页页翻书的镜头。他还记起当大部分人都相信严谨真的杀了人，对最终的死刑判决深信不疑的时候，只有她坚持严谨的清白无辜，确信他总有一天会无罪释放。

季晓鸥现在急需一笔现金去应对"三分之一"的日常费用。餐饮行业每天开门七件事，除了工资，食材成本、公关费用、水电和税，哪一件都需要现金去摆平。恰好想接手"似水流年"美容店的人，通知她做最后的交接，这个手续完成，几十万转让费和一年的房租就可以立刻兑现了。

季晓鸥最后一次作为“似水流年”的店主人出现在店里，亲自动手做面部按摩，向她的老顾客们表示深深的歉意。然后在闲聊间，她却从方妮娅的邻居嘴中，听到一个令人震惊的消息：几天前方妮娅居然吞药自杀，幸亏保姆发现得早，及时送到医院洗胃总算脱离了危险。

闻听此言，季晓鸥惊得手指都僵硬了，好久才能够一根一根重新蜷起来，恢复柔软和正常。方妮娅两个星期前让她等房子的消息，此后就没有再联系过她。季晓鸥不好意思打电话催促，猜想可能是原房客合同尚未到期不好处理，因此早就通过中介租了一套一室一厅的房子。她完全没想到，方妮娅一直没有音信，竟是这个原因。

她拨打方妮娅的手机，连拨几次都没有人接，最后一次终于接通了，说话的却是一个陌生的女人，带着浓重的口音。

“小方不能接电话。”

季晓鸥着急追问：“为什么？”

“她男人说的。”声音粗鲁而不耐烦，然后手机挂了。

季晓鸥望着手机，一时气结，从美容店出来，她直接赶到了方妮娅家。

方妮娅家的房子，是一列联排别墅。每家门外有一个小花园，门铃便安装在花园的木门上。

季晓鸥按了门铃，好久才听到院子里开门的声音，重重的脚步声由远及近，木门打开了一条缝，门缝里挤出一张四十多岁女人的脸，警惕的目光上下打量着她。

“我是妮娅的朋友，来看看她。”季晓鸥自我介绍。

“她男人同意吗？”门缝里的女人说，“她男人不同意你不能进来。”

季晓鸥愣了一下，简直不知如何接话，想了想她回答：“请问您怎么称呼？”

“你说什么？”

“请问您是她家什么人？”

“阿姨。”

季晓鸥仔细看看那张脸，长期日晒下的黝黑肤色，眉眼间似乎还保留着混沌未开的蒙昧。记得上次来方家，端茶倒水的是另一位阿姨，虽然同样黧黑结实，但说话柔声细语，不像这位一样，一开口好像依然站在村口的地垄上。她皱皱眉，不明白为何心里就“咯噔”一声，好像有什么地方不对劲。

“大姐，”她尽力想说服这尊“门神”，“我跟妮娅多年的朋友了，我和她先生也认识，刚听说她身体不好，急着来看她，打她手机她又不能接，您就让我进去看一眼，只要知道她没事就行，保证不会骚扰她。”

“不行！”门神很固执，“她男人说了，不能让她见外人。”

门“砰”一声关上了，差点撞到季晓鸥的鼻尖，她气得转身就走，但没走几步又回来了。因为在她转身的瞬间，心里原本那一点点并不成形的疑惑，忽然间就膨胀开来，像一团烟雾一样，越扩越大。

她再次按响门铃，带着不达目的不罢休的坚持。门开了，那张脸又从门缝里挤出来，因为愤怒，五官都挤在了一处，像只被激怒的母猫。

“你咋回事？跟你说了不行！”

季晓鸥被她的大嗓门震得退后一步，险些乱了阵脚。她稳稳神，决定吓吓这个明显刚从乡村来到都市的女人，便板起脸，将声音变得又阴又狠：“今天我还非要进去看看。你让我进吗？不让我进我就报警。我告诉你啊，你这么做可是非法监禁他人，警察来了可以让你进监狱的。她老公最多给你份工资，你要真因为这事进了监狱，他可不会管你！”

她掏出手机，作势拨号：“我报警了啊，你看着，1、1、0……”

就在她按下第二个数字的时候，“门神”软了，一边打开花园门，一边嘟嘟囔囔地说道：“俺就是个保姆，才来没几天，东家说什么俺都得听着，凭啥俺进监狱？你进来可以，别让她男人知道，不然俺这工作就没了。”

季晓鸥赶紧安抚她：“你放心，我看看就走，绝不耽搁。你不说我不说，她先生也绝对不会知道。”

季晓鸥被带进二楼的卧室。这是一间朝南的大卧室，此刻窗外春光明媚，房间内却密密实实地拉着厚窗帘，床头柜上亮着一盏五彩贝壳灯，光影里坐着一个披头散发的女人。听到脚步声，她的脸转过来，眼珠却是呆滞的，定定地注视着季晓鸥，但眼神没有焦点，脸上也没有任何表情的变化，仿佛看到的只是一团空气。

季晓鸥伸指掩住了嘴唇。眼前的情景是颇有些诡异的，尤其是方妮娅没有一点血色的惨白脸颊，在波光流彩的灯影里简直像一尊没有生气的蜡像。

“妮娅姐？”她轻轻叫了一声，对方没有任何反应，只是视线从她身上挪走了，一动不动地凝视着前方，落在一片并不存在的虚空中。

“她怎么啦？为什么变成这样了？”季晓鸥忍不住回头问保姆。什么事能让一个十几天前还有说有笑的正常人，变得如此痴呆？

“不知道。”保姆回答，“俺来她就这样了，从医院里回来就这样。”

她说话的时候，本来毫无反应的方妮娅，身体忽然瑟缩了一下，眼睛里居然流露出一点惧怕的神色。瞪着季晓鸥身后，她毫无预兆地发出一声惨叫，然后一把抓住季晓鸥的手。

季晓鸥赶紧抱住她，刚要说话，忽然感觉到有什么东西从方妮娅的手中转移到她的手心里。她一怔，下意识地握起拳头，尚未反应过来如何应对，方妮娅又发出一声尖厉的惨叫，是那种让人血液凝结的惨叫，像是被掐着喉咙濒临死亡的小动物。

保姆吓得脸都变了颜色，过来就撵季晓鸥出去：“你快走快走，她男人就快回来了……”

季晓鸥被连推带搡地赶出卧室，犹自听到身后方妮娅一声接一声的尖叫。而那团软绵绵的东西，攥在她的手心里，几乎被冷汗湿透。

直到离开方妮娅家，坐上回程的出租车，季晓鸥才敢打开手里的东西。方妮娅交给她的，竟是一张揉成一团的餐巾纸。看着那个纸团，她皱皱眉，以为是张废纸，想要扔掉的瞬间却心念一动，又收回来。餐巾纸被抹平展开的那一瞬间，她轻轻“啊”了一声，庆幸自己没有扔掉它。那张纸上有10个潦草的数字，还有两个歪歪扭扭的圆圈，黑色的笔迹，笔画断续，颜色时而模糊时而清楚。她对着阳光翻来覆去看了很久，除了看出是用笔芯极软的眼线笔匆忙写就，其他什么也没有发现。

到了晚上，她忍不住又给方妮娅打了个电话，这回没打手机，而是方家的固定电话。接电话的是方妮娅的丈夫。他用冷静淡漠的口气向季晓鸥解释：“她一直有抑郁症，一直在吃药，但是没有好转。这次是阿姨没有看好她才出事，所以我把阿姨辞了另换一个。不知是不是药物的副作用，她洗完胃从医院回来就变成这样。她现在身体还很虚弱，等她好些了，我就带她去精神科做个评估。在她好转之前，我不希望有任何外界的因素刺激她。”

无懈可击的一番话，回答了季晓鸥所有的疑问，令她无言以对。捏着那张餐巾纸，她倒在沙发上，心口像是压着一颗铅球，沉得她呼吸都有些不畅。她想不通好好一个人，怎么就会突然间精神错乱？还有交给她的这张纸和这串数字，到底是方妮娅意识清醒时有意为之，还是一个精神病人无意识的举动？

匆忙间租下的这套房子，家具都是旧的，身下的沙发，失去弹性的弹簧硌着她的背，硌得生疼，但她懒得爬起来，正在似睡非睡蒙蒙眬眬的状态，手机响了，是她的新任店经理打来的。

“季姐，起诉我们的那家‘富隆’公司，我已经查到了，除了我们，它还给其他三家海鲜餐厅长期供货，其中两家，法人都是李国强。”

“李国强？”季晓鸥睡意全消，一骨碌坐了起来，“果然跟‘小美人’有关系！”

“是的。”

“那富隆的老板，能不能想办法让我跟他见一面？”

“他每天上午都在海鲜市场附近的广东茶楼吃早餐。”

“好，我明儿去会会他。”

“富隆”公司的老板陈富隆，是一个五十多岁的中年男人，脸上最显眼的标志是上唇两撇鼠须一样的小胡子。季晓鸥越过几张桌子的人头，一眼就锁定了他。她径直走过去，拉开椅子坐在他对面。陈富隆正低着头专心对付一只鸡爪子，察觉对面多出一人，他愠怒地抬起头，准备看看是谁这么不识时务，竟敢打扰他神圣不可侵犯的早餐时间，但进入视野的却是一名穿戴时尚的妙龄女郎，他脸上恼怒的表情戏剧化地转换成满面春风。

“哟，这姐姐面熟啊，找我啥事儿？”

季晓鸥看着他笑笑：“陈叔，咱都这么熟了，您就甭假装见外了。您是谁，我清楚得很，我是谁，估计您心里也门儿清。”

陈富隆放下筷子，拿餐巾纸抹抹嘴擦擦手，又“呸”一声对着烟灰缸啐出一口食物的残渣，这才一仰头，眯起眼睛打量着季晓鸥：“‘三分之一’的新当家，果然厉害！说吧，季大小姐，一大早找我什么事？”

季晓鸥将视线偏移了十厘米，以免目光不小心落在那口黄白相间的残渣上，但她把脸上的笑意依然维持在最佳的状态：“我找您什么事儿，您心里恐怕比我还明白，咱就别浪费时间说那些废话了。”

陈富隆向后一仰身子，靠在椅背上，然后朝上摊开两只手心，向季晓鸥做了个邀请的姿势：“那么您请，我这儿听着。”

季晓鸥果真不和他废话，直入主题：“陈叔，我找您就一个目的，我想弄明白，‘富隆’和‘三分之一’合作也有三四年了，一直还算愉快，即使偶尔发生点小摩擦，比如您供应的海鲜比我们要求的差一个等级，‘三分之一’也会按时结账，从未拖欠过货款，这回不过是谨哥遇到点麻烦，我们自己人又不争气，但也只是延迟付款三个月。据我了解，和您合作的其他饭店，有拖欠您货款超过两年的，您也忍了。所以我想知道，到底是什么原因，让您去法院起诉‘三分之一’？”

“什么原因？”陈富隆冷笑一声，“欠债还钱，天经地义。你要是现在还了我，我现在就跟你去法院撤诉。”

“陈叔，您在这行，也有十几年了，从一条小渔船做到这么大，挺不容易的吧？我相信您要真是特别计较的人，也到不了今天。‘三分之一’如今再不济，那也曾是这里数一数二的海鲜餐厅。先甭说哪天它东山再起生意重新好起来，您会丢了一个优质大客户，就说这地方，餐厅多，供应海鲜的公司也多，谁能保证一辈子没个三灾六难走背运的时候，您就不怕其他家看着‘三分之一’的遭遇寒了心，以后再不敢与您合作？”

陈富隆两撇小胡子翘了起来，他笑道：“季小姐，你口才了得，可是人情世故差点。就你刚才说的，我已经在这行干了十几年了，什么能做什么不能做，心里明白得很，不用你提醒我。”

季晓鸥被抢白，可是并没有感觉尴尬，相反，她脸上的表情极其诚恳：“是啊，我知道您是明白人，所以才特别想弄清楚，您要告‘三分之一’，是不是有什么特别的苦衷？也想请您告诉我，我要怎么做，您才可以撤诉？”

陈富隆忽地站起身：“我今天还有别的事，对不起了。”

季晓鸥情急之下也站了起来，一把拉住他的衣袖：“陈叔！”

陈富隆拂了两下，没挣开她的手，只能苦笑一下说：“季小姐，看年纪你也就比我闺女大一点，在家找一安分工作不好吗？非要抛头露面做餐饮？我告诉你啊，有句话怎么说的，人在江湖身不由己。这事没得商量，除非你把货款立刻补上，不然我没办法也没理由撤诉，在这地头上我不能只和你们一家合作，明白不？”

他一把推开季晓鸥，力气大得让她踉跄后退了好几步，然后头也不回地离开了。

季晓鸥望着他的背影，将他最后一句话反复咀嚼了几遍，完了狠狠撇下嘴，“没理由？行，我来给你找理由。”

“三分之一”最近一段时间的生意虽然不好，每天的流水连鼎盛期的三成都不到，但因为每天晚上都可分到前一日的收入，员工情绪还算稳定，而日常事务店经理和楼面经理都可应付。除“富隆”之外的几家海鲜供应商，经她一一拜访，晓之以理动之以情，都答应照常供应，并且破例给她三个月的延迟付款期限。几件大事敲定，将店面整个巡视一遍之后，眼见一切还算正常，季晓鸥决定还是赶回 A 城优先处理富隆公司欠款的问题。

刚回到 A 城，她便接到一个银行通知短信，“似水流年”美容店的转让费和房租已经打过来了。这条短信让她暂时松了口气，因为这笔钱足够对付“三分之一”一个半月的日常成本了。但是欠“富隆”公司的四百七十万货款，却无从觅起，她手中所持可以变现的唯一资产，就是奶奶留给自己的那套房子。为此她专门去趟房屋中介公司，咨询一下价格和成交期限。中介却告诉她，因为刚刚出台严厉的房屋限购，她那套房子更适合商用而不是自住，再加上目前是成交淡季，除非她能以低于市场两成的价格挂牌，否则一两个月都不一定出手。

季晓鸥很无奈，本来情急之下想到卖房子已经是下下策，因为刚花了二十多万重新装修过，又刚收了美容店的转让费，如果房子卖掉，这部分费用将会全部打了水漂。可即使这样，竟也无法解她的燃眉之急。她只能让中介先按正常市场价三百五十万挂牌试试，如果乏人问津再考虑降价。

出了中介公司，季晓鸥一筹莫展地坐在路边花坛上，这一刻她只感觉内外交困，四面楚歌。前店经理刘万宁的携款外逃，经调查取证已正式立案，但是刘万宁跑得无影无踪，家里只有七十多岁的老父母，对他的举动和行踪一概不知。“富隆”起诉“三分之一”的官司开庭在即，虽然媒体方暂无动静，但因为她一直怀疑刘万宁和“小美人”李国强暗中有勾结，他卷款走路和“富隆”起诉完全是一套连环计，再加上“小美人”上次撂下的那句话，让她一直担心“小美人”为能得到“三分之一”，说不定正憋着什么大招。

此刻她十分想给严慎打个电话求助，可是一想起严慎那种充满鄙夷和轻视的眼神，便又打消了这个念头。

托着下巴发了会儿呆，她从背包里取出钱夹，钱夹里夹着一张严谨的照片，照片上的前狙击手戴着防护眼镜，双手平端着狙击步枪，正神情专注地瞄准镜头外的目标。坚毅、沉稳、冷静，所有她喜欢的男性特质，都能在这张照片上找到。

“你瞧瞧，你扔给我一个什么样的烂摊子呀！”她对着照片自言自语，“我要是把房子卖了，我妈这辈子都不会再搭理我了。可是不卖房子，还有什么办法能让那家伙收手呢？要不你快出来，自己收拾这烂摊子吧，我真不想管了。”

严谨维持着严肃的神情，并不能回答她的问题。

季晓鸥苦笑一下，然后将钱夹收起来，站起来溜达着往回走。走着走着一抬头，发现自己竟下意识地直奔父母家的方向，前方都已经可以看到小区最外边那栋楼了。她站在路边，原本是想笑一下，笑自己的言不由衷，原来一遇到困境，她最想投奔的，还是父母的怀抱，可是眼眶一热，眼泪扑簌簌就落了下来。她抬起手想擦掉眼泪，眼泪却越流越多。仿佛这个动作触发了某个开关，这些日子所有的焦虑和委屈都涌了上来，她捂住嘴，生怕自己失控，会在这人来人往的马路上号啕痛哭，但呜咽声还是透过手指缝传了出来。

她终于转过身，背对着行人肆无忌惮哭了一场，好在随着眼泪涌流而出的，还有内心的压力和难过。哭完了抬起头，她感觉整个人里里外外像被水洗了一遍，心头清明，又可以重新面对所有的意外和打击了。

擦干眼泪一抬头，她忽然看见身边站着一个人，正怔怔地望着自己。那人穿着一件当季的白色箱式大衣，长发在脑后绾成一个松松的发髻，容色清冷娟秀，正是几个月前她在唱诗班见过的那个司琴的女人。

季晓鸥对这个女人的印象太深了，脸盲症居然一点没有发作。即使只见过一面，也难忘她的模样，并且一直记得她的名字叫作 May。

理理头发整整衣服，季晓鸥的脸上勉强浮起一个笑容：“May 姐，你怎么在这儿？”

May 指指马路对面的三层小楼：“今天唱诗班有活动，我刚在路边停车的时候看见你了。”

季晓鸥这才发现对面那栋小楼很眼熟，的确是一月份时自己无意中经过的地方。那天她被唱诗班的歌声吸引走上楼，认识了眼前这位 May 姐。没想到失态的时候会碰上熟人，季晓鸥感觉特别不好意思，她想解释：“我刚才……唉，你就当什么都没有看见吧。”

May 却上前挽住她的手臂：“过一会儿姑娘们才来，咱俩可以有二十分钟的时间聊聊，你想上去吗？”

自上次见过一面，季晓鸥总感觉她像是一个经历很多故事的人，眼睛里虽有抹不去的忧郁，却也有看透世事后的沉静。当她看着你的时候，眼神具有让人平静与安宁的力量。面对她的邀请，季晓鸥立刻点点头，没有任何拒绝的念头。

那间空荡荡的教室，相比上次几乎没有变化。May 掀开钢琴盖，随便弹了几个音，然后问："你是想听我弹几首曲子呢？还是想聊聊天儿？"

"弹首歌吧。"季晓鸥说，"就弹上次那首，《今夜庆祝我的爱》，可以吗？"

May 的眼神明显地闪了一下："你喜欢这首？"

"以前没留意过，上次听你弹了，觉得很好听。最近遇到点事，再想起这首歌，尤其是歌词，感觉真是……我说不好，只是觉得世事无常，人生苦短，两个人能够相亲相爱的时候，每一天都值得当作节日来庆祝。"

May 的手指划出琴键，奏出了《庆祝》的第一句，随后便停下来，叹口气说："是的，每一次相遇都是久别重逢，每一次分离可能今生再也不会相见，人生本来就是一场漫长的告别，最美的时光都在路上。可是因为它太漫长了，插曲也太多了，所以我们常常会为了插曲而忘掉主旋律。"

这一刻不知是否自己的错觉，季晓鸥仿佛看到了她眼中隐约的泪光。她垂下眼睛，钢琴声再次响起来，"*Tonight I celebrate my love for you*……（今夜让我为你庆祝我的爱）"

之后两人再没有说话，季晓鸥听她一支支曲子没有间断地弹下去，虽然不知道那些钢琴曲的名字，但却不妨碍被她手中流出的旋律深深地感染，令人想起昔日生命中最美好的片段。

唱诗班的女孩子们陆陆续续到了，May 转而弹起另一首歌，女孩们聚集在钢琴周围，跟着琴声轻轻吟唱。季晓鸥默默地退后，取过 May 放在一边的手机，用她的手机拨自己的号码，以便留下她的手机号，然后静悄悄地离开了，没有和她特意告别。只因世间有种相遇相知，便如金风玉露，缘于曾经走过一些相似的岁月，沉淀着一些相似的心路与感怀，无须太多语言。

但季晓鸥万万没有想到，这次不经意的偶遇，居然为"三分之一"带来一次重生的机会。几天后的中午，当她跟着驾校陪练在城里熟悉路况时，收到 May 一个短信，说有急事跟她见面谈谈。

季晓鸥当即撂下陪练赶去赴约。她开的这辆车，就是程睿敏家的那辆旧宝来。她去年已经考取了驾照，唯一欠缺的是上路经验。跟着陪练在路上转了十几个小时，便跃跃欲试要自己上路。此刻没了教练，一路小心翼翼，居然也毫发无伤地开到了约会地点。

在咖啡馆等她的，不止 May 一个人，旁边还有一位三十多岁的男士，灰西装白衬衣，气质打扮一看就是坐写字楼的白领。

招呼季晓鸥坐下，May 不好意思地说："对不起，本来不该和你约得这么急，高阳刚从外地出差回来，是我硬把他从公司里拉出来的。因为我觉得这事比较重要，想让你们尽快见面聊聊。"她指指身边的男士，"他就是高阳，在一家公关公司工作。高阳，后面还是你来说吧。"

那位叫作"高阳"的男士，便欠欠身递过一张名片："季小姐，幸会。是这样的，我们公司最近要帮一家重要客户筹措一个比较高端的慈善拍卖晚宴，我们正在寻找合适的场地。这个场地呢，要求足够大，有特色，而且因为会有比较特别的客人参加，所以还要私密性好。May 推荐了你们那家水上饭店。我很感兴趣，想去实地看看环境。不知您意下如何？"

季晓鸥低头看看名片，心脏如触电一般狂跳几下。原来高阳所在的公司，竟是世界著名的十大公关公司之一。接着再听高阳介绍晚会的相关情况，届时会有重量级的媒体全程跟拍。这桩生意如果可以谈成，不仅给"三分之一"的东山再起注射了一针强心剂，连前段时间盛传的关于不良交易的脏名都可以顺便洗脱。

兴奋之下她连声道："没问题没问题，欢迎高总您随时来参观。"

May 却轻轻按住她的手笑道："不能这样主动的，回头你怎么跟他谈价钱啊？这人可是出名的老奸巨猾，从来认钱不认人的。"

高阳不以为忤，反而看着 May 笑笑，充满了纵容。而季晓鸥突然间收获这么一个惊喜，只剩下傻笑的份儿了。

三个人约好了一起去"三分之一"，高阳另带了一名下属同行，May 就换到季晓鸥的车上。第一次在车上载着旁人，季晓鸥多少有点紧张，但她也终于有合适的机会，对 May 好好地说声谢谢。

May 却说："你不用谢我，我总感觉我们的相遇像是天意。我一直都没想明白，为什么我会觉得，如果不帮你这个忙，我就会失去什么东西，会后悔一辈子。"

将"三分之一"的内部和外围环境整体考察了一遍，高阳大体上还算满意，只待回公司同上司商量，再让律师准备好合同，就可与季晓鸥就真的合作细谈条件和价格。对季晓鸥来说，她本来就打算不惜代价也要做成这单生意，只要价格和细节不是太离谱，她都可以接受。

双方既已有了共识，随后的晚餐便显得主宾尽欢，季晓鸥让经理专门开了一瓶严谨的私藏白酒助兴。她和高阳都要开车，只能让酒杯碰碰嘴唇做个意思，一瓶白葡萄酒，基本都让 May 和高阳的下属享用了。

May 的酒量出人意料的好，半瓶酒下去才微现醉意，眼波流转间竟蕴藏着逼人的风情。坐她对面的高阳，视线一旦落在她身上，便如黏上一般轻易不肯离去。季晓鸥冷眼旁观，发觉这两人竟是一个郎有情妾无意的状态，明显高阳用情已深，May 却心无旁骛。

这时候服务生来上菜，一不小心被地毯绊了一下，虽然训练有素，踉跄两下便扎稳马步，并未将手中的盘子摔出去，可是依旧撞到 May 的座椅，她手里那杯酒便完完整整泼在胸前。恰好 May 又穿了一件裸色的真丝上衣，湿透的衣料贴在前胸，里面内衣和部分乳房的形状立刻清清楚楚透了出来。

一行人顿时尴尬不已，席间几位男士的眼睛更不知该落在什么地方才好，高阳站起来，嘴张了张但没有说出话，显然仓促间也不知道该如何处理。服务生忙着道歉，季晓鸥已经站起来拉着 May 往办公室奔去。

季晓鸥平日出入总是一身运动服，办公室里就放了几件比较正式的衣服，以防有重要客人突然来店措手不及，此刻正好找出来应急。她把一件小西服交给 May，自己又顺着楼梯一溜小跑去吧台找干净的毛巾。等她抱着一堆湿巾上来，敲敲门进去，却看见 May 身上依然穿着那件被酒玷污的衬衣，胸前纽扣已解开了两粒，手却停在第三粒纽扣处。她正仰脸望着墙上那张三个少年的合影，脸上的表情竟也诡异地静止在某一个瞬间，仿佛突然遭遇雷击，她的灵魂刹那间不知飞往何处，留下的只是一个毫无知觉的躯壳。

季晓鸥被她那种失魂落魄的神情吓到了，放下手里的东西，刚要说话，却看见 May 的眼角有一颗又圆又大的泪珠，突兀地沿着脸颊滚下来，滴落在衬衣的前襟上。

季晓鸥手足无措地站住："May 姐，你怎么啦？"

May 没有回头，依然痴痴地盯着照片，季晓鸥听到她用颤抖的声音问："你是谁？你怎么会有他们的照片？"

"啊？"季晓鸥愣了一下才反应过来，"这不是我的，是我男友挂这儿的。你……你认识他们？"

May 背对着她，声音飘忽得像做梦一样：“何止认识，他一直刻在我心里。”

季晓鸥眨巴眨巴眼睛，有些怀疑她是喝醉了，一时不知该如何接话，只能顺着本能问一句：“你说的是哪一个？”

May 终于转过头，泪痕尚在的脸上残留着恍惚。季晓鸥盯着她的嘴，生怕那两片柔软的嘴唇里吐出“严谨”两个字。就算不是严谨，是程睿敏的前度也够麻烦的。她去程家取车时，见过程睿敏的太太谭斌，程谭之间那份相得益彰的知性与默契，令她十分喜欢这对夫妇。

May 却说：“他姓孙。”

“哦。”季晓鸥松口气，不是这两人就好。她扭头去看照片，看到那张英俊得不晓得像哪个明星的面庞：“长得最好看的那个？”

“是的。”

季晓鸥蓦然捂住了嘴巴。“老二”，已经去世的“老二”，在“三分之一”深具存在感的“老二”！她想起第一次在唱诗班见到 May，May 说她信教只是为了有朝一日能在天堂重逢失去的爱人。这一刻季晓鸥简直不能相信，世间竟然还有这样的巧合。

因为过度震惊她开口时都有点结巴：“你……和他……你们……”

“是的。”也许真的醉得深了，May 的脸颊红红的，“我离开乌克兰的时候，把所有的照片都烧掉了，这么多年了，有时在梦里看见他，离我那么近，清清楚楚，每一根眉毛都看得清，可睁开眼睛，再回忆他的样子，却越来越模糊，越来越模糊，我居然没有留下一张他的照片，连一张他的照片都没有……”

她试图走得离照片更近一些，脚下却踉跄了一步，季晓鸥赶紧搀住她，犹自听到她的喃喃自语：“他让我忘掉他，往前走。可是怎么可能？我怎么可能忘了他……”

季晓鸥察言观色，没敢胡乱接腔，只能小心地托着她的手臂：“May 姐，你醉了，我让高总送你回去。”

这顿晚餐，因 May 突然情绪低落而匆匆结束，高阳几人要赶回 A 城。

季晓鸥送他们出门。将 May 扶进高阳的车里，她凑近了低声道：“May 姐，那张照片，我替你翻印一张。”看一眼前座的高阳，她将声音压得更低，“你放心，不会让他知道的。”

May 转过头来，灯影下却眼神清明，似乎并无醉态。她笑了笑：“谢谢你，我想我不需要了，有些人记在心里就可以了。我会过得好好的，因为我知道这是他希望我去做的。”

车开走了。季晓鸥目送他们逐渐消失在无边的夜色里，四月的春风卷着饱满的水汽，撩起她额前的头发。一些人在经历，一些人在失去，原来世间心里有故事的人，很多很多。而每一个心里有故事的人，似乎都经历过同样的孤独与无助。眼里布满绝望，心中却又充斥着新生的希望。

她在“三分之一”的旋梯前站了很久很久，直到收到一条 May 的短信：亲爱的姐妹，我终于明白神为什么会安排我与你相遇。感谢你。我会尽力帮助你，上苍也会保佑你心想事成。

那天晚上，季晓鸥没有回 A 城，就在办公室的床上凑合了一夜。半夜醒了再睡不着，她打开桌上的电脑连上网络，却看到一个意外的消息：检察院已对“特大杀人碎尸案”做出了起诉决定。

她对着发布这条消息的帖子呆看了很久很久，始终没有勇气点开下面的评论看一看。她已经好久不敢上网了，但也能猜到那下面一万多条评论都是什么内容，那些让人无法承载的来自陌生人的愤怒或者恶意。

第二十一章

我想为你放弃一切

周律师将检察院的起诉通知书放在严谨的面前。

严谨没有拿起来，只是低头就着桌面看了一会儿，然后在送达回执上草草签字，轻轻反推回去。周律师伸手按住，两人彼此沉默地对峙。头顶的日光灯冷冷地照下来，严谨腕间的手铐反射着亮光，触目地闪了一下。

最终严谨先开了口："就这样了？"

周律师说："你应该明白，这是必然结果。"

严谨干笑一声："必然的结果，不应该是真凶落网吗？"

周律师低下头，避开他犀利的眼神，沉吟了一会儿才说："你的家人正在争取被害人家属的谅解书，如果拿到那个，或许你能等到你想等的那一天。"

原本表情淡然的严谨一下激动起来："谅解什么？我没有杀人，要什么谅解？周律师，我没有杀人，我不接受这种有罪辩护方式。你知道我做过军人，在我这儿，子弹命中目标叫成功，没有就是失败，不会有折中的路线。"

周律师摆摆手，示意他冷静："开庭还有一段日子，你可以再考虑考虑。我建议你做出决定的时候，不仅考虑自己，更要考虑你的家人。"

严谨不说话，头疼似的扶住额头，半天没有出声。

周律师开始收拾东西："你好好想想，等我下次来，告诉我你的决定。"

严谨抬起头，不过是瞬间的工夫，他的眉梢眼角就像是突然老了几年："周律师，能借我支笔吗？"

"你想写什么？"

“给家人交代几件事。您放心，不会有明令禁止的内容。”

周律师犹豫片刻，还是取出纸和笔递给他。

大概好久没有用笔写字了，严谨握着签字笔，笔尖在纸上抖了半天，都没有落下去。他咬着笔头愣了一会儿，终于开始一笔一画地写下去。

周律师侧头去看，原以为他要写给父母，没想到抬头却是“晓鸥”两个字。周律师轻轻抬抬眉毛，十分不以为然。

严谨头顶像长着眼睛，一边写一边说：“你是不知道，有些事我只能交给她，交给我们家就全白瞎了。”

拿着严谨这封信，严慎翻来覆去看了好几遍，最后叹口气：“唉，傻得让人无话可说。”

她拿起手边的电话，拨通了季晓鸥的手机。

季晓鸥此刻正在返回的路上。停在路边接了电话，严慎的要求让她皱起眉头，“我还有很多事要处理，不方便往西边去，有什么事不能电话里说，或者就近找个地方见面？”

严慎却说：“是我妈想见你，我的面子你不给，老人的面子总得给吧？”

季晓鸥犹豫一下：“好，我过去。”

季晓鸥赶到严家，严慎和保姆正用轮椅推着母亲在院子里晒太阳。严谨母亲已经脱离了危险期，但是恢复并不是很好。不仅失去了语言功能，而且左半边身子无法动弹。看到季晓鸥出现，她的情绪忽然激动，呵呵叫了几声，似乎认得她。

严慎在母亲膝前蹲下，握住她的手，“妈，你看，这就是我哥的女朋友。很漂亮是吧？家庭也很好，父母都是医生，我哥这回是认真的。您一定得尽快好起来，他们还指着您将来给他们带孩子呢！”

老太太又呵呵了几声，用能够活动的右手焦急地拍打着严慎的手背。严慎便朝季晓鸥招招手：“来！”

季晓鸥踌躇片刻，还是走过去，也蹲在轮椅前。严慎将她的手放进母亲的手心。

老太太歪着一侧颈部，眼睛看着季晓鸥，打量了半天，随即把手伸进膝盖的毛毯下面，哆嗦地找着什么。严慎替她掀起毛毯，拿出一个手掌大的红木盒子。

“是这个吗？”

严谨妈点点头。严慎打开木盒，里面露出一个通体翠绿的玉镯。

“给她吗？”严慎指指季晓鸥，一脸不情愿的表情。

严谨妈再点点头。

“这……”季晓鸥一下子慌了神。让她假装女朋友安慰一下老人没问题，可严谨妈这是拿准儿媳的待遇待她，但她和严谨之间，还什么承诺都没有呢。

她站起来往后退：“阿姨，这不合适，还是等严谨回来再说吧。”

严谨妈“啊啊”几声，显得很不高兴。

严慎赶紧把季晓鸥拉回来，用一种哄小孩口吻柔声道：“妈，人家还是小姑娘，害臊呢。您看着，我帮您给她戴上。”

她紧紧攥着季晓鸥的手腕，暗暗使劲握了几下示意她别动。

季晓鸥只好站着，由着她把玉镯套上自己的手腕。那玉镯绿得如一湾春水，一看就价值不菲。

严慎拉起季晓鸥的手，展示给母亲看。严谨妈点点头，对女儿，对季晓鸥都吃力地笑了笑。虽然这个只有一半的笑容看上去十分诡异，但是季晓鸥却能感觉到其中的欢欣与如释重负。

严慎朝一边的保姆使使眼色，让她马上过去吸引老太太的注意力，然后扯着季晓鸥迅速离开。

两人走到不远处的凉棚下。季晓鸥一边走一边将玉镯撸下来，交给严慎：“你收好吧。”

严慎并没有客气，小心地接过来放回木盒，将盒盖盖上，随后讪讪地说：“这是我姥姥留下的传家宝……”

季晓鸥不客气地打断她：“我明白，你不用解释。”

严慎的脸上有一丝恼怒一闪而过，但她很快控制住了，拿起石桌上的一个文件袋：“这是让你来家的主要目的。我哥已经把‘三分之一’转换法人的手续都办好了，这里面是所有公证材料，什么时候你有时间，周律师那边会派人跟你去趟工商所，然后，‘三分之一’就是你的了，恭喜！”

季晓鸥打开文件袋，将文件抽出一半看了看，又推回去收好。抬起头望着严慎，她笑了笑：“你这种态度真的让我很困惑。我不知道是什么原因，让你对跟你不一个阶层的人，有这么深的成见。你是严谨的妹妹，那就是我姐，我愿意尊重你，可是我必须告诉你，接受‘三分之一’，我不是图这份财产，而是为了严谨，为了帮他保住一个对朋友、对兄弟的承诺。他回来那一天，就是‘三分之一’物归原主那一天，请你放心！”

严慎挑起眉毛：“好的，希望有机会证明是我错了。”她取出一张对折的A4纸，“这是我哥刚从里面送出来的，给你的，我当然还希望你别辜负他的信任。”

季晓鸥原本镇定的表情顿时消失了，接过那张纸时手指都在发抖，她展开对折的部分，扑面而来的，果然是严谨那张牙舞爪的笔迹。

晓鸥：

废话不提，有几件事交代，务必帮我完成。

第一，之前A城看守所有个叫马林的死刑犯，请你帮我给他父子俩买块墓地，把他爷爷送进养老院。

第二，替我去看看湛羽的妈妈，有什么需要一定满足她，另外阻止严慎逼她签谅解书，我不需要这样的谅解书。

第三，将来“三分之一”如果有盈余，帮我设立一个基金，帮助家庭有困难的学生完成学业，能帮几个是几个。

第四，保险柜里那份遗书，如果我被执行了，把它交给我父母。这些天我想了很多，你说得对，我用最不合适的方式，糟践了从部队回来的这十年。那份遗书是我在部队最后一次执行任务前写的，假如那一次真的“光荣”了，其实是最好的结束。就让他们当作这十年，从来没有我这个人。

晓鸥，回头找个正经男朋友，好好跟他过日子。不用担心我，比这更难挨的日子我都挨过。忘了我。就这样吧，再见。

严谨

季晓鸥看得手簌簌地抖，抖得那张纸哗啦哗啦响。从这些简洁的字句中，她已经看出了诀别的意思。

她把食指塞进嘴里，用力咬下去，指间锥心的疼痛传进大脑，这才勉强让自己镇静下来。将A4纸珍重地放进文件袋，她抬起头：“你有湛羽妈地址或者联系方式？”

“所有资料都在周律师那儿，包括那个小杀人犯叫什么马林的。”

季晓鸥点点头：“谢谢，再见！”

严慎却笑着说："不用急着走嘛，还有件事儿我刚忘了告诉你。你知道吗？湛家到现在共收了社会捐款三百多万,一分钱都没落到他妈妈手里。他爸爸和你那个前男友，因为分赃不均，现在各雇了枪手在网上对骂，你可以上网看看，甭提多热闹了。"

季晓鸥看着她："这跟我有什么关系？"

严慎说："回答你的问题啊。你不是问我，为什么会对不是一个阶层的人有成见吗？这不是成见，这是事实。"

季晓鸥冷笑一声："我必须纠正你，这不是事实，这是你戴了有色眼镜以后的严重偏执。"

说完，她就扭头逃一样地离开，走出好远还气得胸口起伏不定。假如不是为了严谨，她完全没有必要，也无论如何不会接受这样的羞辱。

从周律师那儿得到湛羽母亲李美琴的地址，季晓鸥费了好大劲才找到她现在住的地方。那是一栋位于南城的平房，大杂院里大概住着七八户人家。院子中间横空拉着几根铁丝，搭满了衣服和被子，她得从那些花花绿绿的内衣下面穿过去，才能到达正房的走廊。留意一下院子里的环境，虽然杂物甚多，所幸还算干净。

李美琴住在东边一间厢房里，季晓鸥站在门口，举起手犹豫了很久，才终于扣起手指，在门上轻轻敲了敲。门里有人应了一声，接着是轮椅在青砖地上滚过的声音。门开了，季晓鸥见到的，是一个前额鬓角头发雪白的李美琴。

李美琴仰着头，眼珠是落在来人的身上，可是季晓鸥感觉到她并没有认出自己，因为她脸上的肌肉没有任何波动。假如她认出了自己，不会如此平静。林海鹏既然在这个家里出没过，以他的脾气，不会不把季晓鸥和严谨的关系告诉给这家人。

季晓鸥仔细地观察她，然后明白了原因。李美琴的眼睛已经看不清前面的东西了。

"阿姨。"她怯怯地出了声，"我是季晓鸥。"

她预备着李美琴发怒，让她滚出去，可是李美琴只是嘴角抽动了一下，然后挪动轮椅往屋子里走："进来吧，外面风大。"

季晓鸥跟进去。她没敢往椅子上坐，只敢离李美琴远远地站着，打量着这房间里简陋的一切。房间里家具简单，只有一张床，一个简易衣柜，几把椅子，靠窗还有一张半旧的书桌，上面放着锅碗瓢盆。房间虽然局促，但是通风和日照都比原来的房子好，四壁刷得雪白，至今还能闻到淡淡的石灰水味道。一张镶有黑纱的湛羽遗照，挂在五斗橱的上面，橱柜上除了供着香炉和两盘水果，还有一个四四方方的布包裹。从尺寸上目测，应该是一个骨灰盒。

季晓鸥仰头看着照片，清秀的少年亦安静地望着她，那些细节渐渐模糊的回忆，在这一刻都翻涌而来。她放下手袋，走到五斗橱前，点起一炷香插进香炉，低头默默祈祷了一会儿。

当她做这些事的时候，李美琴挪到了床边，费力地歪着身子，在床褥下面四处摸索，像在找什么东西。季晓鸥走过去："阿姨，你找什么我帮你好吗？"

李美琴坐直身体，朝她招招手："小季，你过来。"

季晓鸥走近两步，在她面前蹲下，将手放在她的膝盖上："阿姨，我在这儿。"

李美琴摸索着握住她的手，将一张硬硬的卡片放在她手心里："这张卡你拿走吧。"

季晓鸥低下头，自己手里摊着的，竟是一张银行借记卡。

"这……这是什么？"

"卡里有十八万，是上次住院，你们拿过来的，拿走吧，我不需要。"

"可是，这钱是给你做手术用的。"

李美琴脸上现出一丝凄凉的微笑："那时候我拼命想活下去，是为了小羽。小羽都不在了，我活着还有什么盼头？我不需要钱，钱不是什么好东西。如果不是为了钱，小羽也不会走上那条路。拿走吧！小季，以后你也别再来了。"

"阿姨……"

"小季，我知道你是个好姑娘，可是看见你，我就想起那个凶手。这张卡我怕丢了，怕被小羽爸爸找到，所以藏在褥子下面，每天晚上，它都像块烙铁一样，烧得我睡不着。一想起这些钱是害了小羽那个畜生给的，我就恨不能把它剪得粉碎。走吧，小季，带着这张卡走吧，别再让我看见你！"

"阿姨你听我说，这里面绝对有误会。严谨不会害小羽，他不是坏人，他干不出那种事……"

"我的眼睛虽然快要瞎了，可我的心没有瞎。"李美琴打断她的话，"我要等着，我要睁着眼睛，亲眼看着凶手被执行死刑。”她的眼睛缺乏神采，可是却闪动着异样的光芒。她的声调并不高，语速也很慢，可是一个字一个字吐出来，每一个字都似附着刻骨的仇恨。

那张银行卡被季晓鸥紧紧攥在手心里，四边像刀刃一样，简直要切进皮肉。她慢慢站起身，点点头：“好，找到真凶以前，我不会再来。”

那天的天气很好，室外春阳和煦，花木葱茏。季晓鸥坐进驾驶室，却觉得周身寒冷，手指冰凉。握着方向盘的手指收紧了，关节指甲全泛了白。她一动不动地坐了好久，才从手袋里摸出手机，找到 May 的电话号码拨了出去。

“May 姐，麻烦你帮我演场戏好吗？我认识的人里，只有你最适合扮演白富美，请你帮我定时给她捐助一笔钱。”

May 安静地听她说完原委，然后说：“可以，这场戏我可以帮你演，但是她如今了无生趣，你确认她会接受一个陌生人的捐赠和资助吗？”

季晓鸥斟酌了一下用词，才回答：“有句话，我知道说出来可能很不合适，如果冒犯到你，请原谅。May 姐，你当初是怎么走过最难受的那段日子的，请用同样的方式帮帮她。”

May 在电话那头沉默良久，然后说：“好。”

当季晓鸥回到“三分之一”，拨动保险柜号码盘的数字“040812”时，她又想起了 May。其实她对 May 的故事充满了好奇，但是她能看出来，对 May 来说，那恐怕是一处今生无法碰触的伤痛，任何试图揭开旧日伤痕的举动，都显得过于残忍。有些人会把痛苦当作生命中的一部分收在心里，否则他们自己都会怀疑自己是否爱过。她也想过，假如遇到同样的事会如何？她想了很长时间，觉得自己仍然会像奶奶去世时一样，歇斯底里地发泄完心中的悲伤，便站起来擦干眼泪再尽可能快乐地活下去。绝不会把自己埋在往事里不肯自拔。人不能永远活在记忆里，你总要和过去告别，向未来前进。

季晓鸥在“三分之一”整整待了一个星期没有回 A 城。和高阳公司的协议已经签订，价格给得还算公道，但她必须保证一个星期后的慈善晚宴完全符合对方的要求。

她要做的事情很多，从海鲜进货、酒水购买一直到厨房配菜，每一个细节都亲自盯着，生怕照顾不周出点什么纰漏。又因为高阳告诉她，靠

May 帮忙，晚宴的最后一个节目，临时改为唱诗班的演出。季晓鸥站在一层的大堂里，怎么看都觉得店内原来豪华冰冷的装饰，带着都市纸醉金迷的奢侈味道。于是她紧急联络了一家窗帘供应商，以加急的速度生产出一批欧式布幔。

到了晚宴那天，布幔一悬挂起来，一层大厅的格调顿时改头换面，让所有人都大吃一惊。柔软的布幔遮挡住线条冷硬的镜面与罗马柱，雪白的桌布上陈设着黑色的枝形烛台，大厅的灯光被调暗了，烛台上竖着婴儿手臂粗的蜡烛，烛光闪烁，将黑暗与光明的界限变得模糊，整个店堂仿佛幽深华丽的宫殿。尤其到了唱诗班的节目，跳跃的烛光映照着女孩子们光滑的脸庞，风琴声悠扬动听，歌声婉约悲悯，柔软如丝绒，摩挲着黑色的夜晚，摩挲着那些在都市中被磨炼得坚硬无比的神经。几乎所有人都放下了手中的酒杯或者手机，这歌声有种奇特的感召力，让他们恍惚自己似乎丢失了什么。这份失去无以名状，一下一下仿佛把人的心都掏空了。

季晓鸥在这一刻悄悄退了出去，一个人慢慢爬上了顶层的甲板。海面上风很大，撩起她的长裙，黑色的剪影像一面飘扬的旗帜。大厅的歌声隐隐约约传来，仿佛是来自云层深处的声音，缥缈深远。

“严谨，你看到了吗？”她对着 A 城的方向喃喃自语，“我做成了！‘三分之一’的生意一定会恢复，你放心。上苍不会抛弃我们，你也一定不能放弃，我相信一定会有真凶落网还你清白的一天。”

这个晚上过去之后，一度式微的“三分之一”竟然真的奇迹般恢复了活力。参加慈善晚宴的客人包括不少大公司的高层，也有政府机关的官员。“三分之一”别致的氛围，以及菜肴的精致新鲜，给他们留下了深刻的印象。由此口口相传，上次不良传闻的影响便逐渐消退。虽然相比鼎盛期时每天的流水还有些差距，但是比起前段时间的凄风苦雨，已完全是冰火两重天了。欠了员工两个月的工资，终于偿还完毕，季晓鸥手中也终于有了正常的流动资金。犹如卸下紧箍，她浑身都轻快起来。下面她要集中精力对付的，还是富隆公司的那件官司。富隆的起诉开庭在即，她必须在严谨的案子开庭之前把此事解决掉，她想在法庭上见到严谨时，踏踏实实地对他说一句“放心”。

对付“富隆”公司的方法，是她自己冥思苦想许久，灵机一现间得到的。为此程睿敏夫妇还专门开车来了一趟“三分之一”。因为程睿敏的妻子谭斌，有一位大学同窗在质监部门工作，夫妻俩请他在“三分之一”吃了顿饭，并介绍给季晓鸥认识。

这顿饭吃完之后，季晓鸥就放心大胆地去实施自己的计划了。

“富隆”公司除了长期给几家海鲜餐厅定时供货，在室内最大的海鲜批发市场也设有固定摊位，针对的主要是小型餐厅和市民散客。这一天，市场上来了一个顾客，挨着摊位询问价格，查看水产的鲜活程度，最后他停在了“富隆”的摊位前。富隆的摊主察言观色，听到一口口音，便知是外地人。待攀谈一会儿，这人自我介绍说刚开了一家饭店，主营海鲜，正在寻找合适可靠的水产商长期合作。摊主以为遇到了潜在的大主顾，赶紧递上印有公司名字的名片，将富隆的海鲜品种和质量吹得天花乱坠。那人也就频频点头，最后现场买了几千元的海蟹、鲜虾和扇贝，又交代说三天后会再来上货，这才带着半车的海鲜离开市场。

三天之后，这个人再没有在市场出现过，但是“富隆”的摊位却因为甲醛与丁香酚严重超标而被查封了。

用福尔马林保鲜，用丁香油水门汀延长水产的存活时间，在海鲜市场简直就是公开的行业秘密，“富隆”公司的老板陈富隆一听始末就明白自己是被人给坑了。他理所当然地认为暗箭来自同行，正在四处打听到底是谁出卖了自己，焦头烂额地找人时，季晓鸥出现了。

依然在那家广式茶楼，桌子上全是餐具，她只好将一份刚刚打印出来的起诉申请书轻轻地放在陈富隆的膝盖上。那上面白纸黑字写着“三分之一”起诉“富隆”公司供应的海鲜产品不符国家食品标准，要求赔偿“三分之一”一切损失。

陈富隆低头看了一会儿，等看明白了纸上的内容，他姿势没变，只把眼睛挑起来瞪着季晓鸥：“是你干的？”

“没错。”

陈富隆将申请书重重地拍到油腻的桌面上：“你活腻味了？你想干什么？”

“跟你谈条件。”季晓鸥并没有被他眼中的凶光吓住，而是不紧不慢地回答，“陈叔，咱明人不说暗话，我这么做也没别的意思，就是想告诉您，我的反起诉立案以后，咱两家的两个案子就拧在一起了，我这个案子不判，您这个案子也不会结束。但是这种质量官司，不用我提醒，您大概也知道，不打个一年半载的它扯不完。您要愿意耗着呢我也不反对，不过这事要是上了报纸，我倒没什么，就是换家供应商的问题，可是您的富隆，就不好说了吧？李国强再厉害，就算他能控制这整个海鲜批发市场的价格，可他不能强迫其他餐厅从一家质量有问题的批发商那儿进货。就凭他名下那两家半死不活的海鲜餐馆，您觉得能养活您公司里那么多兄弟吗？我打听了一下，您和他也不是至交，何必要做这枉死鬼呢？”

陈富隆一把把那张纸拂到了地上，随之应声落地的，还有七八个碗碟。有一只汤碗砸在季晓鸥的脚边，摔得粉碎，汤汁溅得她一裤脚都是。季晓鸥只是缩缩脚，依旧神色镇静，并未有丝毫惧怕的表示。

陈富隆扯扯衣服领子，表情还是狰狞，声调倒意外地降了下来：“你想谈什么条件？”

季晓鸥笑一笑，知道他理清形势开始服软了，于是坐正身体：“第一，撤诉。第二，我们签份还款协议，五个月之内我负责还清你的欠款。”

陈富隆冷笑一声：“我撤诉了你就能还钱？当我三岁孩子，哄谁呀？”

“就您说过的，欠债还钱，天经地义。我还要在这地面上混呢，不会拿自己的名誉开玩笑。五个月，从下个月开始，每月五分之一，九月底还清。协议生效的日期，从您撤诉的时间开始。您若愿意庭外和解呢，我们马上就可以签这个协议，您若执意打官司，那也没关系，我全程奉陪。”

陈富隆盯着她看了半晌，“你拿什么让我相信你？”

季晓鸥从皮包里取出一份红皮的房产证，打开来把正文那一页朝向他：“这是我名下的一套房产，市值三百五十万，我们可以去做抵押公证，假如到时我不能按时还钱，房子就是你的。”

陈富隆接过房产证，仔细辨别了一下真伪，又扔还给她：“那我接下来的生意呢？”

“只要您以后的货保证甲醛和丁香酚低于质检标准，还愁没生意吗？”

陈富隆不出声了，只把一条腿架在另一条腿上，眼望着季晓鸥，不停地抖动着垫在下面的那条腿，抖得椅子一直吱吱作响。季晓鸥知道他在思考，在权衡利弊，也就声色不动地耐心等待。

陈富隆终于放下腿，一拍桌子：“成交！”

季晓鸥朝他伸出手：“陈叔，您是明白人，又打扰您早餐了，抱歉！”

陈富隆看都没看那只伸到面前的手，只是磨了磨牙，站起来朝门口走过去，一边走一边喊：“埋单！”

季晓鸥第二次看着他的背影从人群中穿过，以同样的姿势从门口消失，略有些得意地笑了。解决了陈富隆，就等于把“小美人”卡住“三分之一”的那只黑手挪开了。只要“三分之一”的生意一直维持目前的状态，她就不怕他再暗中使坏。

自我陶醉了一会儿，她从牛仔裤的后兜里掏出几次嗡嗡作响的手机，低头看了一眼。然后这一眼，却让她脸色大变。

短信是美容店的一名顾客，也是方妮娅的邻居发来的：小季，妮娅跳楼了。16 层。

季晓鸥眼前一黑，手机“砰”的一声落在地上。路过的服务员捡起，交还到她手里，她机械地握紧手机，连声谢谢都忘了说，站起来拔腿就往外跑。.

高速路上，一直开车小心谨慎的季晓鸥，第一次把车速提到了每小时 120 公里以上。想起最后一次见到方妮娅的情景，渐渐眼角有泪泛上来。

她把车开进方妮娅家的小区，离得老远就看见她家院门敞开着，门口停满了车，其中还有两辆扎眼的警车。

季晓鸥停好车走下来，却在方家的门口犹豫地停下了脚步。隔着院子她都能听到客厅传来的撕心裂肺的哭喊声。她按住胸口，不敢再往里走了，只觉心口处一阵阵犯恶心，背上全是冷汗，太阳穴里像有个小锤子在不停地敲打，砰砰砰……

她闭上眼睛，有些纳闷这突如其来的恐惧与厌恶来自何处。直到有人在她肩膀上轻轻拍了一下。

“小季，你怎么啦？”季晓鸥回头，身后站着给她发短信的那位邻居。

“你脸色怎么这么难看？到我家来喝口水吧。”她挽起季晓鸥的手臂。

“为什么会出这种事儿？妮娅姐不是有保姆一直看着吗？她从什么地方的十六层跳下来的？”季晓鸥手捧一杯热茶，却依旧像身处冷库一样打着摆子。

“她家原来不是有个旧房子吗？现在空着。”邻居叹口气，“夜里她趁着保姆和她老公都睡了，自己开车跑到那儿去，就……就跳下去了。什么话也没留下。听说是因为严重抑郁症。警察查了半天，结论也是自杀。”

从邻居家出来，季晓鸥回到车上，一个人傻坐了半晌。一遍遍回想着和方妮娅最后一次见面的细节。最后她打开工具盒，取出那张餐巾纸，摊在膝头细看。

方妮娅留下的这个号码，究竟代表什么意思？电话号码？十个数字，手机号码与固定号码都不可能。银行卡号？她跟方妮娅无亲无故，她留个银行卡号给她干什么？

季晓鸥仰起头冥思苦想，将自己试图代入方妮娅的生活，她的生活圈子里究竟还有什么东西和数字有关呢？身份证号码？社会保险号码？上网密码？微信号？QQ号？QQ？等等，她一下捧起餐巾纸，仔细看数字以外的那两个圆圈，两个圆虽然画得歪歪扭扭，那两个小尾巴并不明显，可是从笔画的顿挫来看，它们的确是存在的！

季晓鸥耳边像听到一声炸雷，有几十秒的时间她忘了自己身在何处。等回过神，她扔下餐巾纸，挂挡，踩油门，小"宝来"一下子冲了出去。

回到公寓楼下，她停好车，一溜小跑上了电梯，又从电梯一路跑进家门，喘着气打开了电脑，登录QQ，输进那十位数字，开始搜寻。

网络慢得她心焦，其实搜寻时长不过十几秒，她却感觉像几年一样漫长。QQ的小窗口终于出现了搜寻结果。她凑上去定睛一看，心脏差点从嗓子眼跳出来。按这个号码搜出来的ID昵称，叫作"上帝的弃儿"。

上帝的弃儿？去年生日的时候，她和湛羽在泰国餐馆吃饭，她记得湛羽曾亲口说过，他就是一个上帝的弃儿。

季晓鸥从椅子上霍地站了起来。这个号码难道就是湛羽的QQ号？

她简单的思维一下子没办法接受如此复杂与诡异的事实。她要仔细想一想才能明白，为什么方妮娅要在临终前特意把湛羽的QQ号留给她。难道方妮娅是想告诉她，这个QQ号里有什么重要的秘密？如果这个数字是有意义的，说明当时方妮娅其实神志清醒，所有的疯狂举动很可能都是假的，目的只是为了引开保姆的注意力，将餐巾纸交给她。那么她又为什么要装疯呢？

季晓鸥定定神，退出自己的QQ，回到登录页面，重新输入这个疑似湛羽的QQ号，然后用湛羽的生日试下密码，被系统拒绝了，密码错误。这在她的意料之中。撑着额头想了想，她转去这个ID的QQ空间。空间竟然没有加密，还留有为数不多的几篇日志。她从最下面随便点开一篇开始看。

3月16日 晴

原来世界上真的还残留着美好的女性。姐姐这个称呼，叫起来这么美。

4 月 8 日 阴雨

脏。恶心。接过那笔钱时，恨不能一把火烧掉，把我自己也烧掉，世界就干净了。姐姐，你是这世界上最后一缕阳光。

5 月 14 日 晴

她最终不知道。幸好她不知道，他没告诉她。姐姐，我开始讨厌你，因为我讨厌我自己，在你面前我总是更加讨厌我自己。

7 月 5 日 多云

姐姐，我很害怕，我不知道能不能逃过这一劫，我觉得我要死了。以前我不怕死，死是解脱。可看着你，我害怕死。因为我将去的另一个世界，一定没有你。

7 月 19 日 大雨

最恨的人居然帮了我。恨，因为他对姐姐的企图，因为他们这种人生下来就什么都有，而我，一无所有。

9 月 20 日 晴

明天是你的生日。我多想跟你面对面说这句话。姐姐，我爱你！我想给你一切，可我一无所有，我想为你放弃一切，可我又没有什么可放弃。

9 月 21 日 多云

原来如此。都是假的。在她眼里，我脏、贱、臭，什么都不是。曾经无比信赖的铠甲，翻卷起来，变成一把刀捅进心脏。梦醒了。那就这样吧。

空间日志到此为止，再没有下文。

季晓鸥发现支撑自己分量的那根脊骨软了下去。现在是她整个人瘫坐在椅子里。已无须置疑，这个号码和 ID 的主人，就是湛羽。她在为自己的迟钝而难过，那寥寥几段日志，每一个字都带着尖利的刺痛，令她感觉如万箭穿心。在去年那个生日之前，在湛羽的真实身份揭穿之前，她认为他好看、脆弱、干净，需要呵护与关爱，那个生日之后，她认为他自暴自弃、自甘堕落，不值得同情与帮助。她想了那么多，可从来没有想过，这个孩子竟然会爱上她。假如她能早点察觉他的心意，假如那个晚上她说的话没有那么伤人，假如她能再多点关心与耐心，他的命运会不会因此改写？

她伸出双手捂在脸上。手指是冰凉的，脸颊却是滚烫的。过去的一切如决堤的洪水，冲破了记忆的闸门，一点一滴地清晰起来。而自己就像一叶惊涛骇浪中的小舟，被命运的激流拍打得粉身碎骨。她没有力气站起来，更没有力气流眼泪了。只剩下一个念头盘旋在她的心头：方妮娅的死是不是和湛羽被害有关系？

她一定要设法找到真相。这一次不仅仅是为了严谨，也为了湛羽。

季晓鸥上网搜了一个强力破解密码的软件装在电脑上。可是黑客这行当，并不是人人都能做的，她努力了两个小时，只能承认自己在这方面没有天赋，要想破解密码，必须找专业人士帮忙。

而她熟悉的 IT 界人士，只有程睿敏一个。

程睿敏接到季晓鸥的电话时还在工作，回话的时候他下意识瞄了一眼电脑右下角的时间，已经是晚上十点四十了。妻子因为怀孕早已休息，他一边通话一边站起身轻轻掩上书房的门。

“晓鸥，你确认那是个 QQ 号，而且和被害人有关？”

“是的睿敏哥。”季晓鸥回答得非常肯定，“我百分百能确认。”

程睿敏想了想，然后说：“你等等，我先打个电话，再联系你。”

季晓鸥听话地挂了电话，乖乖地等他回话。程睿敏的回电来得很快，间隔不到十分钟。

“晓鸥，告诉我你的地址，我这就过去。”

季晓鸥吓一跳：“不用了哥，你就教教我怎么用就行。嫂子怀孕需要照顾，这么晚了你不用过来。”

向来稳重平和的程睿敏这一刻显得不容置疑：“家里我会安排，把你地址发个短信给我，等我过去。”

程睿敏到达时已经夜里十一点半了。他进门便拉开椅子坐在电脑前，一句废话都没有。

季晓鸥瞅着他一通忙活，电脑屏幕上终于出现了黑色的任务窗口，字符闪动，开始进行密码匹配。他这才抬起头，对她说：“晓鸥，麻烦你，有咖啡或者浓茶帮我弄上一杯。”

季晓鸥没有动，只是看着他：“哥，为什么对这个号码这么紧张？”

程睿敏将额头抵在手背上，似乎不想回答这个问题，过了半晌才说：“有可能专案组至今没有找到被害人的电脑和手机。”

“就是说，这个 QQ 号，可能会有价值？”

“不知道。打开看看才能知道。”

季晓鸥盯着跳动的屏幕看了一会儿：“这需要多长时间？”

“要看密码有多少位，组合是不是复杂，可能马上就能破解，也可能会耗上十几个小时。”

季晓鸥低了头。其实有个问题搁在心里，她一直想问，但不知道是否合适，犹豫半天还是问出来了。

“志群哥，他……他还好吗？”

程睿敏看上去十分疲倦，原本在闭目养神，闻言睁开眼睛上下打量她，然后问：“你指什么？”

“那个电话……”

“OK。”程睿敏立刻打断她：“你也知道，再完美的程序，都是人编出来的，总会有漏洞……他应该要离职了。不过你不用担心，他学那个专业，出来总会有口饭吃的，不会比之前差到哪儿去。”

季晓鸥低头玩弄自己的手指：“严谨若是知道连累了他，会很难受的。”

程睿敏却笑了笑：“你们女孩子，不会了解男人间的感情。有很多事，需要义无反顾。在做那件事之前，将来会付出什么代价，志群他比任何人都清楚。”

季晓鸥耸耸肩：“好吧，你都这么说了，我必须得承认我是小女人，不懂你们这些大男人天天都想些什么。哥，我想再问你件事。”

“说吧。”

“我认识一个姐姐，她好像认识你二哥，而且关系好像还挺深。”

“谁？”

“严谨叫他‘老二’，那就应该是你二哥吧？”

程睿敏的眼睛眯了一下：“是的。”

“那个姐姐，其实我不知道她真名，但她的英文名字，叫 May。她跟我去‘三分之一’，见到你们仨那张小时候的合照，不知为什么就哭了，还哭得特别伤心……”

说到这里，季晓鸥忽然噤声，因为和几分钟之前相比，程睿敏的神色似乎瞬间就暗下来，变得有些惨淡。

季晓鸥识趣地不吭声了，过了一会儿，才听到他静静地回答：“这故事太长了，还是等严谨回来，让他从头讲给你听吧。”

“哦。”季晓鸥答应了一声，再不敢提这个话题。两人都沉默地盯着电脑屏幕。正在这时，忽听“叮”一声响，程睿敏立刻弹直了身体。

“密码解开了。”接着他摇摇头，“原来这么简单，这是日期吧？”

季晓鸥定睛去看屏幕上小小的数字，19860927。她的生日。湛羽的QQ 密码，居然是她的生日！

她握着鼠标的手像被钉子钉在桌面上一样无法移动分毫。她想自己当初是多么愚蠢，竟然对这份钟情毫无察觉。他说“我才不做你弟弟呢”，他说“你要吗要就给你”，这许许多多的暗示，她却完全忽略了，难怪严谨会骂她，说他从没有见过像她一样迟钝，像她一样不解风情的女人。

程睿敏等着她点开页面，却半天不见动静。他拍拍她的肩膀：“晓鸥，怎么啦？”

季晓鸥回过神来，强作镇定道：“没事儿。”

她打开 QQ 的页面，输入 ID 和密码，QQ 顺利地登录上去了。

程睿敏指点：“先看好友列表。”

鼠标移到了好友列表处，鼠标键轻轻地“咔嗒”一声，列表打开了，两人几乎同时“喔”了一声。好友列表密密麻麻一长列，至少有五六十个网名挂在上面。

季晓鸥一下趴在桌上：“我的天哪，这么多人，聊天记录一页页看过去，这得看多久？”

程睿敏站起身：“咖啡放什么地方？我去冲两杯。”

当他起身的时候身体明显摇晃了一下，幸亏立即伸手按住桌面，才没有摔倒。季晓鸥见势不妙，赶紧扶他坐下。

“睿敏哥，真不好意思！”她满心愧疚，“我都忘了你身体一直不好。要不你先回去休息，这些东西我自己看就行了。”

“你别听谭斌瞎说。”程睿敏摆摆手，“没事儿，刚才就是起猛了。两个人看能快点。”

季晓鸥却不肯干，将他放在桌上的手机和 U 盘都塞进他上衣兜里，用力拉他起身："你快走吧，别害我了。不看你自己份儿上，还有嫂子肚子里的小家伙呢。你要有点什么事儿，回头嫂子会骂死我！"

程睿敏无奈地往门口退："那你也休息吧，明天再看，不急这一时半会儿。"

"知道了知道了！"季晓鸥将他推出门外，然后关上门。

程睿敏在外面敲门："要是有什么发现马上通知我。"

"知道啦！"季晓鸥在门内拉长声音回答。

那一夜季晓鸥并没有休息。送走程睿敏，她泡了一杯浓茶，回到电脑桌前坐下，点开好友列表中的第一个名字，翻开通话记录开始浏览。然而只看了三四页，她便站起来，走到了窗边。因为实在看不下去。聊天记录中的内容太露骨，这个名叫"上帝的弃儿"的人，这个言辞挑逗到赤裸裸没有底线的人，根本不是她认识的那个湛羽。

她定定神，喝口茶，又咬着牙坐回原处，点开第二个人的记录。大同小异的内容，不过湛羽和这个人关系比较熟，她看到湛羽同对方撒娇，要求对方给买最新型号的苹果电脑才肯见面。

她慢慢地，一个人一个人点开，一页一页地看下去，一杯一杯喝着苦涩的浓茶，那个她从来不认识的湛羽，就在这些过去的文字里，一点一滴地，变得通体透明，毫无隐晦。

到了凌晨四点，她累得实在支撑不住，眼睛也干涩得看不清东西了。她站起身，打算上床去歇一会儿。就在她转身的刹那，听到 QQ 消息的提示音。

她一回头，就看到电脑屏幕上跳出一个对话窗口，有人问她：你是谁？

"你是谁？"

季晓鸥又慢慢地坐下来。对话窗口的上方，显示着对方的网名：禁爱无悔。她点开好友名单看了一眼，这个名字的确在列表靠下的位置。可是这句问话，却给她强烈的不安感。之前看了那么多聊天记录，已经让她明白，这个 QQ 号其实就是湛羽的一个小号。看得出来，湛羽很谨慎，个人信息隐藏得十分严密，与他现实中的学生身份毫无交集。也就是说，能知道这个"上帝的弃儿"已经不在人世的人，应该很少很少。但对方看到亮起的头像，上来就问：你是谁？显然他知道，如今坐在电脑对面的，已经不是原来那个"上帝的弃儿"了。

季晓鸥没有立刻应答，而是点开两人的通话记录，只看了几行，她的心就开始扑通扑通狂跳。湛羽和这个“禁爱无悔”的最后一次对话，发生在去年十二月二十四日下午两点五十分。

上帝的弃儿：咱们分手吧。

禁爱无悔：为什么？

上帝的弃儿：你根本没有爱过我。

禁爱无悔：胡说！我把命都快给你了。

上帝的弃儿：你的命我才不稀罕。我想要的你又不给我。有人要追杀我你又保不了我。没意思，我不想玩了。

禁爱无悔：你晚上过来，我们再谈谈。

上帝的弃儿：晚上和别人另有约。

禁爱无悔：那就来过夜。我给你准备了圣诞礼物。

看到这段对话，季晓鸥紧张得气都透不过来了。这就证明，湛羽遇害之前见过的人，除了严谨，还有另外一个人。如果这是真的，那么公安局专案组关于严谨杀人的证据，可能就立不住脚了。她预感到自己开始一步步接近湛羽被害的真相，潘多拉的盒子就要打开。

“你不知道我是谁吗？好健忘啊。”小心地敲出来这两句话，她的手指悬空在键盘之上，想了又想，终于落下去，落在回车键上。

那头立刻有了反应，像是一直在等她的回答。

“你到底是谁？”

“我们彼此的身体很熟的呀，才四个月不见，你就忘了我了？”

这一次“禁爱无悔”没有回应。

季晓鸥接着写下去：“咱俩上回见面，是去年平安夜，你还送了我礼物。都忘了吗？”

对方依然没有回应，但是头像还是亮着的，窗口上方显示对方正在输入，过了好久好久，才送过来一句话：“你想干什么？”

“我不想干什么，就是想你了呗。”最后她还打上一个花心的符号。

对方仍然坚持问：“你想干什么？”

季晓鸥盯着屏幕看了半天，才回答：“我需要很多很多的钱。”

这一回“正在输入”的状态再次持续了很久很久，窗口上终于跳出来一句话："见面谈。"

季晓鸥答："可以。"

"今天晚上。"对方接着扔过来一个地址，"×× 商厦 ××× 西餐厅，晚上九点半。"

季晓鸥点开地图搜了一下，那个商厦的位置虽然略微偏僻一些，可是周围有超市、有居民区，人流量不小，应该还算安全。此刻她一心想揪出那个 ID 后面的真人，生怕他反悔，立刻答道："好。"

对方说："那餐厅墙上有幅油画，是凡·高的《星空》，你坐到那幅画下面。"

季晓鸥回答："不见不散。"

"禁爱无悔"的头像即刻变灰了。

季晓鸥长出一口气，这才一点一点放松下来。此时窗外已是晨曦初露，拉开窗帘，听到几声悦耳的鸟叫，她的心情也随之轻快起来，觉得那清脆的叫声完全是个吉兆。虽然晚上的约会让她忐忑，可是将要为严谨雪冤的希望却压过了满心不安，令她跃跃欲试想找个人分享。在屋子里转了几圈，她还是坐到了桌前，取出一张白纸，给严谨写了一封信。其实她并不确定庭审之前周律师能不能把这封信交到严谨手里，可是此刻她只当她说的话严谨都能够听到。严谨的那封信让她十分担心，她不想看到他在真相大白之前精神和意志先垮掉。

写完信，她像是卸下一桩心事。将信纸折叠好，放进一个空白的信封，写上"周律师转严谨亲启"的字样，预备着过两天和周律师一起去工商局时把信交给他。

上午九点，估计程睿敏已经起床上班了，季晓鸥给程睿敏发条短信：我已发现疑点。

程睿敏立刻回短信：如果方便，你到我公司来，我等你。

对着那份聊天记录，程睿敏反反复复看了无数遍，然后说："从你俩的谈话看，他是把你当成了讹诈他的人。这个人很聪明，你一提平安夜，他就立刻反应过来你是知情人。"

季晓鸥点点头："对啊，我本来还想装装鬼魂吓吓他呢，但他一问我想干什么，我就知道他根本不信。"

程睿敏合上电脑，看着她："晚上的见面，你打算怎么办？报警吗？"

季晓鸥的眼神充满了矛盾与犹豫："我一直在想这个问题。你说就凭这段聊天记录，只能证明这个人和湛羽约过见面，至于他们的见面是在严谨之前还是严谨之后，到底有没有见面，都不知道，我拿这个去交给警察，他们会当回事儿吗？我就怕一拖延或者出点什么岔子，让这个人吃过味儿来，有了警觉再不肯出现，那可怎么办？反正他已经约我见面了，那我无论如何都得去见他一面。"

程睿敏走到窗前，抱着手臂思索了一会儿，然后说："我去见他。"

"不行。"季晓鸥急得一下站起来，"怎么能让你去？"

程睿敏走过来，按住她的肩膀："少安毋躁。这可能是个很危险的人，你是女孩子，怎么能让你去涉险？"

"可是……"

"别说了，就这么办了。你听着，我们提前过去，我坐在那张油画下面，你找个靠近门口而且便于手机拍照的位置。如果有什么不妥，你立刻带着手机离开，马上报警。"

"哥，真的不行……"

"好了。"程睿敏伸出手臂，不容分说拥抱她一下，"想想严谨，假如这个人是真凶，那严谨很快就能出来，你很快就能见到他，这样多好！"

他的身上只有淡淡的科隆香水的味道，他的肩膀也没有严谨那般宽厚，但却同样拥有令人安心的力量。季晓鸥静悄悄地落下一滴眼泪："有你们在，他真幸运。"

第二十二章

等你回来

那间约定的西餐厅，位于商厦一层的东北角。程睿敏提前到达，将整个环境观察了一遍。餐厅里面是上下两层。一层是咖啡座或者圆桌，下面一层在地下室，有一个空置的酒吧，放置着几张比较私密的沙发座，其余便是洗手间、更衣室和杂物间。

餐厅打烊的时间是晚上十一点，一过十点顾客几乎走光了，整间西餐厅里只剩下角落里两桌情侣模样的客人。因此程睿敏很容易地就在店堂深处找到那幅高仿的《星空》，在它的下面背对着店门坐了下来。

这个点还有客人进餐比较少见，服务生懒洋洋地走过来："先生，我们就要打烊了。"

"我知道。"程睿敏抬起头笑笑，"我在等一个朋友，不会影响你们关店。"

他点了一瓶矿泉水，从餐厅门口的杂志架上随便取了一本杂志，翻开，然后看看腕上的手表，十点二十五。他转过身，朝坐在门口附近的季晓鸥不易被人察觉地点点头。

季晓鸥也微微点头表示自己准备完毕。她的手机录像功能已经打开，镜头正对着门口位置，门口的环境在她的手机屏幕上可以一览无余。而她自己头戴耳机，手持一杯奶茶，装出一副正在观看手机视频的样子。

十点三十分，西餐厅的门被推开，有人探进头来。季晓鸥浑身的神经一下绷紧了，悄悄按下录像键。但那个人只是同门口的服务生聊了两句，听服务生说马上打烊，当即就离开了。

十点三十五分，此刻的商厦内部安静无比，安静到能听见门外由远及近的脚步声。季晓鸥必须以深长的呼吸才能让自己略微镇静下来。可是脚步又由近及远，渐渐消失，不过是个过路人。

检查刚才拍摄的效果，由于光线太暗，人脸都模糊不清，季晓鸥低下头调出菜单，准备调成夜晚模式。

就在她低头的瞬间，西餐厅的门被缓缓地推开了，毫无声息。

一个穿着黑色连帽卫衣和黑色冲锋裤的身影，从餐厅外晦暗的灯光中慢慢地浮现出来。这是个消瘦的男人，身材不高，头戴一顶棒球帽，上半张脸都隐藏在阴影中，但是下半张脸的鼻子嘴唇和下巴都清晰可见。

季晓鸥没有抬头，她从手机屏幕里能清楚地看到这个男人的一举一动。服务生不知道躲哪儿去了，没有人招呼他，他也没有往里面走，只是站在门口，静静地看着，像一座安静的雕像，但隔着屏幕，季晓鸥都能感觉到一股阴冷的气息扑面而来，她的头发似乎一下子全部竖了起来。

她情不自禁扭头去看不远处的程睿敏。程睿敏依然坐着，并没有回头，仿佛对身后的动静毫无察觉。

而那个黑衣男人，开始迈步向前走，直冲着程睿敏的方向。而他要走到程睿敏所在的那幅画下面，必须经过季晓鸥的座位。

季晓鸥按捺住疯狂的心跳，以不易被人察觉的微小动作，轻轻转动着手机的方向，眼睛眨也不眨地盯着镜头中黑衣男人的一举一动。

黑衣男人的身影在屏幕上越来越大，他的五官也越来越清楚。季晓鸥忽然觉得这鼻子这嘴都有似曾相识的感觉，可她的面盲症也同时发作，想不起究竟什么时候见过这样的五官。就在这个时候，好像是帽檐遮挡住了视线，黑衣男人将帽子向上推了推，半个显眼的大脑门乍然出现在季晓鸥的视线里。

她的眼睛一下子瞪大了，下意识地抬起头——

这个人，她居然认识！

她死死地盯着那张脸，浑身上下都似被冻结了，整个颅腔也像是被掏空了，只剩下几个字在里面疯狂地撞来撞去。

是你？

为什么会是你？

这一刻她心中曾经有过的所有死结都打开了。

我明白了湛羽为什么会同你相识。

我明白了湛羽生前去见的最后一个人是谁。

我明白了方妮娅为什么会交给我那个 QQ 号。

我明白了方妮娅为什么会装疯。

她站起来，她想问问他，两条活生生的人命！两条人命啊！为什么？

黑衣男人的注意力原本全在程睿敏身上，季晓鸥突兀的举动令他一下转移了。当目光落在季晓鸥身上，他的脸上也在瞬间现出震惊及不能相信的表情。他的脚步只是迟滞了片刻，随即像不认识她一样，从她身边经过，依然向后面走去。可是他的目标不再是程睿敏，而是向右边拐了个弯，朝着一侧的楼梯走过去。

从那个楼梯下去，就是餐厅的地下一层。

他的步子很快，眼看就要走下楼梯，消失在季晓鸥的视线里。

季晓鸥拔腿追了过去，甚至都没来得及拿起放在桌上的手机。她也忘了旁边还坐着程睿敏。她的心里只有一个念头：不能让他跑掉！小羽，妮娅姐，为了你们我绝不会让他跑掉，不管付出什么样的代价。

程睿敏一直坐着没有回头。他不能让对方还没有彻底现身的时候，就把自己的脸轻易暴露在对方的视野里。

门打开，又关上，毫无声息的静默，渐渐接近的脚步声……他专心地聆听着，攥紧的拳头里慢慢沁出了汗水。

但是没有任何先兆，脚步声的节奏忽然被打乱，随后是楼梯急响，这期间他犹豫了一会儿，思忖该如何对付这突然的变故。等他一转身，却发现身后已空无一人，连季晓鸥都不见了。

程睿敏“霍”地站起来，与生俱来的敏感让他立刻意识到坏事了。

他疯一样冲下楼梯。

地下一层寂静无声，空无一人。他捂着不胜负荷的心脏站在空旷的正中间，大喊一声：“晓鸥！”

没有人回答他。

有冷风从身边穿过，前方洗手间的门帘被过堂风扬起来又荡回去，像是白鸽的翅膀。

程睿敏慢慢地走过去。

洗手间的中间是公用的洗手池，洗手池的上方燃着藏香，一缕青烟在暧昧不明的灯光下盘旋而起，一股闷香直冲人的脑门。左右两边是男女卫生间，都半掩着门。

程睿敏先推开女卫生间的木门，两个隔间的门都开着，两个一览无余的便池，没有任何异常。他退出来，屏住声息轻轻推开男卫生间的门。

然后他看到了倒在地上的季晓鸥。

程睿敏感觉自己像是进入了一场梦境，只不过这场梦来得太突然，他甚至没有时间去辨别这究竟是不是噩梦。

他伸出手臂扶起季晓鸥。她的身体依然柔软而温暖，跟今早被他拥进怀里的那个身体一模一样。但是渐渐地，有温热的液体从他的指缝中流了下来，指间一片黏腻。便池上方打开的小窗，一阵凉风掠过，一股甜腥的气味直冲鼻腔，连浓厚的藏香都遮掩不住的味道。

程睿敏双臂双腿的力气，都似乎被这新鲜血液的味道给抽空了。他从小就为自己对人对事的控制能力而骄傲，但这回的事态却完全超出了他的控制范围，尽管他不知道这一切怎么会变成这样。最终他还是压制住了满心的恐惧慌乱，拦腰抱起季晓鸥往楼上跑去。

这原本是一个春风沉醉的夜晚，却被东城西餐厅的血案撕破了春夜的温柔与旖旎。

警车最先到达了案发现场，餐厅周围都被拦上警戒带。又过了会儿，救护车赶到，但来得早晚都没有区别了。遇害的女孩是被人用薄刃刺中了前胸，刀刃透过肋骨的缝隙直接刺进心脏，送进医院之前其实就已回天乏术。

程睿敏坐在医院的长椅上，浅色西装上到处是大片大片深褐色的血迹。他低头盯着脚下的水磨石地面，仿佛木雕泥塑一般，一动不动。

他的妻子谭斌赶到医院，扶着他的肩膀轻轻叫了一声："睿敏？"

程睿敏缓缓地抬起头，好像不认识一样木然地看着自己的妻子，他的脸显得极其的憔悴，眼窝下有深深的暗影。

谭斌去摸他的脸："睿敏。"

他一把抱住谭斌，脸埋进她的胸口。谭斌听见他呜咽一样的声音："我错了，是我做错了，回头我怎么跟哥交代？"

谭斌沉默地搂紧他的双肩，黯然叹息了一声。两个从小在象牙塔中长大的人，即使都在社会上摸爬滚打多年，深知世界上最不容易控制的，就是人心。但是他们却从未有机会了解，在每个人的心里，在阳光不曾照射到的地方，都有一条寂静的暗河，一旦罪恶滋长，人性的黑暗与残忍，便如幽暗的深渊，永远触不到底线。

季晓鸥的父母凌晨一点左右才得到警方的通知。两人跌跌撞撞地赶到医院，被警察带进了停尸房旁边的解剖室。

季晓鸥静静地躺在解剖台上，露在白布单外面的脸，是干干净净的，安详而平静，更像是沉浸在静谧的梦乡里。

赵亚敏站在解剖台边，俯身唤她的小名：“妞妞？”

她的声音轻而颤，又惊又痛又绝望，伸手抚上女儿的脸颊，触手之处一片冰凉，再也不是她那个温热柔软的妞妞。几十天前，母女两个不过像往常一样吵了一架，没想到再见面，竟已是阴阳相隔，女儿没了，她后半生的日子完全化为乌有。

“妈跟你说的都是气话，妈从来没有真生过你的气……”她摇晃着女儿冰冷的身体，“晓鸥你别这样，你跟妈回去吧，咱们回家去……妞妞，妞妞，妈对不起你……”

窗外幽深的夜色里，竟有都市中罕见的流萤点点飞过，似季晓鸥的魂魄脱离躯壳，挽不回，留不住。

季兆林尽力扶着伤心欲绝的妻子，任凭自己也被眼泪糊了一脸，痛苦到五官扭曲。

白发人送黑发人，大概是每一个为人父母者最难以承受的噩梦。站在他们身后的刑警赵庭辉，眼角也沁出了泪花。他朝旁边的警察使了个眼色，后者点点头，两个人一起走出了解剖室，走到程睿敏面前。

“你就是现场的目击者？”赵庭辉问他。

程睿敏点点头：“是的。”

“派出所的笔录我已经看了，你认为这宗案子和另一个案子有关联？”

“对。”

“那麻烦你跟我们去趟市局，再做一个详细的询问。”

程睿敏站起身：“我愿意配合。”

根据程睿敏的询问结果，以及湛羽QQ中的聊天记录，警方高度怀疑西餐厅案的实施者，在湛羽被害案上同样有重大嫌疑，拟将两案做并案处理。分局很快便将季晓鸥在西餐厅被害一案移交给“特大杀人碎尸案”专案组。

专案组调取了商厦的监控录像。从录像中能够看出来，疑似凶手的黑衣男人显然对商厦和西餐厅的环境十分熟悉，从停车场进入餐厅，他并未进入置有摄像头的电梯，而是从安全楼梯进入商厦一层。安全楼梯恰好是商厦里没有布设摄像头的监控死角。餐厅门口的监控虽然摄下了他的身影，但摄像头位置太高，他又带着长檐的棒球帽，此处拍到的画面，竟然没有一张能完全看清他的面容。

至于季晓鸥追到餐厅地下室以后发生的事，程睿敏也没有亲眼看到，警方只能依据残留的痕迹做了个现场模拟。两人似乎曾在男厕所门口有过短暂的停留，随后季晓鸥被拖入男厕所。凶手显然对人体解剖十分熟悉，一刀毙命，那一刀的位置正对心脏，没有一丝偏斜。杀人后他立即打开男厕上方通风的窗口爬出去。窗外是停车场里一个拐弯处的死角，堆着大厦清洁人员平时难以用到的梯子和竹扫帚等杂物，很少有人或者车往这个方向来。监控录像中的黑衣人从窗口爬出来以后，便将连帽外套的帽子拉起来盖住了头脸，眼看着他消失在一辆车的后面，自此这套黑衣黑裤再也没有在商厦的监控录像中出现。

如此严密的行为，让作案现场几乎无迹可查，说明凶手是一个极其谨慎小心、思维清晰的人。实际上，连身在现场的程睿敏都没有看到疑凶的真实面貌，他也不明白本来说好的方案，为什么季晓鸥见到那个黑衣男人，会立刻追下去。但幸好，季晓鸥在追赶疑凶的时候，并没有来得及收起自己的手机，所以这部留有疑凶录像的手机，很幸运地没有落到他的手里。

从季晓鸥的手机里，警方提取到还算清楚的疑凶截图，虽然拍摄的角度从上至下，人的脸略有变形，但五官还算清楚。

看似紧锣密鼓，按部就班，但警方步步紧逼的侦查活动也只能走到这里。最关键的问题是：没有人认得照片中的人。虽然按照现场情况的模拟，警方猜测季晓鸥很可能与疑凶相识，但程睿敏、季晓鸥的父母，她身边亲近的人都不认识照片中的那个男人。专案组将疑凶照片下发到下属各个分局进行辨认，但茫茫人海，偌大一个城市到哪里去寻找一个面目模糊的人呢？

即使季晓鸥生前对程睿敏提起过 QQ 号的来历，令警方对已经做出自杀结论的方妮娅自杀案重启侦查，但通过对她周边的重新调查，只能证明她的确患有抑郁症，一直长期服药，并且自杀前的精神状态确实有过异常，并未能锁定任何可靠的证据，未能对侦破季晓鸥的被害案有所帮助。

最后留给警方的选择只有一个：死守那个叫作“禁爱无悔”的 QQ 号。只要他上线，网警就能锁定他的 IP 地址，从而找到这个人。可从那天以后，这个 QQ 号的头像一直都是灰的，再也没有亮起来。

季晓鸥的遗体经法医检验完毕，排除了其他致死原因的可能，经家属同意，将在一周内火化。

火化前夜，季家来了不速之客。

严谨的母亲由严慎和周律师陪着，送来一个木盒。木盒里是一只通体翠绿的翡翠镯子。她用仅能活动的右手，哆嗦地将木盒放进赵亚敏的手里。

严慎代替母亲说话："我妈说，在她心里，早已把晓鸥当儿媳一样看待，这个镯子，是严家留给未来儿媳的信物，她想让这只镯子陪着晓鸥上路。"

赵亚敏看看手中的木盒，又抬头看看他们一行三人，呆滞的眼神忽然起了变化，如同见到洪水猛兽，她扬起木盒狠狠地扔了出去："滚出去！我不想跟你们家有任何关系。如果不是因为严谨，晓鸥怎么会走到这一步？你们还我女儿……"

季兆林悲痛之中还保持着理智，他拦住妻子："别这样！这件事是意外，跟他们没有关系。晓鸥最后那封信你也看见了，也许孩子……也许孩子她也希望这样呢……"

一个白色的信封，上面写着：周律师转严谨亲启。

周律师看完那封信，深深地叹了口气，将信递给严慎。严慎慢慢地，几乎是一个字一个字地读完了，然后她什么也没有说，径直走到季晓鸥的遗像前，深深鞠了一个躬。

"对不起，晓鸥，对不起！"

在庭审前夕，严谨又被转移回 A 城另外一家看守所。同样为安全考虑，他被安排在一间小监室里。说起来他挺幸运，在看守所里几个月，除了因为那场病瘦了七八斤，并没有吃过什么太大的苦头。

检察院最终做出的起诉决定曾让他难受了几天，可是几天一过，他就又想开了。反正是福不是祸，是祸躲不过，不是还有最终庭审那一关才能决定他最后的命运嘛。对于还没成为事实的事情，他向来懒得多想，想也没用，反而让自己吃不下饭、睡不着觉，他觉得这样太亏待自己了。

这天接到律师会见的通知，他掐指算了算，这应该是开庭前最后一次见面了。让他奇怪的是，这一次狱警只给他戴上一副手铐，并没有再给他戴脚镣。不过他急着与律师见面，只是诧异了一下，并没有顾上分析这种差别对待之中的内涵。当他走进会见室，看到一向衣着散漫的周律师，今天却穿了一套完整的正装，头发梳得整整齐齐，对着他露出一个释然的微笑，他才意识到，似乎有什么转机发生他身上了。

“周律师。”他坐下去，笑嘻嘻地问，“什么事这么高兴？你再婚了？”

周律师没理他的调侃，而是神情郑重地望着他：“湛羽被害一案警方发现了新证据，整个案件的破案方向出现了大转折，检察院已经撤销了对你的起诉决定。”

严谨一下睁大了眼睛，看着周律师——他听明白了，也听懂了。周遭来来往往的嫌犯与警察忽然全都模糊了面目与身形，他眼前只有周律师还是清晰的。

周律师的脸上再次现出一丝微笑：“可能很快你就能出去了，我的任务也就到头了。说起来你家这活儿真不好干，我哪儿是律师啊，整个就一个碎催。”

严谨像是终于反应过来，笑了：“好人总会有好报的。你看看我，不就是个现成的榜样？大难不死必有后福。哎呀，说起来已经是第二回了，老天爷真看得起我。”

“你等专案组真的找到真凶再乐吧。”周律师冷哼了一声。

严谨立刻收了笑容：“说真的周律师，你估计我还得待多久？九月份之前能出去吗？”

周律师摇头：“这可真不好说，看专案组的侦查能力了。不过你为什么惦记九月份呢？”

严谨揉揉头发，似乎有些不好意思：“九月底是女朋友生日，去年我把她生日给搅黄了，今年总要补回来。啊，对了，法人手续办完了吗？”

周律师愣了一下才回答：“没来得及。”

“那也好。要是我能出去，办不办的也就那么回事儿了。夫妻共同财产，还用得着分谁和谁吗？”

周律师望着他，看着原本满不在乎的严谨，脸上居然也会出现羞涩不安的表情，嘴边绽开的微笑中，似乎汇集着千言万语。他看着严谨，眼神中既有矛盾，也有深深的悲悯。季晓鸥临走前留下的那封信，此刻就放在皮包里，他的手伸进去几次，到底也没忍心取出来交给严谨。

湛羽碎尸案与季晓鸥西餐厅被害案的侦查，终于在五月的一天迎来了峰回路转。

因为失踪很久的刘伟，在南方一个三级市里意外被收捕了。这个刘伟，就是让严谨不惜代价从看守所跑出去都要寻找的刘伟。

刘伟在南方隐姓埋名生活了将近半年，因为酒后斗殴被刑拘，接着就被警方查出了他使用的是假身份。顺着刘伟假身份的线索，“小美人”李国强也一并被抓捕。他们被警方很快递解到A城，专案组连夜进行了突击审讯。虽然审讯的最终结果排除了他们在湛羽案中的嫌疑，但是当专案组将季晓鸥生前拍下的黑衣人照片交给他辨认时，刘伟却认出他曾帮这个人“谈过生意”，因为这个人的挑剔和难缠，让他过了这么久依然有印象。这个人，就是湛羽，当年的KK。

审讯中的这个重大收获，令整个专案组都振奋起来，湛羽和季晓鸥的两个案子终于有了确定证据关联起来。拖延了将近半年的碎尸案，也终于有望结案了。

虽然出入酒吧和夜总会的客人，一般都不会使用真名，但刘伟记得他在去年的十月份和那个人通过一次电话。于是刘伟十月份的手机记录被调取出来，一百多个通话号码被一一排查，最后的嫌疑锁定到了一个人身上。一个从来没有进入过警方视线的人身上。

方妮娅的丈夫，陈建国。

所谓天网恢恢，疏而不漏。

一周之后，“特大杀人碎尸案”以及“西餐厅杀人案”宣布全案告破。随之关联的另一起自杀事件也被重新定性为他杀，凶手皆为同一个人——陈建国。

陈建国，这个在亲人、邻居和朋友眼中瘦削、寡言、沉静、努力的好丈夫、好女婿、好搭档，不知让多少人跌碎了眼镜。

他对自己犯下的连环杀人罪行供认不讳，并交代了全部作案细节。在他的指认下，警方在市内多处地点，起获大量被埋藏遗弃的物证，并且搜查了他以妹妹名字买下的一套公寓，那套公寓许久没有人居住，虽然已经过仔细的清洗，但警方还是在那套公寓卫生间的墙上和地板上找到数处喷溅状血迹，经DNA（脱氧核糖核酸）检测，确定此处即为湛羽遇害现场。这套公寓，就和严谨的住处同在一个小区。那么当初警方取证时，为什么监控录像中只有湛羽进入小区的画面而没有他离开小区的镜头，这个问题终于有了答案。因为湛羽从严谨家里离开后，并没有再往别处去，而是拐进了仅仅相隔三栋楼的另一套公寓。

提到杀人的动机，陈建国交代说，他身为家庭长子，妹妹以辍学打工为代价让他上完了大学和研究生，他肩负着全家的希望，自然不可能为所欲为，只能逆着心意娶了方妮娅。直到功成名就，他觉得可以做点出格的事情为自己活一回了。就在这时候，他碰到了湛羽。他对湛羽几乎是百依百顺，但是湛羽却对他若即若离，他都忍下了。直到最后一夜，去年十二月二十四的平安夜，两人彻底翻脸。

当时湛羽家正面临拆迁，湛羽想尽快买套房子带母亲远离父亲的勒索，但是到手的拆迁款离他的要求还差将近三十万。就在那一夜，他离开严谨以后去见陈建国，向他索要三十万。深觉一腔真情被玩弄的陈建国，怨怒之下失去理智，失手将湛羽杀死。这之后他冷静地分尸、抛尸、销毁掩埋其他证物，沉着老练得不像一个新手。那间公寓，从此他再也没有进去过。

而方妮娅的被害，完全起源于一个意外。家中的旧房出租一直由陈建国打理，方妮娅从未插过手。但是因为季晓鸥的需要，方妮娅从他的书房中找到租房合同，与中介联系提前退租，中介却告诉她，他们的系统里现在已经没有这套房子的资料。起了疑心的方妮娅取了房门钥匙直接杀到旧房处，却无意中看见陈建国和一个年轻男人在一起。她这才明白，为什么她数次发现过他外遇的迹象，却总也找不到那个第三者。方妮娅愤怒归愤怒，但并没有失去理智，她悄悄地回家。找了律师开始做离婚的准备。律师教她尽量先找到陈建国外遇的证据。就这样，她趁他不在家的时候，取下他电脑的硬盘，找人破解了他的 QQ，并恢复了已被删除的全部聊天记录。在这些记录中，她震惊地看到了湛羽的照片。拿着这份可以当作上庭证据的厚厚文件，她找陈建国摊牌，或者他净身出户留下全部财产，或者她把所有资料交给律师。

面对威胁的陈建国再次起了杀机，利用药物让方妮娅失去行动能力以后，他伪造自杀现场，用鼻饲管令她服下了大量的安眠药，但因为保姆发现得早被救了回来。方妮娅苏醒以后意识到自己面对的已经是一个失去人性的杀人恶魔，她装作精神失常令陈建国失去了警惕性，并且找机会将 QQ 号交给了季晓鸥。只是可惜，季晓鸥一直没有参透其中的玄机。她等了几天不见救援，实在心急难耐，趁着陈建国和保姆熟睡的时候逃出家门，却被陈建国撞破，挟持到了旧房子里。在那里，她被从十六层的阳台上推了下去。

至于季晓鸥，那天晚上他去赴约，身上带了一张银行卡，也藏着一把手术刀，假装谈条件，实际上是想认准了人再找机会灭口。但他万万没有想到，竟会碰到季晓鸥。从季晓鸥看到他时那一脸的震惊与愤怒，他明白自己暴露了，一时间情绪失控便直奔底层的洗手间而去，那里有他事先看好的逃生路线。可是季晓鸥却跟了过去。她问他："为什么？他们都是你曾经爱过的人，为什么？"

很多天以后，人民法院刑事法庭对此案做出一审判决：陈建国犯故意杀人罪，判处死刑立即执行。记者去采访他，也问了同样的问题："为什么？为什么你对他人的生命如此轻贱？为什么？"

陈建国却没有回答这个问题，而是望着窗外说："终于能睡个好觉了。"

就在陈建国被正式逮捕那一天，严谨终于离开看守所获得自由。

原定的释放时间是上午十点，但他却在凌晨五点半被一辆遮盖得严严实实的囚车送出了看守所，送进了市区。因为看守所门外此刻蹲守着大量闻讯而来的媒体，所以看守所不得不采用声东击西的办法跟记者们捉迷藏。

就在五环的入口处，严谨走下囚车。

天下着雨，他打开车门，夹杂着泥土芬芳的湿润气息一下子灌满鼻腔肺部，隔离带外的桃杏开得累累垂垂，让人顿时萌生出微醺一般的惬意。

他看到路边停着两辆熟悉的车，程睿敏和严慎各撑着一把雨伞站在车前。他们的微笑在他看来比春天的细雨与微风更加动人。

他走过去，嗓子里有轻微的哽噎："小幺！严慎！"

严慎扔掉了雨伞，一下扑进他的怀里，抱住他开始痛哭。他轻轻拍打着妹妹的背："你这个丫头，哭什么呀？从小就这样，高兴也哭，不高兴也哭，都孩妈了，你能不能长点出息啊？"

严慎捶他的肩膀，破涕为笑："从小就是埋汰我，你就不能说句好听的？"

看到旁边的程睿敏，严谨推开严慎，过去给了他一个大大的拥抱。

严谨说："兄弟，我就说了，像我这样的，从来都是祸害遗千年，我不会扔下你一个人。"

程睿敏笑笑，却笑得难以舒展，仿佛有沉重的心事压在心头。拍打着严谨的后背，他低声说："到我车上来吧，我有事跟你说。"

"没问题。"严谨放开他，自己拉开车门，又环视了一下四周，"哎，季晓鸥呢？这么大的日子，她居然不来接我？太不像话了！"

严慎和程睿敏交换了一个眼神，程睿敏微微点头，将严谨推进后座，"你先进去，我慢慢跟你说。"

严谨坐进车里，才发现开车的是谭斌。他皱起眉头："小幺，我妹妹肚子里可是怀着你程家的种，你怎么一点都不知道心疼媳妇儿，让她给你当司机？"

谭斌回头笑笑：“我才六个月，利索着呢，没你想的那么不中用。”

程睿敏这时钻进来，坐在严谨的旁边，对谭斌说：“媳妇儿，快开车吧，别待会儿那些媒体醒过味儿来，再追上来就麻烦大了。”

谭斌答应一声，车启动，轻快地驶上五环，一路朝着市区而去。她听到身后程睿敏压得低低的说话声，也听到纸张窸窸窣窣的摩擦声，是程睿敏交给严谨一封信。她不敢回头，只是从后视镜里悄悄地张望一下。映入眼帘的是一张惨白的脸，眼睛里没有焦点，恍如灵魂已经出窍。她移开视线，不忍再看下去。直到快进四环，程睿敏忽然对她说：“谭斌，路边有麦当劳，你去吃点早餐吧，再买两杯咖啡回来。”

谭斌答应着，在路边找到停车位停好车，头也不回地推开车门出去了。等她吃完简单的早餐，提着几杯咖啡走回来，却隔着车窗看见严谨靠在程睿敏的肩头，双手将一张信纸遮在脸上。而那信纸的中间，有一块湿润的阴影，正在越扩越大。

谭斌不敢开车门，更不敢进去。只是呆呆地望着两人。她从来没有看见过男人无声的恸哭，所以不知道乍然见到竟会令人如此震撼。车窗内的程睿敏抬起头，两人的视线纠结在一起，皆是百感交集的模样，最后程睿敏撩起自己的风衣，挡在严谨的头上。

雨下得渐渐急了，路上有了积水，雨丝落在地上，泛起一个又一个的水泡。碧桃的花瓣在急雨中凋落，红白粉绛，落英缤纷，带着难以挽留的遗憾顺水而去。

季晓鸥被葬在西山一个风景秀丽的墓园里。

严谨蹲下身，将一束白玫瑰放在她的墓碑前。他知道自己来晚了。明知道晚了，却还是要来。因为他居然还希冀着会有奇迹发生，仿佛见不到她的墓碑，她已经离开这件事就不是事实。如今终于面对着她，他听到自己心脏跳动的声音，跳到疼痛，像是被活生生绞碎了。

这时，他听到一个女人的声音问他：“你是严谨？”

严谨抬起头，看到一个身穿白衬衣的清秀女郎正低头望着他。

“你是严谨？”她再次问道。

“是的。您是？”

她将藏在身后的手伸出来，手里握着一束小小的野花，花瓣上还带着晶莹的露珠。她将野花挨着那束白玫瑰放好，然后对严谨说：“我是晓鸥的朋友，专门在这儿等你。她曾托付给我一件事，我要离开中国了，所以把它再交还给你。”她取出一张银行卡，放在严谨的手心里，“交给你了，为她接着做下去。”

严谨托着那张卡，尽管满心迷惑，但这个女郎身上有股奇特的气息，让他一时间语塞，竟不知从何说起。

白衣女郎站起身，年轻的外表，声音中却有着千帆过尽的沧桑：“其实我来这里，是想跟你说句话。一段感情，若没有经历过生活的琐碎，没有经历过现实的磨难，没有被磨光爱情原本的样子，爱，就停在它最美好最纯粹的那一刻，让你一辈子都不会忘记，自己爱过的美好的那个人，他从来都没有变过。其实这样，比起世间太多被时间和现实摧毁的感情，也不算太差。”

她离开了，衣履翩然的背影消失在花间的小径上，仿佛她从来没有出现过。

已是傍晚时分，天边的晚霞烧成一片彤云。严谨蹲在墓前，心里什么也没有想，只是看着，看霞光一点一点明亮又一点一点暗淡，看着成群的飞鸟略过低矮的树丛回归巢穴，看着晴朗的天空从蔚蓝变成了深蓝，又从深蓝变成了墨黑。天还是从前的天，世界却不再是从前的世界，人也不再是从前的人。

他取出季晓鸥最后留给他的那封信。那封信现在皱巴巴的，上面蓝色的字迹被晕染得模糊一片，好多地方都看不清了，可是他清清楚楚地记得每一个字。

每一个。

严谨：

你还好吗？

首先我要告诉你一件事。其实这件事等落实了再告诉你更好，可是我实在忍不住，也许等这封信交到你手里的时候，一切都已尘埃落定。因为，很可能我已经为你找到真凶了，你很快就能恢复清白，恢复自由身，回到我们身边来。你安心等着好消息吧。

你之前让我做的事，跟你交代一下。

第一，马林的爷爷已送进养老院，马林父子俩已入土为安。

第二，湛羽的妈妈现在不肯接受我，但我找了个姐姐替我照顾她。至于谅解书一事，我不想听你的，假如最终必须上庭，我只听周律师的。

第三，基金一事，申请建立程序繁杂，正在进行中。你来负责给它起个名字好吗？“三分之一”的赢利，你完全不用担心，我很能干，替你解决了很多麻烦。我办事，你放心。只是你出来以后要好好感谢我，为它我简直操碎了心。

然后，是我们俩之间的事。这一年多的遭遇，让我看明白很多事。原来生命中并没有永远的相聚，也没有永远的别离。我们付出过的感情、珍惜过的相遇、曾经拥抱着以为可以永远在一起的人，有一天终于还是会失去，还是要无奈说一声再会。我不想等到那一天才发现，我们爱得比自己以为的要深许多。所以，即使你的家庭、你的妹妹，将来会成为我人生路上的荆棘，我也不会轻易放弃你。

此时窗外正是雨后的午夜，新生的绿叶滴着水，风把玉兰的香味送给路人，而我领到的那一份暗香，已足够用来想念你。亲爱的，我想告诉你：我在等你，等你回来。

晓 鸥

每一次打开这封信，他的手就像现在这样微微地发抖。重复了无数次，梦里梦外都经过了，依然会发抖。他想起一年前第一次见到她，她走在他的前面，回头来朝他启齿一笑。他看了她一眼，很长很长的一眼，为她美好的身材和炫目的笑容而惊艳。她那时候很美，他连她当时头发的式样，身上穿的衣服都记得清清楚楚。她走过来告诉他，他的前门拉链开了，他为她漂亮的五官里唯有嘴巴过大而惋惜，可他从来没有告诉过她，她咧开嘴露出白牙大笑的时候，有多么美，她的笑容就像是刚睡醒的孩子。

严谨到现在都记得她那时的笑。他抬起头，睫毛上不知何时沾上了水珠，让他一眼看出去，无论什么，树丛、孤鸟、弯月、群星……看什么什么都带着泪。

初稿 2014 年 3 月 31 日

二稿 2014 年 8 月 10 日

番外

永远有多远
三剑客的青春往事

三班的班主任阎青总是说，高一三班有两匹害群之马。

一匹是严谨，体育特招生，篮球打得非常好，却一直不求上进，从进了高中的大门，成绩就总在倒数几名里徘徊，而且仗着人高马大，什么事都敢出头。打架惹事，顽劣不堪，让人头疼；但是这小孩实诚，没那么多歪歪心眼。

最让阎青头疼的，其实是另一匹劣马，孙嘉遇。

孙嘉遇和严谨不太一样。他是正经考进来的，成绩虽然总在班级十五名左右晃荡，可人长得干净漂亮，又挺会来事儿，所以颇得几个女老师的欢心。比如教数学的陈芳老师，尽管屡屡恨铁不成钢，却总是不忍对他求全责备。但是阎青私下一提到孙嘉遇，就气得牙痒痒。照他的说法，这学生就是一典型的“蔫儿坏”，甭看平时不显山不露水的，可班里一旦捅了什么娄子，你去调查吧，后面一准儿少不了他的撺掇。

陈芳老师便替阎青总结：“拿大白话儿说，这孩子就是个狗头军师，对吧？”

阎青恨恨地回答：“对，这小子就是一狗头军师。”想了想又补充，“您看过《沙家浜》吧？严谨要是像胡传奎，孙嘉遇就是那刁德一！”

这句话惹来其他老师一阵哄笑，陈芳嗔怪道：“小阎，你这有点过了，哪儿有这么说自己学生的？”

阎青“哼”了一声，绷紧脸收拾自己的课本和教案，一时没有接话。

旁边一老师笑完忽然想起一件正事：“哎，我说阎老师，给你提个醒儿，你们班那个尖子生，叫程睿敏是吧，最近你得多留意点。”

“啊？”阎青一下上了心，都走到办公室门口了，又拐回来，“他怎么了？”

这个程睿敏，是班里的学习委员，成绩拔尖，人懂事，又听话，简直就是照着阎青心里理想学生打造出来的模子，唯一的缺点，就是性格有点孤僻，不大合群。不过阎青觉得，学生嘛，只要学习成绩优秀，其他的都可以忽略不计。听到这得意弟子仿佛也有了什么不好的苗头，阎青难免心惊，接着追问一句：“他怎么了？”

“早恋。”那老师说。

“不能吧，这孩子多老实啊！”阎青一点都不愿意相信。

“嗨，我也就提醒你一下，二班的刘蓓，就是天天穿得像花蝴蝶一样的那个女生，你留意一下这俩人儿。”

“什么？”提到刘蓓，阎青立刻信了七八成。身高一米六八的刘蓓，在高一年级实在太扎眼了。这个年纪的女生，因为学校对学生仪容近乎苛刻的要求，同样的校服一上身，再清秀的孩子看上去都像颗土豆，混在一起难以分出甲乙丙丁。可穿在刘蓓身上，硬是比其他人好看。这样的效果，自然归功于她模特一样的两条长腿，还有酷似电影明星宁静一般的长相。

急怒之下，他拔腿就往外走，“这帮臭小子，没一个是省油的灯。”

什么窈窕淑女君子好逑，什么冲冠一怒为红颜，其实说来说去说的都是一件事，男人自古难过美人关。阎青可真不想自己最喜欢的学生也毁在这件事上。

他只顾着大踏步往高一年级的教室方向走，压根儿没听见那老师追在后面叫：“哎哎哎，小阎老师，您可千万别上火，教育学生也要讲究点方式方法。”

那年阎青老师刚满三十岁，正是要热情有热情，要精力有精力的年纪。除了担任三班的班主任，他还同时兼任三班和五班的英语授课。阎青的眉眼，乍看上去有点像当年正走红的四大天王之一，香港的歌星黎明，因此他在女生中的人缘极好，但在男生堆里的口碑，就不那么好听了。男生们私下叫他“阎王爷”，无其他原因，只因阎青的教学方式实在太狠了点，尤其是对男生。

学校的早自习，每天清晨七点二十到七点五十，一三五语文，二四六英语，冬夏无阻。

这天是周二，早自习过后正好连着两节英语课。七点二十五分，阎青背着手在门外站了会儿，对门里面咿咿呀呀的读书声表示十分满意，这表示他一直强调的令行禁止执行得不错，符合他一贯的教学宗旨：班主任在不在都应该一个样。

于是阎青满意地走上讲台，并不说话，只咳嗽一声，眼神威严地在全班同学的脑袋上方扫视一遍。

班主任那深具威慑功能的目光，探照灯一样唰唰扫过，不少学生显然感觉到那眼神的压力，抬起头偷偷打量着阎青，读书声霎时小了很多。唯有后排一个阴阳怪气的声音，依然抑扬顿挫地在教室里回荡："They did not pay any attention. In the end, I could not bear it. l turned round again（他们一点也不注意。最后，我无法忍受了。我转过身来）……"

有学生开始趴在桌子上哧哧笑，阎青的瞳孔立刻收缩成两把雪亮的小匕首，怒目射向声音传来的方向。

那个声音毫不畏惧，最后一句"I can' t hear a word（我一句话都听不到）"，在阎青强自压抑的怒气里，还是极其敬业字正腔圆地收尾，元音饱满辅音清晰，完全符合阎青一向强调的发音原则，只是语气里带着太过明显的挑衅。

阎青苦心营造的凝重气氛被彻底破坏，学生们纷纷回头，拍桌子递小话，边笑边偷看阎青的脸色。

高一三班共有五十四人，七排座位，一排男生、一排女生，每排八人，因为男多女少，所以最后一排只有六个男生。阎青心里的两匹害群之马，孙嘉遇和严谨，就都坐在最后一排。那有早恋嫌疑的好学生程睿敏，也坐在最后一排。

而方才那个声音的主人，就是严谨。

说起严谨这个学生，虽然拿起书本就头疼，却有一个长处无人能及，他在语言方面具有惊人的天赋，模仿起各省方言惟妙惟肖，年前新年晚会上一首《恋曲 1990》更是震慑了全校师生，让不少人都以为是罗大佑原声再现。

阎青深吸一口气，慢慢走下讲台，一直走到倒数第二排的位置，才允许自己的声音在喉头胸腔里开始共鸣，"严谨，站起来！"

他太明白他这帮学生了，就是想惹急了他，看他发怒的样子。他要是真落进他们的圈套，才真是枉为人师表，多吃这十几年的白米。

严谨扭过脖子看看他的老师，态度还是很恭敬的，听话地站起身："是，阎老师。"

阎青背着手绕到他的身后，淡淡问道："你想干什么？"

"我？没想干什么，背课文啊！"严谨对答如流，显然早有准备。

阎青的眼睛眯了眯，冷笑一声，心说还跟我玩心眼儿呢小子？我开始做老师的时候你还穿开裆裤满地乱爬呢！于是他表面上不动声色地点点头："背课文？好啊，好事儿啊，老师成全你。今儿早自习，你就站着背吧，背不完后面还有一节课。"

这下严谨不干了，大声问："阎老师，你这是变相体罚。凭什么？我做错什么了？"

阎青回头笑笑，笑得最后一排几个男生全都毛骨悚然。他们不怕阎青发脾气，就怕他这种笑，他这么一笑，就意味着没什么好事儿，不定什么人要倒霉了。

阎青说："你要觉得一节课时间太短，还有第二节课。"

严谨大怒，粗口几乎冲口而出，却被中途截断了，有人在他的小腿胫骨上狠踢了一脚，疼得他差点叫出声，一回头，见同桌孙嘉遇正冲他做手势，示意他闭嘴。

严谨虽然喜欢在班上充老大，可他只服一个人，就是孙嘉遇，在他面前，严谨总是服服帖帖地没办法撒欢儿。此刻孙嘉遇既然让他噤声，他就只好委委屈屈地站着翻开课本，有一搭没一搭地瞟两眼。

阎青回到讲台上，清清嗓子宣布："把书都合上，统一放在左上角，每人拿出一张白纸。"

讲台下面顿时传来一片低低的哀叹声。学生们照他的要求收起课本，课桌盖噼里啪啦开合的声音大得夸张，借机宣泄着他们心中的不满。

因为阎青阎老师又要听写生词了。

三天两头听写单词，动不动就罚抄单词几十遍，学生的反感阎青不是不知道，但他认为，想学好英语单词量是基础，这是提高英语成绩的最有效手段，现在反感，将来他们就知道感激老师的严格了，阎青并不觉得有什么不妥。

严谨对阎青的话充耳不闻，正撅着屁股趴在课桌上，借着前排同学脊背的掩护，兴致勃勃修炼周伯通的左右互搏之术，忽然感觉衣袖被人拉了拉。他低下头，就见孙嘉遇手心朝上放在桌面上，手心用钢笔写着四个字：要求坐下。

严谨看看阎青，后者正用目光快速扫描着一排排桌面。他略微犹豫一下便明白孙嘉遇的意思，迅速举起右手。

阎青一时间没有注意到他，精气神儿完全集中在最后排靠窗处的程睿敏身上。程睿敏正侧头看着窗外，神色恍惚，脸上的表情分明就是一副魂游天外的样子。

严谨只好提高声音叫一声："老师！"

阎青回过头，硬邦邦地问："什么事？"

"桌子太低，写字儿够不着，我能先坐下吗？"

阎青上下打量他几眼，相比严谨的长胳膊长腿，课桌的尺寸的确小了点，他的嘴唇刚动了动，还没有开口，严谨已经"扑通"一声坐下了，没有一丝迟疑，然后从课桌抽屉里摸出一顶棒球帽扣在脑袋上。

阎青看不惯："严谨你出什么洋相，教室里戴什么帽子？"

严谨咳嗽两声，又装模作样擤擤鼻涕，瓮声瓮气地回答："我感冒了。"

阎青一时找不出什么破绽，只好狠狠剜他一眼，没再说话。

孙嘉遇趴在课桌上，低着头拼命忍笑，直到阎青刀子一样的目光朝他扫过来，他才赶紧假模假样坐直身体，一脸正经地望向阎青，双手却在课桌上向严谨悄悄比出两个"V"字，严谨的报答，是从课桌下狠狠给了他一拳。

两人这点小动作哪儿瞒得过阎青，但他没顾上搭理他们，因为早自习很快就要结束了。所以他暂时放过这两个淘气包，把英语课代表叫到讲台前，代替他念课后生词的中文翻译，而他自己，就背着手从教室前踱到教室后，为的是防止有人作弊打小抄。

阎青自己做学生的时候，也有过不少作弊的损招。自从当了老师之后，才明白以前作弊的行为有多可笑，因为老师在台上居高临下什么都看得一清二楚，认真答题的人和搞小动作的人往往是泾渭分明的。以阎青过去和现在的经验为作弊做个总结，那就是作弊手段是次要的，关键是心理素质，一定要淡定，完全淡定，尤其要真心地告诉自己——我没抄……没抄……没抄……

可惜，能做得到的学生凤毛麟角，再怎么镇定，还是会有蛛丝马迹落在反抄经验丰富的老师眼里。

按说教室后排一向是测验考试作弊的重灾区，今天却安静得异常，也正常得异常。阎青来回走了两趟，看到的都是规规矩矩低头写字的身影，他觉得这未免有些太反常了，而世事反常即为妖，这点他深信不疑。

再走两趟，阎青的注意力锁定在严谨的棒球帽上。过一会儿，整间教室都回荡着阎青愤怒的吼声：“严谨，你给我站到讲台上去！”

于是高一三班目瞪口呆的学生们，眼睁睁看着阎青和严谨一路撕扯着到了讲台前。阎青的目标很明确，就是严谨头上的棒球帽，严谨则拼命挣扎，死死按着不肯松手。

阎青个儿没严谨高，力气也挣不过他正青春年少的学生，可他这回显然是被气得狠了，攥着严谨外套的衣襟，嘴唇哆嗦着说不出一整句囫囵话，一时间脸都白了。

严谨平日一向是天不怕地不怕，但这天班主任失态的模样，不知为什么就让他有点心虚，他看着阎青，不知所措地松开手。

那顶棒球帽被翻过来，在全班同学面前亮相，原来帽檐上写得密密麻麻，全是这次要默写的单词。

阎青把帽子摔在讲台上，终于缓过一口气来，望着严谨讥讽地问：“你翻白眼翻的，不怕把你那六条眼肌累成肌肉劳损？”

学生们里有反应极快的，已经哈哈笑出声，再过片刻教室里叽叽嘎嘎笑成一片。这个作弊的招儿还真算得上新鲜，至少以前没人试验过。

阎青一掌拍在讲桌上，震得桌角的粉笔盒都跳了起来：“笑什么笑？你们有这个聪明劲儿，为什么不肯用在正道上？孙嘉遇！”

这声“孙嘉遇”太过突然，正笑得欢畅的孙嘉遇吓了一跳，笑声戛然而止。

“你也上来！”阎青瞪着他冷笑，“上来，让同学们都开开眼！”

孙嘉遇磨磨蹭蹭走上去，脸上竭力做出满不在乎的表情。

“裤腿撩起来！”

孙嘉遇心头突突直跳，却梗起脖子，色厉内荏地反问：“干什么？”

阎青根本就懒得跟他啰唆，上前一把撩起他的牛仔裤腿，沿着袜子插了一圈的小抄便彻底暴露在光天化日之下。他是在跷起二郎腿大抄特抄的时候，太肆无忌惮，掩护没有做好，被阎青发现了。

“看见没有？看见没有？”阎青气得直喘粗气，再次大力拍了一下讲桌，粉笔灰顿时飞扬而起，“好……好……算你们行……我天天给你们强调单词的重要性，你们就这么对付？你们这是对付谁呢？对付我？值得吗？你们这辈子是为了谁活着，为我？为你们父母还是为你们自己？啊？”

班主任大发脾气，学生们吓得不敢出声，都仰起脸惴惴地望着他，孙嘉遇则抿了抿嘴，把脸转向窗外，教室里一时寂静得让人难堪。

阎青注视着讲台下一张张年轻饱满的小脸，那些或者茫然或者无动于衷的表情，忽然间令他心灰意冷。他垂下眼睛镇定了一会儿，再仰起脸时已经彻底冷静，对两个耷拉着脑袋的学生说：“你们两个站讲台上默写，其他同学我们继续。”

连抓了两个现行，这一次没人再敢虎口拔牙，都老老实实的，或者低头写字，或者抓耳挠腮。

晚自习时的单词测验被批改后发回来了，课代表同时带回阎青的命令：“错一个词的，第一单元所有生词每个抄十遍，错两个的，每个抄二十遍……错十个的，每个抄一百遍……以下类同，明天一早检查。”

这番话换来一片哀鸣之声。严谨旁边一个叫许志群的男生，凑过去搂住严谨的肩膀，按着他的脑袋威胁道：“都被你连累的，老子不活了，跟你同归于尽！错了十一个，每个抄一百一十遍，今晚上不用睡觉了。”

严谨一边挣扎一边笑：“少来，那会儿你抄得不也挺欢实？你运气好，没让‘阎王爷’抓个正着。跟你说，老子更惨，一共错了二十六个。”

许志群嘿嘿笑起来，终于放了手，忽然想起另外一个人来，回头问他：“孙嘉遇，你错了几个？”

孙嘉遇下巴颏儿搁在手臂上，正歪头假寐，长长的睫毛颤了两颤，却只装作没听见。早晨丢人现眼一回，搞得他一天都蔫蔫的没有精神。何况因为昨晚贪看电视剧，没有按时复习当天的功课，所以他的成绩不比严谨好多少，一共错了十八个。第一单元九十多个生词，每个抄写一百八十遍，合起来可就是一万六千多遍！

“你别装睡了！”严谨用力扒拉他的脑袋，“说说，怎么办?‘阎王爷’今儿真邪行，好像疯了，咱还真抄呀？”

“一个字都不抄！”孙嘉遇睁开眼睛，懒洋洋地坐起来，“他这么做，就是体罚，赤裸裸的体罚，上次抄得我手都快废了。我们现在的时间很宝贵，不能浪费在没有价值的事情上。如果我们再次屈服，就是在助长他的歪风邪气。”

“靠！”严谨抓起一本书就扔了过去，“叫你嘴硬！早上你说的，他肯定不能发现，结果呢？”

“你给我滚蛋！”孙嘉遇毫不客气地扔回去，正中严谨的脑门，“要不是你太笨，他怎么会发现？还把我也连累了！”

严谨摸着脑门抽口凉气，合身扑上去压在他身上，用胳膊勒住他的脖子笑骂：“嘿，还来劲了不是？你敢再说一遍？我只要稍微使点劲，你这小脖梗就得‘咔吧’一声折了。”

孙嘉遇在下面挣扎着叫许志群的外号：“胖子，你干吗呢？还不赶紧灭了他？”

许志群哈哈笑着扑上去，将两个人都压在身下。他一百八十斤的体重一压上去，最下面的孙嘉遇差点窒息了。几个人正笑闹成一团，冷不防窗边的程睿敏站起来，一脸厌恶地说：“你们能不能出去闹？你们不想学习别人还要学习呢。”

“哟哟哟哟哟哟，”严谨从许志群的身下抽身站起来，嬉皮笑脸地打量着他说，“什么人嗑瓜子嗑出你个臭仁儿来？找抽呢吧，敢管爷的闲事？”

严谨在班里一贯骄横，不少招惹过他的人都吃过他的苦头，所以除了后排几个死党，其他同学对他一向敬而远之。程睿敏是这学期才调到最后一排来，跟这几个男生的脾气性格都格格不入。他最讨厌严谨，严谨自然也更讨厌他。

20 世纪 90 年代初的 A 城，少男少女最流行的服饰是短夹克、萝卜裤再加旅游鞋，时髦与否的标志，和裤子前襟处的褶子有莫大关系，褶子越多越时髦，最夸张的款式，在裤子里面塞只鸡可能都看不出来，学校里一时间几乎人人都是这样的打扮。只有程睿敏与众不同，除了必须穿校服的日子，他一直穿着规规矩矩的衬衣西裤，黑色软皮鞋擦得干干净净，冬天时便在衬衣外套上深色羊毛衫，雪白的领子翻出来，外面则是一件深灰色的厚呢大衣。相比其他同学裹得像包子一样严实的羽绒服，他永远都是个异数。

严谨老觉得程睿敏就是个不懂时尚的小土包子，不知道著名的 Beyond 乐队，不明白什么是 HIPHOP（嘻哈），也不会玩街机，再加上程睿敏说话时偶尔会带点不易察觉的南方口音，就更有理由让他鄙视这个只懂埋头学习的书呆子。

他以为程睿敏吃不住恐吓，一句话就得被吓退回去，没想到程睿敏毫不示弱，站在比自己高一头的严谨面前，目光坚定地看着他：“现在是晚自习时间，你们不想学习请出去，别影响其他同学。你们这么做叫没有公德知道吗？”

严谨被说得恼羞成怒，气冲冲地撸起袖子：“你是不是真的皮痒欠削啊？想我揍死你？”

程睿敏眼神一冷：“你试试！”

“噢噢噢，哥们儿走一个嘿！”旁边观战的学生开始起哄，教室里响起此起彼伏的口哨声。说起来程睿敏虽然是学习委员，又是老师们的宠儿，但是因为性格过于孤傲，在男生中的人缘不是特别好。可他居然敢去挑战班里的“小霸王”严谨，大家都觉得挺惊奇的，倒是要看看谁能压谁一头。

“严谨！”眼见形势要失控，孙嘉遇赶紧窜过来挡在两人中间，“算了算了，你当心人家告到班主任那儿去，回来你又吃不了兜着走。”

“去他的！我怕他个兔崽子告状？”严谨依然嘴硬，却像被人掐住七寸，气势不由自主弱下去。要说这世上还真有他怕的东西，就是他爸书房里挂着的那根马鞭，据说是当初四野开进A城时期的文物。

“对不起啊！”终于稳住了严谨，孙嘉遇回头冲程睿敏笑笑。

程睿敏扭头看看他，眼神里饱含着冷淡和鄙视，然后不声不响地坐下，翻开课本和作业本，再也没有看他们一眼。

这个轻蔑到露骨的表情让严谨十六岁的心灵深受伤害，气得鼻子都要歪了，以至于过了很长时间他依旧耿耿于怀，见到程睿敏就想上手揍他。那天的放学路上，他便对着死党们抱怨了一路：“要不是你们拦着，我准揍得他满地找牙！”

严谨大哥既然表示愤慨，几个小弟自然责无旁贷地附和，唯有孙嘉遇嘿嘿笑了两声，继续不紧不慢地蹬着车，一边哼着流行歌曲，并不接他的话茬。直到在中山公园门前分手，才拍着严谨的肩膀说一句：“你那法子太笨，那叫引火烧身懂不懂？瞧我的，看我怎么让他生不如死。咱们回见。”

被算计中的程睿敏对此却一无所知，他在晚自习后被数学老师陈芳留了下来。这样的小灶最近经常发生，因为再过半个月，就要开始奥数选拔赛了。

陈芳和阎青的脾气完全相反，什么时候都是和风细雨不急不躁，即使她从来没有板脸发过脾气，在学生中的威信却挺高，甚至有个少年维特的小烦恼也愿意和她谈一谈。

师生两人在高一年级办公室完成当天的功课，陈芳用热水烫了个苹果交给程睿敏，叮嘱他吃完再走，别在路上顶着凉气吃了胃痛。

程睿敏的母亲常年驻外，他自小跟着外公长大，所以对来自女性的呵护总有一种特殊的依恋。抱着那个硕大的红富士，他近乎珍惜地小口小口啃着，下意识想把这温馨的时刻刻意拉长。这倒正中陈芳下怀，她正好也想找个机会和程睿敏聊一聊。她对中学生早恋的态度，并不像阎青那样深恶痛绝，可是程睿敏这样的好学生，如果因为这种事分心影响了学习，实在让人可惜。

陈芳在心里斟酌了一下词句，才小心翼翼地问："程睿敏，听说你最近和二班的刘蓓关系挺好？"

程睿敏似乎被噎了一下，赶紧咽下嘴里的苹果，抬头看着陈芳，那双眼睛黑白分明清澈如水，让陈芳不由分说就软了心肠，立刻补上一句："我就是听说，随便问问。"

程睿敏错开目光，犹豫片刻才回答："陈老师，我没做过坏事。"

如此直接，反而让陈芳难以继续，她笑笑说："老师相信你。老师也是从你们这个年龄过来的，很理解你们，可你们年纪太小，很多事都没有定型，这人生的路长着呢，以后的变化有多大你现在根本想象不出来。该专心学习的时候分心去做别的事，将来你一定会为现在浪费的时间后悔。"

"我没有浪费时间，也没有耽误学习。"半天程睿敏又憋出一句话。

"程睿敏，"虽然陈芳已经把声音尽量放得温和，但语气中多少还是带着点责备的分量，因为她不明白程睿敏的抵触情绪为什么这么大。"老师相信你，希望你别让老师失望。"

程睿敏垂下脑袋沉默不语，只拿手指紧紧抠着那半只苹果，掐得苹果表皮上出现几个深深的指甲印。

"程睿敏？"陈芳疑惑地叫他。

程睿敏还是低着头，过了一会儿，一大滴温热的水珠噼啪落下来，砸在他的手背上。

陈芳吃了一惊，也吓了一跳："你说说你，你可是个男孩啊，老师又没说什么重话，你哭什么呀？"

水珠落得更急，几乎连成一条线。

陈芳一时间简直哭笑不得，这个学生心思一直比较重她是知道的，小小年纪通身上下就带着点拒人千里的淡漠，可她没想到这孩子竟如此禁不起批评。她满怀挫败地取过自己的毛巾，“好了好了，知道错了就好，擦擦眼泪，让其他同学看见多丢人哪！”

程睿敏却一把推开她的手，站起身就离开了办公室，那没吃完的半个苹果，就留在他刚才坐过的椅子上。

程睿敏出了办公室，就直奔水房而去。仲春的夜晚，温度依然很低，水龙头里流出的水冰凉刺骨。当他重新抬起头，满脸淋漓的水迹，早已分不清何处是水，何处是泪。

水滴流入眼睛，热辣辣地生疼，他抬手去抹，身边却有人拽拽他的袖子，递过来一条叠得整整齐齐的手绢——嫩黄色的，隐隐散发着淡淡的花露水味儿。拿着手绢的手，细白纤直，手背上却有四只圆圆的酒窝，一只属于同龄女生的手。

程睿敏低头看看，没有伸手去接，而是转身走了。

他走出很远，寂静的走廊上都只能听得到他自己的脚步声，身后的人并没有追上来。虽然在意料之中，但他的心中却无端地黯然一下，耳边仿佛听到一声微弱的叹息。

教室后面的车棚，此刻空荡荡的，昏黄的白炽灯冷清清地照下来，仿佛一束舞台上的追光，笼罩着程睿敏那辆孤零零的自行车。

他开了车锁，正要骑上去，却感觉车轮不太对劲。弯下腰一看，前后两个轮胎居然都瘪瘪的，已经一点气都没有了。他蹲下身，借着灯光仔细瞅了瞅，发现前后轮胎上的气鼻儿皆是空的，两个气门芯都被人拔掉了。

一向懂事礼貌的好学生，也忍不住爆了粗话。

互拔气门芯一直都是男生间互相报复的最常见手段，此事发生得频繁，又屡禁不止，为了方便学生，学校只好在传达室常年都备着气门芯和打气筒。

程睿敏忍着气将自行车推到大门口，向传达室的大爷借了气筒，装好新气门芯，呼哧呼哧打了半天，车轮依然瘪瘪的不见鼓起，换了前轮，再呼哧呼哧打半天，额头上都累出了一层薄汗，依旧多少空气进去，多少空气出来。最后他直起身，束手无策地愣在当地。

传达室大爷被他的动静惊动，撩起门帘走了出来，按按车胎，经验老到地下了结论：“前后胎恐怕都被扎了，去补胎吧。”

校门口倒是常年有一个修自行车的摊位，但只是白天出摊。程睿敏没有办法，只能将自行车重新推回车棚锁好，准备乘夜班公交车回家。

他沿着校园小径往大门走，没走多远，便听见身后有叮当叮当的车铃声，他以为自己挡了别人的路，就往路边让了让。那辆红色的女式自行车却在他的身后急刹车，车上的人骗腿儿跳了下来。

“程睿敏，你站住！”一个女生的声音。

程睿敏站住了，语气冷淡：“刘蓓，这么晚了你怎么还没回家？”

那叫刘蓓的女生回答：“不是为了等你吗？”

静默了片刻，程睿敏将双手插进外套的兜里，又开始往前走，一边走一边说：“谢谢，以后别再等我了。”

刘蓓轻笑了一声：“程睿敏，你天天这么装累不累呀？我要不等你，你今儿打算走路回家吗？”

“是。”

刘蓓推着车加快两步，走到他的前面：“不如你骑我车回去吧？”

程睿敏终于抬起眼睛，看了她一眼：“那你呢？”

对面的女生生着一张五官深邃的脸，眉眼乌黑，妩媚中带点野性，光滑的皮肤在路灯下呈现出骨瓷一般细腻的光泽。此刻她被程睿敏问得一愣，因为按正常男生的反应，这会儿应该喜动颜色地回答：“好啊，我带你回去。”但是程睿敏偏偏不按常规出牌，他居然问她：那你呢？

刘蓓怔了一会儿，突然生气了，将自行车朝他身上一搡，“我自己走回去！”

说完她就撒开手，急行军一般甩开他，朝前大步走出去。不过才走了十几步，她听到身后传来车铃的叮当声。程睿敏追上来，在她前方不远处捏住了刹车。

“上来吧。”

尽管他背对着她，声音淡得像已泡过十几遍的清茶，但刘蓓已经抿起嘴，胜利地笑了，接着利索地跳上了后座。

程睿敏的父亲和刘蓓的母亲是同事，两家住在一栋宿舍楼里。两人早已熟识，但却是第一次结伴回家。这段日子刘蓓一直在找借口接近他，程睿敏心里明镜一样，但他却不知道如何回应才算合适。他长这么大，从来都没有学会如何去拒绝别人的好意，更不会用生硬的态度去伤害一个女孩，而且，对刘蓓的接近，他并不反感，反而因为少年的虚荣贪享着这点被人喜欢的快乐，尤其对方还是一个引人注目的漂亮女生。

这是一个春风沉醉的夜晚，车轮在柏油马路上沙沙碾过，空气中荡漾着槐花的清甜。心思各异的少年与少女，彼此间最接近的物理距离不过几厘米。埋头骑车的程睿敏，听到刘蓓轻轻哼着一首歌：读你千遍也不厌倦，读你的感觉像三月，浪漫的季节，醉人的诗篇……

刘蓓的声音带些鼻音，有点磁性，有点魅惑，柔软的春风将她的歌声送进他的耳朵，仿佛一根羽毛在轻轻撩拨着他的耳郭，让人不由自主地酥软下去。

程睿敏咬咬嘴唇，及时制止了自己的胡思乱想，然后长长地吐出一口气，将那些不该有的念头都排出了脑海。

终于快要到家了，横在两人面前的是一座铁路立交桥，火车在桥上走，行人和汽车都从桥下穿过。程睿敏及时在下坡前刹住车，对刘蓓说："我要下坡了，你抓稳。"

刘蓓仰起头："我抓哪儿呀？"

"随便。"

刘蓓说："好，那我就随便咯。"

程睿敏尚未反应过来，她已经伸出手臂，搂住他的腰。程睿敏的身体一下绷紧了，仿佛被电流强击了一下。

"你干什么？放手！"他努力想让声音显得严厉一些，可惜紊乱的气息暴露了他的言不由衷。聪明的刘蓓，如何会听不出来他的色厉内荏？

"我可以放手，可我要是从车上掉下来，万一摔伤了，你会每天背我上学吗？"刘蓓笑嘻嘻地问，手臂非但没有松开，反而抱得更紧了。

"会让人看见的。"程睿敏有些恼怒。

"看见就看见了，我都不怕，你怕什么呀？"

"你放开！"

"好啊，我放开。"刘蓓满不在乎地放开双臂，"那你就这么冲下去吧，我摔下去也没关系。"

程睿敏和严谨对峙都能做到毫不怯阵，对着会耍赖皮的刘蓓却毫无办法。他叹口气，无奈道："抱好，我要下去了。"

"好嘞！"刘蓓一边答应一边重新抱住他，因为得意，嘴边笑出了两个小小的梨涡，"这可是你说的啊！"

程睿敏没出声，只是眼角眉梢带上了一点促狭的笑意。接着他支在地上的那只脚轻轻一点，随即撒开双把，将两只手臂像鸟儿翅膀一样张开。刘蓓没想到他会在下坡时玩大撒把，吓得尖叫一声。自行车便载着两人，在她充满恐惧的叫声余韵里，朝着桥下飞速滑了下去。温煦的春风从两人年轻的脸颊边掠过，穿过他们乌黑的发梢，带走的，却是每个人都拥有过的青春无悔，快乐灿烂。

程睿敏家住在一楼，门前有个很小的院子。别人家的院子都用砖墙围起来，只有程家是白色的木质篱笆，并且沿着篱笆的脚下栽满了蔷薇。此刻正是蔷薇盛开的季节，稠密的花叶将篱笆完全遮盖，并从小小拱门的上端垂吊下来，仿佛童话中树林矮人的木屋。

程睿敏推开虚掩的院门，回头看看站在门口的刘蓓，她正扶着车把，眼巴巴地看着他。面对她充满希望的眼神，他发觉自己似乎做了一件蠢事，但已无法挽回。他低下头，用力抿紧了双唇，抿出了左边脸颊上的酒窝。这于他是一个无奈的表情，但看在刘蓓眼里，却更像是一个羞涩的微笑。

于是她满足了，朝程睿敏摆摆手："明天见。"

程睿敏想说的话，一个字都没有来得及出口，就被这句"明天见"尽数堵了回去。他只能被动地望着她离开的背影，人生中第一次意识到，原来单纯的给予与喜爱，也能变成他人心里的负担。

锁好院门，程睿敏从书包里取出家门钥匙，登上几步台阶，正要将钥匙插进锁眼，却听见门内传来一声物体坠地的脆响，接着是他父亲的咆哮声："离婚？你想都不要想，做梦！"

有细弱的女声说了一句什么，然后"砰"一声，又有什么东西重重地砸在屋门上，还伴随着玻璃落地的粉碎声，吓得门外的程睿敏倒退几步，差点从石阶上摔下去。

他捂起耳朵，倒着一步步退下台阶，一直退到院门处。夜风轻轻地吹过，蔷薇的花瓣零落地飘下来，落在他的头顶和肩头。这个童话一般的小院里，却从来没有上演过童话里的情节。自他初二从南方回来，这样的争吵便如家常便饭一般，而且这几年愈演愈烈。

父母间紧张的关系，他也不知道该站在谁的一边。他在下意识中是恨母亲的，因为离婚是她最先提起的，可他又从小异常地渴望她，渴望她能像别人的母亲一样对他多些关注，但她大部分的注意力都在她的工作上，她的目光流连在书本上的时间，也比落在他身上的时间多。而对于父亲，或许他身上继承了更多母亲的基因，或许他从小跟着外公长大，所以，他对父亲始终亲近不起来，感情上总是更多地偏向母亲。

父亲的大嗓门仍在继续，母亲偶尔插几句话，她的声音并不高，但他明白母亲那张嘴的杀伤力，明明那么温柔地吐出几个文雅的词，却往往让人无地自容。这一次，他从母亲的声音里，听到一个陌生女人的名字，和父亲的名字连在一起。他不想再听下去了，打开院门走了出去。

20 世纪 90 年代的 A 城，还没有那么多高楼大厦，没有那么多霓虹灯，春天的夜空，还能看得到银盘似的一轮明月，将水银一样明亮的月光倾泻下来，透过槐树的枝叶间隙，一片一片犹如绵软的白纸，落在他的脚边。

他低着头，负气地用脚尖用力碾着最大的一片白纸，一下又一下，自己都不知道自己在跟谁赌气。直到一个黑影慢慢地移过来，然后一点一点遮住了地上的月光。

程睿敏抬起头，便看见刘蓓站在他的面前，手里捧着一个手提式饭盒。

“你还没吃饭吧？”刘蓓把饭盒盖打开，递过来，“我妈刚蒸出来的包子，趁热吃吧。”

程睿敏将双手插进了裤兜，尽管包子的香味让饥肠辘辘的他垂涎欲滴，他还是摇摇头：“我不饿，谢谢你。”

刘蓓的手缩了回去，再大方再无畏，她也是个女孩。程睿敏刻意疏离的态度，终于让她感觉到难堪。抱着饭盒，她咬紧了嘴唇。

“程睿敏，其实，小学四年级的时候，我爸妈就离婚了。然后，我妈带着我，嫁给了现在这个爸爸。”

程睿敏愕然：“啊？”虽然和刘蓓做了两年的邻居，经常看到他们一家三口进进出出，可他们家和邻居很少交往，所以他从来不知道，原来那个男人并不是刘蓓的亲生父亲。

刘蓓神色黯然地接着说下去：“有两年的时间，那些小孩天天跟在我后面，说我妈是二婚头，叫我拖油瓶，还编成歌谣到处唱。你知道吗？那时候，我想过死。直到上了初中，我换了一所没有人认识我的学校，我们家也搬到这儿，才没有人再那么追着叫我。”

程睿敏迟疑了一下才问：“那你爸爸呢？”

刘蓓把脸转开了，像是一时间不知该如何回答这个问题，过了好半天，她像是整理好了词句，终于开口：“有一年过年，我跟妈妈吵架，我特别想他，就去他现在的家找他，然后，我在公交车站看见他、他现在的老婆，还有一个跟我差不多大的女孩。他们一家三口亲亲热热地站在一起，我上去叫爸爸，他看看我，又看看那女的，皱着眉特别凶地对我说：‘你来干什么？我们要出门，你赶快回家！’从那天起，我就觉得他死了，我爸爸已经死了。”

程睿敏瞬间动容，用自己都没意识到的柔软目光，注视着眼前的女孩。相似的命运，立刻拉近了两人的距离。

刘蓓苦涩地笑了笑：“其实，父母离婚真没什么了不起的，离了反而清净了，省得天天看他们吵架。你看，这些年我跟我妈过得不也挺好？程睿敏，我告诉你，这种事，只要你自己不在意，别人就伤害不到你。”

程睿敏望着她沉默了很久，刘蓓看到他的眼睛里有什么亮亮的东西在闪烁。他嘴唇动了几下，似乎想说什么，又咽了回去，最后他垂下眼睛笑笑，突然问道：“包子什么馅儿的？”

刘蓓愣一下，随即笑逐颜开，打开饭盒盖，拿起一个包子递给他：“瓠子猪肉馅儿的，可香了，你尝尝。”

第二天中午，程睿敏趁着午休的时间，将自行车推到学校门口的修车摊。修车的师傅将前轮内胎扒出来，充好气往水盆里一摁，只见水面上咕噜噜无数串水泡冒了上来。换了后胎，情况一样，把师傅惊得一个劲儿摇头：“小伙子，你这是得罪谁了，多大的仇啊？你瞅瞅，这前前后后的，一共被扎了十几个窟窿！俩胎都废了，全都得换。”

费了将近半个小时，程睿敏才推着修好的自行车返回学校。

在自行车棚里，他把车放在大门口特别显眼的地方，低头锁好车，一抬头，他看见孙嘉遇和严谨站在不远处，看着他交头接耳地说笑。他心里立刻明白了，到底是谁把自己的车胎扎成蜂窝一样。从那两人身边经过时，他的目光在两个人的脸上轮流停驻了片刻，却什么也没有说，径直走过去了。

那刀子一样凌厉的眼神，让严谨和孙嘉遇感觉像各自被剜了一刀，两人顿时就笑不出来了。对着程睿敏的背影，严谨吐口唾沫：“人模狗样的！”

同样盯着远去的背影，孙嘉遇的唇角却勾起一抹含义不明的微笑。他伸臂揽住严谨的肩膀，大力拍了两下，然后说：“这种人吧，都是多收拾几次才能老实，你别着急，咱慢慢来，时间长着呢。”

两人勾肩搭背地往教室走，正好和二班的几个女生迎头走了个对面。

那几个女生看见他们俩，叽叽喳喳的声音蓦然停了，一个个屏息敛气，突然间就变得淑女起来。这份矜持，一多半都是为了孙嘉遇，这个高一年级的风云人物，校篮球队的前锋，在球场上的风头比队长严谨还要强劲，每次比赛时场外的啦啦队，大部分都是他的女粉丝。

女孩们从他俩身边走过，虽然看上去目不斜视，实际上几双眼睛都在擦肩而过的瞬间，偷偷打量着两个人。

孙嘉遇脸上的表情没有任何变化，低低头就过去了。在幼儿园的时候，那些女老师就喜欢争着抱他，他那时虽然吃饭还拿不稳勺子，但小小的心灵却如雪洞一般透亮清楚，不过是因为他长得好看，浓眉大眼再加上无往不利的长睫毛，像洋娃娃一样招人喜欢。长大以后，英俊的五官愈加精致清晰，从小学四年级就开始陆陆续续收到女生的情书，此刻的他，对来自异性的爱慕眼光早已麻木了。而严谨，却被另一处的风景吸引了，看得专注，几乎目不转睛。

在他们前方十几步远的地方，有一个子高挑的女生，正不紧不慢地走着，浅蓝色牛仔裤包裹着两条修长的腿，脚下一双少见的彩色运动鞋，双脚像踩在弹簧上一样，腰肢款摆，步履轻盈，自带一股独特的韵味。

“严谨？”孙嘉遇叫他，严谨充耳未闻，眼神直勾勾地看着前方。

孙嘉遇顺着他的目光望过去，心领神会地笑笑，然后把手挡在他的眼前，连晃了几下：“哎，哎，哎，我说哥哥，你有点出息好不好？”

严谨左躲右闪，好容易扒拉开他的手，眼前的佳人早已不知去向。他叹口气：“货比货要扔，人比人气死。跟这姑娘一比，刚才那几个，简直跟自来水一样……”

孙嘉遇拍他后脑勺：“不就二班的那个刘蓓嘛。看你那色眯眯的样儿，真给哥们儿丢人！喜欢就上嘛，别这么自我折磨好不好？”他大力推严谨，“阿米尔，冲啊！”

严谨被推得向前趔趄了几步，站定后才沮丧地说：“我又不是没冲过，人家眼高，看不上爷。”

孙嘉遇挑起一边眉毛，坏笑了一下：“原来你被打击过了？难怪啊。怎么着，要不要我出手帮你搞定？”

“拉倒吧！”严谨赶紧摇头，“你出手？根据我对你一向的认识，不是我信不过你，我是真怕你搞到最后自己给收了。”

孙嘉遇却不屑地撇撇嘴：“我才瞧不上呢，皮肤太黑了，不是哥们儿喜欢的那一款。”

严谨仰起头“哈哈哈”假笑几声，然后说：“说得跟真的一样。那你告诉我，你喜欢哪款的？”

“看过《东京爱情故事》吗？就像莉香，铃木保奈美那种。”

“什么？”严谨搭在他肩膀上的手臂一下子收紧了，就势勒住他的脖子，“孙嘉遇，你居然敢喜欢日本人？”

孙嘉遇却麻利地一蹲身子，从他的手臂下挣脱出来，嬉笑着撒腿就跑。

严谨没提防这招，正使着大力的上半身蓦然失去了凭靠，众目睽睽之下摔趴在地上。好在他身手敏捷，在更多的路人看到他的狼狈之前，已经挺身跳起来。一边拍打身上的尘土，一边骂骂咧咧：“臭小子，你丫等着！不揍哭你我改你的姓。”

那天下午的一二节课，都是班主任阎青的英语课。一上课，阎青没有像往常一样让学生先打开课本，而是将早上收齐的作业本摆在自己面前，一共两摞。右边那摞他交给课代表下课后分发，左边那摞，他拿在手里，开始一本一本地叫名字。

被叫到名字的学生陆陆续续站起来，大概有十几个，占全班人数的三分之一。

阎青走下讲台，将这十几个人一一打量一遍，然后背着手走回去，拉开了教室门。

“你们都出去。”他的声音不高，却带着不容置疑的权威性，“把昨天没按要求抄写的单词补齐了再回来上课。今天补不完明天接着补，明天补不完还有后天，后天完了还有大后天，你们自己看着办。”

于是十几个没有完成单词抄写的学生通通被撵出了教室。其中大部分是男生，孙嘉遇、严谨和许志群全在里面。

此时正是上课的时间，操场上空荡荡的，他们聚集在校园一侧的乒乓球台处。比较老实的学生，已经唉声叹气地打开英语作业本，开始站着抄写单词。也有不肯认命的，比如严谨和孙嘉遇，一个懒洋洋地侧卧在乒乓球台上，一个双眼放空地坐在旁边的双杠上。许志群平时一向唯两人马首是瞻，虽然摊开了作业本，却眼巴巴地等着两人发话。

“严谨，孙嘉遇，你们俩说，到底写不写？”

孙嘉遇头朝下倒勾下来，让上半身晃晃悠悠地荡在半空中，瓮声瓮气地回答:“不能惯‘阎王爷’这毛病，不、写！一个词都不写！”

“那怎么办？真不上课啊？期中考试完了，马上要开家长会了，回头‘阎王爷’再跟家长告一状，你我不都得吃不了兜着走？尤其是严谨，他爸那马鞭子，还不抽死他？”

孙嘉遇不耐烦地“啧”一声：“你急什么？我这不正让血液回流大脑，正想办法呢！”

几个人说着话，冷不防平地忽然起了一阵狂风，操场边陈年的落叶被吹得团团乱转，尘沙俱起，接着便有稀疏的大雨点噼里啪啦落了下来。

有人惊叫起来，大家都慌慌张张地收拾了东西，要往教学楼处避雨。孙嘉遇却在这一刻，忽然计上心来。他跳下双杠，拦住了跑在前面的同学。

“大家跟我来，我带你们去一个地方，保证又暖和又干净，而且，可能以后再也不用抄单词了。”

“去哪儿啊？”大家七嘴八舌地问，“能不抄单词最好，不过你有什么办法啊？吹呢吧？”

“跟我来就是了。”孙嘉遇一副“信不信由你”的神秘微笑，“反正呢，要是我做不到，你们接着按‘阎王爷’的要求抄单词就是了，今天抄不完还有明天，明天抄不完还有后天，对吧？”

他这么一说，其他学生觉得也是，跟他走一趟不会有什么损失。都是男孩子，又正是胆儿最肥的十六七岁，稍微一忽悠，便都热血上头，呼啦啦跟着他走了，只剩下几个女生远远地跟在后面观望。

孙嘉遇带着大家往前走，但他的方向不是奔着教学楼，而是冲着教师的办公楼。离办公楼越近，身后嘁嘁喳喳的声音越轻，等他在一间办公室门前停下，后面一多半的脚步声都开始迟疑和退缩，恨不能转身就跑。

因为孙嘉遇面前的那扇门，门上面挂着一个醒目的牌子——“校长办公室”。

孙嘉遇站在校长办公室的门前，一时间也有些胆怯，他回头看看自己的同学，发现自己身后忽然空了一片，除了严谨还站在自己身侧，连许志群都下意识地退后，跟自己拉开了一段距离。

他再看看严谨，严谨没说话，反而上前一步，和他并肩而立，并且朝他举起拳头，表达了无论你上刀山下火海，如何作死我都跟着你一块儿的坚定决心。

孙嘉遇感激地点点头，长吸一口气，抬起手轻轻敲了敲门。

里面一个温和的声音道："请进。"

孙嘉遇推门进去，严谨跟在他身后亦步亦趋。两人站在校长的办公桌前，尽量规规矩矩地以标准姿势立正，然后孙嘉遇声音镇定地开口道："校长好！我们是高一三班的学生，今天因为没完成老师超越教学大纲布置的作业，被赶出教室。现在外面下雨，我们没地儿避雨，所以来请求校长，给我们找个避雨的地方，能把老师要求的作业补完。"

校长从面前的公文里抬起头，透过老花眼镜望着他俩："什么作业？拿过来我看看。"看到走廊外淋着雨的学生们，他又招招手，"都进来，进来说话。"

和孙嘉遇他们谈完话，校长当场打了个电话给图书馆，让图书馆的阅览室为学生们暂时开放几个小时，方便他们一边避雨一边补作业。然后，下午自习课的时候，阎青被校长叫到了办公室，倾谈了一个多小时，最后以阎青向校长认错，承认自己的教学方式太简单粗暴，保证以后再不采用类似的惩罚手段而告终。

高一三班的学生们因此大告全胜，晚自习前，大部分男生聚到校外一家小吃店，以汽水代酒，大肆庆贺一番。而孙嘉遇的壮举，则被当作反师道尊严的成功榜样，几年以后还被后面几届的学弟学妹们津津乐道。

但他们此番举动，也有人不以为然，那些和阎青交好的学生，并没有参加他们的庆祝派对，这其中就有程睿敏。大队出发前，有人专门去叫他，程睿敏从书本中抬起头，表情和语气都相当冷淡："我不感兴趣，对不起。"

这话恰好让旁边经过的严谨听到了，他狠狠地瞪了程睿敏一眼，从齿缝里挤出一个冷冷的"嘁"字。

但这个"嘁"字，不幸也被程睿敏听到了，他抬起眼睛看了严谨一眼，那温度也冷得足以让人的脸皮挂上一层白霜。由此两人彼此间的厌恶又各自加深了一层。

当天的晚自习时间，阎青在讲台上讲了几句话，话不多，他也没点名，却句句锥心。

"你们翅膀硬了，有本事了，都会告御状了。行，我认栽。以后我也只会完成自己的分内工作，再不会跟你们呕心沥血。你们爱学不学，随便。我只告诉你们一句话，十年后，我希望你们不要后悔今天的举动。"

最后一句话，阎青的眼圈都红了，他摔门而去的瞬间，教室内的气氛变得十分尴尬。女生中有一些特别崇拜阎青的，便回过头去，对着最后一排的几个男生怒目而视。

孙嘉遇只当没看见那些不友善的目光，若无其事地翻开数学书和作业本，开始写作业。

严谨却十分生气，毫不客气地回瞪着那几个女生，嚷嚷道："看什么看？你们看什么看？我们冒着将来被'阎王爷'穿小鞋的危险为大家争取权益，你们以后再不用抄单词抄到半夜，不感激也就算了，可你们这是什么态度？"

正在低头看书的程睿敏，这时转过脸看着他，声音不大，可是字字句句十分清晰："对阎老师的教学方式不满意，你们可以直接找阎老师提意见。但是背后告人黑状，这种行为只有两个字可以形容——卑鄙！"

孙嘉遇的眼睛，从书本上收回了目光，挑起来斜斜地瞟了程睿敏几眼，又垂了下去。同时，他用力按住严谨的膝盖，阻止严谨跳起来找程睿敏的麻烦。

翌日上午的第三、四节是物理课，出完课间操回来，程睿敏打开桌斗，取出自己的物理课本，却发现被人用胶水一页一页地粘了起来，变成厚沓沓、硬邦邦的一块砖头。他吃了一惊，立刻将桌斗内的东西全取出来查看，发现那里面所有的课本和作业本皆遭遇了同样的惨况。他一本一本地翻着，开始还能维持住声色不动的表情，直到拿出一本封面陈旧的课外书，这是一本霍金的《时间简史》，20 世纪 90 年代初的繁体版。当他发现这本书也被彻底毁了以后，终于气得手指都哆嗦了。

他的同桌想帮他补救，用圆规和钢尺试图拆开那些被粘在一起的书页。拆是可以拆开的，可是被撕开的那页，页边却变得参差不全，仿佛被老鼠的牙齿啃咬过。

程睿敏先是毫无反应地呆呆看着，忽然间像是如梦初醒，扑过去一把抢过那本《时间简史》，转身出了教室。

他这一走，居然两节课都不见人影。向来规矩听话的好学生，竟然逃了整整两节课。

程睿敏的物理成绩一直是年级里拔尖儿的，是物理老师的心头肉。弄明白程睿敏逃课的原因，物理老师一点都没想过追究他逃课的问题，而是下课以后找到阎青，直接将程睿敏的物理课本摔在他的办公桌上。

“你看看你看看，看看你班学生干的好事！”

阎青听明白原委，原本十分生气，但一拿起那本书，他却差点笑出声：“这帮王八蛋，干起坏事来倒有耐心，这一页一页的，要费多少功夫？”

“您还笑呢？”物理老师很不满意，“我跟其他学生打听了，他被整跟你有关系。昨天你不是被校长叫去谈话了吗？程睿敏因为替你说话，跟你班最调皮的那个严谨发生矛盾了。”

严谨？阎青顿时眼神一凛，情不自禁咬咬牙，“行，我知道了。”

阎青不是圣人，虽然在校长面前答应过，绝不会因为孙嘉遇和严谨带领学生告状的举动，对他们两人有任何成见，但是，内心里那点解不开的疙瘩，遇到合适的机会，难免会适时地冒出来让他磨磨牙。

阎青要先找程睿敏谈谈。可是下午的化学课和自习课，他都没有出现。一直到晚自习快结束的时候，他才神色恍惚地现身，同桌跟他说话，他像是什么也没有听见，眼神也是直的，双眼仿佛全无焦点，只是将课桌上的书本、文具全部扫进书包，背起来就走了。

第二天的早自习，阎青一进教室，发现程睿敏的座位依然空着，心里便“咯噔”一声，泛起了十分不安的感觉。以阎青对程睿敏的了解，他是那种少见的能从学习中自己寻找快乐，并能严格进行自我管理的学生。毫无理由的旷课和逃学发生在他的身上，简直和太阳从西边出来一样让人无法接受。

阎青退出教室，站在门外想了想，觉得这事可大可小，但是他认为，作为一个学生，无论发生什么事，都不能自暴自弃到旷课的地步。最后他还是去教导处找到程睿敏父母的工作单位和联系方式，照着电话号码打了过去。

他先打给程睿敏的母亲，那边接电话的人告诉他，孩子母亲昨天刚出国，短时间内不会回国。再打到程睿敏父亲的单位，对方说，老程今天去外地出差了，一个星期以后才能回来。阎青追问，那家里谁照顾孩子？对方回答，老程的孩子自理能力挺强的，做饭、洗衣服一把好手，一向不用大人操心。那边电话已经挂断，阎青还握着话筒发呆，因为他忽然发现，原来自己一点都不了解这个所谓的得意门生。这个看上去家教极好的孩子，原来一直都是自生自灭，自荒自长。

上午第三、四节是陈芳老师的数学课，程睿敏终于出现了。他在课堂上的表现，除了脸色不太好看，其余还算正常。听完陈芳的通报，阎青终于松了一口气，他叹口气说："陈老师，要不您跟他谈谈吧，我……恐怕很多事，他不会告诉我，但可能愿意和您聊聊。"

午休的时候，陈芳把程睿敏叫到办公室，专门给他洗了个苹果，又倒了杯热水给他，温言安慰道："课本的事你不用着急，你们阎老师已经跟教务主任说了，再帮你买一套。"

程睿敏没拿那个苹果，只是端起了那杯热水："谢谢老师。"

"那本《时间简史》，是怎么回事？"

程睿敏仰起脸望着陈芳。少年的皮肤在日光下愈发显出纯净的质感，笼罩着一层茸茸的金芒。那双黑白分明的眼睛里，也是少年的坦诚与单纯。

他说："那本书是回 A 城那年，外公买了送我的。"

"它对你的意义，很不一般，是吗？"

"是。"

"能告诉老师为什么吗？"

程睿敏的睫毛慢慢地垂了下去，他在犹豫。茶杯中的热气升起来，一点点润湿了他的睫毛，这一瞬间他的眼圈在暗影里仿佛泛起了红色。

陈芳屏住声息不敢出声，这个早熟的学生和其他混沌未开的大孩子不太一样，他的心敏感得像一根将断未断的琴弦，此刻她生怕不小心说错一个字，他就会彻底地对她关上心扉。

"陈老师，"他终于开口，声音却低得几乎听不到，"我要是告诉你实话，你不会笑我吧？"

陈芳凝神看了他一会儿，叹口气，拉把椅子坐在他面前，"怎么会呢？你慢慢说，老师听着。"

"从小，我就觉得自己和别人不一样。"程睿敏双手紧紧握着茶杯，用力到手背上的青筋都浮了起来，但他的语气却带着超脱于年龄之上的沉静，完全听不出悲喜，"我三岁时就被爸妈送到南方，我在南方长大。开始的时候，那里的孩子都不跟我玩，因为我说话的口音和他们不一样，因为他们都有爸爸妈妈，可我，只有外公。那些小孩跟我说，一定是因为我不乖，爸爸妈妈才不要我了。很长很长时间，我都不明白那种特别难受的感觉叫什么，只想一定要乖一定要听话，不能让外公生气，不然外公也不要我了，后来，懂了，无论我如何不好，外公都不会不要我……初二的时候，爸妈接我回 A 城，正赶上《时间简史》的第一本中文版发行，外公特意托朋友买了给我，他从小就跟我说，只有科学才能强国。我带着它回了 A 城，把它放在身边，就好像外公坐在身边一样……”

陈芳一直看着他，眼神悲悯。她也有一个十岁大的女儿，她在想假如遭遇这种事的是自己女儿，会怎么样？只是如此想一想，她就觉得心口发闷，不由得站起来，走到窗前。

高一年级的教师办公室都在一楼，窗外就是草坪和几棵茂密的绿树，晃眼间几个身影从窗户根下迅速躲到了树后。陈芳在窗前站了好一会儿，树后那几个孩子就铁了心贴在树后不肯出来，虽然风把他们的衣襟吹得时隐时现，虽然陈芳早就看出了他们是谁。

最后陈芳笑了笑，将窗扇关严，又走回程睿敏身边，“程睿敏，你知道是谁干的吗？”

程睿敏蓦地抬头看了她一眼，又迅速低下头。

陈芳耐心等着他开口，他却说：“我不知道。”

“那你估计一下是谁干的？”

程睿敏放下了茶杯，认真地回答：“估计又不能代替事实，陈老师，我不能胡说。”

如此地不给面子，陈芳没有生气，反而起了好奇之心：“他们总这样欺负你，你难道不想让他们受到惩罚吗？”

程睿敏的眼神飘走了，飘到办公室一个无人的角落里。过了至少四十秒，陈芳才听到他的回答：“没关系。这种事，我早习惯了。”

这句话，让陈芳闭上了眼睛。这一刻她意识到程睿敏的心中，有一个难以解开的死结，而这个死结，她作为老师，完全无能为力。这个孩子的未来，可能会不缺金钱，不缺权势，但是他的心里会永远存在一个黑洞，影响他这一生对感情的安全感。

“那么，你上次哭，是因为，怕我对你失望？”

程睿敏垂下头：“是。”

陈芳深深地叹口气，将手放在他的肩头，“把那本书交给我，周末我去琉璃厂看看，看有没有办法把它复原。”

这场谈话没有任何结果，程睿敏最终也没有供出任何一个人。可是程睿敏不打算追究，并不表示阎青愿意息事宁人。作为班主任，他不能容忍如此恶劣的事件在自己眼皮子底下无声无息地过去。

严谨和程睿敏公开冲突，很多人都看见了，这个事实无可辩驳。借着这个由头，阎青将严谨叫进办公室，旁敲侧击地训斥一通，告诉严谨此刻不惩罚他不代表自己什么都不知道，他和他的狐朋狗友们做过什么坏事大家心里门儿清，这些日子最好老老实实夹着尾巴做人，否则两个星期后的家长会，他们全都吃不了兜着走。

孙嘉遇和许志群在门外等着严谨，眼看他垂头丧气地走出来，两人知道大事不好，瞬间都蔫了。

三个人躲到操场边的小树丛后面，孙嘉遇递给严谨一瓶汽水："怎么回事？'阎王爷'说什么了？"

严谨仰起头，一口气灌了大半瓶汽水，这才说："他还能说什么？剋了我一顿。肯定拿胶水弄书那事儿，程睿敏跟他告状了。"

许志群急着问："那我们呢？"

严谨当胸捶他一拳："胖子，就你丫最不够意思！上回去校长室，死活不敢进去。我告诉你，爷把责任全揽自己身上了，没做叛徒，没供出你们任何一个！"

孙嘉遇一直没有说话，一脸若有所思的表情，好半天才开口道："不对，我觉得你犯了一个错误，你不该轻易就承认了，程睿敏肯定没跟'阎王爷'告状。"

严谨不服气："为什么？"

"你看啊，照'阎王爷'那脾气，他要知道谁干的，肯定不会只剋你一个。他只咬住你，是因为你和那小子有矛盾，很多人都看见了。他没找我和许志群，也没提上回自行车胎那事儿对吧？这证明，程睿敏压根儿没跟他提咱们的恩怨。多明白的事儿，你们想想，是不是这个理？"

许志群真的低下头去想了，严谨却一晃脑袋："管他提没提，反正，我跟他结下梁子了。君子报仇，十年不晚。早晚我得收拾他！"

严谨这话说过没多久，便发生了一件事，让他对程睿敏的厌恶上升到了极点。

那天是一个周五。下午第三节课后，高一年级的男子篮球赛如期举行。当天的比赛，是高一二班和高一三班争夺年级冠亚军的决赛。

严谨和孙嘉遇都是校篮球队的主力，所以高一三班一直是最被看好的准冠军队伍。但高一二班也不是善茬儿，虽没有像严谨和孙嘉遇那样的明星队员，但整体实力不弱，作风强悍，是个不容小视的对手。这场比赛打得艰苦卓绝，上半场结束的时候，两班比分十分接近，46 比 44，三班以一个球的微弱优势暂时领先。

队员们一下场，就被班上女生给包围了，递水的、递毛巾的、道辛苦的，七嘴八舌，莺莺燕燕。球场边还有不少其他年级、其他班的女生，她们中的大多数，都是为了来看孙嘉遇的，学校里喜欢他的女生几乎可以编成一个加强排。他站着喝瓶水的时间，周围此次彼伏的“孙嘉遇加油”声不绝于耳，搞得他不得不转过身，从旁边同学的头上揭下一顶帽子，微微躬身，将帽子从胸前划过一道优雅的弧线，行了一个非常标准的宫廷骑士礼，以答谢她们的支持，周围顿时口哨声和掌声大作。

这情景酸得严谨把整张脸都皱了起来。孙嘉遇一贯良好的女生缘，就是作为好朋友，虽然他从来不肯承认，但下意识中还是十分嫉妒的。他把脸转向另一侧，索性眼不见心静。就在他一转头的瞬间，却看见二班的刘蓓站在不远处，正和他们班上的女生说笑。严谨的心情一下好了起来，运着篮球跑过去，故作老成地打声招呼：“嗨，你也来看比赛？”

刘蓓在学校是出了名的大方，面对有意搭讪的男生，她一点都没有羞涩的意思，反而朝严谨摆摆手：“是啊，你打得真好，难怪是校队的队长。平常没机会看你们出去比赛，今天真见识了。”

这句话令严谨心中开始美不滋儿地往上冒粉红泡泡，他抱住篮球，朝刘蓓豪迈地一挥手：“您瞧好了，今儿一定让您开开眼。”

于是下半场比赛开始的二十分钟，这边，俨然成了严谨的个人技术秀。他一个人共计得了十一分，投篮五次，命中率百分之百，三分球即投即中，于是球场边的三班啦啦队，口号声由“三班加油”渐渐统一成了“严谨加油”。

又一个成功的上篮之后，严谨在一片欢呼声中欢快地绕场一周。他用眼睛去寻找刘蓓，却无意中看到程睿敏手里拿着两瓶酸奶，从人群外奋力挤进来，站在刘蓓的身边。手肘碰碰她的手臂，将酸奶递给她。刘蓓朝程睿敏笑了笑，不知程睿敏说了句什么，她便仰起脸，笑成了阳光下的一朵花儿。

严谨瞬间看呆了，心里如同开了一座醋坊，酸气泡儿咕嘟咕嘟往上冒。就在他愣神的工夫，孙嘉遇跑过来，冲他肩膀狠捶了一拳：“你干什么呢？

还不快就位？”

严谨猛一甩头，想把方才那景象从脑海里甩出去。可是没用，那两人言笑晏晏的镜头，像是幻灯片一样，定格成一个清晰的画面。

队友将球传给他，他接住，一时间竟不知下一步该做什么。那个画面在他眼前闪动，占据了他大部分的视野，眼角的余光似乎看到了一个篮筐，恍惚中他下意识地重复了一个训练过千百遍的动作：左脚迈一步，右脚迈一步，起跳，抬手上篮。球进了！但是，周围没有欢呼声和喝彩声，而是反常的沉默。这份沉默保持了至少半分钟，才如同沸水入油锅，一下子炸开了，炸开的却是一片嘘声和倒彩。

严谨这个三分球，居然投进了自己方的篮筐！

意识到自己投了一个乌龙球的那一刻，严谨简直羞愤欲死，恨不能时光即刻倒流，好让他有机会去修正这个错误。而三班的队友们在几分钟的惊愕之后，倒没有一个人责怪他，反而纷纷过来安慰。这些安慰话对他并无作用，他羞怒交加地捶打自己的脑袋。只有孙嘉遇站他旁边没说话，用力拉开他的手，将篮球塞入他的手中，紧紧搂一搂他的肩膀，然后跑开了。

来自朋友的无言拥抱，让他心里好受了些。随着一声哨响，比赛重新开始了。可是高一三班的运气，以及严谨的比赛状态，好像都随着这个进错了篮筐的乌龙球一起消失了。下半场的后半段，三班的篮筐像是被施了魔咒，篮球一直在和篮筐做亲密的接触，却鲜少真正坠入篮网。三班一路失守，二班则以摧枯拉朽之势，在离终场只剩下两分钟的时候，将比分生生追平。

守在禁区里的孙嘉遇，终于成功地抢到篮板球，接住球的那一瞬，他心中清醒地意识到，这很可能是比赛结束前的最后一次机会，胜负就在此一举了。灵活地闪过对方两名球员的抢断，他迅捷地再次起跳。

意外就在那一刻发生了。不仅是场上的队员，连站在远处的观众，大都清清楚楚地听到“砰”一声大响，接着是一声更为沉重的坠地声——孙嘉遇被对方体格壮实的后卫恶意冲撞，猝不及防之下，从空中蓦然坠落，重重摔在水泥球场上。

有几分钟的时间，他像是失去了知觉，一动不动地趴在场地上。周围的学生全慌了神，连担任裁判的高年级校队球员都吓得忘了吹终场哨。人群拥过去探视，球场上则完全乱套，两个班的球员开始互相指责，言语激烈之处，几个情绪激动的，当场就撕扯起来，被同班同学用力拉开之后，还在跳着脚隔空叫骂。

孙嘉遇终于醒过来，脸上现出强烈的痛苦之色。严谨试图扶他坐起来，但被人断喝一声：“别动他！你千万别动他！”接着一个人挤进人群，用力推开严谨，却是从来没有在人前大声说过话的程睿敏。

严谨看到他便觉得怒气往头顶上冲，大力搡了程睿敏一下，他恶声恶气地道：“你谁呀？你想干什么？”

“你闭嘴！”程睿敏瞪着他，“想让他伤更重你就接着胡来！”

他声音不高，可是却有着不怒而威的气势，居然镇住了严谨，他不出声了。程睿敏也不再看他，蹲在孙嘉遇面前轻声问：“你觉得哪儿受伤了？”

孙嘉遇疼得几乎发不出声音，只勉强用手指了指脖子和肩膀，然后蜷起腿想换个姿势，希望能缓解眼下的痛苦。

程睿敏赶紧按住他的背，示意他不要动，然后抬起头，神情镇定地开始指挥旁边的学生：“许志群，你去校医室把校医找来；刘蓓，你去办公室打电话，打“120”叫救护车；严谨、黄文山你们两个，配合我，扶着他的腰和腿，和我保持同步，给他翻过身。”

他的声音成熟而冷静，令人不由自主地信服与服从。众人鸦雀无声地看着他一手托着孙嘉遇的头颈，一手托在腋下，另外两个人则托着腰和腿，三人合力，小心翼翼地将孙嘉遇翻成仰卧位。

一换成仰卧的姿势，肩膀处的疼痛便减弱了一半，孙嘉遇脸上的肌肉慢慢放松下来。程睿敏却不敢大意，一直单腿跪在他身边，小心托着他的头，直到校医到来。

现场有条不紊的状况令校医有点惊奇。她看了看程睿敏：“你学过急救？”

“没有，书上看来的。”程睿敏站起来，一边拍打着膝盖上的尘土，一边淡然地回答，“他像是颈椎和锁骨受了伤，这里就交给您了。”

说完他便推开前面的学生，头也不回地离开了。对程睿敏来说，他实在难以忘记外公那本《时间简史》的遭遇。肯帮孙嘉遇，并不代表他会原谅他们。

孙嘉遇在医院里做了全面检查，除了锁骨骨折，颈椎也有轻微的错位。他母亲在听完医嘱之后，点着他的脑门说：“算你运气好，幸亏你那个同学机灵，没让你乱动，不然很可能会影响到脊髓的神经和血管。回学校你得好好谢谢人家。以后你就给我好好学习，高考以前不许再去打篮球了。”

孙嘉遇做了个鬼脸，并没有把他话当回事儿。只是那两句关于程睿敏的言辞，让他略微失了会儿神。

而严谨，因为发现自己喜欢的女生和程睿敏关系异常，新仇加上旧恨，他发誓，一定要好好给程睿敏点颜色看看。

孙嘉遇在家休息了一个星期，便带着颈套来上学了。他那群死党，都嚷嚷着要在他的颈套上签字留念。孙嘉遇一边应付他们，一边用目光寻找着程睿敏。

程睿敏还是那副冷淡中略带嫌恶的表情，对他们这边的笑闹声恍若未闻。只是自习课一结束，他便夹起两本书离开了教室。

孙嘉遇跟在他身后追了出去。

程睿敏并没有走远，而是在操场主席台一侧的台阶上坐下，将书本摊开放在膝盖上。但他的精神显然并没有集中在书本上，而是托着腮，呆呆地望着眼前的操场。晚饭与晚自习之间的短暂空隙，学生们正可了劲释放一天积攒下来的多余能量。他看得如此专注，连孙嘉遇走到身边都未察觉。直到孙嘉遇在他身旁坐下，陪着他看了好一会儿风景，他才意识到身边多了一人。

“什么事？”他有点被打扰到清静而不耐烦。

“没什么。”这种冷淡当在孙嘉遇的预料之内，所以他只是挑了挑眉毛，“我想跟你说声谢谢。我妈说，要不是你，我说不定会截瘫呢。”

程睿敏依旧望着前方：“换任何一个人，我都会那么做。别说是人了，就是只猫或者狗，我也会帮把手的，你不用谢我。”

被如此奚落，孙嘉遇就算做足了精神准备，多少还是有些尴尬，转头笑了笑，他的手伸进夹克衣襟里摸索一会儿，掏出一本书，放在程睿敏的膝头。

那是一本繁体《时间简史》，书页崭新。

“除了一声谢谢，我还欠你一声对不起。”迎着程睿敏惊讶的目光，他坦然道，“这是求我妈托人带来的，专门找的你那个版本。”

程睿敏的视线在孙嘉遇的脸上凝滞了好久，看得出来他很震惊。少顷，他终于低下头，指尖在封面上摩挲了一会儿，又将书扔还给孙嘉遇。“拿回去吧，我不需要。那本书，陈老师已经帮我修补过了。”

孙嘉遇接过书，望望天，又看看地，无奈地耸耸肩。

“你可以不接受我的道歉。”他说，“我知道，它无论如何也不可能代替原来那本书。但是，就当作是我道歉的诚意吧，程睿敏，真的对不起！这本书你还是收下吧，挺贵的，放我这儿就糟蹋了，因为我一点也看不懂。”

程睿敏终于扭过头，看了他一眼：“这已经是关于宇宙最科普化的范本了，有什么看不懂的？”

总算成功勾起了他说话的欲望，孙嘉遇歪着头，戏谑地看着他：“所以你才是高才生嘛。哎，说真的，你说说，到底什么是黑洞悖论？我把那个解释来来回回看了十几遍，那些字吧，拆开了我全认识，可合在一起，我就是看不明白。”

程睿敏的脸颊上，不易察觉地露出两个酒窝：“你确认我解释了你就能听懂吗？”

“太伤人了！”孙嘉遇伸出手臂，十分自然地搭在程睿敏的肩膀上，笑道，“虽然我不是好学生，但也有自尊心的好吗？”

程睿敏的身体明显抖了一下，似乎对旁人的身体接触十分不适应。犹豫了片刻，他还是往旁边让了让，不动声色地躲开孙嘉遇的手臂。

“其实，估计咱们物理老师也不可能完全看懂。”他说，“想全部看懂需要量子理论做基础。”

孙嘉遇立时露出崇拜的神色：“你都能看懂吗？难怪你物理成绩那么好！”

程睿敏笑起来。他的脸上少见这种欢畅的笑容，这一瞬仿佛乌云中漏下了霞光。“我要都能看懂了，就不在这儿待着，而是去中科院了。不过就算不能全看明白，只是看看，那本书也很有意思的。”

那天两人聊了很久，孙嘉遇惊讶地发现，原来沉默寡言的程睿敏也能如此健谈，说起相对论、虫洞与时间旅行，像进入一个新世界，滔滔不绝到他根本就插不进嘴，话痨的程度跟自己完全有得一拼。

两人说得高兴，彻底忘记了时间。直到天渐渐暗下来，操场上的人越来越少，两人才惊觉要上晚自习了，可是他们还没去吃晚饭呢。

在前往教室的路上，孙嘉遇最后问了一个问题：“程睿敏，你为什么不喜欢和大家一起玩呢？像晚自习前这段时间，跟同学一起去吃饭打街机，多好啊！干吗闷在教室里做个书呆子？”

程睿敏低头踢着脚下的石子儿，迟疑了一会儿才回答：“可能我从小就没有玩伴儿，没有朋友，所以不习惯和很多人在一起，只喜欢一个人待在家里看书。可是有一天我突然发现，书读得越多，和周围人的距离就越远，他们谈论的我不感兴趣，我喜欢的他们不能理解，我感觉自己好像进了一个黑洞，再也回不来了……”

孙嘉遇站住了，牙齿绷在下唇上，绷出了一条白印，像是下了什么决心。

“程睿敏，我做你朋友做你哥们儿怎么样？”他笑嘻嘻地问道。

程睿敏像是被吓了一跳，抬起受惊的眼睛看着他，双眼睁得乌溜溜地圆。

孙嘉遇也被他的眼神吓到了，没想到自己普普通通一句话，竟会引起对方这么大的反应。停了停他说：“你可以考虑考虑，反正我总是在这儿的。”

孙嘉遇如此主动示好，程睿敏却依然一个人独来独往。孙嘉遇几次晚饭时间想拉上他一起出去玩，都被他以写作业为由拒绝了。天色全黑之前的教室，光线半明半暗，空无一人的寂静里，常常只有他一个人孤单的背影。有一次阎青无意中路过，却发现他的目光，并未流连在书本上，要么望着窗外，要么盯着桌面，完全是一种放空的状态。这让阎青很不满意，觉得他最近的学习热情下降了好多，再加上期中考试的名次已经排出来，程睿敏由上学期期末的全班第二名降到了第五名，想起其他老师提过的早恋传闻，阎青决定，要在周末的家长会上，好好地跟他父母谈一次了。

而孙嘉遇在程睿敏身上连碰几回软钉子，却并不肯死心放弃自己的努力，憋着一股劲儿要把两人之间的哥们儿情谊坐实了。这天中午，他又拿着一盒磁带去找程睿敏。

“程睿敏，你英语好，帮我翻译一下这首歌的歌词。”

程睿敏抬头看看他，又低头看看那张磁带内页。那是一首男女对唱的英文情歌，名字叫作 *Tonight I Celebrate My Love*（今夜庆祝我的爱）。他看了一会儿，然后说：“这歌词很简单啊，几乎没有生词，你也能翻译的。”

“我知道很简单，可有些句子就翻译不通顺，总觉得哪儿哪儿都不对劲儿。”孙嘉遇指着其中一句歌词，“你看这句，‘*We'll leave the world behind us,when I make love to you*’，是说当我制造一个爱给你，我们将世界留在身后吗？这‘make love’到底什么意思？我查了半天词典，把‘make’下面的所有词条都看了，都没找到这个词组。”

程睿敏拿在手里翻来覆去琢磨了半天，按照字面硬性翻译，“make

love”的确是“制造爱”的意思，但是怎么看都感觉那语境和语气十分别扭。

想了想他说：“留我这儿吧，回家我找本大词典查查。明天翻完了给你。”

程睿敏做事有股忘我的执着劲儿，找不到合适的翻译方式，他就在脑子里反复地推敲，反复地揣摩。下午的英文课上，突然间福至心灵，他从课桌抽屉里拿出英汉词典，找到单词“Love”，再顺着词条一路查下去，果然看到了对“make love”的解释。但那寥寥几个中文字，却吓得他啪一下合上词典，两颊迅速地飞上两团红云。过了好一会儿，他才按捺住怦怦乱跳的心脏，偷眼看了看周围，还在并没有人注意他的举动。再侧过脸打量孙嘉遇，见他扶着脑门，低垂着眼睛，好像在看书，其实头一栽一栽的，正在打盹儿。

程睿敏收回视线，想了想，就从作业本上撕下一张纸，将“make love”的中文释义抄在上面，抬头看看阎青，见他正背对着自己，便一扬手，将纸团朝孙嘉遇扔了过去。

好巧不巧的，阎青恰好在这个瞬间转过身来，孙嘉遇睡得迷迷糊糊的，反应慢了半拍，纸团砸在手臂上将他惊醒，他伸手捞了一下，但没能及时接住，那纸团便落到地上，滚出了一段距离，在不远处的过道上静止，正好被阎青看见，紧走几步踩在脚下。

孙嘉遇还不知道其中的严重性，犹自转动着脑袋，四处寻找谁扔的纸团，程睿敏已经吓得脸都白了。

阎青弯腰拾起纸团，展开来只看了一眼，也脸色大变，变得铁青，像泥土里埋了几百年的青铜器。

毫无征兆地，他将纸条用力拍在孙嘉遇的课桌上：“孙嘉遇，你给我站起来！看不出来啊，你小小年纪，思想竟然如此污秽复杂！说，跟你传纸条的是谁？”

孙嘉遇站起来了，但尚处在懵懂之中，被骂得莫名其妙，等他拿起纸条看明白上面的内容，瞬间也慌了神。瞟一眼程睿敏，后者正下意识地咬着大拇指的指尖，一脸大祸临头的模样。他定定神，决定自己扛下这件事，于是装出满不在乎的样子：“没人跟我传纸条。我自己写给自己的行不行啊？”

阎青又一拍桌子，震得桌上的书本都跳了起来：“流氓成性！简直流氓成性！你看看你的样子，好好看看，你配不配做这学校的学生？”

孙嘉遇吊儿郎当地站着，嘴角挂着一个嘲讽的微笑，一副破罐子破摔的德行：“配不配我也是这学校的学生，除非您把我开除了。”

“拿上你东西！”阎青一面说，一面动手收拾桌上的文具，“你想被开除？那好，你收拾东西，现在出去！下了课咱们一起去校长室，你会如愿的。”

孙嘉遇挡开他的手：“阎老师，我自己会收拾，不用麻烦您动手。”

就在这时候，程睿敏忽然站了起来。“阎老师。”他的声音有些发抖，可是却带着破釜沉舟的坚决，“纸条是我写的，是我传给孙嘉遇的。”

“什么？”阎青愣住了，“你写的？”

“是的，不信您可以对一下笔迹。”

阎青瞬间感觉到了词穷。是的，那纸条上的笔迹的确熟悉，他的得意弟子，他最喜欢的学生，那样清秀隽永的笔迹，却用来写下“性交”这样刺目的字眼，事后的态度还如此不端正，如此理直气壮！此事完全超出了他的想象，他一时间不知道该对他说什么，又能说些什么。

“阎老师，”孙嘉遇抢着为程睿敏开脱，“这事儿它和程睿敏没关系，是我让他帮我翻译的。他只是把词典上的解释抄给我，词典上说得总归没错吧？”

但孙嘉遇这话对阎青来说无疑是火上浇油。

“你……”阎青用力咬了咬牙，才把自己的怒火压抑在可以控制的范围内，他冷笑两声，“你们俩还挺讲义气！行啊，我明白了。现在，你们两个一块儿出去。明天家长会，我要跟你们家长好好谈谈！”

孙嘉遇和程睿敏两个人背着书包坐在篮球架的阴影下。暮春午后的阳光，已经相当炽热，此刻正是上课时间，因此两人的行迹显得十分突兀，偶有教师或者校工经过，总会好奇看他们几眼。

程睿敏一直低着头，显得十分懊丧。从小到大，作为好学生的典范，他还从来没有经受过这样的待遇。

孙嘉遇感觉极其抱歉：“对不起，我真不知道那个词是那个意思。”

“不关你的事。”程睿敏低声说：“是我太笨了，扔个纸条都能被发现，反而连累你。”

“你是挺笨的。”孙嘉遇不客气地责怪他，“本来这事儿我一个人扛下来就算了，‘阎王爷’他就是嘴巴厉害，你以为他真敢为这事把我开除啊？嘁，多傻啊你，他哪儿来的权力？现在可好，白白把你绕进来了，还要跟家长告状。我就算了，反正我爸妈怕丢人，我们家一直都是我姥爷来开家长会，他回家都是拣好听的说，从来不跟我爸妈搬嘴，你说你图什么呢？”

程睿敏却回答：“你不是要做我朋友吗？我怎么能让朋友一个人去顶雷？”

孙嘉遇意外地转头看着他，眼睛在笑，嘴里却依旧在埋怨：“笨，笨死了！瞎挨义气！”

程睿敏一声不吭地忍受着他的指责，脸上的烦乱和懊恼显而易见。反而让孙嘉遇觉得自己欺人太甚，最后只好在他背部大力拍了几下以示安慰。“行了，别愁眉苦脸的了。家长会我跟你爸妈解释。歌词是那么写的吧？词典是那么解释的吧？又不是我们生造出来的。我们要真做错了，也是错在求知欲太强烈，想学好英语的心思太强烈。反正那磁带是我妈买给我，让我学英语的，要错也是我妈错。你说是不是？”

他这么一说，程睿敏果然觉得好有道理，虽然没说话，但是眉头的纠结当即舒展了几分。

两人之间的沉默持续了片刻，孙嘉遇百无聊赖地拿根树枝在脚下的土地上胡乱画着，过了一会儿，突然跳起来说：“哎，程睿敏，来，跟我走，我带你去个地方，保证你能忘记烦恼。”

孙嘉遇带程睿敏去的地方，是街边的游戏厅，他教程睿敏打一种叫作“街头霸王”的街机游戏。为了提高程睿敏的参与兴趣，他甚至主动选择了“春丽”这个美丽的女性角色。他以为程睿敏不会喜欢这种游戏，不过是带他出来散散心。孙嘉遇的人生原则，一向是今日事今日毕，明天的事明天再说——因为明天会载着什么东西而来，在明天到来之前，谁也不知道。他从来不会为了尚未发生的事而苦恼。

孙嘉遇的“街霸”水平一直是这个游戏厅里的佼佼者，但他没有想到，程睿敏的手眼配合与协调能力，竟比自己还要好。几局过去，程睿敏就基本掌握了要领，不再被动地挨打了，间或地还能赢他一局。当程睿敏双手抓着游戏操纵杆的时候，孙嘉遇发现他的眼神变得和平时完全不一样，与其说是紧张和投入，不如说是沉浸在极大的快感中。这让孙嘉遇心里升起一点不安，仿佛是自己带着他进入了一个充满未知的世界，但将来是福是祸完全不明。

两人一连打了十几局，等程睿敏意识到时间不早时，两人口袋里的钱已全数弹尽粮绝。最后是孙嘉遇从书包的夹层里又翻到了几毛钱的零钞。

“我请你喝汽水吧？”他熟练地在手心里抛着那些钢镚儿，笑着说，“至于今天的晚饭，咱们看能不能碰到熟人儿借点钱。”

在游戏厅门口的小卖部，两人果然碰上了熟人。严谨和许志群等七八个男生从马路对面过来，远远地便看见了他俩。

因在校外，严谨的形象便十分的不着调，带着他自认为潇洒不羁的小痞子范儿。领口大敞着，棒球帽反扣在头上，嘴角叼着一支烟，那烟十分神奇仿佛粘在他嘴唇上一样，随着他说话时嘴唇的动作上下移动，却永远不会掉下来。而他身边的男生，清一色是高一各班老师眼里调皮捣蛋的差生。

看到孙嘉遇和程睿敏两人像朋友一样站在一处聊天说笑，严谨脸色变了变，直接冲着两人走了过去。二话不说，照着程睿敏的肩膀就捣了一拳。

程睿敏毫无防备之下，一连倒退了好几步，背后撞到玻璃柜台上才站稳。毫无理由地被侵犯，他一下子火了，将汽水瓶重重墩在柜台上，逼视着严谨：“干什么？你丫想干什么？”

严谨简直愣住了，因为他从没有见过也从没有想象过，程睿敏会当众说粗话。一扭头，他将嘴里的半截烟“噗”的一声吐在路边一个小小的垃圾堆上——那显然是环卫工人刚刚扫起来但尚未撮进垃圾车的半成品。然后往前踏了几步，前胸几乎贴着程睿敏的身体，将他挤在玻璃柜台上几乎动弹不得。居高临下地望着程睿敏，他说：“我不干什么，老子就看你不顺眼行不行？”

程睿敏厌恶地推他一把：“滚开！”

以严谨的块头和分量，他当然不可能推动他。但是严谨万万没有想动，就程睿敏那瞧上去弱不禁风的小样儿，还敢跟他动手？他退后一步，一把揪住程睿敏的衣领：“哟嗬，还挺横的！怎么着，打架啊？来呀，我们那边儿去。”

程睿敏挣扎着不肯动，可是严谨的一双手跟铁钳一样，个子又比他高十几厘米，他完全奈何不了严谨，到底被他拖出去几步。

孙嘉遇本来一直冷眼看着，两边都是他的朋友，他一时半会儿还没想好该去帮谁。这时终于窜过来挡在两人中间，同时用力推开严谨：“你放手！”

严谨瞪着他，一脸不敢相信的表情：“孙嘉遇，你没吃错药吧？”

孙嘉遇拽着他的衣襟："你过来，你跟我过来，有话跟你说。"

两人在一个角落里站定，大眼瞪小眼看了一会儿，孙嘉遇开了口："告诉你，以后不许再找程睿敏的麻烦。"

"你俩什么时候开始穿一条裤子了？你没事儿吧你？"严谨梗着脖子，满脸不高兴，"你是我爸呀？我干吗要听你的？"

"听不听在你，但我得跟你说，他根本就没告过状，不信你可以去问陈老师，他根本不是你想的那种人！"

"行行行行行！"严谨十分不耐烦，两条浓眉全立了起来，"我知道他现在是你救命恩人，才懒得跟你说！可我怎么看他，你也管不着！今儿你在，我给你面子，放过他。下回就由不得你了。"

孙嘉遇登时急了："不就是因为刘蓓喜欢他不喜欢你吗？不就这点事吗都过不去？严谨，你也是个爷们儿，怎么老跟个女的似的叽叽歪歪的？"

严谨被戳到痛处，差点跳起来："孙嘉遇，我今天才算认识你！为朋友你不是两肋插刀，你是直接往心口这儿捅。行，从今儿起，咱俩桥归桥路归路，见人甭再说我认识你！"

他一转身大步流星地走了，那帮男生也呼啦啦跟他在身后一同撤退。

孙嘉遇站在原地没动，且生了一会儿闷气，才走出来对程睿敏招招手："走吧，反正周末，咱俩也别回学校了。我带你去我姥姥家吃饭，我姥姥做的蒸饺可好吃了。"

程睿敏犹豫："不上晚自习行吗？"

"当然行。"孙嘉遇过去搂住他的肩膀，"跟你说实话，我经常逃晚自习的，前一阵儿电视里放《情义无价》，我妈帮我请了好几回假，就为回家看电视。"

程睿敏诧异地望着他："你妈帮你说谎？"

"对啊！"孙嘉遇得意地笑，"我妈就这点好，从来不强迫我，她跟我说，自己的人生自己负责，父母、老师都不能替我做决定。"

一辆公共汽车从两人身边经过，孙嘉遇拉起程睿敏开始狂奔："快快快，车来了！"

高一年级的家长会于周末如期举行。按照例行的程序，公布完期中考试前十名和后十名的名单与总分，再由班主任阎青给家长们做上半学期的总结。

“……这半个学期，无论是学习成绩还是思想品德，绝大多数同学都取得了很大的进步，但是，很遗憾，也有不尽人意的地方。”说到这里，阎青特意停顿片刻，然后问，“严谨、孙嘉遇和程睿敏的家长来了吗？”

家长中起了一阵轻微的骚动，大家都回头寻找这三位学生的家长。得到肯定的回复后，阎青接着说：“都来了就好。班会结束以后，到我办公室去，咱们需要好好谈谈。”

孙嘉遇从上午十点，就站在自己家院外的胡同口，等着去开家长会的姥爷回来。

他站得腿都酸了，几乎要变成胡同口的那只石狮子，姥爷终于回来了。从他一下车，孙嘉遇就跟在旁边，一路嘘寒问暖，小心巴结着。直到把姥爷扶进客厅，搀在沙发上坐好，泡好一杯茶双手捧着送给姥爷，才小心翼翼地在姥爷身边搁下半个屁股，觑着姥爷的脸色开口说话：“姥爷，我们阎老师都给您说什么了？”

姥爷嘬起嘴唇吹着水面上的浮茶，并不说话。

“姥爷？”

姥爷喝了一口滚烫的茶水，闭起眼睛细品着新茶的清香，还是不肯说话。

孙嘉遇没辙了，一头扎进姥姥的怀里，在姥姥面前撒娇：“姥姥，您看姥爷他！”

姥姥一边摸着外孙的头发，一边对老伴儿说：“你就别难为孩子了，有什么话，说呗！”

姥爷这才放下茶杯，指了指自己的耳朵：“今儿忘了戴助听器，你们老师说什么，好多都没听清楚。”

相比孙嘉遇，严谨就没有那么幸运了。他一早知道每回开完家长会，自己都没好日子过，所以那天在外面一直玩到天黑透了才敢回家。父亲每天睡得很早，他以为至少可以先躲过今天再说，没想到一进门，就看见父亲像尊罗汉一样盘踞在客厅的沙发椅上，身旁的茶几上，就摆着那根让他胆战心惊的马鞭。

他转身想跑，被父亲一声断喝制止：“小王八蛋，你给我站住！”

严谨站住了，却只肯拿屁股对着父亲，不肯转身面对他。

父亲拿起马鞭，在脚边的地板上笃笃敲了两下，然后对儿子说："你过来！"

严谨一步一步地蹭过去。马鞭的顶端点在了他的肩头，父亲说："你自己说说，在学校你都干了些什么？"

严谨回答："老师不都告诉你了吗？还问我干什么？"

话音未落，"嗖"的一声，他的肩头已经结结实实挨了一鞭子。严谨脾气和父亲一样倔强，父子俩面对面，彼此间总是行动多过言语。那鞭子虽然抽得痛彻心扉，却把他性格中刚烈的一面给引了出来，他不打算辩解，也不打算求饶，硬是咬牙站着，任凭鞭梢伴着划过空气的尖利啸声，一下下落在自己的身上。

严谨父亲一边教训儿子，一边怒气冲冲地数落："老子这辈子的脸，都在你身上丢干净了！送你去学校，你都干点什么？成绩倒数、打架、欺负同学就算了，还敢告老师黑状？小兔崽子，反了你了！"

其实父亲嘴上说得厉害，手底下毕竟悠着劲儿，当年他曾一鞭抽裂过一辆马车，如今也不过是在严谨身上留下几条凸起的红印。疼自然是要疼个三五天的，但不会伤筋动骨。和往常一样，十几鞭子之后，父亲的怒气发泄得差不多了，严谨的母亲就会出来圆场，强行收走父亲的马鞭，再把犟头犟脑的儿子拉开。

但今天有一鞭子明显失了准头，鞭梢掠过严谨的脸颊，在他的左脸蛋上留下一条显眼的伤痕，以至于他第二天一早去上学的时候，还明晃晃地挂着挨过揍的幌子。

对着严谨脸上那道鞭伤，孙嘉遇为自己侥幸逃过一劫而暗自庆幸，却不由得担心起程睿敏，不知道他回家后的遭遇是什么。可是当天程睿敏一直没有出现，问了班长，才知道他家里有事临时请了几天假。

三天后，程睿敏返校。手臂上多了一块黑纱，黑纱上点缀着一点红色的布头，那是隔代丧事的象征。这块黑纱，仿佛一道新增的屏障，将他和周围人隔离开来。他比以前更加沉默，更加孤僻，一天几乎不说一句话。孙嘉遇想和他多说两句，但屡屡被那种冷漠逼退，两人之前刚建立起来的那点默契和友谊，似乎从未发生过。

任谁也没有料到，优秀学生程睿敏，竟会从此迷上电子游戏。每天下午放了学，他都会离开学校，独自一个人到孙嘉遇带他去过的那间游戏厅，一打就是几个小时，好几次甚至忘记了晚自习的时间。那种站在游戏机前，模拟暴力与控制的迷醉感，好像可以在瞬间抽空人的灵魂，发泄心中的一切痛苦与焦虑。而到了白天上课时间，他要么趴在课桌上睡觉，要么魂不守舍。他的学习成绩，自然一落千丈，几次阶段考试都落到了班级二十名以后。

作为班主任，再没有比眼睁睁看着一个好学生堕落更令人痛心的事了，阎青忧心如焚。不过他几次听到别人说起，程睿敏和二班的刘蓓正在早恋，天天下了晚自习一起回家，他便想当然地认为是早恋影响了程睿敏。对程睿敏他不忍心采用太粗暴的方式，耐着性子苦口婆心几次劝诫，程睿敏非但不领情，反而每次都采用徐庶进曹营的消极方式，低着头一言不发。头两回阎青以为他听进去了，谁知一转身他依然我行我素。失望到了极点，阎青只能放弃。

转眼到了六月中，一个学期就快结束了，程睿敏在班上依然一个人独来独往，孙嘉遇和严谨的邦交也没有恢复，再也看不到两个人形影不离同进同出的场面了。

这天下午，孙嘉遇正一个人在操场上练习投篮，忽然看到班上一个男生从校门方向狂奔而来，一边跑一边嚷："孙嘉遇，孙嘉遇，不得了了，出大事儿了！严谨和程睿敏打起来了，见血了都！"

"在哪儿？"

"游戏厅外面。"

孙嘉遇扔下球就跑，几乎是以百米冲刺的速度跑过了将近八百米的路程。等他赶到目的地，现场一片狼藉，打架的双方加上游戏厅的老板，一共十几个，刚被派出所全部带走，只有墙边的水泥地面上扔着一块砖头，旁边残留着几处尚未干涸的鲜血，令人触目惊心。

这件事闹得动静太大了，待学校领导和学生家长赶到，跟派出所交涉完，再一一领出人来，都已经是半夜了。涉事的几个学生，严谨、许志群和程睿敏都挂了彩，第二天全没能来上学。校领导和年级的老师则在紧急开会，磋商该如何处理这次群架事件中负主要责任的学生。

下午一放学，孙嘉遇就蹬车离开了学校。因为许志群家离学校最近，他先去了许志群家。许志群脑袋上缝了十几针，正躺在床上养伤。从他嘴里，孙嘉遇得知了大部分真相。

原来几天前在游戏厅，因为同抢一台游戏机，许志群和程睿敏曾发生过争执。严谨一听许志群提起此事，立刻就炸了，当即带着人在游戏厅外堵着了程睿敏。他等这机会等了很久了，岂会轻易放过。他们人多，开始时程睿敏且吃了亏，被按在地上拳打脚踢，鼻孔嘴角都见了血却不出声，严谨他们觉得这人太㞞包了，简直不值得欺负，正要撤退时，却因为许志群一句话，风云突变。

许志群说："听说你爸妈离婚了？说你妈不要你了，你跟你爸。那以后你爸再给你娶个后妈，你不就变成后娘养的小白菜了？小白菜呀，地里黄啊，哎哟喂，怪可怜见儿的！"

严谨和周围几个男生都哈哈大笑，程睿敏的眼神就是这一瞬突然变了。他们几个还没反应过来，程睿敏已经从脚边拾起一块砖头，一下就抡在许志群头上，当场开了一个大口子。

许志群眼前一黑，抱着头蹲下了。后来发生的事他也不太清楚，只知道后来派出所警察来了，把他们这些人全塞进警车，一辆载着他、程睿敏和严谨去了医院，一辆载着其他同学去了派出所。等到了医院他才知道，程睿敏和严谨都受了伤，一个手臂上被刀子划了长长的一道伤口，皮肉都翻起来了，鲜血淋漓地滴了一路，另一个眼角被什么东西砸了一下，挫裂伤，亦是满脸鲜血。这一架，居然打得三败俱伤。

"谁能想得到，程睿敏那风吹就倒的小样儿吧，打架还挺拼命！"许志群垂头丧气地说，

孙嘉遇抬起脚踹他："你活该！严谨呢？他脸上的伤会不会破相？我去看看他。"

"你甭去，去了也见不到他。他被他爸胖揍了一顿，现正关禁闭呢。"

孙嘉遇吸了口凉气："那程睿敏呢？"

提到程睿敏，许志群的脸不由自主皱了起来，仿佛心有余悸。"他爸下午来看我，跟我爸妈道歉，他说程睿敏跑了，昨晚从派出所出来跟他爸吵了一架就跑了，一晚上没回家。"

"跑了？他跑哪儿去了？"

"不知道，他爸说找了半夜，到现在都不见人影儿。"

孙嘉遇立刻站了起来："胖子，你好好养伤，我先走了。"

孙嘉遇离开许志群的家，又直接回了学校，在高一二班的门口截住了刘蓓，因为学校里知道程睿敏家在哪里的，可能只有刘蓓。

刘蓓却对他相当冷淡，双手抱在胸前，冷冷地望着他："你问他干什么？你们不都一伙儿的吗？欺负他欺负得还嫌不够吗？"

"我以前是做过浑蛋事儿。"孙嘉遇无暇跟她解释其中的误会，简直心急火燎，"可以前的账咱们以后再算行吗小姑奶奶？他昨晚失踪了你知不知道？我就想去他家里看看，他究竟回来没有？"

刘蓓盯着他看了一会儿，见他确实不像说谎，神情总算和缓下来："这会儿不知道，反正我今早来上学的时候，他爸还在找他。"

"他爸下午去许志群家的时候，还没找着他呢。刘蓓，你跟我说说，他最近是怎么回事？怎么完全变了一个人？你别误会，我没别的意思，就想知道出了什么事。"

刘蓓瞧瞧周围，确认他们的谈话不会被闲人听见，这才叹口气："他爸妈离婚了，你知道吗？"

"听说了。"

"那几天他姥爷也在，他爸妈签字离婚的当晚，他姥爷脑出血，去世了。他从小跟着姥爷长大，姥爷走了他有多难受，你能想象出来吗？"

孙嘉遇低下头不说话了，只是拿脚尖用力碾着一块小石头，一点点地碾进土里去。他在想一件事。从程睿敏带着黑纱来上学那天，他就猜测过是不是他姥爷，但程睿敏始终不肯说，如今一旦证实，再回忆起上次那本《时间简史》被毁时他激烈的反应，孙嘉遇心中不祥的预感越来越重。

他拉住刘蓓："你跟我走，咱们先去他家看看。我怎么感觉着要出大事啊？"

两人骑上车一路赶到了程睿敏家。程家却院门紧闭，任两人在门外按了半天门铃，也无人应声，倒是把邻居吵得受不了，从屋里出来了。邻居说老程一天都在外边找儿子，到现在还没回来呢。至于程睿敏的母亲，办完姥爷的丧事以后，她就离开了中国，而且是彻底地离开，放弃了中国的一切，家、工作，还有儿子。

孙嘉遇和刘蓓面面相觑了片刻，孙嘉遇便推起自己的自行车，对刘蓓说："你先回家吧，我也去找。"

刘蓓追上来："我跟你一起去。"

孙嘉遇猛烈地摇头："不行不行，那些地方你绝不能去！"

他说得如此坚决，因为他要去找人的地方，是西城的游戏厅。孙嘉遇深知入夜以后的游戏厅鱼龙混杂，像刘蓓那么引人注目的女生出现在那种场合，只怕会引起其他麻烦。而且靠他一个人跑遍西城所有的游戏厅，好像不太现实，他现在必须去找另外一个人帮忙。

严谨躺在没有亮灯的房间里，双臂枕在脑后望着天花板上摇曳的光影。这是家里二楼拐角处的一个小房间，因为太小，被当作储藏室，堆满了弃置不用的物品，到处落满了灰尘卷。地上铺了一张席子，再加一床褥子，权且当作他临时禁闭处的床铺。除了上厕所，其他吃喝睡等日常活动，都要在这个不满几平方米的小房间内完成。

已经度过百无聊赖的一天一夜，在这二十四小时里，他几乎想到了几十种逃跑的方法，但都因缺少工具而无法实现。正在蒙眬欲睡之际，忽然听到窗玻璃上当当响了两声，似乎是小石子砸在上面。他呼一下坐了起来，这是小时候小伙伴们私下召集的暗号，已经很久没有见过了。他屏住呼吸静待，过一会儿，又是当当两声。这下确凿无误，他一下扑到窗前，打开窗扇。

后院的窗户下果然站着一个人，映着明亮的月光，他认出来那是孙嘉遇。喜出望外之下，他刚要出声，却看见孙嘉遇将手指压在嘴唇上，很响地“嘘”了一声，接着他手一扬，一团黑乎乎的影子，照着严谨的面门扑了过来。严谨下意识地往后一让，那团东西散开了，在窗台上盘旋一下，又掉了下去。但这片刻工夫，已经足够让他看清楚，原来那是一盘结实的绳子。

严谨困惑地望向孙嘉遇，见他双手做了个爬绳的姿势，严谨立刻明白了，狂喜地握起拳头，朝孙嘉遇示意，表示他知道接下去该怎么做。

那团绳子又飞了上来。这次严谨抓准了时机，等绳子最接近自己时探身一扑，将绳头紧紧抓在手里。

剩下的事就完全难不倒严谨了，他将绳子在一件结实的木头家具上系好，接着便像猴子一样，顺着绳子利索地爬了下来。只不过落地时不小心踩翻了一只花盆，招得隔壁的狗狂叫起来。

两个人吓坏了，生怕惊动了家人，迅速翻过后院的矮墙，一路飞奔，跑得上气不接下气，好在身后并无人追来，这才一起停下来扶着膝盖大口喘气。

严谨一边咳嗽一边竖起大拇指：“没白交你这朋友，够意思！以前的事既往不咎，咱们这就算翻篇儿了。”

孙嘉遇捶着胸口说：“少废话！救你出来是为了让你帮忙。去，把你那些小弟都叫出来，跟我找人去。”

“找人？找谁呀？”

“程睿敏。”

“什么？找他？”严谨一下跳了起来，“那兔崽子，不但给胖子开了瓢，还拿他那死沉的书包在我眼睛上砸了一下，亏老子八字硬，没伤到眼球。别让我再看见他，不然我非弄死他不可！”

孙嘉遇在黑暗里长长地吐了一口气：“严谨，你身上有烟吗？”

严谨把全身上下摸了一遍，从屁股后面的兜里摸出一个皱巴巴的烟盒，里面只剩下一根烟。他把烟一折两半，半根交给孙嘉遇，半根叼在自己嘴里。孙嘉遇就着他手里的火柴点着了烟，吞吐了几口之后才说：“你知不知道自己做了一件多浑蛋的事？”

听他讲完程睿敏家里发生的事，严谨抓抓后脑勺：“这可真不赖我，我又不知道他妈走了，他姥爷也去世了。不过这小子吧，还挺有意思，我挺佩服他的。”他下意识摸摸眼角的伤处，疼得皱了皱眉，“你甭看他平时蔫不出溜的，打起架来还真狠！”

孙嘉遇翻他一个大白眼：“你就别卖嘴皮子功夫了，先跟我找人去，找着了你必须给人道歉！”

那天晚上，两人先把平时一起玩的男生挨个儿从家里找出来，七八个人兵分四路，扫荡西城通宵营业的游戏厅和录像厅。孙嘉遇和严谨一路，骑车沿着二环找了一夜，却一无所获。天快亮的时候，两个人都骑不动了，于是撂下自行车，四仰八叉地躺在了护城河的岸边。

严谨躺下没多会儿，居然就迷迷糊糊地睡着了，而且睡得十分香甜，看样子打雷都无法惊醒他。孙嘉遇也极其困倦，可他的脑子还在飞转，他在想假如自己是程睿敏，经历过这些事之后，最想去的地方是哪儿呢？

他眯起眼睛看着远处。天色正在一点点地变亮，河面上有一层薄薄的白雾，晨光透过那层雾气，便似乎沾染了水分，变得沉重起来。这种景色并不多见，不像是北方，倒更像是南方的清晨。

南方？孙嘉遇忽地坐了起来。他想起了一个最大的可能，这个地方被伤透心的程睿敏，会不会想法儿回南方去？他用力拍打着熟睡中的严谨：“快起来！我们去火车站！”

旧时的火车站候车室，是一个混乱嘈杂的地方，充斥着各种各样的人，旅客、盲流、小偷……什么人都有。

孙嘉遇和严谨一路穿过拥挤的人群，果然找到了程睿敏——他正躺在一张长椅上，一张脸抹得稀脏，手臂伤处的绷带上，血和泥混在一起，身上的衣服更是脏得不堪入目，那件原本十分合体的短袖衬衣，已经完全辨不出底色。

孙嘉遇冲过去喊他："程睿敏！"

程睿敏没有应声。他的脸通红，嘴唇上一层干皮，裂了数条血口子，鼻翼翕张，看上去呼吸得十分吃力。孙嘉遇伸手一摸他的额头，触手滚烫，简直像块烧红的烙铁。

孙嘉遇吓了一跳，蹲下去碰碰他的手："程睿敏，我是孙嘉遇，你听见我说话了吗？"

程睿敏的嘴唇动了动，发出的声音，却是模模糊糊的"姥爷"两个字。

孙嘉遇抬起头，正碰上严谨同样慌乱的目光，两个人几乎同时问了一句："怎么办？"

旁边一个旅客模样的人说："你们认识他？那还不赶快送医院去？他都烧了一整天了，再烧下去就脱水了。"

两人一下子被点醒，严谨立刻半蹲下身，对孙嘉遇说："快，你帮忙，把他放我背上。"

背着程睿敏一路小跑赶到离火车站最近的医院，严谨累出了一身汗，里外两件衣服都湿得跟水里捞出来一样。安置好程睿敏，他跑到厕所对着水龙头灌了一肚子自来水，热得恨不能像街边的狗一样伸出舌头来散热。而孙嘉遇则撒腿跑到街上，找了一个公共电话打给他在另一间医院工作的妈妈，让她赶紧带钱来，顺便看看能否找个认识的靠谱大夫诊治程睿敏。

程睿敏因为伤口发炎引起的高烧，两天后才退下去。他在医院中清醒过来，看到守在自己病床边的，竟然是孙嘉遇和严谨。

他的记忆还停驻在几天前火车站的售票窗口，小偷扒去了他身上仅有的几十块钱。若不是那个小偷，此时他应该已经在南方了。但他睁开眼睛，感受到的依然是本地熟悉的晴热夏日。

孙嘉遇在身后使劲推了严谨一把，严谨毫无防备之下向前踉跄几步，双手撑在床板上才稳住身体，和程睿敏脸对脸大眼瞪小眼相距不过二十厘米。他没了退路，只好结结巴巴地开口："程睿敏，以后我就是你大哥，罩你一辈子的大哥，永远罩住你，什么时候都不会扔下你。”

让严谨道歉简直比登天还难，这几句话，已经是他对一个人表达歉意的极限了。孙嘉遇也上前，拍拍程睿敏的肩头：“程睿敏，以后我家就是你家，我妈就是你妈，一辈子，永远。”

这一瞬间就是三剑客兄弟情谊的真正开始。那时候他们还年轻，所以他们可以轻易说出“永远”两个字。二十年后的今天，当我们替他们回望这一刻，却发现命运从来不按世人的期望出牌——二十年后，有人梦想成真，有人听到了梦破碎的声音，有人……则永远保持着二十九岁时的年轻容颜。然而，只因曾经有过你，我们才能说，永远，永远。